Evan Hunter
Fatale Beweise

Aus dem Amerikanischen von Christine Strüh

Evan Hunter

# Fatale Beweise

Roman

EUROPAVERLAG WIEN-MÜNCHEN

Die Deutsche Bibliothek – CIP-Einheitsaufnahme

**Hunter, Evan:**
Fatale Beweise : Roman / Evan Hunter.
Aus dem Amerikan. von Christine Strüh. –
Wien ; München : Europaverl., 1995
Einheitssacht.: Criminal Conversation <dt.>
ISBN 3-203-51239-4

Originalausgabe
*Criminal Conversation*
Warner Books, 1994


Lektorat: Mathilde Fischer

Umschlaggestaltung: Aniger Design


Herstellung: Pustet, Regensburg
Printed in Germany
ISBN 3-203-51239-4

Für meine Tochter
Amanda Finley

Und so entgleitet das Gespräch
Im Wünschen, Zögern und im sorgsamen Bereun
Durch leisen Klang von Violinen
Mit fern ertönenden Kornetts
Es beginnt.

T. S. Eliot, *Porträt einer Dame*

# I

## 21. – 30. Dezember

Luretta Barnes war das intelligenteste Mädchen in Sarahs Klasse. Rap als Dichtung, Dichtung als Rap, das war ein interessantes Thema. Aber Luretta war nicht einverstanden.

»Ice-T ist schließlich kein Allen Ginsberg«, sagte sie. »Man kann doch unmöglich *Soul on Ice* mit *Howl* vergleichen. Unmöglich, Mrs. Welles!«

Luretta hatte ein Begabtenstipendium und war das einzige schwarze Mädchen in der Klasse. Jetzt war sie die einzige, die *gegen* Rap als Dichtung Stellung bezog.

»Knittelverse sind das vielleicht«, sagte sie. »Aber Dichtung? Also wirklich, Mrs. Welles. Wenn Rap *Dichtung* ist, dann ist Michael Jackson *Pavarotti*.«

Ihre Mitschülerinnen lachten.

Luretta nahm es zufrieden zur Kenntnis.

Sie war eine auffallend hübsche Vierzehnjährige: ein Lächeln wie Sternengefunkel, die Haare zu tausend kleinen Zöpfen mit bunten Glasperlen geflochten; sie hätte jederzeit Karriere als Model machen können, doch sie wollte lieber Rechtsanwältin werden. Irgendwie hatte sie von den anderen Schülerinnen erfahren, daß Mrs. Welles' Ehemann als Jurist bei der Staatsanwaltschaft arbeitete. Eines Tages hatte Luretta Sarah im Flur angehalten und sie gefragt, ob ihr Mann vielleicht eine gute Hilfskraft brauchen könne. Zum Bleistifteanspitzen, Papierkorbleeren, egal was – es war auf alle Fälle besser als Lurettas Job bei McDonald's. Sarah meinte, sie sei ziemlich sicher, daß alle Jobs bei der Staatsanwaltschaft zum öffentlichen Dienst gehörten, was bedeutete, daß man eine Aufnahmeprüfung ablegen mußte und so weiter. Aber sie versprach, ihren Mann trotzdem zu fragen. Michael hatte ihre Vermutung bestätigt.

»Damit läßt er sich die einmalige Chance durch die Lappen gehen, mit einem zukünftigen *Star* zusammenzuarbeiten«, hatte Luretta auf die Mitteilung erwidert und ihr Sternenlächeln aufgesetzt.

Sarah erläuterte jetzt ihren Vergleich und präzisierte ihn: Man könne Rap als *Protest*dichtung bezeichnen oder vielleicht auch als dichterische *Sozialkritik*, wie man es ja auch zu Recht mit Lennons und McCartneys Beatles-Texten tat.

»Zum Beispiel *Eleanor Rigby*«, sagte sie. »Das ist ein echtes Protestgedicht, findet ihr nicht? Eine Elegie auf die Einsamen. Ein Hilferuf. Und ein sozialkritischer Text. Eleanor, die ihr Gesicht in einem Einmachglas bei der Tür aufbewahrt. Father MacKenzie, der eine Predigt hält, die niemand hören will.«

Zwar hatten die meisten der Fünfzehnjährigen schon von *Eleanor Rigby* gehört, aber sie kannten den Song höchstens oberflächlich. Für die meisten hätten die Beatles genausogut ein Quartett elisabethanischer Minnesänger sein können. McCartney war inzwischen über fünfzig, in den Augen dieser frühreifen Jugendlichen ein alter Mann. Doch Sarah ließ sich dadurch nicht aus dem Konzept bringen. Sie hätte ein paar von ihren Kassetten mitbringen können, wenn sie geahnt hätte, in welche Richtung das alles führen würde – eine Richtung, die übrigens gar nicht so übel war. Statt dessen mußte sie jetzt improvisieren, nur weil Luretta so unerwartet widersprochen hatte.

»Oder was ist mit *I Am the Walrus*? Ist das etwa kein Protestlied gegen die englischen Steuergesetze?« fuhr sie fort. Allmählich kam sie in Fahrt. »Die ganzen Anspielungen auf Tod und Sterben. Ihr kennt doch alle den Ausspruch ›Das einzig Sichere im Leben sind der Tod und die Steuern‹, oder?«

Niemand kannte den Spruch. Hier an der Greer Academy waren nur die intelligentesten Kinder von New York, und niemand hatte je etwas von Tod und Steuern gehört. Und von *I Am the Walrus*, nebenbei bemerkt, auch nicht.

Mit Ausnahme von Luretta.

»Lennon *war* ja auch ein Dichter«, sagte sie. »Mrs. Welles, Sie vergleichen Schweine mit Koteletts, und das ist eben absolut nicht das gleiche.«

»Entschuldigung, wer ist denn *Lennon*?« wollte eines der Mädchen wissen.

»Verschont mich!« stöhnte Luretta und verdrehte ihre hübschen braunen Augen.

»John Lennon«, erklärte Sarah.

»War das nicht der, den dieser Verrückte vor dem Dakota erschossen hat?«

Das wäre auch ein guter Stoff für eine Stunde, dachte Sarah. Wie funktioniert das menschliche Gedächtnis? Würde man sich an Woody Allen als Kinderschänder erinnern oder als einen der größten Filmregisseure seiner Zeit? Würde man sich an Oliver North als einen Helden erinnern oder als einen Verräter der heiligsten Prinzipien der Demokratie? Und würde man sich an John Lennon letztlich nur erinnern als an den Mann, den ein Irrer vor einem Apartmenthaus in der Upper West Side von New York erschossen hatte?

Die Pausenklingel ertönte.

»Mist«, murmelte Sarah und lächelte.

Sie sagte das jeden Tag, am Ende jeder Stunde. Ihr Bedauern war ehrlich, denn sie haßte die Klingel, die das Ende einer Unterrichtsstunde anzeigte. Inzwischen war das Schimpfwort zu einer Art Markenzeichen von ihr geworden.

Luretta kam noch zu ihr nach vorn.

»Man könnte das herablassend finden«, sagte sie. »Ich meine, wenn man die Rapper Dichter nennt, nur weil sie schwarz sind.«

»Gutes Argument«, antwortete Sarah. »Darüber diskutieren wir das nächstemal.«

Michael stellte sich immer auf die Seite seiner Tochter. Gleichgültig, worum es ging – er ließ sich immer von Mollie breitschlagen. So auch jetzt. Dabei hatte Sarah gedacht, sie hätte sich klar genug ausgedrückt. Es war Unsinn, einen Weihnachtsbaum aufzustellen, wo sie doch am Sechsundzwanzigsten nach St. Bart fuhren. Heute war der Einundzwanzigste. Selbst wenn sie den Baum bis morgen abend aufgestellt und geschmückt hätten …

»Und außerdem«, fügte sie hinzu, »alles über einsachtzig kommt nicht in Frage.«

»Einsachtzig! Das ist doch kein *Baum*, Mom!«

Typisch Mollie.

Mit ihren zwölf Jahren lebte sie in der Sicherheit, daß ihr Vater für sie jede Lanze brach und damit die Sache bereits entschieden war. Sie hatten gerade die Wohnung verlassen. Es war fast halb sechs, es schneite, und so kam sich Sarah noch mehr vor wie der Geizkragen Scrooge, der die arme Familie Cratchit fertigmachen will.

»Selbst wenn wir ihn bis morgen abend geschmückt kriegen«, nahm sie den unterbrochenen Gedankengang wieder auf, »was soll's? Wir sind doch am Samstag schon wieder weg und kommen erst …«

»Aber wir können uns daran freuen, solange wir hier sind«, entgegnete Michael und lächelte wie ein korrupter Richter. Dabei wirkte er in seinem olivgrünen Lodenmantel mit den Knebelknöpfen, die Kapuze über den Kopf gezogen, sehr sportlich und solide.

»Klar, und das ganze vier Tage«, meinte Sarah. »Wir sind erst am Dritten wieder zurück. Und weil niemand da ist, der dem Baum Wasser gibt, wird er in der Zwischenzeit …«

»Wir können doch den Schlüssel beim Hausmeister hinterlegen.«

»Ich mag es nicht, wenn er in die Wohnung kommt, solange wir nicht da sind.«

»Ich gebe ihm zehn Dollar.«

»Gib die zehn Dollar lieber *mir*«, unterbrach ihn Mollie. »Dann bleib *ich* zu Hause und geb dem Baum Wasser.«

»Ganz bestimmt«, entgegnete Michael, und Mollie kicherte.

»Und wer befestigt die Lichter?« fragte Sarah.

Der allerletzte Versuch. Jetzt ging es nur noch um Schadensbegrenzung.

»Ich mach das«, versprach Michael.

»Aber nicht größer als einsachtzig«, sagte sie.

»Abgemacht«, stimmte er zu, nahm Sarahs Hand und zwinkerte Mollie zu.

So wanderten sie durch den leise fallenden Schnee. Prüfend musterten sie im Vorbeigehen die Bäume, die den Gehsteig säumten, hielten sich an den Händen und bemühten sich, im Gleichschritt zu gehen, wie sie damals im College über den Campus spaziert waren. Mit seinen einsachtundsiebzig war Michael gut sieben Zentimeter größer als Sarah, aber sie hatte lange Beine und keine Schwierigkeiten, mit ihm Schritt zu halten. Heute abend trug sie Jeans und ein dunkelblaues Marinejackett; die rote Wollmütze hatte sie tief über die kurzen blonden Haare gezogen. Mollie rannte vorneweg, eifrig auf der Suche nach einem passenden Baum. Bei jedem Riesenexemplar brach sie in Jubel aus.

»*Mom*!«

Ihre Stimme überschlug sich triumphierend. Offenbar hatte sie etwas entdeckt.

Vorsichtig trat Sarah näher.

Mollie stand neben einem unrasierten rundlichen Mann mit braunen fingerlosen Wollhandschuhen, einer grünen Mütze mit Ohrenklappen, einer ausgebeulten braunen Cordhose und durchweichten hohen Arbeitsstiefeln. Seine mit winzigen Lichtern behangene Baumreihe lehnte an der Backsteinmauer des Gebäudes hinter ihm, zwischen einem Chinarestaurant und einer chemischen Reinigung. Schon war eine seiner Hände im Gewirr der Zweige verschwunden und hielt den Baum, den Mollie entdeckt hatte, am oberen Stammende fest. Der Mann kaute auf einem kalten Zigarrenstummel und blickte Sarah mit hochgezogenen Augenbrauen fragend an.

Ihre Tochter stand stolz vor der Lichterkette; sie hatte einen perfekt geformten Baum gefunden, nicht höher als die von Sarah verordneten einsachtzig, voll und dicht, mit wunderbar blaugrünen Nadeln. Mollies Haare, die auf Schulterlänge gerade abgeschnitten waren und ihr in lässigen Ponyfransen in die Stirn fielen, glänzten im sanften Schein der Lichter wie pures Gold. Schneeflocken tanzten vor ihrem Gesicht, und ihre Augen waren groß und voller Erwartung. Ein plötzlicher Windstoß blies ihr ein paar Haarsträhnen ins Gesicht; wie Seidenvorhänge wehten sie über ihre hellen blauen Augen. Die ganze weihnachtliche Unschuld schien in diesen Augen zu leuchten. So stand Mollie neben ihrer wertvollen Beute, ihrem heißersehnten Schatz, die Augen flehentlich auf ihre Mutter gerichtet. Sarah hatte das Gefühl, daß sie nie wieder diese Unschuld auf dem Gesicht ihres Kindes sehen würde.

»Er ist wunderschön«, sagte sie, ging zu Mollie und nahm sie in den Arm.

Als sie heimkamen, war eine Nachricht auf dem Anrufbeantworter. Das rote Lichtchen blinkte wie ein Monsterauge.

»Michael«, sagte eine Frauenstimme, »hier ist Jackie Diaz. Kannst du mich bitte umgehend zurückrufen? Ich bin noch im Büro.«

Michael und Sarah sahen auf die Uhr.

Achtzehn Uhr siebenundvierzig.

Sekunden später verkündete die metallische Stimme des Apparats Datum und Zeit des Anrufs.

»Montag, einundzwanzigster Dezember, achtzehn Uhr einunddreißig.«

»Wer ist Jackie Diaz?« fragte Sarah.

»Rauschgiftdezernat, Manhattan South.«

»Das hat doch sicher Zeit bis nach dem Essen«, meinte Sarah.

»Könnte aber wichtig sein«, entgegnete Michael, den Telefonhörer bereits in der Hand.

»Michael, bitte«, sagte Sarah. »Ich will gerade … «

»Dauert bloß 'ne Sekunde«, beruhigte er sie und suchte in seinem Adreßbuch nach Jackies Nummer. Mit gerunzelter Stirn ging Sarah zum Kühlschrank. Michael wählte. Das Telefon am anderen Ende der Leitung klingelte und klingelte …

»Rauschgiftdezernat.«

»Detective Diaz, bitte.«

»Wen soll ich melden?«

»Staatsanwalt Welles.«

»Einen Moment bitte.«

Michael wartete. In der anderen Ecke der Küche knallte Sarah Plastikschüsseln in die Mikrowelle. Im Fernsehzimmer saß Mollie vor MTV.

»Hi, Michael. Tut mir leid, ich war grade am anderen Ende des Flurs. Kannst du gleich herkommen?«

»Worum geht's denn?«

»Ich hab eine routinemäßige Razzia durchgeführt, zweihundert Gramm Koks von einem kleinen Mistkerl namens Dominick Di Nobili. Seit zwei Stunden quetsch ich ihn aus. Er ist bereit zu singen.«

»Worum geht's denn?«

»Mobgeschichten, Michael.«

»Ich bin in einer halben Stunde in meinem Büro.«

Aus dem dünnen Flockengewirbel war ein regelrechter Schneesturm geworden.

Wäre es nicht um die Mafia gegangen, hätte man in einer solchen Nacht keinen Hund vors Haus gejagt, und das Treffen wäre frühestens dann einberufen worden, wenn es zu schneien aufgehört hätte. Aber jetzt *hatte* eben jemand den Mob erwähnt, und deshalb saßen Detective Jacqueline Diaz und der stellvertretende Abteilungschef Michael Welles in Zimmer sechshundertsiebenundsechzig, Hogan Place Nummer eins, um sich anzuhören, was Dominick Di Nobili vorzubringen hatte.

Jackie war drei- oder vierundzwanzig, eine zierliche Rothaarige puertoricanischer Herkunft, in Brooklyn geboren, aufgewachsen und zur Schule gegangen. Sie trug noch immer Blue jeans und Kapuzensweatshirts aus dem Sonderangebot. Michael hatte schon einmal mit ihr zusammengearbeitet: sie als verdeckte Ermittlerin bei der Abteilung Straßenkriminalität und er als Ankläger beim Wiederholungstäter-Programm. Sie arbeitete gern mit ihm zusammen, und jetzt hatte sie ihn angerufen, weil es ganz danach aussah, als wäre sie ausgerechnet in seinem neuen Spezialgebiet, dem organisierten Verbrechen, auf etwas Interessantes gestoßen.

Di Nobili hatte sofort angefangen zu schlottern, als sie ihm die Marke unter die Nase gehalten und ihm und ihrem Informanten Handschellen angelegt hatte. Letzteren ließ sie dann rasch in einem anderen Wagen abtransportieren, denn gute Polizeispitzel waren schwer aufzutreiben, deshalb wollte sie ihn nicht verprellen. Über Di Nobilis Haupt jedoch schwebten fünfzehn Jahre bis »lebenslänglich« wegen Verkauf von knapp zweihundert Gramm Kokain. Noch bevor sie ihm seine Rechte verlesen hatte, flehte er um Gnade, jammerte er, die anderen würden ihn umbringen, bettelte er, sie solle ihn doch laufenlassen, er habe so was zum allererstenmal getan …

»Unbescholten wie 'ne Jungfrau, was?«

»Nein, ehrlich. Bitte, Sie müssen mir glauben, die bringen mich um, wirklich.«

»Wer sind denn ›die‹?«

»*Alle*!«

»Was den Personenkreis natürlich beträchtlich einschränkte«, erklärte Jackie jetzt Michael. »Wie sich herausstellte … «

Wie sich herausstellte, war Di Nobili zwar Kellner von Beruf, aber zufällig auch ein notorischer Spieler. Noch schlimmer – er war ein Pechvogel: Anscheinend stand er bei einem Kredithai aus Manhattan mit etwa fünfzehntausend Dollar in der Kreide und war mit seiner letzten wöchentlichen Abzahlungsrate von siebenhundertfünfzig Dollar in Verzug. Wegen dieses Versehens hatte er Prügel bezogen, was zwei Veilchen und eine geschwollene Lippe bewiesen. Außerdem hatte der Wucherer gedroht, ihn umzubringen, falls Dominick nicht bis Weihnachten mit den *ganzen* fünfzehn Riesen plus *zwei* Wochen Zinsen anrückte. Das

Datum war willkürlich gewählt, aber Doms Weihnachtsstrumpf würde dieses Jahr wenig Kohle enthalten.

»Und jetzt wird's interessant«, meinte Jackie. »Di Nobili geht mit seinem Problem zu einer Freundin, die sehr gute Beziehungen hat, ja? Und diese guten Beziehungen, behauptet Di Nobili, bestehen besonders aus einem Capo in Queens, wo Di Nobili wohnt. Die Colotti-Familie, kennst du die?«

»Ja«, antwortete Michael.

»Da hab ich ein kleines Aha-Erlebnis, denn allmählich finde ich, die Sache stinkt gewaltig. Natürlich ist mir klar, daß er vielleicht nur Scheiße erzählt, weil man ihn beim Dealen erwischt hat. Der Capo, von dem die Rede ist, der Cousin dieser Freundin, besitzt jedenfalls ein Restaurant in Forest Hills. Sein Name ist Jimmy Angelli, auch bekannt unter dem Namen Jimmy Angels. Klingelt bei dir was?«

»Ganz entfernt.«

»Die Freundin bringt Dom also zu ihrem Cousin, und Dom erklärt ihm, daß er die fünfzehn Riesen plus Zinsen *unmöglich* vor Weihnachten auftreiben kann und daß ihn dann dieser Kredithai umbringt. Das glaubt er nämlich tatsächlich. Du und ich, *wir* wissen natürlich, daß keiner jemanden umbringt, der ihm Geld schuldet, weil er dann sein Geld ja *nie* zurückkriegt. Aber *Dom* weiß das anscheinend nicht, also hat er total Schiß, daß er vielleicht zu Weihnachten schon in der Hölle schmort. Jimmy Angels hört sein Geseier geduldig an, weil die Freundin schließlich seine *Cousine* ist, und soviel Respekt ist er dem Bruder seines Vaters allemal schuldig. Er will wissen, wer dieser Kredithai ist, und Dom erklärt ihm, es ist ein Mann namens Salvatore Bonifacio, bekannt als Sal der … «

»Sal der Barbier«, ergänzte Michael. »Von der Faviola-Familie aus Manhattan.«

»Die Faviola-Familie«, nickte Jackie. »Die bisher, da Anthony sich ja verabschiedet hat, mit der Colotti-Familie auf recht gutem Fuß stand.«

»Glauben wir jedenfalls«, meinte Michael.

»Das glauben wir auch. Die Territorien sind säuberlich aufgeteilt, keiner fährt dem andern aus irgendwelchen albernen Gründen an die Gurgel. Bis *jetzt* jedenfalls.«

»Bis jetzt«, bestätigte Michael.

»Na gut ... Jedenfalls erklärt sich Jimmy Angels seiner Cousine zuliebe bereit, mit einem Capo der Faviola-Familie zu sprechen, den er zufällig kennt, und diesen Capo zu bitten, ob er nicht vielleicht Sal dazu kriegt, beim Busenfreund seiner lieben Cousine Gnade vor Recht ergehen zu lassen. Der Capo verspricht Jimmy, er werde sehen, was er tun kann ... Übrigens hat sich das alles gestern abgespielt. Doms letzte Zahlung wäre am Freitag fällig gewesen, und da haben sie ihn auch gleich in die Mangel genommen. Am Samstag ist er nicht zur Arbeit erschienen, weil er aussah, als hätte ihn eine Dampfwalze überfahren, am Sonntag war er bei dieser Freundin, die ihn zu Jimmy Angels gebracht hat und so weiter.«

»Alles klar.«

»Heute morgen ruft nun der Capo ... «

»Wie heißt *der* eigentlich?«

»Das weiß Di Nobili auch nicht.«

»Okay.«

»... der Capo ruft also Jimmy Angels an und macht ihm einen Vorschlag. Zuerst bringt er die ganze Scheiße mit dem Respekt hinter sich – es geht nämlich um Respekt: Wenn man jemandem Geld schuldet und es nicht zurückzahlt, zeigt das einen Mangel an Respekt und so weiter und so fort. Nachdem er also die ganze Katzbuckelei hinter sich gebracht hat, sagt er ihm, wenn der Freund der Cousine seine Schulden abarbeiten will, hätten sie einen kleinen Auftrag für ihn. Und wenn er sich bewährt, dann gibt's vielleicht in Zukunft noch *mehr* Aufträge für ihn, bis er seine Schulden abgearbeitet hat, *wär* das nicht was? Die Faviola-Familie würde damit der Colotti-Familie einen *Gefallen* tun, verstehst du, eine Frage des Respekts, eine Frage der Ehre und das ganze Gedöns noch mal von vorne.«

»Laß mich raten, was für ein Auftrag das war«, sagte Michael.

»Du bist wie immer einen Schritt voraus.«

»Dom ist der Kurier, der die zweihundert Gramm Kokain für sie ausliefern soll ...«

»... und der ganz harmlos in die Falle tappt, die wir seit Wochen vorbereitet haben. Natürlich *wußte* keine der Familien, was Dom bevorstand – nebenbei bemerkt, sie wissen es noch *immer* nicht. Deshalb ist es ja so eine nette Geschichte. Vorher hatte er nur Schulden beim Kredithai der Faviolas. Aber jetzt muß er sich *auch* noch wegen der Colottis den Kopf zerbrechen, weil die schließlich für ihn eingesprungen sind. Er hat die Hosen gestrichen voll, das kannst du mir glauben«, grinste Jackie. »Er wäre bereit, seine Mutter zu verkaufen.«

»Das hast du gut gemacht«, meinte Michael und grinste zurück. »Dann mal los.«

Es gab weder Videokamera noch Tonbandgerät im Raum, keine Stenotypistin, niemand kritzelte auf einen Notizblock, niemand spähte durch einen Einwegspiegel. Was gesagt wurde, sollte strikt innerhalb dieser vier Wände bleiben.

Di Nobili war ein Schrank von einem Mann; er trug ein Sportjackett über einem dunkelblauen Rollkragenpullover, dazu eine graue Flanellhose und braune Slipper. Leicht schütteres Haar. Glattrasiert. Abgesehen von seiner dicken Lippe und den beiden Veilchen wirkte er wie ein Ehemann aus der Vorstadt, der früher einmal Football gespielt hatte. Die einzige sportliche Aktivität, der Di Nobili sich je gewidmet hatte – abgesehen von gelegentlichen Überfällen, die man ihm in die Schuhe schob –, war jedoch laut Jackie das Krafttraining während seiner sechs Jahre im ehemaligen Sing Sing. Der Akte zufolge war er neununddreißig; drei Jahre älter als Michael. Selbst wenn er mit der Mindeststrafe davonkam, wäre er vierundfünfzig, wenn er seine Zeit abgesessen hatte. Aber er hatte keine Angst vor dem Gefängnis, er hatte Angst um sein Leben.

»Es ist dir doch sicher klar, daß du uns gehörst«, sagte Michael.

»Ja.«

»Wir besorgen dir einen neuen Wohnsitz, und wir beschützen dich vor diesen Leuten. Aber das bedeutet, daß du tun mußt, was wir dir sagen. Ansonsten überlassen wir dich deinem Schicksal: entweder mit *uns* vor Gericht oder mit *denen* auf der Straße.«

»Ich möchte mit Ihnen zusammenarbeiten«, versicherte Di Nobili.

»Gut. Dann möchte ich, daß du das hier liest und unterschreibst.«

»Was ist das?«

»Eine Verzichtserklärung«, antwortete Michael und reichte ihm das Papier. Der Text lautete folgendermaßen:

VERZICHTSERKLÄRUNG

*Ich, Dominick Di Nobili, bin mir bewußt, daß ich aufgrund einer Verletzung von Paragraph 220.43 des New Yorker Strafgesetzes verhaftet worden bin [Verkauf illegaler Substanzen].*

*Meine Rechte wurden mir von Detective Jacqueline Diaz vom New York City Police Department verlesen; ich verstehe diese Rechte.*

*Außerdem hat man mich über mein Recht auf einen raschen Prozeß informiert …*

»Davon hat mir keiner was gesagt«, unterbrach Di Nobili.

»Wir sagen's dir doch grade, oder?« erwiderte Michael.

*… mein Recht auf einen raschen Prozeß informiert; ich verstehe auch dieses Recht.*

*Im vollen Bewußtsein meiner Rechte habe ich den Wunsch, mit den Behörden zu kooperieren. Es sind mir jedoch keinerlei Versprechungen gemacht worden bezüglich …*

»Ich dachte, Sie haben mir versprochen, daß ich 'nen neuen Wohnsitz krieg.«

»*Vorausgesetzt*, du verscheißerst uns nicht«, meinte Jackie.

»*Falls* du uns verscheißerst, haben wir immer noch den Flash als Beweismaterial, und deine Chancen ... «

»Den was?«

»Das *Geld* für den Koks. Die zwanzig Riesen, die du kassiert hast.«

»Oh.«

»Wenn du uns verscheißerst, hast du echt schlechte Karten.«

»Ich verscheißere Sie nicht.«

»Gut. Dann unterschreib die Verzichtserklärung«, sagte Jackie.

»Ich möchte sie erst fertig lesen.«

*... bezüglich meiner Kooperation.*

*Um in vollem Ausmaß mit den Behörden kooperieren zu können, stimme ich einem Aufschub meines Prozesses zu. Ich tue dies im vollen Wissen, daß ich das Recht besitze, unverzüglich dem Untersuchungsrichter vorgeführt zu werden. Aufgrund der Auswirkungen, die dieser Prozeß auf meine Kooperationsfähigkeit haben könnte, möchte ich jedoch ausdrücklich auf dieses Recht verzichten.*

»Was bedeutet das alles?« fragte Di Nobili.

»Es bedeutet, wenn wir dich dem Untersuchungsrichter vorführen, wissen alle, daß man dich hopsgenommen hat.«

»Oh.«

»Und damit bist du für uns wertlos.«

»Oh.«

»Also, was ist?« fragte Michael. »Willst du jetzt unterschreiben?«

»Ja, okay«, antwortete Di Nobili kleinlaut.

Er unterschrieb die Erklärung, mit Datum.

»Okay«, sagte Michael. »Wo hast du den Koks abgeholt?«

»In einem Metzgerladen in Brooklyn.«

»Wer hat ihn dir ausgehändigt?«

»Ein Typ namens Artie. Hab ihn vorher nie gesehen. Ich

sollte reingehen und sagen, Dominick ist hier wegen den Schweinekoteletts. Er hat mir ein Päckchen gegeben, eingewickelt, als wär Fleisch drin. In diesem weißen Papier, wissen Sie.«

»Wer hat dir aufgetragen, was du sagen solltest?«

»Sal der Barbier. Er ist der einzige in der ganzen Geschichte, den ich kenne.«

»Und Jimmy Angels? Den kennst du doch auch, oder?«

»Ich bin ihm nie begegnet. Er ist der Cousin meiner Freundin.«

»Wie heißt deine Freundin?«

»Ich möchte sie gern raushalten.«

»Hör zu«, schaltete sich Jackie ein, »vielleicht hast du meinen Kollegen hier nicht richtig verstanden. Spielst du mit, oder willst du uns veralbern?«

»Häh?«

»Sag ihm den Namen deiner Freundin. Er ist Abteilungschef beim Spezialressort für organisiertes Verbrechen, und wir wollen bestimmt nicht seine kostbare Zeit verschwenden.«

»Sie heißt Lucy.«

»Und weiter?«

»Angelli. Sie ist Jimmys Cousine.«

»Sal hat dir gesagt, wo du das Zeug abholen sollst, richtig?«

»Ja.«

»Und wo du's hinbringen sollst.«

»Ja, zu einer Frau namens Anna Garcia. Ich sollte sie vor diesem Schnellimbiß in Chinatown treffen.«

»Das war mein Deckname«, erklärte Jackie grinsend. »Ich war mit einem anderen verdeckten Ermittler zusammen. Ein Zweizentnerkerl – falls es Dom eingefallen wäre, mir eins überzubraten und den Koks zu *klauen*.«

»Tja«, brummte Dom geknickt.

»Was noch?« fragte Michael.

»Er hat gesagt, daß ich dreiundzwanzig Riesen für den Koks kassieren soll.«

»Hat Sal das gesagt?«

»Ja.«

»Wem solltest du das Geld bringen?«

»Sal.«

»Wohin?«

»In ein Restaurant namens La Luna.«

»Wo ist das?«

»58. Straße.«

»Hast du dich dort schon früher mit Sal getroffen?«

»Ja, um meine Raten zu bezahlen.«

»Was hat er dir berechnet?«

»Fünf Prozent die Woche.«

»Nicht grade Chase Manhattan Bank«, warf Jackie ein.

»Wann solltest du dich mit ihm treffen?«

»Sie meinen, heute?«

»Heute, klar.«

»Gleich danach.«

»Das war um sechs«, meinte Jackie. »Dann bist du ja ziemlich spät dran, Dom.«

»Ja, ich bin spät dran«. Di Nobili sah ganz besorgt aus.

»Ich möchte, daß du ihn anrufst«, sagte Michael. »Hast du 'ne Nummer, unter der du ihn erreichen kannst?«

»Ja.«

Michael ging zu dem Aktenschrank am anderen Ende des Zimmers, zog eine Schublade auf und holte einen eingepackten Telefon-Pickup heraus, den die technische Abteilung bei Radio Shack erstanden hatte. Während er den Saugknopf an seinem Telefonhörer befestigte, erklärte er weiter: »Du sagst ihm folgendes: Alles sei nach Plan gelaufen, aber dann hattest du eine Reifenpanne, und die Werkstatt sei grade erst damit fertig. Kapiert bis hierher?«

»Nein, ich bin bescheuert«, knurrte Di Nobili.

Michael musterte ihn.

»Hören Sie, Mister«, sagte er schließlich, »soll ich vielleicht nach Hause gehen?«

»Tut mir leid«, entschuldigte sich Di Nobili.

»Wenn du dich weiterhin benimmst wie ein Arschloch«, sagte Michael, »dann bin ich in einer Minute hier weg. Capito?«

»Ja, ja.«

»Gut.« Michael steckte das Kabel in sein Tonbandgerät. »Wenn er dich fragt, warum die Reparatur so lange gedauert hat, sagst du ihm, weil bald Weihnachten ist und wegen des miesen Wetters.«

»Ob er ihm das wohl abkauft?« überlegte Jackie.

»Ich glaube schon«, meinte Di Nobili.

»Sorg dafür, *daß* er's tut«, sagte Michael. »Erzähl ihm, du bist schon unterwegs mit dem Geld, aber es dauert vielleicht eine Weile, weil der Schneepflug noch nicht da war, weil es einen Stau gibt, irgendwas. Ich muß ein bißchen Zeit gewinnen«, fuhr er an Jackie gewandt fort. »Zeit, das Mikro anzubringen, eine Ausrede zu erfinden … «

»Was soll das heißen?« unterbrach Di Nobili. »Ich soll 'ne *Wanze* tragen?«

»Er hat's immer noch nicht kapiert«, stöhnte Jackie kopfschüttelnd.

»Du kriegst ein Mikro, ja«, erklärte Michael. »Hast du Probleme damit?«

»Nein, Sir.«

»Gut. Ruf an.«

Di Nobili angelte einen Zettel aus seiner Brieftasche, studierte ihn eingehend, nahm ihn in die linke Hand und tippte mit der rechten die Nummer ein. Die Anlage war so geschaltet, daß alles, was aufgezeichnet wurde, gleichzeitig mitverfolgt werden konnte. Michael und Jackie setzten Kopfhörer auf. Das Telefon klingelte, einmal, zweimal, dreimal …

»La Luna«, meldete sich eine Männerstimme.

»Ich möchte Sal sprechen«, sagte Di Nobili.

»Wer ist da?«

»Dominick Di Nobili.«

»Kennt er Sie?«

»Ja.«

»Bleiben Sie dran.«

Michael nickte anerkennend. Es war ihm nicht entgangen, daß Di Nobili der kalte Schweiß auf der Stirn stand.

»Hallo?«

Wieder eine Männerstimme. Ziemlich barsch.

»Sal?«

»Ja.«

»Hier spricht Dom.«

»Verdammt, wo steckst du denn?«

»Ich bin in einer Werkstatt in der Canal Street. Mußte mir 'nen Platten richten lassen.«

»Weißt du, wie spät es ist?«

»Ja, es ist spät, ich weiß.«

»Ich warte seit sechs auf deinen Anruf.«

»Ich hab stundenlang nach 'ner Telefonzelle gesucht, als ich den Platten hatte.«

»Wie ist es gelaufen?«

»Gut.«

»Probleme?«

»Keine.«

»Und wo bist du jetzt?«

»In der Werkstatt, wo sie den Reifen gewechselt haben. Ich muß noch zahlen, dann mach ich mich auf den Weg.«

»Warum hat es so lange gedauert?«

»Weihnachten. Der Verkehr ist 'ne Katastrophe. Und ich kenn mich nicht aus in dieser blöden Gegend hier«, improvisierte Di Nobili. »Bis ich 'ne offene Werkstatt gefunden hatte ...«

»Aber jetzt ist der Reifen wieder in Ordnung?«

»Ja, sag ich doch.«

»Also. Wann bist du hier? Ich warte schon geschlagene zwei Stunden auf dich.«

»Ich kann gleich kommen, wenn du willst.«

»Ja, tu das.«

»Aber es ist wirklich schrecklich auf den Straßen, Sal, der

reinste Schneesturm. Wahrscheinlich brauch ich 'ne Weile nach Uptown, echt.«

»Du bist in der Canal Street, weshalb brauchst du dann 'ne Ewigkeit zur Achtundfünfzigsten?«

»Du müßtest mal sehen, was draußen abgeht, Sal. Die Autos stehn hier kreuz und quer ...«

»Das ist mir vollkommen ...«

»... 'ne einzige Rutschpartie, so was hab ich noch nie erlebt.«

»Dann miete dir einen Hundeschlitten. Ist mir scheißegal – und wenn es bis Mitternacht dauert, ich warte hier auf dich.«

»Okay. Aber stell dich am besten drauf ein, daß du lange warten mußt, mehr wollt ich ja gar nicht sagen.«

»Ich hab heute sonst nichts vor«, erwiderte Sal und legte auf.

Di Nobili sah Michael an.

»Gut gemacht«, lobte Michael.

Es war fast zehn, als Di Nobili das Restaurant La Luna in der 58. Straße Ecke Eighth Avenue betrat. Unter seiner Kleidung trug er zwei technische Geräte: ein Digital-Aufnahmegerät und einen Sender. Dem Restaurant gegenüber parkte ein leerer Wagen. In ihm befand sich ein Verstärker, der die Signale von Di Nobilis Sender auffing und mit erhöhter Frequenz an einen Zivilstreifenwagen weitergab, in dem Jackie und Michael drei Blocks weiter warteten. Es würde *zwei* Aufzeichnungen geben: eine auf den Mikrochips des Aufnahmegeräts, die andere auf dem Mithörband. Man hatte Di Nobili angewiesen, sich nicht in der Nähe von Geschirr- oder Besteckgeklapper und auch nicht bei einer Jukebox oder einem Lautsprecher aufzuhalten. Darauf hatte er gemeint, Sal erledige seine Geschäfte gewöhnlich an einem ruhigen Ecktisch in der Nähe der Küche. Außerdem würde es an einem Montagabend um diese Zeit bestimmt nicht allzuviel Kundschaft im Restaurant geben. Hoffentlich jedenfalls.

Die dreiundzwanzigtausend Dollar, die sich Jackie für den vorgetäuschten Drogendeal hatte aushändigen lassen, konnten sie nicht noch einmal verwenden, denn falls sich Di Nobilis

Information als nutzlos erwies, brauchten sie sie als Beweismaterial, um ihn wegen Paragraph 220 vor Gericht zu bringen. Also ließ sich Michael persönlich einen neuen Stapel Banknoten geben, allerdings nur achtzehntausend. Dom sollte nun in den nächsten zehn Minuten Sal erklären, warum er nur mit achtzehn statt mit den vereinbarten dreiundzwanzig Riesen anrückte. Michael und Jackie hofften, daß das fehlende Geld und Doms Erklärungsversuche zu einer weiteren Eskalation führen würden.

Da es nicht unbemerkt geblieben wäre, trugen Jackie und Michael keine Kopfhörer; die Abhör- und Aufnahmegeräte standen auf dem Boden vor ihnen, der Lautstärkeregler war bis zum Anschlag aufgedreht. Sie warteten, ein Mann und eine Frau, die wie ein Liebespaar wirkten – als hätten sie nur Augen füreinander. Dabei waren sie zwei Cops, die die Ohren spitzten. Sanft und unerbittlich fiel der Schnee auf den Wagen und deckte ihn zu.

»Das hat aber gedauert«, sagte Sal.

Sal Bonifacio, Sal mit der barschen Stimme, dem aufbrausenden Temperament, den schnellen Fäusten. Sal der Barbier.

»Ich hab's dir doch gesagt«, erwiderte Dom.

»Wo ist das Geld?«

»Hier.«

Schweigen. Bestimmt holte Dom jetzt den Umschlag aus der Tasche und überreichte ihn Sal.

»Hat sie den Stoff angetestet?«

»Nein.«

»Überrascht mich. Womöglich vertraut sie uns, was?«

Sal lachte. Dom stimmte ein. Ganovenehre. Und sie hatten ja allen Grund zu lachen.

»Wie sieht sie denn aus?«

»Wer?«

»Na, die Tussi. Anna Garcia.«

»'ne knackige Rothaarige.«

Im Wagen flüsterte Jackie: »Danke, Dom.«

»Nach allem, was ich höre, hätt ich nix dagegen, sie mal zu bumsen.«

»Ich auch nicht«, sagte Dom, und die beiden Männer lachten wieder.

»Und sie hat das Zeug nicht angetestet?« erkundigte sich Sal noch einmal.

»Sie hat nichts davon gesagt, also hab ich auch nichts gesagt.«

»Schlau von dir. Hast du die Kohle gezählt?«

»Hab ich.«

»Warum sind's dann bloß achtzehn Riesen?«

Michael hielt den Atem an.

»Tja ... darüber wollt ich ja mit dir reden«, antwortete Dom.

»Ich höre.«

»Weißt du ...«

»Wär besser für dich, wenn das 'ne gute Erklärung wird, Dominick. Wenn du glaubst, daß das, was dir am *Freitag* passiert ist, schlimm war, dann hast du keine Ahnung, was los ist, wenn ich *wirklich* sauer bin. Also, wo sind die restlichen fünf Riesen?«

»Weißt du, auf dem Weg hierher ...«

»Zwei Stunden hat das gedauert, Dominick. Du rufst mich um acht an, und um zehn tauchst du hier auf. Bist du der Zwei-Stunden-Mann oder was? Du kassierst den Cash um sechs, um acht rufst du an, um zehn bist du hier – mit fünftausend *zuwenig*. Wo ist der verdammte Rest, Dominick?«

»Den hab ich beim Würfeln verloren.«

»Du hast *was*?«

»Ich ...«

»Das war dein Todesurteil, Dominick.«

»Hör zu, Sal, ich ...«

»Nein, Schluß jetzt, du bist tot.«

»Bitte, Sal, ich kann's er –«

»Bedankst du dich etwa so für einen Gefallen? Soll ich vielleicht Frankie erzählen, du hast das Geld *verspielt*?«

»Was denn für'n Frankie?« flüsterte Michael.

»Du glaubst, du kannst Geld stehlen von ...«

»Ich hab's nicht gestohlen, Sal, ich hab's bloß geliehen. Damit ich ...«

»Von *wem* hast du's geliehen, Dominick?«

»Von dir. Vorübergehend.«

»Dominick, du schuldest mir *schon* fünfzehn Riesen plus Zinsen. Am Freitag, wenn das Geld fällig ist, sind das sechzehntausendfünfhundert verfluchte *Dollar*, die du mir schuldest, Dominick. Willst du mir jetzt erzählen, daß du dir *noch mal* fünftausend von mir geliehen hast? Ohne mich zu fragen?«

»Ich wollte dir's doch erzählen. Genau das tu ich ja grade.«

»Du willst mir also erzählen, du hast dir noch mal fünftausend von mir geliehen, richtig?«

»Ja.«

»Du blöder Scheißhaufen, es ist nicht *mein* Geld, das du da verspielt hast, es ist Frankie *Palumbos* Geld!«

»*A-ha*«, sagte Michael.

»Frankie tut diesem Schwachkopf Angelli aus Queens einen Gefallen. Glaubst du etwa, keiner wüßte, daß du seine häßliche Cousine bumst, du, ein verheirateter Mann? Weiß Angelli, daß er Frankie um einen Gefallen für einen verheirateten Mann bittet, der seine Cousine bumst? Und *so* bedankst du dich bei Frankie? So zeigst du einem Mann deinen Respekt, dessen Arsch du eigentlich im Schaufenster von Macy's vor allen Leuten küssen solltest? Weißt du, was dir dafür blüht? Erst mal ...«

»Sal ...«

»Erst mal werd ich dich *höchstpersönlich* grün und blau schlagen, weil du mich vor Frankie blamiert hast, und dann werd ich dich *Frankie* überlassen, und *der* wird dafür sorgen, daß du die Faviola-Familie garantiert nie mehr bestiehlst. Hast du das verstanden, Dominick?«

»Laß mich noch mal mit Jimmy reden, okay?« sagte Dom. »Ich möchte *ihm* erklären, was ...«

»Mit Jimmy brauchst du überhaupt nicht mehr zu reden, Jimmy hat für dich getan, was er konnte. Die *Colottis* geht das alles längst nichts mehr an, das ist jetzt Sache der *Faviolas*. Hast du wirklich das letzte Restchen Respekt verloren?«

»Jimmy kann's ihm erklären.«

»Da gibt's nichts zu erklären. Du hast Frankie Palumbo fünftausend Riesen gestohlen, und das, nachdem er dir einen Gefallen erwiesen hat. Was gibt's da zu erklären?«

»Ich hab doch gedacht, ich leih es mir von *dir*, Sal.«

»Du meinst wohl, du hast gedacht, du *stiehlst* es von mir.«

»Nein, nein. Ich wollte dir Zinsen dafür zahlen, genau wie vorher.«

»*Zinsen*? Du verfluchtes Stück *Scheiße*, du kommst *jetzt* mit deinen Zahlungen nicht klar, wie willst du mir *noch* mal fünftausend zurückzahlen?«

»Ich hab mir gedacht, unter den gleichen Bedingungen.«

»Ohne mich vorher zu fragen?«

»Ich dachte, ich kann's dir später erklären.«

»Du bist ein blöder Wichser, Dominick.«

»Ich weiß, ich hätte dich fragen sollen. Das seh ich ja ein. Aber ich hab wirklich gedacht, es ist dein Geld, Sal, ich hab nicht gewußt …«

»Ist aber nicht mein Geld.«

»Tut mir echt leid, Sal, daß ich den beiden Familien solche Unannehmlichkeiten gemacht hab, tut mir wirklich leid, Sal.«

»Daran hättest du *früher* denken sollen, bevor du dich so in die Scheiße reitest.«

»Ich hab gedacht, ich leih's mir bloß.«

»Blöder Wichser«, sagte Sal, und Michael stellte sich vor, wie er dazu den Kopf schüttelte. Ein längeres Schweigen folgte. Jackie sah Michael an. Michael zuckte die Achseln. Sie warteten.

»Ich sag dir die Wahrheit«, begann Sal schließlich wieder. »Die Sache liegt nicht mehr in meinen Händen, Dom. Diesmal bist du echt zu weit gegangen. Wenn ich Frankie deinetwegen anrufe, sagt er mir bloß, ich soll dir beide Beine brechen und dich in den Fluß werfen.«

»Vielleicht könntest du ihn bitten, ein Gespräch mit …«

»Ich kann dir genau sagen, wie seine Antwort lautet. Er wird mir sagen, ich soll ihn mit der Scheiße in Ruhe lassen und mich selber drum kümmern.«

»Vielleicht würde aber *Jimmy* für den Kredit bürgen …«
»Warum sollte …«
»… während ich ihn abarbeite.«
»*Wie* willst du ihn denn abarbeiten? Du meinst, du willst *noch* mal Koks liefern und dafür *kassieren* und dann das Geld beim Würfeln *verlieren*, hattest du's dir vielleicht *so* vorgestellt, du Arschgeige?«
»Jetzt ist er wieder sauer«, stellte Jackie fest.
»Könnte ich ihn nicht wenigstens *fragen*?«
»*Was* willst du ihn fragen?«
»Ob er sich mit Jimmy treffen und die Sache mit ihm besprechen kann.«
»Und weißt du, was er dazu sagen wird? Jimmy kann mich mal und du auch. Er hat sich für dich eingesetzt, und jetzt sieht er, wie du es ihm dankst. Das wäre seine Antowrt, darauf kannst du Gift nehmen.«
»Versuch's trotzdem, bitte, Sal.«
»Ich soll ein Treffen vereinbaren, ja?«
»Bitte.«
»*Wenn* ich Frankie anrufe … und ich betone, *wenn* … dann wird er darauf bestehen, daß die Sache nach seinen Spielregeln abläuft. Du hast 'ne Menge Ärger gemacht, Dom, beiden Familien, und jetzt schlägst du auch noch ein Treffen vor, das heißt, zwei wichtige Leute sollen zusammenkommen, um über das zu reden, was *du* Blödmann vermasselt hast. Da brauchst du Mumm in den Knochen, das sag ich dir. Und woher willst du überhaupt *wissen*, daß Angelli für den Kredit bürgt? Wie willst du …?«
»Na ja, ich *weiß* es nicht. Meine Freundin muß ihn erst fragen.«
»Deine Bums-Freundin.«
»Na ja.«
»Vielleicht muß ich doch ein *bißchen* den Diplomaten spielen«, sagte Sal.
»Du rufst ihn also an?«
»Du wartest hier. Wenn du dich auch nur einen Zentimeter

vom Fleck rührst, kannst du dir anschließend ein gutes Versteck suchen.«

Schritte entfernten sich. Jetzt, wo die beiden Männer schwiegen, hörte Michael andere Geräusche aus dem Restaurant – die gedämpften Stimmen der Kellner, die aufräumten und die Tische für das nächste Mittagessen deckten, Besteckgeklapper, eine Talk-Show im Radio. Sie warteten. Draußen schneite es noch immer.

»Okay.«

Sals Stimme.

Sie kam näher, als er sich wieder am Tisch niederließ.

»Du bist ein ausgewachsener Glückspilz, Dominick. Er hat gesagt, Jimmy soll ihn anrufen, dann verabreden sie was für nach Weihnachten.«

»Danke«, sagte Dominick.

»Du solltest seine Cousine gut vögeln bis dahin«, sagte Sal.

Es war noch früh am Nachmittag, und am Strand war es unerträglich heiß. Selbst im Schatten des gestreiften Sonnenschirms fühlte sich Sarah nicht besonders wohl, aber sie hatte den Verdacht, daß das weniger an der Hitze lag als am Geschwätz ihrer Schwester. Heather erzählte, sie hätte ihren Mann am liebsten ermordet, als sie ihm auf die Schliche gekommen war. Die Insel gehörte zu Frankreich; hier gingen die Frauen oben ohne an den Strand. Auch Heather saß barbusig auf dem Badetuch unter dem Schirm. Sie hätte Doug gern mit dem Beil den Schädel eingeschlagen, sagte sie. Dauernd spazierten irgendwelche Leute an ihnen vorbei, und der nackte Busen ihrer Schwester störte Sarah sehr. Sie selbst war nicht mutig genug, ihr Bikinioberteil abzulegen. Wahrscheinlich würde sie sich nie dazu durchringen können.

»Im Schlaf zum Beispiel«, sagte Heather, »ich wollte das Beil holen und damit auf sein Gesicht loshacken.«

»Ach, komm schon«, stöhnte Sarah.

»Doch, ich mein's ernst. Ich wollte ihm den Schädel einschlagen. Dann irgendwohin ins Ausland fliehen und untertauchen.«

Der Strand lag auf der Südseite der Insel, in einer einsamen Bucht, weit weg von den Hotels an der Atlantikküste von St. Bart. Das Haus ihrer Eltern lag auf einem grünen Hügel mit Blick aufs Meer, etwa einen Kilometer vom nächsten Wohnhaus entfernt, zwanzig Minuten auf dem Mokick zum nächsten guten Hotel in Morne Lurin. Mollie war im Haus und hielt ein Mittagsschläfchen. Yolande, die Haushälterin, fegte die Holzveranda, die das Haus umgab. Wie ein dezenter Kontrapunkt untermalte das Scharren des Besens ihr Gespräch – wenn man es so nennen wollte. Die Ebbe hatte eingesetzt, winzige Wellen schwappten träge ans Ufer. Alles war still und friedlich, nur Sarahs Schwester mußte von einem Mord faseln. Sarah wollte nichts davon hören. Sie kam sich vor, als wäre sie an diesem glutheißen Strand in eine Falle geraten.

»Das war, nachdem ich die Geschichte mit seiner kleinen Lolita rausgefunden habe«, fuhr Heather unbeirrt fort. »Er ist regelmäßig zu spät vom Büro nach Hause gekommen, hat mir erzählt, er macht Überstunden, erst war es das, dann jenes, alles furchtbar wichtig – und ich hab's geglaubt. Sie hieß Felicity, und ich hätte sie am liebsten gleich umgebracht. Immer wieder hab ich mir gewünscht, ich würde die beiden im Bett erwischen, damit ich sie erledigen könnte, ihnen die Gesichter zerhacken und dann von der Bildfläche verschwinden. Später wäre ich dann hierher geflohen, aber hier hätte die Polizei sicher als erstes nach mir gefahndet, stimmt's?«

»Wahrscheinlich«, antwortete Sarah.

»Es war kurz nach Halloween, als ich's rausgefunden habe. Am Sonntag hat eine Frau bei uns im Haus eine Party veranstaltet. Ich bin als sexy Hexe gegangen. Doug als haariger Hexenmeister. Ein Kerl, der Dracula sein sollte, hat mich überallhin verfolgt und mir erzählt, er wolle mich in den Hals beißen. Und obwohl Doug doch seine Felicity zwei, drei Abende pro Woche durchbumst, tut er auf einmal so, als wär er entsetzlich eifersüchtig auf einen besoffenen Idioten mit falschen Vampirzähnen.«

Sie schüttelte ratlos den Kopf, und ein Schweißtropfen kullerte zwischen ihren nackten Brüsten herunter.

»Später am Abend hat er sie dann angerufen«, fuhr sie fort. »Und so bin ich dahintergekommen.«

»Wie denn?« fragte Sarah.

»Ich bin aufgestanden, um zu pinkeln – ich muß immer die ganze Nacht aufs Klo, wenn ich zuviel Wein trinke, du nicht? Jedenfalls ist Doug nicht im Bett. Es ist drei Uhr morgens, und ich frage mich, wo ist Doug? Eine vernünftige Frage, oder? Um drei Uhr morgens! Ist Doug auf dem Klo? Muß er etwa *auch* pinkeln? Muß ich womöglich anstehen? Oder soll ich lieber das Klo neben dem Arbeitszimmer benutzen, ganz am Ende des Flurs? Aber nein, Doug ist *nicht* auf dem Klo, das Klo ist leer. Also verschaffe ich mir erst mal Erleichterung, wie man so schön sagt, und gehe dann zurück ins Schlafzimmer. Doug ist *immer* noch nicht im Bett, also, wo *ist* er denn bloß? Eine maßlose Neugier packt mich – und das ist doch nur verständlich, nachts um drei –, also geh ich raus auf den Flur. Und da seh ich Licht im Arbeitszimmer. Ich ruf: ›Doug?‹ und höre ein Klicken. *Klick*. Nur ein winziges *Klick*, aber ich weiß, daß da jemand den Telefonhörer auflegt. Es ist drei Uhr morgens, und mein Mann führt ein Telefongespräch in seinem Arbeitszimmer. Tja, und dann kommt er aus dem Arbeitszimmer, nackt bis auf die Pyjamahose und ein saublödes Grinsen, und erzählt mir, daß er ein Wort im Lexikon nachschlagen wollte. Ein *Wort*? frage ich. Es hat mich ganz verrückt gemacht, sagt er. Hab kein Auge zugemacht deshalb. Ein *Wort*? frag ich noch mal. *Was* für ein Wort? Ich nehm ihm die Geschichte tatsächlich ab, kannst du das glauben? Ich denk immer noch, ich hätte mich vielleicht geirrt mit dem Klicken, vielleicht war es doch was anderes, kein Telefonhörer. Vielleicht hat er das Lexikon zugeklappt. *Äohippus*, sagt er. Das war das Wort, das er nachsehen wollte, um drei Uhr morgens. *Äohippus*. Du meinst dieses *Urzeit-Pferd*? frage ich. Er sagt, ja genau, aber wie *schreibt* man es? *Das* hat mich verrückt gemacht.

Also, das klingt doch ganz vernünftig, findest du nicht? Ich meine, *so was* kann man nachvollziehen, hab ich recht? Die brennende Frage, ob nach dem *H* ein *I* kommt oder ein *Y*. Es ist drei Uhr morgens, wir stehen auf dem Flur, und er erzählt mir, daß er aufgestanden ist, um *Äohippus* nachzuschlagen, und jetzt weiß er, wie man's schreibt, und kann einschlafen, was er auch umgehend tut, und er schnarcht, die Hand zwischen meinen Beinen. Als ich am nächsten Abend von der Arbeit nach Hause komme und er noch im Büro ist, wegen einer seiner *wichtigen* Geschichten, der Scheißkerl, schlage ich *Äohippus* nach. Stimmt, man schreibt's mit *I*. Aber ich denke mir, es gibt Seltsameres zwischen Himmel und Erde als einen Mann, der nachts um drei aufsteht, um *Äohippus* nachzuschlagen. Bis am siebten November die Telefonrechnung kommt.«

»Aha«, murmelte Sarah.

»Jawohl. Bei den Ferngesprächen am ersten November steht eins um zwei Uhr achtundvierzig am Morgen nach Wilton, Connecticut. Ein Zwölfminutengespräch, also hatte ich vielleicht *doch* nicht so unrecht mit dem Klicken, was? Und da steht auch die Telefonnummer und alles, man höre und staune. Also ruf ich die Telefongesellschaft an und sage denen, daß mir die Nummer unbekannt vorkommt und ob sie mir nicht vielleicht sagen können, wessen Anschluß das ist. Ich drücke mich sehr gewählt aus, obwohl meine Hand am Telefonhörer zittert. Der Anschluß gehört einer gewissen Felicity Cooperman, eine von den kleinen Werbetexterinnen in der Agentur, die sich, nebenbei bemerkt, jedesmal halbtot knickst, wenn ich dort auftauche. Sie ist neunzehn, wenn's hoch kommt, und mein Ehemann ruft sie an Allerheiligen um zwei Uhr achtundvierzig an. Da hab ich beschlossen, ihm bei nächster Gelegenheit den Schädel einzuschlagen.«

»Ich bin froh, daß du's nicht getan hast«, meinte Sarah.

»Ich hab eben kühlen Kopf bewahrt«, grinste Heather.

Wenn sie lächelte, sah sie selbst aus wie neunzehn. Ein breites mädchenhaftes Grinsen, die blauen Augen fest zusammengekniffen. Mit ihren zweiunddreißig Jahren sah Heather immer noch aus wie auf der High-School: feste Apfelbrüste, flacher Bauch, lange Beine – der geschmeidige Körper einer Schwimmerin. Sie hatte keine Kinder. Was unter den gegenwärtigen Umständen wahrscheinlich ein Segen ist, dachte Sarah.

»Ich hab einen Anwalt angerufen, den mir die Frau von der Halloween-Fete empfohlen hat. Sie ist selbst dreimal geschieden. Ich hab ihr erzählt, eine Freundin hätte Probleme mit ihrem Mann und so weiter, alles erstunken und erlogen. Ich glaube auch nicht, daß sie es mir abgenommen hat. Jedenfalls sagt mir der Anwalt, ich soll jemanden engagieren, der Mr. Douglas Rowell beschattet, und ich laß mich dazu überreden. Wie sich herausstellt, war meine Annahme falsch, daß er die kleine Felicity zwei-, dreimal pro Woche durchbumst, weit gefehlt, er bumst sie, daß ihr Hören und Sehen vergeht, und das jeden Tag in der Mittagspause, *plus* die zwei-, dreimal abends, wenn er wegen all der furchtbar wichtigen Geschichten bis in die Nacht hinein Überstunden macht. Du müßtest die Tonbänder mal hören, Sarah, die sind ... «

»Du hast *Tonbänder* davon?«

»Na ja, eigentlich nur *ein* Tonband. Ich spiel dir's mal vor.«

»Hier? Du hast es *dabei*?«

»Nein, nein. Es ist im Büro des Anwalts. Alles andere als jugendfrei, nichts für Minderjährige. *Dougs phantastischer Pimmel*, in der Hauptrolle die neunzehnjährige Felicity Cooperman. Dieser Film hat sie zum Star gemacht, mit Sätzen wie: ›Ich lutse so *gern* deinen wundersönen, dicken Swanz, ach je, ich komm wie *doll*, wenn ich diesen dicken phan-*taß*-tissen Swanz lutse‹, diese kleine *Hexe*!« Heather schnippte wütend mit dem Finger nach einer Sandfliege. »Ich könnte die beiden umbringen«, sagte sie. »Mit 'nem *Beil*!«

»Erzähl das bloß nicht Michael.«

»Wann kommt er überhaupt?«

»Sobald er sich abseilen kann. Irgendeine wichtige Sache hat sich plötzlich ergeben.«

Heute war der achtundzwanzigste Dezember; Sarah und

Mollie waren am sechsundzwanzigsten gekommen. Michael konnte immer noch nicht weg von New York; anscheinend sollte heute irgendein großes Treffen stattfinden, und der Staatsanwalt bestand darauf, daß er blieb. Heather hatte ihren Eltern noch nicht erzählt, daß sie sich von Doug getrennt hatte. Wenn sie *diese* Bombe hochgehen ließ … Der kleine Dougie? Der süße kleine Dougie? Ja, Mom, der süße kleine Dougie mit dem phan*tas*tischen dicken Pimmel, den die kleine Felicity so *gerne* lutscht. Momentan waren die Eltern in London, im Claridge, wie jedes Jahr um diese Zeit. *Bleibt, solange ihr wollt, Kinder. Wir kommen nicht vor Mitte Januar zurück.*

»Und *wenn* er kommt …«

»Ja?«

»Dann zieh dein Oberteil an.«

»Mom?«

Die zwölfjährige Mollie stand auf der Veranda und sah so verschlafen aus wie eine Achtjährige. Sie trug lediglich eine weiße Baumwollunterhose – vielleicht wollte sie ihrer Tante nacheifern. »Kann ich jetzt ins Wasser?«

»Komm runter, Süße«, rief Sarah.

Ihre Schwester sah sie wütend an. Sie war mit ihrem Monolog noch nicht fertig und wollte nicht von einem Kind gestört werden. Ungeduldig und mit finsterer Miene sah sie zu, wie Sarah ihre Tochter umarmte. Hatte sie gut geschlafen? Hatte sie vielleicht Lust, sich von Yolande Milch und Kekse geben zu lassen? Danach konnte sie ja ihren Badeanzug anziehen, und vielleicht kamen Mommy und Tante Heather auch ins Wasser. Tante Heather lauschte mit gerunzelter Stirn. Es gab wirklich interessantere Gespräche als solche mit einer Zwölfjährigen. Außerdem – warum mußte Sarah sich immer noch *Mommy* nennen lassen und mit einer Zwölfjährigen, deren Busen unübersehbar knospte, Babysprache reden? All das stand auf Heathers Gesicht zu lesen, während Mollie zurück ins Haus schlurfte.

»Ich wollte mit jedem Mann ins Bett, der mir über den Weg lief«, erklärte Heather. »Kennst du das?«

»Nein«, antwortete Sarah.

»Ich wollte erst Doug umbringen und dann mit jedem Bauarbeiter von New York ins Bett«, sagte Heather.

Sarah blickte zur Veranda hinauf. Ihre Tochter war bereits im Haus verschwunden.

»Ich meine, ich wollte nur eins: *Rache*. Es war nicht der normale Drang fremdzugehen – was ich übrigens nie getan habe, blöd, wie ich war. Und du?«

»Was?«

»Bist du je fremdgegangen?«

»Ob ich *Michael* betrogen habe, meinst du?«

»Wen denn *sonst*? Er ist dein Mann, oder etwa nicht?«

»Ich hab ihn nie betrogen, nein.«

»Seit ich die Geschichte mit Doug rausgefunden habe, war ich mit sechzehn Männern im Bett. Also seit dem Tag nach Halloween, vor knapp zwei Monaten. Sechzehn Männer in weniger als zwei Monaten, das ergibt alle vier Tage einen neuen, plusminus ein paar Prozentpunkte. Wenn der Anwalt das wüßte, würd er mich glatt umbringen.«

»Ich denke, du solltest ein bißchen vorsichtig sein«, meinte Sarah.

»Nicht nötig, wir haben ja das Tonband.«

»Ich meine nicht die Scheidung. Ich meine ...«

»*Scheiß*-Vorsicht, das ist mir vollkommen schnuppe«, unterbrach Heather. »War Michael dein erster?«

»Nein«, antwortete Sarah.

»Wer dann?«

»Ein Junge auf der High-School.«

»Das hast du mir nie erzählt.«

»Es kommt mir komisch vor, es dir ausgerechnet jetzt zu gestehen.«

»Ich war noch Jungfrau, als ich Doug geheiratet habe«, sagte Heather, und plötzlich versagte ihr die Stimme. »Scheiße«, sagte sie, griff nach ihrer Handtasche und zerrte gerade noch rechtzeitig ein Spitzentaschentuch heraus, ehe ihr die Tränen aus den

Augen schossen. »Ich hasse diesen Mistkerl«, jammerte sie, »ich hasse ihn ehrlich. *Ihr* kann ich verzeihen, sie ist bloß eine blöde, naive … nein, verdammt, ich hasse alle *beide*!« Sie vergrub das Gesicht im Taschentuch und begann laut zu schluchzen.

»Hast du das gesehen?« fragte Andrew.

»Hübsches Mädchen«, erwiderte Willie.

Sie gingen nebeneinander am Strand entlang, zurück zu der Stelle, wo Andrew den VW geparkt hatte. Vor einer halben Stunde war noch niemand am Strand vor dem großen Haus gewesen, nur das Strandlaken, der gestreifte Sonnenschirm und ein Taschenbuch, das aufgeschlagen auf dem Handtuch lag. Andrew fielen solche Details auf. Ein Taschenbuch. Ein Liebesroman. Vorhin hatte er sich gefragt, wer ihn wohl las. Und jetzt überlegte er, welcher der beiden blonden Frauen das Buch gehörte. Der ohne Bikinioberteil, die jetzt weinte, oder der anderen, die sie zu trösten versuchte? Ob sie Schwestern waren? Ob sie zusammen in dem großen Haus wohnten?

»Ich meinte, ob du gemerkt hast, daß sie *weint*?« fragte Andrew.

»Nein? Wer?«

»Die mit dem nackten Busen.«

»Nein, ist mir nicht aufgefallen. Also, ich finde, die legen's doch drauf an, wenn sie so halbnackt rumlaufen. Auch wenn's bei den Franzosen so Sitte ist.«

»Die beiden sind aber keine Französinnen«, entgegnete Andrew.

»Woher willst du das wissen?«

»Weil es ein englisches Buch war. Ich hab den Titel gesehen.«

»Welches Buch?«

»Das auf dem Handtuch.«

Als Andrew klein war, hatte er genauso blonde Haare gehabt wie die beiden Frauen. Aber mit der Zeit waren seine Haare dunkler geworden und schließlich kastanienbraun, ihre jetzige Farbe. Auch seine Augen hatten jetzt ein dunkleres Blau als früher, und obwohl seine Ohren immer noch ein bißchen groß wirkten, waren es längst keine Segelohren mehr. Genau wie bei anderen Kindern mit großen Ohren hatte das Wachstum einiges ausgeglichen. Aber seine Haare waren immer noch relativ lang – vielleicht als Erinnerung daran, daß er sie früher absichtlich so getragen hatte, um die Ohren zu verstecken.

Der Strand vor ihnen war jetzt menschenleer. Der gestreifte Sonnenschirm stand ein paar hundert Meter hinter ihnen. Zum Wagen war es noch knapp einen Kilometer, vielleicht auch mehr. Jetzt redeten sie wieder vom Geschäft.

»Wieviel verlangen sie?«

»Du mußt wissen, diese Leute sind Amateure«, antwortete Willie.

»Das sind die schlimmsten. Hast du ihnen den Handel erklärt?«

»Das haben sie kapiert. Ich will dir was sagen, Andrew«, sagte Willie und sah sich um. Er wollte sich vergewissern, daß niemand sie hören konnte; der Strand war immer noch fast menschenleer.

Andrew bewunderte Willies Aussehen. Willie war mindestens sechzig – um die dreißig Jahre älter als Andrew –, aber er besaß das ausgeglichene, sonnengebräunte Äußere eines Mannes, der viel Zeit mit Sonnenbaden und Schwimmen in der Karibik verbringt. Schätzungsweise waren Andrew und er etwa gleich groß und schwer – einsachtzig, gut achtzig Kilo –, aber Willie schien wesentlich besser in Form. Beide trugen Badehosen. Andrew war noch ziemlich weiß; schließlich war er erst am Vortag angekommen.

»Es ist ihnen egal«, sagte Willie. »Sie haben einfach nicht den nötigen Weitblick. Sie denken, was sie haben, reicht ewig, und die Nachfrage bleibt immer gleich gut. Sie meinen, sie *brauchen* unsere Lieferungen nicht, sie kommen gut zurecht, auch in Zukunft. Wenn etwas gut läuft, weshalb sollte man etwas daran ändern, verstehst du? Also haben sie kein Interesse. Ich hab ihnen gesagt, wir erledigen alles, wir machen die Vorarbeit mit den Chinesen, wir sorgen für die Schiffe, laden und entladen, aber das spielt für sie überhaupt keine Rolle. Weil sie denken, sie brauchen uns nicht, interessieren sie sich auch nicht für unser Angebot. Sie sind naive Amateure, sie haben keine Augen für die Schönheit der Sache.«

»Mit wem hast du gesprochen?« fragte Andrew.

»Mit Alonso Moreno.«

»Weiß er, daß ich hier bin?«

»Ja.«

»Weiß er, daß wir eine Antwort erwarten?«

»Das weiß er. Andrew, ich hab dir doch gesagt, es ist ihnen *egal*.«

»Wo wohnt er?«

»Er hat Häuser überall auf den Inseln in der Gegend hier. Er wohnt da, wo's ihm grade gefällt.«

»Und wo ist sein Haus auf *dieser* Insel?«

»Weiß ich nicht.«

»Ich dachte, du hast mit ihm gesprochen.«

»Hab ich auch.«

»Und du weißt trotzdem nicht, wo er wohnt?«

»Ein Mann wie Alonso Moreno verschickt keine Visitenkarten.«

»Wie nimmst du Kontakt zu ihm auf?«

»Durch einen Kellner im Hotel. Wenn ich ihm sage, ich will ein Treffen, dann telefoniert er mit Moreno und vereinbart einen Termin.«

»Wo habt ihr euch getroffen?«

»Auf einer Yacht. Sie haben mich im Hafen von Gustavia abgeholt.«

»Sag deinem Kellner-Freund, ich will mich mit Moreno persönlich treffen.«

»Und weißt du, was er antworten wird? Leck mich, wird er sagen.«

»Richte es ihm trotzdem aus«, beharrte Andrew und grinste. Von seinem Lächeln konnte man manchmal eine Gänsehaut kriegen. Es erinnerte Willie an Andrews Vater, als er noch jung gewesen war.

»Ich werde sehen, was ich für dich tun kann«, antwortete Willie. »Wann willst du dich mit ihm treffen?«

Da Frankie Palumbo, Mitglied der Faviola-Familie in Manhattan, aus reiner Herzensgüte bereit war, sich noch mehr Unsinn von diesem abgefuckten Gauner anzuhören, der irgendwie mit Jimmy Angelli aus der Colotti-Familie in Queens verwandt war, hatte er das Recht, den Ort des großen Treffens zu bestimmen.

Lucy Angelli erhielt die Nachricht von ihrem Cousin und rief sofort Dom Di Nobili an, um ihm mitzuteilen, wann und wo die Unterredung stattfinden sollte. Außerdem bestellte sie ihm, daß seine Anwesenheit unerwünscht sei; über sein Schicksal wollten die beiden Capos unter vier Augen beschließen. Dom gab Zeit und Ort des vorgesehenen Treffens umgehend an Michael weiter.

Daß sie Dom nicht dabeihaben wollten, war natürlich eine schlechte Nachricht; es bedeutete, daß man ihn nicht wieder mit seinem Mikro hinschicken konnte. Aber die Staatsanwaltschaft, das FBI und die New Yorker Polizei führten täglich routinemäßige Beschattungsmanöver durch, und man hatte bereits Wanzen an mehreren Mafia-Treffpunkten angebracht, wo Geschäfte abgewickelt wurden. Michael hängte sich ans Telefon, um herauszufinden, ob das Ristorante Romano in der MacDougal Street dazugehörte, was aber nicht der Fall war. Das hieß, daß man bei Null anfangen mußte.

In der Uniform der New Yorker Feuerwehr beehrten am Heiligabend vier Mitglieder der Staatsanwaltschaft mit Schläuchen und Äxten und dem ganzen anderen Kram das Romano mit ihrem Besuch, angeblich, um einen mysteriösen Leitungsbrand zu löschen, der im Keller des Restaurants ausgebrochen war. Während sie dort unten spritzten und schrien, hackten und fluchten, zapften sie ganz nebenbei auch die Telefonleitung des Restaurants an, um die Stromversorgung der Wanze zu sichern, die sie in der Kellerdecke versteckten – also im *Boden* des darüberliegenden Stockwerks. Dieser selbständige Sender hatte die Größe einer Vierteldollarmünze und befand sich jetzt genau unter dem berühmten Ecktisch, den Frankie Palumbo bei seinen Besuchen bevorzugte. Der Besitzer des Restaurants überreichte den vier »Feuerwehrleuten« ein Trinkgeld von vierhundert Dollar, als sie gingen, denn er wußte, daß Feuerwehrleute die schlimmsten Diebe waren. Er schätzte sich regelrecht glücklich, daß sie sich nicht an den gestohlenen Kisten mit zwanzigjährigem Scotch vergriffen hatten, die gegenüber den Leitungskästen und Telefonanschlüssen aufgestapelt waren.

Am achtundzwanzigsten Dezember um halb vier Uhr nachmittags, während Sarah, Heather und Mollie im warmen, glitzernden Wasser vor dem Haus auf St. Bart planschten, saß Michael in einem geparkten Auto, zusammen mit einem Kollegen namens Georgie Giardino, dem leidenschaftlichsten Mob-Jäger der ganzen Abteilung.

Georgies Großvater war in Italien geboren und hatte fünf Jahre in Amerika gelebt, ehe er seine neue Staatsbürgerschaft bekam und sich rechtmäßig als Italo-Amerikaner bezeichnen konnte. Nach Georgies Meinung war dies der einzige Fall, wo ein solcher Bindestrich-Begriff angebracht war. Seine Eltern hatten zwar italo-amerikanische Eltern, aber das machte sie selbst nicht zu *Italo*-Amerikanern – sie waren einfach nur *Amerikaner*. Die beiden Männer, die sich heute im Restaurant treffen sollten, hatten ebenfalls in Amerika das Licht der Welt erblickt, und trotz ihrer italienisch klingenden Namen waren auch sie einfach nur Amerikaner. Weder Frankie Palumbo noch Jimmy Angelli fühlten sich einem Land verbunden, das ihnen genauso fremd war wie Saudi-Arabien. Auch ihre Eltern waren in den Vereinigten Staaten geboren und interessierten sich herzlich wenig für das, was in Italien vor sich ging. Die meisten von ihnen würden Italien nie kennenlernen. Es war ein fernes Land, und aus Erzählungen wußten sie, daß man dort längst nicht so gut essen konnte wie in einem italienischen Restaurant in New York. Es war nicht wie bei den Iren oder den Juden, deren leidenschaftliche Liebe zu Nordirland beziehungsweise Israel in einem weniger toleranten Land als den USA leicht als staatsgefährdend hätte gelten können. Die Ironie lag darin, daß sich die Ganoven trotzdem als »Italiener« bezeichneten, obwohl sie nicht italienischer waren als Michael. Oder als Georgie Giardino.

Frankie Palumbo und Jimmy Angelli waren also Amerikaner, ob man wollte oder nicht. Und wie viele andere rechtschaffene Amerikaner hielten auch sie Amerika für ein freies Land, in dem man, wenn man hart arbeitete und sich an die Regeln hielt, reich und glücklich werden konnte. Auch wenn ihre Regeln vielleicht nicht ganz die gleichen waren wie die anderer Amerikaner, gehorchten sie ihnen genauso. Und sie waren erfolgreich. Georgie verabscheute diese Menschen, samt ihren verdammten Regeln. Er glaubte sogar fest daran, daß *jeder* Amerikaner italienischer Abstammung darunter zu leiden hatte, daß man ihn mit den Mafiosi in einen Topf warf, und daß das erst aufhören würde, wenn jene allesamt hinter Gittern säßen. Deshalb fror er sich auch heute neben Michael in einem geparkten Wagen, zwei Blocks vom Ristorante Romano entfernt, den Arsch ab und wartete darauf, ein Gespräch zwischen ein paar amerikanischen Gangstern in einem italienischen Restaurant zu belauschen und aufzuzeichnen.

Als erster erschien Jimmy Angelli, einer der *caporegimi* aus der Colotti-Familie in Queens.

»Hallo, Mr. Angelli, lange nicht gesehen. Warum kommen Sie denn gar nicht mehr in die City?«

Vermutlich der Restaurantbesitzer.

Die City war Manhattan.

Wie jeder New Yorker wußte, gab es die Bronx, Queens, Brooklyn und Staten Island – und die City.

Angelli war in Begleitung eines anderen Mannes gekommen.

Seinen Namen erfuhren sie erst, als Angelli sagte: »Setz dich doch da drüben hin, Danny.«

Zu diesem Zeitpunkt waren die beiden Männer noch allein.

Wahrscheinlich ließ Angelli seinen Leibwächter mit dem Rücken zur Wand Platz nehmen, von wo aus er jeden beobachten konnte, der durch die Tür kam. Es bedurfte nicht allzu vieler Morde in einem Restaurant, bis klar war, wo man zu sitzen hatte.

Ungefähr zehn Minuten später trudelten Frank Palumbo und sein Gorilla ein, angemessen verspätet, wie es sich für den gekränkten Capo der Faviola-Familie aus Manhattan gehörte. Schließlich hatte irgendein blöder Wichser, ein kleiner Dieb, für den die Colotti-Familie bürgte, ihn um fünf Riesen betrogen, und das, nachdem Frank ihm einen Gefallen getan hatte. Da konnte er es sich leisten, hier den Boß zu spielen und sich nicht als einer unter hundert anderen der weitläufigen Faviola-Familie zu präsentieren.

Vor kurzem, beim Prozeß gegen Anthony Faviola, den Boß der Manhattan-Familie, hatte der Bundesanwalt als Beweismaterial Tonbänder von Gesprächen vorgelegt, die im Lauf einer einjährigen Abhöraktion aufgenommen worden waren. Auf diesen Bändern hatte ein als Anthony Faviola identifizierter Mann unter anderem zwei Killer in New Jersey mit mehreren Morden beauftragt. Die Verteidigung rief Faviolas jüngeren Bruder Rudy in den Zeugenstand, der aussagte, Anthony habe an dem Abend, als er im Haus seiner Mutter in Oyster Bay, Long Island, die fraglichen Anrufe getätigt haben sollte, mit sechs angesehenen Geschäftsleuten in seiner Villa in Stonington, Connecticut, Poker gespielt. Daraufhin bezeugten diese sechs Männer nacheinander, Anthony habe an dem betreffenden Abend um acht Uhr siebenundzwanzig – um die Zeit, als das belastende Ferngespräch geführt wurde – ein Full house auf den Tisch geblättert. Eins mit Assen. Aber die Geschworenen glaubten ihnen nicht.

Jetzt war Anthony fünfmal zu lebenslänglicher Haft verurteilt und saß im Hochsicherheitstrakt von Leavenworth, Kansas. Vier der Richtersprüche gründeten sich auf die von ihm in Auftrag gegebenen Morde. Der fünfte beruhte auf dem Bundesgesetz gegen organisiertes Verbrechen, wonach Morde, die zur Unterstützung einer kriminellen Vereinigung begangen wurden, mit lebenslanger Haft geahndet werden konnten.

Anthony war dreiundzwanzig Stunden am Tag in seiner Zelle eingeschlossen, und auch seine Besuchsrechte waren stark beschnitten: Man hatte ihn in ein Bundesgefängnis gesteckt, das für Familie, Freunde und ehemalige Mitarbeiter nur schwer erreichbar war. Manche besonders hartnäckigen Anhänger behaupteten zwar, daß Anthony den Mob aus der Zelle weiter dirigierte, aber den Informationen der Staatsanwaltschaft nach war jetzt – mit Anthonys Segen – sein Bruder Rudy der Boß, der nächste in der Thronfolge und loyal bis zum bitteren Ende. Rudy war unter dem Spitznamen »der Buchhalter« bekannt, was allerdings nichts mit seinen mathematischen Fähigkeiten zu tun hatte. Als die beiden Brüder dabei waren, sich in der Tortocello-Familie hochzuarbeiten, hatte sich Rudy rasch den Ruf erworben, daß er strikt für Ordnung sorgte und keine alten Rechnungen offenließ.

Und jetzt hofften Michael und Georgie in ihrem geparkten Wagen, daß sie etwas zu hören bekämen, das Rudy Faviola mit dem Drogendeal vor dem Schnellrestaurant in Chinatown in Verbindung bringen würde. Zweihundert Gramm Kokain galten als Verbrechen der Kategorie A1. Wenn es ihnen gelang, ihm noch eine weitere Gesetzesübertretung sowie ein minderes Vergehen nachzuweisen – alles innerhalb der letzten drei Jahre –, konnten sie unter Berufung auf Paragraph 460.20, dem Gesetz zur Bekämpfung des organisierten Verbrechens, vielleicht auch den *neuen* Boß nach Kansas schicken. Na ja, wahrscheinlich nicht nach Kansas. Anthony Faviola unterstand der *Bundes*gerichtsbarkeit; wenn jemand gegen Paragraph 460.20 verstieß, kam er ins Gefängnis des betreffenden Einzelstaats.

»Wie geht's, Jimmy?« begrüßte Palumbo seinen Gesprächspartner. »Schon lang gewartet?«

»Bloß ein paar Minuten«, antwortete Angelli. »Du siehst gut aus, Frank.«

»Ein paar Pfund weniger könnten mir nicht schaden«, meinte Palumbo. »Da drüben, Joey.«

Bestimmt wies er jetzt *seinem* Gorilla einen günstigen Platz zu.

Die beiden Männer bestellten Wein.

Und die Wanze zeichnete das rituelle Mafia-Vorspiel auf.

Fragen nach der Gesundheit, nach der Familie, ausführliche zeremonielle Respektsbezeugungen. Gegenseitige Hochachtung und Bewunderung.

Das ganze Gedöns, wie Jackie Diaz sich ausgedrückt hatte.

Essen wurde nicht bestellt.

Nach den Formalitäten kam Palumbo gleich zur Sache.

»Was, meinst du, sollen wir mit dem Arschloch tun, das du uns geschickt hast?« fragte er.

»Ich hab den blöden Hund nicht mal zu Gesicht gekriegt«, entgegnete Angelli.

»Warum empfiehlst du ihn mir dann? Wenn du ihn nicht mal kennst?«

»Ich hab meinem Cousin einen Gefallen erwiesen.«

»Schöner Gefallen, wenn der Kerl mir fünf Riesen aus der Tasche holt.«

»Du kriegst das Geld zurück, Frankie.«

»Wann? Wie?«

»Genau das will ich ja mit dir besprechen.«

»Wenn du's mit mir besprichst, meinst du, dann finden wir 'ne Lösung?«

Geschwätz wie in einer Werbeagentur.

»Hoffentlich.«

»Ich hab immer noch nicht gehört, was du eigentlich vorhast. Ich weiß bloß, daß jemand sich fünftausend Dollar von meinem Geld unter den Nagel gerissen hat. Und nach dem, was Sal mir erzählt hat, treiben sich weitere fünfzehn Riesen irgendwo da draußen rum, plus Zinsen. Also, wer ist dieser *tschi-druul*, dieser Idiot, für den du dich so einsetzt? Wir kommen doch gut miteinander aus, aber wir müssen vorsichtig sein, damit das Arschloch nicht alles zwischen uns kaputtmacht.«

»Genau deshalb sind wir ja hier«, meinte Angelli. »Um dafür zu sorgen, daß so was eben nicht passiert.«

»Bei jedem anderen wär es längst zu spät für Unterredungen. Der Kerl wär längst weggeputzt.«

»Das weiß ich.«

»Wir kennen uns schon lange, Jim ...«

»Das weiß ich auch. Deshalb bin ich hier, Frank. Um dafür einzutreten, daß wir einen kühlen Kopf bewahren. Daß wir keine Dummheiten machen, die zwischen unseren Familien Unfrieden stiften könnten. Das wollen *wir* nicht, und wir sind sicher, daß *ihr* es auch nicht wollt.«

»Wer *ist* denn dieser kleine Scheißkerl überhaupt, daß du ihn so in Schutz nimmst? Der *Papst* oder was?«

»Meine Cousine ist in ihn verliebt, was soll ich da machen?« antwortete Angelli.

»Weiß sie denn, daß er verheiratet ist?«

»Ja. Aber er läßt sich scheiden.«

»Der läßt sich scheiden? Daß ich nicht lache.«

»Das hat er ihr erzählt.«

»Wie sollen wir das bloß wieder ausbügeln, Jimmy?«

»Wie wäre es dir denn am liebsten, Frank? Dich hat man beleidigt, also sag du mir, was du willst.«

»Ich freue mich, daß du die Sache so siehst.«

»Recht bleibt Recht«, entgegnete Angelli.

»Ich weiß nicht, was ich dir sagen soll. Es ist *gestohlenes* Geld, verstehst du. Wenn ich da nicht eingreife, weiß ich schon, was ich von allen Seiten zu hören kriege. ›Gestohlenes *Geld*? Also, wirklich. Du weißt, was in einem solchen Fall zu tun ist, warum fällst du mir damit überhaupt auf die *Nerven*?‹ Das werd ich zu hören kriegen.«

»Ich dachte«, begann Angelli und seufzte schwer. »Ich dachte ... wir sind doch schon so lang befreundet. Du, ich ... und Rudy. Zwischen den anderen Familien, da gab's immer wieder Ärger, aber nicht bei uns, nie. Weil wir immer Respekt voreinander hatten, stimmt's, Frank?«

»Bis jetzt.«

»Nein, nein, Frank, sag das nicht, bitte. Es geht hier nicht darum, daß ein Colotti den Faviolas gegenüber nicht den nötigen Respekt gezeigt hat, darum geht's wirklich nicht. Wir haben's hier mit einem Schwachkopf zu tun, mit einem Kerl, der keinen Funken Verstand besitzt. Di Nobili ist ein verdammter Schwachkopf, das geb ich zu, und ich hab meiner Cousine auch schon gesagt, daß ich nicht verstehen kann, was sie an ihm so toll findet. Er ist ein Schwachkopf, ein Versager, er ist ein Dieb, das stimmt alles, da bin ich ganz deiner Meinung. Aber es lohnt sich doch auch nicht, daß wir uns seinetwegen *streiten*, verstehst du mich, Frank? Das können wir doch regeln, ohne großen Aufwand. Wir müssen keine *drastischen* Maßnahmen ergreifen, verstehst du, was ich meine? Wir würden doch nur Rudys Zeit verschwenden, wenn er über so einen Schwachsinn nachdenken müßte. Ich hab mir gedacht, wenn du mit ihm redest, vielleicht könnte er es dann übers Herz bringen, dem Kerl noch 'ne Chance zu geben. Das ist alles, worum ich dich bitte. Denk dir was aus, wie dieser Esel Di Nobili es abarbeiten kann. Hol dir die fünfzehn und die zusätzlichen fünf zurück, sorg dafür, daß er sich den Arsch aufreißt, bis er alles bezahlt hat.«

»Und du willst dafür gradestehen, Jimmy?«

»Das ist viel verlangt, Frank. Ich kenn den Kerl ja nicht mal. Er ist ein Schwachkopf, mit dem sich meine Cousine eingelassen hat, ich bitte dich für sie, nicht für ihn. Sie ist mein Fleisch und Blut, Frank, meine Cousine ersten Grades. Wir sind zusammen aufgewachsen. Wie wir beide auch, Frank. Und Rudy.«

»Rudy, äh?«

»Wenn du mit ihm reden könntest …«

»Lebst du total hinterm Mond, Jim?«

»Was?«

»Ich werde sehen, was ich tun kann«, sagte Palumbo, und das klang endgültig. »Ich rede mit Le –«

Man hörte, wie Stühle zurückgeschoben wurden, so nah an der Wanze, daß es klang wie Donner.

»… dann melde ich mich wieder bei dir. Mehr kann ich nicht versprechen.«

»Mit *wem* will er reden?« fragte Michael.

»Psst!«

Die beiden Ganoven redeten immer noch, verabschiedeten sich, trugen Grüße auf, dankten einander, daß sie für diese wichtige Sache Zeit gefunden hatten. Der geschäftliche Teil war abgeschlossen, und so gab es eigentlich nichts mehr zu sagen. Dann wurden wieder Stühle gerückt, wieder übertrug die Wanze ein ohrenbetäubendes Donnern. Schritte entfernten sich. Die ferne Stimme des Restaurantbesitzers, der den Gästen Lebewohl zurief, eine Tür, die ins Schloß fiel, und schließlich nur noch die Hintergrundgeräusche des Restaurants.

»Mit *wem* will er also reden?«

»Es klang wie ›Lena‹.«

»Hab ich auch gedacht.«

»Wer zum Teufel ist *Lena*?«

»Weiß ich nicht.«

»Sagt dir der Name was? Lena?«

»Vielleicht heißt seine Frau so. Vielleicht will Palumbo die Sache mit *ihr* besprechen.«

Michael sah ihn zweifelnd an.

»Na ja«, sagte Georgie und zuckte die Achseln.

»Die Verbindung ist schrecklich«, sagte Sarah. »Wo bist du denn?«

»Im Büro«, antwortete Michael. »Soll ich's noch mal probieren?«

»Vielleicht sollte lieber ich dich zurückrufen.«

»Es ist aber billiger von hier, oder?«

»Laß mich trotzdem zurückrufen.«

»Okay, gut«, sagte Michael und legte auf.

Sie war gerade dabeigewesen, sich zum Essen umzuziehen, und stand jetzt in BH und Slip im größten Gästezimmer, was ihr als der Älteren rechtmäßig zustand, wenn beide Schwestern auf Besuch waren. Das Haus hatte vier Schlafzimmer, alle im zweiten Stock und mit einer wunderbaren Aussicht aufs Meer. Besonders schön war der Blick vom Elternschlafzimmer, wo man durch die Glastür meilenweit übers Wasser nach Süden sehen konnte, bis nach Statia und St. Kitts. Hinter dem Haus, nach Nordwesten, sah man zu den Hügeln und hinauf bis zu den Häusern um das Hotel Morne Lurin – bei Nacht ein imposantes Glitzern und Funkeln. Von der Frisierkommode am Fenster aus wählte Sarah die Nummer von Michaels Büro. Hinter der Glastür tauchte die Sonne langsam ins Wasser, und der Himmel verfärbte sich glutrot.

»Abteilung organisiertes Verbrechen, Welles.«

»Wie geht es Ihnen, Mr. Welles?« sagte Sarah. »Ich möchte ein Verbrechen melden.«

»Und was für ein Verbrechen, Ma'am?« Er hatte ihre Stimme sofort erkannt.

»Vernachlässigung«, antwortete Sarah.

»So ein Verbrechen gibt es nicht, Ma'am. Wir haben Kindesaussetzung, Paragraph Zwei-Sechs-Null des ... «

»Es geht nicht um ein Kind, sondern um eine *erwachsene* Person«, sagte sie.

»Eine erwachsene Person, ach so, Ma'am. Männlich oder weiblich?«

»Weiblich, Mr. Welles. *Sehr* weiblich. Michael, ich fühle mich allmählich echt *vernachlässigt*. Wann kannst du endlich ...?«

»Aha, klar, grobe Fahrlässigkeit, Paragraph Eins-Zwei ...«

»Wann *kommst* du endlich?«

»Sobald ich kann, Honey.«

»Ich vermisse dich.«

»Ich dich auch. Aber ich muß an der Sache dranbleiben, vielleicht bin ich auf was Wichtiges gestoßen, Sarah. Aber das weiß ich erst, wenn ich noch ein bißchen tiefer nachgegraben habe. Aber *egal*, was passiert, zu Silvester bin ich da.«

»Das heißt, wir sind höchstens einen Tag oder so zusammen, bevor wir wieder nach Hause müssen?«

»Zwei ganze Tage und drei Nächte.«

»Ich seh *trotzdem* nicht ein, was daran so wahnsinnig wichtig sein soll. Hat Scanlon *sonst* einem den Urlaub gestrichen?«

»Georgie mußte seinen bis morgen verschieben.«

»Warum kannst *du* dann nicht morgen weg?«

»Dann wäre niemand mehr hier, der an dem Fall arbeitet.«

»An *welchem* Fall?«

»Das ist geheim.«

»Selbst für mich?«

»Selbst für dich.«

»Unterschlagung von Beweismaterial gegenüber dem Ehepartner, Verbrechen der Kategorie E, strafbar mit …«

»Ich liebe dich«, unterbrach Michael.

»Ich liebe dich auch. *Bitte* komm bald.«

»Ich komme, so schnell es geht, Honey. Was hast du heute abend vor?«

»Es ist Heathers letzter Abend.«

»Ich weiß.«

»Yolande macht Mollie gerade Abendessen. Heather und ich gehen aus, nach Gustavia, wie zwei erwachsene Frauen.«

»Was hast du an?«

»Später oder im Moment?«

»Was wäre dir lieber?«

»Im Moment. Aber ich hab nicht viel Zeit.«

»Sag's mir trotzdem.«

»Weißer Seiden-BH und Slip.«

»Mmmmm. Und hochhackige Schuhe?«

»Noch nicht. Ruf mich später noch mal an, dann können wir uns ein bißchen unanständig unterhalten.«

»Wann?«

»Um elf oder so müßten eigentlich alle schlafen.«

»Ruf du doch lieber mich an.«

»Okay. Aber sorg dafür, daß du allein bist.«

»Ich warte auf dich.«

»Ich auch.«

»Ich liebe dich.«

»Ich liebe dich auch«, sagte sie.

»Bis später«, sagte er und legte auf.

Lachen ertönte im Flur.

Es war so still, daß es in den Gängen geradezu hallte. Diese Woche wurden nur in Raum eins und Raum zwei ein paar Vernehmungen durchgeführt, ein paar neue Festnahmen weitergeleitet, ansonsten passierte nicht viel. Abgesehen vom Notdienst, der dafür sorgte, daß die Räder der Justiz nicht ganz zum Stillstand kamen, war das große graue Gebäude in der Centre Street praktisch menschenleer. Michael saß ganz alleine vor dem Computer im sechsten Stock. Der Kalender an der Wand zeigte den achtundzwanzigsten Dezember, die Digitaluhr auf dem Schreibtisch achtzehn Uhr siebenunddreißig. Noch ein paar Stunden, dann wollte er Feierabend machen, ein Taxi nach Uptown nehmen und bei Spark's ein gutes Steak essen. Er hatte das Gefühl, der letzte lebende Mensch in einer ausgebombten Stadt zu sein. Jetzt war auch das Lachen auf dem Korridor verklungen. Hochhackige Schuhe klapperten über den Marmorfußboden. Er wandte sich wieder dem Bildschirm zu.

Nicht alle Faviola-Bänder waren im Computer. Es gab mehr als achttausend Stunden Gesprächsaufzeichnungen, von denen seit dem Prozeßende im letzten August nur knapp die Hälfte auf Disketten erfaßt worden waren, und jetzt kümmerte sich keiner mehr richtig darum. Vor dem Prozeß hatte der Bundesanwalt jedes einzelne Gespräch unendliche Male durchgesiebt. Die gesammelte Beweislast hatte Anthony Faviola dann tatsächlich für immer hinter Gitter gebracht, aber jetzt konnte man ihm nichts mehr anhaben. Als Michael beim FBI angerufen hatte, fragte man ihn sogar, was in aller Welt er denn mit dem ganzen Kram anfangen wolle. Er erklärte, er mache Hintergrundrecherchen, und dabei ließ man es bewenden. Niemand hatte eine echte Erklärung erwartet; jeder kannte die Konkurrenz zwischen den Vollstreckungsbehörden. Das war auch einer der Gründe, weshalb Sarah jetzt in der Karibik war und Michael in New York nach irgendwelchen Hinweisen auf eine Person namens Lena fahndete.

*Ich werde sehen, was ich tun kann*, hatte Palumbo gesagt. *Ich rede mit Lena, dann melde ich mich bei dir. Mehr kann ich nicht versprechen.*

Bei der Staatsanwaltschaft waren sich alle ziemlich sicher, daß, als man Anthony Faviola aus dem Verkehr gezogen hatte, sein jüngerer Bruder Rudy Familienboß geworden war. Aber Palumbo hatte nicht gesagt, er wolle es mit *Rudy* besprechen. Und nicht nur das …

Michael stellte das Band wieder an.

*»Rudy, äh?«*

*»Wenn du mit ihm reden könntest …«*

*»Lebst du total hinterm Mond, Jim?«*

*»Was?«*

Palumbos Stimme klang hier etwas verächtlich.

Lebst du total hinterm Mond, Jim?

Und dann: Ich rede mit *Lena*.

Also wer war *Lena*?

Frankie Palumbos Frau hieß Grace. Er hatte zwei Töchter, eine hieß Filomena – nach Palumbos Mutter –, eine Firenze, nach der Geburtsstadt seines Großvaters. Frankie war zweiundfünfzig und – wie nicht anders zu erwarten – noch nie in Italien gewesen. In Anthony Faviolas Familie gab es keine Frau namens Lena. Auch nicht in Rudys Familie. Keine Lena weit und breit.

Wer zum Teufel ist diese Lena? überlegte Michael. Und warum sitze ich drei Tage nach Weihnachten in New York und jage Mafia-Gespenster im Computer, nur weil *mein* Chef, mein *ganz persönlicher* Boß aller Bosse, meint, daß wir, wenn Rudy Faviola zur Zeit nicht am Drücker sitzt, schleunigst rauskriegen müssen, wer an seiner Stelle diesen Job macht.

Lena.

Michael stellte sich eine üppige dunkelhaarige Südländerin vor. Lena. Im College, vor Sarahs Zeit, hatte er ein Faible gehabt für dunkelhaarige Frauen … na ja, er wußte es eigentlich damals schon besser, aber er hatte sie in Gedanken immer noch als *Mädchen* bezeichnet. Jetzt war er sechsunddreißig; das war in den Siebzigern gewesen. Zehn Jahre vorher hatte Betty Friedan den

*Weiblichkeitswahn* veröffentlicht und Erica Jong der Welt von ihren zehntausend Orgasmen berichtet.

Michael war einundzwanzig gewesen, als er sich mit der ersten Blondine verabredet hatte, das letztemal, daß er sich *überhaupt* mit einem Mädchen – oder einer Frau – verabredet hatte, denn zufälligerweise war besagte Blondine eine neunzehnjährige Studienanfängerin namens Sarah Fitch gewesen, die er dann ein Jahr später heiratete. Er hatte damals seinen Collegeabschluß schon hinter sich, sie brauchte noch ein Jahr bis zur Prüfung. Michaels Eltern unterstützten sein Jurastudium finanziell – es war Ehrensache für ihn, daß er später jeden Cent zurückzahlen würde –, bis Sarah ebenfalls fertig war und ihr Diplom als Englischlehrerin bekam. Dann unterrichtete sie an verschiedenen New Yorker Schulen, während *er* die Columbia University besuchte. Seit Sarah vor etwa acht Jahren an der New York University ihren Magister gemacht hatte, arbeitete sie nur noch an der Greer Academy. Michael verblüffte es immer noch, wenn irgendeine Frau Ende zwanzig »Mrs. Welles« auf der Straße ansprach, um ihr zu sagen, wie gern sie in Sarahs Klasse gegangen war. Tja, Sarah war inzwischen vierunddreißig. Sie hatte mit dreiundzwanzig angefangen zu unterrichten, also waren die Sechzehnjährigen von damals jetzt Ende zwanzig.

Lena.

Vielleicht war es überhaupt nicht der Name einer Frau. Keine Frau hinter dem Thron, keine Frau, deren Rat man suchte. Vielleicht war es der *Nach*name eines Mannes, vielleicht war die geheimnisvolle Lena, mit der Palumbo sich besprechen wollte, ein Johnny Lena oder ein Joey Lena oder ein Foonzie Lena. Falls das stimmte – war der Name jemals in den Hunderten von Gesprächen der Faviola-Brüder aufgetaucht? Zu jeder Tages- und Nachtzeit hatten sie sich unterhalten, oft in einem simpel gestrickten Code. Der Mob war immer auf der Hut vor den Wundern der elektronischen Überwachung. Bei manchen für Insider besonders wichtigen Gesprächen – die sich für einen Außenstehenden jedoch absolut harmlos anhörten – stellte man den Plattenspieler an oder drehte den Wasserhahn, die Dusche oder den Fernseher auf. Dann war der Inhalt äußerst schwer verständlich, egal, was gesprochen wurde – in gewöhnlichem Englisch, das mit mehr oder weniger entstellten italienischen Ausdrücken gespickt war, wie *baff-an-guul* und *stron-sie* und *mah-nadscha* und *tschi-druul* und *muul-in-jahn**. Der Bundesanwalt hatte Faviola vier Morde anhängen können, nur weil der Mafiaboß dummerweise das Telefon im Haus seiner Mutter in Oyster Bay für sicher gehalten hatte. Er wäre nie auf die Idee gekommen, daß diese *sfaciumi* sich in Stella Faviolas festungsartige graue Steinvilla an der North Shore schleichen würden, um ihre hinterhältigen Abhörgeräte zu installieren.

Lena.

Vorhin hatte Michael FAVIOLA, RUDY im Computer aufgerufen, LENA eingegeben, die Suchtaste gedrückt, und siehe da, es gab keine einzige LENA, weder in Groß- noch in Kleinbuchstaben. Aus Jux hatte er auch noch LEDA eingegeben und wieder suchen lassen, aber auch dort war nichts zu finden – was ihn nicht überraschte. Das hieß, daß in keinem Gespräch zwischen Rudy und seinem Bruder der Name Lena – oder Leda – erwähnt worden war, jedenfalls nicht auf den Bändern, die schon im Computer erfaßt waren.

Michael schickte ein Stoßgebet zum Himmel, daß auf dem Computer irgendwas auftauchen möge, denn die Vorstellung, mehrere tausend Seiten getipptes Gesprächsprotokoll zu durchforsten, Wort für Wort lesen zu müssen, war alles andere als verlockend.

Also beschloß er, den Stier bei den Hörnern zu packen und die ganze Akte noch einmal genauer zu untersuchen. Ab September 1991, als die Überwachung ernsthaft begonnen hatte,

---

* Hier handelt es sich um Schimpfwörter in neapolitanischem Dialekt – *va' fa'n cule* = geh zum Teufel; *stronzo* = Arschloch; *mannaggia* = verdammt; *citrule* = Idiot / wörtlich Gurke; *muligenane* = Veilchen, blaues Auge / wörtlich Aubergine. A. d. Ü.

gab es pro Monat eine Datei. Michael rief die Dateien nacheinander auf und suchte den Namen Lena. Nichts im September und Oktober 1991. November – Fehlanzeige. Eine Menge Weihnachtsgespräche im Dezember, dazu zeigte ihm der Computer erst *polenta* und dann *lenona*, die beide die Buchstaben *l-e-n-a* enthielten – wieder nichts. Er begann wieder von vorn, klickte die Box für **Nur ganzes Wort** an. Dann tippte er den Namen ein: mit großem **L**, danach **e, n** und **a** in Kleinbuchstaben. LENA. Und noch einmal von vorn.

Nichts im Januar 1992.

Auch nichts im Februar.

Der im Computer erfaßte Teil der Gespräche endete im März.

Und auch im März wurde der Name Lena nicht erwähnt.

Der Papierberg mit den Gesprächsprotokollen türmte sich bedrohlich vor Michaels Nase. Michael ging zurück zur Box, die er vorhin angeklickt hatte, änderte den Befehl und begann im Januar 1992 noch einmal mit der Suche nach den Buchstaben **l**, **e**, **n** und **a** in jeder beliebigen Kombination, groß oder klein geschrieben.

Im Januar fand er ein Gespräch, in dem sich Anthony mit jemandem über einen Kalender fürs neue Jahr unterhielt. Höchstwahrscheinlich ein Code. K**alen**der. Später erkundigte er sich nach einer neuen Reinigungsa**nlage** – wahrscheinlich ebenfalls eine verschlüsselte Botschaft. Gegen Ende des Monats fragte er bei einem Laden namens Comput**erlan**d nach dem Preis für einen Macintosh IIsi. Im März, der letzten computerisierten Datei, erschien nur eine einzige passende Buchstabenkombination, nämlich **Leona**rd, wer immer das sein mochte. Aber Michael wollte den Papierberg noch nicht in Angriff nehmen. Schließlich gab es die Möglichkeit, daß er oder Georgie den Namen falsch verstanden hatten. Also weitete er die Suche so aus, daß der Computer ihm alles zeigte, was dem Namen Lena einigermaßen ähnelte. Wenn statt Lena beispielsweise Lexna getippt worden war oder auch Leyna, Lina oder Lema, würde der Computer es ausspucken. Solange es nicht an den Haaren herbeigezogen war.

Wieder betätigte er die Suchtaste.

Im Dezember 1991 erzählte Anthony seinem lieben Bruder Rudy, daß er immer noch kein Geschenk für Leno gekauft hatte.

Leno.

Nicht Lena.

Leno mit einem *o* am Ende.

Sonst kam der Name in den bereits erfaßten Protokollen nicht mehr vor. Also mußte sich Michael wohl oder übel doch den Papierberg vornehmen.

Mit einem tiefen Seufzer beschloß er, für heute Schluß zu machen. Er sah auf seine Armbanduhr. Viertel nach acht – wie schnell die Zeit verflog, wenn man sich gut amüsierte. Er hatte einen Bärenhunger.

Heather hatte ein Hotel-Restaurant mit einer Pianobar am Pool und einem phantastischen Blick auf den Hafen ausgewählt. Als sie hereinkamen – Heather in Rosa, Sarah in Weiß –, spielte der Pianist gerade ein Potpourri von Cole-Porter-Songs. Er nickte ihnen zu und intonierte sofort *I Get a Kick out of You*, was Sarah ein bißchen aufdringlich fand. Heather freute sich darüber. Sie wurden zu einem Tisch auf der Terrasse geführt. Von hier genoß man das ganze Panorama der weiten Hafenbucht: die funkelnden Docklichter, die schaukelnden Boote und hinter dem dunklen Wasser die weicheren gelben Lichter in den Hügeln. Die Nacht war mild. Jasminduft lag in der Luft.

»Ich möchte etwas Großes, Dunkles und sehr Starkes«, sagte Heather lächelnd zum Kellner und fügte dann hinzu: »Zu *trinken*, natürlich.« Was die Anspielung nicht weniger peinlich machte. Auf seinen Vorschlag hin bestellte sie eine Mixtur namens »Piratentrunk«, die angeblich sieben verschiedene Rumsorten enthielt. Sarah begnügte sich mit einem Beefeater Martini, *on the rocks*, mit ein paar Oliven. Nach dem zweiten Glas hätte sie am liebsten gleich vom Restaurant aus Michael angerufen und ihm erzählt, sie habe in der Damentoilette ihren Spitzenslip ausgezogen und stehe jetzt in ihren weißen, hochhackigen Riemensandalen am Telefon, nackt unter dem weiten Faltenrock – was fiel ihm dazu ein, hm? Aber statt dessen bestellte sie den Fisch des Tages, Blaufisch *papillote*. Heather hatte ziemlich glasige Augen nach ihrem zweiten Piratentrunk mit den sieben Rumsorten. Sie bestellte das Curry-Ziegenfleisch mit Avocado in Antillen-Sauce. Dazu empfahl der Kellner einen trockenen Weißwein – einen französischen natürlich, was sonst? –, und die Flasche war halb leer, als die beiden Männer hereinkamen, die sie nachmittags am Strand gesehen hatten.

»Ich nehm den Jüngeren«, sagte Heather.

»Ich nehm Michael«, erwiderte Sarah.

»Michael ist fünfzehntausend Kilometer weit weg.«

»Dann krieg *ich* aber den Jungen«, sagte Sarah, und sie kicherten wie zwei Schulmädchen.

»Eigentlich sieht der mit den weißen Haaren ja viel besser aus«, bemerkte Heather und sah hinüber zu dem Tisch am anderen Ende der Terrasse, wo die Männer Platz genommen hatten.

»Er hat *graue* Haare«, verbesserte Sarah.

»Ich finde, sie sind weiß. Verflucht gutaussehend.«

»Und wie schmeckt dein Curry?« erkundigte sich Sarah.

»Wesentlich besser als das Shrimp-Frikassee, das ich neulich hatte«, antwortete Heather und schielte dabei immer noch zu den beiden Männern hinüber, die gerade ihre Drinks bestellten. »Glaubst du, der Weißhaarige hätte Interesse, *mich* zu Frikassee zu verarbeiten? Ich hätte jedenfalls Lust dazu.«

»Er ist *grau*haarig«, korrigierte Sarah wieder.

»Der Jüngere hat große Ohren«, stellte Heather fest.

»Damit er dich besser hören kann.« Sarah senkte die Stimme und hob warnend die Augenbrauen.

»Clark Gable hatte auch große Ohren. Er war berühmt für seine großen Ohren«, sagte Heather. »Hast du gewußt, daß Männer mit großen Ohren angeblich auch einen großen Schwanz haben?«

Sarah erstickte beinahe an ihrem Fisch.

»Das stimmt«, beharrte Heather.

»Nein, es ist die *Nase*«, flüsterte Sarah.

»Was ist die Nase?«

»Wenn einer eine große Nase hat, dann hat er auch einen großen Penis.«

»Hatte Pinocchio einen großen Penis?«

»Hatte Dumbo einen?« fragte Sarah, und beide Frauen prusteten los.

»Man wird uns noch rausschmeißen«, meinte Heather und hielt sich die Serviette vor den Mund, um das Lachen zu unterdrücken.

»Ich könnte es ihnen nicht mal übelnehmen«, erwiderte Sarah.

»Ich glaube, ich gehe hin und frage, ob er mit mir tanzt.«

»Ich glaube, das wäre keine gute Idee«, entgegnete Sarah.

»Warum nicht? Heute ist mein letzter Abend. Küß mich, Liebling, morgen bin ich tot.«

»Es tanzt aber niemand.«

»Dann brechen wir das Eis.«

»Dein Fleisch wird kalt.«

»Lieber die Ziege als sonst was«, grinste Heather. »Warum spielt die Band jedesmal, wenn ich Lust habe zu tanzen, was Südamerikanisches?«

Eigentlich hatte Sarah den Eindruck, daß der Pianist immer noch bei Cole Porter war. Irgendwas aus *Kiss me, Kate*. Etwas, das verdammt nach *So in Love with You Am I* klang. Aber vielleicht *war* es auch südamerikanisch. Schwer zu sagen. Sie sah auf ihre Armbanduhr. Wenn sie zwischen halb zehn und zehn hier weggingen, konnte sie Michael um …

»Wartet das Taxi schon?« fragte Heather.

»Nein, nein. Entschuldige, ich wollte nicht … «

»Langweile ich dich, Schwesterchen?«

»Natürlich nicht. Ich hab nur Michael versprochen, daß ich ihn nachher noch anrufe, weiter nichts.«

»Öde ich dich an? Sag die Wahrheit, Sarah. Ich bin deine Schwester – findest du mich langweilig?«

»Nein, ich finde dich sogar sehr interessant.«

»Aber bin ich nicht ein langweiliger Mensch, Sarah? Sag's mir, bitte.«

»Nein, du bist ein faszinierender Mensch.«

»Warum war ich für *Doug* dann langweilig?«

»Den Eindruck hatte ich nie.«

»Warum hat er sich dann mit dieser neunzehnjährigen *Tussi* eingelassen?«

»Keine Ahnung.«

»Worüber kann man sich mit Neunzehnjährigen überhaupt *unterhalten*? Über ihre Ausflüge zum Plattenladen im Einkaufszentrum? Wen findest du langweiliger – Michael oder Douglas?«

»Ich finde keinen von beiden langweilig.«

»Ich finde Michael langweilig.«

»Paß auf, daß *er* das nicht mitkriegt.«

»Und ich soll nicht oben ohne rumlaufen, wenn er kommt, ich weiß, ich weiß.«

»Du bist längst über alle Berge, wenn er kommt«, sagte Sarah. »*Wenn* er überhaupt kommt.«

»Findest du ihn nicht langweilig?«

»Nein, ich finde ihn sehr interessant.«

»Findest du ihn nicht zu … zu rechtsanwaltmäßig? Ich finde Anwälte sterbenslangweilig. Werbung ist wenigstens nicht langweilig. Ich finde Michael attraktiv, aber langweilig. Ist er wenigstens gut im Bett?«

»Ja, er ist toll.«

»Das kann ich mir überhaupt nicht vorstellen. Ein so langweiliger Mann.«

»Na ja …«

»Also wirklich, Schwesterchen. Wie kann ein langweiliger Mann wie Michael gut im Bett sein? Wenigstens ist Doug nicht langweilig. Wenigstens *war* er nicht langweilig.«

»Tja …«

»Du magst es nicht, wenn ich über so was rede, stimmt's?«

»Nein, nicht besonders.«

»Ist dir je aufgefallen, daß wir Michael Douglas geheiratet haben, wenn wir unsere beiden Ehemänner zusammenschmeißen?«

»Was?«

»Michael und Douglas. Schmeiß sie zusammen, und raus kommt ein attraktiver Filmstar, der garantiert kein bißchen langweilig ist. Erinnerst du dich, wie er in *Eine verhängnisvolle Affäre* die Hosen runterläßt? Wie er quer durchs Zimmer stolpert mit – wie hieß sie doch gleich? Meryl Streep. Hast du mit Michael je so leidenschaftlich gevögelt? Daß ihr eure Klamotten gar nicht schnell genug loswerden konntet?«

»Das geht dich nichts an.«

»Damit hast du die Frage beantwortet, Schwesterchen.«

»Nein, hab ich nicht. Es geht dich einfach nichts an, was Michael und ich zusammen machen.«

»Glenn Close war es«, sagte Heather.

Wenn wir endlich wieder zu Hause sind, dachte Sarah, dann werden Michael und ich einen sensationellen Telefonfick durchziehen, was sagst du *dazu*, Schwesterchen?

»Warum spielt der Kerl nicht endlich was Langsames, was Romantisches?« jammerte Heather. »Ich möchte mit Silberhaar tanzen. Vielleicht kann ich ihn ja zum einen oder anderen Frikassee überreden. Ziegenfleisch mit Curry macht einen geil, wußtest du das?«

»Hör auf, er sieht zu uns rüber«, flüsterte Sarah.

»Wer? Silberhaar?«

»Nein, der Jüngere.«

»Da drüben sind die beiden Frauen, die wir heute am Strand gesehen haben«, sagte Andrew.

»Welche war die oben ohne?« wollte Willie wissen.

»Die in Rosa, glaube ich.«

»Die andere sieht aber besser aus«, meinte Willie.

Andrew gefielen schick angezogene Frauen oft besser als nackte oder halbnackte. Die von heute nachmittag, die ohne Oberteil am Strand gesessen hatte, trug jetzt ein rosarotes T-Shirt-Kleid mit goldenem Gürtel, hochhackige goldene Sandalen und keinen Büstenhalter. Irgendwie schien sie so viel mehr Sex-Appeal zu haben als nur im Bikinihöschen – warum, wußte er auch nicht.

»Glaubst du, die beiden sind Zwillinge?«

»Nein, die in Weiß sieht älter aus«, antwortete Andrew.

»Wie alt ungefähr? Dreißig, fünfunddreißig?«

»Irgendwas dazwischen.«

»Hübsch. Alle beide.«

»Mhm«, brummte Andrew und sah wieder hinüber.

Die in Weiß war eindeutig die ältere Schwester. Ein weiter Faltenrock, ein tief ausgeschnittenes Top, Goldkette mit Anhänger, weiße, hochhackige Sandalen – Weiß und Gold auf sanft gebräunter Haut. Ihre Schwester sah jünger und frischer aus, aber die in Weiß wirkte kultivierter: wie sie ihr Weinglas hielt, wie sie den Kopf im genau richtigen Winkel zur Seite neigte. Irgendwie hatte sie auch eine größere erotische Ausstrahlung. Wenn er hätte wählen müssen, hätte auch er sich für die Weiße entschieden.

Gerade kam der Kellner mit den Drinks. *Canadian on the rocks* für Andrew, ein *Planters Punch* für Willie. Er hob sein Glas zu den beiden Frauen. Die in Rosa sah herüber, wandte sich dann aber hochmütig ab.

»Bingo«, sagte Willie.

»Also, was ist, Schwesterherz?« fragte Heather. »Findest du heute abend allein zurück nach Hause?«

»Das meinst du doch nicht im Ernst«, sagte Sarah.

»Allem Anschein nach hat Silberhaar ein Auge auf mich geworfen.«

»Vielleicht fängst du dir noch ganz andere Sachen ein …«

»Na und?«

»... wenn du dich einfach mit wildfremden Männern einläßt, die du in irgendeiner Bar triffst.«

»In einem *Restaurant*, bitte. Und nur mit *einem* Wildfremden. Es sei denn, der mit den großen Ohren möchte sich uns anschließen.«

»Ich glaube, du meinst es tatsächlich ernst.«

»Das kannst du ruhig glauben.«

»Dein Flug geht um neun.«

»Reichlich Zeit.«

»Der Mann ist bestimmt über *sechzig*!«

»Gut, dann kriegt er bei mir 'nen Herzinfarkt.«

»Was immer du anstellst, halt mich da raus«, sagte Sarah.

»Hat dich jemand eingeladen?«

»Ich mein's auch ernst.«

»Sieh doch bloß, wie er vor Sehnsucht dahinschmilzt«, sagte Heather, wandte sich in Richtung der beiden Männer und warf dem Weißhaarigen aus ihren blauen Augen einen langen, verführerischen Blick zu.

»Wann ist das Treffen auf dem Boot?« fragte Andrew.

»Hast du das gesehen?«

»Nein. Was denn?«

»Die in Rosa. Sie hat mir grade einen Antrag gemacht.«

»Sie wohnen nicht hier«, entgegnete Andrew. »Sie wohnen in dem Haus am Strand.«

»Noch besser.«

»Was ist mit dem Boot?« erinnerte ihn Andrew.

»Sie schicken morgen früh um zehn ein Beiboot zum Dock. Sie sind sehr zuvorkommend, also sei pünktlich. Ich hab ihnen gesagt, daß du allein kommst, so wie du's wolltest. Die in Weiß wäre mir zwar lieber, aber ich laß mich zur Not auch umstimmen«, sagte Willie. »Willst du die Weiße?«

»Nein«, erwiderte Andrew. »Ich brauche meinen Schlaf. Das Treffen morgen ist wichtig.«

»Man sollte die Arbeit immer mit dem Vergnügen kombinieren«, meinte Willie. »Das ist auf den Inseln hier die Regel.«

»Wessen Regel?«

»Meine. Bist du sicher, daß du die andere nicht willst?«

»Ganz sicher.«

»Dann nehm ich beide.«

»Hast du vor, erst zu essen, oder willst du sie gleich hier im Restaurant vernaschen?« fragte Andrew.

»Vielleicht beides«, grinste Willie.

Als sie bei Kaffee und Dessert angekommen waren, trat der Weißhaarige an ihren Tisch.

»Guten Abend, Ladys«, sagte er.

Heather sah zu ihm auf.

In ihren Augen war nichts zu erkennen, keine Andeutung, daß sie ihn vorhin schon bemerkt hatte, daß sie sogar ziemlich offensichtlich quer durchs Restaurant mit ihm geflirtet hatte. Sarah konnte nicht umhin, die Abgebrühtheit ihrer Schwester zu bewundern.

»Mein Name ist Willie Isetti«, stellte er sich vor. »Ich wollte fragen, ob Sie beide vielleicht mit mir und meinem Freund nach dem Essen einen kleinen Drink nehmen möchten? Bei der Bar gibt es ein paar ruhige, gemütliche Tische …«

»Danke, nein«, antwortete Heather, und ihre Stimme war noch ein paar Grad kühler als der Blick ihrer eisblauen Augen.

»Dann entschuldigen Sie bitte die Störung«, sagte er mit einem matten Lächeln und ging zurück zu dem Tisch, wo der junge Mann wartete.

»Der versteht ja überhaupt nichts«, seufzte Heather achselzuckend.

»Ich dachte, *ich* wäre die Lehrerin.«

»Außerdem *geht* mein Flug um neun.«

»Stimmt.«

»Und er *ist* über sechzig.«

»Stimmt.«

»Und er sieht gar nicht so toll aus, jetzt, wo ich wieder nüchtern bin.«

»Dann laß uns nach Hause gehen«, schlug Sarah vor.

Während Heather in der Damentoilette ihren Lippenstift nachzog, ging Sarah schon nach draußen, um sich vom Hotelpagen den Wagen bringen zu lassen. Sie wartete unter der mit Hibiskus überwachsenen Pergola des Hotels, auf der dem Hafen abgewandten Eingangsseite, von wo man keinen so spektakulären Ausblick hatte, als der jüngere Mann mit den großen Ohren herauskam.

Er sagte nichts.

So standen sie zu beiden Seiten der schmalen, halbkreisförmigen Auffahrt zum Hotel; der schwere Duft der Engelstrompete durchströmte die Nachtluft. Nach einer Weile wurde Sarah das Schweigen unbehaglich.

»Schöner Abend heute«, sagte sie.

»Wunderschön«, sagte er.

In diesem Augenblick kam der Page mit dem Wagen, hielt mit quietschenden Bremsen am Bordstein und sprang heraus. Die Fahrertür ließ er für Sarah offen und lief auf die andere Seite. Er wollte dem wartenden jungen Mann die Beifahrertür öffnen und war überrascht, als Sarah ihm vier Francs Trinkgeld in die Hand drückte und nicht ihr vermeintlicher Partner.

»Haben Sie auch einen Wagen, Sir?« fragte er.

»Einen roten VW«, antwortete Andrew und reichte ihm die Wagenschlüssel.

»Welches Kennzeichen?«

»Tut mir leid, das weiß ich nicht auswendig.«

Der Page schüttelte den Kopf.

»Sie wollen immer gern die Nummer«, erklärte Sarah. »Die Mietwagen vom Flughafen sehen alle gleich aus.«

»Wie unaufmerksam von mir«, sagte er und wandte sich an den Pagen. »Ich hab unter dem großen Baum da drüben geparkt«, sagte er und deutete in die Richtung.

»Sie hätten *mich* parken lassen sollen, Sir«, meinte der Page ein wenig pikiert.

»Tut mir wirklich leid«, erwiderte Andrew und lächelte.

»Ich hol Ihnen den Wagen, Sir.«

»Danke.«

Jetzt trat Heather aus dem Hotel.

»Dann gute Nacht«, verabschiedete sich Sarah von dem jungen Mann.

»Gute Nacht«, antwortete er.

Heather warf ihm einen Blick zu und stieg ein. Als sie losfuhren, zog sie die Augenbrauen hoch und sagte: »Gute Arbeit, Schwesterchen.«

Aber Sarah dachte daran, daß sie in nicht mal zwanzig Minuten mit Michael telefonieren würde.

Das Telefon klingelte mindestens zehnmal, bis er endlich abhob.

»Hallo?«

Seine Stimme klang vollkommen verschlafen.

»Michael.«

»Mm.«

»Ich bin's.«

»Mhmm.«

»Wach auf, Liebling.«

»Mhmm«, sagte er.

»Wach auf, ich bin's.«

»Mm.«

»Wach auf, Michael.«

»Mm.«

»Michael?«

»Mhmm?«

»Ich bin's«, sagte sie. »Sarah.«

»Okay, gut Nacht«, murmelte er.

Sie hörte ein Klicken in der Leitung.

»Michael?«

Schweigen.

»Michael?«

Sarah starrte auf den Telefonhörer. Vor lauter Verblüffung mußte sie lachen. Dann legte sie kopfschüttelnd auf. Sie lehnte sich in die Kissen zurück und stellte sich Michael vor, wie er zu Hause im Tiefschlaf völlig in seinem Bettzeug verheddert dalag. Er hatte keine Ahnung, ob sie neben ihm lag oder vom Mond anrief. Daß sie sich ein paar Stunden zuvor Telefonsex versprochen hatten, war ihm vollkommen entfallen.

Schade.

Sie hatte große Sehnsucht nach ihm gehabt.

Eine lange Zeit lag sie reglos da und sah hinaus in den Sternenhimmel. Dann schlief sie endlich ein.

Den im Computer erfaßten Bändern zufolge war Michael bis April 1992 gekommen. Von jetzt ab mußte er entweder die Bänder anhören oder die getippten Protokolle lesen. Da die Aufnahmen oft schwer verständlich waren, beschloß er, lieber die Abschriften der Gespräche zu lesen.

Es war der neunundzwanzigste Dezember um halb zehn Uhr morgens. Bevor er zur Arbeit gefahren war, hatte er Sarah angerufen. Er erinnerte sich vage an ihren Anruf mitten in der Nacht und entschuldigte sich, daß er bei Spark's ein bißchen zuviel getrunken hatte – ein Restaurant, in dem er sich immer selbst vorkam wie ein Gangster. Vielleicht ging er ja genau deswegen hin. Sarah hatte freundlich eingeräumt, daß sie und ihre Schwester – die übrigens in etwa zwanzig Minuten zum Flughafen aufbrechen würde – möglicherweise *ebenfalls* ein bißchen viel gebechert hatten, vielleicht sollten sie es einfach ein andermal versuchen, zum Beispiel jetzt *gleich*. Er sei auf dem Weg ins Büro, wehrte er ab. Er wollte später noch einmal anrufen.

Das Protokoll war in enger Zusammenarbeit mit dem Ermittlungsteam getippt worden. Dank der sehr langen Überwachungszeit kannten die Kriminalbeamten jede Stimme auf den Bändern ganz genau und konnten einen eventuellen Irrtum beim Tippen sofort aufklären – wenn etwa zwei Stimmen zu ähnlich klangen. Anthony Faviola hatte eine tiefe, sonore Stimme, die er jahrelang kultiviert hatte, um einen leichten, aber hartnäckigen Brooklyn-Akzent zu verbergen. Jemand namens *Tony* mochte sein »th« vielleicht nicht ordentlich aussprechen können, aber bei jemandem mit Namen *Anthony* galt das doch wirklich nicht, bitte schön. Angeblich hatte Anthony einmal gesagt, die Abkürzung *Tony* klinge nach »irgendeinem ignoranten Spaghettifresser«. *Anthony* hörte sich in seinen Ohren wahrscheinlich an wie der Name eines englischen Premierministers, auch wenn er nie etwas in dieser Richtung erwähnte. Michael konnte ihm das nicht verübeln; er haßte es selbst, wenn jemand ihn Mike nannte, denn er fand, so hießen nur Barkeeper. Im Büro wurde sogar gemunkelt, Faviola hätte einmal bei einem Lehrer in der Park Avenue Sprechunterricht genommen, aber dafür gab es keine Beweise. Wie auch immer – er klang zwar nicht wie ein *normaler* Mafioso, aber auch nicht *ganz* wie Professor Higgins.

Sein Bruder war ein ganz anderer Fall. Wenn er den Mund aufmachte, konnte man ihn mit niemandem verwechseln. Seine Stimme war laut und heiser, und er malträtierte die englische Sprache mit der gleichen Brutalität, die er bei seinen säumigen Schuldnern an den Tag legte. Selbst in Gesellschaft anderer Gangster, deren Verachtung für die englische Sprache es mit der seinen durchaus aufnehmen konnte, war er noch herauszuhören, denn er brüllte – eine Angewohnheit, die den Ermittlungsbeamten so manches Problem mit der Lautstärkeregelung bescherte. Auf den Protokollen waren die Stimmen also klar identifiziert: Die Initialen AF standen für Anthony, RF für Rudy, PB für Peter Bardo. Das waren die drei Hauptakteure. Zum Zeitpunkt der Überwachung war AF noch der Boß, RF sein Stellvertreter und PB der Consigliere, Dritter in der Hackordnung.

Als man AF nach Kansas schickte, war vermutlich RF Boß geworden, PB seine rechte Hand, und der Mann, der höchstwahrscheinlich den gesamten Mafia-Drogenhandel aufgebaut hatte, ein älterer Mafioso namens Louis »Fat Nickie« Nicoletta, hatte die Beraterfunktion übernommen. Im Frühjahr 1992 redeten sie über einen Fall, der dem von Dominick Di Nobili sehr ähnlich war.

AF: Rude, es bringt nichts, wenn wir diesen Mann unter Druck setzen. Es geht um viel Geld, und das hat er nicht.
RF: Haut ihm ordentlich in die Fresse, dann treibt er das Geld schnell auf, glaub mir.
AF: Und wenn nicht, wie stehen wir *dann* da?
RF: Wenn ein Kerl seine Schulden nicht bezahlt, muß er eben *anders* dafür bezahlen. So stehn wir da.
AF: Aber dann haben wir das Geld immer noch nicht, oder? Wie wäre es mit einer Gnadenfrist, sagen wir mal 'ne Woche? Dann muß er ran. Keine Zinsen eine Woche lang. Wir …
RF: Damit setzen wir ein Beispiel für jeden Schmarotzer in der Stadt.
AF: Hier geht's um fünfzig Riesen. Rude, kein Mensch kann einfach …
RF: Es geht schließlich *auch* ums Prinzip.
AF: Klar. Aber wenn einer pleite ist, kann er unmöglich …
RF: Er ist pleite, weil er auf die blöden Ponys wettete, mit dem Geld, das *wir* ihm geliehen haben.
AF: Trotzdem …
RF: Außerdem war er erst *zwanzig*, als er sich das Geld geliehen hat. Eben weil er's nicht zurückzahlt, geht's langsam ins Unermeßliche.
AF: Red mit ihm, okay? Sag ihm, dein Bruder gibt ihm 'ne Woche Zeit, aus reiner Herzensgüte. Sag ihm, wenn die Woche vorbei ist, kann ich die Hunde, die für mich arbeiten, nicht länger an der Leine halten.
RF: (*lachend*) Die Hunde, haha.

Und so weiter und so fort. Die tägliche Routine, wie bei jedem Großunternehmen, dazu die banaleren Angelegenheiten, mit denen sich jeder vielbeschäftigte Chef herumschlagen muß …
AF: Petey, was hältst *du* davon?

PB: Ich denke, ein Geschenk wäre angemessen. Aber nichts zu Aufwendiges.
AF: Wieviel ungefähr?
PB: Drei Scheine. Auf keinen Fall mehr.
AF: Ist das nicht ein bißchen wenig für eine Taufe? Was haben wir bei Giannino ausgegeben, als *sein* Kleines getauft wurde?
PB: Ich kann nachschauen.
AF: Tu das bitte, ja? Und schick Danielli das gleiche. Wenn er hört, daß wir Gianninos Kind was Teureres geschenkt haben, ist er beleidigt.
RF: Verflucht sturer Itaker.
AF: Was ist es überhaupt, ein Junge oder ein Mädchen?
PB: Ein Mädchen.
GL: Wenn sie Terry nachschlägt, hat sie später bestimmt mal viel Erfolg.

GL war dem Verzeichnis der Protokolle nach Capo der Gerald-Lacizzare-Gruppe, welche zur Zeit der Abhöraktion Kreditgeschäfte betrieb. Das Unternehmen kassierte pro Woche Tausende von Dollar an Zinsen, die zwischen hundertsechsundfünfzig und dreihundertzwölf Prozent pro Jahr lagen.

Danielli war Felix Danielli, der zur Zeit der Beschattung ein illegales Wettbüro für Pferderennen leitete, mit mehr als zwanzigtausend Dollar Umsatz pro Woche. Seine Frau Teresa war außergewöhnlich schön.

RF: Die würd ich mir gern mal vornehmen.

Das war wieder Rudy Faviola, der stellvertretende Boß; zweifellos leckte er sich wieder einmal wollüstig die Lippen, und das trotz strikter Mob-Regeln, die besagten, die Finger von Frauen und Töchtern anderer Mafiosi zu lassen.

Und so weiter. Vom Banalen zum Lächerlichen …

RF: Ich tanz also, ja, und da hör ich plötzlich, wie die Tussi einen gigantischen Furz läßt. Ich hab noch nie eine Tussi furzen hören, außer wenn ich mit ihr bumse.

AF: (*lachend*) Das Mädchen, mit dem du getanzt hast?

RF: Ja, mitten auf der Tanzfläche. Ein Furz, so laut wie 'ne Explosion. *Herr*gott, der hat vielleicht *gestunken*!

LN: Die Leute haben wahrscheinlich gedacht, *du* hast gefurzt.

LN war Louis »Fat Nickie« Nicoletta. Vermutlich der neue Consigliere, aber während der Beschattung Manager eines Großteils der familiären Drogengeschäfte.

RF: Das hab ich auch befürchtet, Nick! Daß die Leute denken, *ich* verpeste Vinnys blöde Hochzeit. Diese alte Fotze, stinkt da rum wie 'ne Kläranlage aus New Jersey.

LN: Ich hab noch nie gehört, daß 'ne Frau beim Bumsen furzt.

RF: Vielleicht bumst du sie nicht richtig.

LN: Ich würd sie glatt aus dem Bett schmeißen, wenn sie mich anfurzt.

Ein Gespräch nach dem anderen, vom Lächerlichen zum Erhabenen …

BT: Das soll so ein realistischer Film sein, verstehst du?

Bobby Triani, im Verzeichnis als Rudy Faviolas Schwiegersohn ausgewiesen, war ein Capo, der die Einbruchsoperationen leitete, inklusive ein ausgeklügeltes System für »Diebstahl auf Bestellung«, das sich korrupte Angestellte des United Parcel Service zu Diensten machte.

LN: Ich geh nicht mehr ins Kino. Ich krieg jedesmal Ärger, wenn ich ins Kino gehe.

AF: Was für Ärger? Willst du noch was, Nick?

LN: Nein danke. Ich sag den Leuten immer, sie sollen die Klappe halten. Denen, die hinter mir sitzen und quatschen.

RF: Ich hab mal beinahe so 'nen Wichser erschossen, der hinter mir sein Maul nicht halten konnte. Der hat doch tatsächlich die ganze Handlung verraten.

BT: Den hättest du *wirklich* erschießen sollen.

RF: Ehrlich, den *ganzen* Film, so auf die Tour: Da springt er aus dem Fenster, dann erwischt sie ihn mit der Blonden, hier bricht der blöde Tiger aus, da …

LN: Den ganzen blöden Film.

RF: Ich dreh mich also um und halt ihm den Revolver unter die Nase. Halt die Fresse oder ich schieß dir die Birne weg, sag ich. Er mault rum, sagt, er holt gleich den Platzanweiser. Ich sag, das soll er ruhig machen, soll er doch den bekloppten Platzanweiser holen. Dann blas ich dem eben *auch* die Birne weg.

BT: Den Wichser hättest du echt erschießen sollen.

LN: Und hat er die Fresse gehalten? Garantiert nicht, was?

RF: Nein, hat er nicht, die haben doch alle keine Manieren. Das ist 'ne echt leckere Sauce, Anth.

AF: Danke.

RF: Im Ernst. Die Sauce ist Spitze.

BT: Du hättest den Wichser erschießen sollen.

Und dann war wieder Geschäftliches an der Reihe ...

AF: Wir können das nicht in einen Topf werfen mit dem, was in Harlem passiert. Das ist eine ganz andere Familie in Harlem, die haben da ihren eigenen Stil, wie sie mit den Latinos umgehen.

PB: Ich schlage ja nur vor, daß wir es mit ihnen besprechen ...

RF: Die sind verdammt stur in Harlem. Wenn wir da reingehen, um zu reden, gibt's Krieg.

AF: *Was* sollen wir überhaupt mit ihnen besprechen, Petey?

PB: Einen Teil der Aktion.

RF: Du redest doch nicht etwa von *Nigger*-Harlem, oder?

PB: Nein, nein.

RF: Das kommt nämlich überhaupt nicht in Frage. Mit den blöden Niggern brauchst du gar nicht erst zu reden.

PB: Ich meine East Harlem.

AF: *East* Harlem, Rudy.

RF: Die Nigger kommen nicht in Frage.

AF: Ich weiß immer noch nicht, worauf du hinauswillst, Petey.

PB: Die Kolumbianer schicken den Kaffee durch Mexiko ...

Ein ziemlich unmißverständliches Codewort für Kokain.

Schließlich konnte man nie wissen, wer gerade zuhörte. In diesem Fall eine absolut zutreffende Vermutung, wie sich das aber *tatsächlich* abspielte, davon hatten sie keine Ahnung …

PB: … und eine ganze Menge landet in East Harlem. Also sollten wir ein Arrangement mit ihnen machen, stimmt's? Aber wir kriegen nichts für den ganzen Kaffee, der da reinkommt.
AF: Ich hab aber was viel Wichtigeres im Hinterkopf, Petey. Da will ich jetzt lieber keine schlafenden Hunde wecken.
PB: Wir würden nicht die *Kolumbianer* beklauen, verstehst du …
AF: Ich weiß. Aber momentan ist die Lage nicht besonders stabil, und ich will einfach nicht noch mehr Unruhe schaffen.
RF: Wenn du meine Meinung hören willst – ich glaube, die beschissenen Latinos werden die Leute in Harlem einfach ganz abservieren. Wer braucht schon einen Mittelsmann? Die haben ihr eigenes Verteilersystem, die Harlem-Leute sind bloß ein fünftes Rad am Wagen.
AF: Das stimmt wahrscheinlich. Das gehört alles dazu.

Michael las weiter.

An einem anderen Tag, in einem anderen Monat gab es eine tiefsinnige Diskussion über die edlen Dienste, welche die Ganoven der menschlichen Gesellschaft zuteil werden ließen. Teilnehmer dieser hochfliegenden Sitzung waren: Anthony Faviola und sein nobler Bruder Rudy, Fat Nickie Nicoletta, der nicht mehr ins Kino wollte, der Consigliere Peter Bardo und Felix Danielli, mit dessen hübscher Frau Rudy gern eine Nummer geschoben hätte.

AF: Wenn man es sich mal richtig überlegt – was tun wir eigentlich so Schlimmes?
RF: Ja, was machen wir denn schon?
AF: Warum ist Glücksspiel illegal? Ist es wirklich eine Sünde?
LN: Sogar in der Bibel wird gespielt. Ich hab 'nen Film gesehen, da haben sie um Jesus' Klamotten gewürfelt.

PB: Du hast vollkommen recht, Anthony, Glücksspiel sollte legal sein.

AF: Ja. Aber derzeit verstößt es noch gegen das Gesetz. Was machen wir denn? Wir geben den Leuten das, was sie wollen. Sie wollen spielen, also verschaffen wir ihnen die Möglichkeit dazu.

LN: Die haben um seine Klamotten gewürfelt. Um die Sachen, die er anhatte.

AF: Und was ist Lotto, wenn nicht legales Glücksspiel?

RF: Und was passiert in den offiziellen Wettbüros?

AF: Alles legales Glücksspiel. Aber sobald *wir* unsere Finger drin haben, ist es illegal. Warum? Wir geben ihnen dieselben Chancen, oder? Wir frisieren nichts, wir spielen fair. Wir verlangen Gebühren, aber tut das der Staat etwa nicht?

Die Gebühren, das waren die Prozente, der Anteil des Hauses, das, was das Glücksspiel für den Mob zum lohnenden Geschäft machte. Man wettet hundert Dollar auf ein Footballspiel: Gewinnt man, zahlt der Buchmacher hundert, verliert man, kriegt er hundertzehn.

PB: Und was ist mit dem Kreditgeschäft? Wißt ihr, was die Banken jetzt *legal* für einen Kredit kassieren? Kennt ihr den Zinssatz für einen *legalen* Kredit?

RF: Unsummen wahrscheinlich.

PB: Nicht viel weniger als bei uns, ganz bestimmt.

AF: Aber was soll ein armer Schlucker machen, wenn die Bank ihn wegschickt? Ist es etwa eine Sünde, wenn man Geldprobleme hat?

RF: Die geben einem das Gefühl, man ist Abschaum, die Banken.

LN: Die lehnen den Leuten Kredite ab, ganz ohne Grund.

AF: Und dann kommen sie zu uns, und bei uns sind sie kreditwürdig.

Mit drei bis fünf Prozent Zinsen pro *Woche*, plus Zinseszinsen. Tipp *das* mal in den Taschenrechner, dachte Michael, was das nach ein paar Monaten an Zinsen für einen Kredit von zehntausend Dollar ergibt.

RF: Das ist eine Dienstleistung, ganz eindeutig. Wie du's schon gesagt hast, Anth.
AF: Klar, aber die erlassen ein Gesetz dagegen.
LN: Eine Dienstleistung, die wir anbieten.
RF: An wen kann man sich sonst wenden, wenn man mal wirklich Geld braucht? Für 'ne gewisse Zeit.
LN: Wer leiht einem da was?
RF: Und dann behaupten die noch, wir schlagen den Leuten den Schädel ein, wenn sie mal nicht rechtzeitig zahlen. Aber was macht denn die *Bank*? Die Bank nimmt dem armen Schlucker sein *Haus* weg, *das* macht die Bank.
AF: Egal, wie, die wollen uns bloß fertigmachen.
RF: Wollen uns die Tour vermasseln.
LN: Die blöden Wichser.

Beinahe hätte Michael es verpaßt, als es das erstemal erwähnt wurde. Es war in der zweiten Juniwoche, bei einem Telefongespräch, das über zwei Tage abgehört worden war. Anthony unterhielt sich mit seinem Bruder, und Michael überlas das Wort, weil es nicht genau mit dem übereinstimmte, was er suchte. Im Protokoll stand folgendes:

AF: Vielleicht haben die diesmal echt was gegen uns in der Hand, Rude, das macht mir schwer zu schaffen. Die führen sich auf, als hätten sie was gefunden.
RF: Es ist doch immer der gleiche Scheiß, Anth. Die blasen sich auf, und dann ist's wieder bloß heiße Luft, und das wissen die auch.
AF: Dauernd irgendwelche Prozesse …
RF: Die haben nichts in der Hand.

AF: Mord, Rudy. Damit ist nicht zu spaßen.
RF: Du hast in deinem ganzen Leben keinen umgebracht.
AF: Die lassen einfach nicht locker.
RF: Alles Wichser.
AF: Mick-a-lino macht sich auch Sorgen.
RF: Ich rede mit ihm.
AF: Beruhige ihn, sag ihm, alles ist in bester Ordnung. Er macht sich Sorgen.
RF: Na klar. Aber mach *du* dir keine Sorgen, ja, Anth? Niemand kann dir was anhaben.
AF: Yeah.
RF: Hörst du?
AF: Yeah, danke, Rudy.
RF: Ich rede mit Lino.

Da war es wieder. Zuerst *Mick*-a-lino, dann einfach *Lino*, beim zweitenmal mit großem L. Wahrscheinlich hatte man sich beim Tippen für diese Schreibweise entschieden, unter Anleitung des Detectives, der das Gespräch bei der Beschattung mitgehört hatte. Als Michael mit Georgie das Treffen zwischen Frankie Palumbo und Jimmy Angels belauschte, hatten beide den Namen als *Lena* verstanden. Derjenige, der die Faviola-Tapes auf Diskette eingegeben hatte, buchstabierte den Namen L-E-N-O, als er im Zusammenhang mit dem Weihnachtsgeschenk im Dezember 1991 erwähnt wurde. Und jetzt war er als L-I-N-O aufgetaucht: Mick-a-lino und Lino. Wie hatte das wohl auf den Originalaufnahmen geklungen? Michael überlegte, ob er sich das Tonband anhören sollte, las dann aber statt dessen weiter.

Das nächstemal erschien die Buchstabenkombination L-I-N-O in einem Gespräch zwischen Anthony Faviola und seiner Frau Tessie im August, kurz vor Prozeßbeginn. Faviola benutzte das Telefon im Club Sorrento, wo mehrere Wanzen angebracht waren und den er immer nur als den »Club« bezeichnete. Tessie war am wanzenfreien Hausapparat in Stonington. Bevor die ermittelnden Detectives sich aus diesem Gespräch, einer sogenannten »privilegierten Unterhaltung«, ausklinkten, hatten sie folgendes aufgenommen:

AF: Ich muß mich noch um ein paar Dinge hier im Club kümmern, dann komm ich nach Hause.
TF: Sei vorsichtig, der Wochenendverkehr.
AF: Klar, mach dir keine Sorgen.
TF: Wann kommst du ungefähr?
AF: Sechs, halb sieben. Auf jeden Fall zum Supper.

Supper. Das war ein Überbleibsel aus den alten Zeiten in Brooklyn, als das Abendessen bei Stella Faviola immer »Supper« genannt wurde und nie »Dinner«.

AF: Kommt Lino auch?
TF: Er ist schon da.
AF: Oh, gut. Sag ihm schon mal schöne Grüße, okay?
TF: Fahr vorsichtig.

Schon wieder Lino. Anscheinend ein Gast im unbezwingbaren Fort der Faviolas in Connecticut. Lino. War das die Kurzform von *Mick*-a-lino? Oder war das auf den Bändern *Michelino* gewesen? Die Koseform von Michele? Von einem schwerhörigen weißen Mittelschichtsamerikaner in verhunztes Englisch umgemodelt? Michele. Auf italienisch »Mi*ke*le« ausgesprochen. Michael wußte das, denn das eine Mal, als er in Italien gewesen war, hatte man ihn so genannt. Michele mit hartem *k*, nicht weich und zischend wie beim französischen »Michel«.

Michele.

Michael.

Michelino.

Kleiner Michael.

Anthony Faviola hatte weder einen Sohn noch einen Enkel mit Namen Michael. Auch in den Prozeßmaterialien war dem Namen keine Beachtung geschenkt worden, nirgendwo in den

Aktenstapeln, die im Büro des Staatsanwalts im erfolgreichen Bemühen, Faviola für immer hinter Gitter zu bringen, so unermüdlich durchforscht worden waren. Falls jemand eine Erwähnung von Michael oder einer Verkleinerungsform aufgefallen war, hatte man dem keine Beachtung geschenkt. Bis jetzt.

Und nun hatte ein Kellner aus Queens, der einem Kredithai aus Manhattan Geld schuldete, eine Lieferung Dope übernommen und war dabei in eine Falle der Drogenfahndung geraten. Und in einem Gespräch von zwei Capos, das den Kellner retten sollte, hatte ein Faviola-Lieutenant gesagt, er wolle die Sache mit Lena besprechen – das jedenfalls hatten sie zu diesem Zeitpunkt geglaubt. Aber aus Lena war Leno geworden, und von Leno war es nicht weit über Mick-a-lino zu Michelino, der Koseform für Michael.

Er hörte sich die Stelle auf den entsprechenden Tonbändern an.

Der Name war tatsächlich italienisch – Michelino – ausgesprochen, aber nach den englischen Phonetikregeln abgetippt worden. Also Lino.

Michelino.

Kleiner Michael.

Und weiter geht's, dachte Michael, während er sich noch einmal auf die Gesprächsprotokolle stürzte.

Alonso Moreno war in manchen Kreisen auch als *La Culebra*, die Schlange, bekannt. Andrew vermutete, daß dieser Name mehr mit seinen Geschäftspraktiken zu tun hatte als mit seinem Aussehen. Er war nämlich ein sehr attraktiver Mann.

Sie saßen auf dem Vordeck einer Fünfzehn-Meter-Yacht, einer Grand Banks, die nicht gerade für ihre Schnelligkeit bekannt war, aber momentan veranstalteten sie ja auch kein Wettrennen. Moreno bot Andrew eine Zigarette an. Als dieser ablehnte, zuckte Moreno die Achseln, zündete sich selbst eine an, drehte sich aber rücksichtsvoll zur Seite, als er den Rauch ausstieß. Dann wandte er sich wieder Andrew zu. Das Licht der

Morgensonne spiegelte sich in seiner dunklen Brille. »Ich hab Ihren Leuten doch schon gesagt, nein«, sagte er, schnippte mit den Fingern in Richtung eines Mannes mit knielangen weißen Baumwollshorts und einem weißen Baumwollpulli und deutete dann auf einen Krug Limonade, der auf einem mit Klampen am Deck befestigten niedrigen Tisch stand. Die Zigarette in der einen, das Glas Limonade in der anderen Hand, nippte und inhalierte Moreno abwechselnd.

»Weshalb sind Sie also hier?« fragte er.

Andrew schätzte, daß Moreno gut zehn Jahre älter war als er selbst – achtunddreißig, neununddreißig vielleicht. Ein Äußeres wie Rudolph Valentino, nach hinten gekämmte schwarze Haare mit ausgeprägten Geheimratsecken, eine Adlernase, die für die androgynen Mick-Jagger-Lippen etwas zu lang geraten war – so rauchte und nippte er ganz entspannt und wartete auf eine Antwort. Zu höflich, um zu sagen, Sie verschwenden meine Zeit, und klug genug, um einzusehen, daß Andrew nicht den weiten Weg von New York gemacht hatte, um sich einfach wieder wegschicken zu lassen.

»Ich bin hier, weil ich glaube, daß man Ihnen nicht richtig erklärt hat, worum es geht.«

»Man hat es mir erklärt«, erwiderte Moreno und nahm abrupt die Sonnenbrille ab.

Seine Augen waren so dunkelbraun, daß sie fast schwarz erschienen.

Vielleicht nannte man ihn deshalb »die Schlange«.

Schwarze Augen, die das Sonnenlicht reflektierten.

Draußen auf dem Wasser, am Horizont, tauchte ein Motorboot auf, mit einem Wasserskiläufer im Schlepptau.

»Mr. Isetti hat mir die Sache in allen Einzelheiten erläutert.«

Ein leichter spanischer Akzent. Irgendwo hatte Andrew gehört, Moreno habe das College besucht und eigentlich Arzt werden wollen. Er stellte sich Moreno mit einem Skalpell in der Hand vor. Die Vorstellung war äußerst unangenehm.

»Die rein geschäftlichen Aspekte«, sagte Andrew.

»*Alle* Aspekte«, entgegnete Moreno. »Wir sind nicht daran interessiert.«

»Unserer Ansicht nach ist es ein gutes Geschäft.«

»Wir sind reich genug«, sagte Moreno und lächelte.

»Wir nicht«, sagte Andrew und erwiderte das Lächeln.

»*Qué pena*«, sagte Moreno.

»Wir finden, man kann immer noch reicher werden, als man schon ist.«

Moreno antwortete nicht. Gelangweilt sog er an seiner Zigarette und nippte an seinem Glas. Draußen auf dem Wasser zog das Motorboot eine Kurve. Der Wasserskiläufer kreischte vor Vergnügen.

»Wir finden, ein Mensch, der nicht reicher werden will, riskiert, daß er ärmer wird.«

»Das Risiko sehe ich nicht.«

»Wissen Sie, wie Columbus Amerika entdeckt hat?«

»Wie bitte?« Moreno war verblüfft.

»Ich sagte: ›Wissen Sie …‹ «

»Ich hab es gehört. Was wollen Sie damit sagen?«

»Er hat eigentlich China gesucht.«

»Na und?«

»Wir bringen China direkt vor Ihre Haustür. Sie müssen es nicht mal suchen.«

»Ich suche es auch nicht. *Sie* sind auf der Suche.«

»Nein, wir suchen nur einen größeren Absatzmarkt, der …«

»Gut, dann suchen Sie ruhig weiter. *Wir* sind mit Amerika ganz zufrieden.«

»Ich fürchte, Sie verstehen mich nicht ganz«, meinte Andrew.

»Ich verstehe sehr gut, danke vielmals«, entgegnete Moreno. »Das ist ja ein Kind da draußen, sehen Sie? Hinter dem Boot.«

Andrew warf einen kurzen Blick aufs Wasser und konzentrierte sich dann wieder auf Moreno.

»Sie stellen Ihr Produkt zur Verfügung«, sagte er, »und die Chinesen steuern bei, was sie haben. Unsere europäischen Geschäftspartner liefern es aus, und wir setzen es in Amerika ab.«

»Aber wir setzen es ja bereits in Amerika und Europa ab«, wandte Moreno ein.

»Nicht das neue Produkt.«

»Wir *brauchen* keine neuen Produkte.«

»Wir sind der Meinung, daß wir sie sehr wohl brauchen.«

»He, wen *interessiert* denn überhaupt, was ihr Leute denkt?« sagte Moreno.

»Mr. Moreno, ich glaube, Sie sollten lieber …«

»Ach, hören Sie doch auf mit Ihrem Mr.-Moreno-Getue, und erzählen Sie mir nicht, was ich tun soll. Ich tue, was ich *will*. Ich hab Isetti gesagt, daß wir nicht interessiert sind, da hat er gemeint, wir sind es ihm schuldig, uns anzuhören, was Andrew zu sagen hat, er hat die weite Reise von New York gemacht. Okay, ich hör mir an, was Andrew zu sagen hat, und wir sind *immer* noch nicht interessiert. Ich weiß nicht, wer Sie geschickt hat …«

»Niemand hat mich *geschickt*, Mr. Moreno.«

»Aber wer immer es war …«

»Ich bin von selbst gekommen.«

»Gut. Dann gehen Sie auch von selbst wieder zurück. Und sagen Sie dem, der Sie geschickt hat, wer immer es sein mag …«

»Ich erkläre es Ihnen zum letztenmal«, unterbrach Andrew und seufzte, als müßte er einem widerspenstigen Kind etwas verständlich machen. »Wir handeln mit den Chinesen einen dreifachen Deal aus. Wenn Sie sich uns anschließen wollen, sind Sie uns sehr willkommen. Deshalb bin ich hier. Aber wenn Sie sich weigern, die Vorteile des Unternehmens einzusehen, müssen wir ohne Sie weitermachen. Ich nehme an, Sie können sich vorstellen, wie schwer wir es Ihnen machen können …«

»Verschwinden Sie von meinem Boot, okay?« sagte Moreno. Dann wandte er sich an den Mann in den weißen Baumwollshorts und dem weißen Pulli: »*Llévalo de vuelta a la costa, no hay nada más que discutir aquí.*« Er streckte Andrew die Hand entgegen, sagte: »Wir sind fertig miteinander, Alberico wird Sie …«, unterbrach sich aber mitten im Satz, sprang auf und deutete aufs Wasser: »Das Kind ist in Schwierigkeiten!«

Vom Steuer des Motorboots aus konnte Sarah nur sehen, daß Mollie auf einmal untergetaucht war. Aber das kam relativ häufig vor, und Mollie lief Wasserski, seit sie sieben war und ihr Großvater seinen karibischen Besitztümern auch noch ein Motorboot beigefügt hatte. Sie war geschickt und mutig, und bis jetzt hatte Sarah nicht die leisesten Skrupel gehabt, ihre Tochter hinter dem Boot mit gut dreißig Stundenkilometern übers offene Meer sausen zu lassen. Schon seit über einem Jahr lief Mollie sogar ohne Schwimmweste, weil sie dann mehr Bewegungsfreiheit hatte. Und sie wußte schließlich, was sie tat. Sarah hatte die Argumente ihrer Tochter akzeptiert.

Jetzt wendete sie das Boot in einer engen Kurve und fuhr mit Vollgas zurück zu der Stelle, wo sie Mollie zuletzt gesehen hatte. Das Boot tanzte über die kurzen, unregelmäßigen Wellen, und Sarah wartete, daß ihre Tochter endlich an die Oberfläche kam; wenn sich das Seil bloß nicht verfangen hatte ... *da*! Mollies blonder Kopf tauchte auf. Mit weit aufgerissenem Mund schnappte sie nach Luft, die kleinen Wellen brachen sich unter ihrem Kinn. Ungefähr zwanzig Meter hinter ihr stand ein Mann an der Reling einer großen Grand-Banks-Yacht und schrie etwas auf spanisch. Dann stieg ein anderer Mann auf die Reling, hing einen Moment als Silhouette dort vor dem Himmel, sprang dann über Bord und schwamm auf Mollie zu, die gerade wieder unterging.

Schneller! drängte Sarah das Motorboot, als könnte sie es mit purer Willenskraft dazu bewegen, über sich hinauszuwachsen, und sie steuerte es gegen Wind und Wellen, die Zugleine hinter sich. Sie sah, wie der Schwimmer gegen die Wellen ankämpfte und sich mit raschen Kraulbewegungen zu der Stelle vorarbeitete, wo Mollies Kopf jetzt wieder auftauchte. Wieder schnappte sie heftig nach Luft. Sarah war nun nahe genug, sie konnte die Panik in den blauen Augen erkennen. Mollie fuchtelte mit den Armen und ging dann zum drittenmal unter. Der Schwimmer tauchte ihr nach.

Mit gedrosselter Geschwindigkeit umkreiste Sarah die Stelle, wo ihre Tochter und der Schwimmer verschwunden waren. Nur das Motorengeräusch im Leerlauf war zu hören, während das Boot auf den Wellen schaukelte. Der Himmel war strahlend blau, die Sekunden dehnten sich, wurden länger und immer länger …

Sie war drauf und dran, vor Verzweiflung laut loszuschreien, da tauchte Mollie an der Oberfläche auf, erst der Kopf, dann die schmalen Schultern, dann die Hände des Schwimmers, der sie um die Taille festhielt. Endlich erschien auch sein Kopf, die braunen Haare eng angeklatscht. Er holte einmal tief Luft, schob Mollies fuchtelnde Hände beiseite und drehte sie auf den Rükken. Dann umfaßte er mit einer Hand ihr Kinn und schwamm mit ihr zu Sarah, die sich herunterbeugte und ihre Tochter ins Motorboot hob.

Zwei Wochen bevor Anthony Faviola festgenommen und wegen vierfachen Totschlags vor Gericht gestellt wurde, kreisten seine Gedanken – und seine Gespräche – um sehr irdische Angelegenheiten. Es war fast, als wüßte er, was ihm bevorstand. Als wüßte er, daß er bald mit vier Anklagen konfrontiert sein würde, die nach Bundesrecht jeweils mit »lebenslänglich« bestraft wurden – und dazu womöglich *noch* eine weitere lebenslängliche Verurteilung bekommen würde, aufgrund einer Anklage nach dem Bundesgesetz gegen organisiertes Verbrechen.

Die betreffende Unterhaltung fand an dem mit einer Wanze ausgestatteten Ecktisch im Club Sorrento statt. Am Tisch, der für den *Boß* reserviert war – für Faviola und für seine engsten Kumpels. Und das kam oft vor. Im Protokoll trugen Anthony und sein Bruder Rudy die inzwischen vertrauten Initialen AF und RF. Offenbar tranken die Männer bei diesem Gespräch Alkohol; möglicherweise hätte Anthony nicht ganz so offen geredet, wenn er nicht leicht beschwipst gewesen wäre. Und obwohl Michael sonst Gesetzesbrechern gegenüber alles andere als weichherzig war, spürte er jetzt beinahe Sympathie für diesen Mann, der keine Ahnung hatte, daß er bespitzelt wurde, der nicht wissen konnte, was ihm bevorstand, und trotzdem so erschreckend klar in die Zukunft blickte.

AF: Ich hab dauernd das Gefühl, daß sie mich bald schnappen werden.
RF: Ach, komm.
AF: Im Ernst, Rude. Wohin ich auch gehe, was ich auch tue, immer sitzen sie mir im Nacken. Ich kriege bald keine Luft mehr.
RF: Scheiß drauf, so sind sie halt. Sie haben nichts Besseres zu tun, als andere Leute fertigzumachen.
AF: Ich schenk dir noch was ein.
RF: Aber nur 'n Schluck.
AF: Sag halt.
RF: Das reicht, halt, stop!
AF: Um mich selbst mach ich mir keine Sorgen, verstehst du? Ich hab ein gutes Leben hinter mir.
RF: Laß dich von den Scheißkerlen nicht kleinkriegen, Anth. Die sind doch nichts weiter als Fliegendreck.
AF: Nicht um mich mach ich mir Sorgen. Aber um Tessie, um die Kinder. Was für ein Leben haben sie vor sich, wenn die Saukerle dauernd darin rumschnüffeln?
RF: Fliegendreck, sag ich. Nimm dir das doch nicht so zu Herzen.
AF: Angela und Carol, ich glaube, denen macht es nicht soviel aus wie ...
RF: Zwei so hübsche Mädchen, Anth. Du hast wunderschöne Töchter.
AF: Und sie lieben ihren Onkel Rudy, das kannst du glauben.
RF: Ich würd ihnen auch den Schädel einschlagen, wenn's anders wäre.
(*Gelächter*)
AF: Aber für einen Sohn ist es was anderes. Wie viele Jungs wie er gehen aufs College? Aber er hat's vermasselt, stimmt's? Wahrscheinlich weil ihm Vegas zu gut gefallen hat.

RF: Tja, Vegas.

AF: Tessie war immer so stolz auf ihn. Und da läßt er sich rausschmeißen, weil er unbedingt saufen und sich rumprügeln muß. Nimm noch einen Schluck.

RF: Danke. Paß auf, wie du einschenkst. Willst mich wohl besoffen machen, altes Schlitzohr.

AF: Weißt du überhaupt, wieviel ich für das Zeug bezahlt habe?

RF: Wieviel denn?

AF: Sechs fünfundneunzig pro Flasche.

RF: Ach komm.

AF: Im Ernst. Sechs Kisten hab ich gekauft.

RF: Woher hast du sie? Sechs fünfundneunzig die Flasche.

AF: Von dem Laden an der Ecke.

RF: Spanisch? Die machen billigen Wein, die Spanier.

AF: Nein, nein, italienisch.

RF: Sechs fünfundneunzig? Ich glaub's nicht.

AF: Ich finde, er schmeckt toll.

RF: Er ist *verdammt* gut.

AF: Sechs fünfundneunzig.

RF: Aber weißt du, Anth, wenn's um die Kinder geht …

AF: Das ganze Leben sollte so einfach sein wie ein guter Wein.

RF: Nichts ist einfach, Anth. Vergiß es – was Einfaches, das gibt's gar nicht.

AF: Mädchen sind anders.

RF: Und sie sind beide verheiratet. Daran mußt du auch denken. Das ist ein großer Unterschied.

AF: Klar. Und nette Kerle haben sie geheiratet. Gefallen sie dir?

RF: Sicher. Na ja, Sam nicht so besonders. Er ist ein beschissener Besserwisser. Aber der andere …

AF: Larry.

RF: Ja, Larry.

AF: Larry, ja. Der ist in Ordnung.

RF: Larry ist nett. Ein guter Junge. Er mag mich auch, das weiß ich. Seinen alten Onkel Rudy. Er nennt mich immer so – Onkel Rudy.

AF: Weißt du, was ich mir wünsche? Falls man mich – was Gott verhüten möge – jemals von zu Hause wegholt, dann wünsch ich mir …

RF: Komm, hör auf damit. Trink noch ein Glas Wein. Komm schon. Ich will diese Scheiße gar nicht hören.

Und zurück zum guten billigen Wein, dachte Michael. Sechs fünfundneunzig die Flasche vom Lädchen an der Ecke. Italienischer Wein. Das ganze Leben müßte so einfach sein wie ein guter Wein. Wenn sie doch nur die Marke erwähnt hätten! Für sechs fünfundneunzig die Flasche hätte Michael auch gern sechs Kisten gekauft.

AF: Aber falls sie mich *doch* irgendwann mal wegholen, Rude …

RF: Das wird nie passieren, also *denk* nicht mal dran.

AF: Aber *falls* sie's doch tun sollten, weißt du, wen ich dann als Nachfolger möchte?

RF: Ich hoffe, du meinst nicht mich, weil ich den Scheißjob nämlich gar nicht *haben* will.

AF: Hör zu, du wärst großartig, Rudy, aber …

RF: Danke, ich will den Job nicht. Aber du gehst sowieso nirgendwohin, also vergiß es. Trink noch ein Glas Wein, du alter Idiot, und hör auf, so einen Quatsch daherzureden.

Noch ein bißchen *vino*? dachte Michael. Noch'n bißchen *vino*, Bruderherz? Für den Nachhauseweg nehmen wir die Schubkarre, du schiebst, ich sitz drin. Sag halt. Plop, plop, plink, plink, plop, plop, plop.

RF: Hoffentlich denkst du auch nicht an Petey Bardo. Ich hab wirklich nichts gegen ihn, aber er hat eine Persönlichkeit wie'n Reißnagel. *Salute*! Herrgott, das schmeckt wirklich gut. Er macht seine Arbeit echt gut, sieht ja auch aus wie'n beschissener Jurist, mit seinen braunen Anzügen. Ich schwöre bei Gott, ich hab noch nie einen gesehen, der so auf

Braun steht wie Petey. Aber kannst du dir vorstellen, daß er sich zum Beispiel mit den Leuten aus Harlem an einen Tisch setzt und mit *den* Typen einen trinkt? Kannst du dir vorstellen, daß er sich *je* so sehr entspannt? Er ist so verdammt steif, Anth, auch wenn er mit Josie verheiratet ist. Man braucht mehr als Grips, um so'n Ding wie unsres zusammenzuhalten.

AF: Und was *wäre* deiner Meinung nach das beste? Wenn ich mich je zur Ruhe setzen muß, meine ich.

RF: Wahrscheinlich denke ich an den gleichen wie du.

AF: Und an wen denke ich?

RF: Das heißt, wenn er überhaupt *will*.

AF: Wer?

RF: Womöglich ist ihm Vegas lieber. Oder Atlantic City. Das hier ist ein verantwortungsvoller Job. Und er ist auch zu sehr hinter den Mädchen her. Und dann das Glücksspiel. Wenn er dein Nachfolger wird, muß er mit dem Kopf ganz bei der *Sache* sein, nicht bei irgendeiner Möse. Sein Kopf und sein Herz, die müssen beide ganz *hier* sein.

AF: Ich glaub, wir denken tatsächlich an dieselbe Person.

RF: Klar, an Lino. Stimmt's?

AF: An Lino, ja.

Da stand es also, schwarz auf weiß.

Es war ihre Schuld. Sie hatte erlaubt, daß Mollie ohne Schwimmweste fuhr. Aber das hatte sie immer getan, es hatte keinen Grund zur Besorgnis gegeben …

Nein, es gab keine Entschuldigung.

Wie sollte sie es Michael erklären, daß sie ihre Tochter beinahe hätte ertrinken lassen? Daß Mollie ohne die Tapferkeit eines Wildfremden jetzt vielleicht …

Na ja, eigentlich war er *kein* Wildfremder.

Es war der junge Mann, dem sie gestern abend im Restaurant begegnet war und der nach Heathers Ansicht so große Ohren hatte. Tropfnaß und atemlos, die Hände in die Hüften gestemmt, den Kopf gesenkt – so hatte er auf dem Deck des kleinen Motorboots gestanden und schweigend zugesehen, wie Sarah neben ihrer Tochter kniete. Mollie hustete und spuckte. Sie sah arg mitgenommen aus, schien aber insgesamt ganz in Ordnung.

»Vielen Dank«, hatte Sarah geflüstert, eher an Gott gerichtet als an den Fremden.

Er nickte, immer noch schwer atmend nach dem Kampf gegen Wellen und Strömung.

Dann stellte er sich vor: Andrew Farrell. Auf Geschäftsreise hier in St. Bart, derzeit wohnhaft im Guanahani.

Sarah sagte, sie wisse nicht, wie sie ihm danken könne.

Später sollte sie sich an jedes Detail dieser Situation erinnern.

Er sagte, es wäre nett, wenn sie ihn zur Yacht zurückbringen könnte, wo er seine Schuhe gelassen hatte. Erst jetzt fiel Sarah auf, daß er in voller Kleidung über Bord gesprungen war – nur die Schuhe hatte er ausgezogen. Sein weißes Hemd klebte an Brust und Armen, die hellblaue Baumwollhose triefte vor Nässe.

Sie dankte ihm noch einmal, während er die Leiter zur Yacht hochkletterte. Auch Mollie sagte mit piepsiger Stimme: »Danke, Mr. Farrell.«

Erst am Spätnachmittag rief Sarah im Guanahani an und fragte nach Andrew Farrell. Als er sich meldete, erklärte sie ihm, wer sie war …

»Hier ist Sarah Welles. Sie haben meiner Tochter das Leben gerettet …«

… als gäbe es ein Dutzend Sarah Welles, deren Töchtern er das Leben gerettet hatte. Dann sagte sie noch, sie schulde ihm etwas mehr als nur eine Bootsfahrt zu seinen Schuhen …

Nein, das ist doch nicht nötig, wehrte er ab. Es hat mich gefreut, Ihnen helfen zu können.

Auch daran sollte sie sich später erinnern.

Tja, sagte sie, meine Tochter und ich finden aber, daß wir Ihnen unsere Dankbarkeit nicht angemessen gezeigt haben. Mr. Farrell …, wenn Sie nichts anderes vorhaben, dürfen wir Sie dann heute abend zum Essen einladen? Mollie hat vorgeschlagen, Sie sollten sich irgendein Restaurant auf der Insel aussuchen…

Nur, wenn ich *Sie* einladen darf, antwortete er.

An all das sollte sie sich später erinnern.

Nein, nein, sagte sie, auf *keinen* Fall, ausgeschlossen.

Ich lade Sie und Ihre Tochter ein, wiederholte er. Ich hole Sie um halb acht ab. Ich weiß, wo Sie wohnen.

Im nachhinein sollte sie sich wundern, woher er das wußte.

Halb acht ist wunderbar, sagte sie, aber ich bestehe darauf…

Bis dann, sagte er und legte auf.

Michael erreichte Georgie um vier Uhr am selben Nachmittag zu Hause, wie er gerade die Koffer für die Reise nach Vail packte.

»Bloß ein paar Fragen«, sagte er.

»Ich hab Urlaub«, erwiderte Georgie.

»Betreffs Anthony Faviola«, beharrte Michael.

»Ich hab *immer* noch Urlaub.«

»Dann bloß *eine* kurze Frage.«

»Aber wirklich ’ne *ganz* kurze. Ich bin schon fast aus der Tür.«

»Wer ist Lino?«

»Das hast du mich gestern schon gefragt, und ich weiß es immer noch nicht.«

»Nicht Lena, *Lino*. Oder *Mick*-a-lino.«

»Nicht den blassesten Schimmer.«

»Du bist dem Namen nie begegnet?«

»Nie.«

»Ich hab gedacht, wenn’s *irgend*einer weiß, dann du …«

»Nein, ich weiß es nicht. Michael, tut mir leid, mein Flug …«

»Kann ich vorbeikommen?«

»Nein.«

»Ich möchte mir deine Ordner ansehen.«

»Nein. Ich bin am Elften wieder im Büro. Dann können wir uns unterhalten.«

»Georgie ...«

»Hör bloß auf mit deinem Georgie. Die Piste ruft.«

»Ich muß mir deine Notizen über Faviola ansehen.«

»Dann geh in die Bibliothek. Schau nach unter F-A-V ...«

»Georgie, *bitte*. Ich glaube, ich bin da auf was gestoßen, aber ich muß ...«

»Was es auch ist, es hat bestimmt Zeit bis zum Elften.«

»Und wer ist Faviolas Nachfolger geworden?«

»Sein Bruder natürlich. Das weiß doch jeder.«

»Vielleicht stimmt das gar nicht.«

Ein langes Schweigen in der Leitung.

»Wer dann?«

»Jemand mit Namen Lino.«

»Kenn ich nicht.«

»Bitte, laß mich einen Blick in deine Unterlagen werfen.«

»Nein.«

»Ich kann in zwanzig Minuten bei dir sein ...«

»Ich muß in einer Stunde *los*.«

»Ich nehm das Zeug mit. Ich stopf's in eine Tasche.«

»Dann bring am besten einen *Schrankkoffer* mit.«

»Darf ich kommen?«

»Wenn du's nicht lassen kannst«, sagte Georgie und legte auf.

Das von Andrew gewählte Restaurant lag auf einem der höchsten Berge der Insel, eine Art Adlerhorst mit einer spektakulären Aussicht. Zuerst nahmen sie auf der Terrasse einen Drink. Mollie bestellte Mineralwasser mit Limone und hielt dann eine lange Rede darüber, wie man sich fühlt, wenn man am Ertrinken ist und das ganze *Leben* – die gesamten zwölf Jahre – an einem vorüberzieht, als wäre es ein Musikvideo.

»Ich werde mich ewig und haargenau an alles erinnern«, erklärte sie, saugte an ihrem Strohhalm und machte Andrew über den Glasrand hinweg schöne Augen. Offensichtlich war sie Hals über Kopf in den Mann verliebt, der ihr an diesem Morgen, zwanzig Minuten vor elf, das Leben gerettet hatte ...

»Aber woher *weißt* du, wieviel Uhr es war?« erkundigte er sich.

»Ich hab Mom gefragt. Hab ich versucht, Sie auch unter Wasser zu ziehen?«

»Aber nein.«

»Hätten Sie mich sonst bewußtlos geschlagen?«

»Ich glaube kaum.«

»Das hab ich nämlich mal im Kino gesehen.«

»Es bestand keine Veranlassung dazu. Du warst sehr kooperativ.«

Sie saßen auf der Terrasse, nippten an ihren Drinks und sprachen über die Ereignisse des Vormittags. Sarah gestand, daß sie einen Heidenschreck bekommen hatte, als Mollie das zweitemal weggetaucht war ...

»Stimmt es eigentlich, daß das drittemal immer das letztemal ist?« mischte sich Mollie ein.

»Ich glaube, ja«, antwortete Andrew. »Es sei denn, man ist zwölf Jahre alt. Dann hat man fünf Versuche.«

... aber beim drittenmal sei sie absolut in Panik geraten, fuhr Sarah fort.

»Ich glaube, als ich ins Wasser gefallen bin, hat mir das so den Atem verschlagen, daß ich ein paar Sekunden ganz benommen war und Wasser in die Lunge gekriegt habe. Dann hab ich angefangen zu würgen und zu husten, dadurch ist noch *mehr* Wasser in die Lunge gekommen, und plötzlich konnte ich nicht mehr *atmen*. In meinem ganzen Leben hatte ich noch nie solche Angst. Doch, einmal schon. Als Luis mich vor dem Taxi weggerissen hat.«

»Wer ist Luis?« fragte Andrew.

»Der Portier von unserem Haus.«

»Wo ist das?«

»East 81. Straße. Ich wollte grade über die Straße gehen, da kam dieses Taxi um die Ecke gefegt und hat mich fast umgefahren. Ohne Luis wäre ich wahrscheinlich *tot*, und Sie hätten mich nicht retten können.«

»Ich glaube, du solltest Mr. Farrell jedes Jahr um diese Zeit ein Dutzend Rosen schicken«, meinte Sarah.

»Andrew«, verbesserte er. »Und ich glaube, umgekehrt wäre es besser. Es war das erstemal, daß ich jemandem das Leben gerettet habe.«

»Mein *Held*!« seufzte Mollie mit einem breiten Grinsen und verdrehte verzückt die Augen.

»Mrs. Welles? Noch einen Drink?«

»Sarah«, verbesserte auch sie. »Nehmen *Sie* noch einen?«

»*Ich* will jedenfalls noch was«, sagte Mollie.

»Dann trinken wir doch alle noch etwas«, schlug Andrew vor.

»Gut«, stimmte Sarah zu.

»Sagt eigentlich jemand Sadie zu Ihnen?« fragte er.

»Sadie? Mein Gott, nein.«

»Ist das nicht eine Koseform von Sarah?«

»Doch, ich glaube schon. Aber ich und *Sadie*?« meinte sie und wandte sich an Mollie. »Findest du, Sadie würde zu mir passen?«

»Klingt wie 'ne Stadtstreicherin«, antwortete Mollie.

»Wie wär's mit Sassy?« schlug Andrew vor.

»Ich? *Sassy*?«

»Das ist der Spitzname von Sarah Vaughan.«

»Wer ist denn Sarah Vaughan?« wollte Mollie wissen.

»Eine Sängerin«, erklärte Andrew.

»Klingt wie 'ne Stripperin«, sagte Mollie. »Sassy.«

»Nennt Sie jemand Andy?« fragte Sarah.

»Nein.«

»Warum nicht?«

»Keine Ahnung. Wahrscheinlich paßt es einfach nicht zu mir.«

»Manchmal nennt Mom mich *Millicent*«, erzählte Mollie und verzog das Gesicht. »Wenn sie wütend auf mich ist.«

»Warum?«

»Weil Mollie eine Abkürzung von Millicent ist.«

»Ist das dein richtiger Name? Millicent?«

»Scheiße, nein«, erwiderte Mollie. »Ich weiß«, sagte sie zu

Sarah, »das macht zehn Cent.« Dann fuhr sie fort, wieder an Andrew gewandt: »Als ich klein war, mußte ich für jedes schlimme Wort zehn Cent bezahlen.«

»Hat aber nichts gefruchtet«, sagte Sarah, »wie man hört.«

Viertel nach acht nahmen sie zum Essen Platz. Mollie und Sarah bestellten Hummer-Medaillons mit Kiwi, Andrew erkundigte sich beim Kellner, was ein *coulommier* sei, und bestellte es, als er erfuhr, daß das eine mit Käse gefüllte Blätterteigpastete war. Als Hauptgericht bestellte Mollie Lamm in grünem Pfeffer – »medium, bitte« – und Sarah das Barschfrikassee – dasselbe wie Andrew. Ohne besondere Veranlassung mußte sie plötzlich an den albernen Witz ihrer Schwester denken, die sich von Andrews silberhaarigem Freund gern zu Frikassee hätte verarbeiten lassen. Unwillkürlich sah sie nach, ob Andrews Ohren *wirklich* so groß waren. Als sie merkte, daß er sie beobachtete, sah sie schnell weg.

Als könnte er Gedanken lesen, sagte er: »Ich hätte Ihre Schwester auch einladen sollen.«

»Sie ist abgereist«, entgegnete Sarah. »Woher wußten Sie …«

»Sie sehen sich sehr …«

»Tante Heather will sich scheiden lassen«, warf Mollie ein.

»Schade«, meinte Andrew.

»Onkel Doug hat sich 'ne Lolita angelacht.«

»Und Mollie hat zuviel getrunken«, sagte Sarah und lächelte. Andrew erwiderte ihr Lächeln.

»Da ist doch kein Alkohol drin, Mom«, sagte Mollie.

»Zum Glück.«

»Jedenfalls *weiß* er, was eine Lolita ist.«

»Na klar«, sagte Andrew. »Das ist ein berühmter mexikanischer Drink.«

»Mr. *Farr*-ell!«

»So was Ähnliches wie 'ne Margarita.«

»Vielleicht trink ich ja grade eine«, meinte Mollie und spähte in ihr Glas. Dann sah sie zu ihm hoch und sagte: »Das ist aber kein *Drink*.«

»Ehrlich?« fragte Andrew und zwinkerte ihr zu.

Mollie zwinkerte zurück.

»Was macht *ihr* beide eigentlich hier?« fragte Andrew. »Außer gelegentlich zu ertrinken.«

»Wir machen Ferien. Das Haus, in dem wir wohnen, gehört meiner Großmutter. Daddy konnte leider nicht mitkommen, weil er noch arbeiten muß.«

»Das ist aber schade.«

»Aber er will zu Silvester hier sein.«

»Vielleicht auch schon früher«, ergänzte Sarah. »Hoffe ich jedenfalls.«

»Was macht er denn beruflich?«

Schon zu Beginn ihrer Ehe, als Michael gerade bei der Staatsanwaltschaft angefangen hatte, lernte Sarah, daß es in der Regel besser wäre, seinen Beruf nicht zu erwähnen. Zum Beispiel waren sie oft auf Partys, bei denen ein Joint herumging. Das galt lediglich als Ordnungswidrigkeit, aber wie sollte man sich in so einem Fall als Staatsanwalt verhalten? Einfach ignorieren? Dann brummelte bestimmt jemand: »Also wirklich, das ist mir ja ein *toller* Rechtsverdreher!« Oder sollte man sofort am Tatort eine Verhaftung vornehmen? Darauf folgte mit einiger Sicherheit ein Ausspruch wie: »Dieser Michael Welles ist doch ein blöder Hosenscheißer!« Deshalb antwortete Sarah auf derartige Fragen inzwischen einfach nur: »Er ist Anwalt.« Wollte jemand es genauer wissen, erklärte sie: »Er arbeitet in Downtown.« Falls die Neugier dann noch immer nicht gestillt war, sagte sie: »Er hat einen Job bei der Stadt«, und wenn das immer noch nicht genügte, nahm sie Zuflucht bei einer Lüge: »Er ist der städtische Rechtsbeistand in Zivilrechtsfragen.« Als Michael dann später mit Verbrechern zu tun hatte, die schneller schossen als andere Leute blinzelten, hatte er sie sogar ausdrücklich davor gewarnt zu erwähnen, daß er zur Staatsanwaltschaft gehörte. Mollie kannte die Spielregeln. Heute wechselten Mutter und Tochter sich ab.

»Er ist Rechtsanwalt«, sagte Sarah.

»Arbeitet in Downtown Manhattan.«

»Bei der Stadt«, ergänzte Sarah.

»Mom ist Lehrerin«, wechselte Mollie geschickt das Thema.

»An welcher Schule?« erkundigte sich Andrew.

»An der Greer Academy«, antwortete Sarah.

»Das ist 'ne Vorschule für doofe Mädchen«, sagte Mollie.

»Und wo gehst *du* zur Schule?«

»Hanover.«

»Welches Fach unterrichten Sie?« fragte er.

»Ich?« kicherte Mollie.

»Englisch«, antwortete Sarah.

»Wo liegt die Greer Academy?«

»60. Straße Ecke Park Avenue.«

»In der Nähe der Christchurch«, sagte Mollie.

»Ich dachte, Sie wären Schauspielerin«, meinte Andrew. »Oder Model.«

»Ich?« fragte Mollie.

»Ja, du auch«, grinste Andrew.

Sarah fragte sich, ob sie rot wurde.

»Und Sie machen hier auch Urlaub?« fragte sie.

»Nein, ich bin geschäftlich unterwegs«, antwortete er. »Morgen früh flieg ich zurück.«

»Ach *nee*«, sagte Mollie und schnitt eine Grimasse.

»Sollen wir Wein bestellen?« fragte Andrew. »Möchte jemand ...?«

»Wie dumm von mir«, rief Sarah und winkte dem Kellner. »Ich hab's ernst gemeint, übrigens. Sie sind heute abend unser Gast.«

»Auf gar keinen Fall«, widersprach er.

»Bitte, Andrew.«

Es war das erstemal, daß sie ihn beim Vornamen nannte. Später sollte sie sich daran erinnern, daß sie das erstemal seinen Vornamen benutzt hatte, als sie darüber diskutierten, wer die Rechnung bezahlen würde.

»Tja ... okay«, sagte er.

»Gut.« Sarah winkte dem Kellner.

»Ein Chardonnay wäre gut«, schlug Mollie vor, grinste Andrew an und klapperte mit den Wimpern.

Georgies Ordner reichten ungefähr fünfzehn Jahre zurück.

Damals entwickelte sich Anthony Faviola gerade zur einer einflußreichen Persönlichkeit in der Hierarchie des organisierten Verbrechens, und zur selben Zeit machte Georgie Giardino sein Jura-Examen und bekam seine erste Anstellung bei der Staatsanwaltschaft in Manhattan.

Jetzt saß Michael mit einem Schinkensandwich und einer Flasche Bier im Bett, um sich herum auf den Decken Georgies Notizen ausgebreitet; draußen heulte der Wind, und im Hintergrund lief der Fernseher.

Die Sammlung begann mit einem Artikel, der bei der Geburt von Faviolas einzigem Sohn in den *Daily News* erschienen war. Anthony hatte noch zwei ältere Töchter, doch ein männlicher Nachkomme war auf Staten Island offenbar Anlaß zu besonderer Freude. Die Schlagzeile lautete: DER FAMILIENVATER.

Die Doppeldeutigkeit entging Michael natürlich nicht. Die *Daily News* brachten öfter derartige Schlagzeilen, und er war nicht überrascht, daß der Artikel, der sich vorgeblich mit der Frau, den Töchtern und dem neugeborenen Sohn eines millionenschweren Bauunternehmers aus New York City beschäftigte, in der Schlagzeile und der recht tendenziösen Berichterstattung auch noch etwas anderes andeutete: Dieser Mr. Anthony Faviola war ein »Familienvater« ganz anderer Art, denn seine Familie war die *Mafia*-Familie in Manhattan, und ihr Kopf niemand anderes als der stolze Papa selbst. Der Artikel war mit mehreren Fotos von Faviola und seiner Frau aufgelockert – Faviola und seine Töchter, vier beziehungsweise zwei Jahre alt, Faviola und sein neugeborener Sohn, damals gerade drei Monate alt. Alle Fotos waren vor einem bescheidenen Reihenhaus auf Staten Island aufgenommen; offenbar hatten die Faviolas die Villa in Stonington noch nicht bezogen.

Spätere Artikel aus allen möglichen Zeitungen und Zeitschriften, die Faviolas Aufstieg dokumentierten, zeigten das palastartige Anwesen, das er in Connecticut gebaut hatte. Man hätte meinen können, es ginge um einen respektablen Geschäftsmann und nicht um einen abgebrühten Ganoven, der sich bis zur Spitze des Mob durchgekämpft hatte. Und weil die Amerikaner von Gangstergeschichten grenzenlos fasziniert waren, wurde über das Leben der Faviolas – und vor allem über den Don selbst, im Gerichtssaal *und* draußen – mit dem gleichen Ernst berichtet, wie er vielleicht einer königlichen Hoheit zugestanden hätte.

Hier war die ältere Tochter auf einer luxuriösen Party zu ihrem sechzehnten Geburtstag, die ihr Vater für sie ausgerichtet hatte, hier der Junge auf seinen ersten Skiern in Stowe, hier die jüngere Tochter bei der Schulabschlußfeier, hier noch einmal die ältere Tochter, diesmal in der St. Patrick's Cathedral bei ihrer Hochzeit mit einem gewissen Samuel Caglieri, und hier der Sohn mit siebzehn im Footballtrikot von Kent. Obgleich die wenigen Fotos von Faviolas Frau Tessie eine schöne Frau mit hellen Augen und einem sympathischen Lächeln zeigten, war sie anscheinend ein wenig kamerascheu – vielleicht weil die Auftritte ihres Mannes vor Gericht jedesmal für fettere Schlagzeilen sorgten, wenn er wieder einmal angeklagt und von den Geschworenen freigesprochen worden war. Der Junge und die ältere Tochter mit ihren hellen Augen und blonden Haaren glichen ihrer Mutter. Die jüngere Tochter hatte die dunklen Haare und braunen Augen ihres Vaters.

Das letztemal, daß Faviolas Sohn in der Presse erwähnt wurde, war sage und schreibe in einer neun oder zehn Jahre alten Ausgabe der Zeitschrift *People*. Der Artikel trug eine typische *People*-Überschrift:

PLAYBOY-SOHN VON MAFIA-DON VERTRITT DAS MOTTO:
»LEBEN UND STERBEN LASSEN«!

Als Vorspann war zu lesen:

ANDY-BOY WILL SEIN GEMÜSE NICHT ESSEN, ABER PAPA, DER

Gangsterboss, zahlt die Rechnungen in Las Vegas, ohne mit der Wimper zu zucken.

Darunter war ein fast ganzseitiges Schwarzweiß-Foto eines recht gutaussehenden jungen Mannes in Badehose an einem Swimmingpool in Las Vegas, breitbeinig, die Arme wie Flügel hinter seinem Kopf verschränkt, ein breites Grinsen auf dem sonnengebräunten Gesicht. Der Artikel war wie alles andere in der Zeitschrift stilistisch dem Zeitgeist verpflichtet und reichlich mit spannenden Einzelheiten gespickt.

Als der Bericht veröffentlicht wurde, besuchte Anthony Faviolas einziger Sohn die University of California in Los Angeles, aber anscheinend hinderte ihn das nicht daran, jedes zweite Wochenende in Vegas aufzutauchen. Er war ein Liebling der Revuetänzerinnen und in allen Casinos ein gerngesehener Gast. Der Artikel deutete sogar an, daß die häufigen Besuche in Vegas mehr mit den Geschäftsinteressen des Vaters zu tun hatten als mit dem Vergnügen des Sohns. Andrew wurde als »kluger Kopf mit schnellen Fäusten« beschrieben, und zwischen den Zeilen war zu lesen, daß er sich zwar als Student ausgab, in Wirklichkeit jedoch die Casinos seines Vaters in Las Vegas überwachte.

Auf der zweiten Seite zeigte eine Fotomontage den Faviola-Sohn in verschiedenen Posen und verschiedenen Altersstufen, jeweils mit einer treffenden Bildunterschrift. Unter dem Bild des kleinen blonden Jungen mit Sandeimer und Schaufel stand: zukünftiger Bauunternehmer im Alter von zwei Jahren. Ein Foto stammte aus Disneyland: der Junge mit Mickymaus-Ohren, wie er mit ernstem Gesicht zu seinem Vater emporblickte. Darunter stand: Ich spitz die Ohren – was sagt Papa? Ein weiteres Bild zeigte ihn als schlaksigen, etwas dunkleren Zwölfjährigen, der mit seiner blonden Schwester tanzte, er im Smoking, sie im Ballkleid. An der Copacabana mit der süssen sechzehnjährigen Angela, lautete die Bildunterschrift. Ein relativ neues Bild war offensichtlich gestellt: Andrew saß allein im Central Park, die Nase in ein Buch gesteckt. Büffeln für die Abschlussprüfung stand darunter.

Das Bild mit den Mickymaus-Ohren ließ Michael keine Ruhe. Der Kleine auf den älteren Fotos hatte *wirklich* Segelohren, und Michael fragte sich, ob *People* die Aufmerksamkeit gerade darauf lenken wollte, wo doch angeblich das Mickymaus-Kostüm kommentiert wurde. Auch die mehrfache Erwähnung eines Michelino auf den Tonbändern hatte Michael nicht vergessen – deswegen war er schließlich hier. Der Name war als Mick-a-lino transkribiert worden, was nach Michaels Vermutung auf einen typischen Hörfehler zurückzuführen war, wie er einem weißen Mittelschichtsamerikaner bei einem italienischen Wort schnell passieren konnte. Aber hatte der Schreiber womöglich doch recht gehabt? Hatte Faviola vielleicht wirklich *Mick*-a-lino gesagt? Kleine *Mickymaus*? Hatte er eine Anspielung auf den Besuch in Disneyland gemacht? Wie alt mochte sein Sohn damals ge-wesen sein? Michael konnte nur raten, denn weder die Bild-unterschrift noch der Artikel gab darüber Aufschluß. Er schätzte den Jungen – nach seinen Ohren und allem Drum und Dran zu schließen – auf etwa drei bis vier Jahre.

Auf einmal fühlte er sich von den Unmengen an Papierkram, die sich vor ihm auftürmten, wie erschlagen.

Er stand auf und ging in die Küche, um sich ein Glas Milch und einen Keks zu holen, dann packte er die Ordner zusammen und machte Feierabend.

Es war fast elf Uhr, als sie zum Haus von Sarahs Mutter zurückkehrten. Andrew parkte den VW auf dem ovalen Stellplatz vor dem Haus und führte Sarah und Mollie zur Tür. Aus dem hohen Gras unter den Palmen war noch immer das unablässige Summen der Insekten zu hören. Die Nacht war mild, eine leichte Brise wiegte die Palmblätter, die im Silberlicht des Mondes glänzten.

»Danke für den wunderschönen Abend«, sagte er.

»Ich danke *Ihnen*«, entgegnete Mollie. »Dafür, daß Sie mir mein ganzes Leben gerettet haben.«

Sarah streckte ihm die Hand entgegen. »Nochmals vielen Dank.«

»Für alles«, fügte Mollie hinzu.

»Ich habe jede Minute genossen«, sagte er.

»Gute Nacht«, sagte Sarah und ließ seine Hand los.

»Guten Rückflug«, sagte Mollie, stellte sich auf die Zehenspitzen, um ihn auf die Wange zu küssen, drehte sich dann rasch um und rannte ins Haus. Sarah sah Andrew nach, wie er zu seinem Wagen ging. Er ließ den Motor an, winkte zum Abschied und fuhr rückwärts aus der Einfahrt.

Yolande saß zeitunglesend in der Küche und hörte dabei die Nachrichten im Radio. Mollie war schon oben in ihrem Zimmer.

»Hat jemand angerufen?« fragte Sarah.

»Nein, keine Anrufe, *madame*«, antwortete Yolande. »Soll ich das Radio eingeschaltet lassen?«

»Nein danke.«

Yolande stand auf, stellte das Radio ab und sagte: *»Alors, à demain. Bonne nuit, madame.«*

»Gute Nacht, Yolande.«

Yolande nahm ihre Zeitung vom Tisch, ging in ihr Zimmer direkt neben der Küche und schloß die Tür hinter sich. Sarah ging nach oben, wo Mollie bereits im Bett lag und auf ihren Gutenachtkuß wartete.

»Er ist echt cool«, sagte sie.

»Ja«, erwiderte Sarah. »Gute Nacht, Honey.«

»Gute Nacht, Mom.«

Sarah gab ihrer Tochter einen Kuß auf die Wange, deckte sie gut zu und knipste das Licht aus. Als sie gerade aus dem Zimmer gehen wollte, frage Mollie: »Meinst du, ich hab ihm gefallen?«

»Ich finde, du warst phantastisch«, sagte Sarah.

»Ja, aber hat *er* das auch gedacht?«

»Garantiert«, antwortete Sarah lächelnd. »Gute Nacht«, sagte sie noch einmal.

»Er ist wirklich cool«, murmelte Mollie, halb im Schlaf.

Unten schnarchte Yolande ein bißchen. Sarah löschte das Licht in der Küche, öffnete die Verandatüren im Wohnzimmer und blickte ein paar Minuten schweigend aufs Meer hinaus.

Der Duft der Engelstrompeten war überwältigend.

Sie schenkte sich einen großzügigen Cognac ein, trat auf die Veranda und überlegte, ob sie Michael anrufen sollte. Auf ihrer Armbanduhr war es Viertel nach elf, also schlief er wahrscheinlich schon. Sie zog die Sandalen aus und ging barfuß hinunter an den Strand.

Die Wellen schlugen leise ans Ufer.

Das Wasser, das ihre nackten Füße umspülte, war warm.

Es erinnerte sie alles an eine Filmszene, aber sie hatte vergessen, aus welchem Film sie stammte: Eine Frau in Weiß steht am Meer, ein Glas in der Hand, und der Wind spielt mit ihren blonden Haaren. Wie hieß der Film bloß?

Draußen auf dem Wasser fuhr ein hell erleuchteter Touristendampfer durch die Nacht. Von fern hörte Sarah das Schiffsorchester und stellte sich vor, wie schöne Frauen in hauchdünnen Ballkleidern über den blanken Parkettboden schwebten. Sie fragte sich, wohin das Schiff wohl unterwegs war. Warum fuhren sie immer bei Nacht? Ein helles Frauenlachen stieg zu den Sternen empor und verklang. Der Strand war still. Einen Moment noch sah sie dem Schiff nach, dann trank sie ihren Cognac aus, blickte ein letztesmal zum Mond empor und ging zurück ins Haus.

Um sieben Uhr am nächsten Morgen war sie wieder am Strand, in einem knappen, hellgrünen Bikini und einem farblich abgestimmten Haarband. Sie hatte große Lust auf einen langen Spaziergang. Mit gesenktem Kopf schritt sie am Wasser entlang; die kleinen Wellen plätscherten an den Strand, ein sanfter Wind fuhr ihr durchs Haar. Der vorige Abend war für sie in vielerlei Hinsicht wie eine Erleuchtung gewesen, und sie wollte an diesem Morgen mit sich und ihren Gedanken allein sein.

Bis zum gestrigen Abend hatte sie es nicht für möglich gehalten, einen anderen Mann als Michael attraktiv finden zu können. Andererseits hatte sie auch noch nie einen Mann wie Andrew Farrell kennengelernt. Er war so charmant und reizend, und außerdem war er mit Mollie einfach *wunderbar* umgegangen. Es hatte Momente gegeben, in denen Sarah das Gefühl hatte, daß sie hauptsächlich als Anstandsdame für den jungen Helden und eine verknallte Teenager-Tochter fungierte. Aber sobald sie selbst dann in den Mittelpunkt geriet … tja … da hatte sie es aus tiefstem Herzen *genossen*, hatte sich von seinen Aufmerksamkeiten geschmeichelt gefühlt, verwöhnt und … na ja, sie fand diesen jungen Mann eben sehr attraktiv.

Sie wußte nicht, ob er bewußt zurückhaltend oder einfach schüchtern war. Jedenfalls war ihr aufgefallen, daß er, immer wenn das Gespräch auf ihn zu kommen schien, auf Mollie oder auf Sarah abgelenkt hatte. Das Teenagergequassel ihrer Tochter und die Erzählungen über Sarahs Alltag hatten ihn anscheinend interessiert. An den peinlichen Momenten war wohl teilweise sein Alter schuld. Schließlich war er erst achtundzwanzig – eine der spärlichen Informationen, die man ihm nicht hatte aus der Nase ziehen müssen –, aber er wirkte noch jünger, eher ein Seelenverwandter von Mollie als der einer fast vierzigjährigen Frau. Na ja, eigentlich erst *vierunddreißig*, übertreiben wir nicht. Genauer gesagt fast *fünfunddreißig*.

Achtundzwanzig war so schrecklich jung.

Und sie hatte sich sogar gefragt …

Gegen zehn, halb elf hatte sie sich gefragt, was eigentlich in sie gefahren war, daß sie einen *Jungen* … na ja, eigentlich einen attraktiven jungen *Mann* … jedenfalls einen vollkommen Fremden – einen wildfremden *Mann* – einfach eingeladen hatte, mit ihr und ihrer Tochter zu Abend zu essen, wo ein Cocktail doch wahrhaftig gen–

»Sarah?«

Erschrocken drehte sie sich nach der Stimme um.

Andrew.

Hier!

Als wäre er ihren Gedanken entsprungen.

»Entschuldigen Sie«, sagte er. »Ich wollte Sie nicht …«

»Schon in Ordnung«, sagte sie, aber ihr Herz pochte heftig.

Er hatte sie erschreckt. »Sie haben mich bloß überrascht.«

»Tut mir leid.«

»Nein, nein.«

»Ich hätte mich räuspern sollen oder so, als Warnung ...«

»Ist schon gut, wirklich.«

Er war barfuß und hatte die Hosenbeine aufgerollt. Schweigend spazierte er neben ihr her und versuchte, sich ihren kleineren Schritten anzupassen. Obwohl sich Sarahs Gedanken – wie sie überrascht und seltsam berührt feststellte – in dem Moment, als er so unerwartet von hinten auf sie zukam, ausschließlich mit ihm beschäftigt hatten, verstärkte dieses Schweigen und seine körperliche Gegenwart ihr Gefühl, überrumpelt worden zu sein.

»Tut mir leid, daß ich beim Dinner keinen Ton rausgebracht habe«, sagte er.

Sie sah ihn an.

»Gestern abend«, ergänzte er.

»Aber das stimmt doch gar nicht«, sagte sie.

Seine Augen wichen ihrem Blick aus. Er hielt den Kopf gesenkt und starrte auf den Sand vor seinen Füßen. Ein Stück weiter glänzte das Wrack eines kleinen blauen Ruderbootes in der Sonne.

»Es ist bloß ...«, begann er, zögerte einen Augenblick und sagte dann: »Na ja, ist nicht so wichtig. Ich hoffe nur, daß ich Ihnen nicht den Abend verdorben habe. Oder Mollie.«

»Nichts hätte Mollie den Abend verderben können«, sagte sie.

»Und Ihnen?«

»Ich habe den Abend sehr genossen.«

»Na ja, hoffentlich«, meinte er ungläubig.

Jetzt waren sie beinahe beim Bootswrack angelangt. Wie ein bleiches Skelett lag es da; die Sonne brannte auf das geborstene Dollbord und die Ruderbank, das Meer schlug sanft gegen den beschädigten Bug. Sarah bemaß die Zeit ihrer Morgenspaziergänge immer nach dieser Stelle, und auch jetzt machte sie hier kehrt, wie jeden Morgen.

»Bis hierher sind es genau anderthalb Kilometer«, sagte sie. »Bis zum Boot.«

»Aha«, sagte er.

»Von unserem Haus«, erklärte sie.

»Aha«, sagte er noch einmal. »Mögen Sie Champagner?«

»Nicht besonders.«

»Oh.«

Ende der Unterhaltung.

»Ich hab Ihnen welchen vor die Tür gestellt«, sagte er nach einer Weile. »Als Entschädigung für gestern abend.«

»Das wäre wirklich nicht nötig gewesen …«

»Ich wußte ja nicht, daß Sie Champagner hassen.«

»Ich *hasse* ihn nicht, ich bin nur nicht besonders *scharf* darauf.«

»Ich bin eigentlich unterwegs zum Flughafen«, sagte er. »Ich dachte, ich stell ihn einfach vor Ihre Tür. Ich hab ja nicht damit gerechnet, Ihnen zu begegnen, es ist noch so früh. Aber dann hab ich Sie gesehen, und da hab ich mir gedacht, ich … ich sag Ihnen noch schnell auf Wiedersehen.«

Sarah schwieg. Sie näherten sich dem Haus, man sah Yolande auf der Terrasse den Frühstückstisch decken.

»Der Grund, weshalb ich gestern so still war …«,P begann er wieder.

»Sie waren doch gar nicht still«, erwiderte sie und drehte sich zu ihm um. Im Sonnenlicht waren seine Augen sehr blau.

»Es ist nur … ich habe in meinem ganzen Leben noch keine Frau kennengelernt, die so schön ist wie Sie.«

»Oh … danke«, antwortete Sarah. »Das ist sehr freund–« In diesem Moment zog er sie an sich und schloß sie in die Arme.

He, *hör auf* damit, dachte sie und sagte laut: »Was denken Sie sich … ?« Der Rest des Satzes kam nicht mehr über ihre Lippen, denn er küßte sie mitten auf den Mund. Sie versuchte ihn wegzustoßen, wehrte sich gegen seine Umarmung, doch er hielt sie fest, und sein Mund preßte sich auf ihren. Der Strand in der Morgensonne war menschenleer. Ob man sie vom Haus aus sehen konnte? Seine Zunge drängte sich in ihren Mund und erstickte ihre Worte endgültig, *bitte nicht*, sie spürte seinen Penis, fühlte durch den dünnen Bikini, wie hart er war, seine Arme fesselten sie, sein Mund war unnachgiebig, *bitte, bitte ...*

Abrupt ließ er sie los.

»Entschuldigung«, murmelte er. »Verzeih mir.«

Dann drehte er sich um und rannte über den Strand.

Sie sah, wie er am Ende des Wegs neben dem Haus haltmachte, um seine Schuhe aufzuheben. Noch einmal sah er sich nach ihr um, dann verschwand er hinter dem Haus.

Ihre Lippen brannten, ihre Beine zitterten. Sie hörte, wie sein Wagen ansprang und das Motorengeräusch allmählich in der Ferne verklang.

Auf der Karte an der Champagnerflasche stand:

*Bis zum nächstenmal,*
*Andrew*

An diesem Morgen fand Michael, was er suchte, in einer italienischen Zeitung namens *Corriere della Sera*. Das Papier war vergilbt und dünn, das Datum zeigte, daß der Artikel gut neunundzwanzig Jahre alt war. In einer Klarsichthülle steckte eine mit Schreibmaschine geschriebene Übersetzung, gezeichnet mit dem Namen Jenny Weinstein, vermutlich eine Sekretärin aus dem Büro.

Seltsamerweise handelte der Artikel nicht von *Anthony* Faviola – er wurde nur ein einzigesmal erwähnt, und zwar als aufstrebender junger Bauunternehmer –, sondern von seinem Vater *Andrew*, dem in Amerika geborenen Sohn von Andreo Antonio Faviola und Marcella Donofrio Faviola, beide Einwanderer aus Ruvo del Monte in der italienischen Provinz Potenza. Michael hatte keine Ahnung, wo dieser Ort lag. Er las weiter.

Der Artikel feierte zwei mehr oder weniger parallel stattfindende Ereignisse. Das erste war das fünfzigjährige Bestehen einer Bäckerei auf Coney Island, die Andrew Faviola seit dem

Tod seines Vaters vor etwa zwölf Jahren leitete. Das zweite Ereignis, drei Tage nach dem Jubiläum der Bäckerei, war die Geburt von Andrews drittem Enkel, dem ersten männlichen Erben, den ihm sein Sohn Anthony, »ein aufstrebender junger Bauunternehmer«, geschenkt hatte. Das Kind war auf den Namen Andrew getauft worden – nach dem stolzen Großvater, dem der ganze Artikel gewidmet war.

Auf einem Foto hielt Andrew den Enkelsohn, der seinen Namen trug, auf dem Arm. Es war Sommer, und der Großvater – laut Artikel zweiundfünfzig Jahre alt – stand in Hemdsärmeln vor dem Schaufenster eines Ladens namens Marcella's Bakery. Das Baby trug ein weißes Hemdchen und weiße Stiefel. Selbst in diesem Alter waren seine Segelohren unübersehbar.

Der Artikel erklärte, der Laden sei nach Andreo Faviolas Frau benannt, die zu diesem Zeitpunkt vierundachtzig Jahre alt war – »Gott segne sie«, sagte Andrew dem Reporter. Das bedeutete, daß Topolino der Urenkel einer Frau war, die …

Topolino?

Michael hätte um ein Haar seinen Kaffee verschüttet.

… einer Frau, die fünfundsechzig Jahre früher die beschwerliche Reise von einem Bergdörfchen zwischen Bari an der Adria und Neapel am Tyrrhenischen Meer auf sich genommen hatte. Andrew senior …

*… erklärte, wie das nach ihm benannte Baby zu dem Spitznamen »Topolino« gekommen war. Seine Mutter sprach noch gebrochenes Englisch, obwohl sie inzwischen seit beinahe sechzig Jahren amerikanische Staatsbürgerin war, und als sie den Säugling im Krankenhaus zum erstenmal zu Gesicht bekam, wandte sie sich an ihren Sohn und sagte auf italienisch: »Ma sembra Topolino, vero? Con quelle orecchi così grande!«*

Was auf englisch hieß: »Aber er sieht ja aus wie Mickymaus, stimmt's? Mit den Riesenohren!« Weiter erläuterte der Artikel, daß Mickymaus in Italien ebenso populär war wie in den Vereinigten Staaten und daß die alte Dame das Wort durchaus liebevoll gebrauchte, denn – das konnte jeder sehen – das Kind war außergewöhnlich schön. Es hatte die gleichen blonden Haare und blauen Augen wie viele aus dieser italienischen Bergregion.

Topolino, dachte Michael.

Mickymaus.

Später wieder ins Englische übertragen und zu Mick-a-lino verzerrt.

Lino.

So gab es doch wieder einmal für alles eine Erklärung.

Um die Jahrhundertwende wandert ein armer, ehrlicher Italiener nach Amerika aus, eröffnet eine Bäckerei, die sein in der neuen Heimat geborener Sohn bei seinem Tod erbt. Andrew seinerseits hat einen Sohn namens Anthony, der sich zu einem »aufstrebenden Bauunternehmer« entwickelt und zwei Töchter und einen Sohn zeugt. Letzterer wird nach dem Großvater Andrew genannt und von seiner Urgroßmutter mit dem Spitznamen Topolino bedacht.

Andrew Faviola.

Der »Lino«, den Anthony Faviola zu seinem Nachfolger bestimmt hatte.

Andrew Faviola.

Der Student, der von der Universität in Los Angeles Wochenendabstecher nach Las Vegas gemacht und dort die Casinos seines Vaters überwacht hatte, wenn er sich nicht gerade als »Liebling der Revuetänzerinnen und gerngesehener Kunde in allen Spielcasinos« herumtrieb.

Andrew Faviola.

Der konsultiert werden mußte, bevor ein kleiner Glücksspieler begnadigt werden konnte.

Andrew Faviola.

Der womöglich seit der Verurteilung seines Vaters als dessen Nachfolger fungierte.

Es war neun Uhr morgens am dreißigsten Dezember, zwei Tage vor Neujahr. Michael ging zum Telefon und wählte die Nummer seines Chefs.

# II

## 11. Januar – 17. Februar

Er wartete auf sie, als sie aus der Schule kam.

Es war bitterkalt, der Himmel ein glanzloses Grau, vom Hudson fegten gnadenlose Windböen nach Osten. Obwohl es erst vier Uhr nachmittags war, dämmerte es bereits.

Sarah war noch dabei, ihre Handschuhe überzuziehen, während sie die Tür aufstieß; die rote Mütze hatte sie tief über die Ohren gezogen und einen passenden Schal um den Hals gewickelt. Seit einer Woche unterrichtete sie wieder; von der Sonnenbräune war nicht mehr viel übrig. Gewöhnlich ging sie einen Block östlich zur U-Bahn-Station 60. Straße Ecke Lexington Avenue, nahm von dort die Bahn bis zur 77. Straße und legte den Rest des Wegs zu ihrer Wohnung in der 81. Straße zu Fuß zurück – insgesamt dauerte ihr Nachhauseweg etwa fünfzehn Minuten. Als sie sich gerade in Richtung Lexington Avenue auf den Weg machte, ging er ihr diagonal über die Straße entgegen und tauchte beinahe genauso unerwartet vor ihr auf wie damals am Strand von St. Bart.

»Hi«, sagte er.

Einen Sekundenbruchteil bevor sie ihn erkannte, hatte sie noch gedacht, er sei einer der vielen New Yorker Spinner, der sie belästigen wollte. Doch als ihr klar wurde, wer da auf sie zukam, wußte sie sofort, daß es kein Zufall sein konnte, sondern daß er sie gesucht und diese Begegnung geplant hatte.

»Was wollen Sie?« fragte sie.

»Ich muß mit Ihnen reden.«

»Bitte gehen Sie.«

»Ich möchte mich entschuldigen für …«

»Sie brauchen sich nicht zu entschuldigen, gehen Sie, bitte, lassen Sie mich in Ruhe.«

Er überquerte neben ihr die Park Avenue, doch gerade, als sie die Verkehrsinsel in der Mitte erreicht hatten, sprang die Ampel auf Rot. Schweigend warteten sie. Als es wieder grün wurde, gingen sie zusammen weiter zur Lexington Avenue.

»Wissen Sie, in welchem Film sie das gesagt hat?« fragte er unvermittelt.

»Nein. *Wer*? In *welchem* Film? Wovon reden Sie überhaupt?«

»Von der Garbo«, antwortete er.

»Nein, ich weiß es nicht. Hören Sie, ich bin auf dem Weg nach Hause, ich bin verheiratet, ich habe eine Tochter ...«

»*Grand Hotel*«, sagte er. »›Ich möchte in Ruhe gelassen werden‹.«

»Ich möchte wirklich meine Ruhe«, erwiderte sie. »Ich weiß nicht, weshalb Sie gekommen sind ...«

»Um mich zu entschuldigen. Haben Sie vielleicht Lust auf eine Tasse Kaffee?«

»Nein. Auf Wiedersehen, Mr. Farrell.«

»Andrew«, korrigierte er.

»Ja, Andrew, auf Wiedersehen«, erwiderte sie und begann die Stufen zur U-Bahn hinabzusteigen. Er holte sie sofort wieder ein und war neben ihr, während sie in ihrer Handtasche nach einer Wertmarke kramte. Sie hatte keine mehr und wollte zum Schalter gehen. Aber er stellte sich ihr wieder in den Weg.

»*Bitte* hören Sie auf damit!« sagte sie.

»Nur eine Tasse Kaffee. Damit ich es Ihnen erklären kann.«

»Nein.«

»Bitte.«

Auf seinem Gesicht lag der gleiche kläglich bittende Ausdruck, den Sarah an jenem Abend bei Mollie gesehen hatte, als sie den Weihnachtsbaum gekauft hatten. Sie schüttelte bereits den Kopf, nein, nein, *nein*, aber dieser Ausdruck war so verzweifelt, so ...

»Hören Sie«, sagte sie. »Ich muß wirklich ...«

»Bitte«, wiederholte er. »Was ich an dem Morgen damals getan habe, tut mir leid, und ich möchte es Ihnen erklären.«

»Da gibt es nichts zu erklären. Ich nehme Ihre Entschuldigung an. Es war nett, Sie wiederzusehen.«

»Das meinen Sie doch gar nicht«, sagte er.

»Nein, eigentlich nicht«, gab sie zu, ging um ihn herum und an den Schalter. Die Schwarze hinter der Glasscheibe blickte sie fragend an.

»Zehn Wertmarken, bitte«, verlangte Sarah, kramte ihr Portemonnaie hervor und wollte gerade das Geld herausholen, als Andrew sagte: »Ich hab's.«

»Was?« fragte sie.

Er steckte einen Zwanzigdollarschein durch den Schlitz.

»Nein, ich zahle das, Miss«, erklärte Sarah hastig und schob eine Zehn- und eine Fünfdollarnote hinterher.

»Ziehen Sie's von den Zwanzig ab«, sagte Andrew zur Kassiererin.

»Wer zahlt denn jetzt?« erkundigte sich die Frau, ohne sich aus der Ruhe bringen zu lassen.

»Ich«, antworteten beide wie aus einem Mund.

»Sie können schlecht *beide* zahlen«, entgegnete die Kassiererin. »Und ich hab zu tun.«

»Ich darf sie nie einladen«, beklagte sich Andrew grinsend mit einem Seitenblick auf Sarah und nahm seinen Geldschein zurück.

Sarah steckte ihr Wechselgeld und ihren Beutel mit den Wertmarken ein.

»Jetzt schulde ich Ihnen aber eine Tasse Kaffee«, sagte er.

»Wie kommen Sie denn auf diese Idee?« fragte sie, obwohl sie plötzlich wußte, daß sie es ihm erlauben würde.

»Na ja, *Sie* haben doch für die Wertmarken bezahlt«, erklärte er.

»Seltsame Logik«, erwiderte sie.

»Gibt es ein Café in der Nähe?«

In der Nähe der U-Bahn-Station gab es eine ganze Reihe von Restaurants, Coffeeshops und Delis auf der Lexington Avenue, aber Sarah hatte keine Lust, jemandem aus der Schule zu begegnen. Später würde sie sich darüber immer wieder wundern. Sie würde sich fragen, weshalb sie nicht wollte, daß ihre Schülerinnen sie in Andrews Begleitung sahen – damals schon. Statt dessen führte sie ihn zur Second Avenue, wo sie ein nettes französisches Café kannte, in dem man köstliche Croissants und wunderbaren Kaffee bekam.

Im Innern des Cafés war es winterlich gemütlich: dicke Wintermäntel an der Garderobe neben dem Eingang, Gäste in Rollkragenpullovern und Tweedsachen, der Duft von starkem Kaffee und frischem Gebäck. Vor dem gewölbten Fenster mit dem Holzrahmen eilten Passanten vorüber, die Köpfe vor dem eisigen Wind geduckt.

Sie fanden einen Platz bei der riesigen kupfernen Espressomaschine und bestellten beide einen *café filtre* und ein Schokocroissant. Andrew trug ein blaues Flanellhemd, ein graues Sportsakko aus Tweed und eine Hose in dunklerem Grau. Sarah dagegen hatte ihr »Schulmeisterinnen-Kostüm« an, wie sie es immer nannte: moosgrüner Pulli, dunkelbrauner Wollrock, blickdichte grüne Strumpfhose. Normalerweise trug sie zur Schule einfache Pumps, aber wegen des schlechten Wetters hatte sie heute die kniehohen braunen Lederstiefel vorgezogen. Die rote Mütze hatte sie abgenommen und in die Manteltasche gestopft, der rote Schal hing noch um ihren Hals. Andrew hatte keine Kopfbedeckung dabeigehabt. Jetzt saßen sie sich an dem zerkratzten Holztisch gegenüber, zwei Paar blaue Augen, auf einer Seite blonde, auf der anderen braune Haare.

Später würde Sarah ihm sagen, sie seien ein schönes Paar.

Und sich dann überlegen, ob sie das tatsächlich schon bei ihrem ersten Wiedersehen in New York gedacht hatte.

»Lassen Sie mich erklären«, begann Andrew und wartete, bis sie nickte. »Vor allem laufe ich gewöhnlich nicht in der Gegend herum und küsse verheiratete Frauen.«

»Okay«, sagte Sarah.

»Wirklich. Ich bin gewöhnlich sehr … sehr vorsichtig in dieser Beziehung.«

»Mhm.«

»An diesem Morgen … ich weiß nicht … da hab ich einfach … schon am Abend vorher konnte ich die Augen nicht von Ihnen losreißen, und als …«

»Andrew«, unterbrach Sarah, zögerte einen Moment und fuhr dann fort: »Ich will das alles nicht, wirklich. Ich bin nicht auf der Suche nach Abenteuern, ich will so was nicht, ich brauche es auch nicht …«

»Sie wollen allein sein, ich weiß.«

»Ich bin nicht allein. Ich habe einen Mann.«

»Ich liebe Sie«, sagte er.

»O Gott!« sagte sie und blickte rasch über die Schulter, ob jemand dieses unsägliche Gespräch belauschte. »Andrew«, fuhr sie dann fort und senkte die Stimme zu einem Flüstern. »Ich glaube, Sie verstehen mich nicht. Ich kokettiere nicht mit Ihnen, ich versuche in keiner Weise, Sie zu ermutigen …«

»Ich weiß.«

»Dann hören Sie auf damit. Lassen Sie es sein.«

Ein langes Schweigen trat ein.

Unbehaglich saßen sie einander gegenüber.

Dann brachte ein Kellner den Kaffee und die Croissants.

Sarah nahm einen Schluck aus ihrer Tasse und stach die Gabel in ihr Croissant. Die Schokolade quoll hervor, dick, dunkel und köstlich.

»Unterrichten Sie gern?« fragte er schließlich.

»Sehr gern.«

»Wie war es heute?«

»Gut.«

»Freut mich.«

»Und wie war *Ihr* Tag?«

»Okay, danke.«

»Sie haben mir nie gesagt, was Sie eigentlich *machen*.«

»Ich bin ein Gangster«, antwortete er grinsend.

»Na klar«, sagte sie.

»Eigentlich bin ich ein sogenannter Gelegenheitsinvestor«, erklärte er, und sein Grinsen machte dem ernsten Gesichtsausdruck eines sehr jungen Menschen Platz, der seriös und erwachsen wirken möchte. »Ich steige bei investitionsbedürftigen Unternehmen ein und bleibe so lange am Ball, bis sie ordentlich Profit abwerfen.«

»Was für Unternehmen?«

»Import-Export, Immobilien, Bauprojekte, Transport und so weiter. Ich bin ziemlich vielseitig.«

»Klingt aufregend.«

»*Sie* sind aufregend.«

»Na gut, ich glaube, es ist Zeit zu gehen.«

»Warum?«

»Weil Sie anscheinend immer noch nicht ver–«

»Ich möchte Sie wahnsinnig gern küssen«, sagte er.

»Lassen wir uns die Rechnung bringen«, sagte sie.

»Streiten wir uns dann wieder, wer zahlen darf?«

»Nein, Sie haben mich eingeladen.«

»Stimmt. *Darf* ich Sie küssen?«

»Nein.«

»Wenn es so ist ...«, sagte er, beugte sich über den Tisch und küßte sie mitten auf den Mund.

Später würde sie ihm erzählen, daß sie bei der zweiten Berührung seiner Lippen augenblicklich feucht wurde.

Aber jetzt stand sie abrupt auf.

»Auf Wiedersehen, Andrew«, sagte sie und ließ ihn am Tisch sitzen, während sie zur Garderobe eilte, ihren Mantel herunterzerrte und in die Kälte hinauslief, ohne ihn anzuziehen oder sich ein einziges Mal nach Andrew umzusehen.

Am Dienstag, dem zwölften Januar, traf sich Michael gleich morgens mit den beiden Detectives, die er auf Andrew Faviola angesetzt hatte. Inzwischen arbeiteten sie schon eine ganze Woche an dem Fall – seit Michael von seinem Karibikurlaub zurück war –, aber es gab nicht viel Neues.

Johnny Regan, der ältere und erfahrenere des Teams, saß auf einem Stuhl neben seinem Partner Alex Lowndes. Sie waren schon oft in Michaels Büro gewesen und fühlten sich hier wohl, denn man konnte sich ganz entspannt benehmen. Als Teenager hatte Michael sich in permanentem Kriegszustand mit seiner Mutter befunden, weil diese um jeden Preis verhindern wollte, daß sein Zimmer aussah wie eine Müllhalde. Jetzt war sein Büro nicht ganz so chaotisch, schließlich war er inzwischen erwachsen. Aber an einem Büro, in dem ein Mensch oft bis zu zwölf Stunden pro Tag verbringt, läßt sich durchaus etwas über seine Persönlichkeit ablesen, und Michaels Arbeitsplatz wirkte schlampig. Nicht daß er wirklich verwahrlost oder dreckig gewesen wäre, er hatte eher eine Aura von ... nun ja ... von geordnetem Chaos.

In dem geräumigen Büro gab es drei Schreibtische, auf denen sich Protokolle und anderer juristischer Papierkram stapelten. Unter den Fenstern, von denen man auf die Centre Street blickte, standen dicke gebundene Wälzer: New Yorker Strafgesetze, Allgemeines Strafrecht und Strafprozeßordnung. Ein Schrank mit Glastür enthielt weitere juristische Fachliteratur, außerdem gerahmte Fotos von Sarah und Mollie und mehrere Schirmmützen mit den Logos und Insignien der verschiedenen Polizeibehörden, mit denen Michael schon zusammengearbeitet hatte. Unter einer kleinen Glasglocke prangte eine imitierte, blau-emaillierte Polizeimarke in Gold – ein Geschenk seiner Kollegen im Büro anläßlich seines ersten Auftritts als Hauptankläger in einem Prozeß, bei dem es um organisiertes Verbrechen ging. Über dem Schrank hingen das Collegezeugnis von Duke und Michaels Promotionsurkunde von der Columbia University.

Auf einem Regal in der Zimmerecke stand ein Videorecorder und darüber ein Fernsehmonitor; auf einem Tisch daneben etikettierte Videobänder von verschiedenen Überwachungen, außerdem übereinandergestapelt ein Verstärker, ein Tapedeck und ein CD-Player. Zwischen Textmarkern und unbeschriebenen Etiketten lagen in buntem Durcheinander CDs und Kassetten.

An der Wand neben den Fenstern konnte man gerahmte Porträts der Lombardi-Crew bewundern: sechs Gangster, die Michael vor fünf Jahren, als er gerade erst in die Abteilung für organisiertes Verbrechen übergewechselt war, hinter Gitter gebracht hatte. In der Ecke war eine kleine Garderobe, auf der Michaels beiger Burberry-Trenchcoat mit passendem Schal sowie Regans und Lowndes' schwarze Regenmäntel hingen, mit denen sie heute früh zur Arbeit gekommen waren. Unter der Garderobe lag ein schwarzer Regenschirm; den hatte Michael vor zwei Wochen hergeschleppt und vergessen.

»Bis jetzt haben wir lediglich eine Routinenachfrage bei der KFZ-Behörde gestartet«, erklärte Regan gerade. »Der Kerl wohnt in New York, also hat er wahrscheinlich 'nen Führerschein, oder er besitzt wenigstens 'nen Wagen.«

Regan paffte eine Zigarre. Er sah aus wie ein Boxmanager. Braune Hose, hellbrauner Pulli, ein kleiner Bierbauch über dem Gürtel, immer unrasiert. Als Linkshänder trug er das Pistolenhalfter an der rechten Körperseite.

»Aber wir haben weder in New York noch in Nassau County was gefunden, also haben wir's in Connecticut und New Jersey versucht. Fehlanzeige in New Jersey, aber in Connecticut ist Alex auf etwas gestoßen. Na ja, sag's du ihm.« Regan wandte sich an seinen Partner.

Alex Lowndes war ein fieser Typ. Groß und schlaksig, strähnige, aschblonde Haare. Seine Augen wirkten grau, obwohl sie eigentlich blaßblau waren. Heute trug er Blue jeans, einen schwarzen Rollkragenpullover und darüber eine schwarze Lederjacke. Über seiner linken Augenbraue prangte eine Narbe; Lowndes erzählte jedem, der es hören wollte, sie stamme von einer Messerstecherei mit einem durchgedrehten Junkie. In Wirklichkeit hatte er sich die Narbe aber schon mit zehn Jahren geholt, als er beim Rollschuhlaufen mit dem Kopf auf die Bordsteinkante gestürzt war. Michael wußte das, weil Lowndes seinem Partner das Geheimnis verraten hatte, und der hatte geplaudert. Die beiden Männer konnten sich nicht besonders leiden, das wußte jeder in der Dienststelle. Seltsamerweise hatte noch keiner um einen neuen Partner gebeten. Vielleicht weil ihre Festnahmequote absolut phänomenal war.

»Auf den Namen Andrew Faviola, Cradle Rock Road Nummer 24 in Stonington, Connecticut, ist ein Acura Legend registriert«, erklärte Lowndes.

»Na großartig«, meinte Michael säuerlich.

»Ja, das Haus seines Vaters«, sagte Lowndes.

»Wo er längst nicht mehr wohnt«, sagte Regan. »Der Alte.«

»Und wo er auch nie wieder wohnen *wird*«, fügte Lowndes hinzu.

»Nach unseren Vermutungen wohnt der *Junge* auch nicht mehr dort«, sagte Regan. »Jedenfalls ist an den drei Abenden, die wir dort gewartet haben, kein Acura aufgetaucht.«

»Wann war das?«

»Letztes Wochenende. Wir haben gedacht, wenn man in Connecticut wohnt, fährt man wahrscheinlich am Wochenende heim, richtig? Schnee, Bäume, der ganze Scheiß. Aber keine Spur von dem Knaben.«

»Hat er einen Führerschein?« fragte Michael.

»Darauf wollte ich grade kommen«, antwortete Regan. »Er *hatte* einen, aber nachdem er dreimal wegen überhöhter Geschwindigkeit erwischt worden ist, hat man seinen Führerschein eingezogen. Soweit wir wissen, hat er jetzt keinen mehr.«

»Wie fährt er dann den Acura?«

»Vielleicht überhaupt nicht. Vielleicht ist das der Grund, weshalb er seine Mama am Wochenende nicht besucht.«

»Was für eine Adresse stand auf dem alten Führerschein?«

»Damit hatten wir auch kein Glück, Michael. Es war ein kalifornischer Führerschein. Aus seiner Studentenzeit. Montana. Das klingt wie Wilder Westen, ich weiß, ist aber eine Straße in L. A.«

»Ist der Führerschein auch in Kalifornien gesperrt worden?«

»Ja.«

»Wann?«

»Vor acht Jahren.«

»Was?«

»Ja.«

»Er fährt die ganze Zeit ohne Führerschein?«

»Sieht so aus.«

»Kein Antrag auf einen neuen in New York?«

»Nein.«

»Oder in Connecticut?«

»Nein.«

»Er hat Verbindung zum Mob«, meinte Lowndes. »Da kann er sich doch jederzeit 'nen gefälschten Führerschein kaufen.«

»Ihr wollt mir also sagen, daß wir noch nicht wissen, wo er wohnt.«

»Stimmt.«

»Und wenn wir nicht rauskriegen, wo er wohnt, können wir ihn auch nicht beschatten.«

»Tja, richtig.«

»Habt ihr nach Strafzetteln für falsches Parken gesucht?«

»Die Anfrage läuft noch«, sagte Regan. »Wenn er den Acura tatsächlich *fährt*, dann muß er ihn ja hin und wieder *parken*. Und der Knabe hat ja nicht viel Respekt vor den Verkehrsregeln ...«

»Dreimal wegen überhöhter Geschwindigkeit geschnappt«, warf Lowndes ein.

»Der parkt wahrscheinlich überall, wo er gerade Lust hat.«

»Wann kriegst du die Information?«

»Du kennst doch die Kerle. Die haben Tausende von Verkehrsdelikten, für die ist so was nicht wichtig.«

»Versuchen wir's doch gleich noch mal«, schlug Michael vor.

Regan sah auf seine Armbanduhr.

»Ist sicher 'ne gute Zeit jetzt«, meinte er und ging zum Telefon. »Wie war noch mal die Durchwahl, Alex, hast du sie im Kopf? Bei der Bußgeldstelle?«

»Drei-zwei-null«, antwortete Lowndes.

Regan wählte. Michael drückte auf den Lautsprecherknopf. Dann lauschten sie auf das Klingeln am anderen Ende der Leitung, einmal, zweimal, dreimal …

»Die sind schon heimgegangen«, meinte Lowndes.

»Um halb fünf?«

»Bußgeldstelle, Cantori.«

»Sergeant Henderson, bitte.«

»Wer spricht, bitte?«

»Detective Regan vom Büro des Staatsanwalts.«

»Moment.«

Regan zuckte die Achseln.

Sie warteten.

»Henderson«, meldete sich schließlich eine Stimme.

»Hier ist Detective Regan. Ich habe gestern angerufen wegen des Acura, den wir im Auftrag der Abteilung für organisiertes Verbrechen suchen. Der mit dem Kennzeichen aus Connecticut.«

»Ja?«

»Ich sitze hier beim Abteilungschef, und er möchte gern wissen, ob Sie irgendwelche Fortschritte gemacht haben.«

Schweigen.

»Er ist jetzt auf dem Lautsprecher«, sagte Regan.

»Hallo, Sergeant«, sagte Michael. »Hier ist Staatsanwalt Michael Welles, wie geht es Ihnen?«

»Wir stecken bis über beide Ohren in Arbeit«, antwortete Henderson. »Die Feiertage …«

»Kann ich mir vorstellen«, erwiderte Michael. »Wir drängen Sie wirklich sehr ungern, aber die Sache ist dringend.«

»Wir haben hier *lauter* dringende Sachen«, entgegnete Henderson trocken.

»Selbstverständlich. Aber könnten Sie vielleicht in Ihrem Computer nachsehen, ob Sie irgend etwas über diesen Acura auftreiben können? Sie würden uns damit wirklich einen großen Gefallen tun.«

»Geben Sie mir Ihre Telefonnummer«, sagte Henderson.

Zehn Minuten später rief er zurück.

»Blauer Acura Legend, zugelassen in Connecticut, persönliches Nummernschild FAV-TWO, Adresse Cradle Rock 24, Stonington, Connecticut.«

»Das ist er«, meinte Regan.

»Ich hab hier vierzehn Bußgeldbescheide wegen Falschparkens seit letztem September. Was brauchen Sie?«

»Die Tatorte«, antwortete Michael.

»Vier davon vor einem Restaurant namens La Luna auf der 58. Straße Ecke Eighth Avenue.«

Michael nickte.

»Und wo waren die anderen acht?«

»An verschiedenen Stellen in Manhattan und Brooklyn.«

»Wie sind sie aufgelistet?«

»Nach Gebäuden.«

»Vor denen der Wagen geparkt war?« fragte Regan.

»Ja, wir haben die Adressen.«

»Gibt es sonst irgendwelche Wiederholungen?« fragte Michael.

»Wie meinen Sie das?«

»Sonst noch Stellen, an denen er mehr als einmal geparkt hat?«

»Nein, es sind alles verschiedene Adressen.«

»Kommt vielleicht eine *Straße* mehrmals vor?«

»Da müßte ich mal nachschauen.«

Ein langes Schweigen folgte.

»Ja, wir haben drei Adressen in derselben Straße.«

»Auf welcher?«

»Auf der Bowery. In Manhattan. Aber die Adressen sind ziemlich weit voneinander entfernt.«

»Können Sie sie uns durchgeben, bitte?«

»Welche Faxnummer haben Sie?«

Das Apartment lag über einem Schneidergeschäft in der Broome Street, nur zwei Blocks von der Bowery entfernt. Die Schneiderei war im Erdgeschoß, die drei oberen Stockwerke hatte man zu einer Wohnung umgebaut. Von außen wirkte es wie ein ganz normales, dreistöckiges Backsteinhaus, bedeckt mit dem Ruß und Dreck von mindestens hundert Jahren. Im Stock über dem Schneiderladen befanden sich eine Diele und ein Wohnzimmer, darüber eine Küche und ein Eßzimmer und im obersten Stock ein Schlafzimmer. Alles war mit teuren Kunsttischler- und Drechselarbeiten ausgestattet. Andrews Vater hatte eine seiner eigenen Firmen mit der Renovierung beauftragt; die Handwerker hatten gute Arbeit geleistet, weil sie genau wußten, für wen sie es taten.

Es war ein Eckgebäude, und die Eingangstür des Ladens lag an der Broome Street, doch die großen Schaufenster gingen um die Ecke bis hinüber in die Mott Street. Dort gab es eine blaue Holztür, die eine Hausnummer der Mott Street trug; am Türrahmen hing ein schwarzer Briefkasten, auf dem in goldenen Lettern »Carter-Goldsmith Investments« zu lesen war. Hinter dieser Tür führte eine Treppe zur Eingangstür des Apartments im ersten Stock. Im rückwärtigen Teil des Ladens gab es einen zweiten Eingang, von dem man über eine Treppe ins Wohnzimmer gelangte, und zwar von hinten, neben dem offenen Kamin. Die oberen und die unteren Türen waren mit identischen Bolzenschlössern versehen. Andrew besaß als einziger für alle Schlösser einen Schlüssel.

Seinen Wagen parkte er immer dort, wo er gerade eine Lücke fand. Zwar war das in den Seitenstraßen von Little Italy und Chinatown oft aussichtslos, aber auf der Bowery mit den vielen Elektro- und Haushaltswarengeschäften hatte er meistens Glück. Von dort ging er dann die zwei, drei oder manchmal auch sechs Blocks bis zum Schneidergeschäft zu Fuß. Auf dessen Schaufenstern stand in Goldbuchstaben:

Louis Vaccaro
Chemische Reinigung
Maßschneiderei
Änderungsarbeiten

Wenn jemand in den Laden kam, klingelte das Glöckchen über der Tür. An diesem verregneten, feuchten, trostlosen Freitag, dem fünfzehnten Januar, klang es ganz besonders freundlich: ein Vorbote der wohlig warmen Gemütlichkeit des Ladens. Beim Eintreten wurde Andrew von dem vertrauten Gebimmel begrüßt, vom Zischen der Bügelmaschine im Hinterzimmer, vom Rattern der Nähmaschine. Louis saß arbeitend am Fenster, das zur Broome Street hinausführte, und verfolgte mit zusammengekniffenen Augen die Naht, die unter der flinken Nadel seiner Nähmaschine entstand. Die randlose Brille hatte er auf die Stirn geschoben, den Fuß fest auf dem Pedal der Maschine; er kaute auf einer kalten Stinkadores. Links von ihm, weiter im Ladeninnern, hingen zweireihig Bügel mit fertigen Kleidungsstücken, die darauf warteten, abgeholt zu werden.

»Andrew, hallo«, begrüßte er den Ankömmling, stand auf und legte die Zigarre in einen kleinen Aschenbecher gleich neben der Garnspule. Dann drehte er sich um, breitete die Arme aus und sagte: »*Come vai*?«

»Gut, danke«, antwortete Andrew und umarmte den alten Mann.

Louis trug einen ärmellosen Pulli über einem weißen Hemd und eine unauffällig gestreifte Hose, die er selbst geschneidert hatte. Auch das Sportsakko, das Andrew unter dem Mantel trug, den er sich bei Chipp hatte anfertigen lassen, stammte aus Vaccaros Werkstatt. Louis hatte strubbelige weiße Haare und sah immer etwas zerzaust aus. Andrew vermutete, daß er sich einoder höchstens zweimal die Woche rasierte, und das nur, wenn ihn jemand dazu zwang.

»Ich hab einen schönen Stoff für dich gefunden«, sagte er. »Für einen Anzug. Möchtest du ihn sehen?«

»Später, Onkel Rudy kommt mich gleich besuchen«, antwortete Andrew mit einem Blick auf seine Armbanduhr. »Schickst du ihn bitte zu mir rauf, wenn er kommt, ja?«

»Klar. Das ist ein Wetter, was?«

»Scheußlich, ja«, sagte Andrew.

»Ist das Sakko warm genug?«

»Ja, es ist warm genug«, antwortete Andrew lächelnd, während er den Mantel aufknöpfte, um Louis das Jackett zu zeigen. »Und noch dazu sehr schön.«

»Ja, das ist es«, sagte Louis in aller Bescheidenheit.

»Ich bin dann oben.«

»Ich schicke Rudy rauf zu dir.«

»Wie geht's Benny?«

»Frag ihn selbst«, antwortete Louis achselzuckend.

Sein Sohn war hinten beim Bügeln.

»Ich hasse diesen Scheißjob«, war das erste, was man jetzt von ihm hörte.

»Du machst ihn aber sehr gut«, sagte Andrew.

»Könntest du mir nicht was anderes besorgen?« fragte Benny. Er war groß und dünn wie eine Bohnenstange, die Haare wirkten genauso ungestüm wie die seines Vaters, allerdings waren sie pechschwarz und nicht silberweiß; auch Benny trug eine Brille, die momentan vom Dampf der Bügelmaschine beschlagen war. Seine Arbeitskleidung bestand aus einem weißen Unterhemd und einer dunklen Hose, dazu weiße Socken und schwarze Schuhe. Wie sein Vater hätte auch er eine Rasur nötig gehabt. Der Apfel fällt nicht weit vom Stamm, dachte Andrew.

»Ich nehm alles, was du für mich auftreiben kannst«, fuhr Benny fort. »Auf dem Bau, im Hafen, alles – Lastwagenfahren, egal, was. Ich bin viel kräftiger, als ich aussehe, Andrew, ehrlich.«

»Ich weiß. Aber …«

»Ich bin dünn, aber kräftig.«

»Ich weiß. Aber wie soll dein Vater ohne dich zurechtkommen?«

»Ich hasse Bügeln. Ich *hasse* es.«

»Weiß das dein Vater?«

»Keine Ahnung.«

»Dann sprich mit ihm. Warte ab, was er sagt. Wenn er dich gehen läßt, kann ich dich vielleicht im Fulton Market unterbringen.«

»Gott, ich *hasse* Fisch«, stöhnte Benny.

»Vielleicht auch woanders, wir werden sehen. Aber sprich erst mit deinem Vater.«

»Ich kann nicht mal den *Geruch* von Fisch ertragen«, sagte Benny.

»Sprich mit ihm«, wiederholte Andrew und ging zur Tür an der hinteren Ladenwand. Am Türpfosten war ein Lautsprecher und darunter ein Klingelknopf. Andrew angelte den Schlüssel aus seiner Tasche und entriegelte das Bolzenschloß. Im Treppenhaus knipste er das Licht an; die Wände waren hier weiß gestrichen wie in der Schneiderwerkstatt. Er ging hinauf in den ersten Stock. Auf dieser Seite war auch die Wohnungstür weiß. Andrew schloß auf, trat ein und legte den Riegel vor. Von innen war die Tür mit Walnußholz vertäfelt, ebenso das ganze übrige Wohnzimmer. Er kontrollierte den Thermostat, nickte, als er sah, daß er auf einundzwanzig Grad stand, und setzte sich, um auf seinen Onkel zu warten.

Der Zeitungsraum lag im fünften Stock des Schulgebäudes. Luretta und Sarah arbeiteten an der nächsten Wochenausgabe der *Greer Gazette* – ein Name, den beide zutiefst verachteten. Die Wanduhr zeigte zwanzig vor zwölf. Die beiden hatten eine Freistunde, und was sie jetzt erledigten, sparte den übrigen Zeitungsredakteurinnen nach dem Unterricht eine Menge Zeit. Bei den Schlagzeilen war Luretta besser als die meisten Mädchen; sie erfaßte blitzschnell den Kern eines Themas. Gerade feilte sie an der Überschrift für einen Artikel über die Matisse-Ausstellung im Museum of Modern Art, die die ganze Schule letzte Woche besucht hatte. Zwei Vorschläge hatte sie Sarah bereits gemacht …

DIE MISSES BESUCHEN DIE MEISTER

… und …

DIE MISSES BEGEGNEN MATISSE

… doch dann hatte sie Sarahs Argumentation eingesehen, daß man sich bei dem Wort »Misses« eher eine Schule für Mädchen irgendwo in Berkshire vorstellte und keine mitten in New York, wo es nur so wimmelte von kultivierten, klugen …

»Oh, *danke*«, sagte Luretta und lächelte ihr strahlendes Lächeln.

So jonglierten sie nacheinander mit den verschiedensten Ideen, verwarfen aber alle wieder. Draußen rüttelte der Wind an den Fensterscheiben, pfiff und heulte in einem winzigen Spalt zwischen Glas und Rahmen. Schließlich kam Luretta auf den Gedanken, über die Wirkung zu berichten, die die Ausstellung auf die Schülerinnen gehabt hatte; der Artikel sollte ja keine *bevorstehende* Unternehmung ankündigen, sondern über eine bereits *vergangene* Exkursion informieren.

»Und welche Wirkung *hatte* die Ausstellung?« fragte Sarah.

»Ich persönlich fand sie umwerfend«, antwortete Luretta. »Und ich meine das nicht irgendwie kitschig, ich meine, es war gottverdammt schrecklich *umwerfend*.«

»In welcher Hinsicht?«

Bring sie zum Nachdenken, laß sie Forschergeist entwickeln, bring sie dazu …

»Wie er sein ganzes Leben lang immer wieder neue Wege gesucht hat«, erklärte Luretta. »Sogar als alter Mann hat er noch gesagt: ›Seht mich an! Ich lebe!‹ «

»Kannst du das in einer Schlagzeile unterbringen?«

»Das würde nicht funktionieren«, meinte Luretta.

Beide schwiegen.

Plötzlich rief Luretta: »Matisse lebt!«

»Toll«, sagte Sarah und nickte.

»Das tut er auch«, erklärte Luretta. »Er *lebt*, genau das ist es.«

»Ja«, bestätigte Sarah.

Ein paar Minuten arbeiteten sie schweigend, über ihren jeweiligen Klebeumbruch gebeugt. An der Wand tickte die Uhr, der Wind fegte weiter gegen die Fensterscheiben.

»Ich wollte, die Kids in unserer Gegend könnten die Ausstellung sehen«, sagte Luretta. »Dann würden *sie* auch leben wollen.«

»Warum können sie nicht einfach hingehen?«

»Sie sind zu sehr mit *Sterben* beschäftigt«, antwortete Luretta.

Sarah blickte auf.

Ihre Augen begegneten sich.

»Mit Dope, meine ich«, fügte Luretta hinzu. »Die Straßen bei uns sind voll davon. Sie machen's einem echt leicht.«

Sarah sah sie unverwandt an.

»Nein, ich gehör nicht dazu«, sagte Luretta. »Da müssen Sie sich gar keine Sorgen machen. Ich brauch den ganzen Scheiß nicht – 'tschuldigung.«

»Freut mich«, sagte Sarah.

»Aber manchmal ist es verlockend, echt, Mrs. Welles. Weil es die ganze Zeit *da* ist. Überall wird es angeboten, spottbillig. Da kriegt man schon Lust, es mal zu *versuchen*, verstehen Sie? Alle anderen tun's, sagt man sich, warum soll ich's dann nicht auch? Warum soll man nicht mal mit den anderen high werden?«

Sarah antwortete nicht.

»Aber dann sieht man, was dieser Mann hier geschaffen hat, und man kapiert, daß der kein Crack brauchte, um high zu werden, stimmt's? Matisse, meine ich. Der fand alles, was er zum Highwerden brauchte, in sich selbst.«

»Stimmt«, erwiderte Sarah.

»Einfach hier drin«, fuhr Luretta fort und klopfte sich mit der Faust auf die Brust. »Da drin.«

Die Pausenglocke durchbrach schrill die Stille.

»Wir haben 'ne Menge erledigt, was?« sagte Luretta.

»Ich finde schon. Kommst du heute nachmittag auch?«

»Na klar.«

»Bis dann.«

»Matisse *lebt*!« sagte Luretta grinsend, und als sie zur Tür hinausging, hob sie die Hand zum Black-Power-Gruß.

Auf der Wanduhr war es zehn nach zwölf.

Zeit zum Essen.

Aber Sarah hatte heute keine Lust auf die Lehrercafeteria.
Vielleicht lieber das Café auf der Lexington Avenue …?

Plötzlich mußte sie an Andrew Farrell denken.

Daß sie nicht mit ihm in ein Café hatte gehen wollen, das in der Nähe der Schule lag.

Und statt dessen …

Der Duft von starkem Kaffee …

Der Geschmack von dunkler Schokolade auf ihren Lippen.

Andrew, der sich über den Tisch beugte und sie küßte.

Hastig vertrieb sie diese Gedanken.

Sein Onkel sah von Mal zu Mal schlechter aus.

Andrew fragte sich oft, weshalb Onkel Rudy den Job abgelehnt hatte – weil er ihn wirklich nicht wollte, oder weil er nicht mehr lange zu leben hatte. Jeder wußte, daß er der nächste in der Thronfolge war. Aber der Krebs hatte ihn eingeholt.

Das bestgehütete Familiengeheimnis.

Handle nie aus einer schwachen Position heraus, hatte Andrews Vater immer gesagt. Laß dir nie anmerken, wenn der Grund für eine Entscheidung Schwäche ist. Sei *stark*. Oder sorge jedenfalls dafür, daß es so *aussieht*.

Wenn Andrew die Nachfolge seines Vaters nur angetreten hätte, weil sein Onkel krank war, hätte das in den Augen der anderen wie eine Notlösung ausgesehen. Er war *kein* gemachter Mann, er besaß nicht den *Rang* seines Onkels, hatte *weder* dessen Erfahrung *noch* sein langjähriges Training. Doch als Rudy Faviola *Stärke* zeigte und verkündete, er wolle den Job nicht und sein Neffe solle die rechtmäßige Nachfolge übernehmen, hatte dies die ganze geballte Kraft eines königlichen Befehls.

Ob Andrew auf lange Sicht akzeptiert wurde, stand auf einem anderen Blatt. Sein Vater hatte der Tortocello-Familie die Macht entrissen, indem er ihren Kopf umbrachte. Das wußte Andrew. Er hatte alle Zeitungsberichte über den Mord an Ralph Tortocello gelesen, und ihm war bewußt, daß ihm dasselbe Schicksal bevorstehen konnte, wenn jemand seinen Machtanspruch in

Frage stellte. Aber er hoffte, daß der chinesisch-kolumbianische Deal die meisten Zweifel fürs erste in den Wind schlagen würde. Heute war er mit seinem Onkel zusammengekommen, um genau darüber zu sprechen.

»Willie hat wieder Kontakt mit Moreno aufgenommen«, berichtete Rudy. »Er macht sich ins Hemd, der gute Willie, das kann ich dir sagen. Moreno kann ihn jederzeit fertigmachen, und das weiß er. Willie mag die Karibik, er will nicht in den Norden zurück. Aber wenn aus dem Geschäft nichts wird, müssen wir ihn da rausholen, sonst ist er bald ein Fressen für die Haie.«

»Das ist mir klar.«

»Moreno hat inzwischen kapiert, daß er in den Staaten kein Bein mehr auf die Erde kriegt, wenn er nicht mit uns zusammenspielt. New York, Miami, New Orleans, Houston, San Diego – wo er auch versucht, seinen Kram zu verkaufen, ist er angeschissen, weil wir die Dealer abknallen wie Ratten in der Kanalisation. Die Botschaft lautet, wer mit Moreno Geschäfte macht, kriegt von uns die Rechnung serviert. Moreno schätzt es nicht besonders, wenn man ihm droht, aber schließlich haben wir ihm ein verdammt gutes Angebot gemacht, und er stellt sich stur. Er weiß, daß du jetzt der Boß bist, Andrew, daß du nicht bloß ein Laufbursche warst, der ein paar Informationen liefern sollte. Er weiß auch, daß du der Sohn deines Vaters bist, und mit Anthony Faviola macht man keine Witze, *egal*, wo er sich grade aufhält, ob in Kansas oder sonstwo. Das alles ist ihm sonnenklar. Aber ich weiß nicht, weshalb er sich so anstellt.«

»Und was *vermutest* du?«

»Wahrscheinlich pokert er um einen höheren Anteil. Er weiß, daß er in der Klemme hockt: Die Geschäfte laufen nicht, wenn seine Partner Schiß haben, daß *wir* ihnen auf die Pelle rücken. Moreno kann sich sein Kokain sonstwohin stecken, aber er kann's nicht an die Leute verkaufen, die es für ihn auf die Straße bringen. Andererseits ist er ja nicht blöd. Wenn er sich mit uns zusammentut, was kriegt er als Gegenleistung dafür? Ein Drittel von einem Absatzmarkt, der immens erfolgreich werden kann.

Aber es ist eben noch kein *echter* Markt, Andrew, es ist das, was dein Vater einen *potentiellen* Markt nannte, einen *zukünftigen* Markt. Es ist noch keine sichere Sache – kannst du mir folgen?«

»Natürlich.«

»Also, Moreno weiß das, er ist ja kein Schwachkopf. Er denkt, was soll ich meinen beschissenen Koks in den Pott schmeißen, wenn womöglich überhaupt *nichts* für mich rausspringt? Und damit hat er nicht ganz unrecht.«

»Dann müssen wir ihn eben mit anderen Methoden überzeugen, Onkel Rudy. Es geht schließlich nicht um irgendwelche Luftschlösser, hier bildet sich ein *Kartell*. Wenn er nach einer gewissen Zeit für sein Drittel absahnt, dann sind das garantiert ein paar *Millionen* mehr, als er reingesteckt hat.«

»Klar, nach einer gewissen Zeit«, erwiderte Rudy. »Aber erklär das mal diesem blöden, sturen Bohnenfresser.«

»Meiner Meinung nach hat er überhaupt keine andere Wahl.«

»Wir sollten Peter Bardo darauf ansetzen«, meinte Rudy. »Er soll mal ein paar Zahlen zusammenstellen. Auf lange Sicht könnte es besser sein, diesem *tschi-druul* ein bißchen mehr zu geben, damit er an Bord bleibt. Ohne seinen Koks gibt es überhaupt keinen Deal, weißt du.«

»Natürlich. Aber ohne die Chinesen auch nicht, und die werden allmählich nervös. Ich kann nicht *ewig* warten, daß Moreno endlich zur Vernunft kommt.«

»Ich finde raus, was wir uns nach Peteys Ansicht leisten können, okay?«

»Und wenn Moreno ablehnt?«

»Dann müssen wir uns eine andere Methode einfallen lassen, ihn zu überzeugen, ja?«

»Mmm«, brummte Andrew.

Einen Moment schwiegen beide.

Dann sah Andrew auf seine Armbanduhr.

»Erwartest du Besuch?« fragte Rudy.

»Ja, um eins.«

»Ich hab auch nur noch ein paar Kleinigkeiten zu besprechen.«

»Keine Eile, ich kann anrufen.«

»Wir haben allen mitgeteilt, daß sich nichts ändert. Die Partner deines Vaters sind auch *deine* Partner, capito? Die gleichen Deals. Falls da jemand auf komische Ideen kommen sollte: He, jetzt wo Faviola im Bau sitzt, kann ich auf eigene Faust loslegen – so in dem Stil. Irrtum. Mit ein paar Leuten müssen wir noch reden, um sicherzugehen, daß sie alles richtig verstanden haben, aber im großen und ganzen sehe ich keine Probleme.«

»Okay.«

»Noch was. Irgendein blöder Glücksspieler in Queens hat Sal den Barbier wegen fünfzehn Riesen plus Zinsen gelinkt. Dann hatte er auch noch den Nerv, ihm *weitere* fünf Riesen Cash zu klauen, die er bei einer Kokslieferung für Frankie Palumbo kassiert hat. Frankie hat sich deshalb schon mit Jimmy Angels getroffen, kennst du den?«

»Nein.«

»Angelli, Jimmy Angelli. Ihm gehört so ein runtergekommenes Restaurant in Forest Hills, und er ist Capo bei der Colotti-Familie. Jedenfalls hat seine Cousine was mit diesem bescheuerten Dieb, und jetzt bittet Angelli schon *wieder* um einen Gefallen.«

»Was war der *erste*?«

»Das Arschloch Koks ausliefern zu lassen. Zum Dank dafür hat er sich Frankies Geld unter den Nagel gerissen.«

»Sag Frankie, er soll sich um ihn kümmern«, sagte Andrew. »Damit so was nicht noch mal passiert.«

»Ich werde es ihm ausrichten.«

»Sonst noch was?«

»Nein, das war alles«, antwortete Rudy. »Ich überlasse dich jetzt deinem Vergnügen.«

Er stand auf, umarmte seinen Neffen, küßte ihn auf beide Wangen, sagte »*Ciao*, Lino« und verließ das Apartment durch die Tür zur Schneiderei.

Das Mädchen kam an die blaue Tür in der Mott Street und klingelte. Auf dem Briefkasten stand in goldenen Lettern »Carter-Goldsmith Investments«. Sie fragte sich, wer Carter-Goldsmith sein mochte. Andrew hatte ihr nicht erzählt, daß er im Investitionsgeschäft tätig war. Aus der Sprechanlage im Türrahmen ertönte eine Stimme.

»Wer ist da, bitte?«

Seine Stimme. Andrew.

»Ich bin's«, antwortete sie. »Oona.«

»Komm rauf, Oona«, sagte er.

Der Türöffner summte. Sie ging hinein und zog die Tür hinter sich zu. Der Öffner summte weiter, bis sie schon halb oben war. Das Treppenhaus war auf beiden Seiten mit Holz vertäfelt, die Tür am Ende der Stufen ebenfalls. Am Türpfosten war in einem Messingring ein Klingelknopf angebracht. Sie drückte darauf, und sofort wurde aufgemacht.

»Hi«, sagte sie.

»Du hast es also geschafft«, begrüßte er sie.

»Ich hab's dir doch gesagt.«

»Komm rein.«

Sie hieß Oona Halligan und war ein irisches Mädchen aus Brooklyn. Andrew hatte sie am Abend zuvor in einer Disco kennengelernt. Rote Haare und grüne Augen, so irisch wie nur möglich, und irische Mädchen fickte er unheimlich gern.

Sie hatte ihm erklärt, daß sie viel Zeit hatte, weil sie momentan einen neuen Job suchte und Arbeitslosengeld kassierte. Ihr Chef hatte sie gefeuert, weil sie eine bestimmte Sache auf *ihre* Art machen wollte und nicht auf *seine*. Sie hatte ihm gesagt, seine Methode sei blöd. Wahrscheinlich kein besonders *kluger* Schachzug, was? Dem Chef *so was* auf die Nase zu binden. Aber man lernt eben nie aus. Jedenfalls hatte sie jetzt 'ne Menge Zeit.

Während sie ihm das alles erzählte, saßen sie auf einer schwarzen Lederbank, um sie herum dröhnte Musik aus zehntausend Lautsprechern, die sicherlich mindestens zehn Millionen Dollar gekostet hatten. Andrew hatte die Hand auf Oonas Knie, und Oonas kurzer roter Rock rutschte immer höher. Ganz nebenbei hatte er erwähnt, wenn sie soviel Zeit hätte, könnte sie doch mal bei ihm vorbeischauen, vielleicht morgen nachmittag, so um eins, dann könnten sie ein bißchen Musik hören, und er würde ihr eine Tasse Tee kochen.

Der Trick mit dem Tee funktionierte jedesmal.

Er hörte sich dann immer an wie ein englischer Gentleman.

Vielleicht komm ich tatsächlich vorbei, hatte sie mit hochgezogenen Brauen gesagt. Wenn ich zufällig in der Gegend bin.

Du mußt dich ja nicht jetzt festlegen, hatte er geantwortet. Ich hab nichts anderes vor, ich bin den ganzen Nachmittag zu Hause. Um eins seh ich dann, ob du kommst.

Und wo *ist* dein Apartment? wollte sie wissen.

Zu Beginn einer Beziehung waren ihm Zusammenkünfte am frühen Nachmittag eigentlich am liebsten.

Die meisten Mädchen wollten nicht gleich bei der ersten Begegnung mit einem Mann ins Bett. Wenn man sie aber fragte, ob sie nicht am nächsten Tag vorbeikommen wollten, war das automatisch das *zweite* Treffen, und dazu noch tagsüber, was immer einen sehr soliden Eindruck machte, vor allem, wenn man vorschlug, Tee zu kochen. Schleppte man ein Mädchen, das man irgendwo kennengelernt hatte, dagegen um drei, vier Uhr morgens heim, dann war sie mit an Sicherheit grenzender Wahrscheinlichkeit am nächsten Morgen auch noch da – wenn man aufwachte und gar nicht mehr wußte, wer sie war und warum sie überhaupt neben einem lag. Nachmittags spielte man leise Musik, kredenzte Tee oder heiße Schokolade – oder auch Alkohol, falls die junge Dame dies bevorzugte –, alles ganz ruhig und entspannt. Später konnte man sie dann mit nach oben nehmen und sie bei zugezogenen Jalousien vögeln, bis ihr Hören und Sehen verging, während das Tageslicht hereinblinzelte. Wenn der Nachmittag sich als Mißerfolg entpuppte, war man sie bis zum Abendessen wieder los. Wenn alles gutging, lud man sie zum Essen ein, in eines der zahlreichen chinesischen oder italienischen Restaurants in der Gegend, und dann konnte man sie wieder mit heimnehmen, wenn man wollte. Denn jetzt war sie keine Fremde mehr, man wußte, wenn man *tatsächlich* die Nacht mit ihr verbrachte, war das angenehm, und man brauchte keine Angst zu haben, daß man morgens neben einer Hexe aufwachte.

Irische Mädchen machten ihn an.

Für ihn war ein irisches Mädchen ein frommes kleines Schätzchen, das einem den Schwanz lutschte und am nächsten Morgen zum Priester rannte, um ihre Sünden zu beichten und vor dem Altar Buße zu tun. Vor allem Rothaarige hatten es ihm angetan. Eine *echte* rothaarige Irin konnte einen verrückt machen, mit ihren wilden karottenroten Haaren – auf dem Kopf und zwischen den Beinen. Er liebte es, den Pelz dort unten auseinanderzuspreizen, bis die unschuldigen rosaroten irisch-mädchenhaften Lippen zum Vorschein kamen, und sie dann in eine irische Ekstase zu lecken, für die sie später hundert Ave-Marias und tausend Vaterunser beten mußte, ganz zu schweigen von mindestens einem Dutzend anderer Bußen. Er haßte den Katholizismus, aber er vögelte mit Vorliebe irisch-katholische Mädchen.

Auf einmal fragte er sich, ob Sarah Welles Irin war.

Insgeheim war sie froh, daß es nicht noch ein »Familien«-Wochenende wurde.

Heute war der achtzehnte Januar, der Gedenktag für Martin Luther King, in New York offizieller Feiertag. Das bedeutete, daß Sarah und Mollie schulfrei hatten. Aber auch das Büro der Staatsanwaltschaft hatte heute geschlossen, und es sah schon ganz danach aus, als gebe es ein weiteres langes Wochenende wie die über Weihnachten und Neujahr. Sarah war sehr dafür, daß es für King einen Feiertag *gab*, aber er hätte nicht ausgerechnet im Januar sein müssen. Wenn der dritte freie Montag im Januar überstanden war, hatte sie die Nase gestrichen voll von Feiertagen.

Aber dieses Jahr kam alles anders.

Später sollte sie sich fragen, ob sich ihr Leben ebenso grundlegend verändert hätte, wenn Mollie nicht am Freitag abend zum Skifahren nach Sugarbush abgereist wäre, um das lange Wochenende mit einer Klassenkameradin namens Winona Weingarten zu verbringen, deren Eltern dort ein Chalet besaßen. *Oder* wenn Michael sich am Montag morgen nicht entschlossen hätte, schnell noch mal nach Downtown zu fahren, um dort »ein paar Stündchen« an seinem geheimnisvollen Fall zu arbeiten. Sie sollte sich daran erinnern, wie sie um halb elf vormittags das Apartment verließ und sich wunderbar fühlte, weil sie allein war: keine Tochter, um die sie sich kümmern mußte, keinen Ehemann, den sie lieben und in Ehren halten mußte, keine Schüler, denen sie irgendwelches Wissen vermitteln mußte – nur Sarah Fitch Welles, ganz allein an einem dieser großartig milden Tage, die der Januar manchmal den Bewohnern einer ansonsten winterlich grauen Großstadt bescherte.

Viertel vor elf trat sie voller Energie aus dem Haus, in Jeans, knöchelhohen braunen Lederstiefeln, einem dicken Rollkragenpullover und einem kurzen Wollmantel, und sofort merkte sie, daß sie sich nicht ganz so warm hätte einpacken müssen. Sie wünschte Luis einen guten Morgen, bog unter dem Vordach gleich links ein und ging in Richtung Madison Avenue, die nur zwei Blocks entfernt war. Sie hatte vor, sich die Schaufenster anzusehen und vielleicht ein wenig einzukaufen. Schließlich war heute ein Feiertag, und sie war frei und ungebunden.

Etwa drei Häuser entfernt stand ein blaugrauer Acura am Straßenrand. An der Kühlerhaube lehnte Andrew Farrell, die Arme über der Brust verschränkt, das Gesicht in die Sonne gestreckt. Er hatte die Augen geschlossen und entdeckte Sarah nicht sofort. Doch gerade, als sie kehrtmachen und in die entgegengesetzte Richtung weitergehen wollte, öffnete er die Augen – hatte er ihre Gegenwart gespürt? –, wandte den Kopf und sah ihr direkt ins Gesicht.

Sarahs Herz begann wild zu klopfen.

Wie angewurzelt stand sie auf dem Bürgersteig, während er auf sie zukam.

»Hi«, sagte er.

Kein Grinsen diesmal. Sondern der ernste, seriöse, erwachsene Gesichtsausdruck.

»Ich warte schon seit acht Uhr«, sagte er. »Ich hatte Angst, Sie zu verpassen.«

»Wie … wie haben Sie … oh, Himmel, Andrew, was *wollen* Sie denn von mir?«

»Ich will Sie, weiter nichts«, antwortete er.

Im Wagen unterwegs nach Downtown erklärte er ihr, er habe sich daran erinnert, daß Mollie ihre Adresse auf der East 81. Straße erwähnt hatte. Den Vornamen ihres Mannes kannte er nicht, und er nahm an, daß sich eine Lehrerin nicht unter ihrem *eigenen* Namen ins Telefonbuch eintragen ließ. Aber *könnte* es nicht sein, daß ein zwölfjähriges Mädchen einen Telefonanschluß hatte? Also schlug er unter dem Namen Welles im Telefonbuch von Manhattan nach und fand ungefähr *hundert* Einträge für W-E-L-L-S, aber nur wenige, die sich W-E-L-L-E-S buchstabierten. Erwartungsgemäß gab es weder eine Sarah noch eine Mollie, aber einen Eintrag für »Welles, MD«. Falls es kein Arzt war, war das *vielleicht* Mollie Doris oder Mollie Diane oder Mollie Dinah oder womöglich sogar Mollie Dolly …

»Es bedeutet Mollie Dare«, unterbrach Sarah.

»Dare?«

»Das ist der Mädchenname meiner Mutter.«

»Aha«, sagte er achselzuckend.

Doch wie das Schicksal es wollte, stand bei dem Namen MD Welles keine Straße, was seiner Meinung nach selbst in New York ein bißchen übervorsichtig war, oder nicht? Initialen, die einen obszönen Anrufer, der das Telefonbuch durchblätterte, verwirren sollten, und dann auch noch die Adresse geheimhalten?

»Das hat die Sache für mich jedenfalls ziemlich erschwert«, sagte er.

Aber offenbar nicht unmöglich gemacht, dachte Sarah.

»Wann haben Sie diese ganzen Nachforschungen angestellt?«

»Freitag, am späten Nachmittag.«

»Warum?«

»Weil ich Sie wiedersehen mußte. Und nicht bis morgen warten wollte.«

Er hat genau gewußt, daß heute schulfrei ist, dachte Sarah. Hat sich ausgerechnet, daß ich deshalb zu Hause bin. Hat Nachforschungen über mich angestellt …

»Und wie *haben* Sie mich dann gefunden?«

»Tja, nachdem ich in der Schule angerufen hatte …«

»*Was* haben Sie?«

»Tut mir leid, aber ich …«

»Sind Sie verrückt? Sie haben in der Schule angerufen? Lassen Sie mich aussteigen. Halten Sie an. Ich will sofort hier raus.«

»Bitte verlassen Sie mich nicht schon wieder, okay?«

Sie sah ihn an.

»Bitte«, wiederholte er.

»Was haben Sie in der Schule erzählt? Mit wem haben Sie überhaupt gesprochen?«

»Ich weiß es nicht, mit irgendeiner Frau vom Sekretariat. Wer da eben gewöhnlich am Telefon sitzt. Ich hab gesagt, wir hätten eine Lieferung für Mrs. Sarah Welles …«

»Wer ist *wir*?«

»Grace's Market.«

»71. Straße Ecke Third Avenue?«

»Ja.«

»Woher wissen Sie, daß Grace's …?«

»Also, das ist eine andere Geschichte. Jedenfalls habe ich der Frau in der Schule erzählt, Sie hätten uns eine Adresse auf der East 81. Straße gegeben, und jetzt könnten wir leider Ihre Handschrift nicht richtig entziffern und hätten auch keine Telefonnummer. Zufällig hätte sich aber Herman erinnert, daß Sie mal erzählt hätten, Sie seien Lehrerin an der Greer Academy …«

»Herman?«

»Den Namen hab ich erfunden.«

»*Herman*?«

»Ja. Der Grund für meinen Anruf sei, daß wir die Bestellung direkt anliefern könnten, wenn ich die korrekte Adresse auf der Einundachztigsten hätte – es sei nämlich leicht verderblicher Fisch dabei.«

»Leicht verderblicher Fisch«, wiederholte Sarah ungläubig.

»Ja.«

»Da hat sie Ihnen meine Adresse gegeben.«

»Nein, das hat sie nicht.«

»Gut.«

»Na ja.«

»Und wie haben Sie es dann *doch* rausgekriegt?«

»Mir ist noch was eingefallen, was Mollie gesagt hat.«

»Und zwar?«

»Der einzige andere Mensch, der ihr außer mir das Leben gerettet hat, ist Luis, der Türsteher, der sie vor dem Taxi weggerissen hat.«

»Aber es gibt doch bestimmt mindestens *hundert* Türsteher mit Namen Luis auf der Einundachtzigsten …«

»Nein, nur drei.«

»Gott beschütze mich!« stöhnte Sarah und begann zu lachen.

»Ich war bei jedem Haus, das …«

»Dann waren es aber mindestens *hundert* Häuser.«

»Nein, ich hab's ja bloß bei denen mit Türsteher versucht. Ich hab also demjenigen, der vor der Tür stand, gesagt …«

»Wann war *das*?«

»Samstag morgen. Ich hab also gesagt, Mr. Welles hätte mir aufgetragen, nach Luis zu fragen. Wo es keinen Luis gab – *adiós*. Wo es zwar einen Luis gab, aber keinen Mr. Welles – ebenfalls *adiós*. In einem Haus in der Nähe der First Avenue gab es einen Luis, aber keinen Mr. Welles. Bei der Third Avenue gab es noch mal einen Luis, aber wieder keinen Welles. In *Ihrem* Haus gibt es einen Luis *und* einen Welles. Ich hätte Sie gern schon am Samstag abgepaßt, aber ich hab angenommen, daß da Ihr Mann zu Hause wäre.«

»Eigentlich *hätte* er auch heute da sein sollen.«

»Dann hatte ich ja Glück, daß ich Sie allein erwischt habe.«

»Wohin fahren wir?« fragte sie.

»Haben Sie Hunger?«

»Nein.«

»Haben Sie Lust auf eine Tasse Tee?«

»Nein.«

»Auf einen Drink?«

»Um elf Uhr vormittags?«

»Worauf *hätten* Sie denn Lust?«

Sie würde nie begreifen, weshalb sie ihm darauf eine solche Antwort gab. Aber es tat ihr auch nicht leid.

»Ich möchte gern, daß Sie mich noch mal küssen.«

Er küßte sie. Noch im selben Augenblick.

Er küßte sie, kaum daß sie ihren unverschämten Vorschlag gemacht hatte, und er küßte sie auf der ganzen Fahrt nach Downtown, bei jeder roten Ampel. Er fuhr wie ein Wahnsinniger. Entweder weil er so schnell wie möglich am Ziel sein wollte – wo immer das sein mochte –, oder weil er ein gewohnheitsmäßiger Raser war. Wenn eine Ampel auf Gelb sprang, hielt er mit quietschenden Bremsen an, wandte sich Sarah mit immer der gleichen Dringlichkeit zu und küßte sie auf den Mund, solange die Ampel rot blieb – was jedesmal kürzer zu sein schien. Sarah wünschte sich, es gäbe mehr rote Ampeln und längere Rotphasen, sie wünschte sich, er würde an den Straßenrand fahren und sie ohne Unterbrechung küssen, während sämtliche Ampeln der Welt um sie herum gelb und rot und grün blinkten und blitzten. Immer wieder sagte sie sich, daß sie verrückt war, daß sie diesen Mann überhaupt nicht kannte. Wen küßte sie da eigentlich so leidenschaftlich?

Und sie wunderte sich darüber, daß sie keinerlei Schuldgefühle hatte. Vielleicht verbannte *jede* verheiratete Frau, die an einer auf Rot stehenden Ampel von einem attraktiven, sechs Jahre jüngeren Mann geküßt wurde, ganz automatisch den Gedanken an einen Ehemann, der am Feiertag arbeiten mußte, aus ihrem Kopf. Vielleicht war es praktischerweise so eingerichtet, daß die meisten verheirateten Frauen, die sich verführen ließen – denn Sarah zweifelte keinen Moment daran, daß sie mit diesem Mann ins Bett gehen würde –, keine Schuldgefühle hatten, wenn sie dabei waren, ihr Ehegelübde zu brechen.

Oder sie war unmoralischer als andere Frauen.

Auf dem Briefkasten an der Tür stand Carter-Goldsmith Investments. Nun, das war keine große Überraschung, er hatte ja gesagt, daß er Gelegenheitsinvestor war. Die Überraschung war eher, daß er sie zu seinem Büro brachte – falls es wirklich sein Büro war – und nicht in ein Hotel oder ein Motel oder wohin auch immer achtundzwanzigjährige Männer eine vierunddreißigjährige Frau brachten, wenn sie sie verführen wollten … wo war Heather wohl mit ihren sechzehn Bauarbeitern gewesen?

Es war auch keine Überraschung, daß er sie küßte, sobald er die Tür hinter sich zugemacht und verriegelt hatte. Daß er sie gegen die Tür preßte und sie noch gieriger küßte als am Strand von St. Bart und in dem französischen Café auf der Second Avenue oder in seinem Acura, wenn die Ampel auf Gelb schaltete, daß er sie küßte und dabei mit beiden Händes ihren Hintern umfaßte, während sich sein riesiger steifer Penis an ihren Bauch drückte, o Gott, worauf hatte sie sich da nur eingelassen, o Gott, jetzt war alles zu spät.

Als sie direkt vor Andrew das hübsche holzvertäfelte Treppenhaus hinaufstieg, hätte sie gern einen kurzen engen Rock angehabt statt ihrer Jeans – sie wünschte, sie hätte die Voraussicht besessen, etwas Zugänglicheres anzuziehen, etwas, das das Bevorstehende, Unvermeidliche und Unwiderrufliche erleichtert hätte. Auf dem Treppenabsatz vor der Tür, hinter der sie immer noch sein Büro vermutete, küßte er sie wieder, und diesmal schmiegte sie sich an ihn, wobei sich der dicke kurze Mantel als zusätzliches Hindernis entpuppte. Doch seine Hände glitten im Nu darunter, legten sich auf ihre Brüste, o Gott, und sie drängte einen Moment ihr Becken fest an seins, bevor er sich losmachte, um die Tür aufzuschließen.

Sie nahm das Zimmer kaum wahr, es war nur der Hintergrund, verschwommen, die Kulisse für ihn, für Andrew, für das, was er mit ihr machte und noch mit ihr machen würde. Soviel allerdings merkte sie: Es war kein Büro, mit dem offenen Kamin und dem Sofa davor, auf das er jetzt ihren Mantel warf. Er nahm sie wieder in die Arme. Rechts standen Bücherregale. Was er wohl las? Wieder suchten seine Lippen ihren Mund; jetzt waren seine Hände unter dem dicken Pullover, glitten über ihren Rücken, und auf einmal fühlte sie, wie ihre Brüste frei wurden, daß er ihren BH aufgehakt hatte. Sie trat einen Schritt zurück, damit er seine Hand unter den Pullover schieben und ihre nackten Brustwarzen berühren konnte.

Er nahm ihre Hand und führte sie durch eine Tür gegenüber den Regalen zu einem weiteren holzvertäfelten Treppenhaus. Sie stiegen hinauf ins nächste Stockwerk, wo Sarah einen kurzen Blick auf eine Küche und ein Eßzimmer erhaschte, dann noch eine Treppe, und da war endlich das Schlafzimmer, der Ort, wo sie mit diesem Mann sein wollte, der Ort, wo sie mit ihm hatte sein wollen, seit er sie an jenem Morgen am Strand von St. Bart geküßt hatte.

Auf dem Weg zum Bett warfen beide ein Kleidungsstück nach dem anderen ab. Sein Sakko flog in die Gegend, er knöpfte sein Hemd vorn und an den Manschetten auf und warf es hinterher, zog Sarah wieder an sich und küßte sie, ihre Hände auf seiner nackten Brust, während seine Hände ihre Hinterbacken umklammerten. Atemlos machte sie sich los, setzte sich auf einen Stuhl vor dem Kamin, der kleiner war als der im Untergeschoß, zog die Stiefel aus, ließ sie auf den Boden fallen, stand auf und zog den Pullover über den Kopf, hängte ihn über die Stuhllehne, warf den BH darüber, löste die Gürtelschnalle, zog die Jeans herunter und legte sie über den Rest ihrer Klamotten. Dann drehte sie sich zu ihm um – in weißen Wollsocken und einem weißen, an den Beinen hoch geschnittenen Baumwollslip.

Er war nackt.

Ihre Augen wanderten über seinen Körper und verweilten auf

seinem Penis. Sie wollte ihn berühren, an ihm saugen, ihn in sich spüren. Auf einmal kam sie sich vor wie ein kleines Mädchen in ihren Socken und dem weißen Slip, jungfräulich – was sie ja wirklich nicht war – und so feucht, daß sie das Gefühl hatte, im nächsten Augenblick zu kommen, gleichgültig, ob er sie überhaupt noch einmal berührte.

Sie ging auf ihn zu, in Socken und Baumwollslip.

Mit leicht gespreizten Beinen und ausgebreiteten Armen stand er vor ihr. Sie ließ sich von ihm umarmen, spürte sofort zwischen ihren Beinen seine enorme Größe, die sich gegen ihren feuchten Slip preßte. Ein paar Sekunden blieben sie so stehen, vereint und doch noch nicht vereint, ihre Arme auf seiner Schulter, seine Arme um ihre Taille, ihre Augen in seinen, seine begierig auf ihren Mund gerichtet. Er senkte sein Gesicht zu ihrem, fand ihre Lippen und öffnete sie mit seiner Zunge, seine Hände glitten über ihren Körper, um wieder ihre Hinterbacken zu umfassen. Sie rieb sich sanft an seinem Penis, mit geschlossenen Augen, ihr Mund auf seinem. Endlich hob er sie hoch und trug sie zum Bett.

Als sie neben ihm in seinen Armen lag, begann sie: »Ich hab noch nie …«

»Psst«, unterbrach er und küßte sie wieder.

Sie meinte ohnmächtig zu werden. Als er schließlich seinen Mund von ihrem nahm, war sie dem Ersticken nahe und rang vergeblich nach Worten, um ihm zu sagen, daß sie so etwas noch nie getan hatte, daß sie ihren Mann noch nie betrogen, ja, nicht einmal daran gedacht hatte …

Doch er beugte sich über ihre Brüste.

Sie klammerte sich an ihn, wand sich leidenschaftlich auf dem Kissen, warf den Kopf hin und her, während er erst die eine, dann die andere Brustwarze küßte, ihre Brust liebkoste, ja, dachte sie, o Gott, ja. Dann plötzlich drückte er die Brüste zusammen, so daß sich die Warzen beinahe berührten, nahm beide gleichzeitig in den Mund und saugte an ihnen. Noch nie hatte sie so etwas gefühlt, sie war wie in Trance. Immer wieder umkreiste seine Zunge die Brustwarzen, seine Finger umschlossen die Brüste immer fester, die Zunge war unerbittlich. Sarah spürte, daß sie kurz davor war zu kommen, o Gott, dachte sie, laß mich noch nicht kommen, *fick* mich doch endlich, verdammt, steck deinen *Schwanz* in mich. »O Gott«, stöhnte sie laut und überlegte einen Moment, ob sie morgens an die Pille gedacht hatte und ob er womöglich irgendeine ansteckende Krankheit hatte … »Hör zu, du hast doch nicht …«, stieß sie atemlos hervor, aber jetzt war seine Hand zwischen ihren Beinen.

Genauso intensiv wie zuvor ihren Brustwarzen widmete er sich jetzt der Gegend unter ihrem feuchten weißen Slip, seine Hand bewegte sich unaufhaltsam, streichelte, liebkoste, o Gott, dachte sie, gleich *komm* ich. »Hör zu«, flüsterte sie, »du bist doch nicht … du hast doch nicht … du hast doch nichts, was ich *kriegen* könnte, oder …?« – »Nein, nichts«, antwortete er, und sie nickte erleichtert, rollte sich von ihm weg, aus seinen Armen, legte sich auf den Rücken, hob das Becken und hakte die Daumen in das Gummiband des Slips. Doch als sie ihn über die Hüften ziehen wollte, sagte er: »Nein, nicht.«

Er ließ ihr keine Zeit, sich zu wundern, sondern packte sie an den Handgelenken – ihre Daumen waren immer noch unter dem Gummiband – und glitt über ihren Körper, küßte noch einmal ihre Brüste, hinterließ eine nasse Spur zwischen ihren Rippen, leckte ihren Nabel, küßte nacheinander jede Fingerkuppe, ohne ihre Hände loszulassen, streifte mit den Lippen über ihren flachen Bauch oberhalb des Slips und preßte den Mund schließlich auf den immer noch baumwollbedeckten Venushügel.

Sie spürte den Druck seiner Lippen und seines Kinns, wußte, daß er fühlte, wie feucht sie war, der weiße Slip vollkommen durchweicht, unmißverständlich *schlüpfrig*, naß vor *Verlangen* nach ihm, und wieder dachte sie, jetzt *fick* mich doch endlich. Sie wollte es nicht aussprechen, aber in Gedanken wiederholte sie die Worte immer wieder, wie ein Mantra, fick mich, fick mich, *fick* mich, verdammt! Er läßt mich im Stich, dachte sie plötzlich, er kommt einfach nicht zur Sache, er wird mir meinen Orgasmus kaputtmachen, er bringt mich so weit und hört dann auf, das geschieht ihm ganz recht, diesem Mistkerl. Jetzt küßte er die Innenseite ihrer Schenkel auf beiden Seiten des Slips, leckte das zarte Fleisch und schob das Höschen den Bruchteil eines Zentimeters beiseite, um auch die zarte, geheime Haut neben den Schamhaaren zu lecken, bitte, dachte sie, o *bitte*, tu es, und er knüllte den Slip immer enger zusammen, bis er nur noch ihre Spalte bedeckte, zog ihn hoch, um an die Spalte zu kommen, rieb ihre Klitoris mit dem Slip, der genauso schlüpfrig war wie Klitoris und Spalte, schamlos *feucht*, bitte, um Gottes willen, bitte …

Auf einmal packte er den Slip mit beiden Händen und riß ihn mittendurch, direkt über ihrer Scham, und entblößte sie vollkommen. »Tu es«, flüsterte sie, während er sich zwischen ihre Beine drängte, »ja, tu es«, er näherte sich der Stelle, die ihn weit geöffnet erwartete, »ja, fick mich«, und jetzt drang er in sie ein und füllte endlich die feuchte Leere in ihr. »O Gott«, sagte sie noch einmal, schlang die Beine um ihn und hob sich ihm entgegen. »Fick mich, *ja*«, stöhnte sie und bemerkte plötzlich, daß sie noch immer die albernen weißen Socken trug. Sie kam beinahe sofort zum Höhepunkt, umschloß ihn feucht und geschmeidig und spürte im selben Augenblick, wie er in ihr explodierte.

Später, als sie erschöpft und schweißnaß nebeneinander lagen, murmelte er: »Ich liebe dich, Sarah«, und sie dachte, ja, das bin ich. Zum erstenmal in ihrem Leben fühlte sie sich vollkommen eins mit sich selbst.

Zehn Minuten später wurde sie von Schuldgefühlen übermannt.

Er hatte sie sanft auf Nase und Wangen geküßt, sich vorsichtig aus ihr zurückgezogen, war aus dem Bett gestiegen und nackt zum Badezimmer gegangen, als ihr mit Schrecken klar wurde, daß dieser Mann ein Fremder war, daß es nicht *Michael* war, der da durchs Zimmer ging und dessen Hintern sich weiß von den Resten der Sonnenbräune abhob, sondern daß ein *fremder* Mann sie eben gefickt hatte.

Beinahe wäre sie noch im selben Augenblick aus dem Bett

gesprungen, hätte die Decke zurückgeschlagen und wäre nackt zu der Stelle gerannt, wo ihre Stiefel standen und wo ihre Jeans, ihr Pullover und ihr BH über der Stuhllehne hingen. Ihr Mantel und ihre Handtasche waren einen Stock tiefer, aber wenn sie sich beeilte, war sie im Nu angezogen und weg, aus seinem Leben verschwunden, in ihr eigenes zurückgekehrt.

Wieviel Uhr war es überhaupt?

Ob Michael schon ...?

Panisch sah sie zur Uhr.

Nein, das konnte unmöglich stimmen.

War es wirklich erst zwanzig vor zwölf?

Waren sie erst seit *zwanzig* Minuten in dieser Wohnung?

Hatte das, was sie gerade getan hatten, nicht länger als *zwanzig* Minuten gedauert?

Ihr war es wie eine Ewigkeit vorgekommen.

Eine Ewigkeit der Ekstase ...

Also wirklich, sagte sie sich, drehst du jetzt vollkommen durch?

Raus hier. Zieh dich an, und dann mach, daß du fortkommst, ehe es zu spät ist. Der Mann im Badezimmer ist nicht dein Ehemann. Er ist ein *Junge*, der dir vorübergehend den Kopf verdreht hat, der dir das schmeichelhafte Gefühl gegeben hat, daß du eine ... daß du eine ... eine ... eine leidenschaftliche und begehrenswerte Frau bist, die ... die ...

Gott, es war phantastisch, dachte sie.

Hör auf, befahl sie sich. *Denk* nicht mehr dran. Zieh dich an und verschwinde. Geh nach Hause zu deinem Mann, der dich liebt, der den ganzen Morgen geschuftet hat, während du ...

»Sarah?«

Sie drehte sich nicht sofort nach Andrew um.

Er sagte ihren Namen noch einmal.

»Sarah?«

Jetzt wandte sie sich ihm zu. Er stand in der Badezimmertür, ein Handtuch um die Hüften gewickelt. Und er sah sehr besorgt aus. Das ernsthafte Jungengesicht.

»Alles in Ordnung?« fragte er.

»Ja«, antwortete sie. »Aber ich muß jetzt gehen.«

»Okay«, sagte er.

Doch er rührte sich nicht von der Stelle. Auf einmal genierte sie sich: Sie wollte nicht nackt aus dem Bett steigen, wollte nicht, daß er sie noch einmal so sah. Andererseits konnte sie sich aber auch nicht dazu durchringen, sich ins Leintuch zu wickeln, wie die Leute im Film es immer taten – schließlich war sie ja kein blödes Schulmädchen, sie war eine vierunddreißigjährige *Mutter*, Himmel, was hatte sie bloß *getan*? Ohne ihn anzuschauen, stieg sie aus dem Bett. Mit dem Rücken zu ihm – immer noch in den weißen Socken und dem zerrissenen Slip – ging sie rasch zu dem Stuhl, auf dem ihre Kleider lagen. Zuerst zog sie den BH an, um ihre Brüste zu bedecken, den Pullover schnell hinterher. Gerade wollte sie sich die Jeans angeln, als er hinter sie trat, die Arme um ihre Taille schlang und sie an sich zog.

Er war schon wieder groß.

Sie stand vollkommen still, spürte, wie sie willenlos wurde, unfähig, das aufzuhalten, was mit ihr passierte, denn in dem Augenblick, als er sie wieder berührte, als seine Arme sie umschlossen, in dem Augenblick, als sich sein steifer Penis wieder an ihren zerrissenen Baumwollslip preßte, wurde sie feucht.

In seinen Armen drehte sie sich zu ihm um.

Sie sah in sein Gesicht.

Er nickte.

Sie nickte ebenfalls.

Und für beide war das der eigentliche Anfang.

Am Dienstag morgen, dem neunzehnten Januar, wurde Dominick Di Nobilis Leiche im Kofferraum eines Oldsmobile Cutlass Supreme auf einem Parkplatz beim La Guardia Airport gefunden. Zwei Einschußlöcher zierten seinen Hinterkopf, die – in Anbetracht von Di Nobilis Spiel- und Kreditgewohnheiten – auf ein typisches Unterweltverbrechen hinwiesen. Die zu seinem Schutz abgestellten Polizisten hatten ihn für kurze Zeit aus den

Augen gelassen, weil er um mickrige zwei Minütchen gebeten hatte, um seine Freundin in Queens zu besuchen. Daraufhin war er in einem Gebäude verschwunden und – bis jetzt – nicht wieder aufgetaucht.

Am Nachmittag desselben Tages orteten Regan und Lowndes den blauen Acura mit dem persönlichen Kennzeichen FAV-TWO vor einem Lampengeschäft an der Bowery, Höhe Kenmare Street. Da es in der Nähe keine Parklücke gab, stellten sie ihren Ford Escort in die zweite Reihe auf derselben Straßenseite, ungefähr sechs Autos hinter dem Acura. Etwa um drei Uhr erschienen zwei Cops in einem Streifenwagen vom Fünften Revier neben dem Ford und wollten einen Führerschein sehen. Regan hielt ihnen seine Marke unter die Nase. Die beiden Polizisten nickten und fuhren weiter.

Zwanzig nach vier näherte sich ein großer braunhaariger Mann ohne Hut dem Acura. Er sah dem Bild aus *People*, das Michael fotokopiert hatte, sehr ähnlich.

»Bingo«, sagte Regan und ließ den Motor an.

Andrew Faviola – falls er es wirklich war – begutachtete zunächst die Windschutzscheibe, als erwarte er einen Strafzettel – was bei seiner Vorgeschichte ja kein Wunder war –, schloß dann die Fahrertür auf und stieg ein. Als der Acura sich in den Verkehr einfädelte, steuerte Regan mit dem Ford hinterher.

»Er fährt nach Downtown«, stellte Lowndes fest.

Große Überraschung, dachte Regan. Die Bowery ist schließlich keine Einbahnstraße, und der Acura hat mit der Nase in Richtung Downtown geparkt.

»Wahrscheinlich will er nach Brooklyn«, meinte Lowndes.

Noch 'ne große Überraschung. Wenn der Fahrer des Acura gleich nach links abbog, kam er zur Williamsburg Bridge, und wenn er ein Stück weiter südlich zur Canal Street fuhr, konnte er die Manhattan Bridge über den East River nehmen oder noch ein Stück weiter die Brooklyn Bridge. Und alle drei Brücken führten nach Brooklyn. Einen gottverdammten Schlauberger hatte Regan da neben sich sitzen.

Jetzt war es halb fünf, und es begann bereits dunkel zu werden. Im Januar gab es in New York Tage voller Sonnenschein, oder aber es wurde – wie heute – nie richtig hell, und ehe man sich's versah, war es schon wieder stockdunkel. Die Straßenlaternen brannten, ein Autoscheinwerfer nach dem anderen wurde eingeschaltet, während Regan den Ford durch die rauhe Dämmerung lenkte, stets dem Acura auf den Fersen. Er wollte Faviola keinesfalls verlieren, wenn er sich wirklich für Delancey Street und die Williamsburg Bridge entschied. Was er tat.

»Ich hab's doch gleich gesagt«, murmelte Lowndes triumphierend.

Gottverdammter Schlauberger.

Auch die Lichter auf den Brücken brannten. Den East River hinauf und hinunter konnte man ein Winterwunderland von Lichtern genießen. Regan merkte sich die Brücken der Lower East Side in aufsteigender alphabetischer Reihenfolge. Brooklyn, Manhattan, Williamsburg – B, M, W. Wie das Auto. Weiter nördlich, in Richtung Uptown, fing das Alphabet wieder von vorn an, aber es funktionierte immer noch: Q und T für die Queensboro und die Triborough Bridge. Auch auf der Westside von Manhattan konnte man sich daran halten: aufsteigende alphabetische Reihenfolge vom Holland Tunnel über Lincoln Tunnel zur George Washington Bridge. H, L und W. Wenn man ein System hatte, war die Welt ganz einfach.

Jetzt hatten sie die Brooklyn-Queens-Autobahn erreicht; die Lichter der Apartmenthäuser und der Fabriken schimmerten, während sie in die rasch hereinbrechende Nacht fuhren, immer dem Acura nach, der vor ihnen in die Dunkelheit brauste.

»Wahrscheinlich will er zum LIE«, meinte Lowndes.

Brillante Idee, dachte Regan genervt.

Der Long Island Expressway war um diese Zeit immer verstopft, wie an jedem Wochentag das ganze Jahr über und in den Sommermonaten sogar am Wochenende. Geriet man im Winter in einen Schneesturm, konnte es eine Ewigkeit dauern, bis man vom LIE heimkam.

»'ne Menge Wiseguys wohnen auf Long Island«, sagte Lowndes.

Mit einem tiefen Seufzer richtete sich Regan auf eine lange Fahrt ein.

Er mußte dauernd an sie denken.

Gestern nachmittag um zwei hatte sie ihn verlassen. Zuvor hatte sie noch ihren Mann angerufen und ihm erzählt, sie sei in einer Telefonzelle bei Saks, wolle sich aber demnächst auf den Heimweg machen. Es überraschte Andrew nicht, wie schnell und leicht sie das Lügen lernte. Davor hatte er ihr gesagt, daß es nicht sein Stil war, verheirateten Frauen Anträge zu machen. Aber das war auch eine Lüge gewesen. Ihm war es vollkommen gleichgültig, ob eine Frau verheiratet war oder nicht, solange sie nicht aus einer der Familien stammte. Denn wenn man sich mit der Frau eines Familienangehörigen einließ, konnte das üble Folgen haben.

Bevor Sarah gegangen war, hatte er sie gefragt, wo er sie erreichen konnte, aber sie sagte, er könne sie nicht anrufen, schließlich war sie eine verheiratete Frau, das mußte er doch verstehen. Okay, klar. Er nickte, zuckte die Achseln und machte ein gekränktes Gesicht. Dann schrieb er *seine* beiden Nummern für sie auf, die in der Mott Street und die draußen auf Long Island. Sarah versprach, sich zu melden. Aber falls sie das nicht tun sollte, würde er sie wieder vor der Schule abpassen oder vor ihrem Haus, denn so leicht würde er sich diese Affäre nicht durch die Lappen gehen lassen.

An der Wohnungstür hatten sie sich noch einmal gierig geküßt, dann brachte er sie die Treppe hinunter zur Haustür. Kurz bevor er die Tür aufschloß, sagte er noch einmal: »Ich liebe dich, Sarah.« Sie antwortete nicht, sondern legte nur die Hand auf seine Wange, sah ihm ins Gesicht, gab ihm noch einen schnellen Kuß und huschte dann hinaus auf die Straße.

Ich liebe dich.

Das hatte er schon zu sehr vielen Frauen gesagt. Letzten Freitag hatte er es sogar Oona Halligan ins Ohr gehaucht, ich liebe dich, die billigsten Worte der Welt, ich liebe dich. Natürlich liebte er Sarah Welles nicht wirklich, aber er liebte es, sie zu vögeln.

Lächelnd warf er einen Blick in den Rückspiegel, um zu sehen, ob irgendwo ein Polizeiwagen in Sicht war. Dann beschleunigte er das Tempo noch ein wenig, so gut es bei dem dichten Verkehr eben ging. Schließlich bog er in die Auffahrt zum Haus in Great Neck ein, ohne den schwarzen Ford Escort zu bemerken, der vorbeifuhr, als Andrew gerade die Fernbedienung der Garage betätigte und das Tor sich langsam öffnete.

Wenn er sich das nächstemal mit ihr traf, würde er darauf *bestehen*, daß sie ihm eine Nummer gab, unter der er sie erreichen konnte. Er mochte es nicht, daß sie auf diese Art die Zügel in der Hand hielt.

An diesem Nachmittag riefen Regan und Lowndes bei Michael zu Hause an und berichteten von ihrem Ausflug, und damit begann die Dauerüberwachung von Andrew Faviola. Sarah war in der Küche und bereitete das Abendessen, als das Telefon klingelte. Regan erzählte, daß sie eine Adresse für den Verdächtigen herausgefunden hatten, und Michael erwiderte, er werde sofort ein paar Leute beauftragen, die Nachtschicht zu übernehmen, aber Regan und Lowndes sollten am nächsten Morgen früh zur Arbeit erscheinen. Regan erkundigte sich, wie Michael vorgehen wollte – die üblichen Achtstundenschichten oder was? Denn jetzt war es fast achtzehn Uhr, und er und Lowndes waren seit acht Uhr morgens auf Achse, das hieß, sie hockten seit zehn Stunden im Auto. Wenn jemand so gegen sieben zur Ablösung kam, könnte doch morgen früh ein *drittes* Team übernehmen …

»… statt daß schon wieder *wir* dran glauben müssen«, meinte Regan. »Dann hätten Alex und ich Zeit bis vier morgen nachmittag und könnten uns dann wieder hinter Faviola klemmen. Das wäre mein Vorschlag.«

Michael antwortete, ihm wäre es am liebsten, wenn das zweite

Team sie um sieben ablöste, wie Regan es vorgeschlagen hatte, das *dritte* Team aber schon um Mitternacht anrückte, damit Regan und Lowndes sich ab acht wieder dranmachen konnten …

»… einfach weil ihr meine besten Leute seid und ich will, daß ihr den Knaben tagsüber im Auge habt. Dann kriegen wir auch regelmäßige Schichten von acht bis vier, vier bis Mitternacht, Mitternacht bis acht. Und du hättest mit Alex immer die Tagschicht. Bis wir rausfinden, was eigentlich vorgeht.«

»Na ja, heute hatten wir eigentlich auch die Tagschicht, und die Abendschicht ist inzwischen schon beinahe rum«, beklagte sich Regan. Jetzt fängt bald die verfluchte *Friedhofsschicht* an, und wir hocken immer noch hier draußen in Long Island. Ich möchte nicht, daß das jeden Tag passiert, Michael, verstehst du, egal, ob das hier der Boß *aller* Bosse ist. Das wollte ich nur mal sagen.«

»Also, ich glaube nicht, daß er der Boß aller Bosse ist, aber ich kann dir versprechen, daß es nicht jeden Tag so laufen wird. Es sei denn, ihr bleibt mal *freiwillig* länger dran.«

Was zum Teufel soll das schon wieder heißen, dachte Regan.

»Okay, wir sind hier in einer Siedlung namens Ocean Estates«, sagte er, »obwohl hier kein Ozean ist, soweit wir sehen, jedenfalls nicht an dieser Straße. Palm Street 1124, das ist die Adresse des Hauses, in dem er verschwunden ist. Hier muß er auch wohnen, denn er hat den Wagen in die Garage gefahren. Wir stehen an der Ecke von Palm und Lotus – saublöde Namen haben die hier, echt, man könnte meinen, man ist in Miami Beach. Sag dem Ablösungs-Team, daß wir in einem schwarzen Ford Escort sitzen. Hier ist schwer was los, Michael – ich kann mir nicht vorstellen, wie wir den Kerl beschatten sollen, ohne daß einer von den Nachbarn es mitkriegt. Die sollen bloß vorsichtig sein.«

»Ich sag's ihnen.«

»Wen willst du überhaupt anrufen?«

»Harry Arnucci.«

»Okay, wir halten Ausschau nach ihm.«

Um halb acht an diesem Abend erschienen Detective Harry

Arnucci und Detective Jerry Mandel, um Regan und Lowndes abzulösen, die um acht Uhr am nächsten Morgen wieder zum Dienst antreten mußten. Kurz nach zehn an diesem Tag, einem Mittwoch, verließ Andrew Faviola das Haus und fuhr direkt nach Manhattan, wo er den Acura wieder in eine Parklücke auf der Bowery manövrierte und dann zu einem Schneidergeschäft in der Broome Street ging. Regan und Lowndes folgten ihm. Er verließ den Laden nur einmal, um in einem Restaurant in der Mulberry Street zu Mittag zu essen. Um halb drei kehrte er zurück und war immer noch dort, als Regan und Lowndes um vier Uhr abgelöst wurden. In der Zwischenzeit waren mindestens ein Dutzend Männer in schweren Wintermänteln in den Laden gegangen und zum Teil stundenlang drin geblieben.

Niemand beobachtete die an der Mott Street liegende Seite des Gebäudes. Niemand sah, wie Sarah Welles um halb sieben an diesem Mittwoch abend die Klingel neben der blauen Tür drückte. Niemand sah, wie sie sich verstohlen umschaute und nervös die Straße auf und ab spähte, während sie darauf wartete, daß Andrew Faviola sie hereinließ. Und natürlich sah auch niemand, wie sie sich in seine Arme stürzte und ihn gierig küßte, sobald die Tür hinter ihnen ins Schloß gefallen und verriegelt war.

Diesen Teil haßte er.

Wenn die Frauen sich danach unbedingt unterhalten wollten. Manchmal hatte er das Gefühl, als gingen sie nur mit ihm ins Bett, um danach diese unendlichen Gespräche führen zu können. Als wäre das der Preis, den sie dafür bezahlten, daß man ihnen erlaubte zu reden. Und sie war nicht anders als die anderen. Ungeheuer leidenschaftlich beim Bumsen und dann nur noch scharf aufs Reden. Voller Fragen. Sie war erst zum zweitenmal mit ihm im Bett, und schon wollte sie alles über ihn wissen. Wollte ihn *besitzen*, denn darauf lief es ja letztendlich hinaus.

»Arbeitest du hier?« fragte sie.

»Ja.«

»Sieht eher aus wie eine Wohnung.«

»Im ersten Stock ist ein kleines Büro.«

»Ich hab bloß ein Wohnzimmer gesehen.«

»Das Büro ist dahinter. Und außerdem noch ein Konferenzzimmer.«

»Arbeitest du hier allein?«

»Meistens.«

»Keine Sekretärin?«

»Nein. Ich brauche keine. Ich erledige die meisten Geschäfte per Telefon.«

»Schreibst du denn überhaupt keine *Briefe*?«

»Gelegentlich schon. Dann hole ich mir jemanden, der mir hilft. Aber das passiert selten.«

»Arbeitest du gern allein?«

»Ja.«

»Bist du den ganzen Tag über hier?«

»Normalerweise.«

»Es war ziemlich schwierig, dich zu erreichen. Heute morgen.«

»Ja, heute morgen war viel los.«

Sechs hysterische Anrufe von Frank Palumbo, einer nach dem anderen. Frankie machte sich Sorgen, die Colotti-Familie könnte es ihm übelnehmen, daß er auf Andrews Anordnung dieses Arschgesicht Di Nobili weggeputzt hatte. Andrew sagte ihm, er solle bloß keine Panik kriegen. Die Colottis hatten Di Nobili einen Gefallen getan und waren jetzt wahrscheinlich sogar froh, ihn loszuwerden. Das war der erste Anruf. Der zweite und auch die drei danach hatten alle zum Thema, daß Jimmy Angels ein Capo war und dieses Mädchen seine Cousine, und wie würde es Angels aufnehmen, wenn der Freund seiner Cousine in einem beschissenen Kofferraum bei La Guardia endete? Andrew sagte ihm mehrmals, daß die Colottis diesen Gefallen nur sehr *ungern* erwiesen hatten und sehr aufgebracht gewesen waren, als der kleine Dieb den Faviolas Geld gestohlen hatte, also kein Grund zur Sorge, okay? Beim letzten Anruf wollte Frankie dann wissen, ob er vielleicht das Mädchen auch gleich mit erledigen sollte, ehe sie wieder zu ihrem Cousin rannte und ihm etwas vorjammerte. Andrew antwortete, daß er das für keine gute Idee hielt.

»Wer ist Carter-Goldsmith?« fragte Sarah.

»Den beiden gehört das Geschäft«, sagte Andrew. »Sie sind mehr oder weniger im Ruhestand. Ich schmeiße den Laden für sie – sozusagen.«

Das war eine Lüge.

Zwei Lügen.

Genaugenommen sogar drei.

Das Unternehmen gehörte niemand anderem als Andrew, der nicht nur »sozusagen den Laden schmiß«, sondern alles kontrollierte, seit sein Vater die Szene verlassen hatte. Carter und Goldsmith waren auch keineswegs im Ruhestand, sondern beide sehr aktive Capos der Faviola-Familie. Carter hieß eigentlich Ralph Carbonaio, auch bekannt als Ralphie Carter oder »Der Rote Ralph«. Und Goldsmith war die direkte englische Übersetzung des Nachnamens von Carmine Orafo. Beide waren als Präsident beziehungsweise Schatzmeister einer absolut legalen Investment-Firma registriert, die – wie Andrew Sarah erzählt hatte – bei investitionsbedürftigen Unternehmen einstieg, bis sie einen guten Profit erzielten.

Die legalen Geschäfte der Familie Faviola umfaßten ganz unterschiedliche Bereiche: Restaurants (ein sehr beliebtes legales Unternehmen), Bars und Kneipen (ebenfalls sehr beliebt), Lebensmittelvertrieb, Immobilien, Textilherstellung, Fotofinish, Café-Bars (allein in Seattle gab es sechs davon), Reisebüros, Motelketten, Automaten, Müllbeseitigung, Wäschereien und eine Vielzahl von Einzelhandelsgeschäften mit einer riesigen Angebotspalette, unter anderem Sportausrüstung, Schuhe, Bücher und Schallplatten, Damenbekleidung und Haushaltsgeräte.

All diese legalen Unternehmen schufen ein Einkommen, das sich jederzeit nachweisen ließ und auf Bankkonten überall in den Vereinigten Staaten angelegt wurde. Oft gab es mehrere Branchen in verschiedenen Bundesstaaten – beispielsweise bei den Einzelhandelsgeschäften –, und in den Büchern wurden dann Überweisungen für Lieferungen von einer Filiale zur anderen eingetragen. Es war praktisch unmöglich, solche legalen Transaktionen zu kontrollieren. Genauso unmöglich war es, eine Verbindung zwischen den Auszahlungen, die von den verschiedenen Konten per Scheck getätigt wurden, und einer gesetzwidrigen Handlung nachzuweisen. Doch viele dieser für Gehälter oder Dienstleistungen ausgestellten Schecks landeten bei Kriminellen, die auf diese Weise illegal erworbenes gegen diskontiertes, aber gewaschenes Geld eintauschten.

Da Geld anonym ist, wurde es als Tauschmedium bei den meisten kriminellen Transaktionen benutzt. Aber illegal verdientes Geld war auch eine Art Fluch: Es war ganz *nett*, welches zu besitzen, aber bis man es in »sauberes« Bargeld verwandeln konnte, besaß es eigentlich keinen praktischen Wert. Geldwäsche war ein Verbrechen, das nur existierte, damit die Früchte *anderer* Verbrechen geerntet werden konnten. Indem man die Erträge krimineller Aktivitäten durch legale Unternehmen kanalisierte, verwandelte man unrechtmäßig erworbenes Geld in scheinbar ehrlich verdientes. Wenn nun jemand bei einem »investitionsbedürftigen« Unternehmen einstieg – wie Andrew es ausdrückte –, geschah das oft gegen den Willen der Besitzer, mit Erpressung, angedrohter oder tatsächlicher Gewaltanwendung, also mit Hilfe weiterer strafbarer Handlungen. Aber kriminelle Machenschaften waren die Haupteinnahmequelle der Familie Faviola.

Andrews Vater saß nun zwar wegen vierfachen Mords hinter Gittern, aber es war ein offenes Geheimnis, daß seine Familie in der Drogenszene genauso mitmischte wie beim Glücksspiel, bei illegalen Kreditgeschäften, Geldwäsche, Menschenhandel, Hehlerei, Erpressung und Prostitution. Carter-Goldsmith war gegründet worden, um den kriminellen Aktivitäten einen ehrbaren Anstrich zu verpassen. Carbonaio und Orafo lebten zwar beide im Nordosten – Carbonaio auf Staten Island, Orafo in

New Jersey –, aber ihre legalen Geschäfte führten sie oft quer durch die Vereinigten Staaten, und sie waren mehr unterwegs als zu Hause. Als Anthony Faviola noch das Heft in der Hand gehabt hatte, waren ihre Berichte direkt an ihn gegangen. Jetzt gingen sie an Andrew.

Und da fragte Sarah, die sich nackt an Andrew schmiegte – während er schon die ersten Anzeichen der nächsten Erektion spürte –, wie viele Stunden er am Tag arbeitete und ob er sich nicht manchmal einsam fühlte, wenn er die ganze Zeit so allein war …

»Na ja, ich bekomme regelmäßig Berichte von draußen«, sagte er. »Da habe ich genügend Kontakte.«

… und ob eine Investitionsfirma nicht eigentlich ein Büro im Finanzdistrikt brauchte …

»Was hast du erzählt, wo du heute abend bist?« lenkte er ab.

So konzentrierte sich das Gespräch wenigstens wieder auf praktische Themen. Wenn sie mit dieser Geschichte weitermachen wollten – und das lag ganz bestimmt in Andrews Absicht –, dann durfte Sarah nicht erwischt werden. Ein Ehemann, der seiner Frau auf die Schliche kam, hätte ihm gerade noch gefehlt …

»Ich bin offiziell bei einem Lehrertreffen«, antwortete sie.

»Wo?«

»Ich habe gesagt, wir wollten zusammen essen gehen. Sechs von uns, alles Englischlehrer.«

»Wo?«

»Ich weiß es nicht, ich hab noch nicht …«

»Denk dir ein Restaurant aus, bevor du heimgehst. Oder besser jetzt *gleich*.«

»Hmm …«

Er wartete.

»Bice«, sagte sie.

»Wo?«

»Vierundfünfzigste, an der Fifth Avenue.«

»Gleich bei der Schule.« Er nickte anerkennend. Dann zog er die Nachttischschublade auf, holte das Telefonbuch von Manhattan heraus, suchte das Bice und wählte die Nummer.

»Hallo, haben Sie heute abend geöffnet? Wie lange? Vielen Dank.« Er legte auf, sagte zu Sarah: »Gute Wahl. Das Bice hat bis Viertel nach elf geöffnet« und wollte sie gerade in die Arme nehmen, als sie fragte: »Wie spät ist es überhaupt?«, sich abrupt aufsetzte und auf ihre Armbanduhr schaute. »O Gott«, rief sie erschrocken. »Es ist schon zehn vor *acht*!«

»Ich lasse dich mit dem Wagen nach Hause bringen, mach dir keine Sorgen«, versprach er.

»Kannst du das?«

»Ich brauche nur anzurufen.«

»Trotzdem muß ich gehen.«

»Noch eine halbe Stunde«, sagte er. »Ich rufe gleich an und laß dich um halb neun abholen.«

»Das ist keine halbe Stunde, das sind vierzig Minuten«, korrigierte sie ihn.

»Aber du bist um neun zu Hause.«

»Das ist reichlich spät.«

»Nicht wenn du um halb sieben verabredet warst.«

»Andrew ...«

Aber er hatte schon wieder den Telefonhörer in der Hand.

»Nein, warte bitte.«

Er wartete. Das Freizeichen dröhnte durchs Zimmer.

»Bitte leg den Hörer auf. Ich muß mit dir reden.«

Er fragte sich, was sie denn bisher getan hatten. Aber er legte trotzdem auf. Sie saß da, bis zur Taille unterm Leintuch, die Knie hochgezogen, die Brüste entblößt. Als sie wieder zu sprechen begann, sah sie ihn nicht an. Statt dessen starrte sie auf ihre Hände, die sie über den Knien gefaltet hatte. An der linken Hand steckte der breite, goldene Ehering.

»Es war schwierig, heute abend herzukommen«, sagte sie schließlich.

»Es ist ein weiter Weg, ich weiß.«

»Ich spreche nicht von der *Entfernung*.«

»Sondern ...?«

»Es hat mir nicht gefallen, daß ich am Montag eine Lüge

erfinden mußte, und es hat mir auch *heute* abend nicht gefallen zu lügen. Es fällt mir überhaupt schwer zu lügen, Andrew.«

»Das verstehe ich. Es tut mir leid. Ich rufe den Wagen sofort …«

»Es ist nur, wenn du mich drängst, ich soll *bleiben*, dann muß ich noch mehr … noch mehr … Verstehst du denn nicht, Andrew? Wenn ich zu spät heimkomme … später als ich *normalerweise*… dann muß ich *noch* eine Lüge erzählen, weshalb ich …«

»Es tut mir leid. Du hast recht, ich hätte dich nicht …«

»Aber darum geht es ja gar nicht. Es geht darum … Andrew«, sagte sie und wandte sich ihm wieder zu, »es geht darum, daß ich nicht weiß, ob ich das kann … ob ich immer so *weiter*lügen kann.« Sie senkte wieder die Augen und schüttelte mehrmals den Kopf. Er nahm ihr Kinn in die Hand und hob ihr Gesicht. Sie sah ihn an, aber ihre Augen waren tränenverschleiert.

»Wie meinst du das?« fragte er.

»Ich weiß es auch nicht.«

»Du meinst doch nicht etwa …?«

»Ich hab doch gesagt, ich *weiß* es nicht …«

»Wenn es bloß darum geht, daß du …«

»Ich belüge meinen Mann, ich belüge meine Tochter …«

»Und du hast früher nie gelogen, was?«

»Ich bin einfach nicht so. Ich *lüge* nicht. Ich kann das nicht.«

»Du hast noch *nie* gelogen, ja?«

»Nicht bei meinem Mann.«

»Unter *keinen* Umständen?«

»Keinen wichtigen jedenfalls.«

»Bin *ich* wichtig?«

»Das hat nichts damit zu tun …«

»Ich habe dich etwas gefragt. Bin ich wichtig?«

»Ja.«

»Dann lüg *meinet*wegen«, sagte er, nahm den Hörer, wählte die Nummer, wartete und sagte schließlich: »Billy? Ich brauche so gegen halb neun einen Wagen. Nach Uptown, 81. Straße Ecke Lexington Avenue. Sei bitte pünktlich.«

Er legte wieder auf.

»Okay?« fragte er.

Sie starrte wieder auf ihre Hände, auf den Ehering.

»Das nächstemal schicke ich einen Wagen, der dich abholt«, versprach er. »Dann ist es leichter für dich. Irgendwo in der Nähe der Schule. Vielleicht in der 57. Straße. Da ist immer viel Betrieb.«

»Wer ist Billy?« fragte sie.

»Unser Fahrer.«

»Fährt er Frauen? Andere Frauen?«

»Ich habe mit vielen Frauen geschäftlich zu tun. Ja, er fährt andere Frauen.«

»Ich möchte nämlich nicht, daß er denkt ...«

»Er ist daran gewöhnt. Du brauchst dir keine Gedanken zu machen.«

Daran gewöhnt, wiederholte sie im stillen.

»Vielleicht nehme ich doch lieber ein Taxi«, meinte sie.

»Gut, wenn dir das lieber ist.«

»Ja, ich glaube schon.«

»In Ordnung.« Er nahm den Hörer ab und wählte dieselbe Nummer wie vorhin. »Billy? Vergiß es«, sagte er und legte auf.

»Okay?«

»Ja«, sagte Sarah. »Dann zieh ich mich jetzt an.«

»Wir haben noch ein bißchen Zeit.«

»Da machst du es schon wieder«, entgegnete sie. »Ich sag dir, ich muß gehen, und du ...«

»Tut mir leid. Wann sehe ich dich wieder?«

»Ich weiß es nicht«, antwortete sie, stand auf und ging zu dem Stuhl, über dem ihre Kleider hingen.

»Nächsten Mittwoch?«

»Ich weiß es nicht.«

»Sarah«, sagte er, »tu mir das nicht an, okay? Ich liebe dich, Sarah ...«

»Das ist unmöglich«, entgegnete sie, »das kannst du nicht, und das tust du auch nicht. Also bitte, sag es nicht mehr.«

»Ich meine es ernst.«

»Das glaube ich dir nicht.«

»Aber ich *meine* es ernst.«

Sie nickte, seufzte und wandte sich ab. Er sah ihr zu, wie sie sich schweigend anzog.

»Wo kann ich dich erreichen?« fragte er.

»Gar nicht«, antwortete sie.

»Um welche Zeit gehst du morgens zur Arbeit?«

»Halb acht.«

»Und wann geht dein Mann?«

»Irgendwann danach.«

»Wann kommt er nach Hause?«

»Um sechs ungefähr.«

»Und du?«

»Irgendwann zwischen halb fünf und sechs. Aber normalerweise ist meine Tochter dann auch da. Ich bin nie *allein*, Andrew, verstehst du das denn nicht? Es ist unmöglich. Ich kann das nicht. Wirklich. Ich kann's einfach nicht. Es ist zu ...«

»Wo ißt du zu Mittag?«

»In der Lehrercafeteria.«

»Gibt es da ein Telefon?«

»Ein Münztelefon. Aber da sind andere Lehrer ...«

»Um welche Zeit gehst du zum Essen?«

»Nach der fünften Stunde.«

»Wann ist das?«

»Halb eins.«

»Dann ruf ich dich morgen an. Welche Telefonnummer hat die Cafeteria?«

»Ich weiß es nicht. Aber du sollst mich sowieso nicht anrufen.«

»Dann ruf *du* mich an. Du kannst mir die Nummer von dem Apparat ablesen. Ich will dich erreichen können, wenn ich es möchte.«

Sie antwortete nicht.

»Weil ich dich liebe«, fügte er hinzu.

Sie schwieg immer noch.

»Liebst du mich?« fragte er.

»Frag mich nicht.«

»Ich frage dich aber. Liebst du mich?«

»Seit Montag kann ich nur noch an dich denken«, antwortete sie, während sie sich die Bluse zuknöpfte. Auf einmal hielt sie inne. »Seit Montag habe ich nichts anderes im Kopf. Ich glaube, ich werde verrückt.« Kopfschüttelnd knöpfte sie die Bluse fertig zu, setzte sich auf den Stuhl und griff nach ihren Pumps.

»Mir geht es genauso.«

Abrupt stand sie auf, strich ihren Rock glatt und ging zum Wandschrank, wo sie ihren Mantel aufgehängt hatte.

»Du hast mir immer noch keine Antwort gegeben.«

»Ich muß gehen.« Sie schlüpfte in den Mantel.

»Ich zieh mich schnell an und such ein Taxi für dich.«

»Das brauchst du nicht«, erwiderte sie. »Ich bin schon ein großes Mädchen.«

»Aber nicht groß genug, um für mich zu lügen, hm?«

Sie antwortete nicht.

»Obwohl du mich liebst«, sagte er.

Einen Moment sahen sie sich schweigend an, dann nickte er, stieg aus dem Bett und zog sich an. Viertel nach acht verließen sie gemeinsam die Wohnung. Um diese Zeit war die Bowery beinahe menschenleer, die Läden geschlossen, alles dunkel bis auf die Straßenlaternen. Es war eiskalt. Aus den Schachtdeckeln strömte Dampf. Kein Taxi in Sicht. Vielleicht hätte sie sich doch von Billy nach Hause fahren lassen sollen. Vielleicht hätte sie überhaupt nicht herkommen sollen. Sie hatte doch beschlossen, ihn nie wiederzusehen. Wenn sie die Lügen hinter sich gebracht hatte, die sie Michael heute abend würde auftischen müssen, würde sie nie mehr …

Ein Taxi kam die Straße herauf.

Andrew pfiff es heran.

Gleich war alles vorbei. Sarah fühlte sich schrecklich leer.

Das Taxi hielt.

Andrew öffnete ihr die hintere Tür.

»Ich ruf dich morgen an«, sagte er.

»Nein, bitte nicht«, sagte sie.

»Ich suche die Nummer und ruf dich an.«

»Ich möchte das nicht«, sagte sie.

»Ich ruf dich an«, beharrte er.

»Nein, nicht«, sagte sie, zog die Tür zu und sagte dem Fahrer ihre Adresse. Als der Wagen losfuhr, sah sie sich nicht nach Andrew um.

Alonso Moreno war für den Äquator angezogen. Andrew vermutete, daß niemand ihm gesagt hatte, wie kalt es in New York war – um die zehn Grad unter Null. Für das Treffen hatte er einen Club auf der Eighth Avenue Ecke 16. Straße ausgesucht. Die Band spielte spanische Musik, Moreno und Andrew aßen spanisches Essen. Moreno trug einen beigen tropisch-leichten Anzug und über dem perlfarbenen Hemd eine leuchtend bunte Krawatte mit Blumenmuster. Die Prostituierten an der Bar warfen ihm ihr verführerischstes Lächeln zu, aber Moreno war zu sehr mit seiner Mahlzeit beschäftigt. Er aß wie Charles Laughton im Film *Heinrich der Achte*, den Andrew einmal im Spätprogramm gesehen hatte. Aus einem Krug schenkte er sich großzügig Sangria ein und spülte damit sein Essen hinunter. Ganz in der Nähe saßen zwei seiner Gorillas. Moreno wollte zwar nicht, daß sie sich ins Gespräch einmischten, aber sie sollten ihre Anwesenheit demonstrieren und die Szenerie im Auge behalten.

»Was Sie damals getan haben, war sehr tapfer«, sagte er zu Andrew.

»Ich bin ein guter Schwimmer«, wehrte Andrew das Kompliment ab.

»Trotzdem«, meinte Moreno. »Die Haie.«

Aber Andrew interessierte sich momentan nicht für Haie, sondern ausschließlich für den Deal, den Moreno ihm angeblich zu unterbreiten hatte. Das Orchester spielte ein Stück, das ihm bekannt vorkam, einen von diesen spanischen Songs, die man sofort im Ohr hat, ohne daß man sich an den Titel oder den Text erinnert. Moreno aß und trank genüßlich, als wäre er in einem Fünfsternerestaurant und nicht in einer schäbigen kleinen Bar auf der Eighth Avenue, die wahrscheinlich seiner Organisation gehörte. Andrew goß sich ebenfalls ein Glas Sangria ein. Eins der Mädchen an der Bar lächelte ihm zu und hob ihr Glas. Er prostete zurück.

Das war am Donnerstag abend.

Am Nachmittag hatte er lange mit sich gerungen, ob er Sarah anrufen sollte. Von der Frau im Schulsekretariat – der Stimme nach war es die gleiche, die er schon wegen der angeblichen Lebensmittellieferung belästigt hatte – erfuhr er die Nummer der Cafeteria. Um halb eins, wenn Sarah dort zu Mittag aß, hätte er sie erreichen können, aber fünf Minuten vorher rief sein Onkel an und teilte ihm mit, Moreno wolle heute abend ein Treffen und er habe das Gefühl, daß der Kerl für einen Gegenvorschlag aufgeschlossen sei. Das Gespräch dauerte ungefähr eine Viertelstunde, und Onkel Rudy erzählte, die gottverdammte Chemotherapie werde ihn wahrscheinlich schneller unter die Erde bringen als der Krebs. Schließlich vereinbarten sie, sich Freitag vormittag zu treffen, um durchzudiskutieren, was Moreno ihm wohl heute abend zu sagen hatte.

Bis jetzt hatte der allerdings kein Wort von sich gegeben.

Die Prostituierte an der Bar war eine Farbige mit blonder Perücke. Ihre blonden Haare waren das einzige, was Andrew an Sarah erinnerte. Er wußte nicht recht, weshalb er sie nicht angerufen hatte. Vielleicht war es reiner Selbstschutz. Eine verheiratete Frau, die nervös wurde, ein schlechtes Gewissen bekam, weil sie ihren Ehemann anlog – scheiß drauf, es gab genügend andere. Oder vielleicht sollte er sie so behandeln, wie man eine Lehrerin eben behandeln mußte, sie ein, zwei Tage im eigenen Saft schmoren lassen, bevor er sich wieder meldete. Er wußte es einfach nicht. Aber es war ihm auch nicht so brennend wichtig. Er würde einfach abwarten, wie sich die Dinge entwickelten.

»Also, was haben Sie auf dem Herzen?« fragte er Moreno.

»Tja, zuerst mal muß ich Ihnen eine Geschichte erzählen«, sagte Moreno und zwinkerte verschlagen, als wollte er gleich einen schmutzigen Witz zum besten geben. »Die Geschichte vom Fuchs und der Schlange … Wissen Sie, daß man mich auf spanisch *La Culebra* nennt? Die Schlange.«

»Nein, das wußte ich nicht«, log Andrew.

»*Sí, La Culebra*. Aber die Geschichte handelt nicht von mir; es ist eine alte spanische Fabel. Ich glaube, die Blonde da drüben mag Sie. Soll ich sie rüberschicken lassen?«

»Erzählen Sie mir erst die Geschichte«, sagte Andrew.

»Die Geschichte handelt von einem schlauen Fuchs und einer klugen Schlange. Hab ich schon gesagt, daß es ein sehr junger Fuchs war? Falls ich's vergessen habe, tut's mir leid. Also, ein sehr junger Fuchs. Die Schlange ist auch nicht besonders alt, aber sie hat wesentlich mehr Erfahrung als der Fuchs. Im Alter sind sie gar nicht so weit auseinander. Wie alt sind Sie, Andrew?«

»Achtundzwanzig.«

»Ich bin elf Jahre älter. Neununddreißig. Nicht sehr alt, stimmt's? Aber wie die Schlange in der Geschichte habe ich eine Menge Erfahrung. Natürlich handelt die Geschichte nicht von mir.«

»Verstehe«, sagte Andrew.

Komm endlich zur Sache, dachte er.

»Der Fuchs ist zwar sehr jung, aber er ist auch sehr schlau. Und er denkt, er kriegt die Schlange dazu, daß sie ihm alle ihre Eier überläßt. Schlangen legen nämlich Eier, wußten Sie das, Andrew? Auf spanisch ist das Wort Schlange weiblich. Vielleicht legen sie deshalb Eier, ich bin mir da nicht sicher. *La culebra*. Selbst eine männliche Schlange wie in der Geschichte wird *›la culebra‹* genannt. Seltsam, nicht?«

»Ja.«

»Daß eine Schlange, die doch so sehr dem männlichen Geschlechtsorgan ähnelt, auf spanisch weiblich ist. Sehr seltsam.«

»Mr. Moreno, das ist wirklich eine hochinteressante Geschichte …«

»Oh, sie wird noch viel interessanter. Der schlaue junge Fuchs … hab ich schon erwähnt, daß er schlau ist und sehr jung? Der schlaue junge Fuchs geht also zu der klugen alten Schlange und sagt ihr, daß er sie für den Rest ihres Lebens reich macht, wenn sie ihm alle ihre Eier gibt. Tja, das ist für die Schlange natürlich ein sehr verführerischer Vorschlag …«

»Das ist eine alte spanische Fabel, ja?«

»O ja, jedes Kind kennt sie. *El zorro y la culebra*. Eine berühmte Geschichte.«

»Und der Fuchs will die Eier der Schlange, hm?«

»So heißt es in der Geschichte, ja. Als Gegenleistung für lebenslangen Reichtum. Aber die Schlange ist bereits reich. Und außerdem weiß sie, daß der Fuchs nur aus ist auf seinen eigenen …«

»Und an dieser Stelle schweift die Geschichte ab«, sagte Andrew.

»Sie schweift ab? Wovon? Es ist doch nur eine Geschichte.«

»Selbstverständlich. In Wirklichkeit bieten wir Ihnen …«

»Der Fuchs ist hartnäckig, das können Sie sich sicherlich vorstellen. Er will die Eier unbedingt. Aber die …«

»Nicht so unbedingt, wie Sie vielleicht glauben«, unterbrach Andrew.

»Vielleicht nicht. Aber die Schlange weiß etwas, was der Fuchs nicht weiß. In diesem Teil des Waldes ist der Fuchs nämlich mächtiger als die Schlange, und er denkt, es kommt allein auf die Macht an. Er glaubt, er kann die Schlange mit einem einzigen Bissen verschlucken. Aber die Schlange könnte ihn austricksen, wenn sie wollte.«

»Wie denn?« fragte Andrew.

»Indem sie die Eier selbst frißt.«

Er droht mir, die Kokslieferungen einzustellen, dachte Andrew. Kein Koks, kein Deal mit den Chinesen.

»Wenn die Schlange das täte«, meinte er, »würde sie damit nur sich selbst vergiften.«

»Bis der Fuchs wieder hungrig wird. Eier gibt es immer. Ein Deal kann später noch ausgehandelt werden.«

»Ist das das Ende der Geschichte?«

»Das Schöne an der Geschichte ist, daß der Fuchs und die Schlange sich ein eigenes Ende ausdenken können.«

»Dann sagen Sie mir, welches. Und zwar im Klartext.«

»Im Klartext«, erklärte Moreno, »bieten Sie mir etwas an, was ich längst habe, und versprechen mir dafür einen Anteil an einem Markt, der sich möglicherweise als einträglich erweisen wird, vielleicht aber auch nicht.«

»Ich biete Ihnen ein Drittel von einem riesigen neuen Absatzmarkt, hier *und* im Ausland. Der Markt ist da, er wartet nur darauf, daß man ihn erschließt. Alles, was wir tun müssen ...«

»Hören Sie mir erst mal zu, ich bin noch nicht fertig«, unterbrach Moreno. »Im Klartext. Hier belauscht uns keiner. Hier können wir offen miteinander reden.«

»Dann reden Sie offen.«

»Ihr Deal, soweit ich ihn verstehe, ist doch folgender: Wir liefern das Kokain, die Chinesen das Heroin. Die beiden Drogen werden von Ihren Leuten in Italien verarbeitet, gemixt und für den Vertrieb in den Vereinigten Staaten und Europa fertiggemacht. Ihnen schwebt eine Dreiteilung vor.«

»Richtig.«

»Aber sehen Sie, wir *haben* bereits ein Verteilersystem in Amerika und im Ausland. Ich *brauche* weder Sie noch die Chinesen, um ...«

»Sie haben kein Moonrock.«

»Ich *brauche* auch kein Moonrock, ich habe Kokain. Außerdem ist Moonrock nichts Neues.«

»Offene Grenzen aber schon.«

»Wir sind mit unserem Kokain bereits in Europa. Offene Grenzen hin oder her. Crack hat noch nicht richtig Fuß gefaßt, aber Europa hinkt ja immer einen Schritt hinterher. Wenn die Grenzen sich öffnen...«

»Wenn die Grenzen sich öffnen, ist Moonrock die Droge der Zukunft.«

»Ungefähr so, wie es die Droge der Vergangenheit war, ja?

Man träufelt ein bißchen Heroin auf einen Brocken Crack, und man hat Moonrock. Das hat man doch schon neunzehnhundertachtundachtzig, neunundachtzig gemacht. Um den Short Rush beim Crack ein bißchen zu verlängern.«

»Sicher«, entgegnete Andrew. »Und davor kriegte man dasselbe Resultat mit einem Speedball, indem man sich die Mixtur in den Arm geschossen hat. Aber jetzt haben wir die *Neunziger*! Ich verkaufe Ihnen die *Zukunft*, verdammt!«

Moreno musterte ihn.

»Und übrigens«, fuhr Andrew fort, »während wir hier sitzen und über die *Zukunft* diskutieren, sollten Sie auch mal an Ihre gegenwärtigen Kokain-Abnehmer denken.«

»Ach ja? Warum sollte ich?«

»Weil Ihre Abnehmer vielleicht bald merken werden, daß es sie das Leben kosten kann, wenn sie mit Ihnen Geschäfte machen.«

»Scheiß drauf«, sagte Moreno. »Dann bring ich eben meine eigenen Leute rein.«

»In diesem Fall müßten wir die Angelegenheit auf der Straße regeln.«

Moreno musterte ihn wieder.

»Wir sind die Stärkeren«, sagte Andrew. »Und zwar nicht nur in diesem Teil des Waldes. Wir sind schon viel länger im Geschäft.«

»Scheißdreck. Wir haben Verbindungen mit jamaikanischen Trupps überall in den Vereinigten …«

»Wir spielen hier nicht Cowboys und Indianer. Jamaikanische *Trupps*. Wer kümmert sich denn um diese Amateure? Meinen Sie, ich habe Angst vor Dreadlocks? Sind Sie ein Profi oder nicht? Ich rede hier über mehr Geld, als je einer von uns zu Gesicht gekriegt hat. Kokain bringt in Europa jetzt schon viermal soviel wie hier, und Crack ist erst seit kurzem drüben. Crack kann man *rauchen*, deshalb ist es so beliebt. Die Leute wollen keine Nadeln mehr, sie haben Angst vor Nadeln, sie haben Angst, daß sie sich mit Aids infizieren. Und sie wollen auch nicht, daß ihnen vom Kokain-Schnupfen die Nase abfällt. Sie wollen ihr Zeug *rauchen*. Beispielsweise Zigaretten – man erläßt Gesetze dagegen, man erhöht den Preis, man klebt Warnungen drauf, und die Leute rauchen trotzdem. Okay, Sie wollen wissen, warum sich die Verbraucher Heroin auf den Crack träufeln? Weil man dann länger high bleibt. Wie lange hält ein Crack-Rush ungefähr an? Zwei, drei Minuten? Und dann kommt man runter und fühlt sich beschissen. Aber wenn man statt dessen ein bißchen Heroin über den Crack träufelt und ihn dann erhitzt, ist man bis zu drei *Stunden* high.«

»Ich hab Ihnen doch schon gesagt, das ist alles nichts Neues«, entgegnete Moreno. »Schon bevor *Crack* auf den Markt kam, hat man Koks und Heroin zusammen in Alufolie erhitzt und mit einem Strohhalm geschnupft.«

»Und das soll besser sein als ein Stückchen Moonrock, halb so groß wie ein Würfelzucker? Das man rauchen kann, für einen Dollar pro Rush? Wir schleusen den Moonrock in Massen ein, und das ganze verdammte *Land* wird ihn rauchen. Was meinen Sie denn, was ich Ihnen anbiete, Moreno? Es geht hier nicht um Kinkerlitzchen, es geht um mehr Geld als ...«

»Ich sehe da einige Risiken.«

»Glauben Sie mir, Ihr Risiko ist *größer*, wenn ...«

»Ich meine *Geschäfts*risiken. Es gibt keine Garantie dafür, daß man eine bestimmte Art Rauschgift populär machen kann. Moonrock gibt es schon lange ...«

»Nicht in großen Mengen.«

»Außerdem mischen sich eine Menge Crack-Verbraucher *lieber* ihren eigenen Cocktail. Man kriegt immer noch sehr guten China White, fünfundsiebzigprozentig, neunzigprozentig ...«

»Na sicher, man bekommt das Zeug praktisch nachgeschmissen, was? Denken Sie dran, ein Crack-Trip kostet fünfundsiebzig *Cents*!«

»Ich geb ja zu, daß Crack heutzutage ganz schön billig geworden ist.«

»Wir führen Moonrock mit einem Dollar ein, und wenn er

sich gut verkauft – und er wird sich gut verkaufen –, dann bestimmen wir den Preis.«

»*Wenn* er sich verkauft.«

»Wenn er kein Erfolg wird, gebe ich Ihnen meinen persönlichen Anteil. Ist das ein Angebot?«

»Sind Sie sich Ihrer Sache wirklich so sicher?«

»Ja.«

Moreno schwieg eine Weile nachdenklich.

»Die Italiener stellen die Schiffe in beide Richtungen?« fragte er schließlich.

»Ja.«

»Und erledigen die Aufarbeitung?«

»Alles. Sie verarbeiten das Zeug, verteilen es in Europa, liefern nach Amerika. Sie, Mr. Moreno, brauchen nur das zu tun, was Sie sowieso schon tun. Aber dazu haben Sie dann noch ein Drittel des riesigen Markts, den wir ...«

»Sechzig Prozent«, unterbrach Moreno.

»Machen Sie sich nicht lächerlich.«

»Das ist aber meine Forderung.«

»Meine Leute würden nie zustimmen.«

»Dann kommen wir auch nicht ins Geschäft. Tut mir leid.«

»Ich war bereit, Ihnen ...«

»Sechzig Prozent. Sie können sich die restlichen vierzig nach Belieben mit den Chinesen teilen.«

»Als Beweis unseres Entgegenkommens war ich bereit, Ihren Anteil auf vierzig Prozent zu heben, anstelle der angebotenen dreißig. Aber ...«

»Ich verliere Geld, wenn ich mich auf weniger als fünfundfünfzig einlasse.«

»Fünfundvierzig, und die Sache ist geregelt.«

»Fünfzig. Darunter läuft nichts.«

Andrew seufzte tief.

»Abgemacht«, sagte er schließlich, und die beiden Männer schüttelten sich die Hand.

»Sie sind eine kluge alte Schlange«, sagte Andrew lächelnd.

»Und Sie ein schlauer junger Fuchs«, meinte Moreno und erwiderte das Lächeln.

Aber Andrew hatte bereits beschlossen, daß Moreno sterben würde.

Es war der letzte Mittwoch im Januar.

Der Mann kam auf sie zu, als sie das Schulgebäude verließ. Sie hatte keine Ahnung, wie lange er schon auf sie gewartet hatte. Aber sie wußte sofort, daß er keiner von den üblichen New Yorker Spinnern war, denn er sprach sie mit Namen an.

»Mrs. Welles«, sagte er, »ich bin Billy. Ich soll Sie abholen.«

Es war zehn nach vier.

Sie wußte nicht, weshalb sie einstieg. Andrew hatte letzten Donnerstag nicht angerufen, wie er es versprochen – oder angedroht – hatte, aber jetzt standen da ein Auto und ein gut angezogener junger Mann namens Billy, der die Tür für sie aufhielt, hinter ihr zumachte und sich ans Steuer setzte. Als er den Zündschlüssel umdrehte, sagte er: »Ich warte schon seit drei Uhr. Ich wußte nicht genau, wann Sie fertig sind.«

Sie antwortete nicht. Sie fragte weder, wer den Wagen geschickt hatte, noch wohin sie fuhren, sondern lehnte sich einfach in den Ledersitz zurück und beobachtete, wie die Dunkelheit den Wagen umschloß, während sie sich stetig weiter nach Downtown bewegten. An dem Logo auf dem Armaturenbrett konnte sie erkennen, daß sie in einem Lincoln Continental fuhr. Seltsamerweise dachte sie daran, daß sie Michael anrufen mußte, um ihm zu sagen, daß sie schon wieder ein Lehrertreffen hatte und erst zwischen halb neun und neun zu Hause sein würde.

»Er hat Sie ziemlich gut beschrieben«, erklärte Billy.

Sie überlegte, was Andrew wohl gesagt hatte.

Aber sie fragte nicht.

Ungefähr fünf Meter vor der blauen Tür in der Mott Street ließ Billy sie aussteigen. Um die Ecke saßen Detective Regan und Detective Lowndes und beobachteten die Schneiderei. Sie sahen nicht, wie Sarah das Haus betrat.

Sie fiel Andrew sofort in die Arme.

Irgendwie überraschte sie das nicht einmal.

Die Berührung seiner Hände war ihr bereits vertraut. Wie sie ihr Gesicht umfaßten, zu ihren Brüsten glitten, unter den Pullover, um den BH aufzuhaken. Sie kannte seine Lippen schon viel zu gut, auf ihrem Gesicht, auf ihrem Mund, auf ihren Brüsten. Er schob die Hände unter ihren Rock, krempelte ihn hoch bis zur Hüfte, drückte ihre Pobacken, preßte sie an sich. Sie wünschte, sie hätte einen anderen Slip angezogen, aber sie hatte das nicht erwartet, sie hatte nicht gedacht, daß sie ihn je wiedersehen würde. Oder doch? Jetzt kniete er vor ihr, seine Hände erforschten den Ausschnitt des Slips, und weil sie nicht wollte, daß er ihn wieder zerriß, sagte sie: »Bitte, mach ihn nicht ...«, aber er schob ihn zur Seite, entblößte ihre blonden Schamhaare, spreizte ihre Lippen mit den Fingern und suchte mit der Zunge, bis ein plötzliches Aufstöhnen ihm zeigte, daß er die richtige Stelle gefunden hatte. Ihr Rücken bog sich zurück, ihre Augen waren fest geschlossen, ihre Hände hielten den zusammengeknautschten Rock über den Hüften fest, und so stand sie da, hilflos und zitternd, während er sie zum Orgasmus brachte. Beinahe ohnmächtig ließ sie sich von ihm aufs Bett tragen. Er zog ihr nur den Slip aus, schob ihn langsam über ihre Hüften und die Beine hinab, über die Knöchel. Dann spreizte er ihre Beine, ohne die Pumps abzustreifen, der Rock blieb über ihre Hüften gekrempelt, der Pullover hochgeschoben, so daß ihre Brüste entblößt waren. Sie öffnete sich weit, hob die Hüften und ließ ihn eindringen.

Zuerst bewegte er sich langsam, glitt mit seiner ganzen Größe tief in sie hinein, zog sich dann zurück, bis ihre Lippen gerade noch die Spitze seines Schwanzes umschlossen, verharrte den Bruchteil einer Sekunde in dieser Stellung und stieß dann wieder tief in sie vor. Sie wußte nicht genau, wie lange er so weitermachte und sie dabei fast zum Schreien brachte: das tiefe Eindringen, der langsame Rückzug, die Angst, ihn ganz zu verlieren, obwohl er immer noch da war und sie erneut an sich riß, dann wieder ein plötzlicher Stoß, schnell und hart, der sie jedesmal an den Rand eines Orgasmus brachte, wenn er bei der Abwärtsbewegung an ihrer Klitoris entlangstrich. Irgendwann wurde sein Rhythmus gleichmäßiger, und sie schloß sich ihm an, drängte ihn, schneller zu werden, die Beine um ihn geschlungen, die Knöchel hinter seinem Rücken verschränkt, drängte ihn auch mit Worten, ja, gib's mir. Ihr Rock war bis zur Taille hochgerutscht, und sie fühlte sich verletzlich und ausgeliefert, weil sie noch angezogen war und er sie trotzdem fickte, ja, fick mich, sagte sie. Sein Mund umschloß ihre Brustwarzen, seine Hände krallten sich in ihren Hintern, es war das erstemal, fick mich, es gab keinen Michael, keinen Jungen vom College, gib's mir, fick mich, fick mich, fick mich.

Kurz vor fünf rief sie Michael im Büro an. Die Sekretärin teilte ihr mit, daß er gerade bei einer Besprechung im Zimmer des Chefs war. Sie war sehr dankbar, daß sie Phyllis statt Michael anlügen konnte. Sie bat Phyllis, ihm auszurichten, daß sie noch ein Lehrertreffen hatte und erst später am Abend kommen würde – ob er nicht Lust hatte, mit Mollie in dem Restaurant auf der Third Avenue zu Abend zu essen?

»Und sagen Sie ihm, ich liebe ihn«, fügte sie hinzu.

In dem Glauben, daß es so war.

Michael berichtete Charles Scanlon, dem Chef der Abteilung für organisiertes Verbrechen, von den Fortschritten bei der Überwachung von Andrew Faviola. Wie gewöhnlich rauchte Scanlon seine Pfeife und sah sehr nachdenklich aus. Michael hegte die stille Überzeugung, daß sein Chef eine Reinkarnation von Sherlock Holmes war. Warum sonst die unablässig qualmende Pfeife und der Pullover mit all den Brandlöchern? Hätte er nicht für die Staatsanwaltschaft gearbeitet, wäre Scanlon in der Imitation seines literarischen Vorbilds vielleicht noch weiter gegangen und hätte sich Kokain gespritzt. Charlie, wie er sich von seinen Leuten nennen ließ, glaubte fest daran, daß er einen deduktiven Verstand besaß. Michael war sich da nicht so sicher. Aber er bewunderte seinen direkten Vorgesetzten, weil er zäh war, bereit, seine Leute gegen alle Angriffe des Bezirksstaatsanwalts zu verteidigen, und absolut entschlossen, das organisierte Verbrechen in der Stadt auszumerzen. In vielerlei Hinsicht ähnelte diese Besessenheit der von Georgie Giardino, nur war sie bei Scanlon nicht durch seine ethnische Herkunft motiviert. Er hatte Georgie ebenfalls zu der Besprechung heute nachmittag gebeten, weil dieser so beeindruckend viel über die Faviola-Familie wußte. Jetzt lauschten beide, während Michael seine Sicht der Ereignisse vortrug.

»Ich glaube, das große Haus in Great Neck benutzt er nur zum Schlafen. Die Beschatter haben niemanden gesehen, der außer Andrew das Haus betritt oder verläßt. Aber die Schneiderei, das ist was anderes.«

»Wo ist die noch mal?«

Scanlon. Da saß er pfeifeschmauchend an seinem Schreibtisch in Zimmer 671, hinter den Sicherheitstüren, die sämtliche Büros der Abteilung abriegelten. Ein kleiner Mann mit buschigen Augenbrauen und einer Hakennase. Die hätte zu Basil Rathbone gepaßt, als er Sherlock Holmes darstellte, aber sonst war an Scanlon nichts zu entdecken, was auch nur entfernt an den Meisterdetektiv erinnerte. Michael mochte die Holmes-Geschichten nicht, er fand sie schlecht geschrieben und kein bißchen spannend. Tja.

»Broome Street«, beantwortete er die Frage seines Chefs.

»Broome Street«, wiederholte Scanlon und nickte.

»Fünftes Revier«, ergänzte Georgie.

Bei seiner Rückkehr aus dem Urlaub hatte er ziemlich verblüfft von Michael erfahren, daß dieser den Playboy-Sohn von Anthony Faviola für den neuen Drahtzieher hielt. Jetzt vernahm er mit noch größerem Erstaunen, daß das Hauptquartier ein schäbiges kleines Schneidergeschäft in der Broome Street sein sollte.

»Für mich ist das überhaupt keine Frage«, sagte Michael. »Er benutzt die hinteren Räume der Schneiderei als Geschäftsbüro.

Unsere Leute waren zu allen möglichen Tageszeiten im Laden, haben Sachen in die Wäscherei gegeben oder Klamotten zum Ändern abgeliefert, und keiner hat den Kerl je dort zu Gesicht gekriegt. Hinten im Laden steht wohl eine Bügelmaschine – die sieht man, wenn Faviola oder einer von den anderen sich dorthin verdrückt. Zwischen dem vorderen und dem hinteren Teil des Ladens hängt ein Vorhang. Vaccaro – so heißt der Schneider, Louis Vaccaro – arbeitet vorn an einer Nähmaschine. Gewöhnlich treiben sich ein paar Kumpel bei ihm rum, rauchen ihre Stinkadores und quatschen, während er näht. Aber das sind alles Leute aus der Nachbarschaft, und wir haben bisher keinen von ihnen als Wiseguy identifiziert. Sie vertreiben sich bloß ein bißchen die Zeit mit Louis, ihrem alten Kumpel. Wir glauben auch nicht, daß er zum Mob gehört.«

»Und wer gehört *dann* dazu?« fragte Scanlon. »Von denen, die reingegangen sind?«

»Bisher konnten wir Rudy Faviola identifizieren …«

»Anthonys Bruder«, ergänzte Georgie.

»War früher stellvertretender Boß«, sagte Scanlon und nickte. Seine Pfeife war ausgegangen. Wahrscheinlich würde das während der Unterredung ungefähr ein dutzendmal passieren. Der Aschenbecher auf dem Schreibtisch quoll bereits über von abgebrannten Streichhölzern. Als wäre er der Vesuv an einem schlechten Tag, füllte Scanlon das Zimmer mit süßlich riechendem Qualm und paffte heftig, ganz auf sein brennendes Streichholz und den Pfeifenkopf konzentriert.

»Wer sonst noch?« fragte er.

»Petey Bardo.«

»Consigliere«, sagte Scanlon.

»Liebt braune Anzüge«, fügte Georgie hinzu.

»Er *war* jedenfalls Consigliere«, meinte Scanlon. »Damals, als Anthony noch Boß war.«

»Ich glaube, die Hierarchie ist nach wie vor dieselbe«, sagte Michael, »außer daß Andrew den Job seines Vaters übernommen hat.«

»Wen habt ihr sonst noch gesehen?«

»Capos aus allen Teilen der Stadt. Identifizieren konnten wir Gerry Lacizzare, Felix Danielli ...«

»Allesamt abgebrühte Gauner«, fiel ihm Scanlon ins Wort.

»Es kommt noch besser: Bobby Triani ...«

»Rudys Schwiegersohn.«

»Sal ›Der Barbier‹ Bonifacio ...«

»Der Knabe, mit dem alles angefangen hat«, sagte Georgie.

»Nein, der Knabe, mit dem alles angefangen hat, ist *tot.*«

»*Dominus vobiscum*«, sagte Georgie mit gespielter Frömmigkeit und bekreuzigte sich.

»*Et cum spiritu tuo*«, ergänzte Scanlon mechanisch, und beide grinsten wie Mitglieder eines Geheimbunds ehemaliger Katholiken.

»Fat Nickie Nicoletta, Frankie Palumbo ...«

»Nette Freunde hat der Knabe ...«

»Joey Di Luca ...«

»Das reicht«, sagte Scanlon.

»Nach meiner Ansicht kommt uns der hinreichende Tatverdacht schon aus den Ohren raus«, sagte Michael.

»Ach, wirklich?« meinte Scanlon zweifelnd. »Was denn? Woher willst du denn *wissen*, daß sie da drin krumme Dinger drehen? Vielleicht benutzen sie den Laden ja als Club, für geselliges Beisammensein, bei dem man ein Täßchen Kaffee trinkt und sich darüber unterhält, wer seine Frau betrügt, welches Pferd beim fünften Rennen in Belmont gute Aussichten hat, irgend so was, und nichts davon illegal. Wo ist da dein hinreichender Tatverdacht?«

»Wir haben das Telefongespräch zwischen Faviola und seinem Bruder, in dem sie darüber reden, daß der Junge das Kommando übernehmen soll, wenn ...«

»Nehmen wir mal an, das stimmt.«

»Da taucht er auf einmal täglich bei diesem Schneider auf ...«

»Vielleicht hat er eine Vorliebe für maßgeschneiderte Klamotten.«

»… und kriegt Besuch von einer Unmenge Capos, die illegale Kreditgeschäfte laufen haben und mitten in der Rauschgiftszene stecken und …«

»Das heißt noch lange nicht, daß sie dort darüber *sprechen*.«

»Ich glaube aber, daß sie ihm dort Bericht erstatten, Charlie.«

»Wenn dein Instinkt dir das einflüstert, reicht das noch lange nicht als Tatverdacht.«

»Probieren wir's beim Richter aus.«

»Ich glaube nicht, daß wir das durchkriegen.«

»Es ist einen Versuch wert.«

»Okay«, meinte Scanlon. »Dann schreib deine Erklärung, und ich bitte den Boß, daß er einen Antrag auf eine Abhörberechtigung stellt. Wir suchen uns einen Richter und hoffen das Beste. Vielleicht haben wir ja Glück.« Er zog wieder an seiner Pfeife. Dann blickte er auf und fragte: »Wer ist diese Woche dran mit Beschatten?«

Sie trug einen Morgenmantel aus Seide mit einem roten Monogramm auf der Brusttasche: AF. Die Ärmel hatte sie hochgekrempelt, und jetzt saß sie mit übereinandergeschlagenen Beinen auf einem Sessel im Wohnzimmer. Andrew hatte Drinks gemixt: Scotch und Soda für Sarah, einen Beefeater Martini für sich. Wie eine Katze, die sich an ihr neues Revier gewöhnt, hatte Sarah erst das Schlafzimmer erkundet, dann die Küche und das Eßzimmer im ersten Stock und schließlich – während er mit den Drinks beschäftigt war – das Büro und das Konferenzzimmer hinter dem Wohnzimmer auf Höhe der Eingangstür. Im Wohnzimmer merkte man nicht, daß es hier überhaupt eine Tür gab, denn die ganze Wand war holzvertäfelt. Von innen gab es keinen Türknauf, sondern lediglich einen Berührungsmechanismus, der die Tür in das walnußholzvertäfelte Treppenhaus öffnete.

»Warum ist auf dieser Seite keine Tür?« fragte Sarah.

»Der Architekt meinte, es würde ohne besser aussehen.«

»Stimmt wahrscheinlich«, sagte sie.

»Soll ich dir nachschenken?« fragte er.

»Lieber nicht.«

Sie fühlte sich wohl in seinem Morgenmantel. So ähnlich wie als kleines Mädchen in den Hemden ihres Vaters. Es war erst kurz nach halb sechs; sie hatten noch ein paar gemeinsame Stunden vor sich.

»Warum hast du nicht angerufen?« fragte sie.

»Du hast es mir verboten.«

»Ich hab dich aber auch nicht gebeten, mir einen Wagen zu schicken.«

»Ich dachte, das macht es leichter für dich.«

»Ich hab dauernd auf deinen Anruf gewartet, hab mir vorgestellt, daß einer der Lehrer in der Cafeteria das Telefon abnimmt und sagt: ›Für dich, Sarah‹, wie ich zum Telefon gehe, ›Ja?‹ sage und dann deine Stimme höre. Jedesmal wenn ich mir überlegt habe, was ich hätte antworten sollen, fing ich an zu zittern.«

»Und was hast du dir ausgedacht?«

»Wie meinst du das?«

»Was du sagen wolltest. Wenn ich anrufe.«

»Aber du hast ja nicht angerufen.«

»Weil du es mir verboten hast.«

»Und du tust immer nur das, was ich dir sage, hm?«

»Ja.«

»Seit wann?«

»Seit heute.«

Das erregte und reizte sie. Auf einmal hatte sie Lust, ihm irgend etwas zu befehlen, den Morgenmantel abzuwerfen, sich ihm zu öffnen und sich wieder überall von ihm küssen zu lassen. Es war ein prickelndes Gefühl, seinen Morgenmantel anzuhaben. Etwas von ihm zu tragen, es für eine Weile zu besitzen, war, als besitze sie Andrew selbst.

»Was *hättest* du also gesagt?«

»Ich glaube, ich hätte gesagt: ›Wer spricht da, bitte?‹ «

»Und wenn ich dann gesagt hätte: ›Du weißt genau, wer dran ist. Wann kann ich dich sehen?‹ «

»Dann hätte ich geantwortet: ›O ja, Dr. Fögler, ich wollte Sie heute noch anrufen. Hätten Sie denn am Mittwoch Zeit?‹«

»Heißt dein Arzt wirklich so?«

»Nein, das ist mir nur grade eingefallen.«

»*Fögler*, ja?«

»Ja«, antwortete sie. Und als sie schließlich kapierte: »Oh.«

Er saß ihr auf dem Sofa gegenüber, in einem nicht ganz so feudalen Morgenmantel – einem dünnen Baumwollkimono, wie man ihn bei Bloomingdale's kriegen konnte. Seine Reaktion auf ihr unabsichtliches Wortspiel erinnerte sie an St. Bart und seine Definition einer Lolita. Ob ihm wohl klar war, wie eindeutig ihre Freudsche Fehlleistung gewesen war? *Natürlich*. Warum hätte er sie sonst darauf hingewiesen?

»Kennst du den Witz über den Freudschen Versprecher?« fragte sie. »Da liegt ein Mann bei seinem Psychiater auf der Couch und erzählt, daß er sich morgens bei seiner Frau schrecklich versprochen hat. Der Arzt fragt, wie denn, und der Mann sagt, er kann es selbst kaum glauben. Rücken Sie schon raus damit, drängt der Arzt, und der Mann sagt: Ich wollte eigentlich sagen: ›Bitte gib mir doch den Toast rüber, Schatz‹, und da ist es passiert. Also, was haben Sie denn nun gesagt? fragt der Arzt noch mal. Und der Mann antwortet: Ich hab gesagt: ›Du blöde *Fotze*, du hast mein Leben ruiniert!‹«

Einen Moment hob Andrew erstaunt die Augenbrauen, dann prustete er los. Schon sein Gesichtsausdruck sorgte dafür, daß Sarah mitlachen mußte.

»Hast du *Die Saison der Meister* gesehen?« fragte er, immer noch lachend.

»Nein«, antwortete sie. Was das wohl mit Dr. Fögler zu tun hatte – oder mit Freud?

»Paul Sorvino sagt da so einen Satz. Kennst du Paul Sorvino? Ein toller Schauspieler. In *Good Fellas* hat er auch mitgespielt, hast du den vielleicht gesehen?«

»Sind das Filme?«

»Ja. Das heißt, *Die Saison der Meister* war zuerst ein Theaterstück, aber ich hab es nicht auf der Bühne gesehen, nur den Film. Ich gehe nicht oft ins Theater, du etwa?«

»Fast nie«, antwortete sie. Sie erzählte ihm nicht, daß Michael die meisten Theaterstücke zu simplifizierend fand.

»*Good Fellas* ist eine Romanverfilmung. Das Buch hieß *Wiseguy*. Über die Mafia. Aber das Fernsehen hat den Titel gestohlen, deshalb mußten sie den Film anders nennen. Paul Sorvino hat einen Capo gespielt. Er war sehr gut. Sehr glaubwürdig.«

»Einen *was* hat er gespielt?«

»Einen Capo. Das ist, glaube ich, eine Art Leutnant. Bei der Mafia gibt's doch diesen ganzen militärischen Mist. Wie bei der Armee.«

»Aha.«

Sie überlegte, wie sehr sie ihn wohl vorhin mit dem Wort »Fotze« schockiert hatte. Und sie fragte sich, ob er wohl schon wieder eine Erektion bekam. Mit Michael vögelte sie einmal, und das war's dann für den Rest der Nacht. Manchmal für die ganze Woche. Andrew dagegen schien ständig bereit zu sein. Daß er erst achtundzwanzig war, erregte sie. Es gab ihr das Gefühl, sie verführte einen Siebzehnjährigen. Ganz nebenbei fragte sie sich außerdem, ob sie im Lauf des Abends wohl etwas zu essen bekommen würde. Letzten Mittwoch war sie mit knurrendem Magen weggegangen. Diese Lehrertreffen machten wirklich großen Spaß, nur bekam man leider nichts zu essen. Auf einmal merkte sie, wie hungrig sie wieder war. Gleichzeitig spürte sie, daß ihr der Scotch zu Kopf stieg; sie wußte gar nicht mehr recht, worüber sie sich eigentlich unterhielten.

»Jedenfalls ging es in dem *anderen* Film um ein Basketballteam, das sich nach Jahren wieder trifft. Robert Mitchum hat auch mitgespielt – hast du den Film wirklich nicht gesehen?«

»Nein.«

»Er hat den Coach gespielt.«

Sarah fragte sich, ob sie ihn wohl zu einer Erektion bringen konnte, ohne daß sie ihn berührte. Einfach nur dasitzen und ihn groß werden lassen. Es war bestimmt einen Versuch wert.

»Jedenfalls redet Sorvino mit einem der Spieler über irgendwas, ich hab vergessen, worum es genau ging, und dann sagt er: ›Weißt du, wer die einzige Frau ist, die ich je geliebt habe? Meine Mutter.‹ Scheiß Freud.«

Sie lachte. Andrew nickte beifällig und lachte dann ebenfalls. Schließlich faßten sie sich wieder. Er nahm einen Schluck Martini. Sie nippte an ihrem Scotch und setzte sich anders hin, so daß sich der Morgenmantel über ihren Brüsten ein wenig öffnete.

»Meinst du, wir könnten uns später was zu essen kommen lassen?«

»Klar, hast du Hunger?«

»Später. Trinken wir erst mal aus«, sagte sie und hob ihr Glas.

»Es gibt eine Menge gute Restaurants in der Gegend, aber ich dachte, du wolltest nicht rausgehen.«

»Nein, ich glaube auch nicht, daß das gut wäre.«

»Das hab ich mir gedacht.«

»Ja«, bestätigte sie, streckte die Beine aus und beugte sich vor, um das Glas auf den Tisch zu stellen. Der Morgenmantel gab ihre Brüste noch ein Stück weiter frei, und sie spürte seinen Blick. Aber sie zog den Mantel rasch wieder zu, schlug die Beine übereinander und lehnte sich zurück.

»Wie hast du mich eigentlich beschrieben?«

Er sah sie fragend an.

»Billy.«

»Oh.«

»Deinem Fahrer.«

»Ich hab ihm gesagt, du heißt Mrs. Welles und bist eine große, gutaussehende Blondine.«

»Findest du wirklich, ich bin groß?«

»Ja.«

»Was meinst du, wie groß ich bin?« fragte sie, beugte sich wieder vor, um ihr Glas zu holen, und gab ihm dabei ausreichend Gelegenheit, ihre Brüste zu betrachten. Dann richtete sie sich wieder auf, ganz harmlos.

»Einsfünfundsiebzig.«

»Ich bin bloß einssiebzig.«

Na, wie sieht's denn aus unter deinem Kimono, dachte sie im stillen. Kriegt dein Ding wieder Lust auf mich?

»Du siehst größer aus.«

»Ja, ich wirke größer«, sagte sie und schlug die Beine wieder auseinander. »Und hast du den Teil mit der gutaussehenden Blondine *ernst* gemeint?«

»Ja.«

»Was hast du ihm sonst noch über mich erzählt?«

»Das war alles.«

»Hast du ihm meine Brüste beschrieben?«

»Nein.«

»*Magst* du sie etwa nicht?«

»Ich liebe deine Brüste.«

»Warum hast du sie Billy dann nicht beschrieben?«

Bei der Vorstellung, daß Andrew einem anderen Mann ihre Brüste beschrieb, wurde Sarah sofort wieder feucht.

Er antwortete nicht.

»Hast du gedacht, das könnte ihn scharf machen?« fragte sie. »Wenn du ihm meine Brüste beschreibst?«

»Kann schon sein.«

»Oder meine Brustwarzen?« fragte sie und schlug den Morgenmantel zurück. »Magst du meine Brustwarzen?«

»Ja.«

»Siehst du, wie hart sie sind?«

»Ja.«

»Magst du meine Beine?« fragte sie, streckte sich aus und zog den Morgenmantel über die Knie hoch. »Hast du ihm meine Beine beschrieben?«

»Nein.«

»Du magst meine Beine *nicht*?«

»Ich liebe deine Beine. Nein, ich hab sie ihm nicht beschrieben.«

»Hast du ihm gesagt, daß ich von Natur aus blond bin?«

fragte sie, zog den Bademantel noch höher und spreizte leicht die Beine.

»Weißt du, was du gerade mit mir machst?« fragte er.

»Was mache ich denn?«

»Was hast du im Sinn?«

»Ich will dich erregen.«

»Das tust du auch. Du bist die erregendste Frau, die ich je …«

»Ich will dich wieder groß machen«, flüsterte sie.

»Ich bin längst groß.«

»Dich dazu bringen, daß du mich wieder deinen harten großen Schwanz spüren läßt.«

»Ja«, sagte er.

»Und zwar sofort«, sagte sie. »Ich will, daß du mich fickst, und zwar *augenblicklich*!«

Er stand auf und ging zu ihr. Er öffnete den Gürtel, ließ den Kimono von den Schultern gleiten und umfaßte mit der rechten Hand ihr Kinn. Mit der linken strich er ihr die Haare hinter die Ohren. Sein rechter Daumen drängte sich zwischen ihre Lippen.

»Ja«, hauchte sie. »Das auch.«

Sie haßte es, samstags einkaufen zu gehen, sie haßte es, mit Mollie einkaufen zu gehen, sie haßte es, mit Heather einkaufen zu gehen. Außerdem war das Wetter ekelhaft. Schon seit Donnerstag früh war es so. Mit dem Gedanken an Andrew war sie aufgewacht, weil Michael im Badezimmer rumorte. Sie erschrak, weil sie dachte, sie hätte womöglich verschlafen, aber er war nur früher aufgestanden. Draußen schneite es. Ob es Schneeferien geben würde? Falls ja, sollte sie dann Andrew anrufen und ihm sagen, sie könnte zu ihm kommen, ungefähr um – aber nein, wenn es Schneeferien gab, hatte Mollie natürlich auch keine Schule. Gegen neun ließ der Schnee dann sowieso nach, um Mittag herum hörte er ganz auf, und was übrigblieb, war Matsch, der nachts, als die Temperatur unter den Gefrierpunkt sank, steinhart gefror. Die beiden letzten Tage war es kalt geblieben – gestern minus zehn Grad, heute früh minus elf.

Mollie wollte unbedingt die neuen Turnschuhe, wie sie sie alle in ihrer Klasse trugen. Irgendwas mit einer Lasche statt Schuhbändern, wer konnte sich das alles merken? Egal. Heather suchte etwas, in dem sie wieder jung und aufregend aussah. Zweiunddreißig war sie und wollte wieder *jung* aussehen! Sarah fühlte sich wie ein unbequemes Anhängsel. Bei Bloomingdale's waren sie bereits ohne Erfolg gewesen, und jetzt stapften sie die Fifth Avenue entlang, wo es von japanischen Touristen wimmelte und ein eisiger Wind blies, der direkt von der Arktis zu kommen schien. Sarahs Wangen waren rauh und kalt, ihre Lippen aufgesprungen, ihre Nase lief, und die ganze Zeit über dachte sie, daß sie an einem so scheußlichen Samstag tausendmal lieber ein Buch gelesen hätte. Bis ihr plötzlich einfiel, was sie eigentlich *noch* lieber getan hätte …

»Wo wohnt Onkel Doug denn jetzt?« erkundigte sich Mollie.

»Das weiß ich auch nicht«, antwortete Heather.

»Zusammen mit seiner Lolita?« fragte Mollie.

»Ich glaube, mit der hat er nichts mehr zu tun.«

Sarah überlegte, ob sie selbst wohl auch in die Kategorie Lolita fiel. Konnte eine vierunddreißigjährige Mutter eine Lolita sein?

»Wahrscheinlich hat ihm sein Anwalt geraten, er soll mit seinen Techtelmechteln aufhören, bis wir uns geeinigt haben.«

»Was ist ein Techtelmechtel?« wollte Mollie wissen.

»Eine Affäre«, antwortete Heather.

Sarah fragte sich, ob Mollie wußte, was eine Affäre war. Dann überlegte sie, was Mollie wohl denken würde, wenn sie wüßte, daß ihre Mutter eine Affäre mit dem Mann hatte, der ihr vor nicht ganz einem Monat das Leben gerettet hatte. Aber das war keine richtige Affäre, das war – Sarah wußte selbst nicht, *was* es eigentlich war. Sie wußte nur, daß sie nicht aufhören konnte, an ihn zu denken, sich nach ihm zu sehnen. So etwas hatte sie noch nie gefühlt. Nicht einmal, als sie sich am College Hals über Kopf in einen Basketballspieler verliebt hatte und mit ihm ins Bett gegangen war – na ja, eigentlich war es kein Bett gewesen, sondern der Rücksitz seines Mustang, drei Wochen, nachdem sie sich kennengelernt hatten. Ihrer Zimmergenossin hatte sie damals erklärt, daß Avery – so hieß er: Avery Howell, einsdreiundneunzig, rothaarig und sommersprossig –, daß Avery auf dem Basketballplatz ein »Gedicht der Bewegung« war. Wörtliches Zitat. Von der achtzehnjährigen Sarah Fitch, über beide Ohren verknallt. Und selbst das war nichts, verglichen mit dem, was sie fühlte, wenn sie mit Andrew zusammen war. Aber das war keine *Liebe*, oder? Nein, sie wußte genau, was es war. Und deshalb war sie eine Lolita. Ein Flittchen, jawohl.

»... Frage, Mom?«

»Was? Ich hab nicht zugehört, Entschuldigung.«

»Tante Heather hat dich grade was gefragt.«

»Meine Frage *war*«, sagte Heather und klang dabei wesentlich genervter, als es der Situation angemessen schien, »sollen wir zu diesem kleinen Omelette-Restaurant in der 61. Straße gehen oder weiter nach Uptown zu Coco Pazzo?«

»Ich bin für Coco Pazzo«, sagte Mollie.

»Zu teuer«, widersprach Sarah.

»Ich lad euch ein«, sagte Heather.

»Trotzdem.«

»Dann eben Omelettes«, seufzte Heather.

»Wie kommt es, daß du immer das letzte Wort hast?« beschwerte sich Mollie.

»Hab ich doch gar nicht«, widersprach Sarah.

»Doch, Mom. *Ich* will zu Coco Pazzo, Tante *Heather* will zu Coco ...«

»Aber da ist es doch immer knallvoll«, wandte Sarah ein. »Man muß schon Wochen vorher einen Tisch reservieren. Und außerdem – willst du wirklich den ganzen Weg dorthin latschen, in dieser Eises–«

»Dafür gibt es Taxis, Herzchen«, unterbrach Heather und zwinkerte Mollie zu. »Ganz neue Erfindung. Gelb, motorisiert, der letzte Schrei.«

»Na klar, versuch doch, eins zu kriegen, bei diesem Wetter«, sagte Sarah.

»Aber angenommen, wir kriegen trotzdem eins?« fragte Mollie.

»Und angenommen, der Fahrer ist bereit, uns zur 74. Straße zu transportieren?« ergänzte Heather.

»Und angenommen, wir kommen hin, ohne in einen Telegrafenmast zu donnern oder sonst was …«

»Und angenommen, sie haben *doch* noch einen Tisch frei?«

»Wärst du *dann* eventuell gewillt, bei Coco Pazzo zu essen?«

»Hört zu, es ist mir scheißegal, *wo* wir essen«, sagte Sarah, plötzlich verärgert, »solange ihr bloß damit aufhört, euch gegen mich zu verschwören.«

»Wow!« staunte Mollie. »Was soll *das* denn?«

»Essen wir die abgefuckten Omelettes, okay?« meinte Heather.

»Und paß auf, was du in Mollies Gegenwart von dir gibst!« fauchte Sarah.

»Mom, ich hab das Wort schon öfter gehört«, beruhigte Mollie sie und verdrehte die Augen.

»Okay, du hast es gehört, aber das heißt noch lange nicht, daß deine Tante es alle zehn Sekunden in den Mund nehmen muß.«

»Alle zehn …«

»Und Lolita und Techtelmechtel und Flittchen und was du sonst noch alles für einen Mist …«

»He, hör mal …«

»Beruhige dich, Mom …«

»Nein, jetzt hört *ihr* mir mal zu! Jedesmal, wenn ich mit euch beiden zusammen bin, komme ich mir vor wie …«

»Mom, was zum Teufel ist denn *los* mit dir?«

»Hören wir lieber auf damit, Mollie«, meinte Heather.

»Richtig, hören wir *auf* damit!« sagte Sarah.

Schweigend gingen sie an Saks vorbei, an der Saint Patrick's Cathedral, und die ganze Zeit spürte Sarah, wie Heather und Mollie hinter ihrem Rücken verwunderte Blicke austauschten.

Als sie bei Tiffany's ankamen, war ihre Wut jedoch verflogen, und sie fragte sich, was diesen Ausbruch eigentlich verschuldet hatte.

»Okay, gehen wir zu Coco Pazzo«, sagte sie. »*Falls* dort was frei ist.«

»Tja, ich hab's mir aber inzwischen anders überlegt mit meiner Einladung«, meinte Heather mit ausdrucksloser Miene.

»Dann lade *ich* euch eben ein, verdammt!« schrie Mollie.

Und alle drei brachen in Gelächter aus.

Sarah hatte das Gefühl, daß alles wieder in Ordnung war.

Der Detective von der Technischen Abteilung, den Michael ausgesucht hatte, hieß Freddie Coulter. Er war groß und schlaksig wie ein Teenager, mit schmalen Hüften, einem mageren Gesicht, hohen Wangenknochen und einem schwarzen Schnurrbart, der von einem Revolverhelden entlehnt schien. Er trug Jeans, ein langärmeliges Hemd und eine blaue Jeansweste. Eine .38er Dienstwaffe hing in einem Halfter rechts an seinem Gürtel. Coulter gehörte zu den Detectives, die mit Michaels Mannschaft zusammenarbeiteten. Aufmerksam hörte er zu, als Regan und Lowndes ihn informierten, was ihn in der Schneiderei am Abend voraussichtlich erwartete.

»Heute ist Sonntag, also hat der Laden geschlossen«, sagte Lowndes.

Blödmann, dachte Regan. Hätte man Coulter hingeschickt, wenn der Laden geöffnet gewesen wäre?

»Es gibt keine Alarmanlage«, sagte er.

»Die Mafia braucht so was nicht«, meinte Lowndes.

»Wenn jemand bekloppt genug ist, einen Mafialaden zu überfallen, hat er verdient, was ihm blüht.«

»Wenn man einen Mafialaden ausnimmt, hat man am nächsten Tag vier gebrochene Arme.«

»*Falls* man alles zurückgibt, was man gestohlen hat.«

»Also keine Alarmanlage«, wiederholte Lowndes, »und an der Haustür ein Schloß wie für Mickymaus.«

»Wo ist der Haken?«

»Der Haken ist, daß es bloß eine Tür gibt, und die liegt direkt an der Broome Street.«

»Gibt es Streifenpolizisten, die dort rumspazieren?« fragte Coulter.

»Wie sollte dir das weiterhelfen?«

»Dann könnte ich ein bißchen an den Türen rütteln«, meinte Coulter achselzuckend.

»Gute Idee«, sagte Michael. »Haben wir 'ne Uniform für ihn?«

»Wenn die einen in Uniform erwischen, ist er sofort tot«, warnte Lowndes.

»Ich hab nicht vor, mich erwischen zu lassen«, meinte Coulter grinsend.

»Wenn die einen Cop in Uniform da drin finden, kannst du schon mal deine Verwandten benachrichtigen, daß sie Blumen schicken«, meinte Lowndes.

»An ein *Beerdigungsinstitut*«, ergänzte Regan.

»Macht euch bloß keine Sorgen«, sagte Coulter.

Er stand in dem Ruf, keine Angst zu kennen, was Regan persönlich für glatten Wahnsinn hielt. In ihrem Job ging nur ein Idiot Risiken ein. Nicht mal für tausend Dollar hätte sich Regan in so ein Mafianest geschlichen – und das auch noch mit Polizeiuniform und Abhörausrüstung. Nach Regans Ansicht war Coulter der dümmste Hund in der ganzen Abteilung.

»Das ist der Grundriß«, sagte er und begann, einen groben Plan auf einen Briefbogen der Staatsanwaltschaft zu skizzieren. Coulter sah zu, wie der Schneiderladen allmählich Form annahm. »Der Vorhang, durch den man nach hinten kommt, ist ungefähr hier«, erklärte Regan und zeichnete eine gestrichelte Linie. »Er ist an Metallringen oder dergleichen aufgehängt ...«

»Man kann ihn einfach zurückschieben ...«

»Nach links oder nach rechts?« fragte Coulter.

»Nach links«, antwortete Lowndes. »Hinten rechts steht die Bügelmaschine und gegenüber ein Tisch.«

»Was für ein Tisch?«

»Wir waren noch nie hinten«, antwortete Regan. »Vom Laden aus konnten wir nicht alles so genau erkennen.«

»Gibt's da ein Telefon?«

»Laut Telefongesellschaft gibt es zwei Anschlüsse im Laden.«

»Einer davon in dem hinteren Raum?«

»Nehmen wir an.«

»Was für eine Genehmigung haben wir?«

»Eine gewöhnliche Wanze.«

»Die Telefonleitung dürfen wir also nicht anzapfen?«

»Nein. Wir haben übrigens schon eine Hotline für dich.«

Die Hotline war notwendig, um die Wanze zu aktivieren, die Coulter anbringen würde. Sobald die Abhörgenehmigung eingegangen war, hatte Michael bei der New Yorker Telefongesellschaft angerufen und dort mitgeteilt, er gehöre zu einem Sicherheitsdienst und brauche eine Hotline im Stromkasten hinter dem Haus in der Broome Street. Das war in solchen Fällen das Routineverfahren: Man gab sich aus als Sicherheitsdienst, Bewachungsgesellschaft oder als Datenübermittlungsunternehmen – irgend etwas dieser Art. Diese fiktiven Firmen hatten Geschäftsadressen mit separaten »toten« Briefkästen, um die sich das New Yorker Police Department kümmerte.

»Und wo ist der Stromkasten?« fragte Coulter.

»Außen an der Rückwand des Gebäudes.«

»So ist das eben da unten in Little Italy und Chinatown«, meinte Lowndes. »In den alten Gemäuern.«

Normalerweise brachte Coulter die Wanze an einer bereits existierenden Telefonleitung an. Sie empfing die üblichen akustischen Signale, verstärkte sie aber zu einer nicht mehr hörbaren Frequenz und gab sie dann in den Stromkasten weiter, wobei die Telefonleitung als Antenne fungierte. In dem Kasten installierte Coulter ein Gerät, das »Sklave« genannt wurde, ein Nebenaggregat, das das Hochfrequenzsignal auffing, demodulierte und elektronisch an die Hotline weitergab, über die es als normales Klangsignal empfangen werden konnte.

»Müßte eigentlich ganz einfach sein«, sagte Coulter.

Daß ich nicht lache, dachte Regan.

Auf Michaels Schreibtisch klingelte das Telefon. Er nahm sofort ab.

»Staatsanwalt Welles«, meldete er sich.

Von der Telefonzelle aus konnte Sarah sehen, wie Mollie auf der Eisbahn Pirouetten übte.

»Wie geht's?« fragte sie.

»Gut«, antwortete er. »Amüsiert ihr euch?«

»Mollie schon. Ich hasse Schlittschuhlaufen. Hast du eine Ahnung, wann du nach Hause kommst? Es ist Sonntag, weißt du – wir könnten ins Kino gehen. In der 86. Straße läuft ein guter Film.«

»Wann fängt er an?«

»Die Zwei-Uhr-Vorstellung haben wir jedenfalls schon verpaßt.«

»Wann ist die nächste?«

»Viertel nach vier.«

»Und danach?«

»Hab ich gar nicht erst nachgesehen.«

»Wie spät ist es jetzt?« fragte Michael.

»Zehn nach drei.«

»Ich versuche in zehn Minuten hier rauszukommen«, versprach er, »dann bin ich keinesfalls später als vier zu Hause.«

»Das wird ziemlich knapp.«

»Früher schaff ich es wirklich nicht.«

»Gehen wir nach dem Kino chinesisch essen?«

»Ja, prima.«

»Soll ich einen Tisch reservieren?«

»Gute Idee. Honey, laß uns Schluß machen. Je früher ich ...«

»Dann tschüs«, sagte sie und legte auf.

Sie sah noch einmal auf der Eisbahn nach Mollie. Dann wählte sie die Vermittlung und danach die Vorwahl und die Nummer, die Andrew ihr für sein Haus auf Long Island gegeben hatte. Als die Vermittlung sich meldete, befolgte sie genau seine Anweisungen.

»Ich möchte ein R-Gespräch anmelden«, sagte sie.

»Ich verbinde«, sagte die Stimme.

Sarah wartete.

»Hallo?«

Andrews Stimme.

»Ich habe ein R-Gespräch für Sie, Sir.«

»Ja?«

»Miss, sagen Sie mir bitte Ihren Namen?«

Miss, dachte sie.

»Sarah.«

»Ich nehme das Gespräch an«, sagte Andrew.

»Sprechen Sie bitte.«

»Hi«, sagte sie.

»Wo bist du?« fragte er.

»Beim Wollman Rink.«

»Wo ist das?«

»Im Central Park. Bist du vom Mars?«

»Ja«, antwortete er. »Ich liebe dich, wußtest du das?«

»Sag es.«

»Ich liebe dich.«

»Noch einmal.«

»Ich liebe dich.«

»Sag es auf marsianisch.«

»Komm zu meinem Apartment, dann ficke ich dich, daß dir schwarz vor Augen wird.«

»Ist das Marsianisch?«

»Nein, Englisch.«

»Grundwortschatz.«

»Können wir uns sehen?«

»Andrew, es ist Sonntag!«

»Na und?«

»Du weißt doch, daß ich nicht kommen kann. Und du meinst es auch nicht ernst. Du bist nicht mal dort.«

»Wenn du kommst, mache ich mich sofort auf den Weg.«

»Ich kann aber nicht.«

»Klappt es denn wenigstens am Mittwoch?«

»Ja.«

»Kein Problem?«

»Nein. Was machst du gerade?«

»Ich sehe fern.«

»Bist du allein?«

»Nein, ich hab drei kleine Chinesinnen bei mir.«

»Ich schlag dir den Schädel ein.«

»Was hast du an?«

»Oh, ich bin kolossal sexy, wie ich hier stehe und erfriere.«

»Was wirst du Mittwoch anziehen?«

»Meine Lehrerinnen-Sachen.«

»Hast du vor, mir was beizubringen?«

»Vielleicht. Ich muß jetzt Schluß machen. Meine Tochter kommt.«

»Dann bis Mittwoch«, sagte er. »Billy wird dich abholen.«

»Vor dem Kino Third Avenue Ecke 59. Straße«, sagte sie. »Vier Uhr.«

»Ich liebe dich«, sagte er.

»Mittwoch«, wiederholte sie und legte auf, bevor *sie* es sagen mußte.

Mollie bremste gekonnt am Zaun, daß die Eiskristalle nur so stoben.

»Wer war das?« fragte sie.

»Daddy«, antwortete Sarah.

Im Schlafzimmer des Hauses in Great Neck legte auch Andrew den Hörer auf die Gabel und sah zur Badezimmertür. Dort stand die rothaarige Oona Halligan in hochhackigen Pumps und einer von Andrews Pyjamajacken, die sie über der Brust aufgeknöpft hatte.

»Wer war das?« fragte sie.

»Meine Mutter«, antwortete er und nahm sie in die Arme.

Um acht Uhr an diesem Abend, während Sarah, Michael und Mollie aus dem Chinarestaurant an der Ecke 80. Straße/Third Avenue kamen und Andrew *wirklich* mit seiner Mutter in Stonington, Connecticut, telefonierte, ging ein uniformierter Polizist die Broome Street entlang. Er rüttelte an den Türen, um sich zu vergewissern, daß die Läden ordentlich für die Nacht verriegelt waren. Tür um Tür wurde überprüft; der Polizist rüttelte am Knauf, ging weiter, rüttelte wieder, bis er zur Schneiderei an der Ecke Broome Street/Mott Street kam, wo er ebenfalls rüttelte. Dann überquerte er die Straße und erledigte dort dasselbe Ritual, ging aber schließlich zurück auf die andere Seite und wieder in Richtung Schneiderei. Während er sich der Ladentür näherte, spähte er die Straße hinauf und hinunter. In der linken Hand hielt er jetzt eine Kreditkarte.

Er packte den Türknauf mit der rechten Hand, stieß mit einer schnellen Handbewegung die Karte zwischen Türpfosten und Schloß und hatte die Tür in genau drei Sekunden geöffnet. Nach weiteren zwei Sekunden war er im Innern des Hauses und hatte die Tür hinter sich verriegelt. Noch zwei Sekunden verstrichen, dann kamen zwei Männer die Mott Street entlang und gingen am Laden vorbei. Inzwischen hatte Freddie den Vorhang beiseitegeschoben und den hinteren Raum betreten. Die beiden Männer bezogen in einem dunklen Hauseingang gegenüber Position. Sie waren Freddies Rückendeckung.

Er knipste die Taschenlampe gerade lange genug an, um eine Steckdose zu finden. Er steckte ein Viertel-Watt-Nachtlicht hinein und wartete, bis sich seine Augen an die schwache Beleuchtung gewöhnten. Von draußen wäre der bewegliche Schein einer Taschenlampe zu auffällig gewesen. Zwar hatte man die Streifenbeamten von seinem Vorhaben in Kenntnis gesetzt, aber er wollte nicht, daß zufällig einer der *paisans* vorbeikam und ein flackerndes Licht entdeckte. Jetzt sah es von draußen aus, als habe jemand absichtlich ein Nachtlicht brennen lassen, was des öfteren vorkam. Das Licht genügte ihm; er kannte seine Werkzeuge gut.

Der hintere Raum war lang und schmal.

Wenn man durch den Vorhang trat, der ihn vom Laden trennte, stand gleich rechts, an einer kurzen Wand, die Bügelmaschine und an der langen Wand gegenüber dem Vorhang ein Tisch, über dem Coulter sein Licht eingesteckt hatte. Darauf befanden sich eine riesige Schneiderschere, ein paar Schnittmuster aus Pappe, ein Ballen blauer Stoff und ein schweres Bügeleisen. An der Wand hinter dem Tisch, direkt über der Steckdose, hing ein Kalender mit einem Bauernmädchen in einer weit ausgeschnittenen Bluse; sie grinste breit und hielt einen Korb im Arm, aus dem reife Trauben quollen. Die Januartage waren systematisch durchgestrichen; heute war der Einunddreißigste, der Letzte des Monats.

Links vom Tisch war eine Tür. Ein gewöhnlicher Türknauf, darüber ein Bolzenschloß. Die Tür war weiß gestrichen, wie der übrige Raum. Am rechten Türpfosten war eine Sprechanlage mit einem Knopf. Coulter klopfte vorsichtig mit den Fingerknöcheln an die Tür. Es klang nicht, als wäre dahinter ein weiteres Zimmer, eher ein Treppenhaus. Um den Türpfosten führten keine Drähte, also war die Sprechanlage von der anderen Seite her verkabelt.

An dem langen Tisch standen mehrere Stühle. Coulter vermutete, daß er mehreren Zwecken diente: Wenn man die Stühle wegschob, hatte man eine Fläche zum Zuschneiden, wollte man sich unterhalten oder etwas essen, stellte man die Stühle wieder an ihren Platz. An der kurzen Wand gegenüber der Bügelmaschine, im rechten Winkel zum Tisch und der Tür, hing ein Münzfernsprecher. Coulter war also an der Quelle.

Wenn man einen batteriebetriebenen Sender benutzte, konnte es passieren, daß die Batterien den Geist aufgaben, und man mußte noch einmal kommen, um sie zu ersetzen. Damit verdoppelte man das Risiko, entdeckt zu werden – wenn man es nicht sogar, je nach Dauer der Überwachung, verdrei- oder vervierfachte. Einen *Menschen* konnte man gut mit einem batteriebetriebenen Sender ausstatten, aber wenn man einen *Raum* abhören wollte, war man mit Wechselstrom weit besser bedient. Coulter überlegte, daß an dem langen Tisch sicher auch mitunter Treffen stattfanden. Außerdem mutmaßte er, daß geschäftliche Telefonate vom Münztelefon getätigt wurden. Die Abhörgenehmigung erlaubte es nicht, das Telefon direkt anzuzapfen, aber wenn er seine Stromzufuhr nutzte, konnte er eine Wanze anbringen, die jedes Gespräch übermittelte, das in dem Raum geführt wurde – einschließlich dessen, was auf *dieser* Seite der Telefonleitung gesagt wurde.

Also machte sich Coulter an die Arbeit.

Seiner Erfahrung nach wurde am wenigsten Verdacht geschöpft, wenn er seine Installationen offen sichtbar anbrachte. In den eigenen vier Wänden fühlen sich die meisten Menschen sicher; sie forschen nicht nach etwas Ungewöhnlichem. Diese Theorie stammte übrigens aus Edgar Allen Poes Erzählung *Der entwendete Brief*. Coulter spleißte ein Kabel in die Telefonleitung, führte es an der Fußleiste entlang, wo jeder es sehen konnte, direkt in die Abhörvorrichtung im 42-Ampère-Klemmenblock auf der anderen Seite des Zimmers. Einen solchen Klemmenblock konnte man in jedem Geschäft für Telefonzubehör kaufen; er war eine einfache, fünf mal siebeneinhalb Zentimeter große elfenbeinfarbene Dose mit einer einzelnen oder zweifachen Telefonbuchse. Die Wanze paßte genau hinein. Die Dose brachte man gut sichtbar an, und das Ding fiel keinem auf. Auch nicht das Kabel, das ganz frech auf sie zulief. Aber Welles hatte gemeint, es gingen auch ziemlich hartgesottene Wiseguys hier ein und aus – vielleicht waren die ein bißchen schlauer als ein gewöhnlicher Mafia-Bruder.

Deshalb nahm Coulter sicherheitshalber die Verkleidung der Fußleiste ab und stopfte das Kabel dahinter, von der Tür bis zur Mitte des Zimmers. Dann heftete er es an einer Seite der Tür fest, über die Tür hinweg und an der anderen Seite wieder hinunter. Dort ließ er es erneut hinter der Fußleiste verschwinden. Direkt unter dem Tisch kam es wieder zum Vorschein, wo Coulter bereits die Dose mit der Wanze angebracht hatte. Er schraubte den Draht darin fest, befestigte die Fußleistenverkleidung wieder, sammelte sein Werkzeug und das Nachtlicht ein, spähte auf die Straße und zog, als er hinausging, die Haustür sorgfältig hinter sich zu, um ganz sicherzugehen, daß das Schloß ordentlich zuschnappte.

Während er das Nebenaggregat für die Hotline im Stromkasten hinten am Haus anbrachte, standen seine beiden Wächter frierend auf der anderen Seite des Hofes und bewachten seine waghalsige Aktion.

Mollie war dabei, sich bettfertig zu machen. *Mord ist ihr Hobby* war gerade zu Ende, und Sarah schaltete den Fernseher aus. In der anderen Zimmerecke saß Michael und las den Berufungsantrag, den Anthony Faviolas Anwalt eingereicht hatte. Michael hatte seinen Kontaktmann im Büro der Bundesanwaltschaft angerufen …

»Wieso interessiert man sich denn plötzlich so brennend für Faviola? Erst die Gesprächsprotokolle …«

»Einer von unseren Leuten hat vor, ein Buch zu schreiben.«

Er wollte nämlich ganz sicher sein, daß er mit Faviolas Sohn keinen Fehler machte. Jedes Hintertürchen, das die Winkeladvokaten von Faviola senior bei der Berufung ausnutzten, würde Michael helfen, wenn er später die Früchte der Überwachungsaktion sortieren mußte. Er würde keinen technischen Fehler begehen. Wenn er mit der Sache fertig war, würden Vater und Sohn nach dem Mittagessen im gleichen Hof eine Stunde lang ihre Runden drehen. Lebenslänglich. Das hoffte er jedenfalls.

*Die verbrecherischen Aktivitäten, deren Faviola in diesem Prozeß überführt wurde, waren die von ihm angeordneten Morde an George Antonini, Carmine Gallitelli, John Panattoni und Peter Mugnoli in einem Restaurant am 17. August 1991. Unabhängig von der gerichtlichen Entscheidung im Fall* Vereinigte Staaten gegen Ianniello *beantragt Faviola, die Verurteilungen nach dem Bundesgesetz für organisiertes Verbrechen aufzuheben, und zwar mit der Begründung, daß Mord oder die Anstiftung und Beihilfe zum Mord nicht als Wieder-*

*holungstat betrachtet werden kann, wenn alle Morde zur gleichen Zeit und am gleichen Ort verübt wurden. Außerdem ficht Faviola das Gerichtsurteil an und möchte …*

»Michael?«

Er blickte auf.

»Willst du die ganze Nacht über deinen Papieren brüten?« fragte Sarah. »Du hast heute schon den ganzen Tag gearbeitet …«

»Tut mir leid, Honey«, sagte er, klappte den Bericht zu, nahm die Brille ab, ging zu Sarah und nahm sie in die Arme. »Wozu hast du denn Lust?« fragte er. »Sollen wir noch schnell um die Ecke gehen und einen Cappuccino trinken, Mollie allein lassen und riskieren, daß sie uns beschuldigt, wir …«

»Ich dachte …«

»Oder soll ich ein Video holen?«

»Michael, wir *haben* doch gerade einen Film gesehen. Können wir uns nicht einfach ein bißchen *unterhalten*? Wir hatten in letzter Zeit beide so furchtbar viel zu tun …«

Das ist Betrug, dachte sie. Ich schiebe ihm die Hälfte der Schuld in die Schuhe. Wir hatten *beide* soviel zu tun.

»Gute Idee«, sagte er. »Laß uns schnell noch Mollie einen Gutenachtkuß geben.«

Betrug. Variationen über ein uraltes Thema. Statt daß der betrogene Ehemann fragte: »Stimmt irgendwas nicht, Schatz?«, beklagte sich die untreue Frau, sie würde vernachlässigt, während sie sich gleichzeitig danach sehnte, in den Armen ihres Liebhabers zu liegen, heute nacht und jede Nacht, ihr ganzes Leben lang. Ihr Liebhaber. Das Wort hallte in ihrem Kopf als lustvolles Gegenstück zur mütterlichen Gutenachtprozedur.

»Mom?« sagte Mollie.

»Ja, Honey?«

»Wir waren doch bei dieser Fete, stimmt's? Am Freitag. Als die älteren Jungs von Locksley rübergekommen sind. Da war einer dabei, der hat mir irgendwie gefallen. Und er hat mich dauernd angestarrt, weißt du noch. In der Turnhalle.«

»Ja, mein Schatz.«

»Und ich hab halt so zurückgestarrt. Ich fand ihn nämlich total süß, weißt du. Er hat blonde Haare wie ich, aber ganz dunkelbraune Augen. Und ich hab gemerkt, daß ich ihm gefalle.«

»Mm-hmm.«

»Und ... er ist rübergekommen. Quer durch die ganze Halle, von da, wo er gestanden hat mit seinen Freunden in ihren Locksley-Jacken, und er ist direkt vor mir und Winona stehengeblieben und hat mich zum Tanzen aufgefordert.«

»Mm-hmm.«

»Aber ich hab nein gesagt.«

Einen Moment lang war es still im Zimmer.

»Ich weiß auch nicht, warum«, sagte Mollie schließlich. »Ich *wollte* mit ihm tanzen, er war so süß und alles, und er ist extra meinetwegen durch die ganze Turnhalle marschiert, aber ich hab nein gesagt. Manchmal hab ich das Gefühl, mit mir stimmt was nicht.«

»Nein, mit dir ist alles in Ordnung, Schätzchen.«

»Hoffentlich. Es war ihm so peinlich. Und ich hab gedacht, ich fall tot um – ihn so abfahren zu lassen ...«

»Vielleicht hattest du einfach das Gefühl, daß es noch zu früh für dich ist. Mit einem wildfremden Jungen zu tanzen. Der viel älter ist als du.«

»Vielleicht.« Mollie verfiel wieder in Schweigen. »Winona hat letzte Woche ihre Periode gekriegt«, sagte sie schließlich.

»Ach ja?«

»Ja. Was glaubst du, wann ich meine kriege, Mom?«

»Früh genug.«

»Winona sagt, es ist lästig.«

»Ist es wohl auch.«

»Trotzdem wünsche ich mir, daß ich sie bald kriege.«

»Das wirst du auch, Schatz«, meinte Sarah beruhigend.

»Winona ist meine beste Freundin auf der ganzen Welt«, sagte Mollie.

»Das ist gut, Schätz–«

»Außer dir, Mommy.«

Sarah wandte sich hastig ab.

»Mommy?«

»Ja, Schätzchen?«

»Warum weinst du?«

»Weil ich dich so sehr liebe«, antwortete Sarah. Sie zog Mollie die Decke bis unters Kinn und beugte sich über sie, um ihr einen Kuß auf die Stirn zu geben. »Gute Nacht, Süße«, flüsterte sie.

»Ich liebe dich auch«, sagte Mollie.

»Ich weiß.«

»Ich möchte gern bald erwachsen sein.« Mit einem tiefen Seufzer schloß sie die Augen.

Sarah ging zurück ins Wohnzimmer, wo Michael schon auf sie wartete.

Betrug.

Die vorbildliche Ehefrau, vorbildliche Mutter, vorbildliche Lehrerin rief Michael noch einmal in Erinnerung, daß sich das Kollegium entschlossen hatte, *regelmäßig* am Mittwochabend ein Treffen zu veranstalten.

»Ich hoffe, es macht dir nichts aus, Michael, wir haben einfach das Gefühl ...«

»Sei doch nicht albern«, unterbrach er sie.

Wie leicht es war, ihn zu belügen.

Und wie vollkommen normal es ihr inzwischen vorkam.

Ein bißchen vorwurfsvoll meinte sie, seine Arbeit sei ihm zur Zeit ja wohl wichtiger als sie – was nahm ihn denn so sehr in Anspruch?

»Kann ich dir nicht sagen«, meinte er.

»Immer noch ein großes Geheimnis, was?«

»Sehr großes Geheimnis.«

»Und wann erzählst du es mir?«

»Wenn wir die Sache im Griff haben.«

»Und inzwischen verschwindest du jeden Tag vor Sonnenaufgang ...«

»Einspruch, Euer Ehren.«
»Gut, um halb sieben.«
»Bloß ein einziges Mal letzte Woche.«
»Aber dafür warst du heute im Büro.«
»Ein wichtiges Treffen.«
»Worüber?«
»Wir müssen eine Wanze installieren.«
»Wo?«
»Geheim.«
»Warum?«
»Geheim.«
»Sag es mir.«
»Dann wäre es ja kein Geheimnis mehr.«
Geheimnisse, dachte sie.
»Möchtest du mit mir schlafen?« fragte sie.
»Ja«, antwortete er.
Hure, dachte sie.

»Obwohl ihr beide erfahrene Polizisten seid ...«, sagte Michael.

Na ja, jedenfalls *einer* von uns, dachte Regan.

»... die schon eine Menge Überwachungsaktionen durchgeführt haben, bin ich per Gesetz dazu verpflichtet, euch über die korrekte Vorgehensweise beim Abhören der Gespräche im hinteren Raum des Schneiderladens zu informieren.«

Sie saßen in Michaels Büro, es war Montag früh, der erste Februar. Gleich sollten sich Regan und Lowndes auf den Weg zu dem Apartment machen, wo sie die von Coulter installierte Wanze überwachen würden. Michael hatte ihnen bereits den Gerichtsbeschluß vorgelesen, und jetzt folgte der »Mindestvortrag«, den sie schon zehntausendmal gehört hatten.

Jedenfalls *ich*, dachte Regan.

Zuerst erklärte ihnen Michael, daß das Gericht eine Abhörgenehmigung im allgemeinen unter den gleichen Bedingungen ausgab wie einen Durchsuchungsbefehl, das hieß, es autorisierte eine begrenzte Beweissuche und -aufnahme. Zwischen Mithören und Aufzeichnen eines Gesprächs machte das Gesetz keinen Unterschied.

»Ob eine Unterhaltung nur mitgehört oder auch aufgenommen wird, ist juristisch gesehen unerheblich«, sagte Michael. »In jedem Fall haben wir uns Information *angeeignet*.«

Weiter erklärte er, daß sie Gespräche der betreffenden Person – also Andrew Faviola – mithören durften, sowie die seiner Komplizen und Mitarbeiter, die in der Genehmigung ausdrücklich genannt wurden …

»Also von den Gangstern, die in dem Laden ein- und ausgehen«, erläuterte er.

… und zwar alle Gespräche, die sich auf illegale Kreditgeschäfte, Drogenhandel und – da der unglückselige Kellner Dominick Di Nobili bekanntlich mit zwei Kopfschüssen im Kofferraum eines beim La Guardia Airport geparkten Wagens gefunden worden war – auch auf Mord.

»Kurz gesagt«, fuhr Michael fort, »ihr habt die Erlaubnis, alle Unterhaltungen abzuhören, die sich auf die genannten oder eventuell im Lauf der Überwachung noch auftauchenden Straftaten beziehen. Die Genehmigung erstreckt sich jedoch *nicht* auf *privilegierte* Gespräche.«

Ein privilegiertes Gespräch war definiert als Unterhaltung zwischen dem Überwachten und seinem Anwalt, seinem Priester, seinem Arzt oder seiner Ehefrau. Wenn Regan und Lowndes merkten, daß Faviola mit einer der genannten Personen sprach, sollten sie die Hotline augenblicklich abschalten und das Gesagte weder aufnehmen noch weiter zuhören.

So so, dachte Regan.

»Ein Gespräch zwischen dem Überwachten und seiner Freundin dagegen gilt nicht als privilegiert«, erklärte Michael weiter. »Aber sobald er mit ihr über irgend etwas *anderes* redet als über illegale Aktivitäten, dann müßt ihr Schluß machen.«

Natürlich waren gelegentliche Stichproben erlaubt. Gesetzt den Fall, der Überwachte sprach mit seinem Anwalt über die Verteidigung in einer gegen ihn vorgebrachten Anklage, war das natürlich ein privilegiertes Gespräch. Doch fünf Minuten später wechselte er vielleicht das Thema und erkundigte sich beispielsweise, ob der Anwalt zu einem Treffen in der Bronx kommen wollte, bei dem eine Neuordnung des Drogenvertriebs im einundvierzigsten Revier verhandelt werden sollte. Drogenhandel war in der Abhörgenehmigung ausdrücklich genannt, also war es jetzt eindeutig ein tatbezogenes Gespräch – eine kriminelle Konversation.

Deshalb war es den Beschattern gestattet, sich auch bei *privilegierten* Gesprächen pro Minute ein paar Sekunden einzuschalten. Entdeckten sie in diesen kurzen Abschnitten einen Hinweis auf ein in der Genehmigung genanntes Verbrechen, konnten sie weiter zuhören und aufnehmen. Sobald aber etwas mitgehört oder aufgezeichnet wurde, wofür *keine* ausdrückliche Autorisation vorlag, konnte das *gesamte* Überwachungsmaterial vom Gericht eingezogen werden.

»Seid also bitte sehr vorsichtig«, sagte Michael. »Wenn ihr Zweifel habt, dann schaltet die Geräte lieber ab.«

Zusammenfassend fügte er noch hinzu, daß der Bezirksstaatsanwalt von New York County die Abhörgenehmigung ausgestellt hatte und daß Michael als sein Bevollmächtigter dafür sorgen mußte, daß alles vorschriftsmäßig abgewickelt wurde. Das Gericht konnte regelmäßige Berichte über den Verlauf der Ermittlungen und die Durchführung der Überwachung anfordern …

»… und wenn ein solcher Bericht verlangt wird«, sagte Michael, »dann wendet euch an mich. Vielleicht werden wir irgendwann einen Durchsuchungsbefehl, eine *weitergehende* Abhörgenehmigung oder sonst ein juristisches Dokument oder juristischen Rat brauchen. Das ist dann meine Aufgabe, deshalb muß ich über alles Bescheid wissen. Bitte haltet mich auf dem laufenden. Achtet darauf, daß ich Kopien von sämtlichen Protokollen, Bändern und Überwachungsberichten erhalte. Ich will mir jedes einzelne Tonband anhören, sobald ihr es kopiert habt. Wenn etwas Unvorhergesehenes passiert, ruft mich sofort an.

Hier sind meine Telefonnummern, vom Büro und zu Hause. Deponiert sie an einer auffälligen Stelle im Überwachungsraum. Das war's«, sagte er. »Viel Glück.«

Sie hängten den Zettel mit den Telefonnummern an die Wand über dem Telefon des Apartments in der Grand Street, einen Block vom Schneiderladen entfernt. Regan und Lowndes hatten die Nummer der Hotline gewählt und damit die Wanze aktiviert. Jetzt war die Leitung offen, und sie konnten jedes Wort, das in dem hinteren Raum der Schneiderei gesprochen wurde, mithören, als säßen sie dort neben den anderen Kumpeln. Während sie über ihre Kopfhörer die Lautstärke regulierten, kamen sie bald zu dem Ergebnis, daß sie es hauptsächlich mit einem jungen Mann namens Benny zu tun hatten, den sie kurz darauf als Sohn des Ladenbesitzers identifizierten. Er bediente die Bügelmaschine – jedenfalls momentan noch, denn einem der ersten Gespräche zwischen ihm und seinem Vater an diesem ersten Montag der Überwachung entnahmen sie, daß er vielleicht nicht mehr sehr lange hier arbeiten würde.

»Aber ich dachte, du arbeitest *gern* mit mir«, sagte der alte Mann.

Das war Louis Vaccaro, Eigentümer des Ladens. Regan und Lowndes wußten, wie er aussah und wie seine Stimme klang, denn sie hatten sein Geschäft mindestens ein dutzendmal besucht.

»Ich arbeite ja auch gern mit dir, Pop ...«

Benny Vaccaro, der die Bügelmaschine bediente. Im Hintergrund hörte man das Zischen des Dampfs.

»Es ist nur, daß ich einfach nicht gern *bügle*. Andrew hat mir gesagt, er könnte vielleicht in den Docks was für mich auftun. Das war, nachdem ...«

»Da mußt du aufpassen, in den Docks.«

»Klar, weiß ich. Aber den Fischmarkt hab ich abgelehnt, ich hasse schon den *Geruch* von Fisch. Andrew hat gesagt, ich kann sofort anfangen, sobald ich es mit dir besprochen habe. Ich würde auch mehr Geld verdienen, und er hat gesagt, ich könnte vielleicht auch hin und wieder was für ihn erledigen, weißt du, kleine Spezialaufträge, die sogar noch mehr Geld bringen. Ich möchte das wirklich machen, Pop.«

»Ich dachte, dir gefällt's hier«, meinte der alte Mann.

»Aber es gefällt mir ja auch, Pop, wirklich. Aber weißt du, die ganze Zeit nur hinter dieser Maschine stehen …«

»Als ich angefangen habe, mußte ich alles selbst machen«, sagte Louis. »Das ganze Bügeln und die Schneiderei, alles.«

»Na ja, das war früher, Pop.«

»Früher, ja.«

»Andrew meint, er kann mir helfen, daß ich es mal besser habe. Pop, ich bin jetzt dreiunddreißig, ich kann doch nicht den Rest meines Lebens hinter einer Bügelmaschine verbringen.«

Der alte Mann seufzte.

»Okay, Pop?«

»Bleib wenigstens, bis ich einen Ersatz für dich finde.«

»Aber wie lange wird das dauern, Pop? Andrew hat gesagt, ich kann nächsten Montag anfangen. Das ist der Achte. Findest du bis dahin jemanden?«

»Ich frage Guido.«

Guido war ein Freund des Alten. Am ersten Dienstag der Überwachung kam er in den Laden, und die beiden plauderten beim Mittagessen. Regan und Lowndes vermuteten jedenfalls, daß sie aßen, denn sie sprachen hauptsächlich über irgendwelche Gerichte und über Wein, und viele Worte gingen im Kauen und Schlucken beinahe unter. Der Kernpunkt des Gesprächs war, daß Benny einen besseren Job angeboten bekommen hatte und daß Louis jemanden brauchte, der die Bügelmaschine bediente. Guido fand das sehr schade …

»*Che peccato, che peccato …*«

… aber er wollte sich umsehen, ob er einen Ersatz finden konnte.

»*È necessario che tenga la bocca chiusa*«, sagte Louis.

»*Sì, naturalmente*«, antwortete Guido.

Da weder Guido noch Louis in der Genehmigung erwähnt

waren und da sich das Gespräch nicht auf eine kriminelle Handlung zu beziehen schien, schalteten Regan und Lowndes ihre Geräte ab. Sie hatten beide die italienischen Sätze nicht verstanden. Am Mittwoch morgen übersetzte sie in Michaels Büro eine Sekretärin, die Italienisch konnte. Louis hatte gesagt: »Er muß den Mund halten können«, worauf Guido antwortete: »Ja, natürlich.«

Michael vermutete, daß der neue Bügler über das Kommen und Gehen im hinteren Raum des Ladens Stillschweigen bewahren sollte, eine absolut verständliche Vorsichtsmaßnahme. Und auf einmal bekam auch diese Unterredung einen kriminellen Unterton.

Das Kommen und Gehen begann am Mittwoch morgen um zehn Uhr, als Andrew Faviola persönlich erschien. Netterweise identifizierte ihn Benny sofort für die Lauscher.

»Hallo, Andrew, wie geht's?«

»Gut, Benny. Gut.«

Regan und Lowndes hatten ihre Kopfhörer auf und horchten gespannt. Benny war also noch an der Bügelmaschine; anscheinend hatte Louis bisher keinen geeigneten Ersatz gefunden. Darüber beklagte sich Benny auch sofort.

»Ich hab meinem Vater gesagt, daß ich ab nächsten Montag für dich arbeiten will«, sagte er, »aber er schafft's nicht, 'nen neuen Bügler aufzutreiben.«

»Ich hab gerade mit ihm gesprochen«, erwiderte Andrew. »Er meint, es klappt.«

»Ich will nämlich unbedingt bald anfangen, weißt du.«

»Es wird schon klappen, Benny. Wir geben uns alle Mühe.«

»Hoffentlich.«

»Vertrau mir.«

»Versteck schnell das Silberbesteck«, meinte Regan höhnisch.

»*Vertrau* ihm«, sagte Lowndes voller Verachtung.

»Ich erwarte ein paar Leute«, sagte Andrew.

»Ja, okay, ich schick sie rauf.«

»Er schickt sie *rauf*?« fragte Regan verdutzt.

»*Wohin*, rauf?« wiederholte Lowndes.

Sie hörten Schritte, die das Zimmer durchquerten. Dann das Zischen der Bügelmaschine, zusammen mit einem kratzenden Geräusch, dann ein Klicken, etwas, das klang wie das Öffnen und Schließen einer Tür, dann nur noch das Zischen.

Als erster traf Rudy Faviola ein.

»He, Rudy, wie geht's?«

»Gut, Benny. Ist mein Neffe schon hier?«

»Ja, er hat gesagt, Sie sollen raufkommen.«

Regan sah Lowndes an. Lowndes erwiderte ratlos seinen Blick.

Wieder hörten sie Schritte. Stille. Dann eine andere Stimme, die klang wie aus einem Lautsprecher. Andrew?

»Ja?«

»Hier ist Onkel Rudy.«

»Komm rauf.«

Ein Türöffner summte. Dann hörten sie das Geräusch der Tür, die sich öffnete und mit einem dumpfen Schlag wieder ins Schloß fiel. Stille. In seinem Bericht hatte Coulter eine Tür mit einem Bolzenschloß und einer Sprechanlage erwähnt. Sie fürchteten das Schlimmste.

Die nächste Person kam um zehn nach zehn. Benny identifizierte ihn als »Mr. Bardo«.

»Guten Morgen, Mr. Bardo.«

»Guten Morgen, Benny.«

»Petey Bardo«, stellte Regan fest.

»Der Consigliere«, fügte Lowndes hinzu.

Nein, der verfluchte *Papst*, dachte Regan. Blödmann.

»Sie sind schon oben«, sagte Benny.

Die beiden Polizisten lauschten angestrengt. Schritte. Stille. Dann:

»Ja?«

Wieder die Stimme aus dem Lautsprecher. Klang sehr nach Andrew Faviola.

»Hier ist Petey.«

»Okay.«

Wieder das Summen. Die Tür, die auf- und zuging. Wieder Stille. Sie gingen nach *oben*! Von unten würden Regan und Lowndes *nichts* erfahren, *gar* nichts.

Dann kam Sal der Barbier.

»Sal«, meldete er sich an der Sprechanlage, und augenblicklich öffnete sich summend die Tür.

Der fünfte Ankömmling wurde für die Akten als Bobby identifiziert.

»Hallo, Bobby, wie geht's?« begrüßte ihn Benny.

»Sind die andern schon da?«

»Sie sind oben.«

Schritte. Die Lautsprecherstimme.

»Ja?«

»Triani.«

Vielen Dank, dachte Lowndes.

»Komm rauf.«

Die Tür öffnete und schloß sich. Erneut wurde es still. An der Bügelmaschine begann Benny Vaccaro zu singen: *I Left My Heart in San Francisco.*

Die nächsten beiden Männer trafen gleichzeitig ein. Bevor Benny sie begrüßen konnte, sagte einer von ihnen: »Hallo, Benny.«

»Hallo«, antwortete Benny. Er klang überrascht, als hätte er sie nicht hereinkommen hören. Regan und Lowndes lauschten auf die schweren Schritte, die durchs Zimmer stampften. Dann wieder die bekannte Stimme am Lautsprecher: »Ja?«, die Antwort: »Carmine und Ralph« und: »Kommt hoch«. Der Summer erklang, die Tür ging auf und wieder zu – willkommen zur Party. Ralph Carbonaio und Carmine Orafo waren angekommen, alle waren oben, und unten würde niemand auch nur einen Ton von sich geben, außer Benny, der wieder an der Bügelmaschine stand und trällerte.

Regan nahm den Kopfhörer ab.

Im Konferenzzimmer plante man den Mord an Alonso Moreno.

»Die Lektion ist nicht für *ihn*«, erklärte Andrew. »Die Lektion ist für seine Leute.«

»Ich fürchte, damit bringen wir womöglich etwas in Gang, was wir später nicht mehr aufhalten können«, meinte Carbonaio. Wegen seiner roten Haare nannte man ihn Ralphie oder »Der Rote«. Außerdem hatte er das ganze Gesicht voller Sommersprossen, und früher hatte man ihm den Spitznamen »Ralphie der Ire« gegeben – bis er ein paar Schädel einschlug. Seit damals hatte er ein paar Pfund zugenommen. Heute trug er eine graue Flanellhose und ein blaues Sportsakko aus Kaschmir. Morgen früh wurde er in Seattle zurückerwartet. Die Sache mit Moreno war ihm äußerst lästig. Seine Devise war, daß man sich Komplikationen soweit wie möglich ersparen sollte. Die meiste Zeit über hielt sich Ralphie für einen absolut ehrbaren Geschäftsmann, trotz aller gegenteiligen Beweise.

»Wenn wir es aber *nicht* anfangen, gibt es auch keinen chinesischen Deal«, gab Rudy zu bedenken. »Die Chinesen sagen uns, wir sollen endlich zu Potte kommen. Und wir lassen uns von diesem Bohnenfresser auf der Nase rumtanzen und uns womöglich ein Milliardengeschäft durch die Lappen gehen?«

»Rudy hat recht«, sagte Sal der Barbier mit seiner tiefen, brummigen Stimme. »Scheiß drauf. Wir machen unsre eigene Sache, scheiß drauf.«

»Aber es wäre leichter, ihn zu bezahlen«, meinte Triani. »Wieviel verlangt er denn?«

Bobby Triani war mit Rudys Tochter Ida verheiratet, und als Angehöriger des engsten Familienkreises stand er in der Hierarchie an vierter Stelle. Er war zweiundvierzig, ein stämmiger, braunäugiger, dunkelhaariger Kettenraucher, der es aus tiefstem Herzen verabscheute, daß er in Andrews Apartment oder seinem Büro, oder wie man es nun nennen mochte, nicht rauchen durfte. Mit einer Zigarette im Mund konnte er viel besser denken – obwohl er wußte, daß sein Schwiegervater bald an Lungenkrebs sterben sollte. Wenn Bobby mit einer seiner kleinen Freundinnen zusammen war, rauchte er sich die Seele aus dem Leib. Sein Schwiegervater wußte nichts von den kleinen Freundinnen. Bobby hoffte auch, daß er es nicht doch noch herausfand, ehe er den Löffel abgab.

»Wir waren darauf vorbereitet, ihm fünfundvierzig Prozent hier in Amerika zu geben«, erklärte Andrew. »Er wollte fünfzig.«

»Und wenn schon.« Bobby zuckte die Achseln.

Er war ungezwungener gekleidet als die anderen und immer noch braungebrannt von seinem Aufenthalt in Miami; er trug eine Hose von Ralph Lauren und einen purpurroten Pullover von Tommy Hilfinger.

»Du hast der Abmachung übrigens zugestimmt«, sagte Petey.

»*Scheiß* drauf, ob er zugestimmt hat«, knurrte Rudy.

»Richtig«, pflichtete Sal ihm bei. »Scheiß drauf.«

»Trotzdem«, gab Ralph vorsichtig zu bedenken. »Unser Wort *sollte* doch etwas wert sein, oder?«

»Nicht in diesem Fall«, meinte Orafo.

Wie Carbonaio, mit dem er innerhalb der Organisation am engsten zusammenarbeitete, trug er ein Sportsakko mit passender Hose, aber keinen Pulli, sondern eine dunkle Krawatte und ein weißes Hemd. Er war Anfang sechzig und schon sehr lang mit Rudy befreundet, und auch mit Anthony, der jetzt im Gefängnis saß. Carmine glaubte noch an Ehre. Eigentlich hätten *alle* daran glauben sollen. Wenn man jemandem sein Wort gab, mußte man dazu stehen. Aber der Mann, den Andrew jetzt töten lassen wollte, kannte keine Ehre. Orafo war der Ansicht, daß bei Moreno die Regeln nicht galten, auch wenn Andrew ihm die Hand geschüttelt hatte.

»Da könnten wir uns doch gleich auf einem dunklen Hinterhof ausrauben lassen«, sagte er. »Fünfzig Prozent vom Profit! Dieser Bohnenfresser spinnt doch. Andrew hat recht. Wir lassen ihn ins Gras beißen als Lektion für seinen Nachfolger, wer immer das sein mag. Danach machen wir ihnen dann noch mal dasselbe Angebot, und dann nehmen sie's garantiert postwendend an.«

»Trotzdem«, sagte Carbonaio achselzuckend.

»Ich möchte, daß Moreno in seiner Wohnung stirbt«, sagte Andrew.

Alle sahen ihn erstaunt an.

»Damit seine Leute wissen, daß sie vor uns nicht sicher sind, egal, *wo* sie sich verstecken. Wenn wir einen von ihnen abservieren wollen, brauchen wir nur zuzugreifen. Entweder lassen sie sich auf unser Angebot ein, oder wir bringen einen nach dem anderen um die Ecke. Ich möchte, daß sie das kapieren.«

»Meinst du, in *Kolumbien*?« krächzte Bobby. Wenn er zu lange nicht rauchte, wurde sein Hals trocken. Er hätte *Andrew* gern umgebracht, weil er ihn hier nicht rauchen ließ. Der bescheuerte *Bohnenfresser* war ihm scheißegal.

»Kolumbien, ja«, antwortete Andrew. »Da wohnt er, und da soll die Sache über die Bühne gehen.«

»Ich glaube, er ist noch in New York«, sagte Petey.

»Wir könnten es leichter hier machen, Lino«, meinte Rudy.

»Ich weiß, Onkel Rudy, aber wenn wir ihn dort unten erwischen, ist das wesentlich eindrucksvoller.«

»Haben wir dort überhaupt Leute?« wollte Carmine von Ralphie wissen.

»Wir haben überall Leute«, versicherte ihm Ralphie. »Aber ich sag dir eins, Andrew, die Sache könnte ein Schuß in den Ofen sein. Wir haben 'ne Menge legaler Geschäfte in Miami, und das ist nur ein Katzensprung von Morenos Gebiet. Es wäre ein Kinderspiel für seine Leute rauszufinden, *was* wir da laufen haben und *wo*. Da könnten wir uns ziemlichen Ärger einhandeln.«

»Was denn für Ärger?« fragte Carmine. »Was meinst du damit, Ralph?«

»Mord, Bombenanschläge, was du willst. Morenos Leute haben sogar *Richter* auf dem Gewissen, meinst du, da machen sie für *uns* eine Ausnahme?«

»Aber die Richter waren nicht in Morenos Haus, um ihn in seinem eigenen Bett zu ermorden«, warf Andrew ein.

Eine Weile schwiegen alle, und jeder – außer Rudy – überlegte im stillen, wer Andrew erklären würde, daß man so etwas nicht machen konnte. Rudy wollte die Position seines Neffen nicht untergraben. Ihm war es lieber, wenn die Kritik von anderer Seite kam. Und er war sich auch gar nicht hundertprozentig sicher, ob Andrews Idee *wirklich* so abwegig war.

»Äh … wie kommen wir denn in sein Haus *rein*, Andrew?«

Petey Bardo. Natürlich im braunen Anzug. Braune Krawatte, braune Schuhe. Mr. Brown.

»Indem wir jemandem eine Million cash dafür anbieten«, antwortete Andrew.

Vernünftiger Vorschlag, dachte Rudy und grinste.

Um sechs Uhr abends an diesem Mittwoch, während Johnny Regan und Alex Lowndes Michael berichteten, daß ein wichtiges Treffen im Schneiderladen stattgefunden hatte, von dem sie aber so gut wie nichts mitbekommen hatten, öffnete der Summer die Tür an der Mott Street für Sarah Welles, die sofort die Treppen hinaufrannte, wo Andrew schon auf sie wartete.

Sie verstand nicht, weshalb sie nur an ihn zu denken brauchte, und schon tauchten in ihr erotische Phantasien auf, die sie früher selten oder nie gehabt hatte. Sie wußte, daß es nicht Liebe war, was sie für ihn empfand – wie hätte es Liebe sein können, wo sie ihn doch kaum kannte? –, sondern das, was die Bibel als *Wollust* bezeichnete und was bei ihren Schülerinnen schlicht und einfach *auf jemanden scharf sein* hieß. Sie kannte diesen Mann nicht, und doch spürte sie vierundzwanzig Stunden am Tag ein überwältigendes Verlangen nach ihm. Auch jetzt, auf dem Weg zu der inzwischen vertrauten Tür, sehnte sie sich nach ihm. Sie sah, wie die Tür aufging, sah ihn dort oben stehen, nicht im Morgenmantel, sondern in Jeans und Pullover, und sie stürzte sich sofort in seine Arme, hob ihr Gesicht zu seinem empor, trank von seinen Lippen und versank in seiner Umarmung.

»Um halb eins war die Versammlung beendet«, berichtete Regan.

»Ich bin runtergegangen und hab Sandwiches geholt«, sagte Lowndes.

Blödmann, dachte Regan.

»Alle haben sich von Benny, dem Bügler, verabschiedet«, fuhr er fort. »Unsere Jungs, die den Laden beobachtet haben, sagen, es kam einer nach dem andern raus. Sie haben sich in alle Himmelsrichtungen verstreut. Abgesehen von unserer Hauptperson. Der war den ganzen Tag über im Haus. Als wir um fünf unsere Zelte abgebrochen haben, immer noch.«

»Da macht nämlich der Laden dicht«, sagte Lowndes. »Um fünf. Unsre Genehmigung ist für neun bis fünf. Da macht der Laden auf. Um neun.«

»Aber ein Team beobachtet weiter die Eingangstür«, meinte Regan. »Die bringen Faviola heim und ins Bettchen.«

»Was soll das heißen, ihr habt so gut wie nichts mitgekriegt?« wollte Michael wissen.

»Im Hinterzimmer finden keine wichtigen Unterhaltungen statt, Mike«, erklärte Regan. »Klar, Sachen wie hallo und tschüs, schönes Wetter heute und all so was. Aber sie treffen sich oben, wo immer *das* auch sein mag.«

»Freddie hat eine Tür erwähnt«, sagte Michael. »Mit einem großen Bolzenschloß und einem Lautsprecher am Türrahmen.«

»Ja«, sagte Regan. »Faviola drückt den Türöffner, und dann gehen alle rauf.«

»Wahrscheinlich ist da oben 'ne Art Versammlungsraum«, meinte Lowndes. »An der Vorderfront des Hauses sind überall Fenster, dahinter könnten gut ein paar Zimmer sein.«

»Freddie wird noch mal reingehen müssen«, sagte Michael.

»Wann?«

»Sobald wie möglich«, antwortete Michael und drückte eine Telefontaste. »Wir brauchen einen neuen Gerichtsbeschluß.«

Im Sommer war die Wohnung zu heiß, im Winter war sie zu kalt; man fühlte sich nie richtig wohl. Luretta haßte sie. Wenn im Sommer die Fenster offenstanden, hörte man die Geräusche von draußen; das klang, als wäre man irgendwo in der Dritten Welt, nicht in Amerika. Im Winter machte man alles dicht, um die Kälte auszusperren, und dafür kamen dann lauter exotische Küchendüfte unter den Türen durch und auch *andere* fremdartige Gerüche – man hätte denken können, daß sich manche Leute nie wuschen. Jetzt war es schon eiskalt. Jeden Abend wurde pünktlich um elf die Heizung abgedreht, und jetzt war es bereits Viertel nach elf.

Vor drei Tagen war Dusty bei ihnen eingezogen.

Er hatte Lurettas Mutter gesagt, er wolle in ihrer Nähe sein, während sein Baby in ihr wuchs. »Ich will ganz nah bei dir sein, Haze, solang mein Baby in dir groß wird.« Beschissener verlogener Junkie, er wollte bloß in der Nähe der Sozialhilfe sein, die Lurettas Mutter für sich und die beiden Kinder bekam. Luretta und ihr jüngerer Bruder hatten zwei verschiedene Väter, die sie jedoch nie kennengelernt hatten. Hamilton Barnes war zwölf, bisher das Baby der Familie. Barnes war der Mädchenname ihrer Mutter; sie hatte ihren Kindern lieber ihren eigenen Namen als den ihrer Freunde gegeben, danke. Jetzt war Hazel Barnes wieder schwanger, und ihr neuer rauschgiftsüchtiger Freund war eingezogen, hurra. Anscheinend hatte sie am liebsten was mit Junkies. Luretta konnte sich nicht vorstellen, warum. *Brauchte* ihre Mutter Menschen, die sie brauchten? Brauchte sie Männer, die sich nicht um sich selbst kümmern konnten?

»Wo starrst'n hin, verdammt?« fragte Dusty.

Luretta war auf dem Weg ins Badezimmer, und in ihrem Baumwollbademantel über dem kurzen Nachthemd durchquerte sie die Küche in Richtung Flur. Sie teilte sich ein Zimmer mit Ham, wo sie auch ihre Schularbeiten machte, und sie vermied soweit wie möglich alle Teile der Wohnung, in denen sich Mr. Dusty Rogers aufhielt.

»Biste taub?« fragte er.

Wenn er gerade keinen Dope hatte, trank er Alkohol. Manchmal auch beides zusammen. Er erhitzte das Heroin, spritzte es sich in den Arm, döste dann drei, vier Stunden – wobei er manchmal aussah wie tot, das Kinn auf die Brust gesunken, die Augen geschlossen, vollkommen reglos. Luretta haßte ihn aus tiefstem Herzen, aber ihre Mutter hatte ihn trotz ihres Protests aufgenommen.

Wortlos ging sie an ihm vorbei.

Er nickte, als hätte sie mit ihrem Verhalten nur das bestätigt, was er ohnehin von ihr dachte. Dann goß er sich noch ein Glas Thunderbird ein.

Die Küche teilte die Wohnung in zwei unterschiedlich große Bereiche. Das Schlafzimmer, das Luretta mit Ham teilte, war auf der einen Seite, vom Flur aus gesehen links. Rechts lagen ein kleines Wohnzimmer, das Badezimmer und Hazels Schlafzimmer. Als Luretta jetzt zum Bad ging, hörte sie, daß der Fernseher im Zimmer ihrer Mutter auf voller Lautstärke lief. Das Wohnzimmer benutzten sie fast nie, weil das einzige Fenster in den Luftschacht ging, mit einer düsteren Backsteinmauer auf der anderen Seite. Wenn Luretta oder Ham fernsehen wollten, mußten sie ihre Mutter fragen, ob sie hereinkommen durften. Meistens war Dusty bei ihr, lag auf dem Bett, reglos, nur mit der Unterhose bekleidet. Aber Luretta las sowieso lieber ein Buch.

Wenn man das Badezimmerlicht anknipste, begann um die Seifenschale herum immer ein reges Treiben, denn die Schaben rannten wie verrückt in Deckung. Manchmal fragte sich Luretta, warum Schaben so gern Seife fraßen. Aber sie machten ihr nicht soviel aus wie die Ratten. Wenn sie auf der Toilette saß, hatte sie immer Angst, eine Ratte könnte aus dem Abfluß kommen und sie beißen. Bevor sie sich hinsetzte, kontrollierte sie deshalb das Wasser und vergewisserte sich, daß nichts darin herumschwamm. Jetzt pinkelte sie, zog die Wasserspülung und wusch sich dann Gesicht und Hände, um sich bettfertig zu machen.

Nur jeden zweiten Abend badete sie in der Wanne. In einem Apartmentgebäude dieser Größe war das heiße Wasser rasch verbraucht, und die Stadt kümmerte sich nicht darum, *wie* viele Leute sich beschwerten, solange der Vermieter ordentlich seine Steuern zahlte. Ja, Miss, wir werden uns darum kümmern.

Selbstverständlich. Genauso, wie sie sich um die Müllabfuhr kümmerten oder um die Schneeräumung oder um die Kabel, die auf der Diele von der Decke hingen – man konnte sich einen Schlag holen, wenn man da vorbeispazierte. Luretta putzte sich die Zähne, spülte den Mund aus, spuckte ins Waschbecken, stellte die Zahnbürste in ihren gelben Becher, der neben dem roten ihrer Mutter und Hams blauem stand, trocknete sich die Hände ab und öffnete die Badezimmertür.

Dusty stand direkt vor ihr im Flur.

»Was machst du denn so lang da drin?« fragte er.

»Tut mir leid«, sagte Luretta. »Ich hab nicht gewußt, daß du wartest.«

Sie wollte in dem engen Flur an ihm vorbeigehen. Noch immer plärrte der Fernseher aus dem Zimmer ihrer Mutter. Irgendwo von draußen hörte sie Stimmen, die sich in einer nahöstlichen Sprache stritten; sie wußte nicht genau, in welcher, aber es waren harte Worte und eine seltsame Satzmelodie.

»Wohin so eilig?« fragte Dusty und grinste sie an.

»Geh mir aus dem Weg«, erwiderte sie ruhig.

Aber in Wirklichkeit fürchtete sie sich fast zu Tode.

»Aber selbstverständlich«, sagte er und trat, immer noch grinsend, einen Schritt zur Seite. Gerade als sie neben ihm war, packte er ihren Hintern und drückte kräftig zu. Sie entwand sich seinem Griff, hastete durch die Küche wie eine Schabe auf der Flucht vor dem grellen Licht, rannte in ihr Zimmer und schlug die Tür hinter sich zu.

Ham war noch nicht zu Hause.

Zwölf Jahre alt.

Es ist zehn Uhr abends. Wissen Sie, wo Ihre Kinder sind?

Aber es war schon halb zwölf.

Luretta räumte die Bücher von ihrem Bett, schlug die Decke zurück, stieg hinein und knipste die Nachttischlampe an. Es war eiskalt im Zimmer. Sie zog die Decke bis unter die Nase und versuchte einzuschlafen, aber sie wußte, daß ihre Tür keinen Riegel hatte, sie hatte Angst, daß Dusty kommen würde, hatte Angst, daß die Ratten über ihr Bett huschen und sie beißen würden, daß Ham eines Nachts nicht mehr heimkommen würde, daß sie ihn am nächsten Morgen tot auf der Straße finden würden.

Kurz nach Mitternacht hörte sie seinen Schlüssel im Schloß.

Er schlich auf Zehenspitzen durch die dunkle Küche, kam ins Schlafzimmer, zog sich im Dunkeln aus und stieg in sein Bett an der gegenüberliegenden Wand. Sie ließ sich nicht anmerken, daß sie noch nicht schlief. Sie fragte ihn auch nicht, wo er so lange gewesen war. In sieben Stunden mußte sie aufstehen und sich für die Schule fertig machen. Sie hoffte, daß Dusty bis dahin an einer Überdosis gestorben war.

Es dauerte genau elf Tage, bis sie jemanden zu Alonso Moreno schicken konnten.

Die beiden Männer, die den Job übernommen hatten, waren eigens aus Sizilien eingeflogen worden. Sie sprachen nur gebrochenes Englisch, aber das war nicht weiter wichtig, denn sie planten, sich als Abgesandte Roms auszugeben. Für die beiden Profikiller Luigi Di Bello und Giuseppe Fratangelo bedeutete Moreno nichts und Kolumbien noch weniger. Im übrigen war auch Andrew Faviola nicht besonders wichtig für sie, auch wenn der Plan, für dessen Ausführung man sie angeheuert hatte, von ihm stammte. Das einzige, was ihnen etwas bedeutete, war die Million Dollar, die sie nach Erledigung des Auftrags einstreichen würden. Faviola hatte ihnen zehn Prozent im voraus bezahlt. Jetzt mußten sie sich noch die restlichen neunhunderttausend verdienen.

Es war allgemein bekannt, daß Moreno die katholische Kirche seines Heimatlandes seit Jahren hofierte. Zwei ehrwürdige Priester mit Namen Julio Ortiz und Manuel García waren seine ständigen Reisebegleiter. Die beiden Kleriker bildeten zusammen mit Moreno den Vorstand der Wohltätigkeitsorganisation, die er zur Abschaffung der Slums von Bogotá, Medellín und Cali gegründet hatte. Bei Kundgebungen und Benefizveranstaltungen traten die beiden Männer mit Moreno auf und priesen die Wunderdinge, die dieser für Kolumbien tat, wobei sie jedoch zu erwähnen vergaßen, daß er sich die Millionen, die er an die Armen und Kranken verteilte – *und* an die Kirche –, durch reichliche Kokainlieferungen in die Vereinigten Staaten verdient hatte. Im Magazin *Time* hatte Andrew gelesen, daß Moreno kürzlich beim Papst um eine Privataudienz ersucht hatte. Mehr brauchte er nicht zu wissen.

Ein Fälscher aus Rom lieferte das päpstliche Briefpapier, für das er einen aus dem Vatikan-Briefkasten gestohlenen Brief als Vorlage benutzte.

Er war in englischer Sprache auf einem Macintosh-IIsi-Computer geschrieben, von einem italienischsprachigen Verbindungsmann in Milano. Er besaß die Authentizität eines Briefes, dessen Verfasser nicht in seiner Muttersprache schreibt:

Sr. Alonso Moreno
Rancho Palomar
Puerto Ospina
Putumayo, Kolumbien

Lieber Sr. Moreno,
Seine Heiligkeit hat Ihr Audienzgesuch zur Kenntnis genommen, und er möchte mit Ihnen die Verfügbarkeit einiger Termine im Sommer klären.

Hiermit informieren wir Sie, daß Mitte Februar zwei Patres des Franziskanerordens auf dem Weg nach Bogotá in Puerto Ospina vorsprechen werden, um die Angelegenheit mit Ihnen zu beraten. Es sind die Brüder Luigi Di Bello und Giuseppe Fratangelo. Seine Heiligkeit wünscht, daß Sie diese Patres gastfreundlich aufnehmen.

Ihr Bruder in Christo
Renato Barini
im Auftrag seiner Heiligkeit
Papst Johannes Paul II

Es dauerte zwei Tage, bis das Briefpapier kopiert und gedruckt war, und weitere zwei Tage, bis der Brief getippt und von Rom abgeschickt war. Am zwölften Februar holten zwei von Morenos Männern den Brief beim örtlichen Postamt ab und nahmen ihn am selben Tag in einem von Morenos privaten Toyota Land Cruisers – die von den kolumbianischen Soldaten *narcotoyotas* genannt wurden – mit zur Ranch in Puerto Ospina. Schon am nächsten Tag erschienen die Heiligen Partes Di Bello und Fratangelo in einem staubigen Jeep an den Toren von Morenos Fort am Flußufer nahe der ecuadorianischen Grenze.

Beide trugen die lange braune Kapuzenkutte des Franziskanerordens. Beiden hing an einer schwarzen Seidenkordel ein schwarzes Holzkreuz um den Hals, ihre nackten Füße steckten in Sandalen. Unter den Kutten war eine Neun-Millimeter-Uzi versteckt, made in Israel, mit einem Schalldämpfer. In gebrochenem, halb sizilianischem Englisch präsentierten sie den beiden spanischsprachigen Wächtern einen englischen Vorstellungsbrief.

Einer der Wächter meldete in Maschinengewehr-Spanisch etwas durch sein Walkie-talkie. Die beiden Franziskanermönche warteten derweil ernst, gottergeben und geduldig. Hier am Flußufer gab es viele Insekten. Pater Di Bello schlug nach einem Moskito und murmelte einen italienischen Fluch, den die Wächter nicht verstanden. Schließlich kam ein Mann in einem Mercedes vom Hauptgebäude herangefahren. Mühsam entzifferte er das englisch abgefaßte Empfehlungsschreiben, doch dann hellte sich sein Gesicht auf, er verneigte sich tief vor den Franziskanern und sagte, in ähnlich stockendem Englisch: »Bitte zu kommen. *Por favor*. Bitte, meine Herren.«

Das Anwesen war luxuriös. Überall entlang der Straße, auf der sich der Mercedes höher und höher vom Fluß emporschlängelte, blühten tropische Pflanzen. Brunnen plätscherten. In den Gärten standen Skulpturen nackter Frauen, und die Patres wandten fromm die Augen ab.

Moreno begrüßte sie überschwenglich und erklärte in makellosem Englisch, er sei leider des Italienischen nicht mächtig und hoffe deshalb, daß seine Gäste sein ärmliches Englisch verstanden. Di Bello und Fratangelo nickten, lächelten und erwiderten in ihrem hoffnungslos bruchstückhaften Englisch, sie hätten in Bogotá noch andere wichtige Kirchenangelegenheiten zu erledigen und könnten deshalb nur eine Nacht bleiben: »Bloß für *la notte*, eh?« – Moreno konnte sich gar nicht daran erinnern, sie eingeladen zu haben. Wegen der knappen Zeit schlugen sie vor, am besten gleich die Termine für Mr. Morenos Audienz zu besprechen, die Seine Heiligkeit – so beteuerten die Patres – mit Spannung erwarte. Wörtlich sagte Di Bello: »Er sich freuen sehr darauf, eh?« Moreno war kurz davor, sich vor Begeisterung in die Hose zu pinkeln.

Er schenkte den beiden päpstlichen Abgesandten kalifornischen Wein ein und bot ihnen vor dem Essen eine Führung durch die Villa an. Freudig nahmen die Franziskaner die Einladung an, denn da ihr Auftrag lautete, Moreno in seinem Bett zu ermorden, mußten sie schließlich wissen, wo er schlief. Moreno zeigte ihnen das Billardzimmer und erkundigte sich, ob sie spielen konnten, er zeigte ihnen das Musikzimmer mit dem Konzertflügel (und erkundigte sich, ob sie spielen konnten) sowie die Wurlitzer-Musikbox, auf der man die Wahl zwischen zweihundert verschiedenen Titeln hatte. Er führte sie durch den riesigen, holzvertäfelten Speiseraum, an dessen Tisch mindestens fünfzig Gäste Platz fanden, durch die Bar und das Wohnzimmer. Die Einrichtung erschien Fratangelo ziemlich kostbar; ein paar unhöfliche Gäste hatten sie allerdings einmal – außerhalb von Morenos Hörweite – als »billigen Miami-Scheiß« bezeichnet. Zuletzt zeigte Moreno ihnen die Schlafzimmer, wo sie die Nacht verbringen sollten, und sein eigenes, das im zweiten Stock lag, einen Spiegel über dem Bett hatte und einen rosenbewachsenen Balkon mit Blick auf den Fluß hinab.

Bei einem exzellenten, im Freien servierten Dinner – die Terrasse war mit japanischen Lampions geschmückt – unterhielt man sich dann über die Audienztermine. Im Juli und August gab es mehrere Möglichkeiten, und Moreno meinte zuvorkommend, er werde sich liebend gern nach den Wünschen Seiner Heiligkeit richten. Di Nobili schlug Anfang Juli vor ...

»Nicht so heiß wie August, eh?« meinte er.

... und Moreno erwiderte, Anfang Juli sei wunderbar. Er schenkte den Priestern Wein nach, und sie tranken auf die bevorstehende Audienz. Dabei erwähnte Moreno ganz beiläufig, daß er in seinem Heimatland die katholische Kirche nach Kräften unterstütze und *sehr* gern auch der Kirche in Rom ein Geschenk machen wollte. Fratangelo wehrte das Angebot scheinbar peinlich berührt ab und warf Di Bello einen ratlosen Blick zu. Moreno befürchtete, er sei in ein Fettnäpfchen getreten. Deshalb fügte er rasch hinzu: »Wenn Seiner Heiligkeit dies nicht unziemlich erscheint«, was weder Di Bello noch Fratangelo mit ihrem beschränkten Wortschatz verstanden. Also nickten sie nur weise und sagten, sie müßten am nächsten Morgen früh aufstehen und sollten sich jetzt lieber ins Bett zurückziehen.

Eine Minute nach Mitternacht verließen sie Di Bellos Zimmer und gingen hinauf zu dem von einer Balustrade umgebenen Korridor vor Morenos Schlafzimmer. Vor der Tür stand ein bewaffneter Leibwächter, den Di Bello vom Ende des Korridors mit einem einzigen Schuß der schallgedämpften Uzi erledigte.

Im Schlafzimmer feuerte Fratangelo sechs ebenfalls schallgedämpfte Schüsse in Morenos Gesicht ab. Dann pflückte Di Bello als Andenken an einen berühmteren Mord, der vor langer Zeit in Chicago verübt worden war, eine rote Rose von der Hecke am Balkon und legte sie auf Morenos blutdurchtränktes Kopfkissen.

Das Apartment war mit Rosen übersät.

Vor drei Tagen war Valentinstag gewesen, aber hier standen Rosen im Wohnzimmer, Rosen in der Küche, im Eßzimmer und überall im Schlafzimmer – wohin Sarah auch sah. Rosen in Vasen auf dem Nachttisch neben dem Bett, Rosen auf dem Kaminsims, Rosen auf der Feuerstelle, Rosen in Vasen unter den Fenstern, die auf die Broome Street hinausgingen. An jedem Bukett hing eine kleine weiße Karte:

Sarah,<br>ich liebe Dich.<br>Andrew.

Allmählich glaubte sie ihm.

»Ich hab überlegt, dir am Sonntag ein Dutzend schicken zu lassen …«

»Ich bin froh, daß du's nicht getan hast.«

»Ich hoffe, das hier ist ein guter Ersatz.«

»Sie sind wundervoll«, sagte sie.

»Und das ist auch noch für dich«, sagte er.

Schon bevor sie das in Geschenkpapier von Bendel gewickelte Päckchen öffnete, wußte sie, daß Wäsche darin war.

»Probier es an«, sagte er.

Sie ging ins Badezimmer. Auf der Kommode standen Rosen. Sie zog sich aus und ließ das kurze weiße Nachthemd über den Kopf gleiten. Sie trug rote Pumps, und jetzt kam sie sich vor wie eine Teufelsbraut: Das Hemdchen bedeckte kaum ihren Hintern, dazu die hochhackigen roten Schuhe. Unter der Tür blieb sie stehen; eine Hand an den Türrahmen gestützt, posierte sie für ihn.

»Ach ja, hier ist noch etwas für dich«, sagte er und gab ihr eine kleine Schachtel.

Wider besseres Wissens hoffte sie – aber was sollte es sonst sein? Wie um alles in der Welt sollte sie erklären …?

»Mach's auf«, sagte er.

»Andrew …«

»Bitte«, sagte er.

Sie öffnete die Schleife.

In der Schachtel lag ein Ring, genau wie sie es befürchtet hatte. Ein schmaler schwarzer Ring mit einer ovalen schwarzen Krone, die ein Siegel trug.

»Er ist aus Bronze«, erklärte er. »Ich hab ihn in einem Antiquitätengeschäft auf der Madison Avenue gekauft.«

»Andrew, er ist … *wunderschön*! Aber …«

»Die Figur ist irgendwie halb Mensch, halb Ziege«, sagte er.

»Ein Satyr. Aber Andrew, wie kann …?«

»Er hält einen Vogel. Angeblich ist es ein römischer Ring.«

Er steckte ihn auf ihren rechten Mittelfinger. In dem kurzen weißen Hemd, mit den roten Schuhen und dem schwarzen Ring an der Hand – dem Ehering gegenüber –, fühlte Sarah sich nun endgültig wie eine Teufelsbraut. Wann sollte sie den Ring jemals tragen? Er mußte ein kleines Vermögen gekostet haben. Sie konnte ihn nicht einmal an einer Kette um den Hals hängen, denn Michael würde bestimmt wissen wollen, woher sie ihn hatte. Aber sie konnte ihn auch nicht ablehnen. Andrew nahm ihre rechte Hand, hob sie an seine Lippen und küßte sie.

»Ich liebe dich«, sagte er.

»Ich liebe dich auch.«

Neben ihm liegend, den schwarzen Ring an der rechten Hand, die linke auf seiner Brust und den Kopf auf seiner Schulter, versuchte sie wieder einmal zu begreifen, wie sie einen Mann lieben konnte, von dem sie überhaupt nichts wußte. Jugendliche konnten sich auf den ersten Blick in jemanden verlieben, was sicherlich daher kam, daß man über einen Teenager nicht viel wissen *konnte*. Aber mußte eine erwachsene Frau einen Mann nicht erst einmal *kennen*, bevor sie ihn liebte? Andererseits – welcher Mann hatte je ein ganzes Apartment mit Rosen für sie geschmückt? Der einzige Mann, der ihr außer Andrew einen Ring geschenkt hatte, war Michael. Den Verlobungsring und dann den Ehering, den sie jetzt an der linken Hand trug. Ein Mann, den sie nicht kannte, hatte sie mit Rosen überschüttet und einen antiken römischen Ring an ihre Hand gesteckt. Einen schwarzen Ring. Noch nie hatte sie einen schwarzen Ring besessen. Bisher hatte sie nicht einmal gewußt, daß Bronze sich schwarz verfärbte.

Ich liebe dich auch, hatte sie ihm gesagt.

Und jetzt versuchte sie herauszubekommen, wer der Mann war, den sie liebte.

»Leben deine Eltern noch?« fragte sie.

»Ja.«
»Wo wohnen sie?«
»Meine Mutter in Connecticut, mein Vater in Kansas.«
»Leben sie getrennt?«
»Könnte man sagen.«
»Was macht dein Vater?«
»Er war Bauunternehmer.«
»Was macht er jetzt?«
»Er ist im Ruhestand.«
»Wie alt sind deine Eltern?«
»Mein Vater ist zweiundfünfzig. Meine Mutter fünfzig.«
Gerade mal sechzehn Jahre älter als ich, dachte Sarah.
»Wo in Connecticut?«
»Stonington.«
»Hast du Geschwister?«
»Zwei Schwestern.«
»Älter oder jünger?«
»Älter.«
»Bestimmt haben sie dich entsetzlich verwöhnt.«
»Das haben sie.«
»Wo hast du studiert?«
»Ich war in Kent und dann auf der University of California in Los Angeles.«
»Welches Fach?«
»Wirtschaftswissenschaften.«
»Wann war dein Collegeabschluß?«
»Ich hab keinen. Man hat mich rausgeschmissen.«
»Wie?«
»Suspendiert nennt man das, glaube ich.«
»Warum?«
»Wegen Trunkenheit und ordnungswidrigem Verhalten.«
»Mach keine Witze.«
»Das ist kein Witz. Ich hab vier Kerle verprügelt, weil sie mir Spaghettisauce ins Bett geschüttet hatten.«
»Warum haben die das getan?«

»Vermutlich dachten sie, es wäre lustig. Jedenfalls hab ich damals schon allmählich das Interesse am Studieren verloren. Ich bin oft nach Vegas gefahren, hab gespielt, mich rumgetrieben, all so was. Das hat alles nicht zur Uni gepaßt.«

»Ich war noch nie in Vegas.«

»Ich nehm dich mal mit.«

»Warum haben sie sich getrennt? Deine Eltern, meine ich.«

»Oh, ich weiß nicht. Die üblichen Gründe.«

»Wollte dein Vater die Trennung oder deine Mutter?«

»Beide wollten sie nicht. Es ist einfach so passiert.«

»Meine Schwester läßt sich gerade scheiden.«

»Ich weiß. Hübsche Frau.«

»Ja.«

»Aber nicht so hübsch wie du.«

»Danke.«

Eine lange Weile schwieg sie. Dann sagte sie: »Du hättest mir den Ring nicht kaufen sollen, Andrew.«

»Ich wollte es aber.«

»Wann soll ich ihn denn tragen?«

»Trag ihn, wenn du hier bist. Sonst ist es mir egal. Zieh ihn einfach an, wenn du hier bist.«

»Gut.«

»Ich möchte, daß du bei mir den anderen Ring abnimmst. Ich möchte, daß du hier nur meinen Ring trägst.«

»Gut, ich werde ein Versteck für ihn finden. Ich würde ihn gern dauernd tragen, er ist so schön …«

»Nein, nur wenn du hier bist«, sagte er. Dann senkte er die Stimme: »Zieh den anderen jetzt aus.«

»Okay.«

Sie zog den Ehering vom Finger und legte ihn neben das Telefon auf den Nachttisch. Ohne Gewissensbisse, als würde Michael gar nicht mehr existieren. Andrew küßte den Finger, an dem der Ring gesteckt hatte.

»Nimm meinen Schwanz in die Hand«, sagte Andrew. »In die rechte. Die Hand mit dem Ring.«

»Und schon geht's wieder los«, flüsterte Regan.

»Stell lieber ab«, meinte Lowndes.

»Psst«, sagte Regan.

Die Wanze befand sich im Telefon auf dem Nachttisch. Im Telefon auf der Küchenanrichte im zweiten Stock war eine ähnliche, ebenso im Konferenzzimmer im ersten Stock. Die New Yorker Telefongesellschaft hatte angegeben, daß es im Apartment über der Schneiderei drei Telefonanschlüsse gab. Freddie Coulter hatte der Telefongesellschaft eine Vorladung geschickt, um die Nummern zu erfahren. Nach einer weiteren Vorladung kannte er jetzt auch den Kabelanschluß, den Hauptanschluß und sämtliche anderen Klemmanschlüsse. Er hatte seine Hotline im selben Stromkasten untergebracht, in der auch die Telefonleitungen der anvisierten Person lagen, und zwar an bereits vorhandenen Stromleitungen. Bevor er den Schneiderladen ein zweitesmal betreten hatte, war er noch einmal beim Stromkasten an der Rückseite des Gebäudes gewesen, um die Telefonleitungen lahmzulegen, dann hatte er in genau neun Minuten sämtliche Telefone angezapft.

Während er sich in der Wohnung aufhielt, war er obendrein durch alle Zimmer gegangen, hatte sich eine Wand mit guter Akustik gesucht, dort eine 110-Volt-Steckdose abgeschraubt und sie durch einen Ein-Watt-Radiosender ersetzt. Von außen sah das Ganze aus wie ein ganz normaler Stromanschluß und war als solcher auch funktionstüchtig. Hinter der Schutzplatte jedoch lag jetzt ein komplizierter Schaltkreis, der die Stimmsignale weitergab. Jeder Sender hatte eine Reichweite von zwei bis drei Blocks und benötigte einen eigenen Empfänger. Die Geräte waren lediglich Notbehelfe und sollten nur benutzt werden, wenn die Telefone aus irgendeinem Grund nicht funktionierten. Im Schlafzimmer lag die falsche Steckdose in der Wand bei der Kommode. Freddie hatte eine Lampe hineingesteckt, sie ausprobiert und dann sein Werkzeug eingepackt.

Der neue Antrag auf einen Gerichtsbeschluß hatte diesmal nicht nur hinreichenden, sondern dringenden Tatverdacht angeführt und sowohl eine Abhörgenehmigung als auch ein spezielles Aufzeichnungsgerät gefordert. Jetzt konnten sie das Telefon anzapfen, beide Teilnehmer eines Telefongesprächs abhören, und der Datenschreiber zeichnete nicht nur die in der Wohnung angewählten Telefonnummern auf, sondern auch Zeit und Dauer jedes Anrufs. Die bisherigen Einschränkungen galten jedoch weiterhin. Wenn Faviolas Mutter beispielsweise wegen ihrer hausgemachten Lasagne anrief, mußten die Ermittler sich augenblicklich zurückziehen.

Seit dem Valentinstag war alles installiert.

Jetzt hörten Regan und Lowndes zum erstenmal eine Frauenstimme.

»Halt ihn gut fest«, sagte Faviola.

»Ja«, flüsterte sie.

»Da krieg ich gleich ’nen Ständer, wenn die Tussi so daherredet«, sagte Regan.

»Schalt lieber ab«, schlug Lowndes vor.

»Siehst du, wie der Ring auf deinem Schwanz auf und ab gleitet?« hauchte sie.

»Die muß ein Profi sein«, sagte Regan.

»Der schwarze Ring, den du mir geschenkt hast, wie er sich auf deinem harten Schwanz auf und ab bewegt?«

»Schalt endlich ab«, drängte Lowndes.

»Ich möchte, daß du jetzt noch nicht kommst.« Wieder die Stimme der Frau.

»Dann solltest du lieber …«

»Du sollst mich anflehen, daß du kommen darfst.«

»Wenn du so weitermachst …«

»Nein, nein, noch nicht.«

»Sie läßt ihn los, diese Fotze«, sagte Regan.

»Du vermasselst uns noch alles«, schimpfte Lowndes.

»Sie auch«, lachte Regan.

»Stell ab, Johnny, verdammt noch mal!«

»Sehen wir doch mal, wie groß du werden kannst, ja?« fuhr die Frau fort. »Sehen wir doch mal, was dieser antike römische Ring anstellt, wenn er deinen Schwanz reibt. Meine Hand umschließt dich, der schwarze Ring reibt deinen steifen Schwanz …«

»Muß ein Zauberring sein«, meinte Regan.

»Johnny, *bitte*!«

»Der Satyr und der Vogel«, flüsterte sie.

»O Gott!«

»Bist du mein Satyr, Andrew?«

»O Gott, du …«

»Bin ich dein Vogel, Andrew? Nein nein nein, noch nicht, Baby. Erst wenn ich es dir sage. Schau weiter auf den Ring. Beobachte nur den schwarzen Ring, Andrew. Meine Hand hält deinen Schwanz ganz fest, und der Ring bewegt sich …«

»Das reicht«, sagte Regan und stellte das Gerät ab.

# III

## 9. März – 9. Mai

Mr. Handelmann kniff seine Augen zusammen, als Sarah ihm den Ring zeigte. Weil Michael nicht über irgendwelche Umwege erfahren sollte, daß seine Frau wegen eines Rings Nachforschungen anstellte, war sie statt in einen nahegelegenen Laden zu Handelmann Brothers auf der Madison Avenue Ecke 63. Straße gegangen. Dort hatte sie schon mehrere Ringe gekauft und erst kürzlich ein Paar Ohrringe als Weihnachtsgeschenk für Heather. Nach Andrews Erklärung war es ein römischer Ring, aber sie wollte mehr darüber wissen. Aus welchem Teil des Römischen Reiches stammte er? Aus welcher Zeit? Sie wollte wenigstens Bescheid wissen, für den *Fall*, daß Michael den Ring eines Tages doch entdeckte – auch wenn sie das für sehr unwahrscheinlich hielt. Sie hatte den Ring ganz hinten in ihrer Wäscheschublade versteckt, unter einem Stapel ausrangierter Slips. *Wenn* Michael sie fragte, würde sie ihm das gleiche sagen wie heute Handelmann: daß sie den Ring in einem Antiquitätengeschäft in Greenwich Village für siebenhundert Dollar gekauft hatte. Und dann konnte sie noch mit den Einzelheiten aufwarten, die sie heute hoffentlich erfahren würde.

»Siebenhundert, tatsächlich?« sagte Handelmann und angelte eine Lupe aus seiner Westentasche. Er war um die Siebzig; seine Eltern hatten ihn mit seinem Bruder nach der Kristallnacht – als eigentlich alle Juden hätten ahnen müssen, was sich in Österreich und Deutschland tun würde –, eilig nach London geschickt. Ihre Jugend verbrachten die Brüder in einem Wohnheim in der Willesden Lane. Als sie nach Kriegsende erfuhren, daß ihre Eltern in Auschwitz ums Leben gekommen waren, wanderten sie nach Amerika aus. Sarah wurde lieber von Max bedient, aber der hatte heute Urlaub, und so mußte sie mit Avrum vorliebnehmen.

Mit der Lupe im Auge wiederholte er: »Siebenhundert, tatsächlich?« Eine Weile drehte er den Ring schweigend hin und her, studierte das Siegel und blickte schließlich wieder auf. »Mrs. Welles, da haben Sie ein gutes Geschäft gemacht.«

»Ach, wirklich?«

Sie hatte gehofft, er würde ihr sagen, daß man sie übers Ohr gehauen hatte. Siebenhundert Dollar waren weit mehr, als sie gewöhnlich für ihre eigenen Wünsche ausgab.

»Ein sehr gutes Geschäft«, wiederholte er und betrachtete den Ring noch einmal unter der Lupe.

»Was ist er Ihrer Schätzung nach wert?« fragte sie.

»Ein griechischer Ring dieser Qualität«, sagte er, *»mindestens ...«*

»Ich dachte, er wäre römisch.«

»Nein, er kommt aus Griechenland, spätestens zweites Jahrhundert vor Christus. Ich würde sagen, er ist fünf- bis sechstausend Dollar wert.«

Der Schreck verschlug Sarah die Sprache.

»Aber ich muß Ihnen etwas sagen, Mrs. Welles«, fuhr Handelmann fort, und wieder kniff er seine Augen zusammen, »ich glaube, der Ring ist gestohlen.«

»Was?« fragte sie ungläubig.

»Gestohlen«, wiederholte er und gab ihr den Ring hastig zurück, als wäre er plötzlich glühendheiß. »Ich bin sicher, daß er auf der IFAR-Liste ist, die ich gerade ...«

»Auf der *was*?«

»Auf der IFAR«, sagte er noch einmal.

»Was ist das?«

»Die *International Foundation for Art Registry*. Diese Organisation erstellt eine Liste gestohlener Kunstgegenstände.«

»Kunstgegenstände? Es ist doch bloß ...«

»Nun, zugegeben, es ist ein kleineres Stück. Aber es wurden gleichzeitig sehr bedeutende Kunstwerke gestohlen.«

»Gestohlen … *wo* denn?«

»Aus dem Kunstmuseum in Boston, kurz vor Weihnachten«, erklärte Handelmann.

»Also, das ist ganz bestimmt nicht … nicht derselbe Ring. Es gibt doch sicher eine Menge … ähnlicher Ringe. Ich hab ihn von einem *sehr* angesehenen …«

»O ja, es gibt viele ähnliche Ringe«, räumte Handelmann ein. »Aber nicht alle erscheinen auf der IFAR-Liste.«

»Was ich sagen wollte …«

»Nun ja, es könnte ein anderer Ring gewesen sein«, unterbrach Handelmann. »Selbstverständlich.«

»Denn der Laden, in dem ich ihn gekauft habe, wissen Sie …«

»Solche Stücke werden oft unbemerkt weitergereicht«, sagte er. »Gestohlene Stücke. Sie gelangen manchmal auf seltsamen Umwegen in ansonsten angesehene Geschäfte.«

»Aber … hätte man dort nicht die gleiche Liste, die Sie auch haben?«

»Nicht unbedingt. Wir handeln mit Antiquitäten. Deshalb haben wir die Liste abonniert.«

»Ach so.«

»Darf ich Ihnen einen Rat geben, Mrs. Welles?«

»Nun … ja, bitte.«

»Sie haben einen Ring erworben, der meiner Ansicht nach aus dem Kunstmuseum in Boston gestohlen wurde. Dort hat man den Diebstahl gemeldet, und zwar sowohl an die IFAR als auch an die Bostoner Polizei. Nun taucht das Stück auf einer Liste auf, die an Abonnenten überall in den Vereinigten Staaten verschickt wird. Wie mir scheint, haben Sie mehrere Möglichkeiten: Sie können den Ring entweder in den Laden zurückbringen, in dem Sie ihn gekauft haben …«

»*Genau* das werde ich auch tun«, sagte Sarah.

»… und erklären, daß Sie den Ring für gestohlen halten …«

»Ja.«

»… und Ihr Geld zurück möchten.«

»Ja.«

»Vielleicht gibt man es Ihnen zurück, vielleicht auch nicht. Wenn Sie darauf hinweisen, daß der Ring wahrscheinlich gestohlen ist.«

»Verstehe.«

»Oder Sie können zur Polizei gehen und aussagen, daß Sie einen Ring gekauft haben, der möglicherweise gestohlen ist, und ihn zurückgeben möchten. Natürlich könnten Sie zur hiesigen Polizei gehen. Sie müssen nicht extra nach Boston.«

»Wäre wohl vernünftig«, meinte Sarah und seufzte tief.

»Die Polizei wird Ihnen eine Quittung ausstellen und mit dem Museum in Boston Kontakt aufnehmen. Damit wäre die Sache für Sie erledigt. Allerdings könnten Sie in diesem Fall Ihre siebenhundert Dollar abschreiben. Die Polizei wird sich auf den Standpunkt stellen, daß sie mit siebenhundert Dollar, die jemand für Diebesware ausgibt, nichts zu tun hat. Sie haben Glück, wenn man Ihnen nicht noch eine Geldstrafe aufbrummt.«

Wieder seufzte Sarah.

»Die *dritte* Möglichkeit wäre«, fuhr Handelmann fort, und Sarah wußte intuitiv, noch bevor er die Stimme senkte, daß sein Vorschlag bestenfalls unmoralisch und schlimmstenfalls kriminell sein würde. »Sie *könnten* den Ring auch behalten und einfach vergessen, was ich Ihnen gesagt habe. Ich kann mich ja irren, und er ist gar nicht gestohlen. Sie haben selbst ganz richtig bemerkt, daß es viele ähnliche Ringe gibt. Behalten Sie ihn, und niemand wird je in irgendeiner blödsinnigen Liste nachschlagen. Sie haben siebenhundert Dollar dafür bezahlt – wußten *Sie* etwa, daß er gestohlen war?«

»Also, nein, natürlich ...«

»Dann vergessen Sie's«, sagte er. »Sie sind nie bei mir gewesen, ich habe den Ring nie gesehen, tragen Sie ihn, und viel Glück damit.«

»Danke.« Sarah öffnete ihre Handtasche und verstaute den Ring in ihrem Portemonnaie. »Danke«, wiederholte sie und verließ den Laden. Draußen blinzelte sie in den scharfen Wind, der sie fast umblies.

»Als ich das letztemal hier gelandet bin«, sagte Rudy, »da war das ein winziger, vergammelter Flughafen, auf dem vielleicht zwei oder drei Flieger landeten, und man mußte zu einer klapprigen Hütte latschen, um das Gepäck abzuholen. Jetzt sieht's hier aus wie auf jedem Flughafen der Welt, schau dir das verdammte Ding doch bloß mal an!«

Der Inlandsflug aus Newark war um dreizehn Uhr fünfundvierzig in Sarasota gelandet. Andrew und sein Onkel durchquerten die protzige Ladenpromenade, in der Hand nur die kleinen Reisetaschen, die sie im Flugzeug bei sich gehabt hatten. Sie wollten nur eine Nacht bleiben und hatten im Hyatt zwei nebeneinanderliegende Zimmer gebucht. Wie in New York vereinbart, wartete ihr Fahrer direkt vor der Gepäckausgabe, in der Hand ein kleines Schild, auf dem FARRELL stand. Er nahm ihnen die Taschen ab und trug sie nach draußen in den weißen Cadillac.

»Und wo bleibt die Braut?« fragte Rudy, und Andrew stieg lachend ein.

»Sie haben gutes Wetter mitgebracht«, meinte der Fahrer.

»Hat es geregnet oder was?« fragte Rudy.

»Nein, es war bloß ein bißchen kühl. Und windig.«

»Im Norden ist es eisig«, sagte Andrew.

»Deshalb bin ich hierhergezogen«, erklärte der Fahrer.

»*Wie* kühl war es denn?« wollte Rudy wissen.

»Tagsüber um die zehn Grad. Nachts knapp über null.«

Warum zum Teufel bist du dann umgezogen, dachte Rudy, sagte aber nichts.

Sie brauchten fünfzehn Minuten zum Hyatt, wo sie sich als Andrew beziehungsweise Rudy Farrell einschreiben ließen, und nach weiteren zehn Minuten hatten sie es sich in ihren Zimmern gemütlich gemacht. Als Rudy durch die Verbindungstür in Andrews Zimmer trat, war dieser bereits am Telefon.

»... wo wir uns in Ruhe unterhalten können«, sagte er gerade. »Ohne unerwünschte Unterbrechungen.« Er lauschte, machte »Hmmm«, lauschte wieder, sah auf seine Armbanduhr, sagte: »Gut, um drei, wir werden pünktlich da sein« und legte auf.

»Wo?« fragte Rudy.

»Sie schicken ein Boot zum hinteren Hafendock.«

»Was haben die blöden Bohnenfresser bloß immer mit ihren Booten?« maulte Rudy kopfschüttelnd. »Ich mag keine Boote. Vom Boot können sie einen jederzeit den Haien zum Fraß vorwerfen, und keiner kriegt's mit.«

»Ich denke, wir haben nichts zu befürchten«, entgegnete Andrew. »Wenn sie was im Schilde führen würden, hätten sie kein Treffen vereinbart.«

»Ich trau den Bohnenfressern nicht über den Weg«, brummte Rudy. »Sie wissen, daß wir Moreno umgelegt haben, und jetzt wollen sie sich mit uns auf einem beschissenen *Boot* treffen. Wozu? Damit sie uns auch umlegen können?«

»Das sind andere Kerle, Onkel Rudy. Die sind genauso froh wie wir, daß Moreno tot ist.«

»Trotzdem«, meinte Rudy. »Wenn man früher in ein Flugzeug gestiegen ist, hatte man eine Pistole im Gepäck. Heutzutage, mit den blöden Terroristen, muß man nackt durch die Gegend gondeln.«

Wieder sah Andrew auf die Uhr.

»In fünf Minuten bist du nicht mehr so nackt«, sagte er.

Pünktlich um halb drei klingelte das Telefon. Andrew nahm den Hörer ab.

»Mr. Farrell?« erkundigte sich eine Stimme.

»Ja?«

»Hier ist ein Paket für Sie. Soll ich es hochbringen?«

»Wie heißen Sie?«

»Wilson.«

»Kommen Sie rauf, Wilson«, sagte Andrew und legte auf. »Die Revolver«, sagte er zu seinem Onkel.

»Wurde auch allmählich Zeit«, erwiderte Rudy.

Wilson war ein Schwarzer Ende Dreißig; er trug einen Aktenkoffer mit zwei Smith & Wessons Kaliber .38, die er nicht anfaßte, sondern Rudy und Andrew selbst auspacken ließ. Wahrscheinlich wollte er keine Fingerabdrücke hinterlassen, vermutete Andrew – falls jemand mit den Knarren in Sarasota einen Mord begehen wollte. Als Andrew ihn fragte, wieviel sie ihm schuldeten, antwortete er, die Finanzen seien bereits geregelt. Einen Moment überlegte Andrew, ob der Mann ein Trinkgeld erwartete, doch angesichts seines selbstbewußten und kompetenten Auftretens entschied er sich dagegen.

»Angenehme Jagd wünsche ich«, sagte Wilson und ging hinaus.

Pünktlich um drei Uhr erschien der Tender des Boots – KATIENA stand in Goldbuchstaben auf dem Heckwerk. Dasselbe war auch auf dem Hauptboot zu lesen und darunter der Heimathafen: FT. LAUDERDALE, FL. Rudy hatte Andrew erklärt, daß die Ostküste von Florida für das Treffen nicht mehr in Frage kam. In Miami gab es viel zu viele Dopegeschichten, zu viele Orts-, Staats- und Bundesbullen überall an der Küste. Dagegen waren Sarasota, Fort Meyers und sogar Naples ruhige kleine Ortschaften, die sowohl den Kolumbianern als auch den New Yorkern zusagten. In jeder dieser Städte konnte man sich zu einem gemütlichen Schwätzchen treffen, ohne daß jemand die Tür einschlug. Trotzdem hatten Rudy und Andrew sicherheitshalber ihre .38er im Gürtel.

Der Mann, der sie an Bord begrüßte, als sie die Leiter emporkletterten, war der häßlichste Mensch, den Andrew je gesehen hatte, mit einem Gesicht voller Narbenwulste, als wäre es verbrannt. Er schüttelte den beiden Faviolas die Hand und sagte dann auf englisch, aber mit starkem Akzent: »Ich bin Luis Hidalgo, ich freue mich, Sie zu sehen.« Anscheinend hatte man sie schon durchleuchtet, als sie die Leiter heraufstiegen. »Sie brauchen keine Waffen«, meinte Hidalgo. »Es sei denn, Sie fühlen sich so wohler.«

»Wir fühlen uns so wohler«, bestätigte Rudy.

»Wie Sie möchten«, sagte Hidalgo und lächelte verkniffen. »Etwas zu trinken?«

»Für mich nicht«, antwortete Rudy.

»Danke, nein«, sagte Andrew.

»Kommen Sie herauf, dann können wir uns unterhalten.«

Die Katiena war ein riesiges Fischerboot. Sie stiegen zur Laufbrücke hinauf und setzten sich in die Sonne. Hidalgo trug eine Hose aus festem Baumwollstoff, schwarze Turnschuhe und ein schwarzes T-Shirt. Um seinen Hals hing ein Kruzifix an einer Goldkette. Andrew und Rudy trugen beide eine leichte graue Hose, einen marineblauen Blazer und darunter ein weißes Hemd mit offenem Kragen.

»In dem Krug ist Limonade«, erklärte Hidalgo. »Falls Sie Durst bekommen.«

»Danke«, sagte Rudy und goß sich ein Glas ein.

»Nun«, begann Hidalgo. »Interessant, was mit Moreno passiert ist, was?«

»Ein furchtbarer Verlust«, meinte Rudy und nahm einen Schluck Limonade.

»Möge er in Frieden ruhen«, sagte Hidalgo lächelnd. Wenn er lächelte, sah er noch häßlicher aus. »Aber er hinterläßt eine große Lücke, stimmt's? Denn er hat niemanden eingearbeitet, der seinen Platz einnehmen soll, verstehen Sie? Jetzt ist unsere Organisation gewissermaßen am Ende, eh? *Se acabó*.«

»Deshalb sind wir hier«, meinte Andrew.

»*Sí, desde luego*«, erwiderte Hidalgo. »Aber sind Sie auch mit anderen im Gespräch?«

»Nein, nur mit Ihnen«, antwortete Rudy.

»Gut. Denn die anderen würden vielleicht versuchen, das Kommando an sich zu reißen. Momentan gibt es wirklich keinen, der die Lücke angemessen schließen könnte. Aber ich bin derjenige, an den Sie sich wenden müssen. Falls Sie kolumbianisches Kokain brauchen.«

Andrew schwieg.

Rudy nippte an seiner Limonade.

»Ich bin der richtige Mann für Sie, *señores*«, sagte Hidalgo und grinste wieder.

Mit so einem Gesicht könnte man Eier abschrecken, dachte Rudy.

»Haben Sie unseren Plan begriffen?« fragte er.

»Man hat ihn mir erklärt, ja«, antwortete Hidalgo.

Willie Isetti war aus der Karibik zu einem Sondierungsgespräch mit einem von Hidalgos Leuten nach Bogotá geflogen. Hinterher hatte er nach New York gemeldet, das Klima sei günstig für einen Deal – wörtlich. Deshalb waren die Faviolas jetzt hier, um zu verhandeln. Hidalgo wußte, daß sie Moreno in seinem eigenen Bett ermordet hatten. In seinem eigenen *Bett*! Sie hofften sehr, daß Hidalgo beeindruckt war – *sie* jedenfalls fanden den Mord sehr imposant.

Um endlich zum Thema zu kommen, sagte Rudy: »Wir haben Moreno vierzig Prozent vom Bruttogewinn angeboten. Statt ein Drittel von allem. Zwar hätten wir und die Chinesen dann je circa drei Komma drei Prozent weniger gehabt, aber dazu waren wir bereit ...«

»Und sind es noch«, ergänzte Andrew.

»...weil wir dem bereits existierenden Markt durchaus Rechnung tragen möchten«, fuhr Rudy fort. »Was Recht ist, soll Recht bleiben.«

Auch Hidalgo nickte.

»Aber Moreno wollte sechzig«, sagte Andrew. »Vielleicht ist das der Grund, weshalb ihn einer aus seiner Organisation um die Ecke gebracht hat.«

»Hmm, aus seiner Organisation«, wiederholte Hidalgo.

»Weil sie wußten, daß das absolut lächerlich ist«, sagte Rudy.

»*Ridículo, sí*«, stimmte Hidalgo zu. »Aber trotzdem – vierzig, wissen Sie«, fuhr er fort, breitete die Hände aus und zog die Schultern hoch, »vierzig klingt ein bißchen wenig, wenn man den bereits existierenden Markt in Betracht zieht. Wenn man bedenkt, daß wir den neuen Markt erst noch *erschließen* müssen.«

Der Mistkerl will bei den sechzig bleiben, dachte Rudy. Dann müssen wir den *auch* noch in seinem Bett erledigen.

»Ich muß mich noch mit ein paar anderen Leuten absprechen, wissen Sie«, erklärte Hidalgo und versuchte, auszusehen wie einer, der ausgenutzt wird, wie ein Lohnempfänger, der den

Aktionären der Gesellschaft zur Rechenschaft verpflichtet ist. »Ich muß das den anderen erst mal *schmackhaft machen*.«

Quatsch, dachte Andrew.

»Okay, und was hätten die gern?« fragte er. »Diese *anderen*? Denken Sie dran, was sich Moreno mit seinen sechzig eingehandelt hat.«

Ihre Blicke trafen sich.

Rudy überlegte, ob sein Neffe die Sache nicht ein bißchen zu forsch anging.

»Meine Leute machen sich nicht lächerlich wie *La Culebra*«, erwiderte Hidalgo schließlich.

»Was könnten Sie denen denn schmackhaft machen, Ihren *Leuten*?«

»Fünfzig bestimmt«, meinte Hidalgo.

»Ausgeschlossen«, entgegnete Andrew.

»*Quizá* fünfundvierzig. Aber nur vielleicht. Ich müßte ihnen schon sehr gut zureden.«

Quatsch, dachte Andrew.

»Dann reden Sie Ihren Leuten sehr gut zu«, antwortete er. »Wir nehmen die fünfundvierzig an, aber weiter gehen wir nicht.«

»*Bueno*, dann ruf ich Sie heute abend an, nachdem …«

»Gibt es denn kein *Telefon* auf diesem beschissenen Boot?« fragte Rudy. »Oder ein Funkgerät? Irgendwas?«

»*Sí, pero* …«

»Dann rufen Sie jetzt gleich an«, sagte Andrew. »Bei Ihren *Leuten*.« Wieder betonte er dieses Wort. »Sagen Sie ihnen, daß Sie ein verbindliches Angebot von fünfundvierzig Prozent vorliegen haben, das Sie persönlich gern annehmen würden. Das heißt natürlich, *wenn* Sie es wirklich annehmen möchten.«

Einen Augenblick zögerte Hidalgo.

Dann verzerrte wieder ein Grinsen seine häßliche Visage.

»Ich glaube, ich brauche nicht unbedingt zu telefonieren«, meinte er. »Ich denke, mein Wort genügt, daß meine Leute die fünfundvierzig annehmen.«

Er streckte die Hand aus.

Andrew nahm sie, und so wurde der Deal besiegelt.

»Jetzt könnt ich 'nen Drink brauchen«, sagte Rudy.

»Wir vermuten, daß er die Stadt verlassen hat«, meinte Regan gerade.

Die drei Männer saßen in einem Imbiß in einer Seitenstraße der Canal Street. Michael war der festen Überzeugung, daß die meisten New Yorker Cops irgendwann an einem Herzinfarkt sterben würden, weil sie zuviel Zigaretten rauchten und/oder zuviel Junk-food in sich reinstopften. Obwohl es in Chinatown und Little Italy eine Unmenge guter, billiger Restaurants gab, die alle relativ nah beim Büro der Staatsanwaltschaft lagen, war den beiden waschechten Cops Regan und Lowndes dieser Schuppen lieber als alles andere.

Michael aß einen Hamburger und Pommes. Eigentlich hätte er gern ein Bier getrunken, aber er nahm mit einer Cola light vorlieb. Regan und Lowndes hatten sich beide ein heißes Pastrami-Sandwich bestellt, auf Roggenbrot. Lowndes tunkte dauernd Pommes in die Senfpfütze auf seinem Pappteller, und Regan verzog das Gesicht über die schlechten Tischsitten seines Kollegen. Beide tranken Kaffee.

Um halb eins war das Lokal an diesem Donnerstag wie immer um die Mittagszeit gerammelt voll: Gerichtspersonal, Angestellte, Sekretärinnen und Staatsanwälte aus dem großen Gebäude am Hogan Place, uniformierte Polizisten vom Ersten Revier am Police Plaza und auch solche von *anderen* Revieren, die zu einer Zeugenaussage vorgeladen waren. Der Lärmpegel war ziemlich hoch, was den dreien gerade recht kam. Schließlich besprachen sie eine Überwachung, über die bisher außer ihnen kaum jemand Bescheid wußte.

»Er trifft sich mit ungefähr einem halben Dutzend Mädchen«, berichtete Lowndes. »Er ruft sie an, oder sie melden sich bei ihm. Wenn er nicht da ist, hinterlassen sie eine Nachricht auf dem Anrufbeantworter, und er ruft zurück.«

»Zwei tauchen häufiger auf als die anderen«, fuhr Regan fort. »Eine davon heißt Oona. Den Namen der anderen haben wir noch nicht rausgefunden. Sie sagt immer nur ›Hi, ich bin's‹. Dann weiß er sofort Bescheid und sagt ›Hi, komm und blas mir einen‹.«

»Das sagt er natürlich nicht *wirklich*«, meinte Lowndes peinlich berührt, grapschte sich sofort noch ein Pommes und tunkte es in den Senf.

»Aber so ungefähr«, beharrte Regan. »Seltsam, daß sie sich nie mit Namen meldet. Natürlich reden sich die Leute in einer verwanzten Wohnung nicht fortwährend mit Namen an. So was gibt's nur in Büchern. ›Also, Jack, ich will dir mal was sagen‹ und als Antwort: ›Ja, Frank, mach das‹. Dadurch soll der Leser die Personen auseinanderhalten. Aber im wirklichen Leben sagt man den Namen doch nur als Betonung. Zum Beispiel ›Ich sag das bloß einmal, Jimmy, also hör mir lieber gut zu‹. Betonung, versteht ihr? Gewöhnlich *weiß* man ja, wer mit einem spricht, er sitzt einem ja vor der Nase. Beim Abhören kann das ganz schön frustrierend sein. Die Leute wissen genau, wer spricht, aber man *selbst* hat keine Ahnung. Am Telefon ist das anders. Normalerweise meldet sich der Anrufer mit seinem Namen. Es sei denn, diese Tussi hält sich für das einzige Mädchen in seinem Leben, dann reicht ›Hi, ich bin's‹.«

»Oder sie ist verheiratet«, warf Lowndes ein, »und muß deshalb vorsichtig sein.«

»Ja, das wär 'ne Möglichkeit.«

»Jedenfalls schalten wir sofort ab, wenn wir mitkriegen, daß eine von seinen Flittchen dran ist«, fügte Lowndes hinzu.

Natürlich wußte Michael, daß das nicht stimmte.

Er hatte die Berichtsbogen kontrolliert. Sobald Faviola privilegierte Anrufe bekam oder sich ein Gespräch eindeutig auf ein Thema bezog, das nicht in der Genehmigung genannt war, wurden die Geräte abgestellt. Da standen die Zeiten schwarz auf weiß, und Michael hatte keinen Grund, an ihnen zu zweifeln. Aber bedeutete das auch, daß sie nicht *davor* einfach schon ein bißchen länger aufgeschrieben hatten? Na ja, da mußten wir die Maschine noch ein bißchen laufen lassen, um ganz sicherzugehen! Cops waren eben Cops. Wenn sie schon mal einen Gangster im Bett mit seinem Flittchen belauschen konnten, taten sie das höchstwahrscheinlich ein bißchen länger als erlaubt. Vielleicht irrte er sich ja, aber er wäre beinahe jede Wette darauf eingegangen.

»Vor allem, wenn es Oona oder diese andere ist«, fuhr Lowndes fort. »Weil er die ja regelmäßig bumst.«

»Oona heißt mit Nachnamen Halligan«, erklärte Regan. »Sie hat eine Nummer in Brooklyn hinterlassen, die die Telefongesellschaft schon für uns überprüft hat. Es ist dieselbe, die er zurückruft. Von fünf der anderen Mädchen haben wir ebenfalls Nummern, zwei in der Bronx, zwei in Manhattan, eine in Great Neck, was doch wirklich nett von ihm ist, findet ihr nicht? Daß er auch ein Mädchen aus der Gegend vögelt, meine ich. Ihre Namen sind ...« Er machte eine Pause und fischte in der Jackentasche nach seinem Notizbuch.

»Und die Gewinner sind«, verkündete Lowndes wie ein Moderator der Oscar-Verleihung.

»Die Gewinner sind«, wiederholte Regan und las aus seinem Notizbuch vor: »Alice Reardon, Mary Jane O'Brien ... er mag anscheinend irische Mädchen ... Blanca Rodriguez ...«

»Latinos auch«, unterbrach Lowndes.

»Angela Cannieri, übrigens das Lokaltalent aus Great Neck, und noch 'ne Irin namens Maggie Dooley. Dieser Knabe fickt mehr Irinnen, als ich in meinem ganzen Leben flachgelegt hab.«

»Und was ist mit ›Hi, ich bin's‹?«

»Die hinterläßt nie 'ne Nummer. Sagt auch nicht, ob sie von der Arbeit oder von zu Hause anruft. Manchmal hören wir Straßenlärm im Hintergrund, deshalb vermuten wir, daß sie Telefonzellen benutzt.«

»Habt ihr eine Ahnung, wo?«

»Dafür brauchen wir 'ne Fangschaltung«, sagte Regan.

Eine Telefonüberwachung registrierte normalerweise nicht

die Nummern der eintreffenden Anrufe. Für diese Information war ein zusätzlicher Gerichtsbeschluß nötig, für den man einen »dringenden Tatverdacht« nachweisen und bestimmte geographische Daten anfordern mußte – eine teure Prozedur, die gewöhnlich bei Kidnapping-Fällen eingesetzt wurde, wenn die Ermittler eine Lösegeldforderung erwarteten. Regan konnte sich an einen einzigen Fall erinnern, in dem die Staatsanwaltschaft im Zuge einer Überwachungsaktion eine Fangschaltung beantragt hatte.

»Willst du *wirklich* wissen, wo diese Telefonzellen sind?« fragte er Michael. »Ich meine, eine Fangschaltung für irgendein Flittchen draußen im Regen …«

»Nein, nein«, antwortete Michael. »Ihr habt keinen Hinweis darauf, daß diese Frauen etwas mit den kriminellen Aktivitäten zu tun haben, die im Gerichtsbeschluß erwähnt sind, oder?«

»Nein, Sir«, antwortete Lowndes sofort. »Deshalb schalten wir ja auch ab, wenn wir sicher sind, daß eine von denen dran ist.«

»Ausgenommen heute morgen, als unsere Unbekannte gesagt hat: ›Hi, ich bin's, wahrscheinlich bist du noch in Florida, ich versuch's morgen noch mal‹.«

»Morgen ist der wievielte?« fragte Michael.

»Der Zehnte. Wir vermuten, daß er heute früh abgereist ist, jedenfalls sind seither keine Wiseguys mehr aufgetaucht. Vermutlich wissen sie, daß er nicht in der Stadt ist. Heute haben bloß die Flittchen telefoniert.«

»Nicht *alle*«, verbesserte Lowndes. »Bloß Oona und die Namenlose.«

»Oona«, brummelte Regan und leckte sich die Lippen. »Der würd ich's auch gern mal besorgen. So'n Name. Grrr«, sagte er und knurrte wie ein Hund.

»Hat *sie* Florida erwähnt?«

»Oona? Nein. Ich glaube nicht, daß er ihr davon erzählt hat. Nach unserer Einschätzung ist ihm die Beziehung zu der anderen wichtiger – jedenfalls nach dem, was wir so zu hören kriegen. Bevor wir abschalten.«

»In der einen Minute oder so«, fügte Lowndes nickend hinzu.

»Hat *irgend* jemand am Telefon die Reise nach Florida erwähnt?«

»Nein«, antwortete Regan. »Na ja, Faviola hat Bobby Triani erzählt, daß er Orangen kaufen müßte, bevor er nächste Woche seine Mutter besucht, und wenn wir dann noch in Betracht ziehen, was das Flittchen heute morgen gesagt hat, muß es ein Code für Florida gewesen sein.«

»Nicht Oona, die andere. Die immer aus der Telefonzelle anruft.«

»Wenn ich mich recht erinnere, hat er Petey Bardo das gleiche gesagt«, sagte Regan.

»Ja, die Orangen«, bestätigte Lowndes.

»Er ist immer braun angezogen, dieser Petey Bardo«, sagte Regan.

»Ja, er mag Braun.« Lowndes nickte zustimmend.

»Also – was sollen wir mit seinem Harem anfangen? Sollen wir sie beschatten?«

»Haltet ihr sie für wichtig?«

»Ich nicht.«

»Redet er mit ihnen über Mobgeschichten?«

»Bisher nicht.«

»Dann wäre es reine Zeitverschwendung, falls er nicht noch damit anfängt.« Michael dachte einen Augenblick nach und fuhr dann fort: »*Wann* will die ohne Namen noch mal anrufen?«

»Morgen.«

»Meint ihr, sie *weiß*, daß er morgen zurückkommt? Oder probiert sie es bloß auf gut Glück?«

»Morgen ist Mittwoch«, sagte Regan. »Wenn er wieder da ist, kannst du deinen Arsch drauf verwetten, daß sie bumsen bis zum Umfallen. Anscheinend ist das ihr Stammabend. Der Mittwoch.«

»Gut«, meinte Michael. »Wenn er ihr erzählt, *weshalb* er in Florida gewesen ist, und wenn es was Kriminelles war, dann bleibt ihr dran. Sonst ...«

»Sonst stellen wir ab«, ergänzte Lowndes.
»Klar«, bekräftigte Regan.

»Gott, ich hab dich so vermißt.«
»Er ist wieder da«, stellte Regan fest.
»Ich hab dich auch vermißt«, antwortete die Frau.
»Du siehst großartig aus.«
»Du auch.«
»Halt mich fest.«
Schweigen.
»Küß mich.«
»Und schon geht's los«, sagte Lowndes.
»Gott«, seufzte sie.
»Und greift sich 'ne Handvoll Schwanz«, sagte Regan.
»Gott, ich hab dich so vermißt.«
»Da muß irgendwo ein Echo sein«, sagte Regan.
Wieder Stille.
Die Polizisten lauschten.

Nach einer Weile hörten sie die Frau stöhnen, und sie wußten, was jetzt im Schlafzimmer vor sich ging. Also nahmen sie die Kopfhörer ab, stellten die Anlage aus und notierten die Uhrzeit. Zwei Minuten später hörten sie noch einmal etwa dreißig Sekunden zu, vergewisserten sich, daß die beiden immer noch vögelten, und stellten wieder ab.

Es war nicht so sehr das Bumsen selbst, was sie gern hörten, viel interessanter war, was die Frau zu Faviola *sagte*, wenn sie *nicht* bumsten. Oder manchmal, wenn sie einen Orgasmus hatte. Verglichen mit »Hi, ich bin's« war Oona Halligan keusch wie eine Nonne. Zugegeben – wenn Faviola sie drängte, dann bat sie ihn manchmal in aller Höflichkeit, er möge sie doch bitte weiterficken, *Ja, bitte, fick mich*, aber nie kreierte sie ein auch nur annähernd vergleichbares Szenario, wie die andere es ganz locker aus dem Ärmel schüttelte.

Oona hatte rote Haare, das hatten sie den Bemerkungen entnommen, die Faviola hin und wieder fallenließ: wie irisch sie aussah mit ihrer roten Haarmähne. Wahrscheinlich wußte er nicht, daß es genug Irinnen gab, deren Haare genauso braun waren wie seine eigenen, dieser blöde Itaker. Die andere war eindeutig blond. Auch das reimten sie sich aus dem zusammen, was im Schlafzimmer gesprochen wurde, diesmal aber hauptsächlich von der Frau selbst. Offensichtlich wußte sie, wie sehr er es mochte, daß sie blond war, sie schien zu wissen, wie sehr es ihn antörnte, und deshalb sprach sie dauernd davon: *Magst du es, daß ich auch da unten blond bin*? Oder sie wollte wissen, was ihre blonden Haare bei ihm auslösten: *Erregt es dich, meine blonde Muschi zu küssen?* Faviola sog das alles gierig auf, während er – wie es sich anhörte – gleichzeitig *sie* schleckte. In der Phantasie der Lauschenden war diese Frau eine große eisige Schönheit mit blauen Augen und langen blonden Haaren, die sie um den Schwanz ihres Liebhabers schlang, eine Nymphomanin mit tollen Titten und einem irren Fahrgestell, eine nackte Göttin wie aus einem Dschungelfilm, die von Faviola angebetet wurde. Dieser blöde Itaker.

»… hat mir gesagt, er wäre gestohlen«, sagte sie jetzt.

Gerade hatten sie die Kopfhörer aufgesetzt und die Anlage zu einem der periodischen Checks eingeschaltet. Wenn sie etwas hörten, was mit einem Verbrechen zu tun haben konnte, dann mußten sie dranbleiben und weiter aufnehmen. Wenn Blondchen aber anfing zu erörtern, wieviel besser es war, einen großen Schwanz zu lutschen als einen winzigen, würden sie voll Bedauern abschalten, die Zeiten für *Ein* und *Aus* auf dem Berichtsbogen notieren und dann noch mal ungefähr eine Minute bis zum nächsten Check warten. Die Uhr anzustarren war ätzend und langweilig. Das Zuhören meistens auch.

»Der Ring«, sagte sie. »Er hat mir gesagt, er wäre aus dem Kunstmuseum in Boston gestohlen.«

»Laß an«, sagte Regan. »Sie redet von Diebesgut.«

»Das ist unmöglich«, antwortete Faviola, »ich hab ihn bei …«

»Das hat er mir gesagt. Er hat eine Liste.«

»Hat er dir die Liste gezeigt?«

»Nein, aber …«

»Woher willst du dann wissen … Hör mal, es ist wirklich absolut unmöglich. Ich hab ihn bei einem Juwelier gekauft, bei dem ich schon seit Jahren Kunde bin.«

»Vielleicht solltest du ihn dorthin zurückbringen.«

»Oh, darauf kannst du wetten«, sagte er.

»Ich wette mit«, spottete Regan.

»Ich hab auch erfahren, wieviel er gekostet hat, Andrew. Ich kann ihn unmöglich …«

»Er hätte es dir nicht verraten dürfen …«

»… behalten, jetzt, wo ich weiß …«

»… wieviel er kostet. Der Ring war ein *Geschenk*. Warum bist du überhaupt in den Laden gegangen?«

»Weil ich genau wissen wollte, woher er kommt. Du hast mir gesagt, er sei römisch …«

»Ja, soweit ich weiß.«

»… aber das Römische Reich war riesig …«

»Ja.«

»Er kommt aus Griechenland. Aber der Punkt ist – ich hatte keine Ahnung, daß er so teuer war, Andrew. Fünftausend *Dollar*! Also wirklich, Andrew.«

»Fünf …«

»Ich könnte *nie* jemandem erklären, weshalb ich etwas so Teures besitze. Bitte, gib ihn zurück, Andrew. Laß dir dein Geld zurückgeben. Sag dem Juwelier, bei dem du ihn gekauft hast …«

»Na klar, wenn der Ring gestohlen war …«

»Ja, ja, erzähl uns was über den Ring«, drängelte Regan.

»Wo hast du ihn eigentlich gekauft?«

»Gut«, lobte Regan.

»Bei einem Laden in der … äh … in der 47. Straße.«

»Du solltest ihn zurückgeben.«

»Das werde ich auch. Ich tausche ihn gegen etwas anderes um. Ich möchte *unbedingt*, daß du einen Ring von mir hast. Den du tragen kannst, wenn du hier bist. Damit ich weiß, daß du mir gehörst.«

»Du weißt doch auch so, daß ich dir gehöre. Wenn ich hier bin. Ich hätte den Ring nicht mit nach Hause nehmen sollen, das war viel zu gefährlich. Aber ich mußte ihn dauernd anschauen. Weil er von dir ist. Wenn gerade niemand da war, hab ich ihn angesteckt, und dann mußte ich an dich denken. Er ist so wunderschön, Andrew, es war sehr lieb von dir, daß du ihn mir schenken wolltest ...«

»Ich werde dir einen anderen kaufen.«

»Dem man diesmal nicht auf die Spur kommt«, sagte Regan.

»Aber ich werde ihn nur hier tragen«, sagte die Frau. »Und bitte nichts so Teures. Ich möchte nicht, daß du für mich so viel Geld ausgibst ...«

»Und ich kaufe dir Ohrringe. Die du tragen kannst, wenn du hier bist.«

»Und ein paar hübsche Nippelklemmen«, sagte Regan.

Lowndes lachte, und Regan stimmte ein. Fast hätten sie den nächsten Satz der Frau verpaßt.

»... in Florida?«

»Pssst«, machte Regan.

»Ich hatte geschäftlich da unten zu tun«, antwortete Faviola.

»Das hast du mir schon gesagt. Aber wie ist es gelaufen?«

»Gut.«

»Und wie war das Wetter?«

»So lala.«

»Ich wünschte, ich hätte mit dir fahren können.«

»Ich hatte nicht viel Zeit außerhalb der Besprechungen«, sagte er. »Und ich hatte meinen Onkel dabei.«

»Rudy Faviola«, flüsterte Lowndes.

Regan fragte sich, weshalb der Blödmann flüsterte.

»Gehört er auch zu deiner Firma?« fragte sie. »Dein Onkel?«

»Na, und *wie*«, sagte Regan.

»Ja«, antwortete Faviola.

»Ich dachte ... na ja, ich hatte dich so verstanden, daß es kein Familienunternehmen ist.«

»Ist es auch nicht.«

»Für'n Arsch«, kommentierte Regan.

»Du hast gesagt, die Leute, die es ins Leben gerufen haben, sind mehr oder weniger im Ruhestand …«

»Stimmt.«

»… und daß du den Laden für sie schmeißt.«

»Also, ich *habe* schon Leute, die mir helfen, weißt du. Ich meine, es ist ja kein Einmannunternehmen.«

»Das hab ich auch nicht gedacht. Die Konferenzzimmer unten …«

»Genau, für die Vorstandssitzungen.«

»Der Firmenwagen …«

»Mhmm.«

»Übrigens ist Billy ein sehr guter Fahrer.«

»Ja, das ist er.«

»Hast du vor, in Sarasota zu investieren?«

»Nein, nein. Tja … äh … erinnerst du dich, daß ich dir mal erzählt habe, wir suchen Unternehmen, bei denen wir einsteigen können, bis sie Profit abwerfen?«

»Ja?«

»Also, jetzt haben wir uns mit einem Exporteur aus Südamerika getroffen, der mit einer chinesischen Firma Geschäfte machen will. Wir arrangieren eine Fusion.«

»Eine *chinesische* Firma?«

»Ja. Wir bringen die beiden zusammen, damit sie ihre Produkte austauschen können.«

»Was für Produkte denn?«

»Reis und Kaffee.«

»Dumme Frage«, meinte sie.

»Reis und Kaffee für'n Arsch«, sagte Regan.

»Wie paßt *deine* Firma denn da rein?«

»Das hab ich dir doch gesagt. Wir haben eine Fusion vorbereitet …«

»Und?«

»Und dafür bekommen wir eine Gebühr. Selbstverständlich. Niemand arbeitet schließlich umsonst.«

»Eine festgelegte Gebühr?«

»Manchmal. Das hängt vom Deal ab. In diesem Fall ist es eine Gewinnbeteiligung.«

»Ihr werdet am Gewinn beteiligt, nur weil ihr diese beiden Firmen an einen Tisch gebracht habt?«

»Ja, sozusagen. Wir haben die Hauptakteure zusammengeführt.«

»Aber eine Beteiligung am *Gewinn*?«

»Das ist nicht so einfach, wie es sich vielleicht anhört.«

»Wie groß ist euer Anteil?«

Faviola lachte.

»Ziemlich groß«, sagte er.

»*Wie* groß?«

Er lachte wieder.

»Komm schon, sag es mir. Wieviel?«

»Wieviel was? Wieviel ich dich liebe?«

»Das auch. Aber wieviel kriegst du so für einen Tag Arbeit?«

»Ich liebe dich mehr als …«

»… in Sara–«

»… mein eigenes Leben.«

Ein langes Schweigen folgte.

Schließlich sagte sie: »Das tust du nicht.«

»Doch«, erwiderte er.

Wieder Stille.

Dann hörte man die Frau: »Mmmmm, ja. Gott, ja.«

»Scheiße«, sagte Regan.

Andrew Faviola gab Sal dem Barbier zu verstehen, daß er genau wissen wollte, woher dieser beschissene Ring kam. Regan und Lowndes lauschten gespannt. Faviola hatte rasch gehandelt; heute war Freitag, erst vor zwei Tagen hatte er erfahren, daß der Ring gestohlen war.

»Du machst hübsche Geschenke, Sal«, sagte er. »Aber beim nächstenmal sag mir gefälligst, wenn du mir heiße Ware andrehst, dann werd ich nicht …«

»He, Andrew, mach mal'n Punkt, ja?« erwiderte Sal. »Ich *wußte* nicht, daß das verdammte Ding heiß ist.«

»Heiß? Der Ring stammt aus dem Museum von Boston!«

»Er ist mir zufällig in die Finger gekommen, wie hätte ich denn ahnen sollen, daß ihn jemand aus einem blöden Museum mitgehen lassen hat?«

»Wie ist er dir denn in die Finger gekommen, Sal?«

»Wie kriegt man solche Sachen schon in die Finger? Um die Wahrheit zu sagen – ich hab gedacht, ich tu dir einen Gefallen, Andrew, wenn ich dir so einen schönen Ring überlasse. Du mußt doch zugeben, daß es ein ungewöhnliches Stück ist, Andrew, oder? Ich hab noch nie 'nen Ring gesehen, der so absolut schwarz ist – du etwa?«

»Woher hast du ihn, Sal?«

»Es gab da mal diesen beschissenen kleinen Cracktypen namens Richie Palermo, der hat vor vielleicht zwei, drei Jahren für mich Geld eingetrieben, bis er so abhängig wurde, daß er seinen eigenen Namen vergessen hat. Ich konnte ihm wirklich nicht mehr trauen, aber er hat mir so 'ne Jammergeschichte aufgetischt, also hab ich ihm dann doch 'nen Tausender geliehen, letzten Monat ungefähr. Natürlich gerät der kleine Scheißer mit zwei Raten in Verzug, und als ich ihn schließlich finde, bietet er mir den Ring und 'ne Knarre an, weiß der Teufel, wo er das Zeug aufgetan hatte. Ich sag ihm, nerv mich nicht mit deinen blöden Problemen, ich bin kein Hehler. Die Knarre …«

»Dann *wußtest* du also, daß es gestohlene Sachen waren, stimmt's?«

»Nein, nein, hab ich das etwa gesagt? Ich hab mit ihm gehandelt. Ich meine – ich wollte, daß er *denkt*, daß ich denke, das Zeug wäre gestohlen. Die Knarre war ordentlich, aber der Ring sah irgendwie rostig aus, du weißt, was ich meine, ganz schwarz und so. Er schuldet mir den Riesen übrigens immer noch, plus zwei Wochenzinsen von fünfzig Dollar plus Zinseszins. Kurz gesagt, er schuldet mir elfhundertzwei Dollar fünfzig Cents, die Arschgeige, und jetzt bietet er mir den Ring und die Uzi für die volle Summe an. Ich sag ihm, den Ring kann er sich in den Arsch stecken, ich nehme die Knarre für zwei Wochen Zinsen, dann schuldet er mir noch die Tausend. Der Ring sieht aus wie aus einem Kaugummiautomaten, hab ich nicht recht? Aber er erzählt mir, der Ring sei wertvoll, irgend so 'ne Art römische Antiquität oder was, zweites Jahrhundert, drittes Jahrhundert, wie ich's dir gesagt hab. Er hat behauptet, man sieht, daß der Ring römisch ist, weil da diese Figur mit dem Vogel drauf ist, aber was weiß ich denn, verdammt?«

»Er ist griechisch.«

»Oder griechisch, egal, jedenfalls sag ich dem kleinen Scheißer, okay, ich nehm den Ring als Zins für *nächste* Woche, aber den Riesen schuldest du mir immer noch. So sind wir erst mal verblieben. Mit anderen Worten: Ich hab den Revolver für hundert und ein paar Zerquetschte gekriegt und den Ring für fünfzig. Aber es ist ein schöner Ring, Andrew, das mußt du zugeben, wenn man sich damit abgefunden hat, daß er so rostig aussieht.«

»Mit anderen Worten, du hast mir einen Ring gegeben, den dieser verblödete Cracktyp Richie Palermo irgendwo *gestohlen* hat ...«

»Andrew, ich wußte doch nicht, daß er gestohlen war, das schwör ich bei den Augen meiner Mutter!«

»... und den meine Freundin in den Juwelierladen schleppt, um sich zu erkundigen, aus welchem Teil des Römischen Reichs das Ding stammt ...«

»Richie hat gesagt, er ist römisch, ja.«

»... und dann erfahre ich, daß es ein *griechischer* Ring ist, den man aus dem *Museum* in Boston gestohlen hat. Der *Jude*, dem der Laden gehört, hat meiner Freundin erzählt, daß es ein *gestohlener* Ring ist, Sal. Und das bedeutet, der Mann hätte die *Polizei* alarmieren können. Der blöde Ring steht auf einer *Liste*, Sal, kapierst du das? Du hättest mir beinahe die *Bullen* auf den Hals gehetzt, wegen diesem blöden, rostigen, gestohlenen *Ring*!«

»Ich wußte nicht, daß er gestohlen war.«

»Hast du den Kerl danach gefragt?«

»Nein.«

»Was hast du denn gedacht, wie ein vergammelter Cracktyp an einen griechischen Ring aus dem zweiten Jahrhundert vor Christus kommt ...«

»Er hat behauptet, er ist römisch.«

»... wenn er ihn nicht *gestohlen* hat? Kannst du mir das mal verraten, Sal?«

»Ich weiß nicht, wo er ihn her hatte. Hab ihn nicht danach gefragt. Auch nicht, woher er die Knarre hatte.«

»Wo ist die Knarre jetzt?«

»Vom Winde verweht.«

»Kann man der vielleicht *auch* auf die Spur kommen?«

»Keiner kommt auf irgendeine Spur, Andrew.«

»Woher willst du denn wissen, ob die Kanone nicht vielleicht bei einem Mord aufgetaucht ist?«

»Die Kanone ist inzwischen in irgend so einem afrikanischen Staat, mach dir deswegen bloß keine Sorgen.«

»Dann muß ich mir also nur wegen des Rings Sorgen machen, richtig?«

»Deswegen auch nicht. Es gibt keine Schwierigkeiten, Andrew, glaub mir. Die Kanone ist weg, und um den Ring werd ich mich kümmern. Kein Grund zur Sorge, okay?«

»Schlepp mir bloß nie wieder heiße Ware an!«

»Ich hab doch nicht gewußt, daß der Ring heiß ist. Aber es tut mir leid.«

»Wenn du gern mit Diebesgut erwischt werden willst, ist das deine Sache. Aber zieh mich da nicht mit rein.«

»Entschuldige, Andrew. Ich wußte nicht, daß der Ring gestohlen ist.«

»Hier, nimm das blöde Ding zurück.«

»Ja, danke. Es tut mir leid, wirklich.«

»Du schuldest mir fünftausend.«

»Was?«

»Fünftausend, Sal. Für den Ring.«

»Wie meinst du das?«

»Soviel ist der Ring wert – fünftausend Dollar. Darauf hat der Jude ihn geschätzt, und soviel will ich dafür haben. Für den ganzen Ärger, den ich damit hatte.«

»He, komm schon, Andrew, mach mal'n …«

»Fünftausend, Sal. Morgen früh.«

»Herrgott, Andrew …«

»Damit ich einen Ring ohne Stammbaum kaufen kann.«

»Ich wußte wirklich nicht, daß das verdammte Ding …«

»Auf Wiedersehen, Sal.«

»Herrgott noch mal.«

Am Samstag morgen begann es zu schneien und hörte erst im Laufe des Sonntags wieder auf. Alle redeten vom »Schneesturm des Jahrhunderts«, obwohl sich Sarah zu erinnern meinte, als Kind heftigere Schneefälle erlebt zu haben. Zusammen mit Michael und Mollie ging sie in den Park; sie fuhren den ganzen Nachmittag Schlitten und gingen dann essen – bei Fazio's auf der 78. Straße, einem der wenigen Restaurants, die an diesem Wochenende offen hatten. Straßen, Gehwege, die ganze Stadt sah weiß und sauber aus. Schon morgen würde die Pracht grau sein und dann von Tag zu Tag immer schmutziger werden. Aber heute war New York ein Wintermärchen, und Sarah sehnte sich danach, diesen Anblick mit Andrew teilen zu können. Sie war ziemlich sicher, daß es am nächsten Tag Schneeferien geben würde. Ob sie sich loseisen und ihn treffen konnte? Würde Michaels Büro ebenfalls einen freien Tag einlegen, so daß auch *er* zu Hause blieb? Wann würden die Straßen geräumt sein? Wann würde sich der Verkehr wieder in Bewegung setzen? Würde Andrew ihr am Mittwoch den Wagen schicken können? Und falls nicht, wäre die U-Bahn in Betrieb? Der Gedanke, ihn in dieser Woche nicht wie üblich sehen zu können, war unerträglich.

Als am Montag abend nach dem Schneesturm das Telefon klingelte, wußte Andrew sofort, daß etwas nicht stimmte. Seltsamerweise war sein erster Gedanke: *Sie hat mit ihrem Mann gesprochen.*

»Hallo?« sagte er.

Die Digitaluhr auf dem Nachttisch neben dem Bett zeigte 23:50. Jetzt war er endgültig überzeugt, daß Sarah unter Druck gesetzt worden war und alles gestanden hatte.

»Andrew?«

Er erkannte die Stimme sofort: seine Cousine Ida. Onkel Rudys Tochter. O Gott, dachte er.

»Was ist los?«

»Honey«, antwortete sie, »mein Vater ist tot.«

»O Gott«, sagte er laut. »Wie denn? Ich hab gedacht ...«

»Nicht an Krebs, Andrew. Es war ein Herzinfarkt.«

»Wo bist du?«

»Im Krankenhaus. Der Notarzt hat es mir vor zwei Minuten gesagt. Du bist der erste, den ich anrufe.« Auf einmal brach sie in Tränen aus.

»Ida?« sagte er.

Jetzt weinte sie vollkommen haltlos.

»Ida?«

»Ja, Andrew. Ja.«

Sie schluchzte weiter, ihre Stimme klang tränenerstickt.

»Wo ist Bobby?«

»Hier bei mir.«

»Gib ihn mir mal.«

»Kommst du her, Andrew?«

»Ja. Gib mir Bobby.«

Einen Augenblick später war Bobby am Apparat.

»Ja«, sagte er.

»Was ist passiert?«

»Er ist gleich nach dem Abendessen ins Bett gegangen und dann etwa um halb zehn wieder aufgewacht, erst mit Schmerzen in Arm und Schulter, dann mit Druck auf der Brust, als müßte er aufstoßen, weißt du? Als käme ihm was hoch. Er hat Ida angerufen und es ihr erzählt, aber er dachte, er hätte wahrscheinlich was Falsches gegessen. Ein bißchen *acida*, weißt du? Jedenfalls war Ida beunruhigt, du weißt ja, wie sie ist, seit ihre Mutter gestorben ist. Sie hat gesagt, ich soll mich anziehen, wir gehen rüber. Inzwischen war es ungefähr Viertel vor zehn. Als wir bei Rudy ankamen, waren die Schmerzen richtig schlimm, und Rudy meinte, es sei, als stünde ein Elefant auf seiner Brust. Also hab ich den Krankenwagen gerufen, und die haben ihn gleich in die Notaufnahme gebracht. Fast eine Stunde haben sie sich da drin um ihn bemüht, Andrew, aber sie konnten nichts machen, das Zeug, das sie ihm gegeben haben, konnte den Klumpen nicht auflösen, diesen Strepto-Irgendwas.«

»Verkraftet es Ida?«

»Nicht besonders gut.«

»Sag ihr, ich bin gleich da.«

»Mach ich, Andrew.«

»In welchem Krankenhaus seid ihr?«

Er überlegte kurz, ob er Billy zu Hause anrufen sollte, aber bis der mit dem Lincoln in Great Neck ankäme, war er mit dem Acura längst unterwegs. Genau zehn Minuten später hatte er das Haus verlassen.

Die Durchgangsstraßen waren leer um diese Zeit.

Auf beiden Seiten der schmalen geräumten Fahrspur türmte sich der Schnee; die Scheinwerfer schlugen lange, helle Tunnel in die Dunkelheit.

In vieler Hinsicht stand Andrew seiner Cousine Ida näher als seinen Schwestern. Bei seiner Geburt war Angela vier und Carol zwei gewesen, und bevor Andrew auf der Bildfläche erschienen war, waren sie beinahe wie Zwillinge gewesen. Obgleich sie ihn mit Umarmungen, Küssen und Kosenamen überhäuften, war es für ihn schwer, in ihre Zweisamkeit einzudringen, als er größer wurde und echte Kameradschaft suchte.

Ida dagegen war nur zwei Monate jünger als er und rasch zu seiner Spielkameradin und Vertrauten geworden. Onkel Rudy und Tante Concetta wohnten ganz in der Nähe, und die beiden Brüder und ihre Familien verbrachten viel Zeit zusammen. Am

Sonntag versammelte sich die ganze Großfamilie in dem weitläufigen alten Haus an der Nordküste von Long Island, wo sich Grandma und Grandpa nach der Aufgabe ihrer Bäckerei in Coney Island niedergelassen hatten. Andrews Schwestern unterhielten sich mit Geheimzeichen aus der Taubstummensprache, die sie aus einem Lehrbuch gelernt hatten, aber das war Andrew egal – er hatte ja Ida.

Die dunkelhaarige, dunkeläugige Ida, die ihrem Vater ähnlicher war als ihrer Mutter, mit einer Nase, die Andrew später auf Gemälden der italienischen Renaissance wiederentdecken sollte. Damals war Andrew noch ein blonder kleiner Junge gewesen – erst mit zwölf oder dreizehn verfärbten sich seine Haare ins Bräunliche. Obwohl sie sich äußerlich also überhaupt nicht ähnelten, nannte Onkel Rudy die beiden immer »Ike und Mike, die zwei« und fügte jedesmal hinzu: »Die sind aus einem Ei.« Später wurde Andrew klar, daß er damit ihre innere Verbundenheit meinte. Im Laufe der Jahre hatte sich der Kontakt zu Ida jedoch gelockert.

Während Andrew so durch die Nacht in Richtung Krankenhaus brauste, erinnerte er sich daran, wie sie ihm einmal mit ihrem Geldbeutel auf den Kopf gehauen hatte. Sie waren beide sechs Jahre alt gewesen, und er hatte sie aus irgendeinem Grund geneckt. Patsch, hatte sie ihm mit ihrem kleinen roten Lederbeutel eins übergebraten. Der Metallverschluß hatte ihn am Hinterkopf getroffen und einen blutenden Kratzer hinterlassen.

Ida hatte lauter geheult als er.

Ike und Mike.

Sie hatte ihn immer wegen seiner großen Ohren aufgezogen.

Er hatte sich revanchiert und behauptet, sie hätte eine große Nase.

*Igitt, was für'n Haken! Soll das 'ne Nase sein oder ein Rüssel?*

Sie nannte ihn Mickymaus.

Er nannte sie Pinocchio.

Er hatte sie über alles geliebt.

Plötzlich brach Andrew in Tränen aus, und in diesem

Moment wußte er nicht, ob er um Onkel Rudy weinte oder um all die großartigen Sonntage, an denen er sich mit seiner Cousine Ida im Haus ihrer Großeltern amüsiert hatte.

Die *Daily News* platzte am Dienstag morgen gleich auf der Titelseite mit der Nachricht heraus:

GANGSTERBOSS BRICHT TOT ZUSAMMEN

In der *Post*, die mit internen Problemen zu kämpfen hatte, erschien eine ähnlich ungeschliffene Überschrift:

PATE TOT

Sarah sah die Schlagzeilen, als sie am Kiosk vor der U-Bahn-Station in der 77. Straße die *Times* kaufte. Auf der Fahrt nach Downtown warf sie nur einen kurzen Blick in den Lokalteil für den Großraum New York. Ein Gangsterboß, der zahllose Schießereien überlebt hatte, war einem Herzinfarkt erlegen. Ironie des Schicksals. Geschieht ihm recht, dachte Sarah und blätterte weiter.

Sie stieg an der 60. Straße aus, ging zu der offenen Telefonzelle an der Ecke zur Lexington Avenue und wählte Andrews Nummer. Den Hörer in der Hand, stand sie auf einem Schneehaufen und lauschte, wie ihr die vertraute Stimme mitteilte, das Büro sei Dienstag und Mittwoch geschlossen. Nach dem Pfeifton sagte sie: »Hi, ich bin's. Hoffentlich ist nichts Schlimmes passiert.« Dann angelte sie noch mehr Kleingeld aus ihrer Tasche und wählte die Nummer in Great Neck. Dort meldete sich niemand.

Inzwischen schmolzen die Schneemassen vom Wochenende. Die Sonne schien. Morgen war St. Patrick's Day und am Samstag Frühlingsanfang. Aber Sarah dachte nur daran, daß sie am Mittwoch nicht mit Andrew zusammensein würde.

Am Mittwoch rief Barney Levin an, als Sarah gerade das Essen zubereitete.

»Hallo«, sagte er. »Warst du beim Umzug zum St. Patrick's Day?«

»Nein«, antwortete sie. »Und du?«

»Ich geh jedes Jahr hin«, sagte er. »Mit den Schwulen«, fügte er hinzu. »Hast du einen Moment Zeit?«

»Falls du Michael sprechen willst, der ist noch nicht zu Hause.«

»Nein, ich hab eine Frage an dich«, entgegnete er. »Ich hab hier ein paar Schecks, die auf eine Frau namens Maria Sanchez ausgestellt sind. Beide über genau hundert Dollar, einer datiert am ...«

»Ja, sie ist unsere Putzfrau. Sie kommt zweimal die Woche, und ich zahle ihr fünfzig Dollar pro Tag.«

»Ist sie neu bei euch?«

»Sie hat vor ein paar Wochen angefangen. Warum?«

»Versteuert ihr den Betrag?«

»Nein. Hätte ich das tun sollen?«

»Arbeitet sie schwarz?«

»Keine Ahnung.«

»Dann frag sie lieber nicht. Bezahl sie in Zukunft bar und vergiß unser Gespräch.«

»Wäre das nicht illegal?«

»*Was* soll illegal sein?«

»Komm schon, Barney. Michael ist bei der Staatsanwaltschaft. Ich kann doch nichts *Kriminelles* machen.«

»Dann fang an, sämtliche Steuern abzuziehen. Und vergewissere dich, daß eure Putzfrau bei der Unfallversicherung, der Arbeitslosenversicherung und der Rentenversicherung gemeldet ist. Oder schmeiß sie raus. Das sind die Alternativen.«

»Danke. Ich bin froh, daß du angerufen hast.«

»Warum mußtest du auch unbedingt einen Staatsanwalt heiraten?«

»Hör mal, Barney, wenn ich dich schon mal an der Strippe habe ...«

»Ja?«

»Was weißt du über eine Firma namens Carter-Goldsmith Investments?«

»*Wie* heißt die Firma?«

»Carter-Goldsmith Investments.«

»Sind sie an der Börse?«

»Keine Ahnung.«

»Was willst du wissen?«

»Wie man sie einstuft, was sie machen, wer im Vorstand sitzt, all so was.«

»Willst du was anlegen?«

»Vielleicht.«

»Ich werde mal ein bißchen rumfragen.«

»Danke. Ich ruf dich morgen von der Schule aus an.«

»Himmel, kannst du mir nicht wenigstens Zeit bis *Mitternacht* lassen?« fragte Barney lachend.

»Okay, dann am Freitag. Gute Nacht, Barney.«

»Gute Nacht, Sarah. Grüß Michael von mir.«

»Mach ich.«

Lächelnd legte sie auf.

Um sich die Wartezeit zu vertreiben, bis Andrew zurückkam, beschloß sie, ein Gedicht für ihn zu schreiben. Sie hatte schon unter »Andrew« in dem Namensbuch nachgeschlagen, das sie vor Mollies Geburt gekauft hatte: der Name stammte aus dem Griechischen und bedeutete »männlich, heldenhaft und tapfer«, was ihr sehr passend vorkam. Als Koseformen gab es Andy, Tandy, Dandy und Drew. Das hörte sich an wie eine Varietétruppe, eröffnete ihr aber viele poetische Gestaltungsmöglichkeiten.

Der Nachname Farrell kam aus dem Keltischen und bedeutete »der Mutige« – woher hatten diese Leute *gewußt*, daß er ins Meer springen würde, um Sarahs Tochter zu retten? Farrell war aber auch eine Form von »Farrar«. Sie ging zurück auf das lateinische *ferrains*, was soviel bedeutete wie »einer, der mit Eisen arbeitet« oder einfacher »Schmied«.

Die erste Strophe von Sarahs Opus war bereits fertig; jetzt

wollte sie eine zweite anfügen, die sich mit seinem Beruf befaßte. Alles hatte nur den einen Zweck: ihn zu überraschen, wenn er endlich wieder da war – wann immer das sein mochte.

Während sie die Temperatur des Bratens kontrollierte, der im Ofen brutzelte, ging sie die erste Strophe im Kopf noch einmal durch:

*Andy und Dandy und Tandy und Drew –*
*Ist's wahre Liebe, bist es du?*
*Farrell der Mutige und Farrar das Eisen,*
*Wer ist mein Held, wie soll er heißen?*

*In den besten aller Männer, was soll ich investieren …*

… und hier fehlte ihr eben etwas über Carter-Goldsmith. Sie nahm sich vor, Barney am Freitag von der Lehrercafeteria aus anzurufen. Dann überlegte sie etwa zum fünfzigstenmal, wann Andrew endlich zurückkommen würde.

Am Donnerstag erschienen in der *Post* und in den *News* Artikel über das große Gangsterbegräbnis, mit Fotos von Männern, die mit Sicherheit auch Ganoven waren und den Sarg ihres toten Anführers trugen. Es gab mehr Blumen als im Botanischen Garten von Brooklyn. Den dritten Sargträger rechts konnte man allerdings nicht erkennen, denn der kunstvoll verzierte Sarg verdeckte sein Gesicht.

Die *Times* berichtete wieder im New Yorker Lokalteil über die Beerdigung, und zwar sehr kurz. Mollie überflog die Geschichte im Bus Richtung Uptown zur 110. Straße, wo sie in eine andere Linie umsteigen mußte, um zur Schule zu kommen. Anscheinend gab es Spekulationen und Sorge darüber, wer in der Familie, die *heute* Faviola hieß, früher aber als Tortocello-Familie bekannt gewesen war, jetzt die Kontrolle übernehmen würde. Der *vorherige* Boß, ein Mann namens Anthony Faviola, saß im Gefängnis, und sein *Nachfolger*, sein Bruder Rudy, war letzten

Montag einem Herzinfarkt erlegen. Wer sollte den Thron nun besteigen?

Ach, welch weltbewegende Frage, dachte Mollie.

Weiter wurde berichtet, in Polizeikreisen gehe man davon aus, daß sich Andrew Faviola, der Neffe des gerade verstorbenen Gangsters, wahrscheinlich auf den Weg zum Hochsicherheitstrakt des Gefängnisses in Leavenworth, Kansas, machen würde, um sich mit seinem dort in Haft befindlichen Vater – dem oben erwähnten Anthony Faviola – über die Nachfolge zu beraten. Mollie fand den Namen ulkig, weil er sie an die Farkel-Familie aus den Komödien im Spätprogramm erinnerte.

Auf der gegenüberliegenden Seite stand ein Artikel über eine Drogenrazzia in Washington Heights im Norden von Manhattan. Verdeckte Ermittler des Vierunddreißigsten Reviers hatten eine angebliche Autowerkstatt durchsucht und dort fünfhundert Kilo Heroin entdeckt – laut *Times* entsprach das etwa elfhundert amerikanischen Pfund – und dazu zweieinhalb Millionen Dollar in bar. Die kurze Notiz unten auf der Seite sollte offensichtlich thematisch dazu passen: Ein vierundzwanzigjähriger Mann namens Richard Palermo, ein kleiner Drogenkurier, war in seinem Kellerzimmer an der Eighth Avenue tot aufgefunden worden. Die beiden Einschüsse in seinem Hinterkopf legten in Polizeikreisen die Vermutung nahe, daß es sich um einen Gangstermord handelte, höchstwahrscheinlich im Zusammenhang mit Drogen–

Der Bus stoppte an der Haltestelle. Mollie packte ihre Büchertasche und rannte zum Ausgang.

Es war eiskalt. Sarah stand in der Telefonzelle an der Südostecke der 60. Straße und der Park Avenue und wählte Andrews Nummer in Great Neck. Als sie keine Antwort bekam, legte sie auf. Zum Glück spuckte der Apparat ihren letzten Vierteldollar wieder aus, obwohl offenbar jemand am Rückgabeschlitz herumgefummelt hatte. Sie versuchte es bei der Nummer in der Mott Street. Und hörte wieder seine Stimme vom Tonband.

»Unser Büro bleibt Dienstag und Mittwoch geschlossen ...«
Aber heute war schon *Donnerstag*!
»Bitte hinterlassen Sie nach dem Pfeifton eine Nachricht, und ich werde Sie sobald wie möglich zurückrufen. Danke.«
Aber *wann*?
Der Pfeifton erklang.
»Hi, ich bin's«, sagte sie. »Wo *bist* du denn?«
Dann hängte sie den Hörer ein, rannte über die Park Avenue und an der Christ Church vorbei zur Schule.

Am Mittwoch abend war Andrew abgeflogen. Nach dem Begräbnis hatten sich Onkel Rudys Freunde, Verwandte und Geschäftspartner samt und sonders zu einem Empfang in Idas Haus eingefunden. Jetzt, um zehn Uhr am Donnerstag morgen, saß er im Besuchszimmer von Leavenworth seinem Vater gegenüber – getrennt durch eine dicke Glaswand, in die eine Gegensprechanlage installiert war.
»Alle waren da, um ihm die letzte Ehre zu erweisen«, berichtete Andrew. »Von überallher sind sie gekommen, Pop. Familien aus Chicago, Miami, St. Louis, trotz Schnee. Manche hab ich nicht mal gekannt.«
Sein Vater nickte.
Andrew spürte, daß Anthony innerlich vor Wut kochte. Sein Anwalt, Abraham Meyerson, hatte bei der Gefängnisverwaltung um einen eintägigen Hafturlaub ersucht, damit Anthony Faviola dem Begräbnis seines einzigen Bruders beiwohnen konnte. Doch der Antrag war abgelehnt worden. Nun war Anthony also nicht nur hier eingesperrt, fern von Freunden, Verwandten und Geschäftspartnern, nein, er mußte auch noch die zusätzliche Erniedrigung schlucken, daß ein blöder Gefängnisaufseher ihm einfach diese wichtige Reise verweigert hatte. Jetzt saß er auf seiner Seite der Trennwand, die Hände auf der Tischplatte geballt, den Mund zusammengekniffen, die dunklen Augen funkelnd. Er hatte abgenommen im Gefängnis, sein Gesicht war blaß, und seine Koteletten wurden immer grauer. Plötzlich überfiel

Andrew dieselbe Trauer wie in der Nacht, als sein Onkel gestorben war.

»Und es gab Blumen, Pop, man hätte denken können, es wäre Sommer – drei Autos voller Blumen sind hinter dem Leichenwagen hergefahren.«

»Hat sich einer von der Colotti-Familie sehen lassen?«

»Oh, ja, sie waren *alle* da, klar, Pop. Wir hatten diesen fürchterlichen Schneesturm, weißt du, aber das hat keinen zurückgehalten, sie sind trotzdem alle erschienen. Jimmy Angelli, Mike Mangioni …«

»Mike der Hai, was?« Anthony grinste. »Das überrascht mich. Schließlich war es Rudy, der ihm den Schlag ins Gesicht *verpaßt* hat. Damals, als wir noch Kinder waren. *Der* war ein Kämpfer, mein Bruder.«

Jetzt begann Andrew die Namen der Gäste herunterzuspulen, die beim Gottesdienst oder beim Begräbnis oder später in Idas Haus gewesen waren und an die er sich noch erinnerte. Aber sein Vater starrte über seine Schulter hinweg ins Leere, seine Augen schienen nichts wahrzunehmen. Er dachte an seinen Bruder, der erst gestern zu Grabe getragen worden war.

»Der Priester hat eine schöne Grabrede gehalten«, fuhr Andrew fort. »Father Nigro, kennst du den noch?«

»Ob ich den *kenne*? Er hat dich *getauft*!«

»Das war keine Nullachtfünfzehn-Grabrede, wie sie einer hält, der den Toten nie gesehen hat. Father Nigro hat Onkel Rudy *gekannt*, und er hat über ihn gesprochen wie über einen persönlichen Freund. Es war sehr bewegend, Pop.«

»Freut mich.«

Ein langes Schweigen trat ein.

Dann sagte Anthony: »Sie hätten mich hinfahren lassen sollen.«

»Ja, Pop.«

»*Sfasciumi*«, knurrte Anthony bitter.

»Jedenfalls«, fuhr Andrew schließlich fort, »jedenfalls hab ich dir ein paar Zeitungen mitgebracht, die du dir anschauen kannst.

Hier die *News*«, sagte er und hielt das Boulevardblättchen vor die Glaswand, um seinem Vater die Titelseite zu zeigen. »Und die *Post* – ein Wunder, daß die überhaupt noch erscheint, bei all den Schwierigkeiten, die sie momentan hat. Onkel Rudy hat die Titelseite gekriegt und im Innenteil den Leitartikel. Die *Times* hat einen Nachruf gebracht und einen Bericht im New Yorker Lokalteil. Ich laß sie dir alle da, man hat mir gesagt, daß sie in deine Zelle gebracht werden. Über die Beerdigung wird es wahrscheinlich auch ein paar Berichte geben, die schicke ich dir dann, wenn ich zurück bin. Ich hab Billy gebeten, sie aufzuheben.«

»Danke«, sagte sein Vater.

»Wer hätte damit gerechnet, daß er an einem Herzinfarkt stirbt?« meinte Andrew. »Die Ärzte hatten ihm noch sechs bis zwölf Monate gegeben.«

»Ja.«

»Das gehört zu den Dingen, die man einfach nicht versteht, weißt du.«

»Nein, so was kann man nicht begreifen.«

Wieder schwiegen beide.

»Wie geht's denn sonst?« erkundigte sich der Vater schließlich.

»Gut, Pop.«

»Die Sache, an der ich gearbeitet habe, bevor ich …«

Er hielt inne, weil ihm vor Wut förmlich die Luft wegblieb, wenn er daran dachte, wie ungerecht man ihn in seiner ohnehin unerträglichen Situation behandelte. Dann atmete er tief durch, schloß die Augen, öffnete sie wieder und brachte mit leiser, gefaßter Stimme seinen Satz zu Ende: »Bevor man mich hierher geschickt hat. Mein Projekt. Wie geht es damit vorwärts?«

»Der Deal ist perfekt, Pop.«

»Gut.«

Jetzt klang er zufrieden. Eine seiner Ideen, etwas, was er selbst begonnen hatte, war unter der Führung seines Sohnes Wirklichkeit geworden. Er nickte, und ein winziges Lächeln lag auf seinen Lippen. Wahrscheinlich war das ein guter Moment, um das Thema der Nachfolge anzuschneiden. Oder war es noch zu früh? Wo Onkel Rudy gerade erst unter der Erde war? Andrew zögerte.

»Pop, ich weiß, es ist nicht der beste Zeitpunkt, aber ...«

»Ich weiß, was du fragen willst.«

»Was will ich fragen, Pop?«

»Du willst wissen, *wer*.«

»Ja.«

»Rechtmäßig wäre Petey Bardo dran.«

»Das weiß ich.«

»Diese braunen Anzüge«, sagte Anthony kopfschüttelnd und fing an zu lachen. Auch Andrew lächelte. Und wartete.

»Aber Bobby hat mehr Mumm in den Knochen.«

»Ja.«

»Also laß Petey, wo er ist, und gib Bobby den Job. Wenn Petey ein Problem damit hat, sag ihm, er soll mit mir darüber reden.«

»Okay, Pop.«

»Bist du nicht einverstanden?«

»Doch.«

»Gut«, sagte sein Vater und verfiel wieder in Schweigen. Nach einer Weile sagte er: »Ich vermisse dich, Lino.«

»Ich dich auch.«

»Sag deiner Mutter, daß ich sie liebe.«

»Ich werde es ihr ausrichten.«

»Wann suchst du dir endlich ein nettes Mädchen zum Heiraten?«

»Keine Ahnung, Pop.«

»Und schenkst mir ein paar Enkel?«

»Du hast doch schon welche, Pop.«

»Aber nicht von dir. Nicht von meinem *Sohn*.«

»Irgendwann.«

»Hast du denn eine Freundin?«

»Ein paar.«

»Wen?«

»Ein paar Mädchen, Pop, du kennst sie nicht.«
»Was Ernstes dabei?«
»Nein«, antwortete Andrew. »Nichts Ernstes.«

Der Koordinator der Telefonüberwachung von Andrew Faviola hatte die Tonbänder, Berichtsbogen und Datenausdrucke vom Mittwoch kopiert und ließ sie gegen elf am Donnerstag morgen in Michaels Büro bringen. Nachmittags um vier rief Michael Georgie Giardino in seinem Büro an und bat ihn vorbeizukommen. Zusammen tranken sie reichlich Kaffee aus Pappbechern und versuchten wieder einmal, aus den Telefonaten in Faviolas Büro-Apartment schlau zu werden.

Natürlich überraschte es Michael nicht, daß die meisten Anrufe, die Faviola am Dienstag, dem Tag nach dem Tod seines Onkels, tätigte, an polizeibekannte Gangster gegangen waren. Er informierte die Betreffenden über Rudy Faviolas vorzeitiges Ableben und vergewisserte sich, daß alle wußten, wo sie den Leichnam besuchen und wohin sie ihre Blumenspenden schicken konnten. Georgie erklärte Michael den italienischen Brauch, daß bei der Totenwache eine Box aufgestellt wurde, in die Freunde und Verwandte dann kleine Umschläge mit Geld warfen – angeblich, um die Kosten der Beerdigung zu bestreiten. Ob wohl ein millionenschweres Unternehmen wie die Faviola-Familie auch solche Spenden entgegennahm?

»Diese Kerle sind die geizigsten Scheißer, die man sich vorstellen kann«, sagte Georgie. »Freddie Coulter hat mir erzählt, das Schloß an der Tür, die von diesem Schneidergeschäft nach oben führt, ist das lausigste Stück Mist, das er je zu Gesicht gekriegt hat. Wenn diese Kerle beispielsweise ein Schloß oder 'ne Alarmanlage brauchen, dann läuft das ungefähr so: Sie erinnern sich plötzlich daran, daß der Sohn von Joey Soundso auf die Fachschule gegangen ist und Mechaniker oder Elektriker gelernt hat, also rufen sie schnell bei Joey an, und der schickt seinen Jungen rüber, damit er die Anlage oder das Schloß installiert. Dem drücken sie dann 'nen Zwanzigdollarschein in die

Hand und bedanken sich herzlich. Freddie hat da so 'ne Vorliebe – wenn er bei der Arbeit auf eine von diesen billigen Alarmanlagen stößt, läßt er sie jedesmal losgehen, wenn er wieder draußen ist. Da schleicht er dann vier-, fünfmal rein, je nachdem, was zu tun ist, und sobald er rausgeht, löst er den Alarm aus. Dann überlegt die überwachte Person natürlich: He, was ist denn das für ein Mist, den Joey Soundsos Sohn da eingebaut hat, ist das Ding etwa schon im Eimer? Zum Teufel damit, sagt er sich, und läßt das Scheißding einfach ausgeschaltet.«

»Mit 'nem Medeco-Schloß stellt Freddie das gleiche an«, sagte Michael grinsend.

»Wie soll das denn mit einem Medeco-Schloß gehen?«

»Er klebt es zu. Kein Einbrecher kriegt ein Medeco-Schloß auf, und jeder, der es behauptet, ist ein Lügner. Und wenn Freddie eins findet, spritzt er Sekundenkleber rein.«

»O Gott!« Georgie schüttelte sich vor Lachen.

»Dann steckt der Wiseguy seinen Schlüssel ins Schloß, und es rührt sich nichts, und da denkt er, das liegt an dem anderen Wiseguy, der ihm das Schloß für zehn Dollar eingebaut hat. Also sagt er sich, zum Teufel damit, und benutzt wieder die alten Schlösser an seiner Tür.«

»Ich finde das toll, wie Freddie diesen billigen Mistkerlen auf der Nase rumtanzt«, meinte Georgie, immer noch lachend. »Ich wette, die erwarten *tatsächlich* Geldumschläge in ihren Sammelbüchsen. Und ich wette obendrein, Rudys Tochter hat sie nicht abgelehnt.«

Die Originale der Datenausdrucke waren etwa so breit wie die einer Rechenmaschine, die Schrift ein bläuliches Violett. Die Kopien waren schwarzweiß. Bei einem *ausgehenden* Anruf sah der Schrifttyp anders aus als bei einem *eingehenden*. Bei jedem Anruf, der von der Wohnung getätigt wurde, registrierte der Datenschreiber die gewählte Nummer, den Beginn und das Ende des Anrufs sowie die Dauer des Gesprächs. Wenn ein Anruf einging, wurde zwar nicht die Nummer des Anrufers aufgezeichnet, zusätzlich zu den anderen Informationen aber noch die Anzahl der Klingeltöne, ehe das Zieltelefon abgehoben wurde. Bei jeder Telefonüberwachung notierten die Ermittler die Aufzeichnungen des Schreibers auf ihre Berichtsbogen, und später lieferte dann die Telefongesellschaft Namen und Adressen der aufgelisteten Nummern. Inzwischen kannten Michael und Georgie die meisten von ihnen; trotzdem überprüften sie die Bogen stichprobenweise, um sich zu vergewissern, daß sie mit den Ausdrucken des Datenschreibers übereinstimmten. Dann hörten sie sich gemeinsam die Tonbänder an.

Am Dienstag, dem ersten Tag der Totenwache, hatte keiner der Wiseguys angerufen. Wahrscheinlich knieten alle vor Rudys Sarg, dachte Michael. Allerdings hatte ein Mann namens William Isetti angerufen, angeblich aus St. Thomas. Wer immer er war – er hinterließ eine Nummer mit der Vorwahl 809 und bat um Rückruf. Über Rudy Faviolas Tod verlor er kein Wort.

Von Andy-Boys Freundinnen schien nur *eine* Bescheid zu wissen.

Datenschreiber und Berichtsbogen zeigten einen Anruf von einer Frau, die sich am Dienstag nachmittag als »Angela in Great Neck« meldete, lange nachdem Faviola sein Büro verlassen und den Anrufbeantworter angeschaltet hatte. Auf dem Tonband hinterließ sie eine Nachricht, daß sie gerade vom Tod seines Onkels gehört hatte und Andrew sagen wollte, wie leid es ihr tat.

»Das Lokaltalent«, meinte Georgie.

»Mmmm«, machte Michael.

Am Dienstag nachmittag folgten mehrere Anrufe von Faviolas Harem, allesamt bekannte Stimmen, die nur hallo sagen und fragen wollten, wann man sich mal wieder treffen konnte.

Am Mittwoch rief »Hi, ich bin's« *vier*mal an, hinterließ aber nie eine Nummer. Auf dem Tonband klang ihre Stimme ziemlich atemlos. Beim letzten Anruf sogar eindeutig hektisch. Am selben Tag meldete sich auch Oona Halligan dreimal von ihrem neuen Job im Time-Life-Building auf der Sixth Avenue. Sie hinterließ eine Nummer, unter der Andrew sie anrufen sollte, sobald er zurück war. Jedesmal dieselbe Botschaft: »Hier ist Oona, ruf mich zurück, wenn du wieder im Büro bist.« Oona hörte sich jünger an als »Hi, ich bin's«. Aber auch Oonas Stimme klang atemlos. Vielleicht bekamen die Frauen automatisch einen leidenschaftlich-erregten Ton, wenn sie mit Andy-Boy telefonierten.

»Oder sie sind Schwestern«, meinte Georgie.

»Das wäre aber komisch, wenn er zwei Schwestern bumst, und keine von ihnen weiß Bescheid über die andre«, entgegnete Michael.

»Ein Mädchen aus Brooklyn«, sagte Georgie. »Diese Oona.«

»Ich frage mich, wo die andere wohnt«, sagte Michael.

»Die Geheimnisvolle.«

»Ruft nur aus Telefonzellen an.«

»Hinterläßt keine Nummer.«

»Nie.«

»Bestimmt ist sie verheiratet.«

»Vielleicht mit einem von den *paisans*«, sagte Georgie. »Wie war doch gleich der Name von dem Mädchen, das sie unbedingt alle bumsen wollten? Auf den Prozeß-Bändern?«

»Teresa Danielli.«

»Terry, ja. Vielleicht ist sie es.«

»Vielleicht.«

»Was denkst du – wer ist dieser Isetti?«

»Keine Ahnung.«

»Auf den Jungferninseln.«

»Mmmm.«

»Was ist dort unten?«

»Weiß ich nicht.«

»Wer wohl Rudys Platz übernimmt?«

»Triani.«

»Echt?«

»Bestimmt.«

»Eigentlich wäre aber Bardo an der Reihe.«

»Ich glaube trotzdem, daß sie Triani nehmen und daß nächste Woche in Faviolas Konferenzzimmer wieder mal eine Besprechung stattfindet.«

»Aber nicht am Mittwoch«, erwiderte Georgie. »Da ist *Blondie*-Tag.«

»Nein, nicht am Mittwoch. Aber *wann* auch immer, wir werden genau hinhören.«

»Meinst du eigentlich, die Bogen werden korrekt ausgefüllt?« fragte Georgie unvermittelt.

Michael schwieg einen Moment.

»Nein«, antwortete er schließlich.

»Ich glaub's auch nicht«, sagte Georgie. »Ich denke, Regan und Lowndes horchen länger als nötig.«

»Ich denke, alle *drei* Schichten tun das.«

»Mike, das kann …«

»Ich weiß. Zeit für ein kleines Gespräch. Ich sag dir, Georgie, wenn das nicht strikt nach Vorschrift läuft, sind sie draußen.«

»Aber schmeiß sie nicht vor dem Gespräch raus. Wir können uns kein neues Team leisten.«

»Nicht vor dem Gespräch«, bestätigte Michael, sah auf seine Armbanduhr, griff hastig nach dem Telefonhörer und wählte seine eigene Nummer. Das Telefon klingelte einmal, zweimal …

»Hallo?«

»Sarah, ich bin's. Ich weiß, daß wir zum Abendessen mit den Learys verabredet sind, aber war es Uptown oder Downtown?«

»Im Rinaldi's.«

»Okay, dann komm ich heim.«

»Wir wollten uns um sieben treffen, Michael.«

»Dann mach ich mich lieber gleich auf den Weg.«

»Komm nicht zu spät, Honey, du kennst sie ja.«

»Ich bin um sechs zu Hause.«

»Aber nicht später. Bitte.«

»Versprochen«, sagte er.

Sarah legte auf und überlegte, ob sie noch einmal versuchen sollte, Andrew zu erreichen. Mollie war ganz am anderen Ende der Diele und sah sich etwas sehr Lautes im Fernsehen an. Wenn Sarah also das Telefon im Schlafzimmer benutzte, konnte sie bestimmt niemand belauschen.

Einen Moment lang spielte sie mit der Idee, dann verwarf sie sie.

Richard Leary war ein Anwalt, der amüsante kleine Artikel über Juristen und ihr Gewerbe schrieb und an jedes Magazin verkaufte, das bereit war, sie zu veröffentlichen. Michael hatte ihn im Verdacht, daß er insgeheim gern ein zweiter Turow oder Grisham sein wollte. Jetzt erzählte Richard, daß er gerade an einer Abhandlung über kriminelle Konversation schrieb.

»Worum geht es da?« wollte Sarah wissen. »Um Gespräche zwischen Gangstern?«

»Nein, es ist ein Delikt«, antwortete Richard.

»Und was ist ein Delikt? Irgendwas Leckeres?«

Natürlich wußte Rosie ganz genau, was ein Delikt war, schließlich war sie seit zwanzig Jahren mit einem Juristen verheiratet.

»Ein Delikt ist, Zitat: ›Jede ungesetzliche Handlung, jeder Schaden und jede Verletzung, die absichtlich, fahrlässig oder unter schuldvollen Umständen verübt wird und mit einer Zivilklage geahndet werden kann‹, Zitat Ende.«

»Ausgenommen ein Vertrauensbruch«, ergänzte Michael.

»Zum Beispiel bei einem Vertrag«, fügte Richard hinzu.

»Ich hasse dieses Juristengefasel«, sagte Rosie.

»Wie dem auch sei«, meinte Richard, »kriminelle Konversation wird definiert als Schändung des Ehebettes ...«

»Bitte«, unterbrach Rosie, »doch nicht beim *Essen*!«

»... *oder* als außerehelicher Verkehr«, fuhr Richard unbeeindruckt fort, »*oder* als Bruch des ehelichen Treuegelöbnisses.«

»Er meint Ficken mit Fremden«, platzte Rosie dazwischen und schlug sich mit gespieltem Entsetzen die Hand vor den Mund.

»Ich meine *Ehebruch*«, verbesserte Richard, »und zwar in seiner Definition als Zivilvergehen am Ehemann, wofür ihm Schadensersatz zusteht.«

»Und was ist mit der *Ehefrau*?« fragte Rosie. »Wenn der *Mann* fremdgeht?«

»Kriminelle Konversation betraf nur die außereheliche Verführung der *Ehefrau*.«

»Und was gibt's sonst Neues?« versuchte Rosie achselzuckend abzulenken.

»Genau darum geht es nämlich in meinem Artikel«, fuhr Richard unbeirrt fort. »Meines Erachtens ist das Thema für die Frauenbewegung noch immer wichtig, obwohl es das Delikt als solches seit 1935 nicht mehr gibt.«

»Du meinst, bis dahin ...«

»Bis dahin konnte man einen Mann wegen krimineller Konversation anzeigen, ja. Wenn er mit einer verheirateten Frau Ehebruch begangen hatte.«

»Seltsamer Ausdruck fürs Rumbumsen«, meinte Rosie. »Kriminelle Konversation.«

Aber Sarah fand die Bezeichnung sehr treffend.

Sie senkte die Augen auf ihren Teller und hörte zu, wie Richard über die Popularität solcher Prozesse im England des siebzehnten Jahrhunderts berichtete, wo man das Delikt ganz familiär als »Crim Con« bezeichnete und Schadensersatzforderungen in Höhe von zehntausend bis zwanzigtausend Pfund keine Seltenheit waren. Ja, dachte Sarah, was ich mit Andrew in seinem Schlafzimmer treibe, das ist kriminelle Konversation. Wir sind zwei Diebe, die eine Ehe ausrauben, und der Schaden ist weit schlimmer, als irgendein Gerichtshof auf der Welt je wiedergutmachen könnte.

»Aber wieso *kriminelle* Konversation?« fragte Rosie und drehte sich zu Sarah, von der sie sich ein wenig Unterstützung erhoffte.

Ja, dachte Sarah, kriminelle Konversation.

Aber laut sagte sie: »Es *klingt* schon ein wenig seltsam.«

Am Dienstag morgen, dem dreiundzwanzigsten März, fand das erwartete Treffen statt. Regan und Lowndes hörten von der Wohnung in der Grand Street aus mit, und Regan war immer noch sauer, weil Michael dem versammelten Überwachungsteam noch einmal den Minimalvortrag gehalten und ihn mit einer verschleierten Warnung beendet hatte.

»Ich weiß, daß ihr euch alle der Wichtigkeit dieses Falls bewußt seid«, hatte er gesagt, »und ihr wißt sicher auch, wie fatal es wäre, wenn wegen eines dummen Fehlers unser ganzes mühsam gesammeltes Material nicht verwendet werden dürfte. Deshalb sag ich euch noch einmal: Stellt die Geräte im Zweifelsfall lieber ab.«

Außerdem hatte Michael sie angewiesen, in den nächsten Tagen und Wochen scharf aufzupassen, weil der Tod von Rudy Faviola mit Sicherheit Wellen schlagen würde. So saßen sie also hier, drei Tage nach Frühlingsanfang, und hörten zu, wie die Wiseguys darüber diskutierten, wer die Position des »Buchhalters« in der Organisation übernehmen sollte.

Ab zwei Uhr nachmittags trudelten die Ganoven allmählich ein.

Benny Vaccaro stand nicht mehr an der Bügelmaschine im Hinterzimmer des Schneiderladens. Aus Gesprächen zwischen ihm und Andrew Faviola, die früher belauscht und registriert worden waren, wußten die Ermittler, daß er jetzt an einem Pier in der West Side arbeitete. Wahrscheinlich half er, Kisten mit doppeltem Boden abzuladen, in denen jede Menge illegales Zeug versteckt war. In keiner der abgehörten Unterhaltungen war jedoch etwas Kriminelles erwähnt worden. Sie hatten die Anlage abgeschaltet, sobald klar war, daß Faviola dem Jungen einen scheinbar ehrbaren Job anbot.

Der neue Bügler hieß Mario.

Seinen Nachnamen hatten sie noch nicht herausgefunden, aber sie nahmen an, daß es sich um einen Cousin oder Neffen von irgendeinem Mafioso handelte oder vielleicht auch um den Sohn eines Bekannten von einem Mafioso, in jedem Fall jedoch um einen vertrauenswürdigen Jungen, der niemandem erzählte, wer hier ein- und ausging.

»Hallo, Mario.«

»Hallo, Mr. Triani.«

Marios Stimme klang jünger als die von Benny. Die Ermittler stellten sich einen Fünfzehn- oder Sechzehnjährigen vor, der die Schule hingeschmissen hatte und sich jetzt im organisierten Verbrechen hochdiente – erst mal als Bügler, der vor all den großen Tieren katzbuckelte.

»Hallo, Mr. Bardo.«

»Hallo, Mario.«

Darauf folgte die bekannte Stimme aus dem Lautsprecher. Faviola bat seine Geschäftspartner, diese elenden Mistkerle, nach oben und betätigte den Türöffner. Gegen halb drei waren alle versammelt. Regan und Lowndes zählten ein glattes Dutzend, sechs mehr als beim letztenmal, als die Lauscher nur die Wanze im unteren Stockwerk hatten. Aber *diesmal* würden sie sogar einen Floh husten hören und jedes Wort registrieren.

Der erste Punkt der Tagesordnung bestand darin, daß alle der Reihe nach Faviola und Triani ihr Beileid aussprachen – dem einen wegen seines Onkels, dem anderen wegen seines Schwiegervaters –, wobei es natürlich um ein und dieselbe Person ging. Sal der Barbier begann mit dem Kondolieren; ihm folgten Frankie Palumbo und Fat Nickie Nicoletta, der Rudy aus der guten alten Zeit kannte und zu den älteren Ganoven gehörte, die Andrew Faviola noch mit seinem Spitznamen »Lino« anredeten. Das Trauerritual wollte gar kein Ende nehmen, jeder einzelne Itaker-Halunke zollte dem armen toten Scheißkerl Rudy Faviola, dem »Buchhalter«, seinen Respekt.

»Gut, daß wir den Drecksack endlich los sind«, sagte Regan.

Nachdem die Formalitäten endlich erledigt waren, sprach Faviola vor den versammelten Mafiosi von der Lücke, die der Tod seines Onkels in der Organisation hinterließ, und erzählte, daß er darüber mit seinem Vater letzte Woche in Leavenworth gesprochen hatte …

»Also, *da* ist er gewesen«, flüsterte Lowndes.

»… und mein Vater ist der gleichen Ansicht wie ich, wer den Platz von Onkel Rudy einnehmen sollte – möge er in Frieden ruhen.«

»Amen«, sagte Regan.

»Petey, ich möchte dir jetzt wirklich nicht zu nahe treten«, fuhr Faviola fort. »Es hat nichts damit zu tun, daß die Familie dich nicht schätzt ...«

»Ich möchte sowieso nicht«, fiel ihm Bardo sofort ins Wort.

»Du bist uns einfach auf deinem gegenwärtigen Posten viel zu wertvoll«, sagte Faviola.

»Ich hab dir doch gesagt, daß ich den Job gar nicht *will*, Andrew!«

Seine Stimme klang ärgerlich. Schließlich war Petey Bardo kein Dummkopf, und er hatte zweifellos geahnt, was kommen würde. Deshalb hatte er sich darauf eingestellt, um auf keinen Fall die Haltung zu verlieren. Aber er konnte es sich leisten, den kleinen Andy-Boy ein bißchen anzublaffen, denn das war etwas anderes, als sich gegen eine Entscheidung aufzulehnen, die *padre e figlio* gemeinsam getroffen hatten.

»Deine Wünsche sind uns sehr wichtig«, meinte Faviola sanft. »Aber noch mehr liegt uns natürlich das Wohl der Familie am Herzen. Wir brauchen dich dort, wo du bist, Petey. Und wir brauchen Bobby, damit er Onkel Rudys verantwortungsvollen Posten übernimmt. Das wäre unserer Meinung nach das beste.«

Im Raum herrschte Schweigen.

Die Worte »Vizeboß« und »Consigliere« wurden nicht in den Mund genommen; es hätte sich um die Vorstandssitzung irgendeines Familienunternehmens handeln können. Der Vorsitzende hatte soeben eine Beförderung angekündigt. Bobby Triani – Rudy Faviolas Schwiegersohn und bis zu diesem Augenblick ein Capo, der sich um die Abteilung Diebstahl kümmerte – war auf den zweiten Platz der Firma befördert worden, wo er nur Andrew Faviola verantwortlich war. Doch offenbar hatte Faviola das Gefühl, daß die gesträubten Federn von Petey Bardo noch ein paar Streicheleinheiten brauchen konnten.

»Petey, wir können dich an deinem jetzigen Platz nicht entbehren.«

»Hör mal, ich hab dir doch gesagt ...«

»Bitte, laß mich ausreden. Bitte, Petey. Wenn es in der Familie Probleme gibt, dann bist du derjenige, der sie ausbügelt. Mal verlangt jemand ein neues Betätigungsfeld hier, mal ein anderer dort …«

Kein einziges Mal wurde erwähnt, was für eine *Art* Betätigungsfeld gemeint war, immer schön nach der alten italienischen Weisheit: »*I muri hanno orecchi*«. Die Wände haben Ohren. Niemand hatte Verdacht geschöpft, daß das Haus seit Sonntag mit sechs Wanzen ausgestattet war, trotzdem achteten alle sorgfältig darauf, nichts zu sagen, was in irgendeiner Weise belastend war. Jedenfalls bis jetzt.

»… und alle kommen zu dir, damit du den Disput schlichtest«, sagte Faviola gerade. »Ich kenne niemanden, der das besser kann. Niemanden. Wenn ein Treffen nötig ist …«

Begriffe wie Treffen gehörten zum Gangsterslang, aber natürlich konnte man vor Gericht nichts damit anfangen.

»… und du bist derjenige, der versucht, zwischen den Skippern Frieden zu stiften …«

Skipper war ein anderer Ausdruck für Capo. Oder Captain. Aber reichte das etwa für eine Strafanzeige aus?

»… du hast die meiste Erfahrung, die größte Geduld und das diplomatische Geschick, um ein Problem zur Zufriedenheit aller zu lösen. Niemand könnte dich ersetzen, wenn wir dich befördern, Petey. Aber das soll gewiß nicht bedeuten, daß Bobby ein größeres Stück vom Kuchen heimschleppt, bloß weil er *formal* eine Stufe über dir steht. Das verspreche ich dir, Petey. Darauf gebe ich dir mein Wort, und alle hier im Raum können es bezeugen. Ich werde mir eine angemessene Abfindung für dich ausdenken. Jetzt brauche ich nicht näher darauf einzugehen, es ist versprochen. Und wenn ich sage, Bobby steht *formal* eine Stufe über dir, dann meine ich das genau so. Es ist eine rein *formale* Regelung. Was mich angeht, vor allem jetzt, wo uns das neue Geschäft ins Haus steht …«

»Was sagt er da? Was sagt er da?« fragte Regan aufgeregt und beugte sich über die Geräte, obwohl er ja einen Kopfhörer trug.

»… brauche ich eine Dreiteilung der Verantwortung an der Spitze. Eine Dreiteilung. Wir stellen uns einer großen neuen Herausforderung. Bis zum Sommer, so hoffe ich, wird alles voll funktionsfähig sein. Aber damit es so weit kommt, müssen wir alle Hand in Hand arbeiten, angefangen von der Spitze bis hinunter zum kleinsten Mitglied unseres Unternehmens. Wenn wir erst einmal anfangen, unser Produkt hier in New York auf den Markt zu bringen, brauche ich …«

»Dope«, flüsterte Lowndes.

Regan nickte.

»… die Unterstützung und Kooperation von allen hier Anwesenden. Ohne euch wird es nicht funktionieren, dafür ist die Sache viel zu kompliziert und viel zu riskant. Aber wenn sie erst einmal im richtigen Fahrwasser ist, werden wir alle davon profitieren. Ich rede von Beträgen in Milliardenhöhe. An denen wir alle beteiligt sind.«

»Wovon zum Teufel redet er denn?« schimpfte Regan.

»Es gibt ein chinesisches Sprichwort: ›Jeder gibt, soviel er kann, jeder bekommt, soviel er braucht.‹ Hier in diesem Raum haben wir fähige …«

»Verfluchte Scheißköppe«, brummelte Regan.

»… und natürlich auch eine Menge bedürftige Menschen.«

Gelächter.

Lowndes schüttelte den Kopf.

»Deshalb möchte ich jetzt gern mit euch allen anstoßen … Sal, könntest du ein paar von den Flaschen öffnen? Nickie? Hilfst du ihm?«

Die beiden Detectives lauschten, wie der Wein entkorkt und eingeschenkt wurde. Jetzt gab es mehrere Gespräche gleichzeitig, Stühle wurden zurückgeschoben, ein paar Männer gingen im Zimmer umher, und schließlich klopfte jemand gegen ein Glas. Faviola begann wieder zu sprechen.

»Ich möchte mein Glas auf meinen Onkel Rudy erheben, den ich sehr geliebt habe und schmerzlich vermissen werde. Sein sehnlichster Wunsch war, daß die Idee meines Vaters Wirklichkeit wird. Nun ist er nicht mehr hier, um zu sehen, wie sie Gestalt annimmt, aber er war bei dem Treffen in Sarasota, und vor seinem Tod führte er Tag und Nacht Telefongespräche mit unseren Kollegen in Italien und in China. Wo er im Himmel auch sein mag, er weiß, daß es jetzt nur noch eine Frage der Zeit ist, daß wir nur noch ein paar Handgriffe zu erledigen haben. Onkel Rudy, ruhe in Frieden, der Plan wird *Wirklichkeit*, glaub mir.«

»*Salute*!« rief jemand.

»*Salute*!« stimmten alle ein.

»Als nächstes möchte ich sowohl Bobby als auch Petey gratulieren, denn in meinen Augen hat es heute *zwei* Beförderungen gegeben, und ich habe vor, dies Petey mit einer entsprechenden Kompensation zu beweisen. Ihr alle habt mein Versprechen gehört. Bobby und Petey, meine herzlichen Glückwünsche!«

»Danke.« Das war Triani, ganz bescheiden.

»Danke.« Bardo, reichlich skeptisch.

»In den kommenden Wochen und Monaten steht uns viel Arbeit bevor«, sagte Faviola. »Ich weiß, ich kann auf euch zählen. Mein Vater behält unser Unternehmen aufmerksam im Auge, denn es ist sein Baby, er möchte, daß alles klappt. Und das möchte ich auch. Enttäuscht mich nicht. Das war alles.«

Bevor die Männer den Raum verließen, erwiesen sie Andy-Boy noch einmal einzeln und persönlich ihre Hochachtung und versicherten, er könne sich ganz auf ihre Unterstützung und ihren unermüdlichen Einsatz verlassen. Fat Nickie Nicoletta sagte: »Wenn du mal wieder jemanden brauchst, der 'nem aufmüpfigen Bohnenfresser die Birne einschlägt, Lino, dann sag mir Bescheid.«

»Ich werde daran denken«, antwortete Faviola.

Dann kam Sal Bonifacio: »Hast du von Richie Palermo gehört?«

»Richie ..?«

»Palermo. Der Knabe, der gelegentlich für mich gearbeitet hat, erst neulich, in Sachen Schmuck. Erinnerst du dich an ihn?«

»Oh! Ja, richtig.«

»Er ist bei einer Schießerei auf der Eighth Avenue ums Leben gekommen.«

Faviola enthielt sich eines Kommentars.

Regan und Lowndes spitzten die Ohren.

»In einem Keller auf der Eighth Avenue«, ergänzte Sal. »Zwei Schüsse in den Hinterkopf. Letzte Woche stand's in der Zeitung.«

»Ich hab nichts davon gelesen«, entgegnete Faviola.

»Tja«, meinte Sal. »Ein echter Verlust, was?«

Auf der Treppe zum Hinterzimmer der Schneiderei verklangen die Stimmen, bis die Männer in den Bügelraum gelangten und sich von Mario verabschiedeten. Der neue Bügler erging sich wieder in überschwenglichen Höflichkeitsbezeugungen, während die Gangster einer nach dem anderen auf die Broome Street hinausdefilierten. Gegenüber im zweiten Stock standen Polizisten am Fenster und hielten den Abgang für die Nachwelt auf Video fest.

Um halb acht Uhr abends erschien ganz unerwartet Oona Halligan. Die beiden Beamten, die Regan und Lowndes an den Überwachungsgeräten abgelöst hatten, vermuteten, daß sie schon den ganzen Nachmittag dagewesen war. Wie hätte sie sonst hereinkommen können, wenn der Schneiderladen um fünf zumachte?

Harry Arnucci war achtundvierzig, ein kahlköpfiger, stämmiger Detective, der vor seinem Eintritt in die Mannschaft des Staatsanwalts beim Rauschgiftdezernat Manhattan North gearbeitet hatte. Für ihn stand vor allem eins fest: Die Gangster hielten sich selbst zwar für superschlau, in Wirklichkeit waren sie aber abgrundtief dumm. Und so wartete er am Abhörgerät darauf, daß Faviola endlich die richtige Dummheit sagte, die ihn dann für die nächsten hundert Jahre ins Gefängnis bringen würde. Früher oder später sagten nämlich alle die eine richtige Dummheit. Je eher Faviola Scheiße baute, je eher sie ihn und seine Gefolgschaft verhaftet hatten, desto eher würde es Harry zum Lieutenant bringen.

Sein Partner hieß Jerry Mandel, und auch er hatte Ambitionen auf den Posten des Lieutenant. Er war trotz der heftigen Proteste seiner Urgroßmutter zur Polizei gegangen: Die alte Dame konnte sich noch gut daran erinnern, wie irische Cops in der Lower East Side auf die Juden einprügelten. Bei der New Yorker Polizei herrschte das ungeschriebene Gesetz, daß nur ein Ire über den Rang eines Captain hinauskam. Nun wollte Mandel dieses Dogma Lügen strafen, indem er der erste jüdische Polizeichef von New York würde. Er war erst dreiunddreißig und schon Detective bei der Mannschaft des Staatsanwalts. Wie Harry wußte auch er, daß der Fall Faviola sehr wichtig war, und er hoffte auf eine Festnahme – denn dann würde es mit großer Wahrscheinlichkeit eine Beförderung geben.

Heute früh hatten sich auch diese beiden von Michaels Ansprache ein bißchen auf den Schlips getreten gefühlt, denn sie hatten ihre Berichtsbogen gewissenhaft ausgefüllt und die Geräte immer abgestellt, wenn Faviola mit seiner Mittwochabend-Bombe ins Bett stieg. Sie wußten, was von dieser Überwachung abhing, das mußte man ihnen nicht dauernd unter die Nase reiben. Vorhin, als sie unerwartet Oonas Stimme hörten, waren sie drauf und dran gewesen abzuschalten. War das Mädchen vom Himmel gefallen oder was? Zuerst vermuteten sie, das Mädchen wäre die ganze Zeit über dagewesen, aber dann sagte Faviola: »Komm, ich nehm dir den Mantel ab«, und Oona sagte: »Danke«. Da war ihnen natürlich klar, daß sie gerade erst gekommen war – aber *wie*? Ein kurzes Schweigen trat ein, dann murmelte Oona: »Mmmmmmmm«, was bedeutete, daß sie sich küßten. »Möchtest du einen Drink?« fragte Faviola. Also waren sie nicht im Schlafzimmer, sondern im Wohnzimmer direkt über der Schneiderei. Freddie Coulter hatte für die Ermittler einen groben Grundriß aller drei Stockwerke gezeichnet, damit sie die Bewegungen von einem Zimmer ins andere besser nachvollziehen konnten. Jetzt überlegten sie sich, ob Faviola vielleicht hinuntergegangen war und seine Freundin durch den Laden hereingelassen hatte oder ob sie einen Schlüssel für die Schneiderei besaß. In beiden Fällen mußte das Team an der Videokamera ihre Ankunft gefilmt haben. Wenn sie wirklich so hereingekommen war, würden sie es also bald wissen.

Mandel signalisierte Arnucci, die Anlage abzustellen. Arnucci nickte und langte schon zum Schalter, als das Mädchen fragte: »Warum soll man die Tür eigentlich nicht sehen?«

»Der Architekt war der Meinung, daß es so besser wirkt«, antwortete Faviola.

»Warte«, flüsterte Mandel.

Arnucci nickte wieder.

»Sieht aus wie ein Stück Wand«, meinte Oona.

»Genau das war ja beabsichtigt«, erwiderte Faviola.

»Nicht mal ein normaler Türknauf oder so was. Es sieht aus wie ein Teil der *Wandverkleidung*, nicht wie eine Tür.«

»Der Architekt wollte die Wirkung der Wand nicht zerstören.«

»Schon, aber ein Treppenhaus sollte doch zu einer *Tür* führen, nicht zu einer *Wand*.«

»Auf der anderen Seite ist ja auch eine Tür.«

»Na ja, das *weiß* ich.«

»Mit einem ganz normalen Türknauf.«

»Aber nicht mit einem zum *Drehen*«, entgegnete Oona. »Ich hab noch nie eine Tür mit einem Knauf gesehen, an dem man zum Öffnen *ziehen* muß.«

»Das ist ein Berührungsmechanismus«, erklärte Faviola. »Von dieser Seite drückt man gegen eine der Holzplatten. Von der anderen zieht man am Türknauf.«

»Außerdem ist kein Schloß dran«, beharrte sie.

»Dafür sind unten *zwei*.«

»Trotzdem.«

»Wie schmeckt dein Drink?«

»Gut, danke.«

»Wollen wir nicht nach oben gehen?«

»Laß mich erst austrinken.«

»Okay, laß dir Zeit.«

»Gut. Hetz mich nicht.«

»Niemand hetzt dich«, erwiderte er.

Seine Stimme klang gereizt. Wahrscheinlich ging ihm seine kleine Freundin allmählich auf die Nerven. Spielte mit ihrem Drink herum, verlangte eine Erkärung, weshalb die Tür aussah wie ein Teil der Wand – dabei wollte er doch endlich ins Bett und mit ihr bumsen.

»Warum hast du mir nichts davon gesagt, daß du wegfährst?« fragte sie.

Höchstwahrscheinlich war das der Grund für ihre Manöver. Er hatte sie nicht über seinen Lebenswandel auf dem laufenden gehalten, also war sie jetzt …

»Ich wußte nicht, daß du das von mir *verlangst*.«

Seine Stimme klang nun noch eine Spur schärfer. Arnucci und Mandel fragten sich, ob die kleine Oona eigentlich wußte, daß dieser Kerl ein Gangster war, der andere Menschen umlegen lassen konnte. Vor ein paar Wochen hatte er sich wegen eines blöden Rings beschwert, und kurz darauf war der Cracktyp, der den Schmuck bei Sal dem Barbier abgeladen hatte, tot in einem Kellerraum gefunden worden. Sie fragten sich, ob Oona wußte, was sie tat, wenn sie solche Spielchen mit ihm abzog.

»Du sagst mir dauernd, daß du mich liebst …« klagte sie.

»Ich *liebe* dich ja auch«, entgegnete er, was vermutlich heißen sollte: Trink endlich aus, damit wir ins Bett können.

»… aber dann bist du zwei Tage nicht in der Stadt und läßt erst am Sonntag wieder von dir hören.«

»Stimmt«, sagte er. »Ist das ein Problem für dich?«

»Also, eigentlich nicht direkt ein Problem …«

»Was dann?«

»Ich finde nur, wenn man sich für eine Frau interessiert, könnte man ein bißchen rücksichtsvoller sein. Ich wußte ja nicht mal, daß du wegfahren wolltest. Da verschwindest du einfach von heute auf morgen, und da …«

»Krach zwischen Verliebten«, meinte Mandel und streckte wieder die Hand zum Abschalteknopf.

»Warte noch ’nen Moment«, sagte Arnucci.

»… hab ich mich gefragt, ob du einen *Unfall* hattest oder so.«

»Harry«, warnte Mandel. »Das ist …«

»Psst, psst.«

»… was Wichtiges dazwischengekommen, und ich brauchte einen Rat von einem unserer Partner.«

»Ich sag ja nicht, daß du nicht hättest *hinfahren* sollen … wohin überhaupt?«

»Ich war in Kansas.«

»Das ist nicht dein Ernst.«

»Doch, ich …«

»Es ist mir *egal*, wo du warst, aber du hättest mich anrufen und mir wenigstens sagen sollen, wohin du fährst. Du hättest mich ja auch von *dort* anrufen können. Gibt’s in Kansas etwa kein Telefon? Wo in Kansas *warst* du überhaupt?«

»Das geht dich nichts an«, antwortete Faviola.

Totenstille.

»He, hör mal«, begann Oona. »Das muß ich mir …«

»Ganz recht, du mußt gar nichts«, entgegnete er.

»Ich meine … was *meinst* du damit, es geht mich nichts an? Ich sag dir, ich habe dich vermißt, ich habe mir Sorgen um dich gemacht, ich habe gehofft, daß du dich mal meldest, und dann erzählst du mir, es geht mich nichts *an*? Was soll das eigentlich heißen?«

»Es heißt, willst du jetzt gleich gehen, oder willst du mit mir nach oben kommen?«

Ein langes Schweigen folgte.

»Also?«

»Ich hab gedacht …«

»Egal, was du gedacht hast. Da ist die Treppe, und da ist die Tür. Wofür entscheidest du dich?«

Wieder Schweigen, diesmal noch länger.

»Es ist nicht mal ’ne *richtige* Tür«, sagte sie schließlich mit einem seltsamen Lachen, das wie ein Schluchzen klang.

»Entscheide dich, Oona.«

»Ich … ich möchte gern mit dir nach oben gehen«, sagte sie.
Arnucci stellte die Anlage aus und nahm den Kopfhörer ab.
»Es gibt einen zweiten *Eingang*, verdammt!«

Kirk Irving erzählte von einem Patienten, der letzte Woche zu ihm gekommen war, von einem Jungen, dessen Backenzahn aus dem Kieferknochen wuchs. Seine Frau Rebecca fand das Thema beim Essen ausgesprochen *ekelhaft*. Kirk erwiderte, Zahnmedizin sei für ihn grundsätzlich nicht ekelhaft, und schließlich verdiene er ja damit die Schuhe an den Füßen ihrer Tochter.

»Jedenfalls den *einen* davon«, erwiderte Rebecca.

Um ihn daran zu erinnern, daß sie selbst ebenfalls zum Lebensunterhalt der Familie beitrug – wenn auch auf etwas bescheidenere Weise. Rebecca arbeitete als Werbeagentin bei einem kleinen Verlag in Greenwich Village. Jetzt wandte sich Kirk an Michael und fing an, ihm zu erklären, wie langwierig und mühsam es war, den Backenzahn wieder nach unten ins Zahnfleisch zu verlagern. Rebecca ergriff die Gelegenheit und erzählte Sarah, daß sie furchtbar frustriert war, weil sie sich mit ihrem winzigen Budget keine High-Tech-Autorenpromotion leisten konnte. Sarah interessierte sich auch eher dafür, wie schwer unbekannte Romanciers, die in ihren Werken ausschließlich die erste Person Präsens verwendeten, zu verkaufen waren, aber Kirks tiefe Stimme drängte sich immer wieder in den Vordergrund. Nach einer Weile mußte Sarah feststellen, daß sie wesentlich mehr über Kieferorthopädie erfuhr, als ihr lieb war.

Als Kirk sich jedoch plötzlich erkundigte, woran *Michael* gerade arbeitete, wandte sie sich sofort den Männern zu, weil sie hoffte, daß ihr vielleicht etwas zu Ohren kam, was Michael ihr bisher noch nicht verraten hatte. Aber er zuckte nur die Achseln: »Oh, das Übliche: die Guten gegen die Bösen.« Dann wechselte er sofort das Thema und erzählte, daß er für die dreiwöchigen Sommerferien eine kleine Villa in Frankreich mieten wollte – wovon Sarah überhaupt nichts wußte. Normalerweise hätte sie sich sofort auf das Projekt gestürzt. Aber jetzt …

»Sarah, das ist doch *toll!*« rief Rebecca. »Wo denn? Und wann wollt ihr ..?«

»Aber fahrt bloß nicht in die Provence«, meinte Kirk und verdrehte die Augen. »Wie heißt doch dieser Kerl, der aus der Provence eine regelrechte Ferienhauskolonie gemacht hat? Ich wette, dort sieht's inzwischen aus wie auf Coney Island.«

»Ich hab an die Gegend um St.-Jean-de-Luz gedacht«, erklärte Michael. »Da waren wir in den Flitterwochen. Ich dachte, es wäre sicher lustig, das alles Mollie mal zu zeigen.«

»Dann macht unbedingt einen Abstecher nach Pamplona zum Stierkampf«, sagte Kirk, streckte die Hände hoch und tat, als wedle er mit einem Torero-Umhang.

»Und wann wollt ihr fahren?« erkundigte sich Rebecca.

»Na ja, ich *weiß* es noch nicht so genau«, antwortete Sarah. »Eigentlich hab ich …«

»Irgendwann im August wahrscheinlich«, unterbrach Michael sie. »Da machen wir gewöhnlich …«

»Ich hatte vor …«, begann Sarah. »Ich … ich hab mir überlegt, ob ich im Sommer anfange, meine Doktorarbeit zu schreiben. Mir ist das alles vollkommen …«

»Honey«, meinte Rebecca, »laß die Doktorarbeit sausen. Frankreich ist viel interessanter.«

»Aber ich …«

»Erinnert ihr euch an *Boulevard der Dämmerung*?« mischte sich Kirk ein. »Die Szene, in der Gloria Swanson einen Mantel für William Holden kaufen will?«

»Du hast mir nie was davon gesagt, daß du wieder an die Uni willst«, meinte Michael verwundert.

»Du hast mir auch nichts von *Frankreich* erzählt«, gab Sarah zurück und erkannte zu spät, wie gereizt sie klang.

»Die Szene, in der sich William Holden nicht zwischen dem Kaschmir- und dem Vigogne-Modell entscheiden kann?« fuhr Kirk fort. »Und dann lehnt sich dieser ölige Verkäufer mit dem Schnurrbärtchen ins Bild und sagt: ›Wenn die *Lady* bezahlt, würde ich den Vigogne nehmen‹.«

»Und ich würde mich für Frankreich entscheiden«, wiederholte Rebecca und nickte bekräftigend.

»Wahrscheinlich könnte ich einen Urlaub gut gebrauchen«, meinte Sarah, die sich zum Glück rasch wieder faßte. »Frankreich ist eine wundervolle Idee, finde ich.«

»Sie lernt schnell, was?« Rebecca grinste und zwinkerte Michael zu.

»Sie arbeitet zuviel«, sagte Michael und nahm Sarahs Hand. »Jeden Morgen um sieben aus dem Haus ...«

»Tja, das ist eben mein Job«, beschwichtigte Sarah.

»Aber im Sommer *hast* du doch Urlaub«, bemerkte Kirk.

»... meistens erst um sechs nach Hause. Das heißt, wenn sie nicht noch ...«

»*Bezahlten* Urlaub natürlich.«

»... zu einem Lehrertreffen muß«, sagte Michael.

»Na ja, das passiert aber nicht besonders oft«, meinte Sarah.

»Jede Woche einmal«, erklärte Michael.

»Da würde ich streiken«, warf Rebecca ein.

»Nicht ganz«, entgegnete Sarah.

»Aber beinahe«, beharrte Michael.

»Bist du sicher, daß sie keinen Liebhaber hat?« wandte sich Kirk augenzwinkernd an Michael.

»Schön *wär's*.« Sarah hob ironisch die Brauen.

»Hat er vielleicht einen Freund, den ich mir mal ausleihen kann?« fragte Rebecca.

»Vielleicht können wir ihn mit nach Frankreich nehmen«, schlug Michael vor, und alle lachten.

»Du bringst den Wein«, sagte Kirk mit einem übertriebenen französischen Akzent, »und ich bringe Pierre.«

»Pierre ist ein Glückspilz«, meinte Rebecca. »Immer mittendrin.«

»Kriegt man für so kurze Zeit überhaupt eine Villa?« wollte Kirk wissen.

»Ich glaube schon. Soviel ich weiß, kann man sie schon für eine *Woche* mieten.«

»In Frankreich sagt man aber nicht Villa«, wandte Rebecca ein. »Da nennt man so was ein *château*.«

»*Un château*«, korrigierte Kirk.

»Ich dachte, das wäre ein Schloß«, sagte Michael.

»Ist doch das gleiche«, erwiderte Rebecca.

»Willst du mit mir aufs Schloß ziehen?« fragte Michael und drückte wieder Sarahs Hand.

Sie konnte die Tränen kaum zurückhalten.

Luretta mußte es ihr unbedingt erzählen. Unmöglich, bis zum Schluß der Stunde zu warten, um mit Mrs. Welles unter vier Augen zu sprechen. Es war die letzte Stunde für diesen Mittwoch, und die gesamte Schule war zwanzig Minuten zu spät dran, weil es heute früh Probealarm und dann auch noch eine Schülerversammlung gegeben hatte, was man sich nach allgemeiner Ansicht der Schülerinnen gern hätte sparen können – an einem so schönen Sonnentag wie heute.

»... eigentlich müßte man das Gedicht gar nicht zu Ende schreiben, richtig?« sagte Sarah gerade. »Es liegt alles schon in dieser ersten Zeile: ›Oh, in England zu sein, jetzt im April‹. Übrigens, wenn ihr mal jemanden, der englische Literatur studiert, testen wollt, dann fragt einfach: Was kommt nach ›Oh, in England zu sein‹? Und in neun von zehn Fällen kriegt ihr zur Antwort ›Jetzt im *Frühling*‹. Aber es heißt ›Jetzt im *April*‹, und die ganze Sehnsucht, die Leidenschaft, die süße Traurigkeit dieses schönen Monats liegen in dieser ersten Zeile. Der Rest des Gedichts ist danach eigentlich ein bißchen enttäuschend, findet ihr nicht? Abigail, lies uns doch bitte die ersten Zeilen mal vor.«

Abigail Simms, eine schlaksige Vierzehnjährige mit glatten blonden Haaren, die ihr weit über den Rücken fielen, räusperte sich und begann: ›»Oh, in England zu sein, jetzt im April! Und wer immer erwacht hier in England, der sieht unversehens, ganz früh am Morgen, die winzigen Blättchen dort rund um den Ulmenstamm, an den untersten Zweigen und auch im Gebüsch ...‹«

»Das reicht, Abigail, danke. Also, bei wem von euch beschwört dieses Zeug über die untersten Zweige und das Gebüsch überhaupt ein Bild vom Frühling herauf? Browning hätte lieber aufhören sollen, solange das Gedicht noch gut war, meint ihr nicht?«

Die Schülerinnen beobachteten Sarah argwöhnisch, denn sie witterten eine Falle. Es war Sarahs Spezialität, ihnen einen bestimmten Weg nahezulegen, obwohl sie eigentlich genau auf das Gegenteil hinauswollte – das hatte Luretta längst durchschaut. Aber nein, diesmal war sie anscheinend *wirklich* enttäuscht. Luretta hoffte, daß die Klasse sich beeilen würde, damit die Stunde endlich vorbei war und sie Sarah erzählen konnte, was zu Hause los war, daß Dusty sie schlug und ihre Mutter absichtlich die Augen verschloß.

»›… und nach dem April‹«, zitierte Sarah jetzt weiter, »›wenn der Mai kommt, wenn die Grasmücke nistet und all die Schwalben!‹ Okay, wir alle leben in der großen bösen City, wir sehen nicht allzu viele Grasmücken oder Schwalben oder Dotterblumen, die um die Mittagszeit aufblühen. Aber lösen diese Bilder etwas in euch aus? Wißt ihr denn überhaupt, was eine Grasmücke ist? Oder ein Buchfink? ›Und der Buchfink singt auf dem Obstbaumzweig.‹ Sally? Was ist ein Buchfink?«

Sally Hawkins sah selbst aus wie ein Buchfink, was immer das genau sein mochte: groß und dünn, mit strähnigen braunen Haaren und vorstehenden braunen Augen – ein typischer Buchfink, fand Luretta.

»Irgendein Vogel«, antwortete Sally. »Glaub ich jedenfalls.«

»Hast du eine Ahnung, wie er aussieht?«

»Nein.«

»Ist er blau? Gelb? Rot? Weißt du das?«

»Nein.«

»Wäre es nicht wichtig für einen Dichter, uns Bilder zu präsentieren, unter denen wir uns etwas *vorstellen* können? Weiß jemand von euch, wie eine Melonenblüte aussieht? Alyce?«

»So ähnlich wie bei ’nem Kürbis, würd ich sagen.«

Alyce Goldstein. Ein süßes Mädchen mit dunklen Haaren und noch dunkleren Augen. Mußte mit dem *y* in ihrem Namen leben, weil ihre Mutter das schick gefunden hatte.

»›Strahlender als die grelle Melonenblüte!‹ So hört das Gedicht auf. Wo befindet sich Browning eigentlich? Das Gedicht heißt: *Heimatgedanken aus der Fremde*. Wo hält er sich auf? Blüht die Melone dort, wo er gerade ist? Oder wächst sie in England?«

»Sie muß dort sein, wo er gerade ist.«

Jenny Larson, mit dicken Brillengläsern, Sommersprossen, scheu wie ein Schmetterling.

»Und wo ist er?«

»Wahrscheinlich in Italien.«

»Wie kommst du auf Italien?«

»Die Melonenblüte erinnert mich an Italien. Ich weiß nicht, warum. Irgendwie *klingt* es danach.«

»Außerdem hat er *Meine letzte Gräfin* geschrieben«, warf Amy Fiske ein, »und das handelte auch von Italien.«

»Na ja, aber er hat auch *Monolog über das spanische Kloster* verfaßt, wie wollen wir also behaupten, daß er nicht in Spanien ist? Wenn wir überhaupt nichts über eine Melonenblüte wissen?«

Luretta fand Browning tödlich langweilig, sogar wenn Mrs. Welles unterrichtete. Gestern hatte sie ein Gedicht von T. S. Eliot vorgelesen, das begann mit den Worten »April ist der grausamste Monat«, und diese eine Zeile hatte ihr mehr gesagt als Brownings ganzes Geschwafel …

Es klingelte.

»Mist!« rief Sarah.

Luretta packte ihre Bücher, rannte nach vorn, holte tief Luft und sagte: »Mrs. Welles, ich muß …«

»Honey, hat das nicht Zeit bis morgen?« unterbrach Sarah. »Ich hab's heute furchtbar eilig.«

Sie war schon weg, ehe sie den Satz beendet hatte. Hastig hatte sie ihre Aktenmappe zusammengeklappt, die Handtasche aus der untersten Schublade des Schreibtischs geschnappt, ihren

Mantel aus dem Schrank neben der Tür gerissen und Luretta zum Abschied zugewinkt, während sie hinauseilte.

Tja, dann mußte Luretta wohl bis morgen warten.

Sarah rannte die drei Blocks von der 60. zur 57. Straße, überzeugt, daß Billy längst weg war und sie Andrew würde anrufen müssen, um ihm zu sagen, wo sie war. Und dann auch noch mitten im Berufsverkehr ein Taxi finden! Aber Wunder über Wunder – der Wagen stand noch da, wartete am Straßenrand vor Dunhill's, wo er jeden Mittwochnachmittag um zehn nach vier wartete, nur daß es heute schon beinahe halb *fünf* war, wegen der Versammlung und des Probealarms.

Das Gedicht, das sie verfaßt hatte, steckte in ihrer Handtasche.

Zwei ganze Wochen hatte sie Andrew nicht gesehen. Sie konnte es nicht erwarten, endlich allein mit ihm zu sein. Sie riß die Wagentür auf, ließ sich auf den schwarzen Ledersitz sinken, zog die Tür hinter sich zu, holte tief Luft und sagte: »Ich dachte schon, Sie wären nicht mehr da, Billy, danke, daß Sie …«

»Meine Anweisung lautet, ich soll warten, bis ich schwarz werde«, erklärte Billy und drehte den Zündschlüssel um.

»Das klingt gar nicht nach ihm.«

»Wie meinen Sie das, Madam?«

»Nach Mr. Farrell«, sagte sie. »Warten, bis man schwarz wird.«

»Mr. Farrell, ach ja?«

Ihre Blicke trafen sich im Rückspiegel.

Billy lächelte.

»Na ja, er hat es nicht *wörtlich* gesagt«, meinte er, immer noch lächelnd. »Mr. Farrell hat gesagt, ich soll auf Sie warten, gleichgültig, wie lange. Und da warte ich eben.«

»Gilt das für *alle* Leute, die Sie fahren?«

»Nein, Madam.«

Er war jetzt in die Park Avenue eingebogen und fuhr in Richtung Downtown. Es herrschte dichter Verkehr. Womöglich kosteten sie die Versammlung und die Feuerwehrübung weit mehr als die zwanzig Minuten, die sie an die Unterrichtszeit hatte anhängen müssen.

»Wie lange warten Sie denn auf *andere* Leute?«

»Kommt drauf an. Am Flughafen warte ich, bis das Flugzeug landet, egal, wieviel Verspätung die betreffende Maschine hat.«

»Holen Sie oft Leute vom Flughafen ab?«

»Aber sicher.«

»Und wie lange warten Sie sonst?«

»Zwanzig Minuten, halbe Stunde. Manchmal rufe ich an und frage, ob …«– er zögerte einen Augenblick und fuhr dann fort: »und frage, ob Mr. *Farrell* will, daß ich noch länger warte, oder was ich sonst tun soll. Und dann richte ich mich nach seinen Anordnungen. Er ist mein Boß.«

Eigentlich hätte Sarah ihn gern gefragt, ob er andere *Frauen* chauffierte, ob er auch bei einer anderen Frau die Anweisung hatte zu warten, egal, wie lange. Aber statt dessen lehnte sie sich in den schwarzen Ledersitz zurück, schloß die Augen und wäre, eingelullt vom stetigen Brausen des Verkehrs, beinahe eingeschlafen, hätte Billy nicht plötzlich gehupt. Das brachte sie im Nu wieder zur Besinnung.

»Wo sind wir?« erkundigte sie sich.

»In Brooklyn. Ich soll Sie zum Buona Sera bringen«, antwortete Billy, hielt inne und grinste wieder in den Rückspiegel. »Mr. Farrell möchte das.«

»Ins was?«

»Ins Buona Sera. Das ist ein Restaurant.«

»Ein Rest–«

»Ein sehr gutes übrigens. Und gleich um die Ecke.«

»Ein Restaurant? Ich kann doch nicht …«

Auf einmal geriet sie in Panik. Ein *Restaurant*? War Andrew denn verrückt geworden? Selbst eins in Brooklyn – war er *übergeschnappt*?

»Es ist sehr hübsch«, meinte Billy. »Es wird Ihnen bestimmt gefallen.«

Er hielt vor einem kleinen italienischen Lokal, das genauso billig aussah wie viele kleine Kneipen in Queens, an denen man auf dem Weg zum Kennedy Airport vorbeikam, wenn man die Nebenstraßen nahm. Vorn eine grüne Markise, Buntglastüren aus Plastik mit riesigen verzierten Griffen aus Bronzeimitat, unter der Markise, von der Tür bis zum Bordstein, ein zerfranster roter Teppich. Sarah wollte hier nicht aussteigen, das war doch lächerlich. Warum hatte er …?

Plötzlich trat Andrew aus der Eingangstür und kam mit schnellen Schritten zum Wagen.

»Hi«, begrüßte er Sarah.

»Andrew, was …?«

»Höchste Zeit, mal auszubrechen«, sagte er und grinste.

Sobald sie am Tisch saßen, ergriff Andrew ihre beiden Hände. Er versuchte erst gar nicht, etwas zu verbergen. Das machte Sarah angst und erregte sie gleichzeitig.

»Ich hab dir einiges zu erzählen«, sagte er.

»Hättest du das nicht bei dir zu …?«

»Ich wollte mit dir in der Öffentlichkeit sein.«

»Warum?«

»Um mit dir anzugeben.«

»Andrew …«

»Um allen zu zeigen, wie schön du bist. Um allen zu zeigen, wie sehr ich dich liebe.«

»Das ist aber gefährlich«, flüsterte sie.

»Ist mir egal.«

»Ich weiß, wir sind in Brooklyn …«

»Deshalb hab ich das Restaurant ja ausgesucht.«

»Aber trotzdem …«

»Mach dir keine Sorgen.«

»Aber ich mache mir Sorgen.«

»Ich möchte dir sagen …«

»Kannst du bitte meine Hände loslassen?«

»Ich *möchte* sie aber festhalten.«

»Das möchte ich ja auch. Aber ...«

»Dann mach dir keine Sorgen deswegen.«

»Andrew, wenn jemand ...«

»Was möchtest du trinken?« fragte er und winkte dem Eigentümer, der unterwürfig herbeieilte, mit verschränkten Händen und einem breiten Grinsen in seinem runden Gesicht. Sie saßen an einem kleinen Ecktisch mit einer rot-weiß karierten Decke; in einer Chiantiflasche steckte eine brennende Kerze. Der Eigentümer hätte ein Doppelgänger von Henry Armetta sein können, den Sarah aus den alten Schwarzweißfilmen im Fernsehen kannte. Wie er sich händereibend vor Freude über ihren Tisch beugte – da wäre man sich als *Nicht*-Verliebter schon beinahe wie ein Spielverderber vorgekommen! Aus Lautsprechern, die Gott weiß wo verborgen waren, erschollen Opernarien, laut genug, daß man sie erkannte, aber gleichzeitig so leise, daß es klang, als wehten sie durch offene Bleiglasfenster am Canale Grande. Für einen Mittwochabend war das Lokal relativ voll; ein angenehmer Geräuschpegel von plaudernden Stimmen und Besteckgeklapper, dazu ein köstlicher Essensgeruch aus der Küche.

»*Sí, signor Faviola*«, sagte der Besitzer mit Grandezza. Sarah vermutete, daß das soviel bedeutete wie: »Ja, verehrter Herr« oder »Ja, verehrter Gentleman« oder etwas dergleichen, *favola, faviola* – was auch immer. Dann nahm sein Gesicht einen ernsten, konzentrierten Ausdruck an, er preßte wieder die Hände aneinander und fuhr mit gesenkter Stimme fort: »*Mi dica*.«

»Sarah? Was möchtest du?«

»Einen Johnny Walker Black *on the rocks*«, antwortete sie, »mit einem Schuß Soda.«

»Für mich einen Beefeater Martini *on the rocks*«, sagte Andrew, »mit zwei Oliven. Vielleicht auch drei oder vier, Carlo. Wenn es geht.«

»*Signore, per lei ci sono mille olive, non si preoccupi*«, erwiderte er und eilte zur Bar.

»Sprichst du Italienisch?« fragte Sarah.

»Ein wenig.«

»Warst du schon mal in Italien?«

»Nein. Kannst du Gedanken lesen?«

»Wie meinst du das?«

»Weil das zu den Sachen gehört, die ich mit dir besprechen wollte.«

Carlo kam zurück.

»*Bene, signor Faviola*«, sagte er. »*Ecco a lei un Johnny Black, con una spruzzatina de seltz, e un Beefeater Martini con ghiaccio e molte, molte olive. Alla sua salute, signore, e alla sua, signorina.*« Mit einer tiefen Verbeugung zog er sich wieder zurück.

»Den Teil mit der *signorina* hab sogar *ich* verstanden«, stellte Sarah fest.

»Er glaubt, du bist siebzehn.«

»Ha-ha-ha.«

Andrew hob sein Glas. »Auf uns beide«, sagte er. »Zusammen. Für immer.«

Sarah antwortete nicht. Er streckte sein Glas über den Tisch. Sie stießen an. Noch immer schwieg sie. Sie nahm einen Schluck Scotch. Er beobachtete sie.

»Macht dir das angst?«

»Ja.«

»Warum?«

»Das weißt du genau.«

»Ich habe viel nachgedacht in den letzten Tagen«, sagte er. »Über dich. Über uns.« Er trank noch einen Schluck, fischte eine Olive aus dem Glas, steckte sie in den Mund, kaute und schluckte. Sarah hatte das Gefühl, daß er Zeit schinden wollte. Schließlich fuhr er fort: »Sarah, du weißt, ich bin ledig, du weißt, daß ich mich mit anderen Mädchen getroffen habe …«

Davon hatte sie *nichts* gewußt.

Das Geständnis traf sie wie ein Schlag in die Magengrube. *Was* für Mädchen? Warum überhaupt *Mädchen*? Siebzehnjährige, wie sie Carlo mit seinem schmeichelhaften *signorina* heraufbeschworen hatte? Wie viele siebzehnjährige *Mädchen* hatte der

»verehrte Herr« schon hierher geschleppt? Plötzlich fiel ihr auf, daß er noch redete, daß sie nicht mehr zuhörte, seit er …

»… bis ich nach Kansas gefahren bin, tausend Meilen weit weg, mitten ins Niemandsland. Da hab ich angefangen nachzudenken. Über dich. Darüber, was du mir bedeutest. Ich konnte nicht anders. Selbst als ich wieder hier war. Die ganze Zeit habe ich an dich gedacht. Ich habe versucht herauszufinden, was du mir bedeutest, was wir füreinander bedeuten. Es war wie ein Fieber, bei dem man nicht vernünftig denken kann, und dann auf einmal sinkt es wieder, man ist gesund und sieht wieder klar. Und da ist es passiert – ich hab mir plötzlich gesagt, was *will* ich eigentlich mit diesen anderen Mädchen? Wer ist denn die einzige, die ich *will*, die einzige, mit der ich *zusammensein* möchte, die einzige, die ich *liebe*? Und die Antwort lautete, du – du bist die einzige. Du bist die einzige, mit der ich von jetzt an zusammensein will, von heute an, von dieser Minute an, bis ans Ende meines Lebens. Deshalb habe ich dich heute hierhergebracht, damit ich es dir in aller Öffentlichkeit sagen kann. Ich liebe dich, ich möchte immer mit dir zusammenbleiben.«

»Was für Mädchen?«

»Also … ist das alles, was du zu sagen hast?«

»Ja. Was für Mädchen?«

»Tja … ich hab mich mit einem Mädchen namens Oona getroffen, aber das ist jetzt vorbei. Und ein Mädchen, das ich aus Great Neck kenne, aber ich habe ihr schon gesagt …«

Doch Sarah war immer noch damit beschäftigt, sich zu überlegen, wie Oona wohl aussah. Toller Name für eine Tussi – Oona. Toller Name für eine siebzehnjährige irische *Tussi*, die er wahrscheinlich im gleichen Bett gevögelt hatte wie …

»Hast du sie auch dort getroffen?« fragte sie. »Diese Mädchen?« fragte sie. »In deiner Wohnung?« fragte sie. »In … in … unserem …«

»Ja«, antwortete er.

»Andrew, Andrew, wie konntest …?«

»Aber ich sage dir doch, das ist *vorbei*. Fertig, erledigt, *abge-*

*hakt*. Verstehst du das? Ich dachte, du würdest dich freuen, ich dachte ...«

»Mich freuen? Du *bumst*« – sie senkte die Stimme und wiederholte flüsternd – »du *bumst* wer weiß wie viele *Mädchen*, und ich soll ...«

»Das *war* einmal«, unterbrach er sie.

»Wie viele?«

»Zweihundertundvierzig«, sagte er und grinste.

»Sehr witzig, du Mistkerl.«

»Ich will dir doch nur erklären ...«

»Wie viele?«

»Vielleicht ein halbes Dutzend.«

»Du klingst wie meine blöde *Schwester*!«

»Was?«

»Ein halbes ...!«

»Sarah, ich bin *ledig*! Bevor ich dich kennengelernt habe, war ich ...«

»Geh zum Teufel!« Jetzt war sie wirklich wütend, nahm ihr Glas und kippte den Whiskey hinunter.

»Ich möchte noch einen«, sagte sie.

Sofort winkte er Carlo herbei.

»Noch eine Runde«, bestellte er.

»*Sì, signor Faviola*«, antwortete Carlo und eilte wieder davon.

»Verehrter Herr für'n *Arsch*«, murmelte Sarah.

»Was?«

»Nichts.«

»Willst du etwa den ganzen Abend wütend sein?«

»Ja.«

»Okay, in Ordnung.«

Schweigend saßen sie sich gegenüber, bis die frischen Getränke kamen. Carlo durchlief ein zweitesmal seine Servierroutine »*Alla sua salute, signore, signorina*« und zog sich wieder zurück.

»Schöne *signorina*«, brummelte Sarah, verzog das Gesicht und nahm dann einen kräftigen Schluck.

»Ich fahre nächste Woche nach Italien«, sagte er unvermittelt.

»Gut«, entgegnete sie.

»Ich möchte, daß du mitkommst«, sagte er.

»Nimm lieber Oona mit«, erwiderte sie. »Oder am besten deinen ganzen Harem.«

»Es war kein *Harem*, höchstens ein halbes Dutzend.«

»Wer nimmt das schon so genau?«

»Ich verstehe dich, weißt du das?«

»Himmel«, sagte sie.

»Ich hab dir gesagt, ich werde mich mit keiner anderen Frau mehr treffen in meinem ganzen ...«

»*Mädchen*, hast du sie genannt, *Mädchen*. Ach, *das* wolltest du mir sagen? Ich dachte, du gibst zu, daß du einen promiskui-«

»Du *weißt*, was ich sagen will. Und jetzt bitte ich dich, mit mir nach Italien zu kommen.«

»Und die Antwort lautet: nein.«

»Warum?«

»Weil ich nicht zu deinem Harem gehören will. Außerdem gibt's ja auch noch das kleine unbedeutende Problem, daß ich verheiratet bin, stimmt's?«

»Es war kein Harem. Und außerdem habe ich dir schon zigmal gesagt, daß es *vorbei* ist, aus und vorbei.«

»Wie alt sind sie?«

»*Waren* sie.«

»*Waren*, sind, wir haben hier doch keinen Englischunterricht.«

»Warum willst du das wissen?«

»Damit ich mich heute abend in den Schlaf weinen kann«, antwortete sie und brach in Tränen aus.

»Honey, bitte«, sagte er und wollte wieder ihre Hände ergreifen. Sie zog sie rasch zurück. »Sarah, ich liebe dich.«

»Klar.« Sarah senkte die Augen auf das karierte Tischtuch, schüttelte den Kopf und weinte.

»Ich möchte dich mit nach Italien nehmen.«

»Nein.«

Sie schüttelte weiter schluchzend den Kopf.

»Ich möchte, daß du mich heiratest.«

»Nein.«

Noch immer kopfschüttelnd starrte sie vor sich hin …

Doch dann begriff sie auf einmal, was er gesagt hatte, und blickte auf. »Was?«

»Ich möchte, daß du dich von deinem Mann scheiden läßt und mich heiratest.«

Wieder schüttelte sie den Kopf.

»Das wünsche ich mir sehr«, wiederholte er.

»Nein.«

Kopfschüttelnd, die Augen voller Tränen.

»Doch.«

»Nein, Andrew, bitte, du weißt, daß ich nicht …«

»Ich liebe dich.«

»Andrew …«

»Ich möchte dich behalten, für immer.«

»Andrew, du kennst mich ja überhaupt nicht.«

»O doch.«

»Du weißt nur, wie es ist, mit mir zu schlafen.«

»Das auch.«

»Ich bin sechs Jahre *älter* als du!«

»Wer nimmt das denn so genau?«

»Ich bin keins von deinen kleinen *Mädchen*.«

»Ich *habe* keine kleinen Mädchen.«

»Aber *ich* hab eins. Ich habe eine zwölfjährige *Tochter*, Andrew, erinnerst du dich?«

»Das besprechen wir in Italien.«

»Ich kann nicht mit dir nach Italien kommen.«

»Doch«, entgegnete er. »Hast du Hunger? Soll ich uns die Speisekarte kommen lassen?«

»Ist dir klar, daß wir heute zum erstenmal zusammen *ausgehen*? Und da willst du, daß ich einfach mit dir nach *Italien* fliege?«

»Falsch.«

»Falsch?«

»In St. Bart sind wir zusammen ausgegangen. Und wir haben zusammen auf der Second Avenue Kaffee getrunken und Croissants gegessen.«

»Das war vorher.«

»Ja. Das war vorher. Schokocroissants. An dem Tag, als wir uns das erstemal gestritten haben.«

»Das war doch kein Streit«, widersprach sie. »Ich bin nur aufgestanden und gegangen.«

»Weil ich dich geküßt habe.«

»Ja.«

»Ich werde dich jetzt auch küssen«, sagte er. »Bitte, geh nicht weg.«

Er beugte sich über den Tisch und küßte sie, wie er es an jenem Nachmittag vor langer Zeit getan hatte, mit Schokolade auf den Lippen, während draußen der Sturm tobte.

»Haben wir genug gestritten?« fragte er.

»Ich glaube, ja.«

»Gut. Willst du mich heiraten?«

»Ich weiß, daß du das nicht ernst meinst«, sagte sie. »Wir sollten lieber was essen.«

»Wie kann ich dich überzeugen?«

»Sag mir all ihre Namen.«

»Warum?«

»Hab ich dir doch *erklärt*. Damit ich mich in den Schlaf weinen kann.«

»Fang nicht wieder an zu weinen. *Bitte*!«

»Nein, nein. Ich möchte es wissen, weil ... weil ich sie dann exorzieren kann.«

»Sie exerzieren? Wie? Willst du etwa zum Militär?«

»*Exorzieren*«, wiederholte sie. »Wie den Teufel.«

»Ach *so*.« Er grinste breit. »Jetzt verstehe ich. Du willst sie *austreiben*.«

»Sei kein Klugscheißer«, erwiderte sie. »Ja, ich will sie *austreiben*. Aus mir vertreiben.«

»Wie ich sie aus mir vertrieben habe.«

»Klar«, meinte sie skeptisch.

»Du hast mir dabei geholfen.«

»Sag mir bitte ihre Namen.«

»Du klingst ja wie ein Cop.«

»Ihre Namen.«

In einem Atemzug, als handle es sich um *einen* Namen und nicht um ein halbes Dutzend, sprudelte er hervor: »Mary Jane, Oona, Alice, Angela, Blanca, Maggie, das war's. Carlo!« rief er dann. »Bringen Sie uns bitte die Speisekarte!«

»*Sì, signor Faviola, immediatamente*!«

»Was sagt er da eigentlich dauernd?«

»Was meinst du?«

»*Favola? Faviola*? Irgend so was. Was bedeutet das?«

»Keine Ahnung.«

»Ich dachte, du kannst Italienisch.«

»Nur ein wenig.«

»Wo hast du es gelernt?«

»In Kent.«

Carlo erschien, die Speisekarte unterm Arm. »Nun«, sagte er. »Darf ich Ihnen die heutigen Angebote erklären?«

»Bitte«, antwortete Andrew.

Sarah lauschte, wie Carlo auf italienisch die Spezialgerichte herunterspulte und jedes einzelne ins Englische übersetzte. Die ganze Zeit über beobachtete sie Andrew. Er hörte aufmerksam zu. Wie hatten die Mädchen geheißen? Wie konnte sie sie loswerden, wenn sie sich nicht einmal ihre Namen merken konnte? Da wurde ihr auf einmal klar, daß sie bereits vertrieben waren.

»Nun«, sagte Carlo wieder, »ich lasse Ihnen etwas Zeit, *signor Faviola, signorina*, wählen Sie in aller Ruhe.«

Mit einer erneuten Verbeugung entfernte er sich rückwärts vom Tisch, wie ein Schiff, das aus dem Hafen ausläuft.

»Da war es schon wieder«, stellte Sarah fest.

»Ja, ich hab's gehört«, bestätigte Andrew. »Was hättest du denn gern?«

Erst als Billy sie an der Ecke Lexington Avenue/83. Straße absetzte, fiel ihr auf, daß sie vergessen hatte, ihm ihr Gedicht vorzulesen.

Die Detectives berichteten Michael, daß sie, selbst *wenn* sie einen Gerichtsbeschluß zur Überwachung der neu entdeckten Tür an der Mott Street bekamen, nicht wußten, wo sie Stellung beziehen sollten.

»Es ist nämlich so«, erklärte Regan, »an der Nordostecke ist ein Geschäft für Restaurantbedarf, gegenüber der blauen Tür ...«

»Auf dem Briefkasten steht übrigens Carter-Goldsmith Investments«, warf Lowndes ein.

»Überprüft die Firma«, sagte Michael. »Findet raus, ob es eine Körperschaft ist, ein Partnerunternehmen, wer im Vorstand ...«

»Schon in Arbeit«, unterbrach Regan.

»Gut.«

»Was ich sagen will«, fuhr Regan fort – er haßte es, wenn er dauernd unterbrochen wurde –, »es gibt da ein Fenster gegenüber dem Eingang an der Mott Street, aber das ganze Gebäude *gehört* diesen Restaurantbedarfs-Leuten, und sie nutzen es auch, also gibt es keine Stelle, wo wir eine Kamera postieren könnten, selbst wenn wir den Gerichtsbeschluß *bekommen* – der dem Gericht wahrscheinlich sowieso übertrieben vorkommt, denn wir *haben* ja schon eine Kamera direkt um die Ecke.«

»Trotzdem sollten wir's versuchen«, meinte Michael. »Wir wissen ja nicht, *wer* den anderen Eingang benutzt. Möglicherweise ...«

»Wir vermuten, er ist für die Flittchen«, sagte Lowndes.

»Wenn sie die einzigen sind, lohnt es wohl kaum die Mühe. Aber wenn wir Leute zu Gesicht kriegen, die aus irgendeinem Grund nicht im Schneiderladen gesehen werden wollen ...«

»Ja, wäre möglich«, stimmte Regan etwas zögernd zu.

»Warum könnt ihr keinen Laster auf die Straße stellen?« fragte Michael. »Dafür brauchen wir keine Genehmigung.«

»Mike, wir sind nicht in Connecticut, wo ein Haufen reicher Arschlöcher Spinat nicht von Löwenzahn unterscheiden kann. Hier ist Little Italy. Wenn wir einen Lastwagen gegenüber der blauen Tür aufstellen und ihn als Bäckerwagen oder als Lieferwagen von der Telefongesellschaft oder der städtischen Elektrizitätsversorgung anpinseln, weiß trotzdem die gesamte Nachbarschaft innerhalb von höchstens zehn Sekunden, daß Cops drin sitzen und beobachten, was auf der anderen Straßenseite passiert.«

»Hmmmm«, brummte Michael.

»Bis jetzt klappt ja alles hervorragend. Wir haben das ganze Haus verwanzt, wir haben eine Kamera für die Vordertür des Schneiderladens, die uns Bilder von allen möglichen billigen Gaunern liefert, die da rein und raus gehen. Die Kamera filmt sie, wenn sie reinmarschieren, die Wanze oben kriegt alles mit, was sie sagen, das ist doch wunderbar. Außerdem haben wir das Telefon angezapft und machen die meisten Anrufer ausfindig. Wir sammeln 'ne Menge Information, Mike. Was ich sagen will – wenn wir einen Laster aufstellen, schöpfen die Leute Verdacht, und wir können uns womöglich die gesamte Überwachung an den Hut stecken. Das ist meine Meinung.«

»Ja«, seufzte Michael.

Es war seltsam.

Wenn man in Amerika jemanden, dessen Vorfahren vor langer Zeit aus Irland, Puerto Rico oder Serbien ausgewandert waren, nach seiner Nationalität fragte, antwortete niemand, er sei Amerikaner. Selbst wenn jemand in den Vereinigten Staaten geboren war, bezeichnete er sich als Ire, Italiener, Puertoricaner, Serbe, Ungar, Chinese, Japaner, Albaner oder was auch immer – jedoch nie als Amerikaner. Die Juden waren *Juden*, egal, woher ihre Vorfahren kamen. Die einzigen, die sich als *Amerikaner* fühlten, waren die WASPS, die weißen, protestantischen Mittelschichtsamerikaner angelsächsischer Abstammung. Sie waren die echten Amerikaner, und selbst wenn sie hie und da ihre edle britisch-schottische Herkunft erwähnten, bezeichneten sie sich nie als Briten oder Schotten, denn das waren sie einfach nicht; sie waren *Amerikaner*, weiß Gott.

Andrew und fast alle seine Bekannten waren in Amerika geboren. Seine Urgroßeltern, die aus irgendeinem italienischen Kaff stammten, hatte er nie gekannt, und wenn gelegentlich einer der Älteren in der Verwandtschaft noch gebrochenes Englisch sprach, tat ihn seine Mutter sofort verächtlich als »Schmalzkopf« ab. Warum betonte seine Mutter eigentlich bei jedem zweiten Atemzug, sie sei Amerikanerin? Andrew war ebenfalls Amerikaner, aber wenn jemand ihn fragte, antwortete er ganz automatisch: »Ich bin Italiener«. Im Grund war das eine rein praktische Definition, denn es bedeutete lediglich, daß irgendwann in einer Zeit der Triumphwagen, der Togen, Arenen und Lorbeerkränze ein paar seiner Verwandten – die Andrew selbst natürlich nie gekannt hatte – nach Amerika gesegelt und hier Staatsbürger geworden waren. Wenn er *sagte*, er sei Italiener, *wußte* er natürlich trotzdem, daß er Amerikaner war, und das wußten alle anderen auch. Jedenfalls hatte man ihm das in der Schule beigebracht; er war Amerikaner, genau wie Grandma und Grandpa, wie sein Vater, sein Onkel Rudy, seine Tante Concetta und seine Cousine Ida.

Klarer Fall.

Erst als Andrew nach Kent kam, ins waldige, protestantisch-weiße Connecticut, machte er die Bekanntschaft einer *anderen* Art Amerikaner. Bis dahin hatte er nicht einmal gewußt, daß so viele blonde, blauäugige Menschen *existierten*, deren Nachnamen zudem nicht mit einem Vokal endeten, sondern Armstrong oder Harper oder Wellington lauteten. Dazu Vornamen wie Martin oder Bruce oder Christopher oder Howard. Na und? Andrews blonde Haare waren zwar etwas nachgedunkelt, richtig, aber seine Augen waren immer noch blau, oder etwa nicht? Und er hieß auch nicht Angelo oder Luigi, sondern *Andrew*, stimmt's? Da hätte er doch eigentlich genauso amerikanisch sein müssen wie die anderen blauäugigen Jugendlichen – wie Roger, Keith,

Alexander oder Reid. Doch allem Anschein nach gab es da irgendeinen Haken. Anscheinend war es sein Familienname Faviola – ach ja, richtig, der *italienische* Junge, der Quarterback spielte.

Irgendwie – er konnte nicht *genau* erklären, wie – war der amerikanische Traum, den man ihm anfangs in der Schule beigebracht hatte, seinen Eltern und Großeltern versagt geblieben, und wahrscheinlich beharrte seine Mutter deshalb so oft und so lautstark darauf, Amerikanerin zu sein. Und jetzt, auf dem College, wurde auch *ihm* dieser Traum verwehrt. Irgendwie war er im Land seiner Geburt, im Land der Freien und der Heimat der Tapferen, in seiner Heimat Amerika, *weniger* wert als ein Amerikaner. Irgendwie war er das geworden, als was er sich schon die ganze Zeit bezeichnet hatte – aber Leute, ich hab doch nur meine *Herkunft* gemeint! –, und jetzt war er bloß noch ein *Italiener* und würde immer einer bleiben. Obwohl er nicht hätte sagen können, wer denn nun die *richtigen* Amerikaner waren, wußte er verdammt genau, daß er nicht zu ihnen gehörte und daß sie ihn auch nie in ihren Kreis *aufnehmen* würden. Deshalb dachte er damals, ihr könnt mich mal, und ging nach Las Vegas, wo Italiener wie er selbst die Casinos beherrschten.

Und *das* war jetzt das Seltsame.

Hier in Mailand …

Was bei *ihnen Milano* hieß …

Saß er in einer kleinen Bar im Freien …

Und während er sich mit einem Mann unterhielt, den seine Mutter sofort als Schmalzkopf abgestempelt hätte, fühlte er sich zum erstenmal in seinem Leben wie ein Amerikaner. Hier war er kein Italiener. Hier war er Amerikaner. Der Mann, mit dem er *redete*, war Italiener. Seltsam, daß er diese lange Reise hatte machen müssen, um zu erkennen, daß er doch Amerikaner war. Ob er das Gefühl zu Hause wieder verlieren würde?

Der Mann rauchte eine Zigarre, die seine Mutter bestimmt eine »Stinkadores« geschimpft hätte. Er hieß Giustino Manfredi, und er sah mit seiner zerknitterten, schwarzen, etwas zu langen

Hose, dem weißen Hemd mit dem offenen Kragen, den aufgerollten Ärmeln und der kurzen schwarzen Weste längst nicht so bedeutend aus, wie er war. Er erinnerte Andrew an Louis, den Schneider, nur daß er keine weißen Haare hatte, sondern schwarze, glatte, mit einem Mittelscheitel. Seine dünne Zigarre produzierte mächtige Rauchschwaden, die über den Platz zogen.

Es war zehn Uhr morgens an einem schönen sonnigen Tag in der letzten Aprilwoche. Um diese Zeit war die kleine Bar praktisch leer, außerdem hatte Manfredi einen Tisch ganz am Rand gewählt, unter dem Sonnendach, gleich neben der benachbarten Bank, die er, wie er lachend bemerkte, gern einmal ausgeraubt hätte. Manfredi lebte in Palermo, aber er hatte Mailand als Treffpunkt gewählt. Es war für Geschäftsleute derzeit *sehr* schwierig, in Sizilien zu arbeiten. In Mailand war es auch nicht viel besser, aber hier konnten sie sich wenigstens in Ruhe über finanzielle Probleme unterhalten, ohne daß gleich die *carabinieri* mit Maschinengewehren zur Tür hereinstürmten.

Beide Männer tranken Espresso, den ein junger Kellner servierte. Doch der schien mehr darauf bedacht zu sein, bei einer üppigen Deutschen Eindruck zu schinden, als einen Mann zu bedienen, der ihn jederzeit mit einem Stein um den Hals in die Adria werfen lassen konnte. Manfredi war das offenbar gleichgültig, denn er wußte, daß er in Mailand relativ unbekannt war; deshalb hatte er die Stadt ja ausgesucht. Wenn er gerade nicht an seiner Zigarre saugte, schwenkte er sie mit ausladenden Gesten in der Luft herum; sein Selbstvertrauen war unerschütterlich, und er wußte, daß ihm das gegenwärtige Projekt Millionen und Abermillionen einbringen würde. Dadurch konnte er es sich dann erlauben, sich weiterhin zu kleiden wie ein Lumpensammler und kleine, billige Zigarren zu rauchen.

Je länger er sich mit Manfredi unterhielt, desto mehr fühlte sich Andrew wie ein Amerikaner.

Manfredis Englisch war haarsträubend.

Einmal konnte Andrew das Lachen nicht unterdrücken, aber

als er merkte, daß Manfredi beleidigt aussah, erklärte er schnell, was so lustig gewesen war.

Manfredi hatte nämlich zu erklären versucht, daß die Ware problemlos in vielen italienischen Häfen ein- und ausgeführt werden konnte …

»*Ma non la Sicilia*, eh? Zu schwierig jetzt in Sizilien. Andere Häfen, *naturalmente*. Wir haben viel Hafen in Italia …«

Wenn Andrews Mutter diesen Schmalzkopf gehört hätte …

Die meisten italienischen Häfen waren *zugänglich*, was bedeutete, daß Manfredis Leute sie *kontrollierten*. Weil er das weder auf Italienisch noch in seinem mickrigen Englisch laut aussprechen wollte, verhaspelte sich Manfredi in einem Satz, bei dem Andrew nicht mehr an sich halten konnte.

»Wir kommen rein, wir tun, was wir tun, eh? Und dann wir uns einfach um die Ecke bringen.«

Andrew prustete los. Manfredi war so verblüfft, daß er beinahe seine stinkende Zigarre fallenließ. Er zuckte zurück, als hätte jemand auf ihn geschossen, und plötzlich begriff er, daß er *ausgelacht* wurde. Kurz bevor er eine Ladung erstklassige sizilianische Wut abfeuern konnte, sagte Andrew rasch: »Lassen Sie es mich erklären, Signor Manfredi.« Dann bekam er sich so weit unter Kontrolle, daß er seinem Gegenüber den Grund seines Ausbruchs verständlich machen konnte, was wiederum den Humor des Sizilianers so ansprach, daß er *ebenfalls* zu lachen begann. Wenigstens durfte Andrew einstimmen, bevor er platzte.

»Um die Ecke bringen, *Dio mio*«, kicherte er und wischte sich die Tränen aus den Augen. Dann signalisierte er dem Kellner, daß er ihre Gläser auffüllen sollte. Doch der starrte der Deutschen in den Ausschnitt und beeindruckte sie mit seinen Englischkenntnissen, die mit Sicherheit größer waren als die Manfredis, wenn auch nicht gerade umwerfend. Das Mädchen jedoch schien vom italienischen Charme des Pickelknaben überwältigt zu sein. Andrew fühlte sich immer amerikanischer.

Die ganze nächste Woche wollte Manfredi ihn auf eine »Hafenrundfahrt« mitnehmen …

»Lieber viel Hafen als nur einer, eh?«

… in denen das vom *Osten* eintreffende Produkt entladen wurde …

Keiner nahm das Wort »China« oder »Asien« in den Mund …

… das Ende Mai in Italien eintreffen sollte. Er hoffte, daß das Produkt aus dem *Süden* …

… auch »Kolumbien« oder »Südamerika« waren tabu …

… etwa gleichzeitig in Italien ankam, so daß man hier mit der Arbeit beginnen konnte.

In seinem hoffnungslosen Englisch klang das etwa so: »Sie kommen Italia, das Schiff, wir laden eins, zwei, *immediatamente* …«

Und dann bringen wir uns schnell um die Ecke, dachte Andrew und hätte beinahe schon wieder laut losgelacht.

Später am Abend, nachdem er sich längst von Manfredi getrennt hatte, ging Andrew durch die Straßen von Mailand und versuchte etwas zu entdecken, was ihn mit diesen elegant gekleideten Männern und wunderschönen Frauen verband, die in der lauen Frühlingsluft an ihm vorbeispazierten, mit ihren leisen, fremd klingenden Stimmen. Sogar ihr Italienisch kam ihm anders vor als die Sprache der Besucher aus fernen Provinzen, die gelegentlich bei seinen Eltern vorbeischauten. Sie rauchten genauso billige und stinkende Zigarren wie Manfredi und verpesteten die Gardinen seiner Mutter, auf deren Gesicht dann zu lesen stand: Ich bin Amerikanerin, was habt ihr in meinem Haus verloren?

Doch die Menschen hier waren Ausländer.

Dieses Land war exotisch und fremd.

Andrew erkannte die Schönheit Italiens mit seinem weichen Licht und seinen sanften Hügeln, aber er fand nirgends eine Verbindung zu seiner eigenen Person, nirgends entdeckte er die vielbeschworenen »Wurzeln«, nach denen die Amerikaner so unentwegt überall in der Welt suchten. Wieder einmal fragte er sich, weshalb ein Mensch, der in Amerika geboren war, seine Ursprünge anderswo suchen mußte. Welche Ironie des Schicksals: Da schwärmten die Amerikaner über die gesamte Weltkugel aus, um die Identität zu finden, die ihnen in ihrem Geburtsland verwehrt blieb.

An einem Stand in einer Passage kaufte er ein *gelato*, und als er wieder hinaus auf das Kopfsteinpflaster der uralten Straße trat, stieß er mit einem Mann zusammen, dessen Augen genauso blau waren wie seine eigenen.

»*Mi scusi, signore, mi scusi*«, entschuldigte sich der Mann.

»Tut mir leid, es war meine Schuld«, entgegnete Andrew.

Sie tänzelten einen Augenblick umeinander herum, beide lächelnd und entschuldigend, und als der Mann wieder bei seinem Begleiter war, hörte Andrew, wie er diesem leise erklärte: »*Americano.*«

Stimmt, dachte er.

Die Mädchen waren groß und verschwitzt, die Jungen klein und verschwitzt, das war eben so mit zwölf, wenn man gerade vierzig Minuten Gymnastik im Morningside Park hinter sich hatte. Mollie und ihre beste Freundin Winona Weingarten nannten ihre Klassenkameraden »Munchkins« – jedenfalls manchmal und gemeinerweise auch dann, wenn jeder es hören konnte. Jungen wie Mädchen steckten im gleichen Turnzeug: blaue Shorts und blaues Sweatshirt mit dem weißen Schulwappen von Hanover über der linken Brust. Mollie trug die Turnschuhe, die sie an jenem Nachmittag, als sie mit ihrer Mutter und Tante Heather einkaufen war, nach langer Suche doch noch gefunden hatte. Winona trug die gleichen. Die Jungen nannten die beiden Freundinnen »Twideldum und Twideldi«, als Rache für die »Munchkins« und auch, weil sie sich so ähnelten: beide groß und schlank, mit langen blonden Haaren, die sie jetzt unter Mützen mit identischer Aufschrift gestopft hatten. Und wegen ihrer blöden Geheimsprache.

Mollie und Winona trödelten ein bißchen hinter den anderen her und unterhielten sich in eben dieser Sprache, die sie

»Frankendrac« nannten, eine Zusammensetzung aus Frankenstein und Dracula. Sie sollte klingen wie eine Mischung aus Schwedisch und Slawisch, aber es war eine ganz eigene Sprache mit einem Vokabular, das die Mädchen erfunden hatten, als sie sich mit fünf Jahren in Hanover kennengelernt hatten. Nicht einmal unter Folter hätten sie das Geheimnis ihrer Sprache preisgegeben, und niemand außer ihnen konnte auch nur ein Wort des hektischen Geschnatters verstehen. In Hanover mußte man zwei Fremdsprachen lernen; Frankendrac war also ihre dritte. Jetzt genossen die beiden den strahlenden Sonnenschein an diesem letzten Freitag im April – dem ersten richtigen Frühlingstag! –, zuckelten hinter den anderen her und plauderten wie zwei Ausländerinnen in ihrer Muttersprache.

Es war wirklich kein guter Tag für körperliche Höchstleistungen – Sport gehörte ohnehin nicht zu ihren Lieblingsfächern, auch *wenn* Miss Margolin ihnen dauernd eintrichterte, Fitneß sei das A und O. Allerdings stimmte sie auch der Gedanke, ins Klassenzimmer zurückzukehren, nachdem sie hier eine halbe Stunde rumgehopst waren, nicht besonders froh. Am *liebsten* wären sie zur 110. Straße Ecke Amsterdam Avenue geschlendert, hätten sich bei Rosa's Süßigkeiten gekauft, um sich dann die Köstlichkeiten bei einem gemütlichen Stadtbummel auf der Zunge zergehen zu lassen. Statt dessen würde es gleich ein Wahnsinnsgedränge im Umkleideraum geben, aus dem Turnzeug raus und in die Uniform, den Faltenrock und die weiße Bluse, rein, und dann auf zur nächsten Stunde. Zufällig Französisch, was wesentlich einfacher war als Frankendrac.

Leere Crackfläschchen säumten den Parkweg.

»Die sehen aus wie die Parfümproben, die man manchmal umsonst kriegt«, meinte Mollie auf Frankendrac.

Zu ihrem großen Erstaunen antwortete Winona: *»Ik kannenit wattener, datte amal proberennennerzu.«*

Was soviel bedeutete wie: »Ich kann's kaum erwarten, das mal zu probieren.«

Sarah zählte die Tage bis zu Andrews Rückkehr. Was würde sie antworten, wenn Andrew irgendwann noch einmal vorschlug, sie solle ihn irgendwohin begleiten? *Diesmal* hätte sie unmöglich weggekonnt; schließlich war sie Lehrerin, und in der letzten Aprilwoche gab es keine Schulferien. In der *ersten* Aprilwoche hätte die Sache anders ausgesehen: Am Montag begann das jüdische Osterfest, Karfreitag fiel in dieselbe Woche, gefolgt vom Osterwochenende – da hätte sie vielleicht einen guten Grund finden können, die restlichen Tage in der Wochenmitte auch frei zu bekommen. Jedenfalls einen guten Grund für die *Schule*. Was sie Michael erzählt hätte, stand auf einem anderen Blatt. Aber schon allein der *Gedanke*, eine ganze Woche allein mit …

»… in Null Komma nix wissen«, sagte Michael gerade.

»Mm-hmm« antwortete sie und merkte, daß sie ihm schon minutenlang nicht mehr zuhörte.

»Deshalb bin ich auf die Idee gekommen, statt dessen einen Hot-dog-Karren hinzustellen«, sagte er, als würde das alles erklären.

»Mm-hmm.«

Sie tranken Kaffee zum Nachtisch. Mollie war übers Wochenende bei ihrer Freundin Winona. Andrew war in Genua. Morgen würde er in Neapel ankommen. Und am Tag darauf …

»… mit einem gestreiften Schirm, weißt du. Sabrett oder wie man das nennt. Dann soll Freddie Coulter das Ding mit einer Videokamera bestücken, und keiner der Nachbarn kommt auf die Idee, daß da ein Detective steht und Knishes und Brezeln verkauft. Was meinst du?«

»Wo soll das Ding denn stehen?«

»Das kann ich dir nicht sagen.«

»Es geht um eine Überwachung, stimmt's?«

»Ja. Um den Fall, an dem ich gerade arbeite.«

»Über den du immer noch nicht …«

»Ja, tut mir leid.«

»Aber du *darfst* mir immerhin erzählen, daß ihr eine Kamera in einer Würstchenbude installieren wollt.«

»Ja, in so einem Karren, weißt du.«

»Klingt wie James Bond.«

»Die Hälfte von dem Zeug, das Freddie installiert, ist James Bond in Reinkultur.«

»Warum müßt ihr denn so was Kompliziertes installieren?«

»Weil wir nicht wie sonst die Möglichkeit haben, das gegenüberliegende Gebäude zu benutzen.«

»Dann glaube ich, es ist eine gute Idee«, sagte Sarah und nickte.

»*Falls* Freddie der Meinung ist, daß es funktioniert.«

»Und *falls* ihr einen Detective mit schmutzigen Fingernägeln auftreiben könnt«, meinte Sarah.

»Damit er aussieht wie ein *echter* Würstchenverkäufer«, sagte Michael, und beide lachten.

Auf einmal beugte sich Michael über den Tisch und nahm Sarahs Hand.

»Was ist?« fragte sie erstaunt.

»Weiß nicht«, antwortete er achselzuckend.

Aber er ließ ihre Hand nicht los.

Das Licht war aus, und sie unterhielten sich auf Frankendrac. Winona meinte, ihrer Meinung nach sei alles eine Verschwörung zwischen Eltern und Lehrern, damit die Kinder sich nicht zu sehr amüsierten. Sie sagte, Drogen seien doch gar nicht so schlimm und sie könne es kaum erwarten, bis sie endlich alt genug war. Und das mußte man sich ausgerechnet von Winona Weingarten anhören, von Mollies allerbester Freundin, die einen IQ von 156 hatte und Frankendrac wie ihre Muttersprache beherrschte.

»*Meineken Bru hattenner afangenner kiffennerzu zehnfer zwomit*«, erklärte Winona.

Was frei übersetzt hieß: »Mein Bruder hat angefangen zu kiffen, als er zwölf war.«

Mollie flüsterte auf Englisch: »Das waren andere Zeiten, Win.«

»*Berenutzer zie Spreker*!« warnte Winona.

Sofort wechselte Mollie zur Geheimsprache und erklärte noch einmal, daß Winona das Jahr 1972, als ihr Bruder etwa in ihrem Alter gewesen war, *wirklich* nicht mit der gegenwärtigen Lage vergleichen konnte, wo all die gefährlichen Drogen auf dem Markt waren …

»Das hat man über LSD auch gesagt«, unterbrach Winona in Geheimsprache. »Mein Bruder hat LSD ausprobiert, und läuft er jetzt etwa rum wie ein übergeschnappter Junkie?«

»Aber Crack ist hinterhältig«, entgegnete Mollie und hatte dabei große Mühe, »hinterhältig« zu übersetzen, denn das Wort existierte nicht im geheimen Wortschatz. Zum Glück schien Winona die Improvisation zu kapieren. Jedenfalls antwortete sie in makellosem Frankendrac: »Crack ist auch nicht schlimmer als Pot, meine Liebe.«

»Wenn du so scharf drauf bist, was auszuprobieren«, sagte Mollie auf Englisch und fügte, ehe Winona ihr wieder einen warnenden Blick zuwerfen konnte, hinzu: »*Proberenner zinen belasennerzu*.«

Beide hielten sich den Bauch vor Lachen.

Am Abend im Bett fand Sarah den Mut, das heikle Thema anzusprechen.

Michael las noch, aber an seinen schweren Augenlidern und seinen langsamen, tiefen Atemzügen merkte sie, daß er am Eindösen war.

»Würde es dich sehr stören, wenn ich ein paar Tage mit den Mädchen wegfahre?« fragte sie ohne weitere Einleitung.

»Mit Mollie und Winona?«

Schon hatte sie den ersten Fehler gemacht. Sie nannte Frauen *nie* »Mädchen«, und jetzt war es ihr nur aus Nervosität passiert. Rasch erklärte sie: »Nein, ich meine die anderen Lehrerinnen. Ein paar von uns sind auf die Idee gekommen, im Sommer ein Wochenende zusammen wegzufahren …«

»Ein *Wochenende*?« wiederholte Michael.

»Oder auch unter der Woche, damit wir den Lehr–«

»Seit wann ist dieser Job eigentlich so ungeheuer *wichtig*?«

»Er war mir *immer* wichtig, Michael, das weißt du.«

»Na ja, aber *Herrgott*, Sarah …«

»Wir haben vor, über die Sommerferien in Kontakt zu bleiben …«

»Das habt ihr sonst nie getan.«

»Ja, ich weiß, aber …«

»Acht Jahre bist du jetzt schon an der Greer Academy …«

»Ja, aber …«

»Und auf einmal *trefft* ihr euch jede Woche …«

»Also, das ist eine ganz neue …«

»Und du willst aus heiterem Himmel ein paar Tage mit den *Mädchen* wegfahren …«

»Aber das ist doch unser neues Konzept, Michael. Wir versuchen, den Unterricht gemeinschaftlicher zu planen. Wenn wir uns regelmäßig austauschen …«

»Wir wollten nach *Frankreich* in den Ferien, erinnerst du dich?«

»Natürlich würden wir den Termin nicht in diese Zeit legen, Michael.«

»Und wann *dann*?«

»Wir haben noch kein Datum vereinbart. Drei von uns sind verheiratet, und wir wollten es natürlich erst mit unseren Männern besprechen.«

»Ein Wochenende kommt nicht in Frage«, sagte er.

»Nach all den Wochenenden, die *du* im Büro verbracht hast, hätte ich gedacht …«

»Wir arbeiten an einem sehr ungewöhnlichen Fall.«

»Sieht ganz danach aus.«

»Und ich hab auch schon früher manchmal an einem Wochenende gearbeitet.«

»Ja.«

»Früher.«

»Ja. Also ist es okay, wenn du am Wochenende arbeitest …«

»Mit den *Mädchen wegfahren* ist nicht das gleiche wie *arbeiten*, Sarah!«

»Ach nein?«

»Wohin wollt ihr überhaupt?«

»Keine Ahnung. So weit haben wir noch nicht geplant, das hab ich dir doch gesagt, Michael. Jane und Edie sind auch verheiratet, sie müssen erst mit ihren Männern sprechen. Es wären ja höchstens zwei oder drei Tage, Herrgott noch mal, keine zwei Monate!«

»Du hast gesagt, ein Wochenende.«

»Oder ein paar Tage *unter* der Woche. Ich wußte ja nicht, daß es dich so aufregen würde, Michael.«

»Es regt mich nicht auf.«

»Du hörst dich aber so an. Hör mal, vergiß es, ich sag den anderen, ich kann nicht …«

»Klar, und schiebst *mir* die Schuld dafür in die Schuhe, ja?«

»Michael, was ist denn *los* mit dir?«

»Die anderen Männer sagen wahrscheinlich: ›Klar, Darling, fahr meinetwegen einen *Monat* nach *Tokio*.‹ Bloß Michael, das alte *Arschloch*, macht eine Szene.«

»Es ist nicht so wichtig«, sagte Sarah. »Vergiß es. Ich sag einfach …«

»Nein, nein, es ist schon in Ordnung. Sag mir nur vorher …«

»Ich würde nicht im *Traum* daran denken …«

»… Bescheid, damit ich mir genug chinesisches Essen bestellen kann.«

Sie überlegte, ob sie sein Angebot jetzt dankend annehmen oder sich lieber zurückziehen sollte, solange es noch ging. Ihr Herz klopfte wild. Sie hatte bei Andrew nicht einmal angedeutet, daß sie vielleicht ein paar Tage weg konnte, aber jetzt kam es ihr auf einmal fast zu leicht vor. Vor allem, weil Michael sich letztlich, wenn auch widerwillig, geschlagen gegeben hatte, fühlte sie sich gemein und billig. Sag ihm, du willst es gar nicht, dachte sie. Sag ihm, daß es eine blöde Idee war. Jetzt sofort. Aber der Gedanke, irgendwo nach New England zu fahren, ein abgelegenes

Gasthaus zu finden und dort zwei oder drei Tage mit Andrew zu verbringen …

»Es ist bloß, weil ich dich so vermissen werde«, sagte Michael, küßte sie auf die Wange und knipste das Licht aus.

Im Dunkeln, mit offenen Augen, staunte Sarah, was aus ihr geworden war. Es dauerte lange, bis sie endlich einschlief.

Um neun Uhr am Abend des vierten Mai klingelte das Telefon in der Wohnung der Familie Welles. Nach dem zweiten Klingeln hob Michael ab.

»Hallo?« sagte er.

Ein Knacken in der Leitung.

»Hallo?« wiederholte er.

Nichts.

Ärgerlich betrachtete er den Hörer und legte auf.

»Wer war das, Darling?« rief Sarah.

»Falsch verbunden«, antwortete Michael.

Aber sie wußte sofort, daß Andrew angerufen hatte. Er war wieder da.

Obwohl sie kein Wort mehr begriff, las sie weiter in ihrem Buch. Die Buchstaben hüpften über die Seite. Wie sollte sie bloß hier rauskommen? Sie *mußte* ihn anrufen! Aber nicht zu rasch. Laß dir Zeit, dachte sie und las denselben Abschnitt zum drittenmal. Zwanzig nach neun fragte sie: »Hast du Lust auf ein Joghurteis?«

»Eigentlich nicht«, antwortete Michael.

»Ich glaub, ich geh schnell mal runter und hol mir eins.«

»Ich dachte, es ist noch welches in der Kühltruhe.«

»Ich möchte aber eins von dieser weichen Sorte«, entgegnete Sarah, stand auf und markierte die Stelle in ihrem Buch. Als hätte sie alle Zeit der Welt, klappte sie das Buch zu, legte es auf den Couchtisch, wie in Zeitlupe – dabei wollte sie hinausrennen, so schnell wie möglich zur nächstbesten Telefonzelle. Statt dessen ging sie im selben langsamen Rhythmus zur Diele. »Soll ich dir eins mitbringen?«

»Nein danke, Honey.«

Hoffentlich überlegte er es sich nicht plötzlich anders und wollte doch mitkommen! Sarah holte ihre Handtasche, öffnete sie, um sich zu vergewissern, daß sie genügend Kleingeld hatte – sonst hätte sie sich in die Küche schleichen müssen und sich dort etwas von den Münzen für die Waschmaschine nehmen. Zum Glück war genügend im Portemonnaie. Sie ließ es zuschnappen – in ihren Ohren klang es wie ein Kanonenschlag –, steckte es zurück in die Handtasche, hängte sie über die Schulter und rief: »Bin gleich wieder da.«

»Vielleicht …«

Nein, bitte *nicht*!

»… möchte ich doch eins«, sagte Michael. »Schokolade, aber die Sorte aus Magermilch, auf einer Zuckerwaffel. Wenn sie das haben. Sonst einfach irgendwas.«

»Magermilch, richtig?«

»Ja.«

»Okay. Bis gleich.«

Ganz locker. Nichts mehr sagen. Nur *raus* hier. Zum Türknauf greifen. Die Tür öffnen. Einen Schritt ins Treppenhaus. Die Tür hinter sich zuziehen. Dann das Klicken, als die Tür ins Schloß fiel. Sarah zwang sich, langsam zu gehen, ein Fuß vor den anderen, langsam, langsam den Korridor hinunter zum Aufzug, den Knopf drücken. Klappernd nahte der Aufzug, die Türen glitten auf, sie trat in die Kabine, drückte den Knopf fürs Erdgeschoß, die Türen gingen zu, und der Lift begann seine Fahrt nach unten.

Erst beim Café in der 78. Straße, Ecke Lexington Avenue, fühlte sie sich sicher.

»Hi«, sagte sie. »Ich bin's.«

»Sarah. Gott, hab ich dich vermißt!«

»Du bist wieder da.«

»Ja. Du hast gewußt, daß ich am Telefon war …«

»Ja.«

»Wo bist du?«

»Unten. Ich hab einen Vorwand erfunden, um rauszukommen.«

»Klappt es morgen?«

»Ja.«

»Billy wartet auf dich, um die übliche Zeit.«

»Ja.«

»Ich kann's kaum erwarten.«

»Ich auch. Am liebsten wäre ich gleich bei dir.«

»Ich auch.«

»Ich liebe dich, Andrew.«

»Ich liebe dich auch, Sarah.«

»Bis morgen«, sagte sie.

»Bis morgen«, sagte er.

Die Leitung knackte.

Der Datenschreiber registrierte die Dauer des Gesprächs: dreiundzwanzig Sekunden. An den Überwachungsgeräten in der Wohnung an der Grand Street griff Jerry Mandel zum Klemmbrett mit den Berichtsbogen und verzeichnete den Namen der Anruferin: Sarah.

Im selben Augenblick schraubte Detective Freddie Coulter in städtischem Overall und Schutzhelm die Platte von der Straßenlaterne an der Ecke von Mott und Broome Street. Er hatte eine Lochkamera in dem Hot-dog-Karren installiert, der morgen an der Ecke Stellung beziehen würde. Jetzt mußte er sich nur noch um die Energieversorgung kümmern.

Die Energieversorgung war immer das wichtigste. Entweder hatte man eine eigene Energiequelle, oder man mußte sich den Strom irgendwo *klauen*. In diesem Fall hätte eine Schiffs- oder eine Autobatterie im Würstchenstand genügt, doch die hätte man früher oder später erneuern müssen. Deshalb holte sich Coulter die Eneregie lieber aus dem städtischen Stromnetz. Jetzt zapfte er den Laternenpfahl an, versah seine Leitung mit einem Stecker, der in die schon fertig installierte Buchse paßte, und schraubte schließlich eine neue Platte auf den Pfosten, mit einer Kerbe für das Kabel.

Über das Kabel legte Coulter einen abgeschrägten Holzkeil, den er gelb und schwarz angestrichen hatte, damit alles offiziell aussah. Dann packte er sein Werkzeug zusammen und verließ den Ort der Handlung. Morgen früh um zehn würde der Hot-dog-Karren an der Ecke stehen, und jeder, der durch die blaue Tür auf der gegenüberliegenden Straßenseite ging, konnte gefilmt werden.

Um halb fünf an diesem Mittwoch nachmittag, dem fünften Mai, hatte Detective Gregory Annunziato von der Mannschaft des Staatsanwalts zwar jede Menge Hot-dogs verkauft, aber allmählich beschlich ihn der Verdacht, daß der Würstchenstand keine so gute Idee gewesen war. Er hatte an der blauen Tür noch keinen einzigen Gangster gesehen. Annunziato trug ein kariertes Sporthemd, eine Kordhose und eine weiße, senfverschmierte Schürze, unter der die .38er Dienstwaffe an seinem Gürtel gar nicht auffiel. Er hatte schwarze Locken und dunkelbraune Augen, und viele Kunden fragten ihn, ob er Italiener war. Wenn er die Frage bejahte – obwohl er in Brooklyn geboren war –, fingen sie augenblicklich an, Italienisch zu plappern, und erzählten ihm, wie gut seine Hot-dogs und seine Knishes waren und wie sehr sie sich freuten, daß es an dieser gottverlassenen Ecke endlich einen Imbißkarren gab. Annunziato aber ließ die blaue Tür auf der anderen Straßenseite nicht aus den Augen.

Um sechzehn Uhr vierundvierzig erschien ein schwarzer Lincoln auf der Straßenseite, wo auch der Karren stand, und hielt fünf oder sechs Meter von ihm entfernt an. Eine gutaussehende Blondine in einem grauen Kostüm mit einer Aktentasche und einer grauen ledernen Schultertasche stieg aus, beugte sich noch einmal ins Auto, um dem Fahrer etwas zu sagen, und schlug dann die Wagentür zu. Als sie die Straße diagonal überquerte und auf die blaue Tür zuging, drückte Annunziato den Knopf, der die Videokamera auslöste.

Mit dem Rücken zur Kamera trat die Frau in den Schatten der Tür und drückte auf den Klingelknopf.

Dann sagte sie etwas in die Sprechanlage.

Annunziato hörte das Brummen des Türöffners, und die Tür ging auf.

Als die Frau hineinging und die Tür hinter sich zuzog, registrierte das Videoband auf Digitalanzeige Datum und Zeit: MAI-05-16:43:57.

An diesem Nachmittag las sie ihm ihr selbstgeschriebenes Gedicht vor. Sie holte es aus ihrer Handtasche, und als sie dann nackt im Bett saß und rezitierte, kam sie sich vor wie ein Kind, das seinen erwartungsvollen Eltern etwas aufsagt. Sie begann:

*Andy und Dandy und Tandy und Drew –*
*Ist's wahre Liebe, bist es du?*
*Farrell der Mutige und Farrar das Eisen,*
*Wer ist mein Held, wie soll er heißen?*

*Carter und Goldsmith, wer mag das wohl sein?*
*Nichts im Verzeichnis, nicht mal ganz klein.*
*Phantominvestoren, die …*

»Was soll *das* denn heißen?« unterbrach Andrew scharf.

»Na ja, wir haben nichts gefunden …«

»Nichts *gefunden*?«

»Ja, wir …«

»*Wir*?«

»Mein Steuerberater. Ich hab ihn gefragt …«

»Du hast *was*?«

»Ich hab ihn gebeten, Carter-Goldsmith für mich nachzuschlagen. Als Information für mein Gedicht. Aber es gab keinen Eintrag, also hab ich …«

»Warum hast du das getan?«

»Für das Gedicht.«

»Du hast jemanden gebeten, im Verzeichnis der Handelskammer nachzusehen?«

»Ja, aber …«

»Und er hat nichts gefunden, ja?«

»Die Firma ist nirgends ver–«

»Weil es eine Privatfirma ist. Aber du hättest mir nicht nachspionieren sollen.«

»Das hab ich doch auch nicht. Ich …«

»Ist ja egal. Lies mir den Rest des Gedichts vor.«

»Nein.«

»Bitte.«

»Ich möchte aber nicht mehr.«

»Na gut.«

»Na gut«, echote sie, völlig verwirrt. Womit hatte sie ihn denn provoziert? Auf einmal war es ihr unangenehm, nackt zu sein, sie fühlte sich bloßgestellt und verletzlich, irgendwie betrogen, durcheinander, traurig, den Tränen nahe. Und dann, als wollte sie es ihm heimzahlen, als wollte sie ihn genauso verletzen, sagte sie: »Ich werde im Sommer wegfahren.«

Von einer Sekunde zur anderen nahm sein wütendes Gesicht den vertrauten kläglichen Schuljungenausdruck an. Gut, dachte Sarah.

»Wann?« wollte er wissen.

»Ich glaube, er hat gesagt, im August.«

Sein Unbehagen tat ihr gut. Er würde sie vermissen. Jedenfalls sagte das sein Gesicht. Doch dann erschien genauso unvermittelt wieder die Wut.

»*Wer* hat das gesagt? Dein Steuerberater?«

»Mein Mann. Er nimmt gewöhnlich um diese Zeit seinen Urlaub.«

»Wie lange?«

»Drei Wochen.«

»Und was soll *ich* in der Zeit anfangen?«

Wieder die klägliche Miene. Jeder Stimmungswechsel zeichnete sich augenblicklich auf seinem Gesicht ab.

»Du kannst ja eine von deinen kleinen Freundinnen anrufen«, sagte sie achselzuckend. Sie hatte sich aufgerichtet, die Ellbogen am Körper, die Hände aufgestützt.

»*Du* bist meine kleine Freundin«, entgegnete er.

»Na klar.«

»Ich hasse diese reichen Anwälte, die einfach mir nichts, dir nichts in Urlaub fahren können.«

»Er ist kein reicher Anwalt.«

»Nein? Alle *meine* Anwälte sind reich.«

»Alle? Wie viele hast du denn?«

»Drei.«

»Also, mein Ehemann verdient fünfundachtzigtausend Dollar im Jahr.«

Sie benutzte absichtlich das Wort »Ehemann«. Noch immer rächte sie sich dafür, daß er so auf ihr rumgehackt hatte, wegen eines blöden, verdammten …

»Ein guter Grund, ihn zu verlassen.«

»Wie kommst du auf die Idee, daß ich das jemals tun werde?«

»Tja …«, sagte er nur und zuckte die Achseln.

Er war immer noch beleidigt. Gut, dachte Sarah. Da lag er nackt neben ihr auf dem Bett, sah schlapp und verloren und wunderschön aus – wie ein junger Gott. Ganz beiläufig wischte sie sich mit der rechten Hand ein imaginäres Etwas von der linken Brust.

»Was wäre, wenn ich ein paar Tage von zu Hause weg könnte?« fragte sie, mit leicht hochgezogenen Augenbrauen.

»Wie meinst du das?«

»Wenn ich mit dir weg könnte.«

Sie wandte ihm das Gesicht zu.

»Du machst Witze. Wann denn?«

Wieder änderte sich sein Gesichtsausdruck im Handumdrehen. Seine Augen glänzten erwartungsvoll.

»Es müßte irgendwann im Juli sein. Am besten mitten in der Woche. Dienstag, Mittwoch …«

»Du machst *Witze*!«

»Ich hab ihn schon gefragt.«

Dabei senkte sie den Blick wie eine Nonne. Die Brüste lockten, die Augen waren abgewandt.

»Und er hat zugestimmt?«

»Na ja … widerwillig.«

»Aber ohne eine Szene?«

»Nur eine kleine.«

»Wenn du mit mir verheiratet wärst …«

»Bin ich aber nicht.«

»… und wenn du *mir* dann sagen würdest, du wolltest ein paar Tage wegfahren …«

»Ich sag ja nicht, daß ihm die Aussicht *gefallen* hat.«

»Aber er läßt dich gehen.«

»Ja.«

»Versuch das bloß nie bei mir.«

»Nein? Was würdest du denn tun?«

»Ihn umbringen.«

»Na klar.«

»Ich würde seinen Namen rauskriegen und ihn umbringen.«

»Natürlich.«

»Stell mich auf die Probe. Weißt du, wieviel *ich* im Jahr verdiene?«

»Das ist mir vollkommen gleichgültig.«

Er war immer noch verärgert, weil sie ihren Ehemann ins Spiel gebracht hatte. Gut. Ärgere dich ruhig weiter, dachte sie.

»Ich hab noch nie einen Anwalt erlebt, der bloß fünfundachtzigtausend im Jahr verdient«, sagte er.

»Er arbeitet für die Stadt. Und soviel zahlt man dort eben.«

»Fünfundachtzigtausend im Jahr.«

»Ja. Also, eigentlich ein bißchen mehr.«

»Wieviel mehr?«

»Zweihundertfünfzig Dollar.«

»Wieso studiert jemand jahrelang Jura, macht sein Examen, nimmt die ganze Mühe auf sich und gibt sich dann mit einem Job zufrieden, der so wenig einbringt?«

»Für ihn ist das kein *Zufriedengeben*. Für ihn ist es eine Herausforderung.«

»Oh, ja, das muß wirklich eine *große* Herausforderung sein.«

»Ist es auch.«

»Vermieter zu verklagen, weil sie die Heizung nicht anstellen, wie sie es sollen ...«

»Fünfzehnter Oktober«, sagte sie. »Da muß die Heizung angestellt werden.«

»Woher weißt du das?«

»Kurz nach unserer Heirat hatten wir eine *fuuurchtbar* kalte Wohnung. Wir haben die Beschwerdestelle angerufen ...«

»Woher wußtet ihr, an wen man sich wenden muß?«

»Mein Mann hat im Gesetzbuch nachgeschlagen und das vorgeschriebene Datum ...«

»Ich *hasse* es, wenn du von ihm sprichst. Das ganze Zeug, was er *tut* oder *nicht tut* in seinem albernen Job, bei dem er gerade mal ...«

»Daß wir die Heizung brauchten, hatte nichts mit seinem Job zu tun.«

»Wohin fahrt ihr?«

»Nach Frankreich. St.-Jean-de-Luz.«

»Wo ist das?«

»In der Nähe der spanischen Grenze. Wir waren auf der Hochzeitsreise dort.«

»Ist ja toll.«

»Andrew, das wird keine *romantische* Reise. Mollie kommt mit.«

Er schwieg eine Weile.

Dann sagte er: »Ich werde dich vermissen.«

»Aber ich bin noch nicht weg«, entgegnete sie, und auf einmal wollte sie ihn unbedingt in die Arme nehmen, ihn streicheln, liebkosen und genießen.

»Wie geht's denn *ihm* dort unten?« fragte sie.

»Jetzt legt sie wieder los«, sagte Regan.

»Laß das Gerät noch 'nen Moment an«, sagte Lowndes.

»Sieht aus, als könnte er ein bißchen Hilfe brauchen«, flüsterte sie.

»Ja, sieht ganz so aus.«

»Mmmmm«, sagte sie.

»Und vernascht ihn wieder«, sagte Regan.

Am nächsten Tag war Muttertag, und mit Ausnahme von Heathers getrennt lebendem Ehemann sollte sich die Familie im Apartment von Sarahs Eltern an der Ecke 70. Straße/Park Avenue treffen. Das Ehepaar Fitch war am dritten Mai aus St. Bart zurückgekommen. Morgen war der Neunte. Sarah hatte mit Michael und Mollie einen faulen Samstag verbracht, und jetzt, eine Viertelstunde vor Mitternacht, wollte sie sich in den Schlaf lesen. Aber als sie im Nachthemd aus dem Badezimmer kam, wartete Michael auf sie.

»Ich muß mit dir reden«, sagte er. »Komm, wir gehen ins Fernsehzimmer.«

Sarah folgte ihm den Korridor entlang, vorbei an Mollies Zimmer. Ihre Tochter schlief schon längst. Schweigend gingen sie an der laut tickenden Großvateruhr vorüber – ein Geschenk von Michaels Mutter – und in das kleine Zimmer ganz am Ende des Flurs. Hier stand an einer Wand ein Sofa, an der anderen ein altmodisches französisches Bett, eine Stereoanlage mit Fernseher und Video an der dritten. Von den Fenstern an der vierten Wand hatte man einen Blick auf die 81. Straße. Michael schloß die Tür hinter sich. Die Wohnung stammte aus der Zeit vor dem Zweiten Weltkrieg und hatte dicke Wände, so daß die einzelnen Zimmer praktisch schalldicht waren. Sarah wunderte sich, warum Michael flüsterte.

»Erinnerst du dich an den Fall, an dem ich zur Zeit arbeite?«

Sarah nickte.

»Ich glaube, ich kann dir jetzt etwas mehr darüber verraten.«

Warum hatte er sich dafür ausgerechnet diesen Moment ausgesucht, kurz vor Mitternacht, wenn sie todmüde war und sich nur in die *Vogue* vertiefen wollte, ehe sie eindöste. Familientreffen in der Wohnung ihrer Eltern waren nie ganz streßfrei, und sie hatte sich darauf gefreut, sich vorher noch einmal ordentlich auszuschlafen. Aber nein, Michael mußte ihr unbedingt erzählen, wie er diese Überwachung organisiert hatte, die er seit Anfang des Jahres durchführte …

»Es geht um den Sohn von diesem Mafiaboß, den der Bundesanwalt lebenslänglich eingebuchtet hat. Inzwischen sind wir uns sicher, daß *er* den Mob jetzt anführt; wir sammeln nur noch genügend Beweise für eine Verurteilung nach Paragraph 460.20. Um das zu erreichen, muß man nachweisen, daß der Betreffende sich regelmäßig im organisierten Verbrechen engagiert. Das Problem ist, daß wir bis jetzt noch nichts *Konkretes* haben. Zwar wissen wir, daß er im Drogengeschäft und auch in illegalen Kreditunternehmen drinsteckt, aber das können wir anhand dessen, was er und seine Komplizen gesagt haben, noch nicht schlüssig beweisen. Der Grund, weshalb ich dir das erzähle, ist …«

Ja, warum *erzählst* du mir das alles? fragte sich Sarah im stillen.

»… daß ich glaube, wir haben eine Möglichkeit gefunden, wie wir ihn dingfest machen können.«

»Na, wunderbar«, sagte sie.

»Das habe ich am Donnerstag morgen bekommen«, sagte Michael und ging zum Tapedeck, das im Schrank an der Wand stand. Sarah merkte, daß es bereits eingeschaltet war. »Hör zu«, sagte er und drückte auf die PLAY-Taste.

Im ersten Moment dachte sie, es müsse ein Alptraum sein.

»Fünfzehnter Oktober«, sagte eine Frauenstimme. »Da muß die Heizung angestellt werden.«

»Woher weißt du das?«

Eine Männerstimme.

»Kurz nach unserer Heirat hatten wir eine *fuuurchtbar* kalte Wohnung. Wir haben die Beschwerdestelle angerufen …«

»Woher wußtet ihr, an wen man sich wenden muß?«

»Mein Mann hat im Gesetzbuch nachgeschlagen«, antwortete die Frauenstimme.

Sagte *Sarahs* Stimme.

»... und das vorgeschriebene Datum ...«

»Ich *hasse* es, wenn du von ihm sprichst«, sagte die Männerstimme.

Sagte *Andrews* Stimme.

Sarah stockte der Atem.

»Das ganze Zeug, was er *tut* oder *nicht tut* in seinem albernen Job, bei dem er gerade mal ...«

»Daß wir die Heizung brauchten, hatte nichts mit seinem Job zu tun.«

»Wohin fahrt ihr?«

»Nach Frankreich. St.-Jean-de-Luz.«

»Wo ist das?«

»In der Nähe der spanischen Grenze. Wir waren auf der Hochzeitsreise dort.«

»Ist ja toll.«

»Andrew, das wird keine *romantische* Reise. Mollie kommt mit.«

Eine lange Pause.

Dann sagte er: »Ich werde dich vermissen.«

»Aber ich bin noch nicht weg. Wie geht's denn *ihm* dort unten?« Die Stimme war ein Flüstern geworden. »Sieht aus, als könnte er ein bißchen Hilfe brauchen.«

»Ja, sieht ganz so aus.«

»Mmmmm.«

Wieder Stille.

Sarah wußte nicht, wohin mit sich. Sie mied Michaels Blick. War es möglich, daß er die Stimme auf dem Band nicht erkannte? War es möglich, daß er nicht wußte, wer die Frau war, die hier ...?

»Machst du das auch mit deinem Mann?«

»Ja, dauernd.«

»Glaub ich nicht.«

»Doch, jede Nacht.«

»Du lügst.«

»Ich lüge.«

»Gott, was *tust* du da!«

»*Wem* gehört dieser Schwanz?«

»Dir.«

»*Mir*, ja. Und ich werde an ihm lutschen, bis du schreist.«

»Sarah ...«

»Ich möchte sehen, wie du explodierst! Zeig es mir!«

»O Gott, Sarah!«

»Ja. Ja. Ja. *Ja*!«

Wieder ein langes Schweigen.

Michael stellte das Gerät aus.

»Wir haben einen Verdacht, wer sie sein könnte«, sagte er und ging zum Videorecorder, der ebenfalls schon eingeschaltet war. Die Kassette lag im Gerät, und Michael brauchte nur die PLAY-Taste zu bedienen.

Von der rechten Seite des Bildschirms sah Sarah sich selbst ins Bild kommen ...

Er weiß Bescheid, dachte sie.

... sah sich eilig die Straße zur blauen Tür an der Mott Street überqueren, mit dem Rücken zur Kamera ...

Oh, Gott, er weiß es.

... und dann den Klingelknopf unter dem Namensschild mit Carter-Goldsmith drücken, immer noch mit dem Rücken zur Kamera ...

Ein objektiver Zuschauer hätte bestimmt nicht mit hundertprozentiger Sicherheit sagen können, daß die Blondine, die sich in dem dunklen Hauseingang über die Sprechanlage beugte, Sarah Welles war. Ihr Gesicht war nie ganz zu erkennen. Nein, ein Fremder hätte Sarah nicht identifizieren können, wie sie jetzt neben der blauen Tür ihren Namen sagte. So gut war die Aufnahme bei weitem nicht.

Aber während sie sich selbst zusah, wie sie den Türknauf ergriff, kaum daß der Türöffner losging, während sie beobachtete, wie sie atemlos das Haus betrat, war ihr klar, daß jeder, der sie kannte, sie sofort erkennen mußte. Und Michael kannte sie.

Er kannte ihre Kleider, ihre Bewegungen, ihren Gang, er kannte jede Kleinigkeit. Auch von hinten …

Jetzt fiel die Tür ins Schloß.

Die Kamera verweilte auf der blauen Tür.

Auf der Diele schlug die große Uhr Mitternacht.

»Herzlichen Glückwunsch zum Muttertag«, sagte Michael bitter.

IV

# 10. Mai – 2. Juni

Mollie beschwerte sich, sie brauche keinen Babysitter, und außerdem – warum gingen ihre Eltern überhaupt am Montag abend *aus*? Mollie war zwölf Jahre alt, was in New York als erwachsen galt, jedenfalls in der Hanover Prep, ihrer Schule. Michael erklärte ihr, daß es dort draußen eine Menge böser Menschen gab und daß es ihm deshalb lieber war, wenn Mrs. Henderson auf Mollie aufpaßte. Insgeheim hatte Mollie den Verdacht, daß Mrs. Henderson als erste ihre Röcke raffen und wegrennen würde, falls wirklich mal ein böser Mensch durchs Fenster kletterte. Michael versprach, es werde nicht lang dauern.

»Aber warum geht ihr denn an einem *Montag* aus?« jammerte Mollie – ganz die zwölfjährige Erwachsene.

Als Sarah dann neben Michael durch die belebten Straßen ging, dachte sie plötzlich, er wollte sie umbringen. Am Samstag hatte er sofort nach ihrer Konfrontation die Wohnung verlassen; Sarah vermutete, daß er die Nacht im Büro verbracht hatte. Inzwischen war seine Wut grenzenlos. Als treibe ihn sein Zorn voran, ging er neben ihr her, das Kinn verkrampft, Blick, Kopf, Körper – alles wie ein Dolch in der Nacht. Er weigerte sich strikt, sie anzusehen. Mit einer Stimme, die sie von ihm kaum kannte, kalt, distanziert und kaum hörbar, sagte er: »Dieser Mann verkörpert so ziemlich alles, was ich verabscheue. Alles, wogegen ich mein Leben lang gekämpft habe, wird von diesem Mann ver–«

»Ja, Michael, das weiß ich.«

»Laß mich bloß in Ruhe mit deinem verdammten, *un*geduldigen ...«

»Ich wußte doch nicht, wer er war.«

»Hätte das etwas geändert?«

Sarah schwieg einen Moment.

Dann sagte sie: »Ich weiß es nicht.«

Mit einem Ruck wandte er sich ihr zu, als wollte er sie schlagen, die Faust geballt, den Arm erhoben. Sarah zuckte zurück und blieb stehen, blickte in sein verzerrtes Gesicht und sah die Wut in seinen Augen lodern, ehe er zitternd seine Hand zurückzog. Sie befanden sich mitten auf der Lexington Avenue, der Abend war mild, und auf den Gehwegen drängten sich die Menschen; Sarah hatte das sichere Gefühl, daß er sie sonst geschlagen hätte. Jetzt setzte er sich wieder in Bewegung, schneller als vorher. Sie überlegte, ob sie davonlaufen sollte, zurück zur Wohnung. Aber sie hatte Angst, daß er ihr nachjagen, sie packen und doch noch schlagen würde – sie wußte nicht mehr, wozu er fähig war. Er war wie ein Fremder. Ihr Ehemann. Michael.

»Ich würde ihn umbringen, wenn das legal wäre«, sagte er, und seine Stimme bebte. Nur mit Mühe bekam er sich wieder in die Gewalt. »Ich werde mich damit zufriedengeben, ihn ins Gefängnis zu schicken und dich für immer aus meinem Leben zu verbannen.«

Am Samstag abend hatte er ihr erzählt, daß sie schon seit Beginn des Jahres eine Überwachung durchführten …

*Es geht um den Sohn von diesem Mafiaboß, den der Bundesanwalt lebenslänglich eingebuchtet hat. Inzwischen sind wir sicher, daß er jetzt den Mob anführt; wir sammeln nur noch genügend Beweise für eine Verurteilung nach Paragraph 460.20.*

Andrew. Er meinte Andrew. Andrew war das Objekt seiner Ermittlungen. Andrew war der Sohn des inhaftierten Mafiabosses. Andrew war selbst ein Gangster.

*Zwar wissen wir, daß er im Drogengeschäft und auch in illegalen Kreditunternehmen drinsteckt, aber das können wir anhand dessen, was er und seine Komplizen gesagt haben, noch nicht schlüssig beweisen. Wir glauben auch, daß er einen oder sogar mehrere Morde befohlen hat, aber auch dafür fehlen uns die Beweise …*

Die ganze Nacht hatte Sarah kein Auge zugetan. War das die Wahrheit? Aber es mußte ja stimmen, es gab diese Tonbänder. Sie wollte Andrew anrufen, ihn fragen: Ist das *wahr*, kann das denn *wahr* sein? Aber natürlich wußte sie die Antwort.

»Ich mache dir folgendes Angebot«, sagte Michael. »Schlicht und einfach.« Plötzlich hatte sich seine Stimme verändert. Abgehackt, sachlich, professionell. »Wenn du mir beschaffst, was ich brauche, wird Mollie von der ganzen Geschichte nichts erfahren. Wir lassen uns scheiden, teilen das Sorgerecht, leben ein getrenntes Leben. Wenn du *nicht* dazu bereit bist ...«

»Ich bin keine von deinen Kriminellen«, unterbrach ihn Sarah.

»Wenn du *nicht* bereit bist zu kooperieren, spiele ich die Tonbänder bei der Scheidungsverhandlung vor, du wirst für erziehungsunfähig erklärt ...«

»Das tust du nicht«, fiel sie ihm ins Wort.

»... dir wird das Sorgerecht entzogen ...«

»Hör mal«, sagte sie, »versuch nicht ...«

»... und du wirst Mollie nie wieder–«

»... mir zu drohen.«

Auf einmal begann sie zu zittern. Meine Tochter, dachte sie. Du drohst damit, mir meine *Tochter* wegzunehmen? Meine *Mollie*, du Scheißkerl? Was bist du nur für ein Mensch ...?

»Ich will folgendes von dir«, fuhr er fort. »Du ...«

»Biete mir bloß keinen *Deal* an!« schrie sie. »Ich bin keine Kriminelle!«

»Wirklich nicht?«

Natürlich war sie das. Und zu allem Überfluß hatte sie auch noch den schlimmsten Fehler begangen, den man machen konnte, wenn man kriminell war. Sie hatte sich erwischen lassen. Jetzt saß sie in der Klemme.

»Es ist mir gleichgültig, wie du es anstellst«, sagte Michael, »und ich würde es nie wagen, dir einen Rat zu geben. Das ist voll und ganz deine Sache.« An der Art, wie er das sagte, so langsam und überlegt, merkte sie sofort, daß er sich als kluger Jurist absicherte – gegen Angriffe, denen er vielleicht in der Zunkunft begegnen mußte. »*Mein* Job ist es, Faviola ins Gefängnis zu stecken«, sagte er. »Ich möchte, daß du ihn zum Reden bringst, weiter nichts.« Kein Wort, nicht einmal eine Andeutung, *wie* sie das anstellen sollte. Es war, als wische er – jedenfalls für die Akten – ihre Untreue vom Tisch, als könnte er einfach vergessen, daß sie mit diesem Mann geschlafen hatte und daß sie es womöglich *wieder* tun mußte, um seinen Auftrag auszuführen. Selbst hier im Freien, wo niemand sie hörte, nannte er die Sache nicht beim Namen: Es ging um Sex. Wenn sie Faviola dazu bringen wollte, daß er in einer kriminellen Konversation über seine Straftaten redete, mußte Sarah sich auf eine kriminelle Konversation ganz anderer Art einlassen – sie mußte Ehebruch begehen. Doch Michaels Zurückhaltung mußte einen Grund haben. Weshalb sprach er nicht aus, was er von ihr verlangte? »Bring ihn dazu, daß er alles ganz genau beschreibt«, sagte er. »Bring ihn dazu, daß er dir all seine *wunderbaren* Berufsgeheimnisse verrät.«

»Ich weiß nicht, ob ich das kann«, wandte Sarah ein.

»Oh, ich glaube, dazu bist du durchaus in der Lage, Sarah.« Er sagte ihren Namen, als wollte er einen schlechten Geschmack ausspucken. »Und ich denke, du *solltest* es auch tun, Sarah. Es sei denn, du willst, daß deine Tochter erfährt, was für eine Frau du bist.«

»Hör auf, mir zu *drohen*!« sagte sie wieder, diesmal etwas lauter. Jetzt ballte sie die Fäuste, bereit, ihn umzubringen, wenn er noch einmal wagte, Mollie ins Spiel zu bringen, um …

»Ach ja?« Er hob die Augenbrauen.

Wie angewurzelt standen sie auf dem Gehweg und starrten sich an. Leute hasteten an ihnen vorbei, doch in der Anonymität dieser Stadt schenkte ihnen niemand die geringste Aufmerksamkeit. Sarah zitterte. Michael blickte auf sie herab, wie er in seinem Büro wahrscheinlich auf zahllose Verbrecher herabsah, mit einem selbstgefälligen, überheblichen Gesichtsausdruck – er wußte, daß er sie in der Hand hatte, wußte, daß sie in der Klemme steckte. Einen Moment lang verzerrte ein wütendes

Lächeln seinen Mund, und seine Augen flackerten. Aber dann wandte er sich wieder von ihr ab und ging weiter, überzeugt, daß sie ihm folgen würde. Und Sarah gab sich geschlagen, paßte sich seinem Tempo an, bemühte sich, Schritt zu halten.

Er erklärte ihr ganz genau, welche Informationen sie ihrem Freund entlocken sollte. Ihrem »Freund«, so nannte er Andrew. Wenn er das Wort in den Mund nahm, schien das, was Sarah mit Andrew verband, auf einmal schäbig und wertlos. Ihr »Freund«. War es das, worauf letztlich alles hinauslief? War Andrew lediglich ihr »Freund«? Und mußte sie jetzt alles tun, was ihr Ehemann verlangte, um ihre Tochter vor der schäbigen und wertlosen, schmutzigen und beschämenden Wahrheit zu bewahren? Daß ein Mensch eine solche Drohung überhaupt aussprechen konnte! Und außerdem – daß er sich kein *einziges* Mal fragte, ob die Ehe vielleicht doch noch *funktionierte*, daß ihm das nicht einmal in den *Sinn* kam! Daß er nicht daran dachte zu sagen: Ich liebe dich, Sarah, ich verzeihe dir, hilf mir, diesen Job zu erledigen, dann verzeih ich dir. Nein. Genau das Gegenteil war der Fall. Hilf mir, den Job zu erledigen, sonst …

Plötzlich fiel ihr ein, daß die anderen Ermittler das gleiche gehört und gesehen hatten wie Michael. Selbst wenn sie sich also auf den Handel einließ, wußten die Detectives doch Bescheid, und ihre Tochter konnte …

»Die Detectives«, sagte sie.

»Was ist mit denen?«

»Sie wissen Bescheid. Sie haben die Tonbänder gehört …«

»Aber sie wissen nicht, wer du bist. Es gibt Millionen von Sarahs in New York.«

»Haben sie das Video nicht gesehen?«

»Sie haben eine nicht identifizierbare Blondine ins Haus gehen sehen. Und sie *wußten* ja alle schon, daß Faviolas Hure blond ist.«

»Bitte, Michael.«

»Ich hätte nie gedacht, daß du so was fertigbringen würdest«, sagte er. »Du kannst wirklich stolz auf dich sein.«

»Auf dem neuesten Stand der Technik«, sagte Bobby Triani gerade. »Dieses Telefon kann praktisch alles außer Staubsaugen. Danke«, rief er der Kellnerin nach, die sich gerade vom Tisch entfernte. Er musterte sie. Von oben bis unten. Nichts entging ihm, und sie hatte eine ganze Menge zu bieten.

Es war Dienstag, der elfte Mai, am späten Nachmittag, ein sonniger Tag. Sie saßen an einem Tisch vor einer kleiner *Pasticceria* in der Mulberry Street, aßen Cannoli und tranken Cappuccino. Bobby hatte das Café vorgeschlagen, und Andrew nahm an, daß er schon öfter hier gewesen war. Wahrscheinlich wegen der Kellnerin. Andrew überlegte, ob er seinem Vizeboß vielleicht in aller Freundschaft einen guten Rat geben sollte. Laß die Augen von den Beinen und den Titten, Bobby, und die Hände in den Taschen.

»Lennys Sohn hat mir die Anlage eingebaut«, erzählte Bobby, während seine Augen zur Espressomaschine wanderten, an der die Kellnerin gerade kleine Tassen füllte. »Du kennst doch Lenny Campagnia?«

»Ja.«

»Sein Sohn arbeitet bei der Telefongesellschaft, da kriegt er Prozente auf das ganze Zubehör, weißt du«, erklärte Bobby augenzwinkernd. »Soll ich ihn mal in dein Büro schicken?«

»Wozu?«

»Um deine Telefone zu überholen«, meinte Bobby und starrte weiter auf die Kellnerin.

»Meine Telefone sind ganz in Ordnung«, entgegnete Andrew.

»Du könntest aber neue einbauen lassen.« Bobby zuckte die Achseln. »Du wärst überrascht, was man mit einem Telefon heutzutage alles anstellen kann. Lennys Sohn kriegt das Zeug wirklich spottbillig« – er zwinkerte wieder – »und in deinem Büro wär's sowieso auf Geschäftskosten. Im La Luna, weißt du, auf der 58. Straße, hat er auch für mich gearbeitet. Überall hat er neue Apparate eingebaut, in der Küche, vorn bei der Kasse, bei Sals Stammtisch ganz hinten, im Büro, im Restaurant. Sal hat ihm dafür zweihundert Dollar und so 'nen schäbigen schwarzen

Ring gegeben, aus Rom, als es dort noch Kaiser gab. Ich sollte ihn wirklich zu dir schicken, Andrew, bloß damit er sich mal umsieht.«

»Mir gefallen meine Telefone«, erwiderte Andrew.

Bobby winkte der Kellnerin. Sie kam sofort.

»Könnte ich noch einen Cappuccino kriegen?« fragte er und lächelte sie an.

»Selbstverständlich, Sir.«

»Andrew, auch noch einen?«

»Nein danke.«

»Dann also *einen*«, sagte die Kellnerin.

»Wie heißen Sie eigentlich, Miss?« fragte Bobby. »Damit ich nicht dauernd ›Hallo, Sie!‹ rufen muß.«

»Bunny«, antwortete sie.

»Bunny. Hübscher Name. Ist das Ihr richtiger Name?«

»Na ja, eigentlich heiß ich Bernice.«

»Bernice«, wiederholte Bobby bedächtig. »Ist das ein jüdischer Name, Bunny?«

»Nein, ich bin Italienerin«, antwortete sie.

»Ich hab immer gedacht, Bernice wäre ein jüdischer Name.«

»Also, ich weiß es nicht genau«, sagte Bunny, »aber meine Eltern sind beide Italiener, und sie haben mich Bernice genannt. Deshalb hab ich gedacht, der Name ist sicher italienisch.«

»Wie alt sind Sie eigentlich, Bunny?«

»Zweiundzwanzig.«

»Ich hätte gedacht, neunzehn.«

»Oh, danke.«

»Wohnen Sie hier in Little Italy, Bunny?«

»Nein, in Brooklyn.«

»Und wie ist Ihr Nachname, Bunny?«

»Tataglia.«

»Wirklich? Hübscher Name. Bunny Tataglia. Sehr hübsch.«

»Na ja«, meinte sie achselzuckend.

»Bunny Tataglia aus Brooklyn«, sagte Bobby noch einmal und nickte.

»Stimmt«, bestätigte sie.

»Ich bin Bobby Triani«, stellte er sich vor und streckte ihr die Hand hin.

»Nett, Sie kennenzulernen, Bobby«, erwiderte sie und nahm die Hand, wobei ihr Blick auf den protzigen Diamantring fiel, den Bobby am kleinen Finger trug. »Na, dann hol ich mal lieber den Cappuccino«, sagte sie schließlich, ließ Bobbys Hand los und tänzelte auf ihren hochhackigen schwarzen Schuhen davon, daß ihr kurzer Volantrock unter der weit ausgeschnittenen Folklorebluse nur so wippte.

»Ruf sie nicht an«, sagte Andrew.

»Wie bitte?«

»Ich hab gesagt: ›Ruf sie nicht an.‹«

»Wie bitte?« fragte Bobby erneut. »Was meinst du damit?«

»Wenn du meine Cousine betrügst, schlag ich dir den Schädel ein«, sagte Andrew. »*Capito*?«

»Also, komm schon, Andrew.«

»*Basta*.«

»Ich meine, was meinst du ..?«

»Das reicht, Bobby.«

Triani schüttelte den Kopf und versuchte, erstaunt und verletzt auszusehen. Als Bunny den Cappuccino brachte, würdigte er sie keines Blickes. Sie ging wieder – *ehrlich* erstaunt und verletzt.

»Soll ich ihn dir schicken oder nicht?« fragte Bobby. »Lennys Sohn. Damit er sich deine Telefone ansieht.«

Der Münzfernsprecher an der Wand des Schneidergeschäfts war uralt und hatte noch eine Wählscheibe. Sonny Campagnia riet Mr. Faviola, gleichgültig, ob er sich für eine neue Anlage entschied oder nicht, mit der New Yorker Telefongesellschaft Kontakt aufzunehmen und wenigstens neue Apparate anschließen zu lassen. Jedenfalls, wenn er das in Erwägung zog, auch die Anlage in der Schneiderei zu erneuern – *falls* er überhaupt etwas machen ließ.

Mr. Faviola hatte versprochen, um ein Uhr da zu sein und Sonny in die Wohnung zu lassen, damit er sich die Anlage ansehen konnte. Jetzt war es schon Viertel nach, und immer noch keine Spur von Faviola. Der alte Knabe aus dem Schneiderladen hatte Sonny schon dreimal eine Tasse Kaffee aufzudrängen versucht, aber Sonny hatte die Dreckränder in den Tassen gesehen und dankend abgelehnt.

Während er das Wandtelefon untersuchte, machte er die erste Entdeckung: Vom Telefon führte eine Leitung hinunter zur Fußleiste, wo sie verschwand. Sonny folgte der Leiste durchs Zimmer, und tatsächlich: Neben der Tür kam sie wieder heraus! Sie ging die Wand hinauf, über die Türfüllung hinweg, auf der anderen Seite wieder hinter die Fußleiste und kam schließlich unter einem langen Tisch wieder zum Vorschein. Von der Fußleiste führte der Draht in einen 42-Ampère-Klemmenblock, in den aber keine Telefonbuchse eingestöpselt war. Sonny kniete gerade auf allen vieren und rätselte über die seltsame Steckdose, als Andrew endlich hereinkam.

»Entschuldige, daß ich mich verspätet habe«, sagte er. »Hier im Laden wollte ich eigentlich keine neuen Telefone anschließen lassen, falls du deswegen …«

»Nein, ich hab mich nur gerade über dieses Kabel hier gewundert, weiter nichts«, erwiderte Sonny, stand auf und klopfte sich den Staub von der Hose.

Andrew schloß bereits die Tür nach oben auf. Sein Interesse an einer neuen Telefonanlage war äußerst begrenzt, aber Lenny Campagnia war ein angesehener Capo, und wenn Andrew seinen Sohn hier etwas einbauen ließ, war das eine nette Geste. Er hoffte nur, daß die Besichtigung der alten Anlage nicht zu lange dauern würde, denn Sarah würde wie gewöhnlich irgendwann nach vier eintrudeln.

»Du wirst doch nicht lange brauchen, oder?« fragte er.

»Nein, nein. Ich möchte mir nur ansehen, was Sie hier haben, und vielleicht noch einen Blick in den Stromkasten draußen werfen.«

»Warum das?«

»Weil alle Leitungen dort enden.«

»Wenn es nur nicht zu lange dauert, ich muß heute nachmittag nämlich noch nach Connecticut.«

»Nein, das geht alles ganz schnell, Mr. Faviola.«

Sonny sah sich die Telefone in den oberen Stockwerken an, bemerkte, daß es wirklich eine sehr alte Anlage war – Steinzeitkram, wissen Sie –, und schlug dann vor, eine moderne Anlage einzubauen – ganz preisgünstig! –, die Mr. Faviola bestimmt das Leben leichter machte. Mr. Faviola betonte, auf keinen Fall dürfe während des Umbaus das Telefon lahmgelegt sein – *wenn* er sich dazu entschließen sollte –, denn es sei sehr wichtig für ihn, vor allem aus geschäftlichen Gründen. Sonny versicherte, daß die Installation ganz einfach war, wenn er erst einmal eine Anlage zusammengestellt hatte, und daß immer mindestens ein Apparat einwandfrei funktionieren würde. Jetzt wollte er auch nur noch den Stromkasten in Augenschein nehmen, der doch sicherlich hinten am Gebäude oder an einem Pfosten angebracht war. Der Kasten befand sich tatsächlich hinten am Haus. Sonny öffnete ihn und studierte die verschiedenen Kabel – und dabei entdeckte er das Nebenaggregat, das Freddie Coulter am einunddreißigsten Januar eingebaut hatte.

Als Regan ihm berichtete, auf einmal sei die gesamte Verbindung zusammengebrochen, war Michaels erster Gedanke, daß Sarah ihrem Freund alles erzählt hatte.

»Wir haben gehört, wie sich Faviola mit irgendeinem Kerl über eine neue Telefonanlage unterhalten hat. Dann meinte der Kerl, er geht eben mal raus, um einen Blick in den Stromkasten zu werfen – und auf einmal ist alles tot. Ich hab gedacht, ich sag dir lieber gleich Bescheid.«

Sie hat es ihm *gesagt*, dachte Michael.

»Was sollen wir jetzt machen?« fragte Regan. »Wir haben natürlich sofort die Ersatzsender aktiviert, aber bisher haben wir nichts gehört.«

»Meinst du, die haben sie auch gefunden?«

»Wer weiß? Wenn die Kerle erst mal *eine* Wanze gefunden haben, gehen sie auf Zehenspitzen und sagen kein Wort mehr.«

»Ich rede mit Freddie Coulter«, versprach Michael. »Vielleicht muß er noch mal reingehen.«

»Und in der Zwischenzeit?« wollte Regan wissen. »Sollen wir einpacken oder was?«

»Bleibt erst mal dran«, meinte Michael. »Vielleicht tun's die Ersatzsender doch noch.«

In der Canal Street herrschte überall rege Betriebsamkeit: bummelnde Touristen, Leute beim Einkaufen, Chinesen, die Fisch in Körben feilboten, Andenkenverkäufer, die den drei Männern lackierte Kästchen und Papierlaternen andrehen wollten. Endlich war es wirklich Frühling geworden, und die Luft war angenehm mild. Andrew ging in der Mitte, Petey links von ihm, Bobby rechts. Wie üblich trug Petey Braun: einen braunen Anzug, braune Schuhe, ein maisfarbenes Hemd, eine braune Krawatte. Er hielt die Hände auf dem Rücken verschränkt, sein Gesicht war todernst. Bobby sah aus, als hätte ihm gerade jemand einen Hieb mit dem Baseballschläger verpaßt. Immer wieder schüttelte er ungläubig den Kopf.

»In welchen anderen Zimmern denn?« fragte er.

»In der Küche das Telefon auf der Anrichte«, antwortete Andrew. »Und oben im Schlafzimmer, das auf dem Nachttisch.«

»Die haben *alle* Wanzen?«

»Ja, das hat Sonny gesagt. Ich zeige sie euch nachher im Büro. Unter dem Zuschneidetisch im Laden war auch eine.«

»Und das *Münz*telefon, ist das auch verwanzt?« fragte Bobby. »In der Schneiderei?«

Andrew überlegte, mit wem Bobby von dort telefoniert hatte.

»Ich glaube nicht. Aber die Wanze unterm Tisch hat jedes Wort mitgekriegt, das im Zimmer gesprochen wurde.«

»Wie lange ist der Scheiß wohl schon da?« erkundigte sich Petey.

»Das wußte Sonny auch nicht. Das Ding im Stromkasten ist ein Nebenaggregat, sagt er. Es nimmt das Signal von der Wanze auf, verändert es irgendwie und sendet es dann weiter.«

»Was meinst du, wer zuhört?« fragte Petey.

»Woher soll ich das wissen?« entgegnete Andrew.

»Das Treffen wegen Moreno …«

»Ja.«

»Im Konferenzzimmer? Da ging's ordentlich zur Sache«, meinte Bobby.

»Und als Rudy gestorben ist«, sagte Petey. »Als wir über das ganze verdammte …«

»Ja, ja.«

»Die Sache ist ernst.«

»Ich überlege dauernd, worüber wir *noch* geredet haben«, sagte Bobby. »Am Telefon. Im Konferenzzimmer. Stört es euch, wenn ich rauche?« fragte er, und ohne Andrews Antwort abzuwarten, zog er ein Päckchen Camel aus der Brusttasche, klopfte eine Zigarette heraus, steckte sie in den Mund und klickte das Feuerzeug an. Andrew erhob keine Einwände. Sie befanden sich ja an der frischen Luft, und das Gespräch war wichtiger.

»Jedenfalls hat Sonny dieses Nebenaggregat rausgerissen«, berichtete er weiter, »und natürlich auch sämtliche Wanzen, von denen funktioniert keine mehr.«

»Aber wie sind die Dinger reingekommen? Das möchte ich gern wissen.«

»Kriegst du Besuch von irgendwelchen Leuten, denen du so was zutrauen würdest?« fragte Bobby.

»Bist du verrückt?«

»Na, wer war denn zum Beispiel bei dir oben?«

Bobby zog hektisch an seiner Zigarette, und dicke Rauchwolken schwebten hinter ihnen her. Ein Mädchen in einem hellblauen Kleid, das mit einem kleineren Jungen spielte, blieb mitten auf dem Gehweg stehen, zeigte mit dem Finger auf Bobby und rief: »Du kriegst Krebs!«

»Hau bloß ab!« schnauzte Bobby sie an.

»Kre-ebs, Kre-ebs«, trällerte das Mädchen und rannte mit dem Jungen davon, der kichernd in ihren Singsang einfiel: »Kre-ebs, Kre-ebs, Kre-ebs, Kre-ebs …«

»Verfluchte Gören«, schimpfte Bobby.

»Wie ist es mit dem Telefon im Schlafzimmer?« fragte Petey.

»Hab ich dir doch gesagt.«

»Führst du von da auch geschäftliche Gespräche?«

»Könnte mich an keins erinnern.«

»Und von dem in der Küche?«

»Die meisten geschäftlichen Sachen laufen über den Apparat im Konferenzzimmer.«

»Redest du mit deinen *Freundinnen* über Geschäfte?« wollte Bobby wissen.

»Nein.«

»Vielleicht hast du irgendwas gesagt, was dir gar nicht aufgefallen ist«, meinte Bobby achselzuckend, trat seine Kippe aus und zündete sich sofort die nächste Zigarette an.

»Ich hab mit niemandem über nichts geredet, macht euch da bloß keine Sorgen«, sagte Andrew. »Das Telefon im Konferenzzimmer liegt mir viel mehr im Magen.«

»Andrew, wer *sind* diese Mädchen eigentlich, mit denen du dich triffst?« erkundigte sich Petey ganz freundlich, wobei er klang wie ein Priester im Beichtstuhl.

»Warum interessiert dich das?«

»Weil jemand hundert verfluchte *Wanzen* eingebaut hat«, antwortete Bobby.

»Keine von meinen Freundinnen hat …«

»Woher willst du wissen, daß nicht eine von ihnen ein Cop ist?« fragte Bobby wild paffend.

»Ich weiß, daß keine von ihnen ein Cop ist.«

»Um Himmels willen, natürlich ist keine ein Cop«, warf Petey ein. »Würde Andrew etwa mit ’ner verdammten *Informantin* ins Bett gehen?«

»Bist du dir da ganz sicher?« fragte Bobby.

»Ja, natürlich«, antwortete Andrew.

»Es ist nämlich so, Andrew – ohne dir zu nahe treten zu wollen«, sagte Bobby, dem klar war, daß er sich auf gefährliches Terrain begab, »wenn das Haus erst einmal verwanzt war, dann kann es auch ein zweitesmal passieren. Bei deinem Vater gab es eine Wanze, wo es niemand erwartet hätte – und jetzt sitzt er im Gefängnis.«

Andrew hörte schweigend zu.

»Sag uns, wer die Mädchen sind, dann können wir uns mal umhören«, schlug Bobby vor. »Ganz unauffällig, ohne Aufhebens. Wir strecken nur unsere Fühler aus. Sehen nach, was sich so tut, okay? Ohne dir zu nahe zu treten.«

»So fasse ich es auch nicht auf«, erwiderte Andrew. »Aber ich möchte nicht, daß sich irgend jemand umhört. Das mache ich selbst.«

»Ich wollte dir wirklich nicht zu nahe treten.«

»Ich hab's auch nicht so aufgefaßt, wirklich.«

»Wir haben uns über einen Mord unterhalten damals«, sagte Petey leise.

»Weiß ich.«

»Wir haben darüber geredet, wie wir den verfluchten *Bohnenfresser* umlegen!«

»Die Sache ist ernst«, wiederholte Petey.

»Er wurde im Ausland von zwei Europäern umgebracht, die wir nicht kennen«, entgegnete Andrew. »Damit haben wir nichts zu tun.«

»Du hast den Mord befohlen«, sagte Petey leise.

»Das macht mir kein Kopfzerbrechen.«

»Na ja, ich bin kein Anwalt«, meinte Petey, »aber wenn diese Wichser etwas mitkriegen, was wir privat gesagt haben, dann gehen sie hin und bauschen es zu einer Staatsangelegenheit auf. Buchstäblich.«

»Insgesamt drei Kapitalverbrechen«, sagte Bobby, »dann sind wir ...«

»Zwei und ein minderes«, unterbrach Petey.

»Das gibt trotzdem fünfundzwanzig Jahre – für den Anfang.«

»Wir wissen doch überhaupt nicht, was sie in der Hand haben«, wandte Andrew ein. »Die Wanzen sind vielleicht erst *gestern* eingebaut worden.«

»Aber genausogut könnten sie schon eine Ewigkeit da sein«, gab Petey zu bedenken.

»Vielleicht sind sie in diesem Moment dabei, die Anklage auszuarbeiten«, sagte Bobby.

Die drei Männer gingen schweigend weiter, im hellen Sonnenschein dieses strahlenden Frühlingstags, und jeder wünschte im stillen, daß die Wanzen nicht dagewesen wären. Jeder grübelte, was die Lauscher da draußen mitgekriegt haben mochten. Erst als sie um die Ecke in die Broome Street bogen, sagte Bobby: »Meint ihr, die haben diesen blöden Benny umgedreht, der früher gebügelt hat? Oder den neuen Knaben, wie heißt der noch mal?«

»Mario«, antwortete Petey.

»Ich glaube nicht, daß sie sich an einen Bügler rangemacht haben«, meinte Andrew.

»Wie sind sie dann reingekommen?« fragte Bobby.

»Alles ist verwanzt«, sagte Petey. »Wie haben die das bloß geschafft?«

»Du hast doch nicht etwa einer von deinen Tussis 'nen Schlüssel gegeben, oder?« Bobby ließ nicht locker.

»Nein«, antwortete Andrew.

»Aber irgendwie müssen die ja reingekommen sein.«

»Die finden schon Mittel und Wege«, sagte Petey. »Die sind *schlimmer* als jeder Einbrecher.«

»Wäre aber einfacher mit 'nem Schlüssel.«

»Ich habe niemandem einen Schlüssel gegeben.«

»Wäre schon komisch, wenn eine von denen ein Spitzel ist«, sagte Bobby.

»Ja, wirklich«, sagte Petey.

»Dann laß sie im nächstbesten Gully verschwinden«, riet Bobby und blickte über die Straße. »Hat jemand Lust auf 'nen Hot-dog?«

Am Mittwoch morgen riet Michael ihr noch einmal, das wöchentliche Rendezvous mit Faviola einzuhalten. Wenn es stimmte, daß sie ihm nichts von den Ersatzsendern gesagt hatte …

»Ich lüge nicht«, sagte sie.

»Hoffentlich. Sonst …«

»Droh mir nicht schon wieder!«

»Ich hab dich in der Hand«, entgegnete Michael.

Und nun war sie hier bei Andrew. Zuerst nervös und ängstlich. Angespannt. Bestimmt würde sie diesen Mann jetzt abstoßend finden, jetzt, da sie alles über ihn wußte. Aber als sie in seinen Armen lag, kam er ihr nicht vor wie ein Gangster. Er war einfach Andrew. Und wieder überlegte sie, was aus ihr geworden war.

*Wenn du nicht willst, daß deine Tochter erfährt, was für eine Frau du bist.*

Michaels Worte.

Was für eine Frau war sie denn?

Ich eigne mich nicht für diese Rolle, dachte sie.

Ich bin keine Spionin, das paßt nicht zu mir. Hier in seinen Armen möchte ich am liebsten laut herausschreien, daß ich ihn betrüge. Was soll ich tun, wenn er mir auf einmal erzählt, daß er einen Menschen *umgebracht* hat? Oder einen Mord *angeordnet*? Wie der Vater, so der Sohn. Ich hab ein Dutzend Leute umlegen lassen, wußtest du das nicht, Sarah? Werde ich dann kreischen: Nein, erzähl mir das nicht, das ist eine Falle, ich bin eine Falle, sag nichts, vertrau mir nicht, liebe mich nicht, ich bin eine Informantin! Werde ich versuchen, ihn vor sich selbst und vor mir zu retten?

»Was ist los?« fragte Andrew.

»Ich habe Angst, daß uns immer noch jemand belauscht«, flüsterte sie.

»Nein, niemand belauscht uns«, erwiderte er. »Jetzt nicht mehr. Ich hab dir doch gesagt, daß wir alles rausgerissen haben.«

Jetzt flüsterten sie beide.

Bring ihn zum Reden, dachte sie. Bring ihn zum Reden, sonst verlierst du deine Tochter.

»Aber wer *macht* denn so was?« fragte sie. »Bei jemandem, der nicht in kriminelle Machenschaften verwickelt ist ...«

»Was ich ja bekanntlich auch nicht bin.«

»Nein, natürlich nicht. Warum sollte also jemand hier eine Wanze einbauen?«

Bring ihn zum Reden.

»In diesem Haus werden eine Menge Geschäfte getätigt«, meinte er, »speziell übers Telefon. Und die Konkurrenz schläft nicht. Es würde mich nicht überraschen, wenn einer von denen skrupellos genug wäre, um so etwas durchzuziehen.«

»Dann wäre es eine geschäftliche Angelegenheit, richtig?«

»Rein geschäftlich, ja.«

»Es hat nichts zu tun mit ... na ja, wenn man an Wanzen denkt, fällt einem doch erst mal die Polizei ein. Oder Spionage.«

»Wirtschaftsspionage, das könnte sein.«

»Aber nicht die Polizei.«

»Nein«, sagte er. »Nicht die Polizei.« Einen Augenblick musterte er sie durchdringend. »Meine Geschäftspartner machen sich große Sorgen, wie jemand es schaffen konnte, die Wanzen hier reinzubringen.«

»Deine Geschäftspartner machen sich Sorgen«, wiederholte sie.

»Ja.«

»Carter und Goldsmith?«

»Na ja, die Leute, mit denen ich zusammenarbeite. Sie glauben, daß jemand einen Schlüssel in die Finger gekriegt hat. Jemand von meinen *persönlichen* Bekannten. Daß sich einer von ihnen einen Schlüssel beschafft und die Wanzen eingebaut hat. Das glauben meine Geschäftspartner.«

Auf einmal begriff sie, daß er sie beschuldigte. *Sie* war die persönliche Bekanntschaft, die sich irgendwie einen Schlüssel angeeignet und an die Detectives ihres Ehemanns weitergegeben hatte, damit die zuhören konnten, wie sie mit ihm schlief. Die

Vorstellung war so absurd, daß sie beinahe laut losgelacht hätte. Wieder betrachtete er sie prüfend und wartete gespannt auf eine Antwort. Also, dachte sie, wie reagiert Sarah Welles, die harmlose Lehrerin, auf einen so haarsträubenden Verdacht? Nicht die Sarah, die als Spitzel hierher geschickt worden ist. Was würde ich, ich selbst tun, wenn der Mann, den ich liebe, mich beschuldigt, mit seinen Konkurrenten unter einer Decke zu stecken?

Sie schwang die Beine über die Bettkante und ging zum Sessel, über dessen Lehne ihre Kleider hingen. Gerade griff sie nach ihrem Slip, als er sagte: »Was machst du da?«

»Ich ziehe mich an.«

»Warum?«

»Weil ich mir nicht gern anhöre ...«

»Ich versuche, dich zu *schützen*!«

»Ach ja?« Mit einer wütenden Bewegung zog sie den Slip hoch, daß das Gummiband heftig gegen ihre Hüfte schnippte. »Und ich hab doch tatsächlich gedacht, du wolltest andeuten, daß ich die Tür für irgend jemanden geöffnet hätte, der dir die Wohnung verwanzt!« Sie langte nach ihrem Büstenhalter.

»Ich gebe nur das wieder, was man mir gesagt hat.«

»Wer hat das denn gesagt?«

»Einer von meinen Partnern.«

»Wer?«

»Sein Name tut nichts zur Sache. Er meint ...«

»Was? Daß ich einen Schlüssel gestohlen habe?«

»Daß *irgend* jemand einen Schlüssel gestohlen hat, nicht unbedingt ...«

»Woher wissen die überhaupt von mir, diese Leute?« fauchte sie und hakte den BH zu. »Hast du ihnen von mir *erzählt*?«

»Sie wissen, daß ich Freundinnen habe.«

»Oh? Immer noch der Plural? Immer noch mehr als ...«

»Sie wissen, daß ich mich früher mit vielen Mädchen getroffen habe. Sie haben bloß angedeutet, daß *eine* von ihnen ...«

»*Ich* jedenfalls nicht, mein Lieber.«

»… sich möglicherweise …«

»Versuch's doch bei einer von deinen …«

»… an meinen *Schlüsseln* …«

»… Teenager-Tussis!«

»… vergriffen hat, und selbst du mußt doch zugeben, daß das eine reelle …«

»Nein, das ist keine *Möglichkeit*! Jedenfalls nicht, was mich betrifft.« Wütend zog sie den Rock hoch. Sie war dabei, ihn zuzuknöpfen, als Andrew zu ihr trat und sie an den Schultern faßte.

»Nimm die Finger weg!« fuhr sie ihn an.

»Ich will nicht, daß jemand dir weh tut.«

»Und du meinst, du tust mir nicht weh?«

»Es tut mir leid, aber hör dir doch wenigstens an, was ich sage.«

»Laß mich los.«

»Nur wenn du versprichst, daß du mir zuhörst.«

»Laß mich …«

»Schon gut, schon *gut*!« sagte er scharf und nahm seine Hände weg. Augenblicklich angelte sie nach ihrer Bluse.

»Hör mir zu«, sagte er.

»Ich höre.«

Aber sie schlüpfte in die Bluse.

»Sie haben zwei Sachen vermutet. Erstens …«

»Sie? Ich dachte, es geht um *einen* deiner Partner. Sind es jetzt plötzlich mehrere? Glauben sie vielleicht *alle*, daß ich deine Schlüssel gestohlen und …?«

»Es geht nur um einen einzigen.«

»Wer ist das?«

»Das spielt keine Rolle.«

»Aber ich möchte gern wissen, wer mich anschwärzt. Wenigstens das bist du mir schuldig …«

»Er heißt Bobby, in Ordnung? Sein Name ist Bobby.«

»Bobby was?«

»Einfach Bobby, okay? Er meint, jemand, den ich kenne, arbeitet für die Konkurrenz.«

»Dann sag diesem Bobby, daß *ich* bestimmt für keinen deiner Konkurrenten arbeite. Glaubst du es etwa auch, Andrew? Daß ich eine *Wirtschaftsspionin* bin?«

»Ich weiß überhaupt nicht mehr, was ich glauben soll.«

»Tja, dann sag Bobby, daß er sich um mich keine Sorgen mehr machen muß. Denn wenn ich jetzt zu dieser Tür rausspaziere, wirst du mich nie mehr wiedersehen.«

Er sah sie an, lange und durchdringend.

»Wenn du das tust«, sagte er schließlich, »dann weiß Bobby, daß er recht hat.«

Sie hängte sich gerade die Schultertasche um. Verblüfft wandte sie sich zu ihm, mit zusammengekniffenen Augen und gerunzelter Stirn.

»Erst finden wir die Wanzen«, erklärte er, »und als nächstes haust du einfach ab. Bobby wird das bestimmt sehr verdächtig finden.«

»Ach wirklich?« Sie ging zu ihm und blieb dicht vor ihm stehen. »Vielleicht solltest du diesem Bobby, wer immer er sein mag, aber auch sagen, *weshalb* ich gehe. Als erstes kannst du ihm erklären, daß du nicht mal so viel Vertrauen zu mir hast, mir seinen Nachnamen zu sagen, falls er überhaupt einen *hat*. Und dann kannst du …«

»Triani«, fiel ihr Andrew ins Wort. »Er heißt Bobby Triani, okay?«

»Danke«, sagte Sarah, »aber das kommt leider ein bißchen spät. Als nächstes kannst du ihm sagen, du glaubst nicht, daß ich jeden verdammten Mittwoch hierherkomme, weil ich dich liebe und bei dir sein will, sondern weil ich alles mit Wanzen vollstopfen will. Und dann kannst du ihm noch ausrichten, daß ich gegangen bin, weil dir nicht ein einziges Wort der Entschuldigung eingefallen ist dafür, daß du mich in eure beschissenen Geschäftsmanöver *rein*gezogen hast. Kein einziges Mal hab ich dich sagen hören: ›He, tut mir leid, daß wildfremde Leute belauscht haben, was du mir gesagt hast. Oder: Es tut mir leid, daß du in diese Sache reingeraten bist, tut mir wirklich *leid*, denn ich liebe dich über alles und möchte um nichts in der Welt, daß dir jemand weh tut.‹ Erzähl *das* deinem Bobby Triani, erzähl ihm, daß ich auf und davon bin, weil du kein einziges Mal gesagt hast, es tut dir leid, daß du mich in diesen ganzen gottverdammten *Schlamassel* reingerissen hast!«

Auf einmal erkannte sie, daß sie ihm nichts vorzuspielen brauchte. So redete nicht die vom Staatsanwalt geschickte Sarah Welles. So redete Sarah Welles, die ihr Herz an einen Gangster verloren hatte, an einen Mafioso, einen Gauner, einen Kriminellen. Und sie sprach von etwas ganz anderem als Wirtschaftsspionage. Reglos stand sie da, sah ihn an, und die Tränen strömten ihr übers Gesicht.

»Ich weiß, daß du nichts damit zu tun hast«, sagte er und nahm sie in die Arme.

»Es würde dir recht geschehen, wenn's doch so wäre«, antwortete sie schluchzend.

Aus dem Raum in der Grand Street hörten Regan und Lowndes jetzt nur noch das erstickte Schluchzen, und sie nahmen an, daß die Frau sich an Faviolas Schulter ausheulte. Aber sie hatten auch das ganze vorhergehende Gespräch aufgezeichnet, denn der Ein-Watt-Sender, den Freddie Coulter im Februar als Steckdose in der Wand angebracht hatte, war unentdeckt geblieben.

Heather sah aus, als wäre sie bereits unterwegs: Ihre Haare waren aus dem Gesicht geweht wie vom Fahrtwind. Aber ihr Flug ging erst in vierzig Minuten. Sie würde sich in der Dominikanischen Republik scheiden lassen und tags darauf gleich wieder nach New York zurückkommen. Schon jetzt befand sie sich unablässig in Bewegung, klopfte mit den Fingern auf die Tischplatte, wippte mit dem Fuß und schlürfte anfallsweise ihren Gin Tonic.

»Wenn du bloß mitkommen könntest, Sarah«, seufzte sie.

Die Schwestern saßen in einer kleinen Bar beim Gate. Um diese Jahreszeit flogen nicht sehr viele Leute in die Karibik. Die meisten Passagiere, die durch die Sicherheitsanlage gingen, sahen aus wie Einheimische auf dem Weg nach Hause.

»Ich frage mich dauernd, warum *ich* das überhaupt tue«, plapperte Heather weiter. »Weshalb fliegt *Doug* nicht runter? Schließlich will er doch unbedingt eine rasche Scheidung, damit er seine Miss Felicity Tussi ehelichen kann, oder? Er ist doch derjenige, der sich so sehr nach *Freiheit* sehnt. Andererseits ist es ja auch irgendwie passend, daß ich die notwendigen Schritte mache und die offiziellen Dokumente beschaffe. Immerhin bin *ich* ja die Geschädigte, stimmt doch, Sarah, oder?«

»Ja«, antwortete Sarah, die krampfhaft überlegte, ob sie ihrer Schwester von Andrew und der ganzen schrecklichen Situation erzäh–

»Ich möchte nicht, daß die Leute denken, Doug verläßt mich, weil *ich* was Unrechtes getan habe«, fuhr Heather unbeirrt fort. »*Er* ist der Mistkerl, er hat den Vertrag gebrochen, das Ehegelübde, was auch immer. Er hat Ehebruch begangen, Sarah, nicht ich. Wenn *er* jetzt nach Santo Domingo fliegen würde, könnte man denken, daß *ich* die Scheidung nicht will und er deshalb *selbst* runterfahren muß. Verstehst du mich, Sarah?«

»Ja, ich verstehe dich sehr gut«, antwortete Sarah.

Überall um sie herum ertönten Durchsagen aus verborgenen Lautsprechern, die bevorstehende Landungen, Abflüge und Verspätungen bekanntgaben oder zum Einsteigen aufriefen. Sarah überlegte, ob sie wohl bald wieder mit ihrer Schwester hier sitzen würde, um dann auf ihren *eigenen* Flug zu warten. Oder würde Michael als der Geschädigte nach Süden fliegen, um sich scheiden zu lassen?

Der Geschädigte.

Wer wohl am Ende wirklich der Geschädigte sein würde?

Höchstwahrscheinlich Mollie.

»... mich auslacht«, sagte Heather gerade. »Das würde ich wirklich nicht aushalten. Sie ist so *jung*, weißt du. Es hätte mir längst nicht soviel ausgemacht, wenn er sich eine Frau in meinem Alter angelacht hätte. Aber neunzehn? Herrgott! Na ja, inzwischen ist sie zwanzig.« Heather seufzte tief. »Sie ist zwanzig, und ich bin zweiunddreißig, wie soll ich da mithalten? Beinahe dreiunddreißig bin ich inzwischen. Du weißt ja gar nicht, was für ein Glück du hast, Sarah.«

»Heather«, sagte Sarah, zögerte einen Moment und fuhr dann fort: »Ich muß dir was sagen.«

Heather sah sie über den Rand ihres Glases hinweg an.

»Michael und ich ...«

»Nein, bitte nicht«, unterbrach Heather. »Das will ich jetzt überhaupt nicht hören. Bitte, Sarah, nicht.«

»In Ordnung«, sagte Sarah, griff nach ihrem Drink und sah in die andere Richtung, weil sie Angst hatte, in Tränen auszubrechen. Doch jetzt musterte Heather sie durchdringend.

»Was ist los?« fragte sie schließlich.

»Ich will dich nicht damit belasten.«

»Du hast mich schon damit belastet. Was ist?«

»Ich hab Ärger.«

»Was für Ärger? Raus mit der Sprache.«

Also erzählte Sarah ihre Geschichte.

Ohne die Uhr aus den Augen zu lassen, lauschte Heather. Sarahs Bericht war nicht ganz einfach zu verstehen, denn sie wurde immer wieder von den Ankündigungen der Fluggesellschaften unterbrochen, die wie Nachrichten von der Front klangen. Heathers Glas war leer, doch sie bestellte keinen neuen Drink. Ihr Gesicht war ausdruckslos, nur in den weit aufgerissenen Augen spiegelte sich eine Mischung aus Schrecken und Unglauben. Dann ertönte wieder ein Aufruf aus dem Lautsprecher, der sich anhörte wie eine Granatexplosion, und Sarah war am Ende ihrer Erzählung angekommen. Nachdenklich sah sie auf ihren Ehering hinunter.

»Wann hat das angefangen?« wollte Heather wissen.

»In St. Bart.«

»Doch nicht etwa der hübsche Knabe unter den Engelstrompeten?«

Sarah nickte schweigend.

»Was hast du jetzt vor?«

»Ich weiß es nicht.«

»Hat Michael einen Verdacht?«

Ein paar Einzelheiten hatte Sarah ausgelassen. Beispielsweise daß Andrew Faviola ein Gangster war und daß Michael hoffte, ihn hinter Schloß und Riegel zu bringen. Auch die angezapften Telefone hatte sie nicht erwähnt – daß jedes Wort, das sie und Andrew in seiner Wohnung gewechselt hatten, von Polizeibeamten aufgezeichnet worden war. Für Heather war der Schock über die Affäre ihrer Schwester schon schwer genug zu verkraften; sie wirkte noch immer wie vor den Kopf geschlagen.

»Ich glaube nicht, daß er was weiß«, sagte Sarah. »Noch nicht.«

»Hast du vor, es ihm zu sagen?«

»Ich weiß nicht.«

»Sarah, der Junge hat dir einen *Heiratsantrag* gemacht! Da mußt du dich entscheiden ...«

»Er ist kein Junge. Er ist achtundzwanzig.«

»Bloß ein bißchen älter als Felicity Tussi«, meinte Heather und verzog das Gesicht. »*Liebst* du ihn?«

Einen Moment, der ihr schrecklich lang vorkam, zögerte Sarah.

Dann sagte sie: »Ja.«

Wieder dröhnte der Lautsprecher und annoncierte Flug Nummer fünf achtundachtzig der American Airlines nach Santo Domingo. Heather nahm ihr Handgepäck.

»Ich zahle«, sagte Sarah und nahm die Rechnung vom Tisch.

»Du weißt ja, wo ich bin«, sagte Heather und beugte sich zu Sarah, um sie auf die Wange zu küssen. »Wenn du jemanden zum Reden brauchst, ruf mich an.«

»Okay, Honey. Paß auf dich auf.«

»Wünsch mir Glück«, bat Heather und berührte sanft Sarahs Gesicht. Dann hängte sie ihre Tasche über die Schulter und ging mit raschen Schritten zum Gate.

Sarah sah ihr nach, wie sie die Tasche aufs Fließband legte und auf den Metalldetektor zuging. Auf einmal fiel ihr die Hütte ein, die sie und ihre Schwester im Alter von acht beziehungsweise sechs Jahren aus Zweigen gebaut hatten.

»Sie hat keine Tür«, hatte sich Heather beschwert.

Und jetzt passierte ihre Schwester den türlosen Rahmen des Metalldetektors, holte ihre Tasche vom anderen Ende des Fließbands und ging mit schnellen Schritten weiter, in ihre Zukunft.

Sarah sah ihr nach, bis sie in dem langen Korridor verschwunden war.

Ein kleiner Fluß schlängelte sich durch das Grundstück in Connecticut, auf dem Anthony Faviola sein ausgedehntes Domizil hatte errichten lassen. In dem Fluß gab es Forellen, aber Tessie Faviola erlaubte niemandem, sie zu fischen. Sie fütterte die Fische nämlich jeden Tag und fand es unfair, erst Brot ins Wasser zu werfen und die inzwischen zahmen Tiere dann an den Angelhaken zu locken. Unfair fand Tessie es auch, daß sie immer kurz nach dem Muttertag Geburtstag hatte. Das bedeutete nämlich, daß gewisse Leute entweder das Geschenk zum einen oder zum anderen Festtag vergaßen, wenn man sie nicht ausdrücklich daran erinnerte. In Petey Bardos Augen war Tessie eine Tyrannin. Wie *alle* Mütter, einschließlich seiner eigenen.

An diesem dritten Sonntag im Mai war es noch recht kühl, und Petey Bardo trug einen braunen Pullover über seiner braunen Badehose. Bobby Triani, der neben Bardo auf dem Dock saß und die Füße ins kalte Wasser baumeln ließ, hatte eine enge blaue Badehose und ein weißes Netzhemd an, unter dem seine Muskeln zur Geltung kamen. Natürlich rauchte er. Petey hatte vor drei Jahren, nach einem leichten Herzinfarkt, damit aufgehört. Er war überzeugt davon, daß man ihn wegen des Infarkts übergangen und nicht zum Vizeboß gemacht hatte. Rudy war an einem Herzinfarkt gestorben, da wollte natürlich niemand einen Nachfolger, der ebenfalls Probleme mit dem Herzen hatte. Klar. Statt dessen hatte den Posten jetzt Bobby, der in Geschäftsangelegenheiten seinen Ellbogen nicht von seinem Arsch unterscheiden konnte – höchstens vielleicht, wenn es um Diebstahl ging.

Petey fand Raucher schwer zu ertragen, aber er beschwerte sich nicht, weil er wichtigere Dinge mit dem Vizeboß zu besprechen hatte. Die Frauen waren alle oben im Haus, kochten und kümmerten sich um die Kinder. Auch Andrew war oben und quatschte wie üblich mehr mit seiner Cousine als mit seinen Schwestern. Ike und Mike, die zwei, sind wie aus einem Ei. Petey fröstelte trotz des Pullovers. Das einzig Gute an so einem blöden Bach war, daß garantiert keine Wanze drin sein konnte.

»Ich finde es gefährlich, daß Andrew die Sache so auf die leichte Schulter nimmt«, sagte er. »Die Wanzen rauszuschmeißen ist schön und gut, aber wie sie reingekommen sind, das ist ein ganz anderes Problem.«

Bobby nickte.

»Ich will ihm ja nicht zu nahe treten ...«

»Ja, ja.« Gelangweilt winkte Bobby mit seiner Zigarette ab.

»... aber ich finde, wir sollten *schleunigst* rausfinden, mit welchen Mädchen er rumbumst. Worüber ich mir Sorgen mache, ist ...«, fuhr er fort und betrachtete nachdenklich die Fische, die im Wasser herumflitzten, »wenn die einmal reingekommen sind, dann schaffen sie es auch ein zweitesmal. Wir haben eine schwere Zeit vor uns, Bobby. Selbst wenn wir unseren Treffpunkt verlegen – diese Wichser folgen uns überallhin.«

»Ja«, meinte Bobby.

»Wenn die 'ne Spionin reingeschleust haben, die Andrew bumst, dann können sie Wanzen verteilen, wo sie nur wollen, und alles mithören, was wir sagen.«

»Aber das ist eigentlich gar nicht erlaubt, oder?« fragte Bobby.

»Was?«

»Daß die Cops ihm 'ne Informantin ins Bett schicken. Ich wette, da gibt's irgendein Gesetz. Ob verdeckte Ermittler mit jemandem schlafen dürfen, meine ich. Es ist doch eigentlich das gleiche, wie wenn ein Cop sich vor einer Hure auszieht. Dann kann er sich die Festnahme auch an den Hut stecken.«

»Wer sagt denn, daß es eine von den Cops sein muß?«

»Ich hab gedacht, du meinst 'ne verdeckte Ermittlerin.«

»Nein, ich hab gesagt, irgendeine, die er bumst. Die können

*irgend* jemand umgedreht haben«, meinte Petey. »Eine Nutte, eine, die auf Drogen ist, *irgend*eine, die sie *irgend*wie am Haken haben.«

»Ja, schon möglich.«

»Wenn sich eine reingeschlichen hat, die für die Bullen arbeitet, kriegen wir sie nicht mehr vom Hals, da geh ich jede Wette ein«, sagte Petey.

»Du weißt ja, ich hab ihm *gesagt*, daß wir uns umsehen sollten«, meinte Bobby.

»Richtig.«

»Daß wir rausfinden sollten, was Sache ist.«

»Auch richtig.«

»Und er hat gesagt: Vergiß es, ich erledige das selbst.«

»Stimmt.«

»Und er ist nun mal der Boß«, meinte Bobby achselzuckend.

Schweigend hockten die Männer am Flußufer. Die Forellen sprangen im Wasser. Von dem sanften Hügel herab erschollen die Stimmen der Kinder. Petey streckte die Zehen ins Wasser. Es war eiskalt. Der Mai war noch nicht vorbei, bis zum Sommer würde es noch eine ganze Weile dauern.

»Andererseits«, sagte er, »andererseits muß man auch den Boß manchmal zu seinem Glück zwingen.«

Billy brachte den Firmenwagen immer in eine Garage in der Delancey Street, direkt beim East River. Dort fand ihn Bobby am nächsten Tag, wie er ohne Jacke, mit aufgerollten Hemdsärmeln, die Zigarette im Mundwinkel, den Lincoln polierte. Bobby bewunderte Leute, die noch die Courage hatten zu rauchen.

»Hallo, Billy«, begrüßte er ihn und steckte sich ebenfalls eine Zigarette an. »Wie geht's?«

»Alles bestens, Mr. Triani«, antwortete Billy. »Wie war Ihr Wochenende?«

»Sehr schön. Wir sind aufs Land gefahren.«

»Gutes Wetter für einen Ausflug.«

»Ja, wirklich«, pflichtete Bobby ihm bei.

»Und was führt Sie hierher?«

»Ich wollte ein paar Dinge besprechen«, erwiderte Bobby.

Einen winzigen Moment lang verharrte das Poliertuch. Billy überlegte, was er falsch gemacht hatte, weshalb ihm der Vizeboß jetzt einen Besuch abstattete.

»Ich freu mich immer, Sie zu sehen«, sagte er und nahm seine Arbeit an dem glänzenden Lincoln wieder auf. Aber er hatte angefangen zu schwitzen.

»Danke«, meinte Bobby, »es ist zwar nicht Weihnachten, aber Sie haben gute Arbeit geleistet, und an einem kleinen Bonus im Mai ist doch auch nichts auszusetzen, oder?«

Er faßte in die Jackentasche und zog ein dickes, mit einem Gummiband zusammengehaltenes Bündel Banknoten heraus. Der äußerste Schein war ein Hunderter, das sah Billy sofort.

»Himmel, das ist wirklich nett von Ihnen, Mr. Triani«, sagte er, »aber Mr. Faviola kümmert sich sehr gut um mich, da brauchen Sie sich keine Sorgen zu machen.«

»Kaufen Sie sich einen neuen Anzug oder so was«, meinte Bobby und stupste ihn mit dem Geldbündel.

»Nein, wirklich, ich möchte nicht, daß Mr. Faviola denkt ...«

»Ich werde es ihm schon erklären, keine Sorge. Hier«, sagte er, »nehmen Sie. Es sind zweitausend Dollar.«

Billy machte große Augen.

»Nehmen Sie's.«

Billy zögerte.

»Na los, nehmen Sie's schon«, wiederholte Bobby und stopfte das Bündel in seine Hemdtasche.

»Tja, danke, Mr. Triani, das ist wirklich sehr nett von Ihnen.«

»He«, sagte Bobby nur und grinste breit.

Während er den Wagen weiter polierte, überlegte sich Billy, was Triani von ihm wollte. In der Garage wurden viele sogenannte schwarze Wagen abgestellt. Meist waren es Cadillacs oder Lincoln Continentals wie der, den Billy gerade putzte, aber sie gehörten größtenteils Autoverleihern. Der Unterschied zwischen schwarzen Wagen und einer echten Limousine war, daß letztere pro Stunde fünfunddreißig Dollar Miete kosteten, während man die kleineren schwarzen schon für achtundzwanzig pro Stunde bekam. Billy war eigentlich ein ganz gewöhnlicher Angestellter; er erhielt alle zwei Wochen einen legalen Scheck von Carter-Goldsmith Investments. Dazu steckte ihm Faviola nach Lust und Laune immer mal wieder ein paar Hundertdollarscheine zu. Triani hatte ihm gerade ein Monatsgehalt aufgedrängt.

»Haben Sie den Wagen in letzter Zeit oft benutzt?« erkundigte sich Bobby.

Also darum ging es: Triani verdächtigte Billy, den Firmenwagen für sein Privatvergnügen zu mißbrauchen! Aber warum hatte er ihm dann die zwei Riesen zugesteckt?

»Tja, wissen Sie«, antwortete er zögernd. »Mr. Faviola ist ein sehr beschäftigter Mann.«

»Was ich Sie fragen wollte, Billy …«

Jetzt kommt's, dachte Billy.

»Haben Sie viele Mädchen mit dem Wagen gefahren?«

»He, nein, Mr. Triani«, versicherte Billy sofort. »Ich benutze den Wagen nicht für mich. Es ist doch ein Firmenwagen, ich würde nicht im Traum dran denken …«

»Für Mr. Faviola, meine ich«, unterbrach ihn Bobby und zwinkerte ihm zu.

Billy sah ihn an.

»Sie fahren doch Mädchen für ihn, oder?« fragte Bobby und zwinkerte wieder.

»Na ja, gelegentlich schon. Aber in letzter Zeit nicht mehr so viele. Er hat zur Zeit 'ne feste Freundin.«

»Kennen Sie die Namen der Mädchen?«

»Also … ich denke schon, ja.«

Noch immer verstand Billy nicht, worauf Triani hinauswollte. Wollte er sich mit einem der Mädchen verabreden? Waren *dafür* die beiden Tausender gedacht? Billy wartete.

»Und Sie wissen auch ihre Adressen?« fragte Bobby.

»Ja, die hab ich mir aufgeschrieben. Weil sie regelmäßig mit ihm verabredet waren und ich sie ja immer irgendwo abholen oder hinbringen mußte. Aber in letzter Zeit, wie gesagt, geht's nur noch um die eine …«

»Ich möchte gern alle Namen und Adressen«, sagte Bobby.

»Ich weiß nicht von allen, wo sie wohnen.«

»Dann eben alle, die Sie kennen.«

»Manche hab ich nämlich immer von der Arbeit abgeholt.«

»Geben Sie mir alle, die Sie kennen.«

»Auch die Adressen von ihren Arbeitsstellen?«

»Ja.«

»Tja … dann hol ich mir mal lieber einen Zettel aus dem Büro.«

Billy ließ das Poliertuch auf der Kühlerhaube liegen und ging zu dem kleinen, rundum verglasten Büro in der Ecke. Der Fahrer einer riesigen weißen Limousine, die aussah wie eine Hochzeitskarosse, hupte ihn an. Ein kleiner Spanier stieg aus und schlenderte zum Herrenklo. Schließlich kam Billy mit einem Bleistift und einem gelben linierten Notizblock wieder.

»Okay, dann legen wir mal los«, sagte er, ging zum Geländer, über dem sein Jackett hing, und fischte ein Notizbuch aus der Tasche. Während er blätterte, erkundigte er sich beiläufig: »Wozu brauchen Sie eigentlich die ganzen Namen, Mr. Triani?«

Bobby musterte ihn.

Aber Billy drehte sich weg, beugte sich über den Kühler und blätterte weiter. »Das hier ist die Rothaarige, mit der er sich so oft getroffen hat«, sagte er. »Meiner Meinung nach war die eindeutig der Knüller.« Er dachte immer noch, Triani wollte mit einem der Mädchen ins Bett. »Sie wohnt in Brooklyn, aber sie arbeitet hier in der City, im Time-Life Building«, erklärte er und schrieb den Namen *Oona Halligan* und zwei Adressen auf. »Dann ist da das Mädchen aus Great Neck, sie heißt Angela Cannieri, hat schwarze Haare und *solche* Titten.« Für sie gab es nur *eine* Adresse. Bobby sah zu, wie Billy einen Namen nach dem anderen und eine Adresse nach der anderen auf den gelben Block notierte: Maggie Dooley und Alice Reardon, die beide in Manhattan wohnten und arbeiteten, Mary Jane O'Brien und Blanca

Rodriguez, wohnhaft in der Bronx, mit Arbeitsstellen in Manhattan, und zuletzt »die einzige, mit der er sich in letzter Zeit verabredet«, wie Billy erklärte, während er *Mrs. Welles* auf den Block schrieb, samt einer Adresse in der 81. Straße.

»Wie heißt sie mit Vornamen?« fragte Bobby.

»Weiß ich nicht. Mehr hat er mir über sie nicht gesagt.«

»Mrs. Welles.«

»Ja.«

»Wo arbeitet sie?«

»Das weiß ich auch nicht. Gewöhnlich hole ich sie irgendwo zwischen der 57. und der 59. Straße ab.«

»Meinen Sie, daß Mrs. Welles dort irgendwo arbeitet?«

»Ehrlich gesagt, das weiß ich auch nicht. Nur beim erstenmal hab ich sie bei der Adresse in der 81. Straße abgeholt, seither nicht mehr. Meistens setze ich sie aber dort in der Gegend ab. Jetzt wartet sie in Midtown auf mich, und ich bringe sie später nach Uptown. Sie ist sicher verheiratet, das vermute ich jedenfalls.«

»Hmm«, machte Bobby. »Und wer ist Angela Cannieri aus Great Neck? Tony Cannieris Tochter?«

»Solche Fragen stelle ich nie«, antwortete Billy.

»Ich wette, sie ist Tony Cannieris Tochter«, sagte Bobby. »Und er treibt's auch mit 'nem Latinomädchen, stimmt's? Rodriguez, das ist doch ein südamerikanischer Name, oder?«

»Tja, ich hab Ihnen gesagt, Mr. Triani, ich hole sie bloß ab und bringe sie wieder nach Hause, nicht mehr. Ich frage nicht, wer ihr Vater ist oder ob sie Latinos oder Chinesen sind.«

»Hat er auch 'ne *Chinesin*?« erkundigte sich Bobby verwundert und überflog noch einmal die Namensliste.

»Nein, das hab ich bloß so gesagt.«

»Wissen Sie auch die Telefonnummern?« fragte Bobby. »Von den Mädchen?«

Also doch, dachte Billy. Wie ich's mir gedacht habe.

»Nein, Sir«, antwortete er. »Die hab ich nicht. Aber vielleicht kann Ihnen Mr. Faviola da weiterhelfen.«

Wieder musterte Bobby ihn prüfend.

»Es wäre mir nicht recht, wenn Mr. Faviola erfährt, daß Sie mir die Namen gegeben haben, *capito*?« sagte er. Dann griff er in die Tasche und zog ein weiteres Bündel Geldscheine heraus, diesmal allerdings ein etwas dünneres. »Könnte sein, daß er sauer auf Sie ist, wenn er's erfährt«, fuhr Bobby fort und steckte das Bündel zu dem anderen in Billys Hemdtasche. »Könnten Sie mich denn jetzt heimfahren?« fragte er und grinste dabei wie ein Haifisch.

Vom Dach hier oben konnte Luretta die George Washington Bridge sehen, wie sie sich über den Hudson River spannte, die Lichter von New Jersey, die Wolken, vom Wind getrieben. Manchmal hatte sie das Gefühl, daß dieses Dach der einzig sichere Platz in ganz Washington Heights war. Die Straßen waren gefährlich, die Wohnung war gefährlich; nur das Dach war sicher. An einem Abend wie heute, einem stillen Frühlingsabend, konnte sie hier an der Brüstung stehen und über den Fluß hinaus schauen, wenn sie wollte, oder sie konnte zur anderen Seite gehen und auf die Lichter der Autos unten auf der Straße hinabblicken. Hier oben war sie die Königin, und sie konnte tun und lassen, was ihr gefiel.

In Filmen sah man oft Männer im Smoking und Frauen in langen schimmernden Gewändern, die irgendwo in Midtown Manhattan standen, auf all die glitzernden Lichter blickten und dabei Martinis aus langstieligen Gläsern schlürften. Hier auf dem Dach schlürfte Luretta eine Cola light aus der Dose und sah hinüber zu den Lichtern von New Jersey, aber sie wußte, irgendwo in New York gab es tatsächlich solche Leute wie die aus den Filmen, nur waren die meisten von ihnen weiß. Das einzigemal, daß Luretta *Schwarze* im Smoking und langen Gewändern gesehen hatte, war bei der Hochzeit ihres Cousins Albert gewesen. Luretta hatte ein hübsches Kleid getragen, von ihrer Mutter selbst geschneidert. Das war in der Zeit gewesen, bevor sie sich mit den Ärmsten der Armen eingelassen hatte, bevor sie jeden Junkie in die Wohnung schleppte, der mit ihr ins Bett wollte und sie Darling nannte.

Luretta wußte, daß ihre Mutter Crack nahm.

Schon vor einem Monat hatte sie Verdacht geschöpft, und seit letzten Dienstag wußte sie es, denn sie hatte ein leeres Fläschchen im Badezimmer gefunden. Sie wußte, das Ding war nicht von Dusty, denn der war auf Heroin. Dusty gab sich nicht mit diesem Zeug ab, das nur fünfundsiebzig Cent pro Klumpen kostete, o nein, Dusty war ein *richtiger* Mann, und er war abhängig von *richtigem* Stoff. Lurettas Mutter war im fünften Monat schwanger, schlief mit einem Junkie und rauchte Crack, von dem das Baby genauso abhängig werden würde – garantiert. Was also sollte Luretta tun?

Hier oben auf dem Dach hatte sie keine Sorgen.

Hier oben fühlte sie den kühlen Wind im Gesicht.

Von hier sah sie auf ihr Königreich hinab.

Hier konnte sie lächeln.

Sonst gab es ja zur Zeit nicht viel zu lächeln.

Ein kleiner Schlepper kam den Fluß herauf, tuckerte unter der Brücke durch, Lichter wie Diamanten am Himmel.

Die Tür zum Dach ging auf.

»Hab ich's mir doch gedacht, daß du hier bist.«

Seine Stimme traf sie wie ein Kanonenschuß, der in der Stille der Nacht explodierte und die Diamanten vom Himmel holte. Erschrocken ließ Luretta die Coladose fallen. Sie landete vor ihren Füßen, rollte über das Dach und hinterließ eine nasse Spur. Luretta löste sich von der Brüstung, versuchte, mit einem Flankenmanöver auszuweichen und an die Metalltür zu kommen. Doch er durchschaute ihr Vorhaben und schnitt ihr diagonal den Weg ab, so daß sie das niedrige Geländer am Dachrand im Rücken behielt.

»Deine Mama braucht dich«, sagte er.

»Weshalb?«

»Sollst was für sie holen.«

Er kam näher, zwang sie, zur Brüstung zurückzuweichen.

»Was soll ich denn holen?«

Lurettas Herz klopfte wild.

»Sie braucht was.«

Wieder einen Schritt näher.

Sein Atem stank nach Alkohol.

»Was hast du da unterm Kleid, Mädchen?«

»Komm mir nicht zu nahe!« fuhr sie ihn an.

»Süße kleine Titties unterm Kleid, ja?« Er streckte die Hände nach ihr aus.

Instinktiv versetzte sie ihm einen Stoß. Sie wollte ihn wegschubsen, wollte an ihm vorbei zur Treppe. In ihrer Traumwelt, in ihrem funkelnden Zauberreich hier auf dem Dach machte er einen raschen Schritt zur Seite, vollführte eine Art kleinen, verdrehten Tanzschritt, so daß für sie der Weg frei war und er gegen die Brüstung stolperte. In ihrer Traumwelt, wo Männer im Smoking an der Seite schöner Frauen in langen schimmernden Gewändern ihre Martinis schlürften, verlor er das Gleichgewicht, schlug mit den Armen um sich, sein Gesicht verzerrte sich, und er stürzte über die Brüstung. Einen Moment lang war er eine Silhouette vor den Lichtern der Brücke und der Küste von New Jersey, im nächsten war er verschwunden.

In ihrer Traumwelt gab er keinen Laut von sich.

Kein langer, verhallender Schrei wie im Film.

Es war, als hätte ihn jemand weggezaubert.

Aber so war es nur in ihrer Traumwelt.

In Wirklichkeit gewann er sein Gleichgewicht sofort wieder und stürzte sich zähnefletschend auf sie, riß ihr das Kleid auf, bevor sie sich losmachen konnte, und krallte wie ein wildes Tier nach ihren Brüsten. Sie schlug mit den Fäusten auf ihn ein, schrie und kreischte. Schließlich konnte sie sich befreien, rannte hinunter auf die Straße, ohne in der Wohnung zu fragen, was ihre Mutter wollte, denn sie wußte, daß es Crack war.

In der milden nächtlichen Frühlingsluft ging sie die Straße entlang, Stimmen schwirrten um sie herum. Mit den Händen hielt sie mühsam ihr zerfetztes Kleid zusammen und begann leise zu schluchzen.

Detective Randolph J. Rollins machte gern Geschäfte mit diesen Leuten. Für ihn ging es nicht so sehr um *Arbeit*, er machte *Geschäfte*. Er kannte genügend Cops auf dem Revier, die mal ein Auge zudrückten, auch wenn es um größere Sachen wie beispielsweise Drogen ging. Aber Rollins hatte während seiner ganzen Laufbahn nie auch nur einen Penny angenommen, wenn es darum ging, eine Dope-Geschichte unter der Hand zu regeln. Wer mit ihm zu tun hatte, hütete sich, ihn um einen solchen Gefallen zu bitten – sogar, wenn es nur um einen Strafzettel wegen Falschparkens ging. Aber wenn jemand mit einem besonderen Anliegen zu ihm kam, wie beispielsweise jetzt, wo er rausfinden sollte, ob eines von diesen Mädchen als Polizeispitzel arbeitete, da zeigte Rollins seine Polizeimarke auch gern mal für Geld – was in diesem Fall genau sechstausend Dollar waren.

Rollins wußte natürlich, daß es von vornherein unmöglich war, jemanden umzudrehen, der nicht bis zum Hals in der Scheiße steckte. Niemand ließ sich als Spitzel mißbrauchen, wenn ihm nicht eine lange, lange Zeit im Gefängnis drohte. Dann war es doch immer noch besser, mit dem Feind zu schlafen als hinter schwedischen Gardinen zu schlafen, oder nicht? Also sah er erst mal im Computer nach, ob eine der Frauen auf der Liste je ernsthaft mit dem Gesetz in Konflikt gekommen war. Die einzige mit einer Verhaftung und einer anschließend zur Bewährung ausgesetzten Verurteilung war eine gewisse Oona Halligan, die sich als absolut hinreißende Rothaarige Mitte Zwanzig herausstellte. Als sie am achtzehnten Mai um zehn nach fünf nachmittags das Time-Life Building verließ, hielt er ihr seine Marke unter die Nase und sagte: »Guten Abend, ich bin Detective Rollins und würde Ihnen gern ein paar Fragen stellen.«

Das Mädchen sah ihn verwundert an. »Woher kennen Sie meinen Namen?«

Rollins erklärte, der Hausmeister in ihrem Apartmenthaus in Brooklyn habe sie ihm heute morgen gezeigt, aber da habe er sie lieber nicht belästigen wollen, weil er wußte, daß sie unterwegs zur Arbeit war. Vielleicht kam er jetzt etwas gelegener. Sie machte immer noch ein erstauntes Gesicht, wahrscheinlich überlegte sie, woher er wußte, wo sie arbeitete – davon hatte der Hausmeister nämlich keine Ahnung –, aber bevor sie weitere Fragen stellen konnte, erklärte er ihr, er untersuche einen Einbruch in ihrer Nachbarschaft. Hatte sie in der Nacht des vierzehnten Mai, also letzten Freitag, etwas Verdächtiges gesehen oder gehört? Das hatte sie natürlich nicht, aber die Frage gehörte zum Vorspiel. Dann kam er zur Sache.

»Miss Halligan«, sagte er, »bitte entschuldigen Sie, daß ich Sie damit belästige, aber ich muß einen Bericht schreiben, in dreifacher Ausfertigung« – er verdrehte die Augen –, »und da brauche ich genaue Angaben.«

Oona war zum Cocktail mit einem Börsenmillionär verabredet, unten in Downtown, und sie hatte keine Lust, weiter ihre Zeit mit diesem Polizisten-Fettarsch zu verschwenden, der einen blöden Einbruch untersuchte, zumal in ihrer Nachbarschaft wahrscheinlich Hunderte von Einbrüchen pro Nacht stattfanden.

»Könnten Sie sich bitte kurz fassen, ich bin nämlich verabredet«, sagte sie.

Keine große Überraschung, bei ihrem Äußeren.

»Miss Halligan«, sagte er, »können Sie mir sagen, was Sie arbeiten?«

»Ich bin Empfangsdame bei einer Firma namens Blue Banana Cosmetics.«

»Wirklich?«

Rollins fand den Namen lustig – Blue Banana Cosmetics.

»Ja«, erwiderte Oona ungeduldig und sah auf ihre Armbanduhr.

»Seit wann arbeiten Sie hier?« fragte er.

»Seit März«, antwortete sie.

»Und davor?«

»War ich bei einer Steuerberatungsfirma.«

»Namens?«

»Haskins, Heller and Fein.«

»Wo?«

»Hier in der City.«

»Wie lange haben Sie dort gearbeitet?«

»Sechs Monate, dann hat man mich rausgeschmissen, weil ich dem Chef gesagt habe, er sei blöd. Oder dumm – ich glaube, so hab ich's ausgedrückt.« Sie sah wieder auf die Uhr.

»Sind Sie schon einmal verhaftet worden?«

»Nein.«

»Bestimmt nicht? Ich kann das überprüfen.«

»He, was soll das?«

»Eine Routinefrage«, antwortete er. »Nicht mal ein kleiner Verstoß? Überhöhte Geschwindigkeit? Falschparken?«

»Ich hab schon Strafzettel gekriegt, ja.«

»Und wie steht's mit Alkohol?«

»Was?«

»Alkohol am Steuer.«

»Nein, nie.«

»Also nichts Ernstes?«

»Nein, nichts.«

»Ich kann nachsehen«, wiederholte er.

»Okay«, seufzte sie. »Mit sechzehn hat man mich verhaftet, wegen Rauschgiftbesitz. Dreißig Gramm Marihuana. Eine Bewährungsstrafe, weil es das erstemal war und ich erst sechzehn. Außerdem waren es ja bloß dreißig Gramm.«

»Haben Sie schon mal für die Polizei gearbeitet?« fragte er.

»Nein. Wieso?«

»Gab es irgendwelche Auflagen für die Bewährung?«

Im Grund wußte Rollins natürlich, daß die Frage Unsinn war. Die Verhaftung war eine Lappalie.

»Ich weiß nicht, worauf Sie hinauswollen«, entgegnete Oona. »Es ging doch nur um läppische dreißig Gramm …«

»Hat man Ihnen irgendwelche Deals angeboten?«

Ihm war von vornherein klar, daß nichts dergleichen passiert war.

»*Natürlich* nicht! Wegen dreißig Gramm Marihuana?«

»Haben Sie aus irgendeinem Anlaß schon mal ein Mikro getragen?«

»Was?«

»Miss Halligan, ich bin Polizist. Wenn Sie je als Informantin für uns gearbeitet haben, ist das bei mir gut aufgehoben.«

»Was?« wiederholte sie.

»Waren Sie eine? Eine Informantin? Irgendwann?«

»Ich dachte, es geht um einen Einbruch im Nachbarhaus ...«

»Stimmt«, erwiderte Rollins. »Aber wir haben Grund zu der Annahme, daß ein Mitglied unserer Truppe daran beteiligt war«, log er. »Das sage ich Ihnen aber ganz im Vertrauen.«

Oona blinzelte.

Wunderschöne grüne Augen hatte sie.

»Ich wußte von der Bewährung«, log Rollins munter weiter.

Sie starrte ihn nur an.

»Sie haben also nie für die Polizei gearbeitet, richtig?«

»Richtig.«

»Sie kennen auch keine krummen Cops, oder?«

»Ich kenne überhaupt keine Cops. Ich kann mich nicht mal an die Namen von denen erinnern, die mich damals *verhaftet* haben.«

»Wenn das so ist, möchte ich mich jetzt bei Ihnen bedanken, Miss Halligan. Entschuldigen Sie, daß ich Sie belästigt habe.«

»Schon in Ordnung«, sagte Oona, immer noch reichlich verwundert, sah auf die Uhr und eilte davon zum U-Bahn-Eingang.

Rollins ging davon aus, daß sie sauber war.

Erst am Freitag, dem einundzwanzigsten Mai, war Rollins am Ende der Liste angekommen. Er zeigte dem Türsteher des Gebäudes in der 81. Straße die Polizeimarke und fragte ihn nach seinem Namen.

»Luis«, antwortete der Mann.

Rollins erklärte ihm, daß alles, was er in den nächsten Minuten von sich gab, streng vertraulich behandelt werde. Hatte er das verstanden? Es ging um eine laufende polizeiliche Ermittlung, und er durfte mit niemandem über diesen Besuch sprechen. Klar?

Luis machte sich vor Aufregung fast in die Hose.

Seine Schwester war illegal von den Philippinen eingewandert.

Also nickte er und versicherte Rollins, er werde keiner Menschenseele verraten, daß die Polizei dagewesen sei.

Rollins ging ins Haus, betrachtete die Briefkästen und notierte sich willkürlich irgendwelche Namen. Dann trat er wieder vor die Tür und fing an, Fragen zu stellen. Natürlich ging es ihm nur um das Schild für Apartment 12c, auf dem M. WELLES stand, aber er lenkte Luis zuerst ein bißchen ab, bevor er zur Sache kam: »Und was ist mit Welles? Wissen Sie, wer in Apartment 12c wohnt?«

»O ja«, antwortete Luis eifrig. »Mr. und Mrs. Welles mit ihrer Tochter.«

»Wie heißt sie mit Vornamen?«

»Mollie«, antwortete Luis.

»Mrs. Mollie Welles?«

»Nein, nein, die *Tochter*.«

»Und wie heißt die Mutter?« Jetzt ging Rollins aufs Ganze.

»Das weiß ich leider nicht.«

»Und Mr. Welles? Kennen Sie seinen Vornamen?«

»Michael«, antwortete Luis. »Michael Welles.«

Und unvermittelt fügte er hinzu: »Er arbeitet bei der Staatsanwaltschaft.«

»Stellen Sie sich vor«, erklärte Rollins, »er ist Vizechef der Abteilung für organisiertes Verbrechen.«

Im Rückspiegel tauschten Petey und Bobby vielsagende Blicke aus.

Die drei fuhren in Peteys Wagen durch Queens, denn Petey ließ sein Auto jeden Freitag von einem Mechaniker überprüfen, deshalb war es mit Sicherheit wanzenfrei. Erst gestern hatte er noch einmal gründlich nachgesehen. Aber bei solch einer Offenbarung *wünschte* man sich ja beinahe eine Wanze: Andrew Faviola bumste die Frau eines Staatsanwalts! Diese Information hätte er *liebend* gern an die bekannte Adresse in Downtown weitergegeben. Rollins saß auf dem Beifahrersitz neben Petey, Bobby Triani hinten. Der Cadillac Seville mit zwei Airbags und Telefon war ein Geschenk von jemandem, dem Petey einmal einen Gefallen erwiesen hatte – er hatte dafür gesorgt, daß der Liebhaber seiner Frau sich beide Beine brach. Rollins hatte den Arm um die Lehne des Sitzes gelegt, um Bobby und Petey abwechselnd seine Aufmerksamkeit schenken zu können.

»Ich hab sofort alles überprüft, nachdem mir der Türsteher erzählt hat, wo der Kerl arbeitet. Wie sich rausstellt, hat er vor fünf Jahren einen sehr wichtigen Fall bearbeitet und vor Gericht vertreten. Die ganze Lombardi-Crew hat er hinter Schloß und Riegel gebracht, alle sechs. Die sitzen immer noch.«

»*Wie* ist noch mal sein Name?«

»Welles. Michael Welles.«

»Michael Welles«, wiederholte Petey nachdenklich.

»Ja.«

»Die Lombardi-Crew.«

»Ja.«

»Also wäre es durchaus möglich.«

Rollins hütete sich zu fragen, was möglich war.

»Sie könnte es sein«, fügte Petey hinzu.

Rollins schwieg.

»Und Sie sind sicher, daß es die Frau von dem Kerl ist, ja?« wollte Bobby wissen. »Von dem, der die Lombardi-Crew eingelocht hat?«

»Hundertprozentig.«

»Wie heißt sie?«

»Das weiß ich leider noch nicht.«

Bobby seufzte.

Auch Petey seufzte und nickte Bobby im Rückspiegel zu.

Bobby fing an, Hundertdollarscheine abzuzählen.

»Danke, Randy«, sagte er. »Gute Arbeit.«

Rollins machte wirklich gern Geschäfte mit diesen Leuten. Sie waren großzügig und zahlten immer bar auf die Hand.

»Ich hab gehört, mit einer von deinen Freundinnen ist es ernst«, sagte Ida.

Sie ähnelte ihrem Vater sehr mit der großen Nase und den tiefschwarzen Haaren. Immer wenn Andrew mit ihr zusammen war, mußte er an das kleine Mädchen von früher denken. An die Sonntagsbesuche bei den Großeltern. Rollschuhlaufen auf dem Gehweg vor dem Haus. Fernsehen in Grandmas Zimmer, das aussah, als wäre es auf einem Olivenöl-Schiff direkt aus Italien importiert worden, ein kleines, gemütliches Zimmer mit roten Samtvorhängen, klobigen Möbeln und kunstvoll gerahmten Bildern, auf denen schnurrbärtige Männer in steifen weißen Kragen und Manschetten zu sehen waren.

Wenn Andrew sonntags ins Haus seiner Cousine kam, verbrachte er die meiste Zeit mit ihr. Schließlich konnte er Bobby an jedem beliebigen Wochentag sehen, manchmal war er sogar öfter mit ihm zusammen, als ihm lieb war. Und Ida sah er höchstens alle zwei Monate.

»Wer ist es?« wollte sie wissen.

Sie stand am Herd und schmeckte die Tomatensauce ab, die im Topf blubberte. Ida war keine großartige Köchin. Aber sie war auch beim Straßen-Baseball nie besonders gut gewesen und hatte trotzdem immer mitgemacht. Jetzt trug sie eine Schürze über dem blauen Kleid, das sie in der Kirche angehabt hatte; auf der Schürze stand KÜSSEN DER KÖCHIN VERBOTEN.

»Von wem hast du das gehört?«

»Dein Vater hat mir geschrieben«, erklärte sie achselzuckend. »Daß du bei deinem Besuch ein Mädchen erwähnt hast. Er glaubt, es ist was Ernstes. Mit dir und diesem Mädchen.«

»So was hab ich ihm nie gesagt, Ida.«

Aber Ida ließ sich nicht beirren.

»Mir kannst du es doch erzählen, komm schon.«

»Ich sag dir doch, es gibt keine«, entgegnete Andrew und grinste wie ein Schuljunge.

»Dein Vater meint, es klingt ernst.«

»Dann hat er sich verhört, Ida. Ich hab ihm deutlich gesagt, daß es mit keiner von meinen Freundinnen ernst ist. Basta.« Er grinste wieder.

»Würdest du es mir erzählen, wenn es eine gäbe?« fragte Ida, tunkte den Rührlöffel kurz in die Sauce und kostete.

»Na klar.«

»Oder gibt es vielleicht ein Problem?« fragte sie.

»Was für ein Problem?«

»Ich weiß nicht. Vielleicht ist sie die Tochter von jemandem ...«

»Nein, nein.«

»Ich hab nämlich gehört, daß du dich mit Tony Cannieris Tochter triffst, was keine sonderlich gute Idee ist, das muß ich dir schon sagen, Andrew. Du solltest nicht mit der Tochter von einem so angesehenen Mann wie Tony rummachen.«

»Ich treffe mich nicht mehr mit ihr, Ida.«

»Gut. Das ist eine kluge Entscheidung«, sagte sie und rührte in der Sauce. »Ich hoffe bloß, sie ist nicht verheiratet – die, mit der du es ernst meinst.«

»Ich hab dir doch gesagt, es ist überhaupt nichts Ernstes«, wiederholte er – grinsend.

»Ja, ja. Komm schon, Andrew, mir brauchst du doch nichts vorzumachen.«

»Aber ich sag's dir doch, Ida.«

»Denn es könnte *echt* gefährlich sein, wenn sie verheiratet ist.«

»Sie ist mit niemandem verheiratet, den du kennst«, sagte Andrew.

»Aber sie ist verheiratet?« hakte Ida sofort nach und sah ihm ins Gesicht.

»Ida«, sagte er und setzte das ernste Jungengesicht auf, das sie so gut kannte. »Ich kann jetzt wirklich nicht darüber reden.«

»Sie ist also verheiratet, ja?«

»Ja.«

»Aber nicht mit jemandem, bei dem es ein Problem wäre, hmm? Du würdest niemanden beleidigen, der zur ...«

»Nein, Ida, so was tu ich doch nicht.«

»Hör mal, du hast dich mit Tonys Tochter getroffen, wer weiß, was du sonst noch alles anstellst.«

»Nein, sie ist nicht mit einem von uns verheiratet.«

»Was ist dann das Problem?«

»Wer behauptet denn, daß es ein Problem gibt?«

»Na ja, du tust so geheimnisvoll ...«

»Ich hab dir doch gesagt, Ida, sie ist verheiratet. Ich kann es schließlich nicht überall rumposaunen.«

»Natürlich nicht«, entgegnete Ida. »Aber hier ist nicht überall, Andrew, hier bin bloß ich, Ida. Kennst du mich noch? Deine Cousine Ida? Erinnerst du dich an mich?«

»Nein, wer bist du denn?« fragte Andrew und lachte.

Ida lächelte zurück.

»Ist sie mit jemandem verheiratet, der *anders* schwierig ist?«

»Ich weiß nicht, was du meinst.«

»Vielleicht mit einem Mann, der uns *Schwierigkeiten* machen könnte.«

»Was für Schwierigkeiten denn?«

»Ich weiß nicht. Du bist doch der Geheimniskrämer, also vermute ich, daß es Schwierigkeiten gibt.«

»Sie ist mit einem Anwalt verheiratet, aber das ist unwichtig«, sagte er.

»Was ist er für ein Anwalt?«

»Das weiß ich nicht. Er arbeitet bei der Stadt.«

»Als was?«

»Weiß ich nicht.«

»Wie heißt er?«

»Ich weiß seinen Namen nicht, ehrlich.«

»Na ja, und wie heißt *sie*?«

»Ach, komm schon, Ida.«

»Was ist denn das große *Geheimnis*? Ich frag dich doch nur nach ihrem Namen.«

»Den will ich dir aber nicht sagen, Ida.«

»Wann wirst du ihn mir verraten?«

»Wenn ich es weiß.«

»Wenn du *was* weißt?«

»Ob sie mich heiraten will.«

»Hast du sie gefragt?«

»Ja.«

»Warum braucht sie so lange, um sich zu entscheiden?«

»Na ja ... sie hat eine Tochter, Ida. Da ist es nicht so leicht.«

»Wie alt ist sie? Die Tochter?«

»Zwölf.«

»Du bist bereit, ein zwölfjähriges Kind anzunehmen, Andrew?«

»Ja. Das bin ich, Ida.«

»Und die Sache ist nicht ernst, ja?«

»Sie ist sogar sehr ernst.«

»Dann solltest du es lieber mit jemandem besprechen, ehe du eine endgültige Entscheidung triffst«, meinte Ida.

»Warum?«

»Wenn du eine Frau in die Familie bringen willst, sollte das vorher mit Petey geklärt werden. Und mit Bobby natürlich. Sie sollten Bescheid wissen, wenn du dich wirklich entschließt, diese Frau zu heiraten.«

»Das hoffe ich, Ida.«

»Dann mußt du dich mit ihnen zusammensetzen und über die Sache reden. Das hat Bobby vor unserer Hochzeit auch getan. Er hat nicht nur mit *meinem* Vater gesprochen, sondern auch mit *deinem* Vater. *Und* mit Petey. Schließlich gibt es gewisse Verpflichtungen, Andrew. So etwas Wichtiges muß man einfach besprechen, verstehst du, Andrew?«

»Na ja, mal sehen.«

»Wo liegt das Problem?« fragte Ida wieder.

»Es gibt keins.«

»Ich glaube aber doch«, widersprach Ida und nickte weise.

»Ich sage dir, nein.«

»Dann setz dich mit den anderen zusammen.«

»Wenn ich bereit bin.«

»Ich glaube, du solltest es lieber *gleich* tun. Bevor sie einwilligt und dich überrumpelt.«

»Ich hoffe bei Gott, daß sie es tut, Ida.«

»Das hoffe ich auch«, sagte Ida, führte wieder einen Löffel Sauce an den Mund und fuhr dann fort: »Aber rede zuerst mit deinen Leuten, ja? Frag sie nach ihrer Meinung. Zeig ihnen den angemessenen Respekt. Du bist ein sehr wichtiger Mann, Andrew. Du mußt es richtig angehen. Setz dich mit ihnen zusammen. Sprich mit ihnen«, wiederholte sie und probierte noch einmal ihre Sauce.

»Mal sehen«, erwiderte er.

»Muß da noch Salz rein?« fragte sie und streckte ihm den Holzlöffel hin.

Als Ida am Sonntag abend mit ihrem Mann im Bett lag, sagte sie: »Ich glaube nicht, daß er euch etwas verheimlicht.«

»Was hat er über diesen Ehemann gesagt?« fragte Bobby.

»Nur daß er Anwalt ist.«

»Das war alles? Was für eine *Art* Anwalt?«

»Das weiß er nicht. Er weiß nur, daß er bei der Stadt angestellt ist.«

»Er weiß nicht, daß der Kerl Staatsanwalt ist?«

»Ich glaube nicht.«

»Will er die Frau schützen oder was?«

»Ich glaube nicht. Ich hab dir doch schon hundertmal gesagt, er *weiß* es nicht. Und jetzt schlaf endlich.«

»*Wenn* er es nämlich weiß ...«

»Mm-hmm.«

»... und uns nichts davon *erzählt* ...«

»Mm-hmm.«

»… wäre das eine schlimme Sache.«

»Ja.«

»Könnte sogar *sehr* schlimm sein«, meinte Bobby. »Ich wünschte, du hättest mehr aus ihm rausgekriegt.«

»Ich hab getan, was ich konnte«, sagte Ida, die sich bereits auf die andere Seite gedreht hatte. »Schlaf jetzt. Morgen ist auch noch ein Tag.«

Die Babysitterin schaute sich im Wohnzimmer den Sonntagabend-Spielfilm im Fernsehen an. Mollie und Winona waren in Winonas Zimmer neben dem ihres Bruders. Wenn Max mit seiner Frau zu Besuch kam, übernachtete er noch immer dort. Das Zimmer war toll: ein lebensgroßes Tina-Turner-Poster an der Decke über dem Bett, Wimpel von den Baseball- und Footballmannschaften an den Wänden und ein riesiges Glas mit Pennies neben einem Modell der *Kitty Hawk* auf der Kommode. Im obersten Fach des Schranks hatte Winona sein Marihuana-Versteck gefunden, in einer Metallbox mit Angelutensilien.

Jetzt drehte Winona einen Joint und verteilte dabei Marihuanakrümel überall auf dem Bett.

»Ich glaube, wir sollten das lieber nicht tun«, meinte Mollie.

»Aber ich glaube, wir sollten«, entgegnete Winona. »Sei doch nicht so ein Angsthase, Moll.«

»Woher willst du überhaupt wissen, ob das Zeug noch gut ist? Wie lange liegt es denn schon im Schrank rum?«

»Es verdirbt nicht«, erklärte Winona. »Wenn überhaupt, dann wird es mit der Zeit nur noch besser.«

»Wer hat dir denn das erzählt?«

»Das weiß doch jeder. Und außerdem ist es sowieso nicht alt. Max kifft jedesmal, wenn er zu Hause ist.«

»Verpestet er damit nicht das ganze Haus?« fragte Mollie.

»Er sperrt die Fenster auf. Hier«, sagte Winona und hielt triumphierend ihr schlecht gedrehtes, aber einigermaßen zigarettenähnliches Machwerk hoch.

»Und wenn sie jetzt reinkommt, die Dingsbums?«

»Die fette Henrietta? Die kommt schon nicht. Sie läßt sich hier nie blicken. Sie glaubt, meine Mutter bezahlt sie fürs Fernsehen.«

Winona drehte einen zweiten Joint. Mollie beobachtete sie aufmerksam.

»Was meinst du, was ich tun soll?«

»Rauchen und den Mund halten«, antwortete Winona.

»Ich meine doch wegen Frankreich.«

»Haben sie die Reise endgültig abgeblasen?«

»Ja. Mein Vater hat gesagt, er muß arbeiten, und Mom fängt mit ihrer Doktorarbeit an, sobald die Schule aus ist.«

»Wann ist das?«

»Am Zehnten. Wie bei uns. Ich hab ihnen gesagt, wir hätten schon die ganze Zeit geplant, daß sich unsere Familien in Paris treffen, weil ihr doch im Juli an der Riviera seid, und *wir* wollten ja *eigentlich* zur gleichen Zeit nach St.-Jean, und wir wären schon total aufgeregt, *zusammen* dort zu sein, wir beide in *Paris* ...«

»Stimmt«, meinte Winona, den Kopf eifrig über ihre Arbeit gebeugt.

»... und jetzt erzählen sie mir, wir fahren überhaupt nicht. Ich hab meinem Vater gesagt, das ist eine gemeine und unangemessene Strafe, und das weiß er auch.«

»Was hat er geantwortet?«

»Wir fahren im Sommer nicht weg, und damit Schluß. Und er hat mir gedroht, er würde mich ins Ferienlager schicken, wenn ich nicht aufhöre zu nörgeln.«

»Ins Ferienlager!« wiederholte Winona entsetzt. »Herrgott!«

»Ja. Also, was soll ich deiner Ansicht nach tun?«

»Laß Gras drüber wachsen. Vielleicht ist es ja bloß eine Phase, die sie durchmachen müssen.«

»Die machen allerdings *irgend*was durch«, bestätigte Mollie und verdrehte die Augen.

»Hier«, sagte Winona, »Übung macht den Meister. Der ist für dich, Moll.«

Zwanzig Minuten später waren die beiden high. Sie hatten ihre Joints aufgeraucht, bis sie sich beinahe die Fingerspitzen versengt hatten, dann hatten sie die Stummel auseinandergewickelt, das restliche Grass aus dem Fenster gestreut, das Papier zu kleinen Bällchen gerollt und hinterhergeschnippt. Bei offenem Fenster legten sie sich dann nebeneinander auf Winonas Bett, nur in der Unterhose, unterhielten sich laut und fingen alle zehn bis zwanzig Sekunden an zu kichern.

Mollie wollte wissen, ob Winona wirklich zum erstenmal Grass ausprobierte. Irgendwie kam ihr die Frage lustig vor, und sie lachte los. Winona versicherte ihr, sie würde doch niemals etwas ausprobieren ohne ihre beste Freundin. Über diesen geistreichen Witz brachen sie erneut in Gekicher aus.

»Außer mit meinem Summer spielen«, fügte Winona hinzu.

Das Wort »Summer« war so ungeheuer komisch, daß die Mädchen schon wieder losprusteten. Winona sagte, *das* habe sie beim erstenmal ohne Mollie gemacht – also, mit ihrem Summer gespielt. Mollie erkundigte sich, was denn überhaupt ein *Summer* war und wie man mit ihm spielte. Winona erklärte, zuerst mal müsse man ihn *finden*. Sie hatte ihren ganz zufällig entdeckt, als sie in Vermont waren. Sie hatte sich an die Waschmaschine gelehnt, in der die ganzen Socken und Rollkragenpullis und die lange Unterwäsche von einer Woche Skifahren gewaschen wurden. Die Maschine vibrierte, und auf einmal spürte sie, daß da unten, na ja, da unten in ihren Jeans etwas *summte*. Also drückte sie sich ein bißchen fester an die Maschine, um das Summen noch ein bißchen stärker zu machen. Mollie wollte sich ausschütten vor Lachen: Man stelle sich vor, daß jemand einen *Summer* in der Hose hatte!

Winona berichtete weiter, daß sie am selben Abend in der Badewanne, als sie sich dort unten wusch, das gleiche Summen wieder verspürte, wenn auch nicht ganz so heftig wie beim Wäschewaschen. Also forschte sie mit den Fingern nach, was denn dieses eigenartige, äußerst angenehme Gefühl verursachte, und da entdeckte sie den kleinen, na ja, eben diesen *Summer* zwischen ihren Beinen – »*mine kline fine Summerli*«, ergänzte sie in Frankendrac.

»Manchmal spiel ich mit ihm und hör dabei Musik«, erklärte sie, setzte sich auf, krabbelte über Mollie hinweg und tapste zum Regal. Mollie sah zu, wie sie eine CD einlegte. Dann kam Winona zurück zum Bett, kletterte wieder über Mollie, legte sich hin und schob die Hand in ihr Höschen. »Mach es mir einfach nach«, sagte sie. »Es ist echt toll.«

Fünf Minuten später masturbierte Mollie das erstemal – zu den Rhythmen von Michael Jacksons *Wanna Be Startin' Somethin*, und die beiden Mädchen kicherten vor Begeisterung über dieses Wunder. Im Wohnzimmer saß die sechzehnjährige Henrietta und sah sich ahnungslos ihren Film an. Die beiden Mädchen hörten sich an wie immer – sie waren unglaublich albern und noch nicht mal dreizehn.

»Woher wißt ihr das?« fragte Andrew.

»Wir haben uns erkundigt«, antwortete Petey.

»*Wer* hat sich erkundigt?«

»Wir haben einen Detektiv auf sie angesetzt.«

»Einen Privatdetektiv?«

»Nein, einen echten Cop. Einen von unseren.«

»Ihr habt ihr nachspioniert, ohne mich vorher zu fragen?«

»Nur zu deinem Schutz, Andrew«, entgegnete Petey. »Wir mußten doch herausfinden, was dahintersteckt. Zu deiner eigenen Sicherheit.«

»Wie heißt er? Der Ehemann.«

»Michael Welles. Er hat vor fünf Jahren die Lombardi-Crew ins Gefängnis gebracht.«

»Seid ihr euch da ganz sicher?«

»Hundertpro–«

»Wenn ihr euch nämlich irrt …«

»Wir irren uns nicht, Andrew.«

»Wenn ihr mir erst Probleme macht, und dann ist doch alles nur irgendein blödes Versehen …«

»Andrew, ich schwöre dir bei den Augen meiner Mutter, das ist die Wahrheit. Ich hab persönlich bei der Staatsanwaltschaft angerufen und nach Michael Welles gefragt. Man hat mich sofort durchgestellt.«

»Wer hat sich gemeldet?«

»Er selbst. ›Staatsanwalt Welles‹, hat er gesagt.«

»Woher wißt ihr dann, daß er Abteilungschef ist?«

»Weil ich am Telefon nach dem Abteilungschef gefragt habe, nach dem Stellvertretenden Abteilungsleiter Michael Welles. Und sowieso, Andrew – ob er nun der Chef ist oder bloß irgendein kleiner Fisch, das ist doch scheißegal. Er ist Staatsanwalt und arbeitet für die Abteilung organisiertes Verbrechen. Für meinen Geschmack reicht das.«

Eine Weile schwieg Andrew.

Dann sagte er: »Und was erwartet ihr jetzt von mir?«

»Das liegt ganz bei dir«, sagte Petey. »Ich weiß allerdings, was ich tun würde. Denn er könnte derjenige sein, der die Wanzen eingeschleust hat, Andrew – der Ehemann. Und womöglich arbeitet sie für ihn, obwohl ich dir das sehr ungern sage, Andrew. Womöglich ist sie seine Informantin.«

»Und was würdest du tun?«

»Ich glaube, das weißt du genau, Andrew.«

Als die Klasse am Mittwoch nachmittag auseinanderging, kam Luretta an Sarahs Schreibtisch und überreichte ihr einen langen weißen Umschlag.

»Mrs. Welles«, sagte sie ernst, »falls Sie mal Zeit haben, würde ich mich sehr freuen, wenn Sie das mal lesen könnten.«

»Aber gern«, antwortete Sarah. »Was ist das?«

»Na ja«, druckste Luretta herum und senkte den Kopf.

Sie war sonst nicht schüchtern. Sarah sah sie an.

»Was ist das, Luretta?« wiederholte sie.

»Irgendwas. Ich hab meine Telefonnummer draufgeschrieben, falls Sie mich anrufen möchten.«

Jetzt musterte Sarah sie verwundert.

»Stimmt was nicht?« fragte sie.

»Nein, nein. Also ... lesen Sie's einfach, okay? Wenn Sie Zeit haben«, fügte sie hinzu und rannte aus dem Raum.

Sarah steckte den Umschlag in ihre Aktenmappe.

Die Sonne blendete sie trotz Sonnenbrille, als sie auf der Park Avenue nach Süden ging, zu Dunhill's, wo Andrews blauer Acura auf sie wartete. Wortlos stieg sie ein.

»Hi«, sagte Andrew und lächelte.

»Das ist ziemlich riskant«, meinte sie und warf die Aktenmappe auf den Rücksitz. »Können wir bitte losfahren?«

Sofort ließ Andrew den Motor an und fuhr in Richtung East River. Billy fuhr gewöhnlich auf der Park Avenue erst in Richtung Downtown, aber heute wollte Andrew sie zum Essen ausführen. Als er ihr am Telefon seinen Plan erzählt hatte, war ihr erster Gedanke, daß er in der Mott Street weitere Wanzen entdeckt hatte. Inzwischen befanden sie sich auf dem East River Drive und bewegten sich in Richtung Bruckner Expressway.

»Wohin fahren wir?« fragte sie.

Ihre Stimme klang nervös.

»Ich kenne da ein Plätzchen in Connecticut«, antwortete er.

»Connecticut? Andrew, ich hab nicht soviel Zeit, du weißt, ich kann nicht ...«

»Vielleicht hast du ja doch genug Zeit«, entgegnete er.

Sarah nahm die Sonnenbrille nicht ab, obwohl die Sonne sie längst nicht mehr blendete. Reglos saß sie da, ihre Handtasche auf dem Schoß, die Hände darüber gefaltet, Andrew schweigend und finster neben ihr.

Er fragte sich, ob sie wohl ein Mikro trug.

Sein Wagen war sauber, das wußte er, denn er hatte ihn zu der Garage gebracht, wo sie den Lincoln immer abstellten, und Billy gebeten, den Acura von oben bis unten, innen und außen durchzuchecken. Keine Wanze. Was er heute mit Sarah Welles besprach, würde ihr Ehemann vom organisierten Verbrechen nicht mithören. Es sei denn, sie trug selbst eine Wanze.

»Ich weiß jetzt, wer dein Mann ist«, sagte er.

Sie antwortete nicht.

»Er ist Staatsanwalt Michael Welles, Stellvertretender Abteilungschef bei der Abteilung für organisiertes Verbrechen.«

Noch immer schwieg sie. Ihr Herz klopfte heftig. Er wußte also Bescheid über Michael, es war sinnlos zu lügen. Aber wenn sie ihm die Wahrheit sagte ...

»Das ist dein Ehemann, der fünfundachtzigtausend im Jahr verdient, damit er Leute wie mich ins Gefängnis bringt.«

»Ich weiß nicht, was du meinst.«

»Ich glaube, du weißt sehr gut, was ich meine«, entgegnete er.

Er drehte sich nicht zu ihr, seine Hände umklammerten das Lenkrad, mit starrem Blick sah er vor sich auf die Straße. Jetzt fuhren sie durch einen Teil der Bronx, der früher italienisch gewesen war, heute aber von Latinos bewohnt wurde. Die kleinen Doppel-Reihenhäuschen erinnerten Andrew an die, in die sein Vater ihn als Kind manchmal mitgenommen hatte, um dieses oder jenes Mitglied der Organisation zu besuchen. »Um sie bei der Stange zu halten«, erklärte er Andrew. Die älteren Männer rauchten ihre Stinkadores, tätschelten Andrew auf den Rücken und sagten: »He, was bist du groß geworden, Lino.«

»Hat *er* meine Wohnung verwanzen lassen?« fragte er.

Ohne sie anzusehen. Die Augen stur auf die Straße gerichtet.

»Ich hab dir gesagt, ich weiß nicht, wovon du ...«

»Sarah, du steckst in der Klemme. Wenn du weißt, wer ich bin, dann weißt du auch, was ich tun kann. Ich schlage vor, du sagst mir die Wahrheit.«

»In Ordnung«, erwiderte sie.

»*War* es dein Mann?«

»Ja.«

»Sehr schön. Er benutzt seine eigene Frau, um ...«

»Nein«, unterbrach sie ihn. »Das stimmt nicht, Andrew.«

»Nein? Wie ist dann ...«

»Ich wußte nichts von den Wanzen. Er hat die Geschichte mit uns *durch* die Wanzen erfahren.«

»Aber jetzt weiß er Bescheid.«

»Ja.«

»Und du besuchst mich immer noch. Was bedeutet, daß Sonny etwas übersehen hat und daß *immer* noch Wanzen in der Wohnung sind. Warum sollte dein Mann sonst ...?«

»Ja, es gibt da immer noch Wanzen.«

»Seit wann weißt du es?«

»Seit Muttertag.«

»Du weißt es also seit Anfang Mai und besuchst mich trotzdem. Was meinst du mit ›nein‹? Du *bist* ...«

»Ich komme zu dir, weil ...«

»Du arbeitest für ihn, führst mich an der Nase rum ...«

»Ich komme, weil ich dich liebe.«

»Blödsinn. Du willst mich zum Reden bringen ...«

»Nein.«

»Doch, du bist ein Spitzel, du willst mich ins *Gefängnis* bringen!«

»Er läßt mir keine Wahl.«

Wahrscheinlich wird er mich umbringen, dachte Sarah. In manchen Filmen schleppen Männer wie Andrew einen Spitzel zu einem kleinen Ausflug aufs Land. Und in seinen Augen war sie ja ein Spitzel.

»Doch, du hattest die Wahl«, widersprach er. »Du hättest es mir sagen können. Du hättest ...«

»Ich sag es dir jetzt.«

»Aber doch nur, weil ich es schon *weiß*!«

»Ich wollte es dir sowieso sagen.«

Sie überlegte, ob das stimmte.

Er überlegte das gleiche.

»Ist dir klar, daß ich dich jederzeit töten lassen kann?«

Er würde sie also nicht *eigenhändig* umbringen. Aber das schloß nicht aus, daß er sie zu einem netten Plätzchen in Connecticut fuhr, wo zwei Killer mit Folterinstrumenten und Kettensägen auf sie warteten.

»Ich glaube nicht, daß du das tust.«

»Ohne mit der Wimper zu zucken!« brüllte er plötzlich, nahm die rechte Hand vom Lenkrad und schnippte zur Bekräftigung mit den Fingern – ohne sie anzusehen, die Augen immer auf die Straße gerichtet. »Eine *Informantin*? Weißt du nicht, was wir mit solchem Gesindel machen?«

Lange Zeit schwiegen beide, und Andrew suchte eine Abfahrt vom Bruckner Expressway. Drei Minuten später fand er eine, bog ab, fuhr an einer Tankstelle vorbei, wo es Diesel für Lastwagen gab, und dann durch eine sonnige Straße mit dürren Bäumen und kleinen, weiß verputzten Häusern. Neben einem leeren, eingezäunten Eckgrundstück, auf dem sich Schrottautos türmten, hielt er an. Der Zaun war oben zusätzlich mit Stacheldraht umwickelt. Auf der sonnendurchfluteten Straße war keine Menschenseele zu sehen. Andrew stellte den Motor ab. Jetzt war es totenstill, bis auf das entfernte Rauschen der Autobahn. Er drehte sich zu ihr.

»Hast du ein Mikro?« fragte er.

»Nein.«

Noch immer trug sie die Sonnenbrille, so daß er ihre Augen nicht sehen konnte.

»Nimm die Brille ab«, befahl er.

Sie tat es, faßte in die Handtasche, steckte die Brille ins Etui.

»Sieh mich an.«

Sie drehte sich zu ihm und sah in die großen blauen Augen, in sein Gesicht, das sie so liebte.

»Ich frage noch mal. Hast du ein Mikro?«

»Ich habe kein Mikro, Andrew.«

»Mach deine Bluse auf.«

Ohne Zögern gehorchte sie, knöpfte die Bluse auf, bis der Büstenhalter zum Vorschein kam. Er befühlte ihn von innen, ließ die Finger um und unter ihre Brüste gleiten, über ihren Rücken, den Brustkorb, den Bauch, den Hintern, faßte dann unter ihren Rock, berührte ihre Schenkel und ihren Schamhügel. Jedoch nicht mit den Händen eines Liebhabers.

»Leer deine Handtasche aus.«

Einen Moment musterte sie ihn wie versteinert, dann nahm sie ihre Tasche und schüttete sie aus, so daß der Inhalt auf den Sitz zwischen ihnen purzelte. Während er anfing, die Sachen zu durchwühlen, knöpfte sie ihre Bluse wieder zu. Das Brillenetui, das Portemonnaie, die Hausschlüssel, eine Packung Kaugummi, ein Terminkalender, ein Lippenstift, ein Kamm, eine Bürste, eine Packung Kleenex, eine Taschenbuchausgabe von *Howard's End*, ein bißchen Kleingeld. Er blätterte das Buch durch, um sich zu vergewissern, daß es nicht ausgehöhlt war. Er schlug den Terminkalender auf, ob nichts zwischen den Seiten versteckt war. Er drehte die Tasche um, schüttelte sie, tastete sie ab. Und er entdeckte nichts, was auch nur entfernt einem Abhörgerät ähnelte.

»In Ordnung«, sagte er schließlich, wandte sich ab und ließ den Motor wieder an. Während er zurück zum Bruckner Expressway fuhr, verstaute sie alles wieder in der Handtasche, Stück für Stück, schweigend, langsam, wütend. Als sie wieder auf der Autobahn waren, sagte sie: »Na, das war ja eine nette kleine Demütigung.«

»Hör zu«, erwiderte er. »Es ist nicht *meine* Schuld, daß du einen verdammten *Staatsanwalt* geheiratet hast!«

»Bist du jetzt zufrieden?«

»Ja.«

»Daß ich kein Mikro habe?«

»Ja.«

»Daß ich hier bin, weil ich es *will*?«

»Ja.«

»Dann fahr langsamer«, sagte sie. »Ich möchte nicht bei einem Unfall ums Leben kommen.«

Nach einem kurzen Blick in den Rückspiegel nickte er und nahm den Fuß vom Gaspedal.

»Ich hab gar nicht gemerkt, wie schnell ich war.«

»Du fährst wie ein Irrer.«

Ungefähr zehn, fünfzehn Minuten fuhren sie schweigend weiter. Schließlich fragte er: »Weiß dein Mann, daß du heute bei mir bist?«

»Ja. Er will, daß ich weitermache. Bis er alles zusammen hat, was er braucht.«

»Wieviel weiß er?«

»Ich bin mir nicht sicher.«

»Was hast du gemeint, als du sagtest, du hattest keine Wahl?«

»Meine Tochter.«

»Was hat sie damit zu ...?«

»Er hat gedroht, sie mir wegzunehmen.«

»Würde er so etwas tun?«

»Ich weiß es nicht. Ich kenne ihn nicht mehr. Er hat ein Video von mir, wie ich in dein Haus gehe, er hat ...«

»Ein Video! Herrgott, was haben sie *sonst* noch ...?«

»Sie haben die Tür in der Mott Street beobachtet«, erklärte sie. »Sie haben Aufnahmen von allen Leuten, die dort ein- und ausgehen.«

Das mußte stimmen. Sie trug keine Wanze. Was sie sagte, war die Wahrheit.

»Er hat mir das Video gezeigt«, fuhr sie fort. »Außerdem hat er Tonbandaufnahmen von allem, was wir miteinander geredet haben. Er hat sie mir vorgespielt.«

»Und sonst?«

»Wem er sie noch vorgespielt hat? Vermutlich den Leuten im ...«

»Nein, von wem hat er sonst noch Tonbandaufnahmen?«

»Das weiß ich nicht. Er will eine Verurteilung nach Paragraph 460.20. Weißt du, was das ist?«

»Ja, natürlich.«

»Er hat gedroht, die Bänder bei der Scheidungsverhandlung zu benutzen, falls ich nicht mache, was er verlangt.«

Andrew nickte.

Beide schwiegen.

Dann sagte er: »Sie wollen, daß ich dich umbringen lasse. Sie wissen Bescheid über deinen Mann, sie glauben, du hast ...«

»Wie haben sie das rausgekriegt?«

»Sie haben dich beschatten lassen.«

»Von einem Privatde–«

»Nein, von einem Polizisten. Der für uns arbeitet. Meine Leute haben schon vorher über uns zwei Bescheid gewußt. Ich weiß nicht, wie sie es rausgekriegt haben.«

»Billy«, sagte sie.

»Vielleicht. Sie glauben, du bist ein Spitzel. Eine Informantin. Und Schnüfflern muß man eine Lektion erteilen. Damit niemand auch nur auf die *Idee* kommt, etwas auszuplaudern.«

»Informanten müssen *sterben*, meinst du?«

»Ja«, sagte er. »Informanten müssen sterben.«

»Auch Informanten mit guten Beziehungen?« fragte sie.

»Vor allem solche«, antwortete er.

»Ich spreche nicht von meinem Mann. Nicht *die* Beziehung.«

Er sah sie verwundert an.

»Ich spreche von *dir*«, sagte sie.

Lastwagen überholten sie auf beiden Seiten.

»Was meinst du?« fragte er.

»Du hast mich gefragt, ob ich dich heiraten will«, erklärte sie.

Ein riesiger Laster raste links in einer gewaltigen Staubwolke an ihnen vorbei, und sie erschraken beide.

»Hast du das ernst gemeint?« fragte sie.

»Ich hab's ernst gemeint«, antwortete er.

»Dann ja«, sagte sie.

Sie trat nackt aus dem Badezimmer, die Tasche über der Schulter. Nachdem sie die Tasche auf der Kommode neben dem Bett abgestellt hatte, kam sie zu ihm.

Für sie war ein Beisammensein mit ihm immer von der gleichen Dringlichkeit, dem gleichen überwältigenden Bedürfnis beherrscht. Sie warf sich in seine Arme und verlor sich augenblicklich in der Leidenschaft, die sie verspürte, seit sie zum erstenmal mit ihm geschlafen hatte. Selbst jetzt, da sie Bescheid über ihn wußte, war sie ihm wehrlos, hoffnungslos verfallen. Er war die Liebe ihres Lebens, daran änderte sich nichts.

Das Gasthaus lag am Ufer eines schmalen Flusses mit einem

kleinen Wasserfall. Schwäne glitten über das ruhige Wasser, bevor es über die Felsen stürzte, direkt unter ihrem Fenster im zweiten Stock. Sie lagen sich nackt in den Armen und hörten das Rauschen des Wassers.

Er hatte Fragen über Fragen, platzte beinahe vor Unternehmungslust, sprudelte vor Aufregung, plapperte so unaufhörlich wie der plätschernde Fluß draußen. Wann würde sie es ihrem Mann erzählen, wie schnell konnten sie die Scheidung über die Bühne bringen? Würde ihr Mann zustimmen? Konnte sie vorher ausziehen? Was war mit Mollie?

Ach ja, was *ist* mit meiner Tochter, dachte Sarah.

»Ich weiß, sie mag mich«, sagte Andrew, »aber …«

»Sie himmelt dich an«, fiel ihm Sarah ins Wort.

»Aber jetzt wäre es anders, jetzt geht's um eine Scheidung, ein neuer Vater tritt auf den Plan …«

»Es wäre schwierig, klar.«

»Ich würde gut für sie sorgen, Sarah.«

»Das weiß ich.«

»Und für dich auch. Niemand wird dir weh tun, solange ich da bin.«

»Ich weiß«, sagte sie.

»Du mußt sie alle kennenlernen«, sagte er. »Na ja, nicht *alle*, bloß die wichtigen Leute. Eigentlich sind es nur zwei, die du kennenlernen mußt, Bobby Triani und Petey Bardo, sie sind Nummer zwei und drei in der Rangordnung – das klingt, als wären wir eine Armee, aber so ist es überhaupt nicht.«

»Brauchst du ihre Zustimmung?« fragte sie. »Geht es darum? Wenn du mich heiraten willst, meine ich.«

»Nein, Teufel, nein, ich brauche *keinen* um Erlaubnis zu bitten. Es ist eher eine Frage der Höflichkeit, Sarah, eine Art, seinen Respekt vor seinen Geschäftspartnern zu zeigen. Als ich dir erzählt habe, ich arbeite im Investitionsgeschäft, habe ich nicht gelogen, denn wir sind ja Investoren, die Profit machen wollen, genau wie alle anderen Investoren auch. Bobby steht in der Organisation direkt unter mir, danach kommt Petey. Alles geht durch unsere Hände, auch die Profite, wir entscheiden, wie sie verteilt werden, wer wieviel Prozent bekommt, gleichgültig, welche Position er in der Organisation innehat …«

Und jetzt, als könnte er nach all den Monaten die Wahrheit über sich nicht mehr verbergen, brach der Damm des Schweigens, die Wahrheit überflutete ihn, riß ihn mit sich, und die Worte bahnten sich einen Weg, ein Sturzbach, so ungestüm wie der Wasserfall vor dem Fenster. Sarah hörte Andrew zu, und sie dachte, daß sie ihn noch nie so geliebt hatte wie jetzt, da er sich endlich ganz öffnete, sie rückhaltlos ins Vertrauen zog.

»… hauptsächlich geht es um Geldgeschäfte, deshalb wird meistens bar ausgezahlt. Eines unserer größten Probleme ist es sogar, Bargeld *loszuwerden*. Ich meine nicht, es zum Fenster rauszuschmeißen, sondern es ganz normal auszugeben, verstehst du? Wahrscheinlich ist dir längst klar, daß meine Wohnung nicht deshalb verwanzt worden ist, weil ich *legale* Geschäfte mache. Du hast mich gefragt, ob ich in kriminelle Machenschaften verwickelt bin, und ich habe nein gesagt, denn in meinen Augen ist nur jemand kriminell, der einen anderen Menschen umbringt oder überfällt oder schlimm verletzt, was ich alles nie getan habe. In den Augen deines Mannes – und vielleicht auch in deinen, das weiß ich nicht – ist es wahrscheinlich *kriminell*, wenn man den Leuten die Möglichkeit bietet, zu spielen oder Kredit aufzunehmen oder sonst was zu machen, was ihnen gefällt, und das bedeutet natürlich, daß jeder, der etwas Derartiges unterstützt, automatisch kriminell ist. Aber mein Vater, mein Onkel und auch ich – das sage ich dir ganz offen –, wir alle sind der Meinung, das sind Dienstleistungen – die Menschen wollen sie und brauchen sie. Petey, Bobby – alle sind da der gleichen Ansicht. Auch Sal der Barbier, den du sicher auch eines Tages kennenlernen wirst. Und Ralphie Carbonaio, der Carter von Carter-Goldsmith Investments, und Carmine Orafo, der Goldsmith – auf italienisch bedeutet das das gleiche –, wir *alle* arbeiten daran, Dienstleistungen anzubieten, die im übrigen nicht immer und überall als illegal angesehen werden.

Um geschäftliche Dinge wirst du dich nicht kümmern müssen, das hat meine Mutter auch nie getan, und sie tut es bis heute nicht. Meine Mama mußt du unbedingt kennenlernen, damit sie dir das Gütesiegel für Hausfrauen verleiht, ja? Mit ihr gibt's bestimmt keine Probleme, sie wird sich auf Anhieb in dich verlieben, klar. Aber bei den Jungs wird es sicher nicht ganz leicht – daß sie dich trotz deiner Vergangenheit ins Herz schließen, ich meine, trotz deiner ersten Ehe. Das ist ja beinahe so was wie eine natürliche Feindschaft, hier prallen zwei grundverschiedene Einstellungen aufeinander, Sarah. Männer, die finden, daß ihre Kreditpraktiken vollkommen in Ordnung sind, verstehen sicher erst mal nicht, warum ich eine Frau heirate, deren Exmann eine gegenteilige Ansicht vertritt. Zum Beispiel Sal der Barbier, das ist der Mann, der mir damals den Ring für dich verschafft hat, erinnerst du dich? Den schwarzen Ring, von dem dein Juwelier meinte, er sei gestohlen. Sal ist ein anständiger, hart arbeitender Mann – das wirst du merken, wenn du ihn kennenlernst –, aber manchmal klingt er wie ein Rauhbein. Tja, und ausgerechnet er hat diesen wunderschönen Ring beschafft, der doch einem unsensiblen Menschen bestimmt nicht gefallen würde, oder? Übrigens hat Sal auch nicht gewußt, daß er gestohlen war. Dem Kerl, der ihm den Ring angehängt hat, tut es inzwischen auch leid – na ja, falls ihm überhaupt noch was leid tun kann, was ich ehrlich gesagt nicht glaube.

Anfangs müssen wir uns eben darauf gefaßt machen, daß manche sagen: ›*He*, was denkt sich Andrew eigentlich dabei, diese Frau anzuschleppen, welche Sicherung ist denn *jetzt* bei ihm durchgebrannt?‹ Aber du wirst die Leute kennenlernen, und sie werden dich kennenlernen, und im Nu ist alles in Butter. Vor allem, weil wir Ende nächsten Monats eine Menge Geld einstreichen werden. Wenn unser neues Unternehmen funktioniert, springt für jeden von uns genug raus. Dann wird sowieso *alles*, was ich tue, mit Wohlwollen aufgenommen werden. Ich glaube, keiner wird an dir was auszusetzen haben, das verspreche ich dir, ich glaube, alle werden dich fair und respektvoll behandeln.«

»Um welches neue Unternehmen geht es denn?«

»Tja«, antwortete er, »ich weiß ja nicht, was du über Dope denkst, Sarah. Wahrscheinlich gibt es Leute, die gern jeden ins Gefängnis bringen würden, der auch nur einen Joint raucht. Aber Millionen Menschen überall in der Welt rauchen regelmäßig Marihuana, und es gibt weitere Millionen, die glauben, das beste wäre, Drogen zu legalisieren – und ich spreche dabei nicht von runtergekommenen Junkies, ich spreche von Juristen und Anwälten und Kriminologen und Richtern und Sozialarbeitern, von lauter solchen Leuten. Ich will mich da nicht festlegen. Ich sage nur, es gibt Millionen Menschen, die brauchen Drogen, um durch den Tag zu kommen, und es ist vielleicht ein schlimmeres Verbrechen, diesen Leuten die Hilfe *abzuschlagen*, die sie brauchen, um ihr Leben einigermaßen in Frieden leben zu können. Ich meine jetzt übrigens nicht Marihuana, ich meine harte Drogen wie Kokain und Heroin, ja, und es gibt viele Leute, die meinen, solche Drogen sind auf lange Sicht weniger gefährlich als Alkohol oder Zigaretten. Ich hab nie gehört, daß ein Kokser an Leberzirrhose oder Lungenkrebs gestorben ist, du etwa? Und ich bin nicht mal sicher, ob es tatsächlich einen Beweis dafür gibt, daß *Crack*-Kokain abhängig macht. Kokain kann man rauchen, weißt du das? Crack-Kokain. Man kann sogar *Heroin* rauchen, und genau das ist die Neuerung, die wir auf den Markt bringen: eine Kombination von Kokain und Heroin, genannt ›Moonrock‹. Erinnerst du dich, daß ich damals mit meinem Onkel in Florida war?«

»Ja?«

»Da haben wir mit einem Mann namens Luis Hidalgo gesprochen, der das Putumayo-Kartell übernommen hat, nachdem Alonso Moreno diesen schrecklichen, ähm, Unfall hatte. Und jetzt ... weißt du, ich hab dich doch gefragt, ob du mit nach Italien kommst. Da habe ich mich mit dem Mann getroffen, der die Verteilung in Europa übernimmt. Es war ein Dreier-Arrangement, weißt du, eine Art Dreieck. Hidalgo steuert sein Produkt aus Kolumbien bei, und wir verschicken es in verschiedene italienische Häfen. Inzwischen kümmert sich Manfredi um die Lieferung des chinesischen Produkts. Wir lassen es in Italien verarbeiten und verwandeln es in Moonrock …«

So ging es immer weiter, die Worte sprudelten aus Andrews Mund, all das, was er so lange mit sich herumgetragen hatte, kam jetzt ans Tageslicht, voller Eifer berichtete er Sarah, die im Schneidersitz auf dem großen Bett kauerte und zuhörte. Irgendwann griff sie nach ihrer Handtasche, die auf der Kommode neben dem Bett stand.

Unter einer Klettverschluß-Lasche auf dem Boden der Tasche war ein Recorder versteckt. Von dem Gerät hatte man ein Kabel in das Futter und weiter in den Riemen eingenäht. Das Mikrophon sah aus wie eine der beiden Nieten, die den Riemen hielten. Vorhin im Badezimmer hatte Sarah den Recorder angestellt, und jetzt konnte damit ein vierstündiges Gespräch aufgezeichnet werden.

»… irgendwann am Sonntag mal nach Stonington«, sagte Andrew gerade. »Dann soll meine Mutter Ida und die Kinder einladen. Ida wird dir bestimmt gefallen, sie ist meine Cousine und von klein auf meine beste Freundin. Ich hab sie immer Pinocchio genannt, weil sie Onkel Rudys große Nase geerbt hat, und sie hat dafür Mickymaus zu mir gesagt, weil ich als Kind so große Ohren hatte. Man hat mir damals den Spitznamen ›Topolino‹ gegeben, so heißt Mickymaus auf italienisch – wegen der Ohren. Eigentlich ›Lino‹, noch eine Abkürzung. Gelegentlich nennt mich meine Mutter immer noch so, kannst du dir das vorstellen? Lino? Das Haus in Stonington …«

Die beiden Männer trafen sich am Memorial Day, dem dreißigsten Mai, im Pfarrhaus der Church of the Holy Redemption in der Flatbush Avenue in Brooklyn. Ein Priester namens Father Daniel nahm sie hier stets gastfreundlich auf, wenn sie sich einmal unter vier Augen treffen wollten, wofür sie sich mit kleinen Spenden erkenntlich zeigten. In der klösterlichen Abgeschiedenheit der Pfarrei, während die Sonne durch die Bleiglasfenster strömte und Orgelmusik aus der Kirche herüberdrang, diskutierten Bobby Triani und Petey Bardo über das Problem, das ihnen auf den Nägeln brannte.

»Meinst du, er wird sich darum kümmern?« fragte Bobby.

»Ich denke eher nicht«, sagte Petey.

»Was sollen wir dann tun? Die Sache ist kompliziert.«

»Es ist gar nicht so kompliziert.«

»Sollen wir mit den anderen reden?«

»Ich glaube nicht. Wir sollten uns lieber ein paar geeignete Leute suchen und die Sache hinter uns bringen, bevor alles außer Kontrolle gerät.«

»Mir ist nicht wohl dabei«, meinte Bobby. »Manche von den alten Itakern, die seinen Vater gekannt haben … ich weiß nicht, Petey.«

»Hast du einen besseren Vorschlag?«

»Ich sag ja bloß, daß manche von den Alten ihn noch aus der Zeit kennen, als er ein Junge mit großen Ohren war.«

»Ja, und jetzt ist er ein Junge mit einem großen Maul.«

»Petey, bleiben wir fair. Wir wissen nicht hundertprozentig, daß er ihr was erzählt hat.«

»Wenn er sie bumst, erzählt er ihr auch was«, meinte Petey.

»Ja«, entgegnete Bobby und seufzte tief. »Trotzdem. Für die Älteren ist er immer noch der kleine Lino, verstehst du? Ich meine, wir sollten sie zuerst fragen. Findest du nicht auch?«

Andrews erster Fehler war es gewesen, diesen Esel zum Vizeboß zu machen, dachte Petey.

»Petey? Meinst du nicht, wir sollten ein Treffen einberufen und uns von den Älteren beraten lassen?«

»Nein.«

»Wenigstens Fat Nickie Nicoletta nach seiner Meinung fragen?«

»Nein.«

»Weil nämlich …«

»Wie ich die Sache sehe«, sagte Petey, »geht es um eine muschiverrückte Rotznase, die nichts für sich behalten kann und uns deshalb alle in Schwierigkeiten bringen wird. So sehe ich das. Ich werde nichts über deinen Kopf hinweg entscheiden, Bobby, das ist klar …«

»Ich weiß das zu schätzen.«

»Aber es wäre mir lieber, wenn wir ein paar Leute zusammentrommeln würden.«

»Das wird den Älteren nicht gefallen.«

»Scheiß drauf – auf sie *und* auf ihn«, sagte Petey.

Lino, dachte Michael.

Der Kreis schließt sich.

Es war der Dienstag nach dem Feiertag, fünfzehn Minuten vor Mitternacht. Er saß im Auto, gegenüber von Andrew Faviolas Haus in Great Neck, und wartete, daß dieser endlich nach Hause kam. Auf dem Beifahrersitz stand ein Kassettenrecorder mit einer Kopie des Bands, das Sarah letzten Mittwoch aufgenommen hatte. Trotz des Wasserfalls und der anderen Flußgeräusche im Hintergrund war die Aufnahmequalität außergewöhnlich gut. Inzwischen hatte Michael eine fast dreistündige Aufzeichnung, mit der man Faviola und seinen Komplizen genügend kriminelle Handlungen nachweisen konnte. Bei fast allen reichte es für eine Anklage. In einem atemlosen Monolog ohne Punkt und Komma hatte Faviola die Beteiligung der Familie an praktisch jeder Art von Verbrechen eingestanden. Man konnte sich aussuchen, was man wollte – die Familie steckte überall mit drin.

Brandstiftung, tätlicher Angriff, Bestechung, Einbruch, Nötigung, Beleidigung, Besitz von Diebesgut, Urkundenfälschung, illegales Glücksspiel …

Andrew hatte Sarah erzählt, wie er während seines Studiums die Casinos seines Vaters verwaltet hatte, wie er persönlich die Anweisungen seines Vaters an zwei gedungene Mörder weitergegeben hatte, die dann ganz nebenbei einen Spieler aus dem Weg räumten, weil er »der Familie hunderttausend und ein paar Zerquetschte schuldete …«

Diebstahl, Behinderung der Ermittlungsbehörden, Auftragsmord …

Die Art, wie Faviola den Mord an dem kleinen Glücksspieler darstellte, der damals alles ins Rollen gebracht hatte, war typisch für die absolute Hemmungslosigkeit, die er während des ganzen Gesprächs mit Sarah an den Tag legte: »Ich habe Frank Palumbo gesagt, er soll sich um ihn kümmern … damit so was nicht noch mal passiert. Frankie ist der Capo, dem der kleine Mistkerl das Geld gestohlen hat. Er sollte als Kurier arbeiten und hat einfach fünf Riesen aus dem Bündel genommen.«

Genauso hatte er es ausgedrückt, ganz beiläufig.

Versicherungsbetrug, Entführung, Drogenhandel …

Hier hatte Faviola eingehend die kolumbianisch-italienisch-chinesische Dreieraktion beschrieben, die die Straßen von New York demnächst mit Moonrock überschwemmen würde. »Die Schiffe sind schon unterwegs aus Italien. Im Juni laden wir sie aus und machen uns daran, das Zeug zu verteilen …«

Meineid, Unterstützung von Prostitution, Raubüberfall, Wucher …

Illegale Kreditgeschäfte gehörten zu den Haupteinnahmequellen des Unternehmens, neben Glücksspiel, Drogen, Menschenhandel, Diebstahl und Hehlerei. In allen Einzelheiten erklärte er das gutgehende Wuchergeschäft von Sal Bonifacio, der – das vergaß Faviola nicht zu erwähnen – in seiner Jugendzeit so manchen Schädel eingeschlagen und neuerdings unter anderem die Ermordung eines gewissen Richie Palermo veranlaßt hatte …

»Erinnerst du dich an den Ring, den ich dir geschenkt habe? Der sich dann als gestohlen herausstellte? Ich habe Sal darauf aufmerksam gemacht, und später tauchte dieser Palermo dann tot in einem Keller in Washington Heights auf. Man muß die unteren Chargen immer im Auge behalten, sonst machen sie eines Tages irgendeine Dummheit, und schon hat man die Bullen am Hals.«

Waffen …

Nicht nur, daß die Organisation eine Art Waffenarsenal besaß, sie war auch an einem ausgedehnten Waffenhandel beteiligt sowie an Herstellung, Transport, Übergabe und Umbau von Waffen – beispielsweise halbautomatischer Gewehre in *voll*automatische.

Was fehlte, war Vergewaltigung. Soviel mußte man Faviola also zugute halten: Seinem Bericht zufolge hatte sich weder er selbst noch ein anderes Familienmitglied dieses Verbrechens schuldig gemacht.

Ansonsten war alles da: Beschreibung der Vergehen, in den meisten Fällen die Namen der Täter, manchmal Datum und Ort der Handlung – mehr als genug, um Anklage zu erheben. Zwei Stunden und dreiundfünfzig Minuten hatte Faviola beinahe pausenlos geredet, offenbar getrieben von dem Bedürfnis, Sarah mit seiner Intelligenz, seiner Macht und seinem Talent zu beeindrucken. Er hatte alle Register gezogen, und danach erwartete ihn seine Belohnung …

Sobald sie begannen, miteinander zu schlafen, stellte Michael das Band ab.

Er haßte sie alle beide aus tiefstem Herzen.

Allerdings kam zu diesem Problem, das ihn die ganze Zeit quälte, jetzt noch ein neues: Seit dem Moment, als Sarah das Abhörgerät mit zu Faviola genommen hatte, war sie offiziell eine Informantin und nicht länger die anonyme »Person« der früheren Bänder. Jetzt konnte Michael sie nicht mehr als Zeugin auftreten lassen, ohne ihre Identität preiszugeben. Er konnte dieses Band nur als Beweismaterial zulassen, wenn Sarah unter Eid aussagte, daß sie wirklich im Rockledge Inn in Norwalk, Connecticut, *gewesen* war, während das Gespräch stattgefunden hatte.

Daß es sich um eine vollständige und richtige Aufnahme des Gesprächs handelte …

Daß ihr Gesprächspartner Andrew Faviola gewesen war …

Daß das Gespräch an diesem Datum stattgefunden hatte …

Um soundsoviel Uhr …

Und so weiter und so fort, ganz wie Sie wünschen, Euer Ehren.

Michaels Zögern, Sarah als Zeugin auftreten zu lassen, hatte jedoch nichts mit seinem Versprechen zu tun: Er hatte ihr sein Ehrenwort gegeben, wenn sie ihm das Band lieferte, würde er weder mit Mollie noch mit sonst jemandem je darüber sprechen, was sie getan hatte. So lautete ihre Abmachung. Doch bei genauerer Überlegung fand Michael, daß er durchaus das Recht hatte, Mollie von der Untreue ihrer Mutter zu erzählen; schließlich war sie ein großes Kind, sie sollte wenigstens wissen, *weshalb* sich ihre Eltern scheiden ließen. Genaugenommen war er bereit, Sarah den Haien vorzuwerfen. Jedenfalls wenn er sicher sein konnte, daß sie dann nicht *ihn* zum Nachtisch verspeisten.

Gegen die Anschuldigung, er hätte Sarah genötigt, Informationen durch Sex zu erkaufen, hatte er sich seiner Ansicht nach genügend abgesichert. Allerdings ging ihm der Fall *Vereinigte Staaten gegen Cuervelo* nicht aus dem Kopf. Dort hatten die Bundesgerichte eindringlich davor gewarnt, bei Ermittlungen Sex als Mittel zur Beweisbeschaffung einzusetzen, und den Ermittlungsbehörden »skandalöses Verhalten« vorgeworfen. Doch es war klar, daß kein Verteidiger ernsthaft behaupten konnte, Michael selbst hätte die Affäre zwischen seiner Frau und Faviola angezettelt oder unterstützt. Sarah hatte ihre Affäre ohne fremde Hilfe angefangen, und zwar vor Beginn der Überwachung. Vielen Dank.

Übrigens war es undenkbar, daß der Oberstaatsanwalt Michael *erlauben* würde, in diesem Fall die Anklage zu vertreten. Würde das passieren – was, wie gesagt, ausgeschlossen war –, wäre das für die Verteidigung natürlich ein gefundendes Fressen, denn dann könnte man den Ankläger als Mann mit eindeutig rachsüchtigen Motiven abstempeln, dem es nicht einmal ansatzweise um Rechtsfindung, sondern um rein persönliche Interessen ging …

»Ich bitte Sie, meine Damen und Herren Geschworenen, einmal darüber nachzudenken, was für ein Mensch der Herr Staatsanwalt ist. Ich bitte Sie, sich *selbst* zu fragen, was für ein Mann das ist, der seine eigene *Frau* als Informantin benutzt, seine eigene

*Frau* in die Arme eines anderen treibt, der zuhört, wie seine eigene *Frau* mit einem anderen Mann schläft, nur damit sie ihren Liebhaber hintergeht und als Delilah meinen arglosen Klienten zum Samson macht. Ich bitte Sie, über die *moralischen* Wertvorstellungen dieses Staatsanwalts nachzudenken, der so *erpicht* darauf ist, meinen Klienten ins Gefängnis zu bringen, daß er dafür seine eigene Frau opfert. Ich bitte Sie, darüber nachzudenken, ob die Beweise, die er diesem Gericht heute vorgelegt hat, vielleicht die Beweise eines *Fanatikers* sind und nicht die eines Menschen, dem es um Gerechtigkeit geht. Ich bitte Sie, darüber nachzudenken …«

Nein.

Selbst wenn der Fall Vorwürfen à la Cuervelo standhielt, würde Michael selbst nie Anklage erheben können. Unter den gegebenen Bedingungen – die enge persönliche Beziehung zwischen der Schlüsselinformantin und einem Mitglied der Staatsanwaltschaft – lief *jeder*, der sich an dem Fall versuchte, Gefahr, ihn zu verlieren. Der Trick war, Faviola *ohne* Prozeß festzunageln. Und zu diesem Zweck …

Ein Wagen bog um die Ecke. Ein blauer Acura. Michael wartete, bis er die Auffahrt erreicht hatte. Die Scheinwerfer beleuchteten das beige gestrichene Garagentor, das sich augenblicklich öffnete. Michael überquerte die Straße, als Faviola den Wagen in die Garage fuhr. Den Kassettenrecorder trug er in der rechten Hand. Dann wartete er in der Auffahrt, während Faviola ausstieg, auf den Knopf drückte, um das Garagentor zu schließen, und wie angewurzelt stehenblieb, als er merkte, daß er nicht allein war. Beinahe hätte er sich den Kopf am Garagentor angeschlagen, doch im letzten Moment duckte er sich und ballte die Fäuste, als erwarte er einen tätlichen Angriff.

»Wer sind Sie?« fragte er.

»Staatsanwalt Welles«, antwortete Michael.

Michael hatte erwartet, einen Jungen zu treffen. Auf den Bildern in *People* war Andrew ein hübscher Collegeknabe, und die

Stimme, die er von allzu vielen Tonbändern kannte, klang sehr jung. Aber jetzt saß ihm ein *Mann* gegenüber. Gutaussehend, selbstsicher, so lässig und entspannt, wie es sich nur ganz junge Leute leisten konnten. Doch die wissenden blauen Augen und das Lächeln um seinen Mund wirkten viel reifer. Jetzt, da er ihn endlich vor sich hatte, überkam Michael wieder eine dunkle, eiskalte Wut. Die Erkenntnis, daß der Mann, der seine Frau verführt hatte, ein intelligenter erwachsener Mensch war, ein gerissener Mistkerl, der sich über die Konsequenzen seiner Handlungen im klaren sein mußte – das überstieg beinahe das Maß des Erträglichen. Michael wollte ihn töten. Nur mit Mühe zwang er sich, nicht aufzuspringen und ihn an der Kehle zu packen, diesen Kerl hier auf seinem Stuhl zu erdrosseln, zu hören, wie er japste und nach Luft schnappte, wie er die Augen verdrehte und endlich steif, grau und leblos auf den dicken Teppich sank.

Die beiden Männer saßen sich auf brokatbezogenen Stühlen in dem luxuriös eingerichteten Wohnzimmer gegenüber. Das einzige Licht kam von einer Lampe mit Fransenschirm, die auf einem Marmortisch stand. Michael trug seine »Ermittlermontur« – blauer Anzug, weißes Hemd, dunkle Krawatte, dunkle Socken, schwarze Schuhe –, Andrew eine beige Sommerhose, einen zweireihigen Blazer, blaue Slipper und ein frisches weißes Hemd, das am Hals offenstand. Man sah ihm seine Verwunderung über Michaels Besuch noch an. Er bot dem Mann seiner Geliebten keinen Drink an, und Michael hätte sowieso abgelehnt. Er war hier, um Andrew das Tonband vorzuspielen. Er war gekommen, um dem Mann, der ihm seine Frau gestohlen hatte, einen Deal vorzuschlagen.

So saßen sie im Halbdunkel und lauschten der Kassette.

Als sie zu Ende war, stand Andrew auf, ging zur Bar und goß sich einen Drink ein. Auch jetzt bot er Michael nichts an, und dieser hätte *immer* noch abgelehnt.

»Also?« fragte er.

»Sie gehen unter«, meinte Michael. »Und Sie nehmen eine Menge Leute mit.«

»Was haben Sie dann hier zu suchen?«

»Ich möchte mit Ihnen über einen Deal sprechen.«

»Warum? Sie haben doch das verdammte Tonband …«

»Eine wahre Goldgrube.«

»Wo war das Kabel versteckt?«

»Welche Rolle spielt das jetzt noch?«

»Wahrscheinlich keine.« Andrew zuckte die Achseln.

Auf einmal bekam seine Frage eine ganz andere Bedeutung. Sie hatten sich geliebt in diesem Zimmer in Connecticut. Sarah war nackt gewesen. Er war in ihr gewesen. Also, wo hatte sie das Kabel versteckt? Eine verständliche Frage. Wo war das Mikro gewesen? Durch Michaels Kopf zogen Bilder, die die Bänder heraufbeschworen hatten.

*Sehen wir doch mal, wie groß du werden kannst, ja? Sehen wir doch mal, was dieser antike römische Ring anstellt, wenn er deinen Schwanz reibt. Meine Hand umschließt dich, der schwarze Ring reibt deinen steifen Schwanz …*

Wieder wollte Michael diesen Mann töten.

»Das ist mein Angebot«, sagte er. »Sie bekennen sich schuldig, oder ich bringe euch alle dran.«

»Und was für ein Verbrechen soll ich gestehen?«

»Zwei Morde, dafür kriegen Sie dann fünfundzwanzig Jahre bis ›lebenslänglich‹ – zweimal.«

»Das ist lächerlich.«

*Der Satyr und der Vogel. Bist du mein Satyr, Andrew? Bin ich dein Vogel, Andrew? Nein nein nein, noch nicht, Baby. Erst wenn ich es dir sage. Schau weiter auf den Ring. Beobachte nur den schwarzen Ring, Andrew. Meine Hand hält deinen Schwanz ganz fest, und der Ring bewegt sich …*

Er wollte sie umbringen. Alle beide.

»Wenn ich mit dem Band aus Connecticut an die Öffentlichkeit gehe«, sagte Michael, »sind Sie ein toter Mann. Wenn Ihre Leute erfahren, daß Sie ihre gesamten Geschäftspraktiken einer Frau verraten haben, werden Sie keine Ruhe mehr haben – selbst im Gefängnis werden die Sie aufspüren, falls Sie nicht auf

Kaution freikommen. Aber wenn Sie sich schuldig bekennen, vergesse ich, daß ich das Band je gehört habe …«

»Wer hat es außer Ihnen gehört?«

»Nur ich.«

»Wer weiß *noch* davon?«

»Nur Sarah.«

»Niemand von der Polizei?«

»Niemand.«

»Und die Ermittler, die an dem Fall dran sind?«

»Ich sage doch, niemand.«

»Warum sollte ich Ihnen das glauben?«

»Weil ich es Ihnen sage.«

»Ich soll einem Mann glauben, der mir anbietet, Beweismaterial verschwinden zu lassen …«

»Das hier ist noch kein Beweismaterial. Es wird erst Beweismaterial, wenn es als solches *zugelassen* ist. Momentan ist das nur eine Unterhaltung zwischen einem Mann und einer Frau.«

Andrew hörte ihm aufmerksam zu.

»Um dieses Band als Beweismaterial einbringen zu können«, erklärte Michael weiter, »muß ich Sarah in den Zeugenstand rufen. Ohne ihre Aussage kann ich den Fall nicht aufrollen. Sobald ich das Band ins Spiel bringe, muß ich …«

»Es gibt noch andere Bänder …«

»Auf denen weiß aber keiner, wer sie ist.«

»Aber *Sie* wissen es.«

*Machst du das auch mit deinem Mann?*

*Ja, dauernd.*

*Glaub ich nicht.*

*Doch, jede Nacht.*

*Du lügst.*

*Ich lüge.*

*Gott, was tust du da!*

»Niemand wird fragen, wer sie ist.«

»Woher wollen Sie das wissen?«

»Weil ihre Identität keine Rolle spielt. Auf den anderen Bändern ist sie einfach irgendeine Person. Wir *brauchen* nicht zu wissen, wer sie ist. Die Bänder können von den Detectives eingebracht werden, die die Überwachung durchgeführt haben.«

»Aber *Sie* wissen, wer sie ist.«

»Das ist irrelevant«, erwiderte Michael.

***Wem** gehört dieser Schwanz?*

*Dir.*

***Mir**, ja. Und ich werde ihn lutschen, bis du schreist.*

*Sarah …*

*Ich möchte sehen, wie du explodierst! Zeig es mir!*

*O Gott, Sarah!*

*Ja. Ja. Ja. Ja!*

»Sarah hat gesagt, daß Sie auch ein Video von ihr haben.«

»Man erkennt sie nicht.«

»Wollen Sie damit also sagen …?«

»Ich will damit sagen, daß ich Sarah nur als Zeugin brauche, wenn wir das Connecticut-Band vorlegen. Sie führte eine Wanze mit sich, also ist sie eine Informantin. Aber wenn es keinen Prozeß gibt, muß ich *gar nichts* vorlegen. Wenn Sie die beiden Morde gestehen …«

»Und was springt für Sie dabei raus? Wenn Sie uns doch *alle* ins Gefängnis bringen könnten, warum sind Sie dann bereit, sich mit mir zufriedenzugeben?«

»Ich will meiner Tochter nicht weh tun. Wenn ich Sarah als Zeugin auftreten lasse, kommt die ganze Geschichte raus.«

»Das ist Ihnen reichlich spät eingefallen, oder nicht?«

»Es ist für uns alle ein bißchen spät«, meinte Michael leise.

Auf einmal wurden beide ganz still.

»Ich bin bereit, die größere Sache sausen zu lassen, damit Mollie … damit es Mollie nicht so weh tut«, sagte Michael schließlich noch einmal.

»Aber da gibt es noch einen anderen Grund, stimmt's?«

»Nein.«

»Das glaube ich Ihnen nicht.«

»Es gibt keinen anderen Grund. Wenn Sie sich in den beiden

Anklagepunkten schuldig bekennen, mache ich eine Eingabe, wir kriegen Ihre Anklageschrift, und Sie nehmen das vereinbarte Urteil von fünfundzwanzig Jahren bis ›lebenslänglich‹ an. Niemand wird je von der Existenz des Tonbands erfahren. Meine Tochter nicht und Ihre *paisans* auch nicht. Was sagen Sie dazu?«

»Ich werde mich in *einem* Punkt schuldig bekennen. Und ich gehe in ein Bundesgefängnis.«

»Nein, Sie gehen nach Attica.«

»Dann haben wir keinen Deal.«

»Sie wollen, daß ich Sarah benutze, ja?«

»Das haben Sie doch längst getan.«

Wieder schwiegen sie.

»Ich bekenne mich zu *einer* Anklage schuldig«, sagte Andrew schließlich, »oder Sie ziehen vor Gericht. Wenn die Geschworenen hören, daß Sie Ihre eigene Frau zur Hure gemacht haben, könnte ich sogar mit einem Freispruch davonkommen.«

»Ich habe gedacht, Sie lieben Sarah«, entgegnete Michael.

Andrew antwortete nicht.

»Ich hätte nicht geglaubt, daß Sie ihr das zumuten wollen«.

Andrew schwieg.

»Na gut«, meinte Michael, »denken Sie darüber nach.« Dann erhob er sich und ging zur Tür.

Andrew saß allein in seinem Wohnzimmer, hörte, wie der Motor ansprang, hörte, wie das Auto in die Nacht davonfuhr.

Er konnte nicht schlafen.

Er lag in dem großen Schlafzimmer und ließ sich jedes Wort des Gesprächs mit Sarahs Mann durch den Kopf gehen. Immer wieder grübelte er über den einzigen gangbaren Weg, der ihm noch zu bleiben schien.

Natürlich würde er sie töten lassen.

Erstens weil sie ihn wieder betrogen hatte …

Aber sie hatte es für ihre Tochter getan.

*Scheiß* auf die Tochter, dachte er wütend. Sie hat mich ausgetrickst, sie ist mit einem Mikro zu mir gekommen, das war kein spontaner Einfall, das war geplant, das hat sie mir *persönlich* angetan! Sie hat ihrem Mann erzählt, wir würden diesen Mittwoch nicht in das verwanzte Apartment gehen, sondern in ein nettes kleines Restaurant. Ach wirklich, Darling? Kein Problem. Hier ist ein Kassettenrecorder, den kannst du dir in den Arsch schieben.

Er mußte sie töten lassen, klar.

Er mußte Sal anrufen.

Sallie-Baby, erinnerst du dich, was mit dem Kurier in Washington Heights passiert ist, der mit dem gestohlenen schwarzen Ring? Tja, ich hab da 'nen ähnlichen Fall, um den man sich kümmern müßte.

Sofort.

Ruf ihn gleich an, laß sie gleich morgen früh auf dem Weg in die Schule umlegen.

*Sofort*!

*Tu* es!

Er sah ganz anders aus, als Andrew ihn sich vorgestellt hatte.

Fünfundachtzig Riesen im Jahr. Er hatte eine Niete erwartet.

Eigentlich machte der Kerl einen ganz netten Eindruck. Er hatte sich Mühe gegeben, nicht die Beherrschung zu verlieren. Seine Hände hatten gezittert. Am liebsten hätte er Andrew umgebracht, na klar. Schließlich hatte Andrew mit seiner Frau gebumst, *natürlich* wollte er …

Aber ich liebe sie.

Egal, ruf Sal an.

Sie muß weg.

Denn ohne sie gibt's keinen Fall. Er hat selbst zugegeben, daß er mit dem Connecticut-Band nichts anfangen kann, wenn er sie nicht als Zeugin aufruft. Und wenn er genügend *andere* Bänder hätte, wäre er nicht hergekommen, um einen Deal zu machen. *Was* auch immer er haben mag, ohne das Connecticut-Band reicht es nicht, und ohne Sarah kann er das Band nicht benutzen. Also ist es eigentlich ganz einfach. Wenn man es richtig überlegt, ist es wirklich ganz …

Aber ich liebe sie.

Er starrte an die Decke und fragte sich, wie sie es fertiggebracht hatte, ihm das anzutun, mit einem Mikro zu ihm zu kommen, ihm zu sagen, sie wolle ihn heiraten – ob sie das wohl ernst gemeint hatte? Wenigstens *das*? Wußte sie, wie weh ihm allein der *Gedanke* tat, sie könnte ihn auch in diesem Punkt angelogen haben? Nur damit er sich öffnete, nur damit er für ihr Mikro redete?

Er mußte Sal anrufen.

Wie spät war es überhaupt? Zwei, drei Uhr morgens? Sal schlief bestimmt. Die Sache konnte bis morgen warten. Er mußte sie abfangen, morgen, wenn sie von der Schule kam, sie abfangen, wenn sie …

Morgen war Mittwoch.

Sie würde wie üblich an der 57. Straße warten, daß Billy sie abholte. Oder hatte ihr Mann ihr vielleicht erzählt, daß er heute abend hergekommen war, um Andrew einen Deal vorzuschlagen? Es dauert nicht lange, Darling, ich möchte nur schnell deinem netten Freund dieses Tonband hier vorspielen. Bla-bla, du brauchst nicht aufzubleiben.

Nein, er war nicht so.

Ein großer, gutaussehender Mann. Man spürt eine … eine Kraft in ihm. Irgendwie ist er stark. Wie er dasaß und mir direkt in die Augen gesehen hat. Außer wenn … jedesmal wenn er Sarah erwähnte, begann seine Unterlippe zu zittern. Na ja, sie war seine Frau.

Wissen Sie, dachte Andrew, ich wollte Ihnen nicht *weh* tun, ehrlich nicht. Das können Sie mir glauben. Ich hab Sie ja nicht mal *gekannt*. Sie gehörten nicht zum Plan, Sie passen nicht in die Gleichung. Es ging immer nur um Sarah und mich. Sie hatten nichts damit zu tun. Also …

Wissen Sie …

Ich hoffe, Sie haben sich nicht vorgestellt, daß Sie hier irgendeinen … einen miesen Ganoven treffen.

Irgendeinen billigen … Itaker.

Ich liebe Sarah, wissen Sie.

O Gott, wie konnte das ...?

Ich meine ...

Ich wollte, daß sie Ida kennenlernt. Ida, wollte ich sagen, das ist sie. Das ist die Frau, von der ich dir erzählt habe. Ist sie nicht wunderschön, Ida? Ich liebe sie wie mein Leben, Ida, und ich werde sie heiraten.

Warum hat sie das bloß *getan*? Wie zum Teufel konnte sie mir das antun? Uns? Mit einem Mikro anzumarschieren? Wie konnte sie das tun?

Tja, die Tochter.

Wenn man einen Menschen liebt, tut man alles, um ihn zu beschützen. Wenn man jemanden von ganzem Herzen *liebt*, kann man nicht zusehen, wie dieser Mensch vor die Hunde geht. Das kann man einfach nicht.

*Ich habe geglaubt, Sie lieben Sarah.*

Wie steif er das gesagt hatte – als wollten ihm die Worte nicht über die Lippen. Als würde er daran ersticken.

*Ich habe geglaubt, Sie lieben Sarah.*

Ja, dachte Andrew, Sie haben ganz recht, Herr Anwalt, ich liebe sie *wirklich*, Herr Anwalt, aber wenn Sie denken, ich werde mich schuldig bekennen ...

*Ich hätte nicht geglaubt, daß Sie ihr das zumuten wollen.*

... und fünfundzwanzig Jahre bis lebenslänglich in einem Zuchthaus verbringen, nur damit Sie sie nicht in den Zeugenstand rufen müssen und ihre blöde Tochter schonen können ...

*Ich hätte nicht geglaubt, daß Sie ihr das zumuten wollen.*

»Das will ich auch nicht«, sagte er laut.

*Ich habe gedacht, Sie lieben Sarah.*

»Ich liebe sie auch!«

Lange lag er so im Bett, reglos, gedankenverloren und voller Sorgen.

Schließlich knipste er die Lampe neben dem Bett an und zog die Nachttischschublade auf. Dann suchte er die Nummer in seinem Telefonbuch und wählte sie rasch.

Billy fuhr sie zum Buona Sera, dem Restaurant in Brooklyn, in dem sie zum erstenmal in aller Öffentlichkeit zusammen gegessen hatten …

*Falsch.*

*Falsch?*

*In St. Bart sind wir zusammen ausgegangen. Und wir haben zusammen auf der Second Avenue Kaffee getrunken und Croissants gegessen.*

*Das war vorher.*

*Ja. Das war vorher.*

*Schokocroissants. An dem Tag, als wir uns das erstemal gestritten haben.*

*Das war doch kein Streit. Ich bin nur aufgestanden und gegangen.*

*Weil ich dich geküßt habe.*

*Ja.*

*Ich werde dich jetzt auch küssen. Bitte geh nicht weg.*

Als sie an den Tisch kam, küßte er sie sofort.

»Du siehst wunderschön aus«, sagte er.

»Du auch«, antwortete sie.

Sie trug ein blaues Kostüm, eine weiße Bluse mit einem kleinen Halsband und blaue Lacklederpumps, er einen blauen Anzug, ein weißes Hemd, eine Seidenkrawatte und schwarze Schuhe.

»Wir passen gut zusammen«, stellte er fest.

»Stimmt«, bestätigte sie.

Er nahm ihre Hand. Genau wie beim erstenmal. Als sie solche Angst gehabt hatte, entdeckt zu werden.

»Wir müssen miteinander reden«, sagte er. »Aber bestellen wir uns erst einen Drink.«

»Worüber müssen wir reden?«

»Über die Zukunft. Unsere Zukunft.«

Der ölige Restaurantbesitzer erschien, rang die Hände und lächelte wie Henry Armetta.

»*Sì, signor Faviola*«, sagte er. »*Mi dica.*«

Zum zweitenmal durchliefen sie das Bestellungsritual. Sarah

dachte daran, daß es keine Zukunft zu besprechen *gab*. Als die Drinks kamen, hob Andrew sein Glas und sagte: »Auf dich.«

»Auf dich«, erwiderte sie und hob ebenfalls ihr Glas.

»Auf uns«, sagte Andrew und stieß mit ihr an.

Sie tranken.

»Ahhh«, seufzte er genüßlich.

»Ahhh«, seufzte sie ebenfalls.

Er stellte das Glas auf den Tisch und nahm wieder ihre Hände.

»Als ich dich letzte Nacht angerufen habe ...«

»Ich habe gedacht, du bist übergeschnappt.«

»Warum? Er weiß doch Bescheid. Wir brauchen uns nicht mehr zu verstecken.«

»Aber um vier Uhr morgens?«

»Schläfst du noch mit ihm?«

»Nein.«

»Gut. Ich habe dich angerufen, weil ich dir alles am Telefon erzählen wollte. Aber dann hab ich gedacht ...«

»Was alles?«

»Ich habe das Band aus Connecticut gehört.«

Beinahe hätte sie ihm ihre Hände entzogen. Doch sein Griff wurde fester. Seine Hände ließen sie nicht los, genausowenig sein Blick. Er wird mich töten, dachte sie. Er hat mich hierhergebracht, um mich töten zu lassen.

»Ich glaube, ich weiß, warum du es getan hast ...« sagte er.

»Andrew, du mußt verstehen ...«

»Ich wünschte, du hättest es nicht getan, aber ich ...«

»Mollie«, sagte sie.

»Ich weiß.«

»Ich mußte es tun.«

»Ich weiß.«

»Aber ... das *Band*? Du hast das *Band* gehört?«

»Dein Mann hat mich besucht.«

»Was? Wann?«

»Gestern abend. Er hat mir einen Deal angeboten.«

»Andrew, was sagst du da?«

»Wenn ich mich schuldig bekenne, schickt er mich ins Gefängnis und hält dich aus der Sache raus.«

»Wenn du dich schuldig bekennst?«

»Ja, wegen zweifachen Mords. Ich habe mich geweigert. Ich glaube, auf ein *einfaches* Geständnis wird er sich einlassen. Wenn er das tut, mache ich mit.«

»Was meinst du damit, ihr haltet mich aus der Sache raus?«

»Niemand wird je etwas erfahren. Niemand kriegt die Bänder zu hören.«

Sie nickte.

Noch immer hielt er ihre Hände und sah sie an. Sie wich seinem Blick aus.

»Ich fühle mich abscheulich«, sagte sie. »Ich fühle mich, als würde ich dich *persönlich* ins Gefängnis schicken.«

»Nein.« Er schüttelte den Kopf. »Sarah«, fuhr er fort, »ich möchte dich immer noch heiraten.«

Jetzt sah sie ihm in die Augen.

»Ich weiß nicht, wie lange ich weg sein werde«, sagte er.

Sie drückte seine Hände.

»... aber ich habe gute Anwälte, und vielleicht können wir hier und dort unsere Beziehungen spielen lassen. Ich hoffe, daß ich in ungefähr ...«

»Andrew«, unterbrach sie ihn, »bitte brich mir nicht das Herz.«

»Ich liebe dich, Sarah«, sagte er.

»Ich liebe dich auch, Andrew. O mein Liebling, ich liebe dich so, so sehr.«

»Dann sag mir, daß du ...«

Petey Bardos Killer betraten das Restaurant durch die Vordertür.

Sie bewegten sich wie Maschinen, die rechte Hand unter dem Jackett fest um die Neun-Millimeter-Uzi gelegt. Mit raschen Schritten durchquerten sie den Raum. »Entschuldigen Sie, möchten Sie …«, begann ein Kellner, aber sie stießen ihn zur Seite und eilten weiter, zum Tisch ganz hinten, in der rechten Ecke. Der Mann am Tisch hatte sie bereits entdeckt, er war dabei aufzustehen. Auch die Frau stand auf, ihre Hand in seiner, und drehte sich verwundert um, während er versuchte, sie vom Tisch wegzuziehen. Der vordere der beiden feuerte vier Salven in das Gesicht des Mannes. Er stolperte rückwärts gegen die Wand, sein Stuhl fiel um, doch der Killer feuerte unablässig weiter. Die Frau schrie. Aber sie hielt seine Hand fest, während der Mann zu Boden stürzte, und sie schrie und schrie die ganze Zeit.

Der zweite Killer feuerte sieben Salven in ihr Gesicht und ihre Brust und ließ sie an der blutbespritzten Wand liegen, während er und der andere Killer über den Flur in die Küche liefen, die Hintertür aufrissen und in der Gasse hinter dem Haus verschwanden.

# V

## 2. – 9. Juni

Der Eigentümer des Restaurants Buona Sera war ein dreiundsiebzigjähriger Mann namens Carlo Gianetti, der vor gut fünfzig Jahren aus Apulien eingewandert war, aber immer noch einen deutlichen italienischen Akzent hatte. Er sagte den Reportern, er hätte keine Ahnung, wer der Erschossene war. Als man ihm sagte, es sei mit an Sicherheit grenzender Wahrscheinlichkeit ein bekannter Gangster namens Andrew Faviola, zuckte er die Achseln und meinte, das habe er nicht gewußt, aber er hoffe, daß jemand für den Schaden in seinem Lokal aufkommen würde.

Er wußte auch nicht, wer die tote Frau war und ob die beiden zusammen hereingekommen waren oder nicht. Als einer der Reporter die Vermutung äußerte, vielleicht sei die Frau ja gekommen, um mit dem Ermordeten hier zu *essen*, entgegnete Gianetti, das könne schon sein, andererseits sei Viertel nach fünf doch ein bißchen früh fürs Abendessen – gewöhnlich arbeitete die Küche erst ab sechs. Jedenfalls tat es ihm sehr leid, daß so etwas in seinem Restaurant passiert war.

Die Kassiererin berichtete, der Mann sei zuerst gekommen und habe auf die Frau gewartet. Ein schwarzer Wagen habe sie vor der Tür abgesetzt, aber die Autonummer hatte sie sich leider nicht gemerkt. Es kam ihr vor, als habe sie die beiden vor einer Weile schon einmal hier gesehen, vor ein paar Monaten, genau erinnerte sie sich leider nicht, aber sie meinte, daß sie am selben Tisch gesessen hatten.

Die Ermittlungsbeamten drehten die Tote um und fanden in ihrer Handtasche einen gültigen New Yorker Führerschein auf den Namen Sarah Welles. Eine eingeschweißte Ausweiskarte mit Foto identifizierte Sarah Fitch Welles als Mitglied des Lehrkörpers der Greer Academy in der East 60. Straße in Manhattan.

Erst später erfuhren die Cops, daß sie die Frau eines Staatsanwalts war.

Die *New York Post* brachte die Schlagzeile:

Tödliche Ironie

Die Geschehnisse warfen mehr Fragen auf, als die Staatsanwaltschaft zu beantworten bereit war, jedenfalls »zum gegenwärtigen Zeitpunkt« – so wurde Polizeichef Charles Scanlon von der Abteilung für organisiertes Verbrechen zitiert. Doch es stand außer Frage, daß Sarah Fitch Welles die Frau des *Stellvertretenden* Abteilungschefs Michael Welles war, der die Lombardi-Crew ins Gefängnis gebracht hatte, welche ihrerseits vor der strafrechtlichen Verfolgung und Verurteilung ein sehr einflußreicher Zweig der von dem erschossenen Gangster angeführten Faviola-Familie gewesen war. Offenbar hatten sich Mr. und Mrs. Welles in dem Restaurant zu einem frühen Abendessen verabredet. Sie war vor ihm eingetroffen und auf dem Weg von der Damentoilette an Faviolas Tisch in den tödlichen Kugelhagel geraten.

Doch warum gab es auf der Reservierungsliste keinen Eintrag für zwei Personen unter dem Namen Welles, wollte die *Post* wissen. Weshalb war die Kassiererin sich so sicher, daß die beiden Mordopfer am selben Tisch gesessen hatten, und warum glaubte ein Kellner, die beiden kurz vor Eintreffen der Killer händchenhaltend und in ein ernstes Gespräch vertieft gesehen zu haben? Warum meinte einer der Hilfskellner gesehen zu haben, wie Faviola versuchte, die Frau vom Tisch wegzuzerren, als die beiden Mörder sich näherten? Und war es seit neuestem bei der Staatsanwaltschaft vielleicht Sitte, die Ehefrauen ihrer Angestellten in schwarzen Limousinen vorfahren zu lassen?

Im Bericht über Sarahs Beerdigung zwei Tage später erschien auf der ersten Seite des Lokalteils der *Times* ein Foto von Luretta

Barnes. Es zeigte Luretta, die weinend aus dem Beerdigungsinstitut kam, und darunter stand:

TRAUERNDE SCHÜLERIN VERLÄSST DIE KAPELLE

In Lurettas Wohngegend las niemand die *Times*.

Das Treffen fand am Montag nach dem üppigen Begräbnis statt, das man für Andrew Faviola ausgerichtet hatte. Bobby Triani hatte die Teilnehmer zusammengerufen, und sie trafen sich an einem Ort, an dem niemand eine Abhörvorrichtung vermutete: im berüchtigten Club Sorrento in der Elizabeth Street, der – nebenbei bemerkt – so voller Wanzen war wie eine dreckige Matratze.

Die beiden Detectives, die mit dem Abhören betraut waren, arbeiteten unter dem Folge-Gerichtsbeschluß, der ihnen erlaubte, weitere dreißig Tage lang Informationen zu sammeln. Da sie nicht alle Stimmen der Versammelten kannten, lauschten sie sehr aufmerksam, ob jemand mit Namen angesprochen wurde.

Bobby Triani war kein Problem.

»Es ist ein schrecklicher Verlust für die Familie«, sagte er. »Der Verlust eines großartigen Mannes, und das in einer Zeit des Aufschwungs.«

»Er hört sich an wie ein gottverdammter *Banker*«, brummelte einer der Detectives.

»Psst«, machte der andere.

»Ich möchte euch allen hiermit versprechen«, fuhr Triani fort, »daß wir nicht ruhen werden, bis wir herausgefunden haben, wer für diese Tat verantwortlich ist, und bis wir diesen Mord gerächt haben. Nicht nur, um sicherzustellen, daß so etwas nicht wieder passiert, solange *ich* das Ruder in der Hand habe, sondern auch aus Respekt vor dem Toten.«

»Möge er in Frieden ruhen«, rief jemand.

»Sobald wir die Schuldigen finden …« sagte Triani, und dann hörte man ein Geräusch, das klang wie *zzsst*. Die Ermittler vermuteten, daß er sich mit dem Finger wie mit einem Rasiermesser über die Kehle fuhr, um zu zeigen, was mit Faviolas Mördern passieren würde. Schade, daß man einem Gericht keine unsichtbaren, unhörbaren Gesten zeigen konnte.

»Wie ihr alle wißt«, fuhr Triani dann in verändertem Ton fort, »ist der Stoff vor einer Woche aus Italien eingetroffen.« Natürlich nannte er den Stoff nicht beim Namen, auch wenn sie den Club für so unberührbar hielten wie den Vatikan – was Lauscher anbelangte. »Er wird bereits an unsere Leute überall in der Stadt verteilt. Kurz gesagt, Anthony Faviolas Idee wird Wirklichkeit. Der Stoff ist da und kann jeden Tag auf die Straße kommen. Wir hoffen, ihn für einen Dollar verkaufen und auf diese Weise neue Kundschaft gewinnen zu können. Schon sehr bald wird so viel Geld in unsere Taschen fließen, daß wir gar nicht mehr wissen, wohin damit – dank Anthony und auch dank Andrew, der dafür gesorgt hat, daß die Idee in die Tat umgesetzt werden konnte. Doch die neue Situation erfordert neue Ideen. Ich hoffe, eure neue Führung wird mit Plänen aufwarten können, die für alle akzeptabel sind. Ich, Petey Bardo als mein Vize und Sal Bonifacio als Dritter im Bunde. Ich denke, ihr wißt alle …«

Applaus unterbrach ihn.

»Danke«, ließ sich eine neue Stimme hören.

»*Grazie mille.*« Noch eine neue Stimme.

»Okay, okay«, sagte Triani. »Danke, okay. Ich denke, ihr wißt alle, was für erfahrene Männer diese beiden hier sind und was sie bisher geleistet haben. Ich möchte euch versichern …«

»Ja, wir wissen, was diese dreckigen Gangster *geleistet* haben«, sagte einer der Lauscher.

»… unsere erste Aufgabe …«

»Psst.«

»… ist, die beiden Kerle zu finden, die diesen Mord auf dem Gewissen haben. Ich verspreche euch, wir werden nicht ruhen, bis unsere Ehre …«

»So ein Scheißdreck«, schimpfte einer der Detectives.

»Psst«, sagte der andere wieder und grinste. »Ein bißchen mehr Respekt, wenn ich bitten darf.«

Mollie begriff nicht, warum der Mann, der ihr im Dezember das Leben gerettet hatte, zufällig im gleichen Restaurant gesessen hatte, in dem ihre Mutter letzten Mittwoch ums Leben gekommen war. Sechs Monate war das her, und auf einmal tauchte er in einem Restaurant auf, in dem kurz darauf eine Katastrophe passierte. Das war doch ein *äußerst* seltsamer Zufall. Sie hätte gern ihre Mutter danach gefragt – wenn sie noch gelebt hätte.

Mollie konnte auch nicht glauben, was die Zeitungen über Andrew schrieben, dessen Name, wie sich herausstellte, gar nicht Farrell, sondern Faviola war. Wie konnte ein Mensch, mit dem sie kurz nach Weihnachten essen gegangen waren, der Anführer einer großen Verbrecherfamilie sein, ein Mann, den die Zeitungen den »Boß« nannten, als wäre er Bruce Springsteen? Dieser *Boß* aß dann in einem kleinen Restaurant in Brooklyn früh zu Abend, wo sich – *ganz zufällig*, wohlgemerkt – *auch* ihre Eltern verabredet hatten. Kein Wunder, daß die Zeitungen *voll* waren von Spekulationen und Andeutungen, was die schöne junge Frau des Staatsanwalts letzten Mittwoch *wirklich* in dem Lokal zu suchen gehabt hatte.

Die Zeitungen wußten ja nicht, daß Sarah Fitch Welles – sie fügten dauernd ihren Mädchennamen ein, als wäre sie Hillary Rodham Clinton – Andrew Faviola vor sechs Monaten kennengelernt hatte. Nur *Mollie* wußte das. Na ja, ihr Vater wußte es auch, aber das war etwas anderes: Sie hatten ihm von Andrew *Farrell* erzählt, von dem netten jungen Mann, der Mollie das Leben gerettet hatte. Warum zum Teufel war ihre Mutter also letzten Mittwoch mit ihm in diesem Restaurant gewesen?

*Mit* ihm? Wer behauptete denn, daß sie *mit* ihm dort gewesen war?

Mollies Vater bestand darauf, daß er unterwegs gewesen war, um sich mit Sarah zu treffen, also mußte Mollie wohl glauben, daß die Restaurantangestellten sich geirrt hatten, wenn sie meinten, ihre Mutter hätte am Tisch gesessen mit einem Gangster, hätte Händchen gehalten mit einem Gangster und sei in ein Gespräch vertieft gewesen mit einem …

War Andrew *wirklich* ein Gangster?

Das Foto, das überall in den Zeitungen erschien – das war jedenfalls der Andrew, den sie kannte, ganz ohne Zweifel.

Der Boß.

Von dem die Staatsanwaltschaft behauptete, er hätte allein dort gesessen, als ihre Mutter zufällig an seinem Tisch in »die Todesschüsse« geraten war, wie die *Daily News* es ausdrückte. Aber sie hätte Andrew doch *erkennen* müssen! Sie hätte doch bestimmt gerufen: »*Andrew*, wie nett, Sie wiederzusehen! Erinnern Sie sich noch, wie Sie Mollie, meiner süßen Tochter, das Leben gerettet haben?« Sie hätte ihn doch *erkennen* müssen, oder? *Ich* hätte ihn ja auch sofort erkannt.

Mom, dachte sie, Mommy, was hast du am Mittwoch in diesem Restaurant gemacht?

Sie überlegte, ob sie ihren Vater noch einmal fragen sollte, ob er wirklich unterwegs gewesen war, um sich mit ihr zu treffen, als das passiert war – als man ihre Mutter am letzten Mittwoch ermordet hatte. Statt dessen fragte sie ihn, ob es stimmte, was alle über diesen Andrew Faviola behaupteten.

Und ihr Vater antwortete: »Ja, Mollie, das ist alles wahr.«

Und da erzählte sie ihm lieber nicht, daß Andrew Faviola derselbe Andrew Farrell war, der ihr vor langer Zeit das Leben gerettet hatte, damals, als sie noch ein Kind war.

Als Michael Sarahs Sachen durchging, fand er die Blätter. Sie steckten in einem Umschlag in ihrer Aktenmappe, die sie letzten Mittwoch von der Schule mitgenommen hatte.

Sie waren mit Schreibmaschine beschrieben, zweizeilig auf gutem Briefpapier.

Die Verfasserin war eine gewisse Luretta Barnes. Michael meinte sich zu erinnern, daß Sarah sie hin und wieder erwähnt hatte. War sie nicht sogar eine ihrer besten Schülerinnen?

Auf der ersten Seite stand der Titel: *Was tu ich im Sommer.*

Er setzte sich auf das alte französische Bett im Fernsehzimmer, wo er Sarah damals die Tonbänder vorgespielt hatte.

Die Großvateruhr in der Diele tickte laut, und zuerst glaubte er, es handle sich um einen Aufsatz, den Sarah ihrer Klasse aufgegeben hatte. Aber er kannte sie gut genug …

Er hatte *geglaubt*, sie zu kennen.

Früher einmal, vor langer Zeit, hatte er geglaubt, Sarah besser zu kennen als alle anderen Frauen auf der Welt …

Trotzdem …

Wie er sie kannte …

… schien dies eine etwas zu simple Aufgabe für ihre Klassen zu sein, selbst für die jüngsten ihrer Schüler. Also hatte sich die Schülerin, diese Luretta Barnes, den Titel vermutlich selbst ausgedacht und spielte damit auf all die Aufsätze mit dem Titel »Meine Sommerferien« an, die sie seit der ersten Klasse hatte schreiben müssen.

Ihre Absicht wurde Michael dann auch schon in den ersten Zeilen klar:

*Was tu ich im Sommer …*

*Wenn die Ferien beginnen …*

*Was tu ich dann …*

*Wahrscheinlich seh ich den Clockern und den Dealern und den Dopern zu, wie sie ihren Totentanz aufführen, rund um den Block, hier in der Hölle, wo ich wohne, und ich hoffe, daß ich am Leben bleibe.*

*Was tu ich im Sommer …*

*Wahrscheinlich ducke ich mich vor den Kugeln der Dealer, die sie im Vorbeifahren abfeuern, glatt und tödlich, und ich springe über die Blutlachen, jeden Sonntag auf dem Weg zur Kirche, wo ich bete, daß ich am Leben bleibe.*

*Was tu ich im Sommer …*

*Wahrscheinlich starre ich die apathischen Babys in ihren Bettchen an, und ich verfluche ihre Junkie-Mütter und die Typen, die ihnen den Tod verkauft haben, aber ich habe vor, am Leben zu bleiben.*

*Was tu ich im Sommer …*

*Ich laufe vor dem Mann davon, der mich vergewaltigen will, und ich bitte Gott jeden Tag, daß er ihn an einer Überdosis sterben läßt, bevor er mich kriegt, denn ich weiß nicht, ob ich stark genug bin weiterzuleben. Aber ich hab's mir vorgenommen.*

*Wenigstens bis zum Herbst.*

*Denn im Herbst …*

*Im Herbst geh ich weg von hier in eine andere Welt, und da ist eine wunderschöne Frau, und wie sie möchte ich später auch gern sein.*

*Im Herbst geh ich zurück zu ihr und werde wieder lebendig.*

*Wenigstens bis zum nächsten Sommer.*

*Und nächsten Sommer zähle ich dann sicher wieder die Tage und Wochen bis zum Herbst.*

*Und dann … wenn ich die Hölle noch einmal überlebe …*

*Dann gehe ich zurück, zurück in meine Schule, zu meiner Lehrerin.*

Auf einmal begann Michael zu schluchzen. Allein auf dem Bett mit dem Eisengestell, weinte er, haltlos, lange, bis er schließlich wieder atmen konnte. Dann trocknete er sich die Augen und stand auf, die Blätter noch immer in der Hand, um in der leeren Wohnung seine Tochter zu suchen.

Luretta fragte sich immer wieder, ob Mrs. Welles die Seiten gelesen hatte, die sie ihr gegeben hatte. Wahrscheinlich nicht. Bestimmt hatte sie vorgehabt, sie sich irgendwann einmal vorzunehmen, vielleicht, wenn sie mit ihrem Mann vom Abendessen nach Hause käme – und dann war sie in etwas mindestens ebenso Schreckliches hineingeraten wie Schüsse aus einem vorbeifahrenden Auto.

Hier, wo Luretta wohnte, lernte man, mit so etwas zu leben, ebenso wie man lernte, damit zu leben, daß einem dauernd ein Junkie hinterher war und versuchte, einem zwischen die Beine zu fassen. Das nächstemal würde sie ihn umbringen. Das hatte sie sich am Sonntag in der Kirche geschworen: Das nächstemal würde sie ihn umbringen. Mrs. Welles hatte gesagt, der April sei der grausamste Monat, aber sie hatte sich geirrt. Es war der *Juni*, der einen fertigmachte. Im Juni mußte man dem Schicksal ins Auge blicken.

*Laß uns gehen, du und ich,*
*Wenn der Abend sich über den Himmel breitet.*

So ging Luretta durch den Abend, der sich am Himmel ausbreitete, und sie sah den Ort, an dem sie lebte, mit laserscharfem Blick. Glühendweiße Laserstrahlen durchbohrten die verlogenen Dealer an den Straßenecken und schlugen ihnen die Crackbrocken aus der Pfeife. Glühendweiße Augen durchbohrten die Nutten, die nicht älter waren als Luretta, die auf ihren hohen Absätzen herumstolzierten wie Filmstars und vorbeifahrenden Motorradfahrern anboten, ihnen für zwanzig Dollar einen zu blasen. Ihre Ohren blendeten das Wort »*Fuck*« aus, das unablässig in der Luft vibrierte. Ihre Ohren verschlossen sich vor den kreischenden Polizeisirenen, der heulenden Feuerwehr, dem Knattern der Maschinenpistolen und der allgegenwärtigen Wut, der glühendweißen Wut, die von ihren glühendweißen Augen und ihren gleichgültigen Ohren in tote, kalte Asche verwandelt wurde. Sie wünschte sich, sie wäre Eliots Hyazinthenmädchen, mit vollen Armen, nassem Haar, sprachlos, weder tot noch lebendig, ins Herz des Lichts, ins Schweigen blickend. Er hatte über zerbrochene Phantasien geschrieben, dort, wo die Sonne brennt. Vom Angstschrei in einer Handvoll Staub. Und wie Luretta so allein und tief atmend durch die plötzlich vom Sommer berührte sanfte Nacht ging, wünschte sie sich von ganzem Herzen, Sarah Fitch Welles wäre noch am Leben, damit sie Luretta hätte zeigen könne, welche Wurzeln Halt finden und welche Zweige aus diesem steinigen Müllhaufen wachsen konnten.

Am neunten Juni, dem Tag bevor in Hanover wie in den meisten Privatschulen die Sommerferien begannen, nahm Winona Weingarten von der 75. Straße, wo sie wohnte, den M-11-Bus in Richtung Uptown und durchquerte auf dem Weg zu dem alten Steingebäude hinter der Kirche den Morningside Park.

Es war ein wunderschöner Tag, wie man ihn in New York im

Frühsommer oft erlebte, der Himmel ein strahlendes Blau, die Luft frisch und klar. Winona trug die Schuluniform mit dem kurzen Faltenrock, der weißen Bluse und der blauen Jacke mit dem Wappen auf der Brusttasche.

»He, Kid«, rief eine Stimme.

Sie drehte sich um.

Ein Schwarzer saß auf einer Parkbank.

»Willste mal was *Neues* probieren?« fragte er. »Willste mal zum Mond fliegen?«

»Nein, *danke*«, antwortete Winona.

»Kost bloß 'n Dollar«, sagte der Mann und grinste breit.

Winona schüttelte den Kopf und ging eilig an ihm vorbei.

Aber ihr Herz klopfte laut.

Und sie überlegte, ob er wohl morgen wieder da sein würde.